山东大学儒学高等研究院科研成果
曾智明"曾子学术基金"科研成果
山东大学曾子研究所科研成果
曾子研究院科研成果

曾子文化丛书

主编 曾振宇

儒家往事

刘乾阳 著

山东人民出版社·济南

国家一级出版社 全国百佳图书出版单位

图书在版编目（CIP）数据

儒家往事 / 刘乾阳著. -- 济南 ： 山东人民出版社,
2025. 2. --（曾子文化丛书 / 曾振宇主编）. -- ISBN
978-7-209-15471-0

Ⅰ. I247.81

中国国家版本馆 CIP 数据核字第 2025Y2978F 号

儒家往事

RUJIA WANGSHI

刘乾阳　著

主管单位　山东出版传媒股份有限公司
出版发行　山东人民出版社
出 版 人　胡长青
社　　址　济南市市中区舜耕路517号
邮　　编　250003
电　　话　总编室（0531）82098914
　　　　　市场部（0531）82098027
网　　址　http://www.sd-book.com.cn
印　　装　山东新华印务有限公司
经　　销　新华书店

规　　格　16开（170mm×240mm）
印　　张　36.25
字　　数　520千字
版　　次　2025年2月第1版
印　　次　2025年2月第1次
ISBN 978-7-209-15471-0
定　　价　88.00元
　　　　　如有印装质量问题，请与出版社总编室联系调换。

序　言

　　雅斯贝尔斯"轴心时代"理论已深入人心。这一理论在追求普遍性和统一性的同时，难免显露削足适履的缺陷。由于过于追求同质性，忽略了各个文明形态的独创性。譬如，在先秦诸子诞生之前，存在着长达数百年的"六经"发生与传播时期。无论赞颂"六经"，抑或批评与嘲讽"六经"，"六经"都是诸子百家知识结构的源泉。"六经"的价值在于凸显自西周文王、周公以来萌生与播扬的人文主义精神。但是，根据雅斯贝尔斯"轴心时代"关于公元前800年至公元前200年的时间划分，显然无法涵摄"六经"发生与传播时期。但是，如果我们将"轴心时代"视为一种启发性框架，而非历史的分期，还是具有一定的思想史意义。在我看来，雅斯贝尔斯"轴心时代"理念的价值在于强调精神的突破和人类思想的觉醒。有鉴于雅斯贝尔斯"轴心时代"理论的不足，艾森斯塔特提出"第二次轴心时代"理念。他认为人类文明史并非只有一次轴心突破，不同的文明体在不同的历史阶段可能发生了几次"精神革命"。艾森斯塔特"第二次轴心时代"的时间范围是公元五世纪至十七世纪，涵盖了伊斯兰教兴起、基督教宗教改革和中国宋明理学。在这一时期，人类的文明同样发生了超越性的突破。具体而论，面对佛教的挑战，中国诞生了宋明理学，问题意识、思维方式和哲学高度已发生翻天覆地的变化。王阳明"心即理""心外无物""致良知"和"知行合一"等命题，将中国古代哲学提升到了一个前所未有的高峰。"物"是意之所在，世界是心的产物，心的边际就是宇宙的边际，生命意义由心赋予。人挺立于宇宙之间，从而具有不言自明的责任与使命。如果将王阳明哲学与胡塞尔和海德格尔现象学相比较，我们发现东西方两种哲学之间存在着许多契合之处。王阳明哲学蕴含丰富的自由意志和启蒙思想，这种启蒙思想不同于外在启蒙，而是一种具有现代性价值的内在启蒙。正因为如此，日本学者认为王阳明哲学塑造了明治维新之后的日本国民精神。

古人常言：读其书，识其人。《儒家往事》将儒家思想家生命史中颇具代表性的故事描绘出来，旨在使读者在阅读一个个血肉丰满、爱憎分明的人物故事之后，不仅加深了对思想家的了解，而且激发出进一步阅读思想家著作的兴趣。

是为序！

曾振宇

2025年4月2日于山东大学

目 录

儒
家
往
事

孔子

儒家往事

一

十五志学

《论语》开篇"学而时习之，不亦乐乎"，强调的是学习能给人带来无限的快乐。可以说，"学"贯穿了整部《论语》的始终，也渗透于孔子的整个生命历程。

孔子爱好学习，其丰富的学识和深邃的思想是建立在勤奋好学基础之上的。孔子自言"吾十有五而志于学"（《论语·为政》），可见他年轻时就树立了学习的志向。他对自己在学习上的勤奋是充满自信的："十室之邑，必有忠信如丘者焉，不如丘之好学也。"（《论语·公冶长》）孔子的勤学精神也许与他的家庭情况有关，他的远祖虽为贵族，但到五世祖时就已经开始没落。孔子的父亲叫叔梁纥，是个有名的大力士，在鲁襄公的时候多次立下军功，曾单手托举城门救出被困军队，也曾率领三百军士突破齐国军队包围，保住了鲁国北部的防邑。但叔梁纥一生官职不高，并没有给孔子留下多少家产。孔子出生时，叔梁纥已经六十多岁，等到孔子三岁时，父亲就去世了。为了谋生，他不得不通过异于常人的好学精神来获得各种养家糊口的生存技能。

其中一项很重要的技能便是相礼。一般认为，儒是从巫、史、祝、卜中分化出来的专为贵族相礼的知识分子，因此对礼的熟稔于心便是儒者最起码的职业要求。鲁国有着非常浓厚的礼乐氛围，主要原因是它乃周公姬旦之子伯禽的封地。周公制礼作乐，鲁国自然要率先垂范，施行那一套礼乐制度。周成王甚至特许鲁国使用天子礼乐，这无疑是很高的褒奖了。等到礼坏乐崩的时代来临，也只有鲁国较为完整地保存了周代的礼乐文化。鲁襄公二十九年（前544年），吴公子季札曾在鲁国观赏周代礼乐，不禁叹为观止。鲁昭公二年（前540年），晋大夫韩宣子也到鲁国访问，留下"周礼尽在鲁矣！"（《左传·昭公二年》）的赞叹。

由于生长在浓厚的礼乐文化氛围之中，孔子从小就对礼表现出很大的兴趣，就连年幼时所玩的游戏都是摆上祭祀用的器物，模仿大人施礼行礼。后来他有机会去鲁国的太庙，那里是供奉周公的地方，无论是殿堂的设置，还是礼器的陈设，都是按照周代的礼制设立，自然是一个丰富、生动的礼乐文化实践基地。"入太庙，每事问"（《论语·八佾》），身处太庙之中，孔子的求知欲被激发出来，有不懂的地方他就不停地发问，以至于别人以为孔子不懂礼。

在儒家眼里，礼与乐相互配合，共同构成一整套的文化系统。孔子对乐也极为重视，他曾经在东周国都洛邑向周朝的大夫苌弘问乐。传说苌弘是一个博学多识之人，上知天文，下通地理，孔子作为一个好学之人，自然不会放过向他求教的机会。孔子曾向苌弘请教了关于周代"大武"之乐的一些知识，后者对孔子谦虚好学的态度也很是称赞。孔子是一位音乐超级发烧友，不仅体现在他对音乐的看重，还表现在他本人的生活世界里，音乐无处不在。无论顺境时的笑语欢歌，还是逆境时的婉转琴调，我们会发现音乐总是常伴其左右，毋宁说音乐已经成为孔子抒发情感、放松身心的工具了。孔子喜欢弹琴，他曾向鲁国的乐官师襄子学习鼓琴的技艺，这次学习是非常细致的，也是循序渐进的。据《史记·孔子世家》记载，师襄子先是教孔子弹奏一个曲子，后者学会之后，并没有急于求进去学习新曲，而是用了十天的时间不停地去温习它。师襄子觉得孔子已经很熟练了，可以学习新的曲子了，但孔子认为自己在弹奏的技法方面还有欠缺，需要继续练习。过了一段时间，师襄子认为孔子的技法已经成熟了，可以继续学习了。孔子却又给自己提出更高的要求，他希望自己能够领悟到曲子里的情志。又过了一段时间，师襄子确定孔子已经了解曲子的情志，于是又催促孔子学习新曲。孔子还是不紧不慢，若有所思地说："我还没有领会这首曲子作者的为人。"于是他继续一边弹奏此曲，一边穆然深思，终于有一天，他想通了一切，眉间带着笑意说："我知道作者的为人了，想必他是一个有着黑黑的皮肤，高高的个头，眼睛犹如汪洋大海，气魄足以统治四方的人。这样的人，除了周文王还能有谁呢？"师襄子听了孔子一席话之后被震撼了，竟然离开座席，向孔子拜了又拜，直言这首曲子正是《文王操》呀！

从这个故事当中我们既可以看出孔子对音乐的痴迷，也可以感受他在学习上的一些方法原则。首先，要"学而时习之"。学习之后要不断地温习、练习，这样才会熟能生巧，才能"温故而知新"（《论语·为政》）。其次，"学"与"思"要密切结合。孔子的名言"学而不思则罔，思而不学则殆"（《论语·为政》）讲的就是这个道理。在学习的过程当中要多问几个为什么，然后自己尝试着去思索、解答，实在想不通就向别人请教。这样的学习才不会仅停留于皮毛，才能学出新意，最终见别人之所不见。再次，学习要精益求精。对一般人来说，鼓琴无非是拨弄几根琴弦而已，顶多是手熟与手生的差别罢了。但是孔子却由浅入深，不满足于已经掌握的技巧，不断追求精进。最后，不耻下问。故事里的师襄子虽是一名靠音乐为生的乐官，但在音乐的领悟力上未必赶得上孔子。即便如此，孔子依然虚心地向其请教鼓琴的技艺，真诚地与他交流学琴的感悟。孔子说"三人行，必有我师焉"（《论语·述而》），这种放低身段、虚心求学的精神也值得我们发扬。

孔子所学并不限于礼乐。据《左传》记载，鲁昭公十七年（前525年），郯国国君郯子来到鲁国访问。鲁昭公设宴款待郯子，席间鲁国大夫叔孙昭子问他少昊氏为何用鸟名来称呼各种官职，郯子侃侃而谈，援引黄帝、炎帝、共工、太昊、少昊、颛顼等的传说详细解释其中的缘由，在座之人无不为郯子的博学多闻所折服。此时的孔子二十六七岁，在鲁国只是做个小官，自然没机会听到郯子的现场演说，但他从别人那里获知了郯子的这段讲述。孔子对包括官制在内的各种制度很有兴趣，于是就去拜见郯子，向他求教问学。结果可以说是饱学而归，所以孔子才会讲出"吾闻之，'天之失官，学在四夷'，犹信"（《左传·昭公十七年》）这样的话。那个时代礼坏乐崩，官制废弛，孔子希望恢复到充满秩序的状态，这就需要重建他所向往的那套礼乐制度。他要学习这些已经失落的东西，为了能够学到更多，就必须具备勤奋的精神、宽广的胸怀和谦慎的姿态。就像海绵吸水那样，孔子从鲁国宗庙里学，从四夷小国那里学，从政府官员身上学，甚至从不如自己的人那里学。

二

子见老子

儒家与道家的思想，连同后来传入中国的佛家思想，共同形塑了中华文化的主体部分。作为儒学创立者的孔子曾经向道家创始人老子问学求教，这在中国学术史上可以算得上一个传奇性的故事。

到底谁是老子，其实在《史记》里就有一些争议了。孔子所见的老子，一般认为是司马迁笔下那位生活在春秋末年的思想家，他姓李名耳，字伯阳，谥号曰聃，所以有时候也被称为"老聃"。他曾做过周朝的守藏室史，大致相当于国家图书馆馆长一类的职务。他的思想体现在《老子》一书中，其核心理念就是"道"。在老子看来，"道"乃宇宙的本体、万物的本原，道法自然，人应该顺应大道，顺其自然，无为而治。这种思想与孔子身上所体现的积极入世的情怀有很大的差异，但并不影响孔子向老子求教。

在《史记·老子韩非列传》和《史记·孔子世家》中都有孔子问礼于老子的记载。孔子有个弟子叫南宫敬叔，他是鲁国大夫孟僖子的儿子。孟僖子曾是"三桓"之一，曾因自己不能以礼处理外交事务而深感羞愧，于是他发奋学习周礼。临终之前，他还嘱托两个儿子（孟懿子和南宫敬叔）师事礼学大师孔子。南宫敬叔曾奏请鲁君，希望国君允许他和孔子一道去往周国，主要目的就是学习周礼。鲁君答应了他的请求，并且还赏给他们一辆车、两匹马以及一名仆从。他们先是到了周王室，近距离感受了完备的礼乐，后来又去拜见了博学多识的老子。我们研究《老子》就会发现，老子本人对礼乐文化其实是颇多微词的。在他看来，仁义礼乐之类乃是出于人为，是违背大道自然的，它们所能带来的不是良好的秩序，而是虚伪和狡诈。不过批判归批判，老子毕竟是在周任职，对周礼自然会很熟悉，加上他当时名声在外，孔子向其问礼也就不是什么奇怪的事情了。

《史记》并没有记载孔子与老子具体的问答内容，估计司马迁是没有看到相关的资料，而《礼记·曾子问》则有较为具体的记录。鉴于《礼记》成书年代及其真伪尚有诸多争议，其中关于孔子问礼于老子的这些记载我们权当参考罢了。老子给孔子讲了很多涉及礼仪的具体规定和事例。其一，老子说天子驾崩、国君去世之时，太祝将各庙的神主集中于太祖庙中，这是符合礼制的。等到举行卒哭祭祀之后，太祝又将各庙的神主送回原位。君主离开本国，太宰带着各庙神主跟随同行，这也符合礼的规定。在太祖庙合祭祖先，太祝会到父庙、祖庙、曾祖庙和高祖庙去迎请各神主。神主出庙、入庙时，必须清除道路，禁止通行。其二，老子讲史佚有个儿子夭亡，墓地较远，召公建议他先在家里大殓入棺后再下葬。史佚不敢如此操作，召公就去问周公，周公表示这种葬法是可以的，于是史佚就按照召公的主意办了。其三，鲁公伯禽曾经在卒哭之后出兵征伐，现在也有很多人在守丧期间为了一己私利而发动战争，老子表示自己不知其合礼性何在。按照《曾子问》的说法，孔子不仅从老子那里学到了很多礼仪知识，还同老子一起参加了礼仪实践。二人曾一起在巷党帮助别人送葬，柩车在行进途中时正巧碰到日食，老子喊道："孔丘，快叫柩车停下来，人在道路右边站住，让大家不要再哭了，等到日食结束后再出发。"后来，太阳重新出来，柩车才继续前进。等到送葬回来，孔子问老子："灵柩既然已经出殡，是不能再返回去的，而日食一旦发生，不知道多久才能结束，继续前行不是更好吗？"老子说："诸侯朝见天子，等到太阳出来之后才上路，傍晚太阳还未下山时就已经停下来歇宿。大夫出使，也是见日而行，逮日而舍。而灵柩出葬，不能早早就出门，也不能天黑才歇宿。披星戴月地着急赶路，只有罪人与奔父母之丧的人才会那样。再回到前面那件事上，出丧之时遇到日食，我们见不到阳光，又怎知天上没有星星呢？如果依然继续前行的话，岂不就与星夜赶路之人一样了吗？我们作为赞礼襄礼之人，是不能让别人家的父母遭受祸患的。"

可见，《礼记》中的老子被打造成了一位礼学大师，这显然不是老子最主要的面貌。比较而言，《史记》"子见老子"故事中所记载的老子形象更贴近我们所熟悉的那位道学大师。依据《史记》的记录，我们似乎可以想象出这样一个场景——孔子向老子问礼，老子出于礼节，便如实相告；孔子对礼也深有研究，他侃侃而谈，与老子屡屡论辩，表现出一副昂扬向上、奋发有为的姿态；老子对眼前这位年轻人的博学多识颇有赞誉，但基于清虚、无为的立场，他又对孔子的汲汲以求表达了些许担忧。《史记·老子韩非列传》中记录了一段老子对孔子的劝告："你所说的那些关于礼的内容，制定它们的人早已化为朽骨，留下的只是一些言语罢了。君子遇到好的时机就出仕，赶不上好时机就隐居起来。我听说，好的商人把货物深藏起来，好像自己什么也没有的样子；君子德行高尚，但表面上看起来却很愚钝。孔丘呀，你应该去掉你的骄气、多欲、态色与淫志，这些对你都没有什么好处。我真正想告诉你的不是那些具体的礼仪条文，而是这些真诚的劝诫。"在《史记·孔子世家》中，也有一段老子对孔子的忠告，他说："聪明深察的人接近死亡，因为他喜欢议论别人。博学善辩、才能广大的人容易危害自身，因为他常常揭发别人的恶处。作为儿子不要总是想着自己，作为臣子不要总是凸显自己。"两段忠告内容非常相似，都是希望孔子敛藏自己的光辉，不要夸耀自己的学识，否则会招致诸多祸患。

当面对这些不可不谓尖锐的规劝时，孔子做何感想呢?《史记》里没有揣测孔子的心理活动，倒是讲了一个孔子的比喻，他把老子比作一条龙。鸟能飞，鱼能游，兽能跑，但在人面前，它们终究都是可以用网、用线、用箭去把捉的。但龙则不然，它乘风云而上天，是难以捉摸的。孔子想通过这个比喻说明什么呢？也许是老子的学问太博大、太深不可测了，有种望洋兴叹的味道，孔子深深地为其折服。但这又能改变什么呢？孔子毕竟还是孔子，他有自己的立场和追求，他没有按照老子的劝告改变自己。道不同可以为谋，但从此江湖路远。或许正因如此，儒道二家的思想之水才会分流而出吧!

三

夹谷之会

孔子说自己"三十而立"（《论语·为政》），是讲他在三十岁左右就打下了安身立命的基础。此时的孔子并没有担任多么重要的职务，他所从事的主要工作就是办私学，教学生。但是由于他博学广识，加之追求内圣外王，所以就与现实政治发生了紧密的联系。鲁昭公二十五年（前517年），鲁国执政大夫季平子与贵族郈昭伯斗鸡，二人皆作弊，但季平子自恃位高权重，于是首先发难，不但责备郈昭伯，还抢占了他的土地。后来鲁昭公联络郈氏等贵族联合讨伐季平子，季平子主动示弱，先后提出到沂水边等待调查、软禁自己在封地、逃亡海外等惩罚措施，但都遭到了鲁昭公的拒绝。昭公决心要杀掉季平子，本来观望的叔孙氏、孟孙氏见情况对他们不利，于是起兵相助季孙氏。最终三家联手打败了鲁昭公，后者只好逃到齐国，孔子也追随国君来到齐地。

孔子来到齐国后掀起了不小的波澜。他曾拜见齐景公，齐景公对孔子也早有耳闻。景公问政于孔子，孔子说了一句很有名的话："君君，臣臣，父父，子子。"（《论语·颜渊》）这很得景公之心，本来孔子有被重用的机会，但被齐国宰相晏婴等人阻止了，主要原因就是齐国大夫们担心孔子上位之后会损害他们的利益。最后，孔子在齐国不到两年，就又回到了鲁国从事教育工作。

"斗鸡之乱"后，季平子摄行君位。后来季平子卒，季桓子即位。因季氏家臣阳货（亦作"阳虎"）与季桓子的宠臣梁怀矛盾日益激烈，结果阳货不仅驱逐了梁怀，竟还把季桓子也囚禁起来。季桓子在被迫接受一些条件之后获得释放，但阳货控制了季氏家族，实际上也就掌控了鲁国的政权，此即孔子所谓"陪臣执国命"（《论语·季氏》）。鲁定公六年（前504年），孔子四十八岁。阳货想请孔子出仕，但孔子瞧不上这个篡政弄权的小人，于是有意避而不见。阳货使了一个计策，派人送给孔子一头小猪，按礼孔子是要登门致谢的。孔子将计就计，趁阳货不在家的时候登门拜谢，结果却在半路上碰到阳货。阳货毫不客气，半规劝半指责地问了孔子三个问题，孔子先是不吭声，最后抛出了一句"诺，吾将仕矣"（《论语·阳货》）搪塞。当然，孔子并没有真的去阳货手下做官。孔子五十岁时，季孙氏的另一个家臣公山弗扰（即公山不狃）在费邑叛乱，他也要征召孔子为其服务。孔子本来想去挽救危局的，却遭到子路的反对，孔子虽心有不甘，但终究没有成行。可见，五十岁之前的孔子在政治上并没有大展拳脚的机会。

等到孔子五十一岁的时候，也就是鲁定公九年（前501年），他的仕途才算有了起色。孔子被任命为中都宰，算是很重要的一个职位了。据《孔子家语·相鲁》记载，孔子在此任上曾大刀阔斧地改革礼制，确定养生送死的制度。鲁定公曾问孔子："我借鉴夫子治理中都的办法，并拿您制定的这些制度治理整个鲁国，怎么样？"孔子自信满满地说："虽天下可乎！"仅仅用了一年的时间，中都被治理得井井有条不说，还引来四方各邑纷纷仿效。孔子的政绩很快就给他带来升职，他先是被任命为鲁国司空，主管土建水利。不久，他又升任为司寇，负责整个鲁国的刑狱。

定公十年（前500年），发生了一件足以彰显孔子智勇双全的政治事件，那就是夹谷之会。这年春天，鲁国与齐国本是和平的状态，但是鲁国重用孔子的消息传到齐人那里，齐人有些忧虑。夏天，齐国大夫黎弥（一作黎鉏）就对齐景公说："鲁用孔丘，其势危齐。"（《史记·孔子世家》）于是他们就想搞出事端，要给鲁国一点儿颜色瞧瞧。齐国派使者通知鲁国，说是要在夹谷（今山东莱芜境内）这个地方举行友好会晤。齐人说是友好，实则包藏祸心。鲁定公也没多想，就答应了这次会晤的建议。孔子虽为司寇，但由于对外交礼仪的熟悉，所以很自然地承担起了相礼的任务。本来定公想轻车简从，以示友好，但孔子对齐人有戒备之心，他向定公建议道："我听说有文事者必有武备，有武事者必有文备。古代的诸侯出国离境，一定要让文武两方面的官员随行。请您让左右司马随同前往吧！"司马是很重要的军职，让他们随行自然是出于保驾护航的考虑，定公想了想，最终接受了孔子的这个建议。

双方到了夹谷之后，黎弥想出了一个借刀杀人的诡计。他觉得孔子知礼而无勇，在威逼面前会乱了方寸，于是建议齐景公派已经被齐国降服的莱夷之人率先发难，劫持鲁定公，然后强迫他答应齐国的要求。黎弥显然是小瞧了这位鲁国的司仪，等莱夷之人准备动手时，只见孔子毫无畏惧地掩护定公退出，并大声言道："士兵们，拿起你们的武器，准备战斗吧！"他还有理有力地痛斥齐人说："两国君主在此地会盟合好，而蛮荒之地的莱夷俘虏竟然使用武力来捣乱，这不是齐国君主用以对待诸侯的态度。边地不能图谋华夏，夷狄不能扰乱中华，俘虏不能侵犯盟会，武力不能逼迫友好，否则对神明来说是很不吉祥的，就道德而言是丧失正义的，对人类而论则是丢弃礼仪的。一国之君必然不会行此大不义之事！"齐景公听了孔子的慷慨陈词之后自觉理亏，只好让莱夷速速避开。

此计不成，又生一计，齐人又在演奏的乐曲上做了手脚。双方先是拱手揖让，登上事先修筑好的坛位，然后各自献出应酬的礼品。等这些仪式完成后，齐国有司快步向前说："请求演奏四方之乐。"景公应允之后，齐国乐队就登场了，他们以旌旗为先导，头戴羽毛制成的冠帽，手里拿着袯、矛、戟、剑之类的器物，蜂拥鼓噪着来到坛上。孔子见状，也是快步向前，来到坛下时，只见他一步一个台阶，还没上最后一个台阶时便把衣袖猛地一甩，大声说道："我们两国君主友好相会，怎能在此演奏夷狄的乐曲呢？请齐国的有司让他们退下！"有司命齐国乐队下坛，但他们不肯，而是左右盯着景公和晏子，看他们的眼色。景公心有愧怍，只能挥手叫乐队离开。过了一会儿，齐国有司再次疾步进前，说道："请求演奏宫中乐曲。"景公又答应了，然后一群表演歌舞杂耍的侏儒们调笑上前。孔子看不下去，再次赶紧快步前进，一步一级而往上登，离坛上还差最后一级台阶时，呵斥说："这些匹夫来迷惑诸侯，论罪当诛！请有司加以惩处！"有司只好依律行刑，把这帮优倡侏儒腰斩了。景公又惧又痛，但又觉理亏，只能作罢。

但事情并没有结束。按照《左传》的记载，双方谈得差不多了，马上就要盟誓的时候，齐国人又动了歪心思——他们在盟书上加上了这样一句话："齐军出境，而鲁国不派三百辆兵车跟随我国，有盟誓为证。"这显然有怪罪的意思，孔子听出了其中的恶意，于是让鲁国大夫兹无还作揖并据理力争道："你们齐国不归还我国汶阳之地，让鲁国恭敬地服从命令，这也有盟誓为证。"在盟誓的问题上，齐国也没占到多大便宜。最后，齐景公准备设享礼招待定公，熟悉礼仪的孔子又看出了其中的不妥，他对与会的齐国大夫梁丘据言道："齐、鲁两国之前的惯例，您为何没有听说过呢？盟会已经结束，却又设享礼，这是给执事增加麻烦。再说牺尊、象尊不能出国门，钟磬也不能在野外合奏。

设享礼而使这些东西全都具备，这是不合礼法的；但不准备这些东西的话，就又如同秕子稗子一样草率轻微。草率轻微，君王受辱；抛弃礼法，带来恶名。您为何不考虑一番呢？享礼本是昭明德行的，如果不能使德行得到彰显的话，那还不如不举行！"最终享礼不了了之。

夹谷之会让我们感受到了孔子的机智灵活以及对国家的深厚情感，这其实也给齐景公非常深刻的触动。齐景公回国之后久久不能平复，甚至还有些后怕。他不无责备地对群臣说道："鲁国是用君子之道辅佐他们的国君，而你们却用夷狄之道教唆寡人，使我得罪了鲁君，这该怎么办呢？"有司上前回应说："君子有了过错会用行动谢罪，小人有了过错会用花言巧语谢罪。您如果真的痛心，就用实际行动谢罪吧！"最终，齐景公把侵占的郓、汶阳以及龟阴之田还给了鲁国，以示谢罪。

四
行摄相事

　　孔子在鲁国从政，面临的最大问题就是"三桓"擅权，礼坏乐崩。所谓"三桓"，就是鲁国孟孙氏、叔孙氏和季孙氏三家贵族，他们分别为鲁桓公之子仲庆父、叔牙和季友的后裔。"三桓"之中，又以季孙氏权力为重，孔子正是得到季孙氏的重用才得以在鲁国政坛大展拳脚。掌控政权的"三桓"常常僭越礼制，根本不把等级尊卑放在眼里。季氏曾在自己的府邸举行八佾之舞，"佾"是古代乐舞的行列，一佾有八个舞女，八佾则为六十四个舞女。按照礼的规定，只有天子才配享八佾，诸侯享六佾，大夫享四佾。季氏只是一个大夫，却享受天子之乐，名不正，言不顺，是典型的僭越犯上行为。对于重视礼制的孔子来说，他自然痛恨这种越轨行为。所以，他在评价季氏时说道："八佾舞于庭，是可忍也，孰不可忍也？"（《论语·八佾》）

　　为了加强各自的实力，三桓还违背礼制，大修城邑，如季孙氏有费邑（今山东费县西北），孟孙氏修成邑（今山东宁阳东北），叔孙氏筑郈邑（今山东汶上北）。因为"三桓"常居曲阜，所以此三都基本上都是被他们的家臣所控制。家臣们在破坏礼制上不甘落后，他们常常以这些城池为根据地发动叛乱（如定公八年阳货以费叛，定公十年候犯以郈叛等），既危及了三家的统治，也加剧了鲁国政局的混乱。

一心维护周礼的孔子自然看在眼里，急在心上。鲁定公十二年（前498年），孔子"行摄相事"，辅助季桓子处理国政，手里掌握了更大的权力，解决这个问题的机会也就来了。为此他甚至脸上颇有"喜色"，子路有些不解地问道："我听说君子祸患来临之时并不畏惧，幸福到来之际也不会欢喜。如今夫子却得位而喜，这是为什么呢？"看来子路对孔子一反常态的兴奋有些疑惑，后者并没有否认"君子祸至不惧，福至不喜"的说法，但又给出了"乐以贵下人"（《孔子家语·始诛》）的回应，意为身居高位但并不高高在上，而是以谦虚之态造福百姓，这本身也是一件值得高兴的事情。

主持朝政之后，孔子为了树立自己的威严，据说曾开展了一项颇具争议的行动，那就是诛杀少正卯。少正卯也算是鲁国的著名学人，他也开办私学，设帐授徒，因其思想新异、不拘小节，吸引了不少的拥趸，甚至很多孔门弟子也改投其门下，与孔子儒学形成了很强的竞争关系。在孔子看来，少正卯宣扬的都是一些异端邪说，蛊惑人心，危害极大。因此，他决定使用手里的权力，要杀了少正卯。这个想法其实遭到了很多质疑和反对，包括他的学生们，其中以子贡的质疑最为强烈。在众人不敢议论的情形下，子贡站了出来，向孔子发难："敢问先生，少正卯也算是鲁国的知名人士，夫子执政以后，为何要先杀掉他呢？"在《论衡·讲瑞篇》的记载中，孔子听到这个问题后有些恼怒，他将子贡赶出门去，还说这件事情不是子贡能够搞明白的，但在《荀子·宥坐》里，孔子则向子贡详细解释了诛杀少正卯的理由。在孔子看来，少正卯犯下了五种罪恶：一是通达事理却用心险恶，二是行为乖僻又固执己见，三是言语虚伪且善于狡辩，四是善记丑恶又博闻强记，五是纵容错误并文过饰非。这五种恶行中任何一种都是死罪，少正卯五者兼具，带来的后果是"居处足以聚徒成群，言谈足以饰邪营众，强足以反是独立"，他是"小人之桀雄也，不可不诛也"（《荀子·宥坐》）。结果，孔子在坐朝才过七天便果断把少正卯杀了。对于这件事情是否真实存在，直到现在还有不少争议，我们暂且认为它是发生过的。从这件事情上可以看到，孔子获得主政权力之后是想大干一场的，他首先在意识形态的问题上发力，力图扫清邪辟，端正人心。其实包括他试图打击"三桓"势力，本质上也是要拯救已经混乱的世道人心，让其回归到正确的方向上来。

趁着"新官上任三把火"所点燃的激情，孔子向定公提出"臣无藏甲，大夫毋百雉之城"（《史记·孔子世家》），言外之意就是三家的势力都超出了礼制所规定的范围，需要加以限制。如何采取行动呢？孔子提出"堕三都"的政策，就是要拆毁三家封邑的城墙，在他看来坚固的城墙一旦拆除，三家割据势力就会遭到重创。在得到定公的支持之后，孔子便委派时任季氏宰的子路来具体操办堕都事宜。

起初，"三桓"对孔子的设想并不反对，虽然这对他们的利益会有所损害，但他们更想趁此机会打击家臣势力。叔孙氏首先同意堕郈，季孙氏也准备拆毁费邑的城墙，但季氏家臣公山不狃看清了事情背后的玄机，于是率先在费邑发难，并联合叔孙辄等人偷袭了鲁国国都。孔子命令申句须、乐颀等率部予以回击，费人败北，鲁军乘胜追击，在姑蔑击溃了他们。公山不狃等人逃亡至齐国，费邑的城墙也被成功拆除。下一步孔子就要拆成邑的城墙了，此时孟孙氏的宗主叫何忌（即孟懿子），上文提到孟懿子之父孟僖子曾嘱咐自己的两个儿子——南宫敬叔和何忌跟随孔子学礼。孟懿子作为"三桓"贵族子弟，确实曾学礼于孔子，《论语·为政》记载，他向孔子问孝，孔子答曰："无违。"替孔子驾车的樊迟问孔子何谓"无违"，孔子说："生，事之以礼；死，葬之以礼，祭之以礼。"孔子这里对生死之礼的强调似有所指，很大可能就是想表达对鲁国三家大夫经常用鲁公（诸侯）之礼甚至天子之礼的僭越行为的不满。孟懿子虽敬重孔子，但当面对师生情谊与家族利益的两难选择时，他偏向了后者。孟懿子的家臣、同时也是成邑之宰的公敛处父直接向他进言："如果成邑的城墙真被拆了，那齐国人一定会攻至北门。况且成邑是孟孙氏的保障，没有成邑就不会有孟孙氏。所以，我不准备拆毁成邑之墙。"孟懿子觉得此言不虚，他意识到堕都未必有利于"三桓"，于是在拆毁城墙的问题上就采取阳奉阴违的策略。结果，公元前498年12月，定公派军队围攻成邑，孟懿子暗中支持公敛处父据守成邑，定公军队久攻不下，最终堕成的计划只能以失败而告结束。孟孙氏的态度也影响了叔孙氏、季孙氏，他们对孔子的堕都之议乃至于对孔子本人生出了很多疑虑。在此种情境之下，"三桓"对孔子的信任难以为继，堕三都的计划也只能泡汤了。

堕都的失败像是一个潘多拉盲盒，它一旦开启，接踵而至的便是种种祸患。先是实施堕都计划的子路被一个叫公伯寮的人诽谤，此人也是孔子弟子，在《史记·仲尼弟子列传》中名列第二十四。公伯寮不念师生与同门之情，跑到季孙氏面前毁谤身为季氏家宰的子路。子服景伯将这件事告诉了孔子，并表示可以一己之力让公伯寮付出代价。孔子对公伯寮的谗言极为恼火，但制止了子服景伯的报复打算，他说："道之将行也与，命也；道之将废也与，命也。公伯寮其如命何？"（《论语·宪问》）孔子觉察到一种不可抗拒的命运力量存在，它不是神秘的鬼神之力，而是一种历史与现实发展演化的必然趋势，任何个人都无法改变这种趋势，人们能做的只能是顺应它。很快，季氏解除了子路的职务，孔子与季氏之间的关系也降至冰点。孔子施展政治才能的良机便再也没有了，是要坚守故土还是选择远离，他陷入苦闷之中。

鲁定公十三年（前497年），齐国的一个举动加速了孔子离开鲁国的进程。夹谷之会后，齐、鲁两国结盟，关系趋于缓和，边境冲突也基本消失。但孔子在这次会盟上的表现太过亮眼，让齐国丢了脸面，齐人耿耿于怀。尤其是齐国大夫黎弥，作为齐国一方的出谋划策者，他的如意算盘被孔子敲得粉碎，自己反而成为跳梁小丑，所以对鲁国和孔子的仇恨简直就无以复加。黎弥绞尽脑汁，想出了一个阴险的计划，那就是挑选十六名能歌善舞的齐国美女和一百二十匹良马送给鲁定公、季桓子等人，表面上是要与鲁国交好，实际上意在迷惑和腐蚀贪财且好色的鲁定公与季桓子，使他们荒废政务。一旦出现这种情况，孔子必然会极力劝谏鲁定公、季桓子，这就会加深他们与孔子之间的裂痕。正如预期的那样，鲁定公与季桓子纷纷落入齐国的圈套，他们被美色和娱乐所吸引，流连忘返，无心政务。子路目睹此景，深感痛心，他对孔子说："夫子，是时候离开了。"然而，此时的孔子仍抱有一线希望，他回复子路道："鲁国即将举行郊祀，届时若能按礼制将祭肉分给大夫，那我便仍有理由留下。"结果却事与愿违，季桓子接受齐国的歌舞美女后，连续三天没有上朝理政；郊祀时，也未按礼制将祭肉分给大夫。面对如此荒诞的现实，孔子终于下定决心离开鲁国，寻求他心中的理想国度。

这年春天，孔子在鲁国从政三年后，带着他的弟子们，满怀哀伤与无奈，再次告别了他的故土，踏上了漫长而又充满艰险的周游列国旅程。

五

周游列国

    在鲁国碰壁之后，孔子带领弟子们，开启了长达十四年的羁旅生涯。孔子在诸侯国之间来回奔走，他去过十几个国家，游说了七十余位大小诸侯国国君，将自己的治国理念和道德学说播撒到很多地方。从结果上来说，他的学说没有引起多么大的重视，更不要说有哪位国君真正想要践行孔子的理念。因为时代变了，礼坏乐崩已经成为不可逆转的趋势，幻想回到三代之治只能是一厢情愿罢了。孔子的学说既不能真正缓解日益激化的社会矛盾，也不能适应诸侯纷争、图强称霸的现实政治环境，他遭到轻视也是自然的事情了。不过，孔子的伟大不在于他在政治上有多么大的作为，而在于他在政治黑暗的年代，为社会点亮了人性的光芒，让人们有希望地活着，奋斗着，追求着。

    十四年的周游列国经历充满着无尽的坎坷，如果说冷遇和嘲讽还能一笑了之的话，那么困厄和凶险则时刻危及这个儒者团体的生存。鲁定公十三年初，孔子首先来到卫国，这里土地肥沃、人烟稠密，给他留下了不错的印象。趁着这股新鲜劲儿，孔子在马车上与弟子冉有谈到了管理民众的问题，他提出了"富而后教"的观点。此时在位的卫灵公并不是什么明君，他虽然热情接待了孔子一行人，还答应按照鲁国的标准每年给他们六万斗粮食作俸禄，但在佞臣弥子瑕的谗言之下，并没有给孔子安排什么官职。不久，卫国发生了公叔戍叛逃的事件，而孔子出于对公孙戍之父公叔文子的敬重，与公孙戍有一些交往，这自然引起了卫灵公的猜疑。卫灵公派人去窥探监视孔子师徒们的行动，孔子觉察到危险的降临，便在卫国居留十个月之后就离开了。

离开卫国之后，孔子下一个目的地是陈国。师徒们渡过濮水，继续往南行进，经过郑国的匡邑。颇具戏剧性的是，这里的百姓误以为孔子是七年前曾率军攻打匡邑的阳虎，可以想象他们对阳虎有多痛恨，就会对孔子一行人有多仇视。匡人将孔子师徒拘禁了起来，不断地进行盘问，师徒们反复申说，也没有洗清嫌疑。孔子心里愁闷，便抚琴排遣，琴声并没有安抚大家焦躁恐惧的情绪，子路愤愤不平，鼓动大家杀出重围。孔子赶紧制止，宽慰大家说："文王既没，文不在兹乎？天之将丧斯文也，后死者不得与于斯文也；天之未丧斯文也，匡人其如予何？"（《论语·子罕》）处于危难中的孔子并没有失去镇静，在他看来，天命赋予自己这个"后死者"继承和弘扬殷周文化的使命，他作为天道的承载者，匡人是无法加害于他的。大家的情绪被稳住了，好消息也很快来临了，孔子被确认并非阳虎，于是匡人就把师徒们给释放了。脱困之后，他们改变了南下陈国的打算，准备先回到卫国都城帝丘（今河南濮阳西南），稍做休整后再从长计议。在他们向北折返的过程中，路过蒲邑，此时公孙戍正在此邑领导对抗卫国公室的斗争。蒲邑民众扣留了孔子，企图强迫他一同参加叛乱。在孔子的随行人员中有一个叫公良孺的卫国贵族子弟，他敬仰孔子的学识和人格，于是就以私车五乘随从孔子离开卫国。公良孺见蒲人如此蛮横，便率领自己带来的人马，并和子路等人合作，与蒲人奋勇拼杀起来。蒲人没有占得什么便宜，为了减少麻烦，就主动要讲和，表示愿意放孔子一行人等通过，条件是他们不能返回帝丘。孔子同意了这个条件，双方还举行了盟誓。不过，从蒲邑离开之后，孔子还是往帝丘行进，子贡对老师违背誓言的行动有些不解，孔子则说："被胁迫而订立的盟誓，神灵是不会听的。"

再次居卫期间，孔子试图通过依附于大夫蘧伯玉来站稳脚跟，并且还与卫灵公所宠幸的夫人南子见面。南子是个聪慧的女子，但名声不太好，她听说孔子是一位非常有学问、有声望的大人物，于是就想见见孔子。鲁定公十四年（前496年），她派人给孔子传话，说是可以在孔子与卫灵公之间牵线搭桥。刚开始孔子是谢绝的，但考虑到南子在卫国政坛有很大的影响力，最终还是去见了南子。为了表示对孔子的尊重，南子盛装打扮，并隔着一层薄纱与孔子对话。双方相互致礼，孔子没看到南子的尊容，只听见南子施礼时身上所配玉石叮当作响的声音。对于孔子与南子会面这件事，子贡很是气愤，因为他觉得老师去面见这样一位风流女子实在有失体面。孔子见子贡态度如此激烈，觉得有些委屈，一下子着急起来，他指天发誓，说道："如果我在这个过程中有什么不恰当的地方话，那老天会厌弃我的！老天会厌弃我的！"虽然在此次留卫期间孔子结交了一些卫国统治上层，并且孔子的一些弟子在卫国获得了官职，特别是子路被派往蒲邑去管理叛乱后的地区。但对孔子而言，他依然没有得到卫灵公的重用，有的只是被统治者利用以换取礼贤下士的好名声。在卫国，孔子空有治国理政的好想法而无法施展，继续留下去也没什么意义，于是就再次产生离开的想法。他一度想去往晋国投奔赵简子，但正当孔子准备渡过黄河、西入晋国的时候，赵简子杀害窦鸣犊和舜华这两位贤大夫的消息传来。面对着这奔流的黄河之水，眺望着就在不远处的晋国国土，孔子发出无限的慨叹："美哉水，洋洋乎！丘之不济此，命也夫！"（《史记·孔子世家》）晋国是去不了了，他们只好折返，途中在陬乡歇脚，在此地孔子写下《陬操》一诗，以寄托自己的无尽惆怅与哀叹。

由于此前卫国与晋国屡屡交战，孔子去晋国投奔赵简子自然会招致卫灵公的厌烦，卫灵公对再次回到卫国的孔子热情大减。鲁哀公二年（前493年）四月，卫灵公去世，太子蒯聩与其子辄争夺权位，卫国大乱。对于"危邦不入，乱邦不居"（《论语·泰伯》）的孔子来说，必须离开卫国了。这年秋天，他带领弟子们由北而南，奔向陈国。途中，他们过曹国，至宋国。宋国本是孔子先祖受封之地，他年轻时还专门来宋国考察过殷礼，所以来到这里孔子倍感亲切。在宋都商丘，孔子求见宋景公，得到应允。据《说苑·政理》记载，宋景公一连提问了许多问题，核心就是询问把国家治理好的方法和途径，孔子也侃侃而谈，讲得很透彻详细。宋景公听了孔子所给出的答案，非但没有感谢，反而狡黠地说道："先生讲得真好啊！谁说不应该这样去做呢？但这太难了，我做不到。"孔子本想劝导宋景公，鼓励他只要坚持就能成功，但景公不为所动。居宋期间，孔子还跟司马桓魋起了纷争。桓魋因深受宋景公宠爱，非常骄横奢侈。据《礼记·檀弓上》记载，桓魋命人为其打造一副巨型石椁，因为工程浩大，三年还没完工，很多工匠都累病了。孔子可怜那些工匠，更痛恨桓魋的奢侈靡费与违背礼制。他气愤地说道："耗费如此奢靡，不如死后早点烂掉为好。"不料这话传到桓魋的耳朵里，桓魋非常愤慨，准备好好教训孔子一番。他听说孔子师徒经常在一棵大树下演习礼乐，就赶忙派人故意挑衅，将这棵大树连根拔起。孔子知道宋国也待不下去了，很多弟子担心会发生意外，也劝老师赶紧离开。孔子却说"天生德于予，桓魋其如予何！"（《论语·述而》），言语之中透露出对桓魋的蔑视。出于安全的考虑，师徒们还是仓促上路，他们分成几路，改道西行，向郑国进发。慌乱之中，孔子与弟子走散了，于是他就按照此前的约定，独自一人在郑国都城新郑东门附近等待与弟子们会合。子贡等人较早赶到新郑，他们四处打听孔子的踪迹，有位郑国人对子贡说："我看到东门旁站着一位老者，他的额头像尧，脖子像皋陶，肩膀像子产，但自腰以下比禹少三寸，那疲惫颓丧的样子好像一条丧家之狗。"子路明白，这位老者便是自己的老师。等他找到孔子，便将那位郑国人的原话转达给了孔子。"丧家之狗"的形容虽然尖锐刺耳，但孔子并没有生气，而是不禁大笑，他对子贡说："说我长得像尧、舜、子产等，倒在其次，而说我像丧家之狗，确实如此，确实如此！"孔子在自嘲之中显露出些许无奈，又彰显了几分豁达。这路途之中有太多无奈和困苦，如果没有足够的豁达和乐观，怕是很难坚持下去的。

师徒们在郑国会齐之后，很快又匆匆赶路，他们转向东南，继续朝陈国行进。大约在鲁哀公三年（前492年）五月左右，孔子终于抵达陈国，陈湣公待之以上宾之礼，还吩咐将陈国最好的宾舍提供给孔子居住。但陈国毕竟是小国，能提供给孔子施展才华的机会非常有限。陈国处于吴、楚两个大国之间，吴、楚常年交战，陈国也深受其害，不少陈国百姓为避战乱，只好选择逃往他国。孔子师徒也面临此种困难，鲁哀公六年（前489年），吴国军队打到陈国都城宛丘，孔子只好带领弟子从宛丘仓皇南逃，准备去往楚国。南下途中经过吴、楚交战的蔡国故地，当地百姓早已迁徙，而孔子师徒所带粮食又不多，吃饭就成了很大的问题。他们只好采集野菜用来充饥，饥肠辘辘之余又要忍受高温炙烤，可算是吃尽了苦头。孔子派子路、子贡等人去寻找食物，但一无所获，失望和无助的情绪不断袭来，大家都闷闷不乐。子路先是发起了牢骚，他问孔子为何行善者非但没有得到福报，反而深陷祸殃。孔子给他列举了很多道德高尚、才能出众的人却没有得到重用的例子，告诉他君子要做的就是"博学深谋，修身端行，以俟其时"（《荀子·宥坐》）。孔子还说："君子固穷，小人穷斯滥矣。"（《论语·卫灵公》）君子身处穷困中，仍能坚定不移，而小人身处穷困中，就肆无忌惮了。子贡劝夫子将自己的标准降低，以便使别人容易接受，孔子批评他志向不够远大；颜回则认为夫子之道至大，因此天下不能接受，但这并不是我们的问题，而是有国者之丑，听到颜回的回答，孔子欣然而笑。孔子这一系列论述就是想让出现信仰危机的弟子们重新振作精神，坚守道德理想，"他认为越是在艰险、危难之时，越是应当坚定大家的信念"①，只有这样才能渡过眼下及将来的难关。在孔子的鼓舞下，大家打起精神，积极应对，很快便解决了饥饿问题。

师徒一行人来到楚国的负函，得到了楚国大夫沈诸梁的帮助，孔子常常往返于负函与沈诸梁的采邑叶城之间。在楚国的这段时间里，年近七旬的孔子曾遭到楚国两位隐者长沮和桀溺的质疑，他们建议孔子也选择避世，孔子则说"天下有道，丘不与易也"（《论语·微子》）。此外，他还被一位正在除草的老人批评"四体不勤，五谷不分"（《论语·微子》）。楚国有个狂人叫接舆，他很佩服孔子的学识和人品，但不认同孔子所坚守的事业。接舆借一首歌谣，委婉建议孔子迷途知返，劝其在衰败的时代里不要再去坚持徒劳无益的事情。面对这一个接着一个的嘲讽与劝告，孔子内心很难不起波澜，加之人已暮年，思乡情切，他最终下定决心，离开负函北上返乡。鲁哀公十年（前485年），孔子师徒回到陈国，然后继续北上，又经宋、卫，最终于次年秋，六十八岁的孔子结束了长达十四年的周游历程，回到了鲁国。

---

① 金景芳、吕绍纲、吕文郁：《孔子新传》，长春：长春出版社，2006年版，第65页。

六

仁民爱物

在孔子的思想体系中，"仁"无疑是最重要的概念。它既是一种道德理念，也是一种行为准则，体现了儒家对人与人之间乃至人与万物之间相亲相爱、和谐相处的理想和追求。

孔子所谓的"仁"具有多层次的含义，按《说文》的解释，"仁"字从人二，指人与人之间的亲密关系，孔子对"仁"的基本界定也是人与人之间相亲相爱的关系。一日孔子弟子樊迟问仁于孔子，孔子给出了简练的回答："爱人。"（《论语·颜渊》）孔子将天视为主宰，但也看重人的价值，对人充满关爱和怜悯。一次孔子下朝后，听闻马厩失火了，他首先问的是是否有人伤亡，而没有问马的情况。孔子还说："道千乘之国，敬事而信，节用而爱人，使民以时。"（《论语·学而》）小到处理日常突发事件，大到治理千乘之国，都要以"爱人"之"仁"作为重要原则，因为在他看来，如果一个人特别是统治者具备了"仁"的品质，就会表现出对他人的同情、理解和帮助，从而在社会中营造出一种温暖、和谐的人际氛围。孔子仁学的一贯之道是忠恕，忠恕分别从积极和消极两个层面界定了"爱人"的实施原则。"忠"是"己欲立而立人，己欲达而达人"(《论语·雍也》)，即要推己及人，设身处地地为他人着想；"恕"则强调"己所不欲，勿施于人"(《论语·卫灵公》)，即不要将自己不愿承受的事情强加给别人。

家庭伦理关系是最基本的人际关系，因此对他人的关爱往往要从爱自己的家人开始。孔子提倡一个人在家庭生活中要孝顺父母，尊敬兄长，这是做到"仁"的根本。弟子有若的一段话反映了孔子的这种思想："其为人也孝弟，而好犯上者，鲜矣；不好犯上，而好作乱者，未之有也。君子务本，本立而道生。孝弟也者，其为仁之本与！"(《论语·学而》)孝悌为仁之本，但仁又不止于孝悌，孔子主张要将这种亲情之爱推广到社会，特别是君子应该以身作则，通过自身的榜样力量带动群众趋仁向善。孔子曾说："君子笃于亲，则民兴于仁；故旧不遗，则民不偷。"(《论语·泰伯》)君子能够敦睦亲族，百姓就会归附仁德；君子不遗弃朋友，百姓就不会对人淡漠。除了"仁"之外，我们可以发现《论语》中提到非常多的德目，如义、礼、智、恭、宽、信、敏、惠、忠、恕、勇、耻等，它们都是仁的题中应有之义，或者说是仁的具体实现路径。在孔子看来，一个具有仁德的人，应该具备诚实、正直、谦虚、宽容等品质，能够在面对困难和挑战时保持内心的平静和坚定，从而在社会中发挥积极的作用。总之，"仁"作为行为准则，要求人们在日常生活中践行道德理念，通过自身的行为来影响他人，最终实现社会的和谐与稳定。

在与仁密切相关的诸德之中，礼是非常关键的一个。孔子将知礼、守礼看作是体现仁德的重要标准，而仁则是礼的精神实质。一次颜渊问仁于孔子，孔子告诉他："克己复礼为仁。一日克己复礼，天下归仁焉。为人由己，而由人乎哉？"(《论语·颜渊》)一个具有仁爱精神的人一定要克制自己的欲望，如果一个人欲望很多，就会整天想方设法去满足它们，在这个过程中也势必会出现利益纷争，有些人不择手段，横行霸道，哪还有仁爱可言？为了解决这个问题，孔子给出的答案是要恢复周礼，用礼去规范人的言行，克制人的欲望。颜回希望孔子讲得再具体一些，孔子回应道："非礼勿视，非礼勿听，非礼勿言，非礼勿动。"（《论语·颜渊》）他想告诉弟子，在日常生活中，不合礼制的就不要看、听、言、动。可问题是，在孔子所处的时代，礼乐制度被诸侯以及他们的家臣们破坏得一塌糊涂了。也许有人会说直接恢复周礼就是了，但有没有想过，那些诸侯们为何会破坏礼乐（或者说重建一套自己认为正当的礼乐）？孔子给出了答案："人而不仁，如礼何？人而不仁，如乐何？"（《论语·八佾》）礼坏乐崩表面上看是礼乐制度被破坏，归根结底则是仁爱的缺失，一个不讲仁爱只重私利的人，礼乐对他而言只不过徒有其表而已，哪还有什么约束力？

值得一提的是，孔子之"仁"所包含的关爱和尊重不只针对亲朋好友和社会其他成员，还包括动植物和自然环境，甚至整个宇宙都是仁所关爱的对象。在注重生态保护的当代社会，孔子仁爱万物的思想还是颇具启发意义的。《论语·雍也》里有孔子的一句话："知者乐水，仁者乐山。知者动，仁者静。知者乐，仁者寿。"人生天地之间，与周围的生态环境有着密不可分的关系，如何与环境相处就成为一个必须作出选择的问题，孔子的态度是追求人与环境的和谐。孔子仁且智，仁智之人，乐山乐水，动静一体，天人合一。在人与生态环境和谐相处之中，人获得的是生命的欢乐，心灵的安顿，诗意的栖居。

生态环境不只有青山绿水，还有鸟兽草木，对于后者，人类也要认识它们，亲近它们，善待它们。孔子曾敦促自己的弟子要多学习《诗经》，一方面可以学习兴、观、群、怨等修辞手法，借以振奋人心、观察民风、促进团结、匡正时弊，另一方面也可以多认识一些鸟兽草木的名字，增加一些自然科学的知识。《论语》中有一些地方谈到了鸟兽草木等动植物，从总体上来看孔子秉持以人为本的立场，但他对人之外的生物还是怀有脉脉温情的。《论语·乡党》记载孔子与子路有一次在山间游走，一群野鸡受到惊吓飞走了，盘旋许久之后又选择新的处所停下。这本是自然界中再普通不过的场景，但孔子却从中有所感悟，他慨叹"山梁雌雉，时哉时哉"，这是将自己的遭际融入人与鸟兽互动的情境之中，借动物的情态来表达自我的情感。马与古人的生活息息相关，驾驭车马也成为"六艺"之一，孔子曾多次提到驾驭车马与治理天下的关系。他还将马与人的品性结合起来进行讨论，《论语·宪问》云："子曰：'骥不称其力，称其德也。'"此句虽言马之"力"与"德"，实则是谈论人之内在品德相较于外在气力的优先性。可见，在孔子的世界里，有时动物已经不仅仅是鸟兽而已了，它们似乎成了人的化身或寄托，人与天地万物之间建立起了奇妙的关联。

孔子还以仁爱之心对待自然之物。仁始于"爱人"，特别是亲亲之爱，但儒家又强调推恩，将亲亲之爱推扩出去，最终形成万物一体之仁。《论语·述而》记载孔子"钓而不纲，弋不射宿"，是说他钓鱼但不用大网，射鸟却不射宿巢之鸟。《史记·孔子世家》记载孔子谈论赵简子杀害窦鸣犊、舜华一事，其中的一段话其实就解释了"钓而不纲，弋不射宿"的原因："丘闻之也，刳胎杀夭则麒麟不至郊，竭泽涸渔则蛟龙不合阴阳，覆巢毁卵则凤皇不翔。何则？君子讳伤其类也。"[1]这段话中"君子讳伤其类"的论断确实是孔子仁爱万物的真实写照。在《孔子家语·刑政》的记载中，孔子特别强调"以时取物"，像果实、树木、鸟兽鱼鳖之类一定要等到它们成熟、长大之后才能放到集市上去卖。孔子还看重节俭的美德，他主张"道千乘之国，敬事而信，节用而爱人，使民以时"（《论语·学而》）、"君子惠而不费"（《论语·尧曰》），他告诫弟子"奢则不逊，俭则固；与其不逊也，宁固"（《论

---

① 司马迁：《史记》卷四十七，北京：中华书局，2014年版，第2333页。

语·述而》），"礼，与其奢也，宁俭"（《论语·八佾》），他还和颜渊一道践行着安贫乐道的生活。节俭不仅仅是一种可贵的美德，从生态的意义上来看，它还意味着人对自然万物的索取维持在一个较低的限度，这也就在某种程度上保护了生态资源，促进了自然的可持续发展。对孔子而言，他之所以如此选择，其根源还是将人类与自然视为一体的宇宙观以及仁爱万物的价值观。这种思想一直贯穿在儒学发展的始终，成为儒家"天人合一"思想中极为重要的一个内容。

七

诲人不倦

孔子是一位伟大的思想家，又是一位伟大的教育家。他在教育方面的成就巨大，影响深远。有学者甚至认为，在中国历史上最重要的思想家之中，孔子"是当之无愧的最伟大的教育家"。[①]孔子在教育方面的成就，大致有以下四个方面。

首先，孔子首开私人讲学之风，是第一个创办私学的人。从尧舜那个时代开始，中国就有了名为"庠""序""学"之类的官方教育机构，但它们并不是向所有人开放的，而是"为王子、贵族与普通民众中的优秀子弟而设"。[②]孔子非常重视教育，认为人口、财富和教育是立国的三个要素，并强调教育在国家稳定和社会发展中起到了重要作用。作为学识渊博的大儒，孔子一生大部分时间都在从事教育活动。他广收门徒，实行"有教无类"的教育方针，扩大了教育对象的范围，打破了当时贵族垄断教育的局面，使平民阶层也能接受教育，从而促

---

① 程方平：《中国教育史话》，北京：北京人民出版社，2020年版，第14页。
② 郭秉文：《中国教育制度沿革史》，储朝晖译，北京：商务印书馆，2017年版，第16页。

进了文化学术的普及。相传说孔子弟子有三千个，其中贤人有七十多位，这未必是真实数字，但孔子学生众多是不争的事实。在这些学生中，比较知名的有颜回、子路、曾参、有若、冉雍、宰我、子游、子夏、闵子骞、公冶长等。这些学生来自鲁、齐、卫、郑、陈、蔡等各个诸侯国，他们年龄不一，性格各异，很多人都出身贫贱，但孔子不会因为他们的出身而将其排斥在学问之外。孔子最喜爱的学生是颜回，颜回家境贫寒，但天资聪颖，极为好学，尊师重道，为人谦逊，孔子经常赞美他的优良品格和卓越学识，说他是笃行仁道的模范。冉雍出身贫贱，敏行讷言，居敬行简，在政治方面的才能出众。子路出身也很微贱，他性格耿直，为人豪爽，颇有勇力，长期追随孔子，是孔子最亲密的弟子之一。子贡出身于商人之家，能言善辩，擅长处理外交事务，还善于经商，财力雄厚。子夏家贫，穿的衣服像鹌鹑羽毛连缀在一起的样子，破破烂烂，但他博学笃志，切问近思，品德高尚，在传播孔子思想方面做了很大贡献。曾子出身也非常寒微，他以忠孝著称，注重内省，笃信孔子学说，能勇敢坚毅地践行仁道……

其次，在教育目的上，孔子强调道德教育在整个教育体系中的首要地位，致力于通过教育培养一批"士"和"君子"。《论语》中有很多与道德有关的概念，体现了孔子致力于从不同层面培养学生的道德品性。仁是孔子道德教育的核心，他极力倡导仁道，引导弟子养成仁爱之心，与他人相亲相爱；义是道德行为的重要准则，义者，宜也，它强调的是道德、行为或道理的合宜性；礼是孔子道德教育的重要组成部分，礼是仁的形式，而仁是礼的内容，礼包括行为准则、人生礼仪、社会制度等层面的内容，孔子非常看重礼的作用，认为它可以规范人的行为，维护社会秩序；孝是孔子道德教育的根基，在他看来对父母的尊敬和孝顺是所有美德的起点，一个孝顺的人更容易成为有道德的人；他还重视诚信教育，认为人无信不立，诚信是社会交往的基础；孔子说"仁者必有勇"（《论语·宪问》），勇是勇敢和果断，它是面对困难和挑战时不退缩的品质，是实现道德目标的必要条件；中庸是孔子极为推崇的一种生活态度和行为准则，中庸主要是指避免极端，追求平衡和谐……孔子道德教育的内容不仅限于理论知识的传授，更注重实践教育。他提出了多种道德修养的方法，包括立志、克己、躬行、内省和勇于改过等，他还强调通过日常生活中的点滴小事来培养道德品质，如孝顺父母、尊敬师长、友爱兄弟等，并且在培养学生品德的过程中，注重以身作则、言传身教，通过自己的言行来影响、感化学生。

再次，在教育内容上，孔子提出以"文、行、忠、信"为重要教育内容，其中"文"指文献典籍，主要是六经，即《诗》《书》《礼》《易》《乐》《春秋》。孔子重视古代文化的整理和继承，几十年来他对以六经为代表的古代典籍进行了深入而细致的研究。六经其实并非孔子新创，他对六经的贡献主要在于删削、序次、修订、阐释和传播等。例如他从三千多首古诗中删选了三百零五首，结集成《诗经》；他对《尚书》进行重新编排和整理，使之成为有序的历史文献；相传他作了《易传》，集中阐发《易经》中的深刻智慧，使其从占卜著作转变为哲学典籍；《春秋》则是孔子根据鲁国的旧史修订并加入个人褒贬的史书，它不仅记事，还体现了孔子的政治和伦理思想。在孔子看来，每种典籍都会着重培养人的某种素质："其为人也，温柔敦厚，《诗》教也；疏通致远，《书》教也；广博易良，《乐》教也；洁静精微，《易》教也；恭俭庄敬，《礼》教也；属辞比事，《春秋》教也。"（《礼记·经解》）孔子一面研究经典里的思想和智慧，一面将经典作为教材，将其中的知识和思想传授给学生，这奠定了后世儒家经典教育体系的基础。除了六经之外，孔子还以六艺教授学生，六艺即礼、乐、射、御、书、数，基本上属于"四教"中的"行"。六艺不仅涵盖道德修养和艺术审美，还包括了体育、军事技能和实用知识等，体现了孔子注重人的全面发展的教育理念。

最后，在教学方法上，孔子遵循因材施教、循循善诱、教学相长、启发式教学等方法，这些方法和理念在今天依然具有重要的借鉴价值。孔子在教学过程中，注重从学生的个性和能力出发，进行具有不同侧重的教育和引导。他还倡导启发式教学，鼓励学生独立思考，通过提问和讨论的方式引导学生给出自己的答案，而不是简单地向学生灌输知识。这些方法突出地体现在孔子与弟子的日常教学活动之中，我们可以拿《论语·先进》中"吾与点也"的故事进行说明。一天，子路、曾皙、冉有、公西华四人与孔子闲坐聊天，孔子突然想跟弟子们谈谈人生和理想，便说："我虽然比你们年长一些，但你们不要因此而受拘束。平日里你们常说'人家不了解我啊！'，那假如有人了解你，你准备怎样做呢？"子路不假思索脱口而出道："拥有一千辆兵车的诸侯国，被夹在几个大国之间，外有军队侵扰，内有灾年饥荒，实在困难重重。如果让我去治理它的话，只需要三年的时间，就可以使国人勇敢起来，并且懂得道理。"孔子听了，微微一笑。他又问："冉求！你怎么样？"冉有答道："方圆六七十里或者五六十里的小国，如果让我去治理它的话，也只需要三年的时间，就可以使百姓富裕起来。至于礼乐教化的任务，那只能等待贤人君子去完成了。"孔子又问："公西华，你怎么样？"公西华答道："不敢说我有多大能耐，但我愿意学习。在宗庙中祭祀或国家间会盟的时候，我愿意穿着礼服，戴着礼帽，做一个小司仪。"孔子最后问曾皙："曾点，那你呢？"刚才大家谈话时，曾皙在一旁弹瑟，听到老师的问话，他铿的一声重弹了一下，然后把瑟放下，站起身来，答曰："我的志向与刚才三位有所不同。"这句话激发了孔子的兴致，他想知道曾皙的想法，于是便说道："那又何妨？也就是各人说说自己的志向罢了。"曾皙便说："暮春时节，大家都穿上春天的衣服，有五六位成年人，还跟着六七个小孩，在沂水边洗濯一下，再到舞雩台上吹吹风，最后一路唱着歌儿走回家。"只见孔子听后，长叹一声，说："我的想法和曾点一样。"过了一会，房间里只剩孔子和曾皙二人，师徒二人围绕着刚才的谈话内容又进行了一番问答，孔子对子路、冉有和公西华的想法都给予了肯定。在这个故事中，孔子秉持开放包容的教学态度，鼓励学生大胆表达，注重培养他们独立思考的能力；他还根据每个学生的回答，给予了不同的评价和指导，体现了他能够因材施教，关注每个学生的特点和发展。此外，孔子的人格魅力也淋漓尽致地表现出来，他平易近人，和蔼可亲，能够与学生平等交流，这无疑是一位伟大教育家的风范。

总之，孔子的教育成就是多方面的，他不仅是一位伟大的教育家，更是一位文化传承者和思想家，其教育理念和方法至今仍具有极大的启发意义。

八
哲人其萎

结束了十几年周游列国的行程之后，孔子于鲁哀公十一年（前484年）再次回到鲁国，此时孔子已经六十八岁高龄了。在他人生的最后五年，艰难和坎坷依然伴随左右。首先周游列国本身并不成功，孔子到处碰壁，自己的思想主张找不到真正能够落地生根的处所。所以，他以老迈之躯回归故国并非衣锦还乡，一些人对他心怀不解和嘲讽。鲁国有个隐者，年纪也不小了，大概算是孔子的朋友，他听说孔子周游之后回到鲁国，便去孔子家中拜访。他直言不讳道："你为什么这样东奔西跑、到处游说呢？不是要卖弄自己的口才吗？"面对这个质疑，孔子虽有不悦，但也给出了自己的回应："我不敢卖弄口才，只是讨厌那些顽固不化的人啊！"孔子想表达的意思是，他要用自己一次又一次的讲论和宣传去感化各国统治者们，让他们认识到仁道的价值，从而改善政治，造福百姓。奈何纵使他栖栖遑遑，在位者们依然顽固不化，孔子的理想终成梦幻泡影。

孔子在鲁国政坛曾经大干过一场，算得上是一位风云人物，加上其弟子众多，有才能者不在少数。仗着这些余辉，他受到鲁哀公和季康子的尊重。鲁国奉孔子为国老，但其实只不过是一个顾问的工作罢了，虽然哀公、季康子经常向孔子请教为政问题，但孔子并没有获得什么实际的职务。据《庄子·天下》说，鲁哀公一度想重用孔子，为此他曾向鲁国一位得道贤人颜阖咨询："我要以仲尼为大臣，那国家的弊病是不是就可以治愈了？"颜阖瞧不上孔子，他对哀公说："危险啊！孔子已经风烛残年，您重用他是为了让他颐养天年吗？如果这要这样做的话，那恐怕会耽误国家大事的。"可见，回到鲁国的孔子面临质疑与阻挠，想再有一番作为是很难的。季氏将攻打鲁国境内的小国颛臾，冉有、子路将这个消息告知了孔子。孔子指出颛臾不应被征伐，责备作为季氏家臣的冉求未尽劝阻之职，冉有企图推卸责任并为季氏辩护，孔子巧用比喻，一一进行驳斥。孔子反对四处征战，而统治者却热衷于此，二者之间必然会生出罅隙。季康子还准备在鲁国推行按田地征收军赋的改革，本质上是要加税，为了能赢得孔子的支持，他派冉有前去解释政策内容并征求孔子意见。冉有先是问了几次，孔子均不表态，后来他还是对冉有直陈反对意见。冉有将孔子的立场转述给季康子，但季氏我行我素，最终没有采纳孔子意见，依然强推"用田赋"。这样一来，冉有反倒成为季氏的帮凶，孔子非常气愤，赶紧在弟子们面前批评冉有："非吾徒也！小子鸣鼓而攻之，可也！"（《论语·先进》）

眼见自己得不到重用，孔子不再勉强，他将自己的主要精力投入到文化教育事业中去。他继续删述六经，整理古代典籍，继续教课授徒，传播思想文化。这本来也算是个优哉游哉的工作，足以让孔子安享晚年，了却余生。但对孔子来说，命运的齿轮总在关键时出现差错，即便是在孔子已经垂垂老矣的暮年，它也要捉弄这一位饱尝艰险之苦的老者。在孔子回到鲁国的前一年，夫人亓官氏就去世了，身边的至亲只剩下儿子孔鲤和孙子孔汲。孔鲤之名来源于其出生时鲁昭公曾赐鱼给他，孔子就给自己的儿子取名为鲤，字伯鱼。据《论语·季氏》记载，有两次孔子一个人站在庭中，孔鲤趋而过庭，孔子先后教孔鲤"不学诗，无以言""不学礼，无以立"，于是孔鲤也像孔门弟子一样，认真地学诗学礼。据说，鲁哀公曾以币招孔鲤做官，他称疾不行。鲁哀公十二年（前483年），孔鲤英年早逝，这对孔子来说是个不小的打击。

然而祸不单行，他最喜欢的弟子颜回也于鲁哀公十四年（前481年）先孔子而去。在孔子眼里，颜回是好学的典范："有颜回者好学，不迁怒，不贰过。不幸短命死矣，今也则亡，未闻好学者也。"（《论语·雍也》）孔子称赞他"其心三月不违仁""贤哉，回也！"（《论语·雍也》），颜回笃行仁道，对孔子学说最能身体力行，甚至到了"不违，如愚"（《论语·为政》）的地步。因为颜回是孔子最得意的弟子，所以被后儒视为"七十二贤"之首，尊为"复圣"。颜回满足了孔子对于好学生的所有想象，但天妒英才，颜回只活了三十一岁，孔子对于颜回之死异常悲痛："噫！天丧予！天丧予！"（《论语·先进》）这一年还发生了一件事，让孔子也生出了类似的悲叹。正月，鲁虞人（管理山林的官）狩猎于大野①，叔孙氏的兵车武士鉏商猎得一头怪兽。叔孙氏认为这是不祥之物，不敢接受，于是将其赐予虞人。有人把此事告诉了孔子，孔子前往确认，忽然悲恸难禁，他对众人说这一猎物就是麒麟，并惊呼"胡为来哉！"话音刚落，便见孔子用衣袖擦拭着泪水，但泪水依然沾湿了衣襟。叔孙氏听闻孔子因哀悼麒麟而哭泣，于是就将怪兽留了下来。事后，子贡询问孔子为何哭泣，孔子回答说："麒麟的出现，象征着明君的到来。但它在不恰当的时候出现并遭到伤害，这让我感到悲伤。"在孔子的眼中，麒麟是代表仁德的吉祥之兽，只有在太平盛世才会出现。现在它在非盛世之时被猎杀，实乃不祥之兆。孔子由此联想到自己一生，坎坷多艰，风雨飘零，他不禁感慨

---

① 大野：指的是位于曲阜城西的一片沼泽地，在今山东巨野一带。

万千："看来我的道路已经走到了尽头！"据说当时孔子正在撰写《春秋》，西狩获麟之事发生之后，他就停止了写作。沮丧之余，他还曾诵歌一首："唐虞世兮麟凤游，今非其时来何求？麟兮麟兮我心忧！"（《孔丛子·记问》）

又过了一年，孔子已经病得很重了，但坏消息又传来了，他的另一位重要弟子子路在卫国动乱中惨死。子路为人直爽，性格刚强，好勇尚义，忠诚守信，长于政事，但有时又显得鲁莽粗犷。子路是孔子最亲密的弟子之一，孔子曾说，如果自己坚守的大道不能通行于天下的话，那就乘桴浮于海，而能够死心塌地跟随他的，恐怕就是子路吧！当时子路为卫大夫孔悝邑宰，卫国发生宫廷政变，子路以"食其食者，不避其难"（《史记·仲尼弟子列传》）为由，没有选择全身而退。在战乱中，子路的冠缨被人用戈击断，他想到孔子曾教育他"君子死而冠不免"《史记·仲尼弟子列传》），于是就重结缨带，但在这个过程中不幸被人砍成肉酱。孔子听使者报告子路的死讯，随即命人将家里的肉酱全部倒掉了。可以想见，子路之死有多惨烈，孔子的哀恸就有多痛彻心扉！

随着亲人和重要弟子的先后离世，再加上病痛的折磨，孔子内心愈发孤苦无依。有一天，孔子起得很早，只见他背着手，拖着手仗，来回踱步。孔子知道自己时日无多，他百感交集，边走边唱道：

泰山其颓乎！

梁木其坏乎！

哲人其萎乎！

一曲终了，孔子走进屋内，对着门坐下。子贡听到了孔子的歌声，心中涌起一股莫名的伤感，他站在门外，对孔子说："如果泰山要崩塌，我还能仰望什么？如果栋梁要断裂，哲人要逝去，我还能效仿什么？

先生恐怕要生病了。"说完便迅速走进屋内。孔子见到子贡，有些欣慰，却也带着几分无奈："赐，你怎么来得这么晚？夏朝的习俗是将棺椁放在堂屋的东阶上，象征着主人的尊严。殷商的习俗是将棺椁放在两楹之间，这是介于宾客与主人之间的位置。周朝的习俗则是将棺椁放在西阶上，那就如同宾客了。而我孔丘是殷人的后代，我昨晚梦见自己坐在两柱之间接受祭奠。如今这世道，没有一个圣明的君主出现，天下又有谁能尊我于两楹之间的位置上呢？这可能是我将要离世的预兆吧！"此后，孔子病卧在床，七日之后，也就是鲁哀公十六年（前479年）夏四月己丑，他病情恶化，陷入昏迷。据说弟子瞿商当天早晨占得一卦，卦曰孔子将于中午离世。这中间孔子曾从昏迷中清醒，竟然命弟子拿书过来，他不想让自己生命的最后一刻变得空虚。中午时分，大限已至，一代圣哲便告别了这个世界。

孔子去世之后，他的学生分散到各个诸侯国去，他们大多以讲学为职业，成就较大的做了师傅、卿相等高官显贵，成就较小的则与士大夫们交友并教导他们，有的则选择了隐居不出。后来天下大乱，列国纷争，儒术又遭贬斥废退，然而在齐鲁之间，儒学独不废也。在当时，若论以儒学显于当世者，则首推孟子和荀子。

曾子

儒家往事

一

竭力尽孝

　　曾子，名参，字子舆，春秋末年鲁国武城（今山东嘉祥）人，孔子弟子，少孔子四十六岁。其父曾点，亦称曾皙，是孔子早期弟子，对孔子学说笃信不疑，一次孔子启发几位弟子各言其志，曾点"浴乎沂，风乎舞雩，咏而归"（《论语·先进》）的回答得到孔子的高度赞许。在父亲的引导下，曾参笃实好学，追求上进。曾点见儿子一心向学，有努力追求成为圣贤之志，便在曾参十六七岁时引荐他拜孔子为师，孔子欣然收下了这位年轻的弟子。如此，父子二人都成为孔子的学生，成就了一段佳话。

　　后世对曾子推崇备至，元代时曾子被尊奉为"宗圣"。曾子作为儒学发展史上的关键人物之一，他以行孝尽孝著称，主张慎终追远，提倡尊亲事亲，此外还强调修身自省，笃信忠恕而仁。据《史记·仲尼弟子列传》记载，孔子正是看重曾子"能通孝道"，故授之作《孝经》。可以说，曾子继承和发展了孔子"孝"的思想，而《孝经》则是曾子孝道思想的集中反映。不过，现在通行本的《孝经》显然不是曾子自作，关于其作者为谁，学术史上争论较多，一般认为《孝经》约成书于战国时期，乃曾子后学阐发其孝道思想的著作。通行本《孝经》共十八章，不足两千字，但其对中国人的思想和生活产生了重大的影响。它围绕"夫孝，天之经，地之义，民之行也"这一基本立场，强调了孝在社会伦理和政治建构中的重要作用，阐述了社会不同阶层的具体行孝规定和方法，试图达到"以孝治天下"的目标，历来为统治者和士人所看重。

除了有系统阐发曾子孝道思想的《孝经》等著作存世，在先秦两汉的一些典籍中，还记载了很多曾子事亲至孝的感人故事。

据说，曾子在跟随孔子学习十几年之后，已经成为饱学之士，一些统治者都想请他去做官。但随着时光飞逝，他越来越放心不下年迈的父母，有时甚至会忍不住伤心流泪，责怪自己不能留在父母身边孝顺他们。最终，他下定决心，离开自己的老师，回到父母身边，仿效大舜躬耕历山，在泰山之下从事稼穑，以更好地奉养双亲。据东汉蔡邕《琴操》记载，曾子是耕作的一把好手，他因地制宜、因时制宜种植不同的粮食作物和瓜果蔬菜，这样父母的饮食就有了基本的保障。有一次他在外耕作，遇到了连绵雨水，然后雨水又转成大雪，最终天寒地冻，害得他整整一个月不能回家。他挂念家中的父亲，寝食难安，为了排解心中的愁绪，便创作了《梁山操》一曲。《孟子·离娄下》说，曾子奉养曾皙时，会努力让饭食尽量丰富，除了有主食和蔬菜，还要有酒有肉，曾皙酒足饭饱之后，曾子还要请示父亲该如何处理剩饭。《孟子·尽心上》还记载，曾皙喜欢吃羊枣，为了表示对父亲的尊重，曾子就选择不吃羊枣。可见，曾子对父母心意的顺承已经算得上细致入微了。

保障父母的衣食只不过是曾子孝行的一个体现而已。《吕氏春秋·孝行览》记载，曾子主张孝养父母要做好五个方面的工作："养有五道：修宫室，安床第，节饮食，养体之道也。树五色，施五采，列文章，养目之道也。正六律，和五声，杂八音，养耳之道也。熟五谷，烹六畜，和煎调，养口之道也。和颜色，说言语，敬进退，养志之道也。此五者，代进而厚用之，可谓善养矣。"在曾子眼里，善养之道在于既关心父母的基本生活，满足他们在耳目口体上的物质欲望，还要关注双亲的内心世界，使他们能够保持愉悦顺心的精神状态。

曾子之孝达到极致，甚至可以感天动地。《孝经·感应章》说："孝悌之至，通于神明，光于四海，无所不通。"《论衡·感虚》里讲述了一个颇为神奇的故事，说的是有一次曾子去野外砍柴，有位客人去曾家找他，见他不在就准备离开。这时曾子的母亲请客人留步，说是曾子马上就会回家，说罢便用右手掐了一下自己的左臂，没想到在外的曾子竟能接收到母亲发出的"信号"，他的手臂也隐隐作痛，料想是母亲有事呼唤他，便赶紧放下手里的活计，飞快奔回家中。《孔子集语》也记载了类似的事例，说曾子跟随孔子在楚国游历时，有一日忽然心有颤动，于是马上由楚返鲁，见到母亲后问其缘由，母亲说："为娘思子心切，不能自已，便咬了自己的手指。"孔子听了这件事情之后，很有感触，说道："参之至诚，精感万里。"在著名的"二十四孝"中，也有"啮指痛心"的故事，其实就是将上述两个故事杂糅在一起。这些故事其实就是《孝经·感应章》的注脚，至孝之人可以与父母产生心灵感应，听起来有些奇异，但在现实生活中我们或多或少还是会有类似体验的。

俗话说"物极必反"，当对父母的孝顺到达无以复加的时候，很可能会产生负面效应。据《孔子家语·六本》记载，一天曾参在瓜田里除草，一不小心铲断了瓜的根。曾皙非常生气，不问青红皂白就举起大棒打了曾参的后背，曾参扑倒在地，不省人事。过了许久，他苏醒了过来，只见其欣然起身，赶忙找到父亲，对他说："刚才得罪了父亲大人，您使劲教训我，敢问父亲没有因此受伤吧？"曾皙听后，有些

愧疚，他意识到自己出手太重，于是就上下打量曾参，看他有没有大
碍。曾参见父亲担心自己，又赶紧回到自己房中，弹琴歌唱，目的就
是想让父亲听到琴声歌声，知道自己身体并没有什么问题。这就是非
常有名的"耘瓜受杖"的故事。没多久，这件事传到了孔子那里，孔子
得知情况后，非常生气，他对弟子们说："如果曾参要来见我的话，不
要让他进来。"听说老师很生气，曾子有些委屈，他觉得自己没有什么
罪过，但又不敢当面向孔子请教，于是就托人询问缘由。所托之人见
到孔子，把曾子的疑惑提了出来："请问先生，曾参到底错在哪里，让
您如此生气？"孔子还在气头上，说话也不客气："你没听说过吗，从
前有个叫瞽瞍的人，他有个儿子叫舜，舜事奉瞽瞍尽心尽力，瞽瞍使
唤舜的时候，舜从来不曾不在身边，但瞽瞍无道，一直想杀掉舜，却
又从来没有得手。瞽瞍用小棍打得轻时，舜就甘愿受罚，拿大棒打得
重了，舜就赶紧跑掉。舜的这些做法既让瞽瞍没有犯下不父之罪，也
让自己不失淳厚孝德。而反观曾参，他事奉父亲时将身体交给父亲而
一味承受暴打，打死了也不躲避。万一自己被打死了，就会陷父亲于
不义之中，还有比这更不孝的吗？你不是天子之民吗？杀了天子之民，
这该是怎样的罪过呢？"显然，孔子是要用中庸之道帮助曾子纠正在行
孝尽孝中的极端倾向。尊重、孝顺自己的父母固然值得称赞，但也不
能陷入"愚孝"的误区，无条件、无原则地服从和迎合父母，甚至不惜
牺牲个人利益、违背良知和道德。这种盲目的孝道不仅不利于个人的
成长和发展，也可能对家庭和社会产生负面影响。曾子所托之人将孔
子的意思转达给他，曾子恍然大悟，赶紧到孔子那里认错去了。

二

三省吾身

在与弟子的言谈中，孔子经常会针对他们的道德品行和学识能力进行评价，以此来激励、督促学生们不断进步和提高。例如，他评价颜回"吾与回言终日，不违，如愚，退而省其私，亦足以发，回也不愚"（《论语·为政》），是说颜回大智若愚；他将子贡比喻成如瑚琏①一样的器具，是在称赞子贡有立朝执政的才能；他提到冉雍，说"雍也可使南面"（《论语·雍也》），肯定了其治国理政的能力；他说子路"由也好勇过我，无所取材"（《论语·公冶长》），是想引导弟子不要争强好胜；他评价闵子骞"孝哉闵子骞！人不间于其父母昆弟之言"，是称赞闵子骞的大孝……孔子对曾子也有"参也鲁"的评价，"鲁"是迟钝、笨拙的意思，孔子认为曾子资性较钝，不够灵活。这个评价表面听起来不是很高，但从实质来说，孔子未必是在对曾子进行严厉的批评。因为他之所以会给出这样的评价，很大程度上是因为曾子平日为学极尽心、极笃实，为人非常重视修身养德，常常谨小慎微，

---

① 瑚琏：古代祭祀时用以盛放黍稷的器皿。

特别具有原则性，随之而来的便是灵活性不足，不知变通。笔者认为，"鲁"的评语是孔子对曾子的委婉劝导，希望弟子能够在原则性与灵活性这两点之间找到一个平衡点。

曾子之"鲁"，体现在他特别强调修身。作为"四书"之一的《大学》，本是儒家经典《礼记》的一篇，朱熹认为其中"经"为曾参所记孔子言论，"传"则是曾子门人所记曾子的言论。当代有学者认为《大学》是秦汉之际的作品，也有学者认为出于战国时期儒家之手。这里我们暂且采用朱熹的观点，认为它某种程度上反映了曾子学派的思想。《大学》有云"自天子以至于庶人，一是皆以修身为本"，说明了曾子对修身的看重。在《大学》所构建的"三纲八目"体系之中，修身是一个枢纽。修身的主要内容是明明德，明明德是亲民的前提，而明明德的终极目标是止于至善；修身还是齐家、治国、平天下的根基，而修身的路径则包括格物、致知、诚意、正心。在《大学》中，曾子还继承和发扬孔子"内省""求诸己"的思想，强调"君子必慎其独"。"慎独"要求人在独处时也要谨慎不苟，能够自觉地践行道德规范，它是曾子修身思想中的重要原则。

"慎独"需要修身之人具备反思意识。在自我反思的问题上，曾子给出了对后世影响深远的"三省吾身"的方法："吾日三省吾身——为人谋而不忠乎？与朋友交而不信乎？传不习乎？"（《论语·学而》）在曾子看来，修身是一个长期的过程，每天都需要不断反省自己。他常常扪心自问："自己为别人办事，有没有尽心竭力？与朋友交往，有没有不讲信用的地方？老师传授给我的东西，是否复习了呢？"这种日复一日的内省是曾子为践行孔子仁义之道所采取的具体行动，仔细思考的话，可以发现"三省"与《论语》开篇"学而时习之，不亦说乎！有朋自远方来，不亦乐乎！人不知而不愠，不亦君子乎！"形成了一种前后呼应的关系——反省自己"传不习"，就可以感受"学而时习之"之乐；反省自己"与朋友交而不信"，就可以体会"有朋自远方来"之乐；反省自己"与人谋而不忠"，则可以实现"人不知而不愠"之乐。可见，曾子强调的修身之道是遵从孔子的教诲而来的，孔子师徒作为儒者群体，他们关注的无外乎为政之道、为人之道与为学之道。而单就曾子"三省"来说，它具有很好的现实操作性，有助于人们将儒家伦理道德内化于心，外化于行。

曾子对自己提出如此严格的要求，目的就是要努力成为一个具备仁义之德的君子。君子风范会特别体现在危难之中，当危险和困境到来的时候，君子往往临危不惧，惟义是从。曾子曰："可以托六尺之孤，可以寄百里之命，临大节而不可夺也。君子人与？君子人也。"（《论语·泰伯》）当把一国幼主和整个国家的命运都交付到一个人的手里时，那他肯定是能够承担起国家重任的仁人君子。我们可以不把这句话简单地理解为托孤寄命的忠臣事例，而是将其"扩大为代表任何危难极境下士君子的甘冒生死、挺身取义的大勇精神"。[①]曾子还讲过一句千古名言："士不可以不弘毅，任重而道远。仁以为己任，不亦重乎？死而后已，不亦远乎？"（《论语·泰伯》）知识分子必须志向远大，刚强坚毅，因为他们身上的责任沉重，而路途又遥远。他们的责任是要在天下实现仁德，这还不沉重吗？为了这个责任，他们奋斗不息，到死才能终止，这不是路途遥远吗？两千多年来，这两个反问一直冲击着读书人的心灵深处，激励他们勇担重任，拼搏进取。曾子的这句话与孔子所谓"志士仁人，无求生以害仁，有杀身以成仁"（《论语·卫灵公》）有异曲同工之妙，两句话都反映了儒家知识分子身上所承载的对社会、对民族、对历史的深厚责任感和巨大使命感。这是一种不同于将士们在战场上奋勇杀敌、保家卫国的豪迈，而是一种读书

---

① 李幼蒸：《〈论语〉解释学与新仁学》，北京：中国人民大学出版社，2018年版，第623页。

人勇担责任、推行仁德的豪情。

　　曾子绝非只是嘴上说说，在推行仁德方面他还是个实践派。《孔子家语》中记载，曾子在跟从孔子学习时，就很崇拜孔子知行合一的精神，努力学习老师听到善事必定要做并且还要引导别人去做的品质。在《孟子·公孙丑上》里，记载了一段孟子与公孙丑关于"养勇之道"的讨论，其中孟子引用了曾子对子襄所说的一句话："子好勇乎？吾尝闻大勇于夫子矣：自反而不缩，虽褐宽博，吾不惴焉；自反而缩，虽千万人，吾往矣。"孟子高度赞赏了曾子"虽千万人而吾往矣"的勇毅精神，称赞曾子能把握要领，坚守道义。《孟子·公孙丑下》讲述了一个曾子傲视群雄的故事，说的是晋、楚两国财力雄厚，为他国所不及，但曾子没有被吓倒，他对人说："他们以拥有众多的财富为傲，我则凭我的仁道去立身；他们凭爵位而尊贵，我则凭仁义而处世。如此看来，我不比他们少什么呀！"这里曾子对自己所传承的孔子仁道充满自信，"天地之间一股凛然正气腾空而起，气贯长虹，何等豪迈，何等弘毅"，[①]他要做的就是要让此种正气充满人间，要将仁义的价值凌驾于功利之上。《说苑·立节》里说，鲁国国君见曾子生活穷困，便派人赠送给他采邑，但一连去了两次，曾子都不接受。国君派去的人问曾子为何不接受馈赠，他说："臣闻之，'受人者畏人，予人者骄人'。纵君有赐，不我骄也，我能勿畏乎？"接受别人东西的人会畏惧别人，给予别人东西的人会傲慢对人，哪怕国君赏赐只是出于惜才爱才之心，接受馈赠的人又怎能无所畏惧？孔子听说了这件事，评价道："曾参的这些话，可以保全他的气节了。"

　　仁义是第一位的，特别是对统治者而言，一定要把施行仁道作为首要任务，努力做到爱民保民。《论语·子张》记载，鲁国孟孙氏让曾

---

　　① 杨朝明、宋立林：《孔子弟子评传》，北京：中国社会出版社，2012年版，第110页。

子弟子阳肤担任典狱之官，阳肤向曾子请教治民之道。曾子说："上失其道，民散久矣。如得其情，则哀矜而勿喜。"曾子的言外之意是，由于在上位的人偏离仁道，导致民心离散，很多人选择犯上作乱，而阳肤出作为掌管刑罚的官员，曾子希望他能够查清狱案的同时，一定要深究百姓作乱的根本原因，对百姓心存怜悯之心，而不是一味地施加刑罚。孔子曾说过："听讼，吾犹人也，必也使无讼乎！"（《论语·颜渊》）曾子与孔子的想法是一样的——对于执法者来说，明察秋毫、破案如神并不值得沾沾自喜，当一个社会作奸犯科的人屡见不鲜的时候，首先要受责罚的应该是统治者，对于执法者而言，真正值得称道的是使天下无讼。

孔子死后，儒家分出许多派别，真正能传承孔子之道的，也就只有曾子等极少数的人。陆九渊说孔门唯有颜回、曾子能传道，而颜回早殁，所以朱熹又说孔子三千弟子中只有曾子之传独得其宗。曾子不仅在思想上对孔子的学说有所继承和发展，而且还在行为上践行了孔子所提倡的道德规范，也正是这个原因，他才被后世尊奉为"宗圣"。

三

诚信立世

　　曾子之"鲁"还体现在他诚信待人，笃实守礼。

　　孔子是非常看重忠信这一美德的，《论语·述而》里记载他教育学生的内容主要有四个方面（"四教"），即文（文献）、行（实践）、忠（忠诚）、信（守信），其中"忠"是指做事待人能够尽心竭力、诚恳无私，"信"则指言而有信，诚实不欺。曾子深受孔子的影响，并且能抓住老师教育的精髓，因为他每日"三省"对应的就是孔子"四教"中的忠、信和文。孔子曾高度赞赏曾子的忠信之德："孝，德之始也；悌，德之序也；信，德之厚也；忠，德之正也。参中夫四德者也。"（《大戴礼记·卫将军文子》）曾子不仅是孝悌之德的楷模，还是忠诚守信的杰出代表。一天，孔子对曾子感叹道："曾参啊，我的学说千头万绪，但可以用一个根本的原则把它们贯通起来。"曾子听了，点头称是。其他弟子有些不明所以，等孔子出门之后，就围拢在曾子身边，问他："老师刚才说的那个'一贯'到底是什么呢？"曾子说："夫子之道，忠恕而已矣。"（《论语·里仁》）这里，忠与恕是并称的，前文提到"忠"是"己欲立而立人，己欲达而达人"，"恕"是"己所不欲，勿施于人"，二者强调的是一种为人真诚信实而又设身处地为别人着想，理解、体贴他人的优良品质。在孔子和曾子眼里，忠和恕是通向仁的方法和途径。

子贡曾评价曾参，说他"其言于人也，无所不信"（《孔子家语·弟子行》）。《韩非子·外储说左上》讲述了一个曾子杀猪教子的故事，说的是有一天曾子的妻子要到市场去赶集，他们的儿子哭着要跟着去。为了哄儿子，曾妻就随口应承道："我儿你快回去，等母亲回来，就杀猪给你吃。"儿子信以为真，就不再哭泣。等妻子从市场回来后，发现曾子正准备杀猪。妻子赶忙上前阻止，边生气边对曾子说："我只是哄哄孩子而已，你千万不要当真。"曾子听了妻子的话，摇了摇头，表情严肃地说："小孩子不懂事，他们都是仿效父母之作为的。今天你骗他，就是教他骗人。母亲骗儿子，儿子以后就不会相信母亲的话了。这不是教育孩子的正确方法。"说罢，曾子还是把猪杀了，兑现了妻子对儿子的承诺。这个故事强调了做人要讲究诚信，以及父母在孩子教育中言传身教、以身作则的重要性。对于一个德行高尚的人来说，其一言一行对周围的人是有很强的感染力和引导力的，这种道德的感召不仅存在于父母与子女的关系之中，也会体现在师生关系之中："教师个人的范例，对于青年人的心灵，是任何东西都不可能代替的最有用的阳光。为人师表之所以被千古称颂，可贵处是师'可表'。"①《说苑》记载公明宣在曾子门下学习了三年，但没有读多少书，曾子对此感到疑惑，于是质问其原因。公明宣回答说，他并非不学习，而是通过观察曾子的行为来学习。他提到了三个方面：曾子在家中，因为有父母在，对犬马都不敢大声斥责，这种孝顺的品德让公明宣感到钦佩，但他觉得自己还没有学到；曾子在接待宾客时，总是表现出恭敬和节俭，从不懈怠，这也让公明宣感到钦佩，但他同样觉得自己还

---

① 曾钊新、李建华:《道德心理学》(上卷)，北京：商务印书馆，2017年版，第107页。

没有学到；在朝廷上，曾子对下属要求很严，但从不伤害他们，这种公正的态度同样让公明宣感到钦佩，但他还是觉得自己没有学到。公明宣表示，他通过观察曾子的这三种行为来学习，但觉得自己还没有学到家，因此不敢说自己没有学习。曾子听后，感到非常惭愧，并说自己的学问还不如公明宣。这个故事强调了学习不仅仅是读书，更重要的是通过观察和模仿来学习行为和品德。同时，也体现了曾子待人谦虚而真诚，对学问认真而尊重。

曾子的诚信品德还体现在他对于礼的真实信守。孔子非常重视礼的价值，认为仁是礼的内在根基，礼是仁的外在体现，仁和礼密不可分。曾子受孔子礼学思想的影响也很大，他努力从孔子那里学习礼的基本知识，从《礼记·檀弓上》等相关资料来看，曾子对一些具体礼仪规范的掌握并没有十分准确，他几次去参加吊丧，都没有严格依照礼仪规定。但这并不能阻挡曾子成为一位礼学大师，在礼的问题上，曾子看重的是礼的内在精神（"仁"），强调礼有损益，要根据情况的不同去变通礼仪。曾子对于礼的认识，孔子也很是赞许。《孔子家语·好生》记载，一次曾子与众人谈论待人之礼，他说："狎甚则相简，庄甚则不亲。是故君子之狎足以交欢，其庄足以成礼。"人与人之间过分亲近就会相互怠慢，过分庄重就不能彼此亲近。所以君子之间的交往，要在亲近与庄重之间寻找一个平衡点，其实也就是一种中庸之道。曾子认为，要使相互亲近不至于影响彼此欢悦的心情，要使庄重足以符合礼制规定，这就是一种平衡的状态。孔子听到了曾子的这些话，就对那些觉得曾子不知礼的弟子说道："你们要记住曾子的这些话！谁说曾参不懂得礼呀？"也许正是看重曾子对礼有独到而深刻的理解，孔子才经常与曾参谈论礼学问题。《礼记·曾子问》是曾子与孔子相互问答的记录，记载了一些古代常礼中所未有的变例，内容非常繁杂，涉及太子的出生、命名，以及婚、冠、朝、聘、丧、祭等各个方面，"这应该是高级礼仪知识"①。从孔子那里，曾子学到了礼是用来修饰人之情感的，学到了在行礼的过程中要分清贵贱、长幼、轻重、宗庶，学到了即便是道德行为也不能"过于制"，而应该恰如其分等道理。曾子还将这些道理活学活用于一些现实情况之中，例如，一天曾子与有若就晏子这个人是否懂礼展开了辩论，曾子说："晏子可以说是懂得礼了，他有恭敬的言行。"有若则说："晏子一件狐皮袍子穿了三十年，为亲人送葬只用一辆遣车，到达墓地下葬完就回家了。依照礼之规定，陪葬国君的牲体要用七个，遣车要用七辆；陪葬大夫的牲体要用五个，遣车要用五辆。这样来看的话，晏子哪里懂得礼呢？"有若的意思是晏子在亲人的丧礼中表现得太过简省，不符合礼的具体规定。曾子则反驳道："如果国君治国无方，君子就耻于按照礼制要求一一做到。如果国人奢侈成风，君子就应当用节俭教育他们；如果国人过于俭啬，君子就应当用礼仪来引导他们。"

直到人生将要终结，曾子也不忘关心忠信与礼制的问题。据《论语·泰伯》记载，曾子病重期间，鲁国大夫孟敬子前去探视，言谈之中，曾子将自己的人生感悟和盘托出："君子所贵乎道者三：动容貌，斯远暴慢矣；正颜色，斯近信矣；出辞气，斯远鄙倍矣。笾豆之事，则有司存。"曾子这里所讲的"道"某种程度上就是以礼治国之道，他想表达的是，像摆放祭祀贡品这样的"笾豆之事"都是琐碎小事而已，留给助祭的小吏料理就行了，在上位者要做的是严肃自己的容貌，端正自己的脸色，说话时多考虑言辞和声调，做到了这三点，就可以避免别人的粗暴和懈怠，就能够赢得他人的信任，就可以避免鄙陋粗野和错误。《礼记·檀弓上》还讲述了一个"曾子易箦"的故事，说的是曾子病危之时，弟子乐正子春、儿子曾申和曾元侍于侧，一童仆忽然

---

① 张承文：《曾子故事》，北京：中国华侨出版社，2020年版，第121页。

指着曾子所卧之席说："如此华贵之席，当是大夫所用。"曾子闻言悚然而悟，此席乃季孙氏所赠，依礼自己当然没有资格躺卧，但因病之故未能更换，于是强欲易之。乐正子春和曾元以曾子病危不可移动为由加以制止，曾子说："君子爱人会按照道德标准，小人爱人则姑息迁就。我还有什么奢求呢？我得以守礼而终，十分满足。"最后，众人扶曾子换席，还未完全将其安顿好，曾子便病逝了。曾子严于律己，知错即改，恪守礼制，十分诚恳，这是不是再次体现了他的"鲁"呢？

孟子

儒家往事

一

孟母教子

　　中国历史上有很多伟大的母亲，孟母无疑是其中非常知名的一位。她平凡而又伟大，辛勤而又睿智，用自己的言传身教培育了孟子的道德人格，在孟子个人成长史上起到了非常关键的作用。《三字经》所云"昔孟母，择邻处，子不学，断机杼"，讲的就是孟母教子的感人故事。

　　孟子出生在邹（今山东邹城）这个地方，与鲁国都城曲阜相隔不远。他是鲁国三桓之一孟孙氏的后代，但祖上的荣光到了孟子这里已经所剩无几。幼年孟子的经历跟孔子有很多相似的地方，父亲都先去世了，只能与母亲相依为命。但事实上，孟子父亲去世时，孟子有很大可能已经成年了，因为《孟子·梁惠王下》记载，鲁平公准备召见孟子，但被臧仓所阻，后者给出的理由便是孟子薄葬了父亲却厚葬了母亲，属于"后丧踰前丧"。试想，对于一个尚未成年的孩童来说，又怎么有能力去考虑并处理父亲的丧葬事宜呢？所以，孟子之父去世不会太早。我们之所以会有孟父早逝的错觉，很大原因在于母亲的教导在孟子成长过程中起到了更大的作用，大到遮蔽了父亲的光辉。

　　对于很多母亲而言，把子女培养成才是她们一个很大的人生目标，也是在艰难困苦境遇之中支撑自己坚持下来的一大动力。孟母仉氏就是这样一位杰出母亲的代表，家族的没落并没有让她自怨自艾，她把希望寄托在孟轲身上。据说在怀孕的时候，她就十分注重胎教，行动坐卧，言行举止，莫不小心翼翼，目的就是给儿子埋下礼仪教化的种子。孟母的育儿智慧集中地体现在"三迁"和"断机杼"的故事之中。

汉代刘向所著《列女传》最早记录了"孟母三迁"的故事。据说，孟子少时居处邻近墓地，每天所见皆是丧葬之事。孟子常常与小朋友们学着大人磕头叩拜、筑墓埋坟的样子，玩得不亦乐乎，丝毫不觉不妥。母亲看在眼里，急在心上，她意识到此非久居之地，必须另择住地。他们选择搬到一处市集旁边，活泼好动的孟子竟然又学着商贾买卖吆喝，身上多了一些市侩狡猾之气，孟母实在看不下去，只得继续选择搬家。这次他们搬到了一所学宫之旁，模仿能力超强的孟子学的不再是送终、经商，而是陈设俎豆、揖让进退的儒家礼仪了。孟母觉得儿子是走上正道了，于是就在此常住下来。也正是在这里，孟子努力学习六艺，最终成为一位大儒，而孟母善用环境濡染教化孩子的育儿智慧更是被后世所称道。俗话说"近朱者赤，近墨者黑"，外在环境的好坏是决定教育效果成败的关键因素之一，孟母是深谙其中道理的。现代的家长何尝不是如此，居必学区，学必名校，看重的不就是良好的教育环境吗？

对儿童教育来讲，环境固然重要，但如果没有个人的努力，改换更好的环境也是徒劳。爱玩是孩子的天性，孟子小时候也是如此，玩心太重有时不免耽误学业。有一次，孟子从学堂放学归家，看到母亲正在那里纺织。同往常一样，母亲问道："轲儿呀，今天学得如何？"也许是厌倦了母亲的屡屡念叨，孟子有点儿漫不经心地回道："跟以前一个样子。"母亲听了这样的回答之后，有些生气，但她没有直接朝着儿子发火，而是毫不犹豫地拿剪刀把好不容易织成的布给剪断了。

孟子从来没有见母亲如此气愤，他带着哭腔问母亲为什么要这样做。孟母语带责备地言道："你荒废了学业，就如同我剪断这布料一般。君子通过学习来树立名声，用不断发问的方式来增长知识。做到了这样，他们平日就能平安宁静，等做事时就可以远离祸害。你本应该向他们学习，但今天却荒废了学业，如果长此以往，将来就不免于劳役，最终难以逃离祸患。本来靠纺织为生的人，却半途而废，不再织绩，又怎能继续让自己的夫君子女有衣可穿，有粮食可吃？你的行为跟她有什么两样呢？女子放弃谋食的技能，男子在修养品德方面选择堕落，最后他们不是成为盗贼，就是变成奴役。"听了母亲这一番严厉的警告之后，孟子有些惧怕了。从此，他从早到晚勤学不息，在老师的指导下，终于成为天下闻名的大儒。

《韩诗外传》《列女传》等还记载了两个很有名的故事。一个是"买肉啖子"的故事，说的是有次东家杀猪，孟子问母亲东家为何杀猪，母亲不假思索地回答说"为了给你吃肉"，但她说完就后悔了，因为她觉得这是在欺骗儿子，于是真的就去东家买了一块猪肉给孟子吃，目的就是给儿子讲明诚信的重要。另一个是"孟子出妻"的故事，讲的是一天孟子回家撞见妻子衣衫不整，他以妻子不懂礼仪为由，准备要休掉她。妻子在孟母面前据理力争，孟母听后便把孟子叫来，也搬出具体的礼仪规定，狠狠地教育了他一番，最后孟子认识到自己的错误，并极力挽留自己的妻子。

关于以上孟母教子故事的真伪，后人是很难考证了。但事情的真伪也许并不重要，因为这些故事流传久远，已经成为中国传统家庭教育的生动案例，影响了一代又一代的中国人。从这些故事中，我们可以看到儒家对家庭环境的看重，对亲情伦理的强调，对个人成长成才的关注，而这些正是儒学的核心精神之所在。

二

人性之辩

　　提到孟子，性善论无疑是他的一个重要标签。在性之善恶的问题上，孟子与告子的辩论是中国人性论史上的一桩公案，二者的论点保留在《孟子·告子上》中。关于告子的生平，没有太多的记载，但因为这场辩论，他被后人一次次提及。

　　告子人性论的出发点是"生之谓性""食色，性也"，在他看来，人生下来的自然属性便是人性，而饮食（生存）、男女（生殖）便是其中的核心要素，因此"食色"便是人之本性。告子与荀子不同，前者并没有将食色之类的本能欲望与好利、争夺的社会现象紧密连接起来，因而并未得出性恶的结论，而是认为："性犹湍水也，决诸东则东流，决诸西则西流。人性之无分善与不善也，犹水之无分于东西也。"告子以水之性质喻人之本性，水性无分东、西，其流向之不同全赖地形条件之差异；与此类似，人性也本无善与不善之分，善与恶的分野乃是外在环境、条件的产物。他还说："性犹杞柳也，义犹桮棬也，以人性为仁义，犹以杞柳为桮棬。"人性犹如杞柳，仁义犹如杯盘，将人性视为仁义，就如同把杞柳直接当成杯盘。言外之意便是，人性并不像孟子所理解的那样,本然蕴含仁义(善)的一面。况且,在告子看来,仁义也是有别的,仁是内在而非外在,义是外在而非内在。

告子的论点摆出来之后,孟子一一作了回应。首先在杞柳和桮棬的问题上,孟子认为人是顺着杞柳的本性来制造杯盘的,那么也就可以顺着人的本性来成就仁义,人的本性与仁义之间的关联是自然的。仔细分析孟子的这一论证,可以发现有些同义反复的味道。告子想表达的是杞柳虽然可以用来制造杯盘,但它不是杯盘本身,同样人虽然可以变得仁义,不等于人性就是仁义,显然孟子的这一反驳并不能从根本上驳倒告子的论点。

再来看孟子针对告子流水之喻的辩驳。在这个问题上,孟子反其道而为之。告子讲水之东西流向,孟子则提水之上下流动,人的本性趋向于善,就如同水往低处流。在孟子看来,人没有不善的,就如同水没有不往下流的;水受拍打而四处飞溅,有时能高过人的头顶,堵住水之通道而让水倒流,有时它甚至会流上山岗。他对告子说:"这难道是水的本性吗?只不过是情势变化造成的特殊情况而已。换到人身上亦是如此,人有时会作出不善行为,也是由于本性受到逼迫所致。"孟子的辩驳虽气势不凡,颇为自信,但仔细看来也是存在漏洞的——他将水往下流比照为人性向善,但无法证明水之就下为何不类似于人性向恶?也就是说,水自上而下流动是它的自然特性,但这推导不出人性本善。孟子在这里是预设了性善的立场,他的结论已经包含在前提之中了。

对于告子"生之谓性"的观点,孟子也不赞同。在他的视野里,将天生的定义为天性会带来一个问题,那就是把人性与动物性混为一谈,其言外之意便是人与动物虽然在"天生"的层面存在一些相似之处,但人性是高于动物性的。因此,孟子不能接受单纯从"食色"的角度来定义人性。

　　孟子与告子在仁义、内外问题上的论争也很关键。仁义的内外之辩，本质上就是道德层面的知行之辩。告子"仁内义外"的立场真正要达到的目的是切断知与行的内在联系，按照这样的思路，道德行为的出发点就不必然是主体的道德意识，由外在的道德行为就不能直接引导出人有善良的本性。告子这种思路其实是专门针对孟子论辩风格的，后者习惯于从具体事例出发，借由人类行为的"闪光"之处，逆推人之心性的"善良"之光。告子以尊敬年长之人这一"义"为例，他说："一个人比我年长，我就会尊敬他，并不是先有个'我要尊敬他'的念头存在于我内心里。这就好比一个东西是白色的，我便认为它是白的，这是随着它所体现出白的外表而得出的结论。从这个角度来看，义是外在的。"孟子则将义与不义的判别拉回到主体身上，在尊敬长者的问题上，他直言此一"义"的关键不在于是否有长者存在，而在于是否存在能够尊敬长者的正义之人。他还说："爱吃秦人的烤肉与爱吃自己的烤肉没有什么不同，其他事物也是如此，如此来看嗜好烤肉也是外在的吗？"照此类推，尊敬自家长辈与尊重别人长辈也没有什么不同。总之，孟子认为正义行为的发生依赖的不是外在的条件，而是内在的仁爱之心。

　　当时有个叫孟季子的，对告子"义外"的立场比较信服，于是也来找孟子师徒辩上一番。他先是找到孟子弟子公都子，向他讨教为什么说义是内在的。公都子解释道："行吾敬，故谓之内。"也就是说，义乃人之敬意的施行，所以是内在的。孟季子想必是有备而来，对公都子的这一回答，直接给出了一个复杂的道德场景。他说："有个乡里人比兄长大一岁，你敬哪一位？"公都子说："敬重兄长。"孟季子接着问："饮酒时先给谁斟酒呢？"公都子说："先给年长的乡里人斟。"孟季子一听，抓到了其中的把柄，内心似乎还有一丝窃喜："你看看，平时内心里尊敬的明明是自己的兄长（"所敬在此"），但在一起饮酒时却先要给年长的乡里人斟酒（"所长在彼"），这不正好说明'义'是并非从内心出发，而是由外在的因素决定的吗？"公都子愣了一下，面对这样的诘问，他也很难给出合理的回应，只得找到自己的老师，把这个问题抛给了孟子。

孟子的应对策略是再创设一个场景，企图将对方引入到自己的思路之中。他让弟子去反问季子在叔父和弟弟之间应该尊敬哪一个，答案肯定是"尊敬叔父"；但当弟弟充当受祭的代理人（"尸"）时，季子的回答肯定是"尊敬弟弟"；然后紧接着追问季子"如此尊敬叔父又体现在哪里呢？"，他的回答想必是"因为弟弟处在受祭之'尸'的特殊位置"；等到这时，孟子就让公都子下结论了："因为所处位置的缘故（"在位故也"），平常尊敬的是兄长，等到一起饮酒时尊敬的则是同乡人了。"显然，孟子是帮着弟子解释为何"所敬在此，所长在彼"，但他的回答显然又是存在漏洞的，因为"在位故也"不正好帮着季子论证了义是由外在的因素所决定的吗？所以，季子在听了公都子的转述之后，敏锐地回应道："该敬叔父时就敬叔父，该敬弟弟时就敬弟弟，可见义果然由外在因素所决定，而不是由内心所生发。"公都子如何回应呢？他说了这样一句话："冬天的时候要喝热水，夏天的时候则喝凉水，难道吃饭喝水也是由外在因素所决定的吗？"显然这又是一次失败的反问。

面对告子等人的人性论断，孟子难道不能做出更好的回应吗？事实也并非如此。

三

四端之心

告子"仁内义外"论的背后潜藏的一个问题是，仁爱之心发挥作用的范围到底有多大？根据告子的论辩，我们可以发现他眼里的仁更多的是在血缘亲情的范围之内起作用，对亲族的仁爱是自然而然的，而对家族之外的人的仁爱则要依外在的条件而定，并不出自内在之仁。而孟子对仁的理解已经"突破宗法血亲的狭隘藩篱"①，也就是说他已经把仁给普泛化了，亲人与外人虽有远近亲疏之别，但对他们的敬爱都是一样的，都来自人本然的良善之性。

其实不只是仁，在孟子看来，诸如义、礼、智等皆是人性的内容，而仁义礼智都属于善的范畴，因此人性应当为善。为了对这种观点进行论证，孟子提出了"四端"之说。一次公都子同孟子探讨人性问题，他对老师说："告子说：'性无善无不善也。'有人说：'性可以为善，可以为不善；所以周文王、周武王统治时百姓就善良，而周幽王、周厉王在位时民众就横暴。'还有人说：'有性善，有性不善。所以虽有

---

① 梁涛：《郭店竹简与思孟学派》，北京：中国人民大学出版社，2008年版，第318页。

066

儒家往事

尧这样的圣君却又存在像这样的人，虽有瞽瞍这样的父亲却生出舜这样的儿子，虽有纣王这样的侄子、君王却产生微子启、王子比干这样的仁者。'如今老师认为人性本善，那持上述观点的那些人都错了吗？"

孟子说："从天生的性情来看，人性是能够为善的，这就是我所说的人性本善。至于有些人不善良，并不能归咎于天生的资质。同情心人人都有，羞耻心人人都有，恭敬心人人都有，是非心人人都有。同情心属于仁，羞耻心属于义，恭敬心属于礼，是非心属于智。仁、义、礼、智都不是从外面强加给我的，而是我本身固有的，只是我未曾反思而领悟罢了。所以说，求索它就能得到，放弃它就会失去，人与人之间之所以会相差一倍、五倍甚至无数倍，正是由于没能充分发挥他们天生资质的缘故。《诗经》说：'上天生育了人类，万事万物都有法则。老百姓掌握了这些法则，就会崇尚美好的品德。'孔子说：'写这首诗的人，他是懂得大道的呀！有事物就必定有法则，民众掌握了这些法则，故而崇尚美好的品德。'"

在《孟子·公孙丑上》中，孟子也谈论过"四端之心"的问题。此处他主要从"不忍人之心"出发，较为详细地解释了其观点的由来，可以看作是回答公都子问题的一个注脚。孟子说人都有不忍伤害别人的心理（"不忍人之心"），其实就是怜恤、同情之心，他举了一个例子，假设人们看到一个小孩马上要掉到井里去了，都会产生惊惧同情之心，进而赶紧跑过去施以援手。这种不忍人之心是天生的，因为我们去援救小孩并不是想借此跟孩子的父母拉关系、攀交情，不是企图在邻里朋友间沽名钓誉，也不是嫌吵闹希望孩子尽快闭嘴。总之，恻隐之心生而有之，不需要附加任何的外在条件就能引导人们做出仁爱的行为。在孟子看来，与恻隐之心一样，羞恶之心、辞让之心、是非之心也是天然的道德情感，它们都是内在而非外在的，是人之所以为人的最基本特质。而恻隐之心是仁之发端，羞恶之心是义之发端，辞让之心是礼之发端，是非之心是智之发端，人有这四端，就如同具备了四肢一样，才能行走于人世间，堂堂正正做个人。需要说明的是，在儒家的道德系统中，仁、义、礼、智是一个相互联系的整体，仁作为核心统率四德，它是义的标准，是礼的精髓，是智的归宿。此外，这里还要特别提一下"义"这个范畴，用以回应上文中孟子与告子在仁义内外问题上的争论。在与告子辩论时，孟子对"义"为何是内在的其实语焉不详，但依照他的"四端之说"，我们便可以将其思路大致归纳一下：人之所以会选择合宜（"义"）的行动，源于人内在的羞耻之心，而人判别荣辱好恶的标准又在何处？在于有无不忍人之心！人类以仁爱为价值追求，对他人及万物心存怜恤、同情，不忍心伤害他们，想去爱护、保全他们，这是不附加任何外在条件的本能之善。能够认识并做到这样便是一件充满荣耀的事情，反之则是人类的耻辱。这种羞耻之心督促着人们以仁爱为准绳，善待群生，成己成物，坚守善道，匡扶正义。在这种思路之下，无论是对父兄的敬爱，还是对乡里的尊重，都是基于仁爱的羞恶之心的现实反馈，都是人们所做出的正义选择。

接下来的问题是，恶从何来？孟子从人与禽兽之间的差别这个角度分析了恶的来源问题，在他看来，人之所以异于禽兽者并没有很大，差别主要在于是否保存那个本善之心——能够保存本心，人就成为人，成为圣人君子，丢弃了本心，那就与禽兽几乎没什么区别了。那么又是什么原因导致人会丢弃本心呢？在孟子看来，一个非常重要的因素就是外在环境的影响。他曾跟弟子谈到环境对人的影响："在丰收的季节，许多年轻人往往变得懒散，而在灾荒的岁月，他们则可能变得暴虐。这并非因为他们天生的性格不同，而是由于外部环境的变化影响了他们的心态。这就像种植大麦一样，只要土壤条件相近，播种时间一致，种子就会健康生长，到了夏至时，它们都会成熟。即使存在一些差异，那也是由于土壤的肥沃程度、降水量多少以及管理方式的不同。因此，同类事物之间通常具有相似性，我们为何要对人的本性持怀疑态度呢？即使是圣人，他们也与我们是同类。"这段话的核心意思就是人与人在本性、才能和资质上是相同的，只不过由于环境的影响，才会产生性格上的差异。

环境作为外因，它是要通过内因起作用的，而这个内因的关键则是人的欲望。丰收季节人变得懒散，是因为他的欲望满足了，就不愿再奋力争取了；灾荒岁月人变得暴虐，是因为他的欲望得不到满足，就必须跟别人争夺有限的资源。人心容易被利欲所左右，而将仁义礼智抛在脑后，这样的话良心本心自然就丧失了。孟子弟子万章曾讲述过大舜的故事，说的是大舜的父母让他去修缮粮仓，当他爬上房顶后，父母却移走了梯子，其父瞽瞍甚至放火烧毁了粮仓，好在大舜机智地逃脱了。接着，父母又打发大舜去淘井，瞽瞍用土封住了井口，企图杀害大舜，幸亏大舜从旁边的洞穴逃脱。大舜的弟弟象误以为哥哥已经死了，便得意说道："杀害大舜都是我的功劳，以后家中的牛羊和粮仓归父母所有，干戈、琴和弓箭归我，两位嫂嫂要为我铺床叠被。"然而，当象进入大舜的房间后，他却惊讶地发现大舜正安然无恙地坐在床上弹琴。象急忙掩饰自己的尴尬，声称自己是多么思念哥哥。大舜的父母、兄弟之所以会做出如此荒唐的恶事，是因为他们把争夺利益、满足欲望作为出发点，而将本性之善给抛弃了。在孟子看来，这样的行为就是"自暴自弃"："自暴者，不可与有言也；自弃者，不可与有为也。言非礼义，谓之自暴也；吾身不能居仁由义，谓之自弃也。仁，人之安宅也；义，人之正路也。旷安宅而弗居，舍正路而不由，哀哉！"（《孟子·离娄上》）仁义乃是人的本性，对人来说只有仁义才是安宅、正路，舍此就走向歪门邪道，人也不能称得上是一个合格的人了。

四

仁者无敌

孟子早年在邹国勤奋读书，聚徒讲学，后来也学孔子那样周游列国，宣扬自己的主张，寻找施展抱负的机会。他先是到了齐国，至于何时到齐，由于材料有限，很难给出一个明确的时间，一般认为他在四十二三岁的时候入齐。在齐国，虽有稷下学宫这样招揽人才的平台存在，但孟子并没有受到重视，几年后母亲去世，便归邹守丧。三年之丧完成之后，返回齐国，仍不见用，便于五十岁左右时离开齐国，前往宋国。很快，他发现宋国也不是实现理想的所在，于是又选择离开，然后过薛、归邹、至鲁、赴滕，他与滕文公大谈仁政，批判陈相的农家思想。五十三岁时离滕至梁，与梁惠王论仁政，与景春论"大丈夫"，次年离开梁国，再次前往齐国，途经平陆，与邑宰孔距心辩论，责怪他为政不力。到齐国之后，孟子与齐宣王谈论仁政，提出"保民而王""与民同乐"、不毁明堂等主张。公元前317年，滕文公卒，五十六岁的孟子作为齐国客卿出吊于滕，因副使王驩骄横独断，途中不与王驩谈论出使之事。次年燕王哙让国于相国子之，燕国发生内乱。齐国大臣沈同询问孟子是否可以讨伐燕国，孟子先是给出"可以"的回答，后齐伐燕，他又表示反对。公元前314年，齐国出兵占领燕都蓟（今北京附近），引起各国不满，孟子建议齐宣王"置君而后去之"（《孟子·梁惠王下》），宣王不听。后燕人叛，齐军大败，宣王在孟子面前感到非常惭愧。此事使孟子与宣王关系趋于破裂，宣王想以万钟之禄挽留孟子，遭到拒绝，最终孟子再次离开齐国，返回故里。从此，孟子结束了二十年的游说生涯，在邹国著述讲学，直至去世。

孟子周游列国，主要的目的是向各诸侯国统治者们宣传仁政主张。所谓仁政，本质上就是要求统治者在政治活动中贯彻仁爱原则。孔子主张德治，在他对仁的阐发中其实就有了仁政的思想，孟子则把孔子"仁者爱人"的理念引入政治领域，明确提出"仁政"这一观念。孟子仁政思想的出发点是其性善论，既然人人皆有恻隐之心，也就是仁心，那么君主也必定具备仁心；如果君主能将仁心推己及人，施于政治，那就是仁政；一旦统治者施行仁政，就可以成就王道，平治天下。

《孟子》一书开篇就是孟子与梁惠王关于如何治国理政的对话，集中体现了孟子的仁政思想。梁惠王即魏惠王，名罃，魏武侯之子，他公元前370年继承父位，前362年迁都大梁（今河南开封），故又称梁惠王。他执政长达半个世纪，特别是他在位的前二十年间，魏国在战国诸雄中实力非常强大。不过，与孟子见面时，梁惠王已进入耄耋之年，不再有年轻时的意气风发，而魏国也日渐衰落，在与齐、秦、楚等国的较量中处于劣势。梁惠王及其子梁襄王自然急切地希望恢复往日的荣光，把魏国重新打造成一个强大的国家。所以，当梁惠王见到孟子时，便急不可待地问道："先生不远千里而来，一定会给我的国家带来什么利益吧？"

这个问题触动了孟子的神经，因为在他看来，仁义是重于利益的，梁惠王上来就谈利的问题，倒是给了孟子一个宣讲其仁政思想的机会。孟子直截了当地表明自己的立场："大王，为何要一定谈论利呢？只要讲仁义就够了！"他进一步解释说："如果大王问'怎样做才能对我的国家有利？'大夫问'怎样做才能对我的封地有利？'士人和普通百姓问'怎样做才能对我自己有利？'那么从上到下的人都在争夺自己的利益，那么国家就危险了。在拥有万辆战车的国家，杀害其君主的，一定是拥有千辆战车的大夫；在拥有千辆战车的国家，杀害其君主的，一定是拥有百辆战车的大夫。在一万辆战车中拥有一千辆，在一千辆战车中拥有一百辆，这已经不少了。如果他们先考虑利益而后才考虑道义，那么不夺取更多他们是不会满足的。没有一个人讲究仁爱却遗弃他的父母，也没有一个人讲求道义却怠慢自己的国君。大王只要讲仁义就足够了，为什么一定要谈论利益呢？"孟子一下子就将话题转到了仁义之上，为他下一步申说仁政理念做了铺垫。

梁惠王听了孟子一席话，并没有真正反省自身哪里做得还不够好，他反而觉得自己对于国家和百姓已经尽心尽力了，邻国的统治者都没有像他这样用心。但结果呢，邻国百姓并没有减少，而魏国百姓也没有增加。更可恨的是，自己在位时"东败于齐，长子死焉；西丧地于秦七百里；南辱于楚"（《孟子·梁惠王上》）。梁惠王为此感到羞耻，他想报仇雪恨，于是就征询孟子的意见。

因为梁惠王好战，于是孟子先以战争打比方，他问梁惠王："战鼓咚咚一响，枪矛与刀剑相击，败军纷纷弃甲曳兵，仓皇逃窜。有的战士奔逃了百步才得以喘息，有的则在五十步时便停了下来。然而，只逃了五十步的士兵，却嘲笑逃出百步的同袍，似乎自己更为光荣。大王，您觉得怎么样？"梁惠王不假思索地回应说："不可以这样，他们只不过没有后退百步而已，但同样是逃跑。"不知不觉中，梁惠王钻进了孟子设下的圈套。孟子接着说："大王如果明白了这个道理，那就不要指望魏国百姓比邻国多了。"这明显就是话里有话，孟子是在嘲讽梁惠王与邻国做比较，只不过是五十步笑百步而已，在治国安民的问题上梁惠王并没有做得很出色。

见时机成熟，孟子果断将仁政的话题提了出来，他说："即使一个国家的领土只有百里之广，也足以使天下臣服，更何况是像魏国这样辽阔的国家呢？如果大王能够推行仁政，减轻刑罚，降低税收，让百姓能够安心耕种，及时清除杂草；在农事之余，还教导年轻人尊老爱幼、忠诚守信，并以这些美德在家庭中孝顺父母、尊敬长辈，在社会上尊重上级。这样一来，即便是手持简陋的木棍，也能够战胜装备精良的秦楚军队。"孟子进一步解释道："这是什么原因呢？因为秦楚两国穷兵黩武，剥夺了人民的耕作时间，导致他们无法生产以供养家人，使得父母遭受饥饿和寒冷，家庭成员流离失所。秦楚的统治者使他们的人民生活在极度困苦之中。如果大王趁此机会出兵，那么又有谁能够抵抗呢？因此，可以说：'仁者无敌。'大王您应该对此充满信心，无需怀疑。"孟子将仁政的核心落脚在统治者对民众的关爱上，从正反两个方面强调了民心向背对于维护统治的重要性，体现了儒家思想浓厚的民本主义色彩。

对于"仁者无敌"这样的观点，梁惠王觉得非常新鲜，他表现出了浓厚的兴趣，希望孟子再详细展开一下。孟子的话匣子一旦打开，就一发不可收拾，他将早已成熟在胸的想法和盘托出在农忙时节避免打扰百姓，便能确保粮食充裕；不使用过于细密的渔网捕鱼，鱼类也会吃不完；按照季节合理采伐林木，木材便能取之不尽。粮食和鱼类供应充足，木材无穷无尽，这样百姓就对养生丧死没有不满。对养生丧死没有不满，是实现王道的开端。

"在五亩大小的园地种植桑树，年过半百的老人便能穿上丝棉袄；抓住时机饲养家禽家畜，年过七旬的老人便能常常享用肉食；每家百亩的耕地，在农忙时不受干扰，数口之家便不会饥饿；认真办好学校，并不断弘扬孝顺父母、尊敬长辈的美德，那么白发苍苍的老人便不会在道路上负重前行。年过七旬的老人能穿上丝棉袄、常享肉食，普通百姓衣食无忧，这样去做了还不能称王天下，是从来没有的。"

听着听着，梁惠王觉得有些道理，仔细琢磨孟子谈到的具体举措，好像施行王道并非那么困难。孟子话锋一转："我刚才讲的都是理想的情况，可是，现状并非如此。富贵人家的猪和狗吃掉了百姓的粮食，却无人制止；道路上有饿死之人，却没人想到开仓赈济。老百姓死了，却说'这不是我的罪过，而是荒年歉收的缘故'，这与手持利刃把人杀死，却说'这不是我的罪过，而是兵器干的'又有什么不同？只要大王勇于承担责任，而不将责任推给年成，那天下百姓必将纷纷投奔于您。"

孟子的话虽然委婉，但锋芒毕露，梁惠王似乎要狡辩什么，又自觉理亏，只好应承道："我很乐意听从先生的教导。"孟子又接连问了两个问题，一个是"用棍棒打死人和用刀子杀死人，二者有何不同？"，一个是"用刀子杀死人和用政治手腕陷害人，二者有何不同？"。梁惠王都给出了"没有什么不同"这个回答。顺着梁惠王的回答，孟子言辞更加激烈："现在，您厨房内堆满了肥美的肉食，马厩里饲养着膘肥的骏马，然而百姓们却面带饥色，野外竟躺着饿死者的尸骨，这简直是对人性的极大践踏，仿佛是在驱使野兽去吞噬人类！野兽之间的自相残杀，人们尚且心生厌恶；而那些自诩为百姓父母官的人，在主持政事时却做出了如同驱使野兽去残食人类的事情，那么所谓父母官的意义又在哪里呢？孔子曾言：'始作俑者，其无后乎！'他为何对第一个制作殉葬俑的人深恶痛绝呢？正是因为俑是模仿人的形状制作的，但被用于殉葬。既然连用木偶、土偶殉葬都是不可接受的，那么，又如何能让百姓在饥饿中悲惨地死去呢？"

这么尖锐的批评，恐怕梁惠王从来没有经受过。其实不只是梁惠王，孟子在面对其他君王的时候，也都在反复申说"仁者无敌"的思想，并以道义为己任，或委婉或激烈地向统治者们提出各种建议。孟子的仁政思想体现了他对人民的深切关怀，体现了其"民为贵，社稷次之，君为轻"（《孟子·尽心下》）的政治主张，他不仅仅从理论上进行阐述，还设计出一整套的仁政实践路径。这些都对后世产生了深远的影响，许多统治者都受到了孟子的启发，将其仁政思想作为治国理政的重要参考。但在他所处的那个时代，"争地以战，杀人盈野，争城以战，杀人盈城"（《孟子·离娄上》），为了扩张领土和抢夺财富，各个诸侯国不断发动战争，导致尸横遍野，百姓生活在水深火热之中。孟子为了解救百姓，选择像孔子一样周游列国，极力劝说诸侯采用"仁政"主张，反对武力，倡行王道，这在诸侯争相称霸的混乱年代，越发显得"迂远而阔于事情"（《史记·孟子荀卿列传》），所以屡遭冷遇也就不可避免了。

五
牛羊之喻

在先秦诸子中，孟子非常善于论辩。孟子的论辩非常注重逻辑性，他能够通过严密的逻辑推理，使对方的观点不攻自破。他在论辩中善于运用情感，通过感人的言辞激发听众的共鸣，增强论点的说服力。孟子在论辩中经常使用生动的比喻和具体的事例来说明问题，使抽象的论点变得形象易懂。在论辩中他还善于引导对方，通过提问和反问，使对方在不知不觉中接受自己的观点。孟子的论辩艺术体现于《孟子》一书的诸多篇章之中，仔细研读这些两千多年前的论辩记录，我们可以直观地感受到，"在这位雄辩家侃侃而谈的字里行间，奔涌着一股股浓烈的情感浪潮，充分展示了孟轲其人的精神世界。正是这样，一个有血有肉的感人形象便鲜明地凸现在读者的眼前"。①

我们可以拿孟子与齐宣王围绕"保民而王"而展开的一次辩论为例，来细细体味孟子作为辩论大师、思想大师的风采。一次，孟子面

---

① 郭预衡主编：《中国古代文学史长编·一》，上海：上海古籍出版社，2007年版，第354页。

见齐宣王，此时的宣王刚即位不久，他本是齐威王之子，公元前319至前301年在位。齐宣王喜文学游说之士，为此他继其祖桓公、父威王，重振稷下之学，广招天下知识分子来到齐国，赐给他们上大夫的爵号，为他们提供自我展现的平台，这极大促进了各种思想流派的交流与争鸣。孟子作为稷下学士中的重要人物之一，曾三次会见齐宣王，二人相互问答，侃侃而谈，基本上都是围绕一些重大的政治问题来展开。

在我们要介绍的这次会面中，齐宣王直奔主题，抛给了孟子这样一个问题："先生能否向我讲述齐桓公与晋文公的故事？"齐桓公、晋文公都是一代霸主，其中齐桓公任用管仲改革内政，使齐国国势日盛，曾九合诸侯，尊王攘夷，乃春秋五霸之首；晋文公为避害曾出奔在外十九年，后来在秦国帮助下回国即位，随即赏功任贤，励精图治，城濮之战退避三舍，大胜楚军，后于践土（今河南荥阳东北）大会诸侯，称霸一时。

齐宣王此问，目的很明确，就是想让孟子介绍春秋五霸是怎样成就霸业的，然后自己加以仿效。显然这不是孟子喜欢的话题，《中庸》说孔子"祖述尧舜"，《孟子·滕文公上》云："孟子道性善，言必称尧舜。"尧舜被儒家视为古代圣明之君，他们都实行仁义之道，也就是孟子所谓的王道，而王道是与霸道相对立的。

对于宣王的提问，孟子并没有直接回绝，而是采取了迂回的策略，他说："孔子的弟子们未曾讨论过齐桓公和晋文公的事迹，因此他们的故事并未流传下来，我也就未曾听闻。如果您坚持要听我说的话，那我就讲讲利用道德来统一天下的王道吧！"

孟子一下子就把论题由霸道转移到王道上来，宣王有些兴趣，便追问道："要具备何种德性，方可统一天下？"

孟子答道："若能使百姓生活安定，统一天下便无人能阻。"

宣王自问："像我这样的国君，能使百姓生活安定吗？"

见其有意为之，孟子便给他信心："可以。"

宣王有些好奇："何以知我能做到？"

孟子拿他听说的一件事情为例，加以解释："我曾听大臣胡龁提及，一天大王您坐在殿堂之上，见到有人牵牛经过，便问其去向。得知牛将被用于祭钟，您不忍心看见牛被杀时瑟瑟发抖的样子，便下令把牛放了，改用羊代替。不知此事是否属实？"

宣王说："确有此事。"

孟子接着说："您有此等悲悯之心，足以统一天下。百姓们或许认为您太吝啬，但我却认为您是出于不忍之心。"

此时孟子从宣王的立场出发，对其多有褒奖，这一席话拉近了双方的距离。宣王有些委屈地言道："确实有百姓这样想。齐国虽小，但我何至于吝啬一头牛？我只是不忍看到它无辜受死，战栗发抖，就好像没有犯罪却被处死一样，所以用羊替代了它。"

孟子接下来的话就很有意思了，他说："大王不必介意百姓的误解，您用小的羊替换大的牛，这种仁慈之心他们未必能够理解。可是，您如果真的怜悯牛无罪却被屠杀，那么宰牛与杀羊又有什么区别呢？"孟子的意思是，同样是杀戮，杀大的与杀小的没有本质上的区别，真正的不忍之心不能只见到牛而忽视羊。

宣王一听，带着笑意说道："这到底是什么心理呢？我之所以用羊替换牛，并非因为吝啬。不过照您一说，好像百姓说我吝啬是理所当然的了。"其实，此时宣王并未完全理解孟子对他的批评。

孟子接着说："这并不重要，您的不忍之心是仁爱的体现。只是您看见了那头牛，而没见那只羊。君子见到动物活着时就不忍心看到它们死去，听到它们的哀鸣就不忍心吃它们的肉。因此，君子会离厨房远远的。"

宣王高兴地说："《诗经》中说：'别人的心思，我能猜得到。'这正是对您的赞美呀！我已经做了这件事，但回头反思时，却未能完全理解自己的动机。经您这么一说，我内心确实茅塞顿开。您为什么说我的心适合施行王道呢？"

孟子反问道："如果有人告诉大王，'我的臂力能托举三千斤的重物，却无法举起一根羽毛；我的视力足以看清秋鸟的细毛，却看不见一整车的木柴'，大王会相信这种说法吗？"

宣王断然否认："自然不会。"这一回答不要紧，马上就使自己陷入尴尬境地。

孟子继续说："如今大王的仁慈足以普及禽兽，却未能惠及百姓，这是为什么呢？如此说来，无力举起羽毛是因为没有尽己之力，不见木柴是因为不肯用眼去看，百姓不能安居乐业是因为大王未能施以恩惠。所以大王未能施行仁道一统天下，只是不愿为，不是不能为。"

本来还非常兴奋的宣王，此时脸上已经没有笑意了。他追问道："不愿为与不能为有何区别？"

孟子解释道："若有人试图把泰山夹在腋下跨越北海，告诉人说'我无能为力'，这是真做不到。若有人为长者折取树枝，却告诉人说'我无能为力'，这是不愿为，非不能为。大王未能施行仁政，不是前者，而是后者。从尊敬自己的长辈推及尊敬他人的长辈，从爱护自己的晚辈推及爱护他人的晚辈，能做到这样，天下便能轻易掌握。《诗经》里说：'先给妻子做榜样，再推广到自己的兄弟，进而推扩到整个封邑和国家。'这只不过是说把自己的仁爱之心推及至别人身上罢了。因此，广施恩惠足以保有天下，否则连妻子都难以守护。古代圣贤之所以能超越众人，没有别的诀窍，只是善于推广他们的好行为而已。如今大王的仁慈只及于动物，而百姓未受其惠，这是何故呢？如同称量知轻重，度量知长短，万事都是这样，人心尤其如此。还请大王仔细衡量啊！难道非得用兵作战，危及士臣，与诸侯结怨，才感到满足吗？"这段长篇大论主要围绕着推恩来展开，意在批评宣王不能将恩惠施及百姓，反而让百姓陷入危难之中。

宣王坦言："不，我并无此意。我之所以如此，是为了实现更大的目标。"

孟子好奇地问："大王能否透露您的宏伟目标？"

宣王只是微笑，并未作答。他虽然没有直接说出来，但结合上下文，我们可以推测他所谓宏伟的目标就是成就齐桓、晋文那样的霸业。

孟子自然明白宣王所指，不过他又绕了个弯子，说："是不是因为美味佳肴不能满足您的口腹之欲，或是轻柔暖和的衣物不能满足您身体的舒适？又或者是绚丽的色彩不能满足您视觉的享受，悠扬的音乐不能满足您听觉的愉悦，宠爱的妃子和臣仆不够您使唤？这些，您的臣子们都能为您准备，难道大王追求的是这些吗？"

宣王断然否认："不，我追求的不是这些。"

孟子接着说："既然如此，我或许能猜到大王的宏伟目标了。大王是想扩张领土，让秦、楚等国臣服于您，统一中原，招抚四夷。然而，以您目前的作为去实现您的宏大目标，无异于爬到树上去捕鱼。"

这个批评实在是太尖锐了，以至于宣王都惊讶地问："事情有那么严重吗？"

孟子严肃地说："恐怕情况更糟！爬树捕鱼虽然徒劳无功，但至少不会带来灾难；而以您目前的作为去实现您的目标，如果竭尽全力去做，最终将会招致祸患。"

宣王有些担忧了，忍不住问道："能否详细解释其中的原因？"

孟子举例说："如果邹国与楚国交战，大王认为哪一方会获胜？"

宣王不假思索地回答："当然楚国会胜。"

孟子解释道："由此可见，小国无法与大国抗衡，人少的无法与人多的对抗，力量弱的无法与力量强的相争。天下有九块方圆千里的土地，齐国只占其一。以一敌八，这跟邹国对抗楚国有何区别？既然此路不通，为何不从根本上解决问题？如果大王能够改革政治，实行仁政，会让天下的士人都愿意来齐国任职，农民都愿意在齐国耕作，商人都愿意到齐国做生意，旅客都愿意从齐国取道，那些对自己君主不满的人也都愿意来大王这里申诉。如果真能做到这样，那么还有什么力量能够阻挡您称王天下呢？"

听到这些，宣王有些坐不住了，赶紧谦虚起来，向孟子请教施行仁政的具体方略，孟子就将前文提到的他讲给梁惠王的那一套说了一遍。

"保民而王"一章是《孟子》中最长的一章，孟子从以羊易牛之事谈起，以小见大，先扬后抑，层层转进，晓之以理，动之以情，威之以势，在让宣王认识到自己错误的同时，也巧妙地把谈论的重心转移到仁政上来，从而达成自己的游说目的。无论是就论辩艺术、游说技巧来说，还是从仁政学说的宣讲来看，孟子论"保民而王"这一章都堪称经典。

儒家往事

荀子

一

其唯学乎

《荀子》开篇即为《劝学》，系统阐述了荀子关于学习和教育的重要思想，是被后世广为传诵的名篇。以《劝学》开篇，再次彰显了儒家对于学习的重视。

荀子重视学习，跟其个人经历有着很大的关系。他出身寒微，没有祖上的荣光可以依赖，要想出人头地，唯一可以倚仗的就是勤奋学习。《荀子·儒效》记载他的话说："我欲贱而贵，愚而智，贫而富，可乎？曰：其唯学乎！"这也许就是他刻苦求学的内心写照。

正是通过学习，他才逐渐获得安身立命之本。荀子十五岁开始游学齐国，目的就是来到当时著名的学术圣地——稷下学宫，求学于众多学术名家。那时的荀子年轻气盛，精神饱满，徜徉于思想的殿堂，吸收的是各不相同的学说。当时一些有名的学者，像宋钘、孟轲、慎到、环渊、淳于髡等，或做过荀子的老师，或对荀子的思想产生较大的影响。百家争鸣的自由环境带给荀子的是活跃的思维和高超的辩才，在转益多师的过程中，他也逐渐成为一位有所成就的学者。他虽博采众家之长，但终究还是以儒家为本。经过十几年的努力，在大约三十多岁的时候，荀子开始在稷下学宫"最为老师"，曾"三为祭酒"。古代祭祀飨宴时，必先推选出德高望重的尊者举酒祭地，这些人被称为"祭酒"。可见，成为稷下学宫"祭酒"的荀子地位非同一般，至少是一个备受尊重的角色。这一切的获得，也许有机遇的眷顾，但最重要的还是荀子自身的努力，特别是不知疲倦地学习。

在学习的问题上，荀子提出了一些重要的观点，这些观点对现在的我们而言，依然具有借鉴意义。

在他看来，学习是没有止境的。君子要做的是每日博学，并且时刻反省自我，这样才能做到智慧明达，行无过错。既然学习如此重要，有人就问荀子"学习从哪里开始？从哪里终结？"，荀子说："其数则始乎诵经，终乎读礼；其义则始乎为士，终乎为圣人。"（《荀子·劝学》）这句话内涵是很丰富的，首先他谈到了学习的内容，在他看来博学不等于没有重点地学，而是要着重学先王之遗言，也就是儒家的经典。《礼》的恭敬节文，《乐》的中正和谐，《诗》《书》的博大精深，《春秋》的微言大义，涵括天地间的一切道理，是要用心研读的。《荀子》中论《诗》有七处，引证《诗》句更是有八十多处。此外，还有很多论及《书》《乐》《易》《春秋》等儒家经典的地方。在荀子的回答中，他还强调学习的目的是提高修养，成为士人君子，终极目标是成为圣人。儒家向来主张学以成人，学习知识与提升品德是分不开的。荀子常对学生说："君子学习各种经典，有益的内容进入耳朵，记在心中，灌注全身，表现在举止上，他的一言一行、一举一动都可以成为别人效法的榜样。而小人的学习，只是从耳朵里进，然后从嘴巴里出，从耳到嘴的距离只有四寸而已，怎能完善人的七尺之躯？古代学者是为自己而学，是为了完善自己的身心；而今之学者学习则是为了他人，是把学问当成家禽和小牛之类的礼物去讨好他人。"

如何通过学习来提升自己？关键在于贯彻儒家的仁义礼智。荀说"伦类不通，仁义不一，不足谓善学"（《荀子·劝学》），学习不仅仅是简单地增加客观知识的过程，最重要的是提升个人的道德品行。只有全面、纯粹地了解并遵行儒家的仁义之道，才是一位真正的学者。在仁义的知行问题上，如何才算得上全面、纯粹呢？荀子用了一连串的排比句，为世人构造了一个高超的学习境界——诵读诗书以求贯通，思考探索以求理解，效法良师以求实践，改正缺点以求保养，使自己的眼睛不是正当的就不想见，使自己的耳朵不是正当的就不想听，使自己的嘴巴不是正当的就不想说，使自己的内心不是正当的就不去考虑。总之，人的视听言思皆循正道而行，权势利禄都不能令他倾倒，人多势众不能改变他的意志，整个天下也不能让他有所动摇。活着就像这样遵循礼义，即便是死也要如此，这就是道德操守。具备了这样的道德操守，人才能站稳脚跟；能站稳脚跟，然后才能随机应变；能够站稳脚跟，又能够随机应变，这在荀子眼里就是"成人"。

在通过学习成就仁义的过程中，人还需要榜样的力量。在荀子看来，老师正是起到了这样的作用，学习没有比接近贤师更便利的了。前面讲要学习儒家的经典，但对于初学者而言，经典里的内容是不容易领会的，像《礼》《乐》缺少详细的解说，《诗》《书》多言旧事而远离现实，《春秋》文辞简约而不好理解，而老师浸淫经典多年，对其中的内容已经熟稔于心，初学者多向他们请教，就能少走不少弯路，从而更快地获得广博的知识，养成崇高的品德，通晓人世间的事务。

除了亲近贤师之外，荀子还强调要"隆礼"，也就是尊崇礼法。如果说仁义更多的是原则性要求的话，那么礼法就是通向仁义的路径，找到了正确的路径，那一切也就顺畅了。反之，如果不遵行礼法，只是一味死啃书本，那就如同用手指测量河流的深浅，用长戈去舂捣黍米，用锥子取代筷子吃饭，是不可能达到目的的。在师生教学相长的过程中，一切也要遵守礼法的规范——非礼之事不谈论，粗野之人不接近，争强好胜之人不与之争辩，遵循礼义之道来请教的才去接待他，礼貌恭敬、言语和气、谦虚顺从的人才和他谈论大道至理。

总之，对于一个学者而言，如果上不能对贤师心悦诚服，下不能尊崇礼义法度，而只是抱残守缺地学些杂乱的知识，那么即便老死，也终究不过是个学识浅陋的书生罢了。

二

性恶之论

　　荀子对于老师与礼法的看重与他的性恶论有着非常密切的关联。在中国古代人性论史上，性善论和性恶论是两种极为重要的观点，孟子是性善论的代表，而荀子则是典型的性恶论者。荀子不认同孟子的性善论，曾在各种场合批判孟子关于人性的论说，散见于《荀子》各篇，但主要集中于《性恶》一篇之中。

　　荀子讲了这样一个故事，说是有一天尧见到舜，问他一个问题："人之性情怎么样？"舜摇摇头，回答说："人之性情很不好啊，你又何必发此一问呢？你看，人一旦有了妻子儿女，对父母的孝敬就会减弱；人的嗜好欲望一旦得到满足，对朋友的诚信就会减弱；人对爵位俸禄满意了，对君主的忠诚就会减弱。这就是人之性情啊！人之性情很不好，又何必问呢？"荀子借尧之口，点明了人性本恶的残酷事实。

　　《性恶》开篇就讲"人之性恶，其善者伪也"，人的本性是邪恶的，所谓的善是后天人为的。与孟子论证人性本善类似，荀子也是从自然、社会现象入手，通过例证的方式来说明人性本恶。他说人一生下来就喜好财富利益，顺着这种本性发展下去，相互争夺利益的现象就会产生，辞让之心就没有了；人生下来就有嫉妒憎恶的心理，顺着这种人性发展下去，互相残杀就会出现，忠信就会消失；人生下来就有耳目之欲，喜好声色犬马，顺着这种人性发展下去，淫乱就会产生，礼义法度就会泯灭。如此看来，如果任由人之自然性情发展下去的话，社会当中必定会出现你争我夺的现象，它会和违背等级名分、扰乱礼法秩序的行为合流，最终走向暴乱。荀子这里提及辞让、忠信、礼义等的沦亡，显然是针对孟子"四端说"而言的。二者出于不同立场，选取能佐证自己观点的例子，是很难驳倒对方的，但这并不妨碍后人基于二人各自的思想逻辑来理解人性论背后的价值追求。

荀子说人性本恶就如同木材天生弯曲，金属生来不锋利，但人们要用笔直的木料建造房屋家具，要用锋利的刀斧去砍伐切削，这就需要拿正形的工具通过熏蒸加热等方式使木材变得挺直，需要不断地磨砺以使金属变得锋利。性恶带来暴乱，这是人类不愿意面对的，那就要用一些措施来拨乱反正。荀子说："今人之性恶，必将待师法然后正，得礼义然后治。今人无师法，则偏险而不正；无礼义，则悖乱而不治。古者圣王以人之性恶，以为偏险而不正、悖乱而不治，是以为之起礼义、制法度，以矫饰人之情性而正之，以扰化人之情性而导之也。使皆出于治，合于道者也。"（《荀子·性恶》）概括来说，为了纠正人性恶所带来的偏颇，他强调了两个方面的纠治措施，一个是老师的教化，一个是礼义法度的引导。

先说礼义法度。荀子的政治思想有一个重要的内容——隆礼重法，礼法并重。一方面他认为"礼者，人道之极"（《荀子·礼论》），"国之命在礼"（《荀子·天论》）；另一方面，荀子又说"法者，治之端也"（《荀子·王制》），治国要教而有诛，只施行教化而不使用刑罚，邪恶之人就得不到惩处。①这种思想的产生是有着深刻的历史背景的，在当时人欲横流、世风日下的情形之下，道德自觉是靠不住的，亟须礼法的外在制约。虽然同为人类行为的外在规范，但礼和法是有区别的，"礼"是约定俗成的确立等级名分和权利义务关系的规则，而"法"则是由国家制定并由国家强制力保证其实施的行为规范。二者一个很重要的差别在于，"礼"的作用方式常常是劝导式的，而"法"的强制性更为明显。在荀子那里，礼法作用的范围不同："由士以上，则必以礼乐节之；众庶百姓，则必以法数制之。"（《荀子·富国》）可见，礼主要用来规范有一定社会地位的人的行为，而法主要是用来制约百姓的言行，二者相互配合，才能建构一个和谐有序的社会。礼法虽然都很重要，但在荀子眼里它们都是圣王在后天制定的，是人为的，而不是先天具备的本性："故圣人化性而起伪，伪起而生礼义，礼义生而制法度。"（《荀子·性恶》）他举例子说，按照人的情欲和本性，饿了就想吃饱饭，冷了就想穿暖和，累了就要休息。换一种情况，人饿了，看见父亲兄长，就不敢先吃，这是因为做人要有所谦让；人累了，看见父亲兄长，就不敢要求休息，这是因为要为长辈代劳。儿子对父亲谦让，弟弟对哥哥谦让；儿子替父亲操劳，弟弟替哥哥操劳；这两种德行，都是违反人之本性、背离性情的，但都符合孝道、遵守礼义。所以说，人的本性是恶的，善良的行为则是人为的。

在人性恶的大前提之下，尧、舜和桀、跖在本性上是一样的，但人与人之所以会有君子、小人的差别，其根本原因在于后天是否努力践行礼义。荀子又举例说，上天并没有偏袒曾参、闵子骞、孝己（殷高宗长子，也以孝闻名）而抛弃众人，但是唯独曾参、闵子骞、孝己成了名副其实的孝子，这是因为他们竭力奉行礼义。同样，上天并没有偏

---

① 《荀子·富国》："故不教而诛，则刑繁而邪不胜；教而不诛，则奸民不惩。"

祖齐国人、鲁国人而抛弃秦国人，但是在父子之义、夫妻之别上，秦国人不及齐国人、鲁国人恭敬有礼，这是因为秦国人放纵性情、恣肆放荡而怠慢礼义。与孟子一样，荀子也相信"涂之人可以为禹"，他说如果普通人努力学习并信服道义，专心致志，认真思考，仔细观察，持之以恒，积累善行而永不停息，那就能通于神明，参于天地，最终就会成为圣人。

再说老师的教化。人性本恶，任其发展势必带来混乱，所以需要礼义的调和和制约。本性之中没有礼义，所以需要后天的努力学习来掌握它，需要深思熟虑去了解它，而老师所起到的就是一个学习和思考的领路人的作用。当然，他们自己首先能够熟悉礼法并带头施行，做"以身为正仪而贵自安者"（《荀子·修身》），然后才能够为别人阐明礼法，引导别人去践行礼法。从这个意义上来讲，老师的作用其实比礼法本身还重大。如果没有贤能的老师，很多人可能就无法获知礼法的内涵，更谈不上去遵礼守法了，所以荀子常把"师"放到"法"之前。有了老师的教导，专心学习礼法，不断积累善行，形成风俗习惯，逐渐转化性情，终能成贤成圣。

总之，荀子由性恶论引出了师法的重要性，"有师法者，人之大宝也；无师法者，人之大殃也"（《荀子·儒效》）。老师也好，礼法也罢，都属于后天教化的范畴，与孟子性善论基于先天质性谈道德养成有着很大的不同。但从价值追求、人生目标、道德理想等角度来看，荀子与孟子又没有根本的差别，或者可以说，同为儒学大师的孟、荀二人是殊途同归吧。

三

儒者之效

　　荀子曾经到秦国游历，当时是秦昭王在位。他拜范雎为相，任用白起为将军，采取远交近攻等策略，消除内患，对外征战，灭亡东周，为后来秦朝的统一奠定了坚实的基础。

　　荀子来到秦国之后，曾经见过秦相范雎。范雎问他："先生来到秦国，有何见闻感受？"这个问题引起了荀子很大的兴致，因为在秦国的见闻确实让他大开眼界。在他看来，秦国的天时地利自不必说，关键还在于政通人和——百姓淳朴顺从，官吏敦敬忠信，士大夫明通而公，朝廷治理得力。正因如此，秦国四代皆能取胜，呈现出一派欣欣向荣的景象。

　　范雎听了荀子的讲述后，内心颇为喜悦。可是荀子话锋一转，他说："恕我直言，秦国仍然有需要忧虑的地方。虽然它各方面条件都很不错，但与王者之功名相对照的话，还是有相当大的差距的！为什么会出现这种情况呢？大概是没有儒者的缘故吧！依愚之见，治国纯用儒术就能称王天下，杂而用之往往能够成就霸道。这两者都能使国家强大到不被别国所灭，但霸道还是不如王道。这也就是秦国的不足之处吧！"

不久，范雎进见秦昭王，把他与荀子所谈论的内容讲给了昭王。昭王虽有些不悦，但也想亲耳听听荀子的真实想法，于是吩咐下去，要召见荀子，请他到宫中面谈。

荀子之前周游列国，时常碰壁，但政治热情依然高涨，能得到大国君主的召见，自然不敢怠慢。两人如约见面，但并不是那样轻松。一通寒暄之后，昭王直接发难："之前听先生说秦国的问题在于没有儒者，但儒者对于国家没有什么好处吧？"这样的提问显然是没把荀子放在眼里，甚至还有些挑衅的意味。

荀子面对刁难，没有气急败坏，而是试图以理服人。他直接回应说："儒者效法先王，崇尚礼义，谨慎地持守臣子之位而极其尊敬他的君主。君主任用他，他就在朝中合宜地处理政事；君主不用他，他就甘做百姓，谨慎行事。无论如何，他都是一个顺从的臣民。他即使穷困潦倒、挨饿受冻，也一定不会用不正当手段去贪图私利；即使没有立锥之地，也深明国家之大义；即使奔走呼号无人响应，也会致力于精通管理万物、养育百姓的纲纪。如果他身居高位，那就是君王诸侯的得力干将；如果地位卑下，那也是社稷之臣、国君之宝。即便他隐居在偏僻的巷道、简陋的茅屋里，人们也没有不尊重他的，因为治国之道就掌握在他的手中。"一番道理讲完，荀子又搬出孔子这位大儒作为例子，进一步论证他的观点。孔子将要做鲁国司寇的时候，卖注水羊肉的沈犹氏不敢在早晨给他的羊喝水了，对妻子淫乱视而不见的公慎氏立马休掉了妻子，平时荒淫无度的慎溃氏赶紧越过边境逃走了，鲁国卖牛卖马的再也不敢哄抬物价，他们能做的就是及早改正自己的错误，等待孔子的到来。孔子曾经住在阙党，阙党子弟们在分配网获的鱼兽时，一定会多分一些给有父母兄弟的，这是因为孔子用孝悌之道感化了他们。讲完孔子的例子，荀子进行了一番总结："儒者在本朝则美政，在下位则美俗，儒之为人下如是矣。"（《荀子·儒效》）儒者能够上能美朝，下则美俗，对国家社会而言作用是非常大的。

昭王听了这些话，内心还是有些复杂的，他首先想到的不是该如何任用儒者，而是万一儒者成为君主会怎样。他把这个问题抛给荀子，荀子内心一惊，而后还有些兴奋，因为在位者成为儒者，这不是儒家推行仁道最终极的追求吗？他信心满满地回应道："若是儒者成为君主，那影响就广大了。他内心意志坚定，善于利用礼节治理朝堂，使各级官吏公正实施法律准则和规章制度，让忠诚、老实、仁爱、利人等美德在民间蔚然成风。做一件不义之事、杀一个无罪之人而取得天下，这种事情他是不会去做的。这样君主的道义令人民信服，传遍四面八方，天下万民一齐响应。这是为何呢？因为他尊贵的名声显著，天下也因他而得到很好的治理。所以近处之人歌颂他、热爱他，远处的人不辞辛劳来投奔他，四海之内如同一家，凡是人能到达的地方，没有不服从他的，这就是所谓人民的君长了。《诗经》里说'从西到东，从南至北，没有那个不顺从'，说的就是这种情况。儒者作为臣民是前面讲的那样，成为君王又是这种状态，怎能说他们对国家没有益处呢？"

荀子讲到此处，有些激情澎湃了。他希望用自己严密的论证来说服秦王，以便将自己隆礼重法、推行仁义的主张在当时最强大的国家变成现实。昭王却不置可否，最后仅回应一个"善"字！《荀子》最后一篇《尧曰》曾提到荀子所处的时代背景，说他生活在乱世之中，严刑峻法大行其道，上无贤主，下遇暴秦，礼义不行于世，教化不能成功，仁者不被任用而处于穷困之中，天下昏暗，德行美好之人反被讥讽，诸侯之间相互倾轧，聪明的人不能为国家计虑，有能力的人不能参与国政，贤能的人得不到任命，君主被蒙蔽而看不清楚。这世道可是真够混乱的！对那个战乱时代的儒者而言，理想都很丰满，现实却也是同样的骨感。对于像秦国这样的大国君主来说，对内要弥乱，对外要征伐，霸道必然是第一选择，至于仁义之王道，嘴上可以赞美一番，内心却很难做到心悦诚服，至于将它施行于天下，恐怕更是一种奢望吧。

然而儒者的可贵之处正是在于知其不可而为之！在旁人看来，他们的执着有时候甚至趋于疯狂。孔子是这样，孟子是这样，荀子也是这样。《尧曰》篇最后为荀子鸣不平，试图反驳那种认为荀子比不上孔子的论调。这种争论其实没有多大的必要，因为孔子也好，荀子也罢，他们都是遵循正道的楷模，都在不辞辛劳到处游走，都在积极推行仁义之道，都是不朽的大儒！同样的，他们也都没有遇到好的时机，治国的策略也都得不到采纳，只能眼睁睁地看着那些作恶之人为所欲为，得到好处。这是这些大儒的不幸，更是时代的不幸。

四

王者之兵

在割据混乱的年代，战争无疑是家常便饭。对一个国家来说，如何应战、如何打仗势必是非常重要的问题。政治家们要思考这些问题，思想家们亦是如此。荀子在赵国游历时，曾在赵孝成王的朝堂之上与楚国将领临武君讨论如何用兵。

话题由赵王发起，他问二人用兵的关键之处。临武君毕竟是带过兵、打过仗的，他信心满满地答道："上得天时，下得地利，观敌之变动，后之发，先之至，此用兵之要术也。"（《荀子·议兵》）显然，他主要是从战术的层面谈论用兵的问题。荀子听了临武君的话之后，很不以为然："我听闻古代用兵之道，凡是用兵作战的根本在于统一人心。弓箭不协调，那后羿就不能射中目标；六匹马不配合，那造父就不能到达远方；士人百姓不亲附，那汤、武未必能取胜。因此，善于亲附人民的，才是善于用兵的人。"

临武君心有不服，他辩驳道："并非如此。用兵看重的是形势和条件，实行的是机变和权诈。善于用兵打仗的，常常神秘莫测，无人知晓他从何处出现，孙武、吴起就是使用这种战术，所以才无敌于天下，难道非得要亲附人民才行吗？"其言外之意便是，有了诡诈的战术才能取胜，至于人民亲不亲附那都是次要的因素了。临武君的想法归结为一点，其实就是"兵以诈立"。

荀子则认为"仁人用兵，不可诈也"（《荀子·议兵》）。在他看来，诸侯用兵才会依赖权谋势利，采用诡诈之术去应对敌人。而真正的王者带兵打仗，他所考虑的是打造一支仁义之师，仁者之师是不可能被欺诈的。也就是说，荀子认为在用兵的问题上，仁义是能战胜诡诈的。为什么呢？因为仁人上下相爱，众将协力同心，三军共同用力，臣子对待国君，下级对待上级，就像儿子侍奉父亲、弟弟侍奉兄长一样，就像手臂保护脑袋眼睛、掩护胸部腹部一样。况且仁德之人治理国家能够高瞻远瞩，他的军队也一定是聪明警戒，团结一心。所以，仁者之师，或聚或散，皆有组织，真要行动起来就像莫邪宝剑那般锋利无比，所向披靡，无人能敌。谁要试图用诡诈之术与这支仁者之师相对抗，就像用鸡蛋碰石头、用手指搅沸水，也好似投身于水火之中，终将难逃被烧焦淹没的命运。荀子讲完仁人带兵打仗的情况，紧接着又来了一个对比，开始谈暴国之君的情况。那些不讲仁义的君主都可以被称为暴国之君，跟他们一起打仗的，一定是本国的人民，而人民视这些暴君为仇敌，是不会为他们卖命的，他们会归向那些仁义之君，甚至会向他通风报信。因此，对仁人之兵而言，机变欺诈之术是不管用的。

孝成王和临武君听了荀子这番话，兴致一下子就被调动起来了。他们迫不及待地追问："称王天下的军队应该采用何种方法、采取何种行动？"荀子的情绪也被调动了起来，他发表了长篇大论，概括来说，主要表达了这样三个想法。首先，关于用兵的一切都取决于大王，将帅是次要的。君主贤明的，国家就能被治理好；君主无能的，国家就会混乱；君主隆礼贵义，国家就安定有序；君主轻视、怠慢礼义，国家就会混乱。安定的国家强盛，混乱的国家衰弱，此乃国家强弱的根本。其次，国家强弱有常规——君民齐心、崇尚礼义、喜好贤士、爱护百姓、政令诚信、奖赏慎重、刑罚威严、武器精良的国家就强大，反之就衰弱。最后，贪图奖赏、追求获利的雇佣兵战胜不了仁义之兵，因为前者无法达到和衷共济、齐心合力的状态。

孝成王他们又向荀子请教如何做将领，如何制定王者之军制，荀子都基于其重视仁义的立场给出了精彩的回答。但仔细考量的话，也不是没有问题，他有一个学生叫陈嚣，就曾经有这样一个疑问："先生谈论用兵，经常把仁义作为根本。仁者爱护别人，义者遵循道理，既然如此的话，又为何要用兵呢？凡是要兵的，都是为了争夺啊！"在陈嚣看来，仁义与用兵相互矛盾，讲求仁义的人就不该用兵。

荀子听了他的发问，似乎有些愠怒："这道理是你不能了解的。那仁者爱护他人，爱人就会憎恶别人危害他们；义者遵循道理，循理就会厌恶别人把道理搅乱。而用兵打仗，是用来禁止暴虐、消除危害的，不是为了争权夺利。所以仁人之兵停留的地方就能得到很好的治理，经过的地方就会受到教育感化，就像及时雨由天而降，没有人会不喜悦。"他还拿尧伐驩兜、舜伐有苗、禹伐共工、汤伐有夏、文王伐崇和武王伐纣来举例，指出它们皆是以仁义之兵行于天下，结果都是四方响应、远近亲附。

荀子还有一个更有名的弟子，那就是后来辅助秦始皇统一六国的李斯。他对荀子在用兵问题上的看法也有疑问，他举的例子就是秦国的例子。在他看来，秦国四世有胜，兵强海内，威行诸侯，靠的不是仁义，而是便利行事的功利原则。听了李斯的观点，荀子同样有些不快，他语带批评地说："这道理并不是你能了解的。你所言的便利是一种并不便利的便利，而我所说的仁义，才是极其便利的便利。为什么这样讲呢？因为仁义是用来整修政治的，政事治理好了，老百姓就会亲近他们的君主，爱戴他们的君主，甚至不惜为君主赴死。秦国四代都有胜利，却还是经常提心吊胆，生怕其他国家联合起来讨伐自己，这就是所谓的末世之兵，没有掌握仁义这一根本原则。汤之放桀，武王伐纣，靠的不只是一时的胜利，而是长久地施行仁义。仁义才是取得天下的根本原则，而你不去求之于本，反而索之于末，这正是天下大乱的原因所在。"

荀子还给李斯举了一个楚国败亡的例子。以前楚国和现在的秦国一样强大，它拥有坚固的铠甲和锋利的武器，士兵来去神速，很有战斗力。但在垂沙之战中，楚国上将唐蔑兵败被杀，庄蹻又趁乱造反，楚国很快就四分五裂了。楚国还有地利的优势——有汝水、颍水作天险，有长江、汉水作护城河，还有邓林作屏障，方城做围墙。但结果呢，秦国军队一到，鄢、郢二都就被攻陷了。为何是这样的结局？荀子总结说："归根结底是楚国统治的方法不是仁义之道的缘故！"他的本意很明了，就是希望在李斯的主导之下，秦国也能施行仁义之道，用等级名分来调节社会关系，真正做到爱护百姓，从而得到人民的热情拥护。

李斯能听得进老师的道理吗？又真的愿意实行这一套治国理政的方略吗？

五

天人相分

　　《荀子·解蔽》篇记载了这样一个故事，说的是夏首之南有一个人，名叫涓蜀梁，他生性愚蠢且胆小怕事。一次他在月光皎洁的夜晚走路，低头看见自己的影子，就以为那是趴在地上的厉鬼；抬头看见自己的头发，就以为是站着的妖怪。他吓得不轻，只好转身就跑，等回到自己的家中，就气绝而亡了。荀子认为，认为世上有鬼的，一定是在他精神恍惚、疑惑不解之时作出的判断，相信鬼神存在的人，在神魂颠倒之余，必定一无所获。这就如同有人得了风湿病却不去好好治病，只想着通过敲锣打鼓来赶走疾病，并且还会烹猪求神，希望得到神灵护佑，疾病应时而瘳。荀子说这些都是徒劳，最后的结果肯定是，锣鼓被敲打破了，猪也被浪费掉了，而疾病依然如旧，并无改善。

　　古代发生干旱时，人们常常要祭祀求雨，这种仪式被称为"雩"。雩祭完成之后，雨水或会到来，这使得古人在雩与雨之间建立起了一种神秘的因果关联。有人问荀子："敢问先生雩祭之后天就下雨了，这是为什么呢？"这个问题本身就预设了一个因果联系的前提，不过荀子并没有落入发问者的圈套。他笑笑说："这没有什么，它就像不举行雩祭也能下雨一样，都是自然而然的事情罢了。太阳发生了日食，月亮发生了月食，人们想方设法进行补救。气候干旱了，就祭祀求雨，每临大事也会通过施行卜筮以求决断。我认为诸如此类的做法并不能真正达成所愿，只不过是古人文过饰非的手段而已。君子能够看清它们是一种文饰，但老百姓却被蒙蔽了，把它们看得神乎其神，这种情况就不吉利了。"

《荀子》中还有《非相》篇，批判、否定了相面之术。春秋时有个郑国人叫姑布子卿，据说曾给孔子和赵襄子相过面；在荀子生活的那个时代，魏国有个叫唐举的人，也是个有名的相面先生。相传他们都可以通过观察人的容貌、面色而预知吉凶祸福，世俗之人把他们传得神乎其神，对他们很是信服，而荀子对相面之术很是厌恶，他说"古之人无有也，学者不道也"。

以上三个故事体现了荀子的无神论思想，其背后的理论根基是荀子对于天人关系的独特思考。那些求雨、相面之类的巫术、迷信，背后都是以"天人合一"为思想基础的，荀子批判"天人合一"的论说，特别是那种在天人之间建立神秘性关联，主张天主宰一切、人要屈从于天的怪诞论调。为此，他提出了"天人相分"的思想。

荀子认为天有自身的运作规律，这种规律不以人的意志为转移。天上的星辰相随旋转，日月交替照耀，春夏秋冬周而复始，阴阳相合化生万物，风雨广泛地滋润大地。万物各自得到和气而产生，各自得到滋养而成长。人们看不见天化生万物的具体过程，只能见到万物生养的成果，这就叫作神妙。人们都知道天生成万物，却无人知道其无形无迹的生化过程，这就叫作天。人的意志不能决定天的运行，天并不因为人们讨厌寒冷就取消冬季，大地也并不因为人们厌恶辽远就废除宽广，天地自有它们的恒常不变之道。像流星坠落、树木作响之类的现象，那是天地自然生化过程中的变异而已，虽然少见，但也属于天地生化规律之中的情形，不是洪水猛兽，不必担惊受怕。人不能决定天，那就尊重天的职分，不做违背自然规律的事情。

同样，天也不能决定人。有人问荀子："先生，流星坠落、树木作响一旦发生，就会让很多的人感到害怕，这是为什么呢？"害怕的原因在于，在一些相信天人感应论的人那里，自然界的异常现象被认为是上天对人事施以赏罚的体现。荀子要做的就是要切断这种荒谬的联系，于是他回答说："这些没有什么啊，无非就是些稀罕事件罢了，觉得它奇怪没问题，但害怕它就错了。日食月食的出现，狂风暴雨不合时节地突然降临，奇怪的星星偶然出现，这些异象没有哪个时代不曾有过。如果君主英明而政治清平，那么这些现象即使出现在同一时代，也不会带来什么妨害；但假设君主愚昧而政治黑暗，那么这些现象即使全无出现，也毫无益处。"荀子的观点已经很明确了，那就是怪象不足畏，它们的出现无关乎人事。

问者听了荀子的回答，还是有些犹疑不决。他又向荀子抛出了个更直白的问题："请问先生，社会的治乱兴衰是由上天决定的吗？"荀子皱了一下眉，铿锵有力地回应说："日月、星辰、历象，在禹和桀的时代都是相同的，而禹使天下安定，桀使天下大乱，可见社会的治乱并不是由上天决定的。那是季节造成的吗？庄稼春生、夏长、秋收、冬藏，在禹和桀的时代也是相同的，而禹使天下安定，桀使天下大乱，可见社会的治乱并不是季节造成的。那是大地造成的吗？庄稼得到土地就生长，失去土地就灭亡，在禹和桀的时代又是相同的，而禹使天下安定，桀使天下大乱，可见社会的治乱也不是大地造成的。"

天有天的运行规律，人也有人的职责、义务。荀子主张天人相分，并没有否认天与人之间的一切联系，因为在他看来，人毕竟也是天的产物——人的形体、精神、情感等都是天生的，人的生产生活、政治原则等也是天然的。其天人相分思想的落脚点在于，人要做的不是想方设法地获知天意、讨好上天，而是尽量完成自己的职分。人的职分是什么呢？——使自己的内心（"天君"）清醒而不受蒙蔽，端正自己天生的感官（"天官"），完备那天然的供养（"天养"），顺应那天然的政治（"天政"），保养那天生的情感（"天情"），从而保全天然的功绩（"天功"）。做到了这样，人就明白了自己应该做什么，不应该做什么，天地就能被利用而万物就能被役使了，他的行动就能完全合理，他的保养就能完全恰当，他的生命就不会受到伤害，这就叫作了解了天（"知天"）。

基于以上的思考，荀子认为自然界的异常现象并不可畏，人事上的反常现象（"人祆"）才是可怕的。他列举了一连串的具体事例，用以说明什么才是人事之反常现象——粗放耕种而伤害了庄稼，随意锄草而减少了年成，政治险恶而失去了民心，田地荒芜而庄稼歉收，米价昂贵而百姓挨饿，道路上有饿死之人；政策法令不清明，行政措施不合宜，农业生产疏于管理，劝勉劳作不顾农时；礼义不加整顿，内外没有分别，男女淫荡混乱，父子互相猜疑，上下离心离德，外寇内乱同时到来。以上三类反常现象交错发生，就不会有安宁的国家了。这是荀子对他所处的那个时代现实无声的控诉，是他一切理论观点之最根源处，也是他致力于解决的最大问题。这些反常现象为何会产生？归根结底还是人自身的混乱，而不是天意使然，一定不能忽视这些人事上的反常现象，因为它们造成的灾难是相当惨重的。

荀子希望人能正视自身的问题，通过自己的努力解决国家、社会中的乱象，"君子敬其在己者，而不慕其在天者也"（《荀子·天论》）。归根结底，荀子所谓"在己者"就是君臣之间的道义，父子之间的相亲，夫妻之间的区别，这些是君子们应该每天切磋琢磨而不能丢弃的。

儒家往事

董仲舒

一

不窥园菜

在汉代，董仲舒是"儒宗"级别的人物。著名史学家司马迁曾经向董仲舒请教过《春秋》里的一些学问。据《太史公自序》记载，上大夫壶遂曾经问司马迁："从前孔子为何要作《春秋》？"太史公转引了董仲舒说过的一段话："周朝王道衰败废弛，孔子担任鲁国司寇，诸侯们忌恨他，大夫们阻碍他。孔子知道自己的学说不会被采用，自己所遵循的道义无法实行，于是就在《春秋》一书中，对二百四十二年的历史事件和人物加以褒贬，作为天下准则，贬抑昏庸无道的天子，斥责胡作非为的诸侯，声讨害国乱政的大夫，想用这种方式达成王道而已。"

董仲舒是《春秋》学大师。广义的《春秋》本为先秦各国史书的通称，狭义的则专指鲁国史书，孔子曾据鲁国的历史修《春秋》，后来成为儒家最重要的经典之一。它记载了从鲁隐公元年（前722年）到哀公十四年（前481年），历时12位君主，共242年的鲁国历史。经过孔子改造后的《春秋》，其首要的作用在于提倡道义，改善政治，记事似乎倒在其次。

在司马迁与壶遂的对话中，前者还讲了这样一段话，反映的就是董仲舒的看法："做国君的不可不懂《春秋》，否则就会前有谄谀小人而不见，后有乱臣贼子而不知。做臣子的人不可不懂《春秋》，否则在其位却不知采取适当的方法，遇到变故却不知应变的权宜之策。做人君主、父亲的不通晓《春秋》大义，必定会容易蒙受首恶的名声。做臣子、儿子的不通晓《春秋》大义，必定身陷篡位弑君之罪而被杀，留下死罪之名。其实他们都自以为是做好事，做了却不知其礼义所在，蒙受无端谴责而不敢辩解。如果不明白礼义的要旨，就会导致君不像君、臣不像臣、父不像父、子不像子的后果。如果君不像君，臣下就敢冒犯；臣不像臣，就容易被诛杀；父不像父，就会昏聩无道；子不像子，就会不孝顺。这四种行为，是天下之大过，拿'天下之大过'的罪名加在他头上，他只能接受而不敢推卸。所以《春秋》这部经典，确实是礼义的根本。礼的作用是在坏事没有发生之前禁绝它，法的作用则是在坏事已经发生之后予以惩戒；法的作用容易见到，而礼禁绝坏事的作用则难以被人认识。"概而言之，这段话想表达的就是《春秋》倡导礼义，目的就是要防非止恶，使社会处于一种有秩序的状态。

《汉书·艺文志》记载为《春秋》作传的有五家，但流传下来且保存完整的只有"三传"，即《左传》《公羊传》《穀梁传》，而董仲舒是《公羊传》的大师。《公羊传》旧题战国公羊高撰，最初仅为口传相授，到汉初才著于竹帛。它记事比较简略，重在阐释《春秋》的义法和微言大义。所谓"义法""微言大义"，主要是指"王道之大者也"（《太史公自序》），用司马迁的话来说就是往上阐明三王治国之道，往下辨别人事纪纲，辨别嫌疑，明断是非，论定犹豫不决之事，称颂好人好事，贬斥坏人坏事，尊重贤才，轻视庸人，补救时弊，保存灭亡之国家，延续断绝之世系，振兴被废弃的事业。在儒家看来，在平定乱世、使它重回正道方面，没有哪本经典能像《春秋》这样切实有效。

董仲舒倾心于《春秋》，特别是"公羊"之学，跟他所处的时代背景也有很大的关系。前有秦始皇统一中国，推行严刑峻法，发动焚书坑儒，内部争权夺利，短短十几年便迎来灭亡；后有汉初推行黄老之道，休养生息，政局不稳，百废待兴。他身处其中，感受着时代的起起伏伏，希望政治能够稳定下来，治理思想能够统一，社会更加安定有序。为此，他醉心于学问救世，于儒、名、法、道、阴阳等诸家之长皆有所择，而归宗于儒家经世之学。现存史料对董仲舒早年求学经历反映极少，但可以想见，这样一位有"王佐之才"的大儒必定是覃思精研，皓首穷经，等待着经世的机会，期待早日实现远大的志向。但机遇还是来得晚了一些，《汉书·董仲舒传》记载，汉景帝时董仲舒才被立为《春秋》经的博士，此时他已经五六十岁了。汉时"博士"乃专通一经并教授生徒的学官，董仲舒在《春秋》上的造诣得到了官方的认可，他可以招收子弟、课徒讲学了。成为大师并没有改变他发奋求学的习惯，除了讲学之外，他一心扑在对儒家经典的研读之上。他的住所外有一处花园，环境雅静，是一个休闲的好去处。可是他把自己关在屋子里，足不出户，放下帷幕，摒除干扰，日夜读书作文，精心钻研学问，对这样一个好地方视如无物。家人和学生时常邀他到园中一游，都被他婉拒了，整整三年，他都不曾到过此园，这就是著名的"目不窥园"的故事。

这样一位十足的学术"宅男"吸引了大批学生前来拜师求教，学生多到他都没法一一传授知识。思来想去，他只能采取权宜之计，让先入学的弟子给后入学的传授学业，这导致一个尴尬的情况出现，那就是一些学生在求学期间甚至都没有见过这位《春秋》学大师。无论如何，学子们都被董仲舒的学识折服，即便不能亲炙，也能满载而归。董仲舒给他们的不仅仅是儒家经典的知识，更有人格养成上的熏陶。前面讲他重视《春秋》之大义，特别是儒家倡导的礼义精神，而他自己也"进退容止，非礼不行"（《汉书·董仲舒传》），学修并重，知行合一，这正是儒者优良品格的展现。正是靠着这种言传身教的方式，儒家的价值理念才会一代又一代地相传至今。至少在当时那个时代，董仲舒影响了一大批人，他的思想引领了儒家的发展方向，他的努力改善了儒者的社会地位。

二

独尊儒术

汉武帝于建元元年（前140年）即位，一开始就准备大展宏图，为此他需要招揽大批人才以共襄盛举。他接连举贤良方正直言极谏之士以及贤良文学之士，董仲舒正是借着举贤良的机会，以贤良对策获得武帝的青睐，最终脱颖而出的。董仲舒的对策，正是著名的《天人三策》。关于他上《天人三策》的具体时间，学术界倾向于认为是在汉武帝元光元年（前134年），"三策"的具体内容完整地保存于《汉书·董仲舒传》中。

汉武帝邀请各地贤良、修德、博学的才士们，其目的是要通晓治国安民大道。他试图寻找答案的关键问题是：五帝三王治国之道为后世帝王纷纷仿效，但结果王道衰微，趋于没落，是他们所信奉的失掉了先王之道的传统？还是天命使然，人力无法扭转，只有等到国家危亡以后才能停止？汉武帝还特别关注灾异变故的发生问题，他想知道如何采取行动才能禳灾得福。董仲舒献上《天人三策》，正是围绕着这些问题提出自己见解的。

在第一策中，董仲舒直言按照《春秋》的记载考察前世已行之事，用事实来研究天与人之间相互作用的关系。在天人关系上，他的基本立场就是天人相互感应。国家将要发生失道败德之事时，天就会降下怪异之现象来谴责和提醒它，如果不知醒悟、悔改，那么伤害和败亡就会降临。他认为天对人君是仁爱的，如果不是非常无道的世代，天总是会扶持和保全他，而对君主而言，他应该做的就是发奋努力学道、行道。对于治国而言，董仲舒认为仁义礼乐都是治国的工具，先王之道趋于衰微，不是道本身的问题，而是人的问题，是君主用人不当、言行举止不合大道所造成的。治和乱、废与兴都在于自己，衰乱的出现并非天命不可挽回，而是人君的行为荒谬至极而失掉了先王的传统。他规劝君王一定积善累德，只有这样天才能感应到诚意，祥瑞就自然出现了。反之，君主淫逸奢侈，道德衰微，不能统理群生，诸侯就会背叛他，人民就会反对他，废德教而任刑罚导致阴阳错乱，妖孽滋生，灾异就自然生成了。他发扬儒家传统民本、德治的思想，希望君主以道德教化为先，使人民过上安定的生活。只有这样人民才会归顺，才会与君主同心协力，就如同泥土放在模型里，任凭陶匠的加工；如同金属放在容器中，任凭冶匠的铸造。他还从阴阳的视角谈论天道，认为阳为德，阴为刑，天任德不任刑，以此来论证道德教化的合理性。秦朝二世而亡的原因是汉代学者经常讨论的话题，董仲舒在第一策中也提及秦朝摒弃礼义，用一套放肆、苟且而又简陋的办法治理国家，把先王之道完全毁弃，结果做天子才十四年国家就灭亡了，其遗毒像残余的火焰，至今仍未熄灭。

武帝看到了董仲舒对策之后，觉得很不寻常但又意犹未尽，于是又发出了新的策问，此次他关注的问题是先王之道常常表现出相互矛盾的两方面，似乎没有一贯的主张、统一的标准，不知该如何做出选择。另外，自己夙兴夜寐，特别是努力地搞好农业，任用贤人，想方设法让百姓过上好日子，结果并没有收到大的成效，造就美好的德行，这原因到底在哪里？

　　董仲舒上的第二策大量列举了正反两面的事例，围绕武帝关心的问题，阐明了如下观点：首先，他指出先王之道是一致的，治乱之分的关键在于君王是勤劳还是安逸。其次，道德与刑罚相互配合，才能取得好的治理效果。圣王治理天下，用爵禄来培养人民的德行，用刑罚来防范人们作恶，而教化的感染和仁义的影响要比刑罚的恫吓更重要。秦国靠严刑峻法治理国家，结果受刑之人很多，死的人一个接着一个，但作恶之人并没有停止，这就是孔子所讲的"道之以政，齐之以刑，民免而无耻"（《论语·为政》）。再次，直言武帝的恩德并没有真正地施加到普通百姓身上，大概是还没有注意到这个问题的重要性。最后，在任用贤人的问题上，批评武帝平时对士人并没有足够的鼓励劝勉，不培养人才却又想寻求贤人，就好比不去雕刻玉石却要求玉有文采一样。董仲舒认为，培养人才最重要的做法是兴太学、置明师。他还揭露郡守县令的不贤明导致人民怨声载道，建议让各位诸侯、郡守、二千石等每年举荐两人，并依人才的贤能与否确定赏罚，目的是让他们都尽心求才，使天才有才之人能够被选出并授以官职。

　　武帝读完第二策，越发觉得董仲舒是一位具有雄才大略的治世之才。他想继续了解董仲舒的想法，于是又提出策问。这次发问，武帝的用意在于让董仲舒围绕天人感应、阴阳造化、治理乱世等问题讲得更详细、更深刻、更周到。董仲舒认为天乃群物之主，圣人法天而立道——广施仁爱，没有私心，厚待百姓，设立礼义。人之行为的好坏是和天地相互连通、相互感应的，君王上则承接天意，顺从天命，下则教化万民，助成其性，还要建立礼法，防止贪欲。做好了这三件事，治国的根本就抓住了。董仲舒强调人的可贵之处在于礼义，人知礼义而重礼节，重礼节而安处善道，安处善道而乐于遵循道理，乐于遵循道理然后可以称得上是君子。武帝自己策问中表达了虚心改正错误的态度，董仲舒表示赞赏，指出圣人无不是积累暗淡的微明而达到光明，无不是从卑微的地位一步步成为显贵，君主要积累善行，防微杜渐。董仲舒说三王之道虽效法不同，但都是为了补救过失、挽救衰败的。他还指出之所以会有不同，是因为环境发生了变化。道的根本源于天，天不变，道亦不变，但环境变了，道也是要改变了，例如汉代继承的秦亡之后的大乱，应当减少周朝的"文"而用夏朝的"忠"。董仲舒委婉地建议天子和大夫要做人民效法的榜样，寻求仁义，教化百姓，而不是自甘沉沦，忙于取利。在对策的最后，他大胆地主张在思想上实行"大一统"，罢黜百家，独尊儒术，凡是不属于六艺的科目和孔子的学术都一律禁止。如此，邪僻的学说都会灭息，学术的系统可以统一，法令制度清晰明了，人民也就知道要服从的对象了。

总的来看，"天人三策"主要揭橥了董仲舒"天人相与"的思想，希望借助于天的权威，劝导汉武帝独尊儒术，推行儒家礼义之道，以德治国，兴教化之功，拔擢贤良，积累善行，防微杜渐，最终的目的是使人民过上安定的生活。其中虽有天人感应的迷信成分，但也体现了一位儒者治国安民的理想追求。《汉书·董仲舒传》说，从汉武帝刚即位，魏其侯窦婴和武安侯田蚡先后成为宰相，儒学开始被推崇；到董仲舒提交对策，推明孔子，罢黜百家；还有设立管理学校的学官，州郡举荐茂材孝廉……儒学在秦朝焚书坑儒之后迎来了一个大的复兴时代，这一切"皆自仲舒发之"。此言可谓确矣！

三

两任王相

　　"天人三策"正中汉武帝的下怀，这为董仲舒这位儒学博士带来了施展才华的机会，不久，汉武帝任命董仲舒为江都相。江都王刘非是汉武帝的哥哥，素来骄傲蛮横，喜好勇武。董仲舒就以礼义匡正他，刘非对他非常敬重。

　　一天，刘非召见董仲舒，问他："先生，我有一事不明，您说越王勾践和大夫泄庸、文种、范蠡密谋攻打吴国，后来把吴国给灭亡了。孔子说殷纣王身边有三个仁人，我以为勾践身边也有三位仁者。齐桓公有疑难问题时就找管仲解答，而我遇到疑难还得向您请教。您认为泄庸、文种、范蠡三人可以称得上是仁者吗？"董仲舒给刘非讲了一个柳下惠的故事，说的是春秋时鲁僖公想攻打齐国，他问鲁国大夫柳下惠意下如何，柳下惠直接表达了反对的态度。他回到家之后，面有忧色，家人有些不解，问他为何如此不开心。柳下惠说："我听说攻打别国时不会询问有仁德的人，今天国君却拿攻打齐国的计划来问我！"董仲舒借此事表达了自己的看法，他说："大王您看，柳下惠只不过是被询问罢了，尚且感到羞愧，更何况是设计诈降以攻打吴国呢？由此来说，越国根本没有一个算得上仁的人！"接着，他提出了自己眼里"仁人"的标准："夫仁人者，正其谊不谋其利，明其道不计其功。"（《汉书·董仲舒传》）在义和利面前，仁人是以义制利的，把义作为第一原则。董仲舒继而言道："在孔子的门徒里，即使是那些尚未成年的儿童也是羞于谈论五霸事迹的，因为五霸崇尚欺诈武力而轻视仁德道义。他们虽比其他诸侯要贤明一些，但和三王相比就差得远了，就好像似玉的石头和美玉相比一样。越王君臣们和五霸一样奉行的是诈术，自然是不足称道的。"刘非听完董仲舒的讲述，不停地点头，口中直称"先生讲得真好啊"。

在江都相任上时，董仲舒常用《春秋》中记载的灾异变化来推究阴阳错行的原因，借此来采取一些措施，解决治理中的具体问题。举例来说，《春秋繁露》中有《求雨》和《止雨》两篇，讲的就是如何依照阴阳五行的理论来应对干旱和洪涝的问题。关于求雨，他详细安排了求雨时祭坛和祭品如何布置摆设，还说一年四季求雨时都要在水日，选择洁净的土制作一条龙，还要搭盖遮阳的凉棚，等龙制作好之后再揭开凉棚。并且，四季求雨都要在庚子日，官吏和百姓都要夫妇同居，男子要躲藏起来，女子要和顺而快乐。关于止雨，他也细数仪式的程序规则和注意事项，并指出止雨与求雨相反，其要点在于让女子躲藏起来，男子要和顺而快乐，目的就是使阳气开放、阴气闭合，使水闭塞而火放开。总之，求雨时闭阳而纵阴，止雨时闭阴而纵阳，这套理论和实践在江都竟然屡试不爽，董仲舒的治理能力也就颇为江都人称颂。

可是好景不长，也正是因为这套阴阳灾异的理论，给董仲舒带来了灾祸。此前，辽东郡祭祀汉高祖的高庙和汉帝祭祖的长陵高园殿先后发生火灾，董仲舒运用天人感应的理论，将火灾的原因归结于诸侯骄奢、大臣僭越等因素，并写成一篇奏折，但没有上呈帝王，他有所顾虑，因为奏折中提到的那些原因和改正的措施势必会妨害一些人的利益，引起他们的极大不满。不料，这篇折子被主父偃看到，而这正是祸端的开始。主父偃早年学纵横之术，游学各国皆不被重用，后主动上书汉武帝，被召见，先是拜为郎中，继而一年之中四次升迁，成为炙手可热的政治人物。此人骄横贪狠，人缘特别不好，但很多人怕被他弹劾，只好对他曲意逢迎。一个偶然的机会，主父偃看到董仲舒的文章，认为这是一个打压董仲舒的好机会，于是就偷偷将文章拿走，直接呈递给汉武帝。武帝为此专门召集诸儒评阅，很多人都表达了不满之意。董仲舒有个弟子叫吕步舒，因不知是老师所作，竟然直斥此文为愚昧至极。董仲舒被汉武帝交官问罪，审问之后被判处死刑，但武帝念他能力非凡，心生怜悯，于是赦免其死罪，把他废为中大夫，董仲舒只好暂时搁置阴阳灾异的理论。这件事对他的从政经历而言，无疑是一大挫折。

可是祸不单行，他的廉洁正直又给他带来新的麻烦。朝中重臣公孙弘对《春秋》也颇有研究，早年曾两次被人推荐，征为博士，但他《春秋》学的水平不及董仲舒。董仲舒认为公孙弘的平步青云、位至公卿与他善于迎合世俗、奉承谄媚是脱不开关系的，所以对他的人品深觉不齿，而公孙弘因学问赶不上董仲舒也心怀嫉恨。当时胶西王刘端也是汉武帝之兄，此人尤为恣睢放纵，凶蛮成性，多次杀害朝廷派去辅佐他的二千石官吏。公孙弘心想如果把董仲舒骗到刘端那里去，岂不就有借刀杀人的效果。于是，他向汉武帝建议："只有董仲舒才能担任胶西王相。"不久，董仲舒再次成为诸侯王的宰相。面对江都王、胶西王这两位骄横的诸侯王，董仲舒能以身作则，为下属做好表率，多次上疏谏诤，制定教令颁行国中，都取得了不错的治理成效，并且也都得到了两位王者的尊重。但因为有了前车之鉴，董仲舒害怕时间长了会再次获罪，就以人老病衰为由辞官，他的请求得到了批准，于是就回到家中，潜心著述去了。

　　不过，居家退隐也遮挡不了董仲舒的光芒。朝廷每有重大问题讨论时，总会派使者及廷尉张汤等人来到董宅，目的就是征询他的意见，而他也不推脱，每次都会给出有理有据的回应。后来，董仲舒年老，寿终于家，其子孙凭借家学做了大官，其人生也算圆满了。刘向称赞他有"王佐之才"，认为伊尹、姜子牙、管仲、晏婴之辈都不能超过他。刘向之子刘歆并不赞同父亲的评价，但他也不否认董仲舒发奋钻研、潜心经学对儒学的承衰起弊之功，不愧"为群儒首"。

四

天人感应

在董仲舒的思想世界中，天是最高的主宰，它生养万物，覆育万物，是万物之本。人作为万物的一员，也是由天而生。人的一切都是仿效天之性质，天人之间是相类的关系。这种相类首先是形体上的，《春秋繁露·人副天数》将人的骨骼、肌肉、五官、脏腑、四肢、心理等的构造与天地、日月、川谷、神气等的特征进行比附，认为人身体可以用数字计量的部分乃是比附天数，不能计数的部分则副类而成，总之"皆当同而副天"，人的形体是依照天的特性所创造的。除了形体之外，人的内在品性也是由天而生。天有阴阳之分，同样，作为"犹天也"的身体也有阴阳之别，这表现为人有贪、仁之性，即仁为阳而贪为阴。于是，人类的真实性质乃天道（表现为阴阳之道）所赋予，这显然是先秦思孟学派"天道——人道"结构的变种。

天地之气，合而为一，分为阴阳，列为五行。阴阳在政治上表现为刑德，五行则对应各种时节，并与君王施政行为的好坏联系起来。君王要顺承天意而从事，顺应阴阳五行的变化规律而治国理民。在董仲舒的阴阳五行体系之中，存在着大量的提醒、劝谏和警示的内容，其目的就在于利用他眼中的天道之真理来规范、限制君王的行为，使他们能够在天道的指引之下实行仁政，确保人民生活安康，国家安定太平。

虽然万物皆出于天，但董仲舒认为人超然于其他存在物之上，其地位仅次于天。天地之所以创生万物就是为了养育人类，为其提供衣食，甚至当万物枯死之时，天地也会单独为人类生产一些特殊的食物。他还将天、地、人三者并列，把它们都看作是万物之本，只不过在履行不同的职责而已。可以说，董仲舒在天命论的基础上建立了一套人本主义的理论系统，天虽然是最高的主宰，但很多时候它是虚位的存在，他谈天更多的是在为人的问题作铺垫，试图借助于天的权威而为人的价值进行张本。不过，当董仲舒谈论超然于万物之上的"人"的问题时，很多时候他都是有所特指的，那就是作为人类的代理人——天子，其实也就是君王。天子更像是一个天地与人类之间起到枢纽作用的存在，特别是在伦常体系中，天的意志是通过天子传递给诸侯、父子、君臣、夫妻等各种社会角色的。天子存在的意义就是"法天道""顺天命"，归根结底就是要奉行儒家的仁义之道。

人的最高价值在于仁义，如何确保仁义能够在人世推行成为董仲舒要考虑的关键问题，他给出的是一套天人感应思路。在他看来，天与人能够相互感应，最主要的原因在于天人相副而成为同类，也就是同类事物天然相通相感。相通相感需要一个渠道，这个渠道就是阴阳二气："天有阴阳，人亦有阴阳。天地之阴气起，而人之阴气应之而起；人之阴气起，而天地之阴气亦宜应之而起，其道一也。"（《春秋繁露·同类相动》）也就是说，天之阴阳与人之阴阳运行的规律是一致的，因而能够相互感应，相互影响。他还认为："惟天地之气而精，出入无形，而物莫不应，实之至也。"（《春秋繁露·循天之道》）天人之间通过精气这个中介获得沟通，人世间的行为会得到上天的反馈。除了要奉行仁德之教、纲常之准来获得天地、鬼神的积极反馈之外，董仲舒还特别看重祭祀、禳祈等活动的沟通作用。

按照感应论的思路，人们如果对待上帝能够专一精诚、没有二心，那必然会极尽人事之所能为，从外在的形式到内在的情感都会想方设法地效仿、顺应上天。《春秋繁露·止雨》记载了董仲舒亲自参与的一次止雨仪式，时间在江都易王二十一年（前134年，即汉武帝元光元年）八月初一那天，刚到任江都相不久的董仲舒告诉内史、中尉说："天气阴雨的时间太久了，恐怕会损伤五谷，要赶紧想办法止雨。止雨的礼仪，原则上就是要废除阴气而兴起阳气。"他派人向十七个县、八十个乡发下文书，文书中要求千石以下的官员如果有夫妇同驻官署的，必须把妻子打发回老家去；女子不准进入集市，集市中的人也不能到井边打水，要把井盖起来，以防水气泄漏；还要有人在辛亥之日敲鼓并向社神供奉牺牲，同时发出祝告："已经下了太多的雨了，五谷生长已经不和，我们恭敬地献上肥美的牺牲，以此来祈求社神，希望您止住雨水，解除百姓的疾苦，不要让阴气消灭了阳气。阴气消灭阳气的话，就与上天不相顺应了。天意常在于利民，百姓们都希望止雨，在此冒昧地向您祷告。"文书到达各地后，各层级的官吏都要出来，到社庙去进行祷告，一直到申时才结束，并且此种仪式要进行三天，直到天气晴朗才结束。

其实不只在祭祀当中，在治国理政的全过程里，真诚地仿效天道之仁、实行仁政应当是君王不可推卸的责任。董仲舒认为，君主如能真正做到这样，祥瑞就会应诚而至。在董氏的描述中，祥瑞包括"天为之下甘露，朱草生，醴泉出，风雨时，嘉禾兴，凤凰麒麟游于郊"（《春秋繁露·王道》），也就是一片风调雨顺、群生和谐、水草丰茂、瑞兽现身的景象。反之，如若帝王不能真诚地遵循天道，淫佚衰微，不能统理群生，造成诸侯背叛、争夺无度、德教废弛、刑罚泛滥的乱象，则必然导致阴阳失衡、邪气滋生，反馈到上帝那里便是灾异横行，甚至是易姓更王而改制。当然，改换的是君王，不变的是天道，董仲舒认为只要天不变，道也不会发生变化。于是，汉武帝所关心的受命、符瑞、灾异等问题在董仲舒那里也就得到了巧妙的解答。

这套福瑞灾异思想的根基无疑还是他的天人感应理论，与先秦儒家的天道观念相比较，董仲舒所谈灾异谴告的宗教神学成分已经非常浓厚了。虽然从理论的说教上思想家们可以设想道德与福瑞能够实现一致，但真正体现在实际的事例上却没有那么灵验，即使人们再正心诚意地遵行仁、义、礼、智，再精诚专一地对待上帝鬼神，所获得的也可能并不是什么恩赐和福祉，而是处处碰壁、穷困潦倒，反倒是那些投机取巧、背信弃义之人腰缠万贯、身居高位。对于此种情形，董仲舒又承袭了先秦儒家的天命观，颇有些无可奈何的意味："天命成败，圣人知之，有所不能救，命矣夫！"（《春秋繁露·随本消息》）此外，在《春秋繁露·重政》篇中，他还提出了所谓的"大命""随命"和"遭命"之说："大命"即天命；善有善报、恶有恶报叫"随命"；行善得祸、行恶得福则是"遭命"。其目的无非是要弥合天人感应之说本身的虚妄不实罢了。

总之，以董仲舒为代表的一些汉代儒者综合儒家、阴阳家与法家之说，建立了一整套的神学化的经学内容，倡言天人感应与灾异谴告之说，使儒学与政治之间的关系非常密切。神学化的经学对汉代政治的影响极为深远，一方面，它为汉王朝的建立以及政权的更换找到了"天命"的因由，使他们可以利用神学化的建构确立合法性的基础；另一方面，它又试图为统治者的治国理政设置天道的根据，借用功利化的说教以实现儒家的仁政理想。

儒家往事

王充

一

读书济世

王充，字仲任，会稽上虞（今浙江上虞）人，东汉著名思想家。他原籍魏郡元城（今河北大名），曾祖王勇因军功封会稽阳亭，举家南迁，但很快家道便衰败。王充自称出身于"细族孤门"，算是中小地主，王家没有了爵位和封地，只能以农桑为生。王家祖上有任侠之气，王勇好行侠仗义，与当地豪强结怨，又曾在灾荒年景时拦路抢劫，杀伤路人，因此仇家众多，其子王汎为避仇杀，只好带着全家来到钱塘避祸。王汎有两个儿子——王蒙和王诵，这二人任气更甚，经常仗势欺人，十分彪悍，结果与当地豪家丁伯等结仇，王家只得被迫再次迁徙，来到上虞，过上了清贫但趋于稳定的生活。王家的任气到这时才告一段落，"安于做一户自给自足的普通农家，自食其力，勤于劳作以求生活改善，渐成家庭成员共识"。①不久，王诵成家，到了建武三年（27年），妻子为其生下一个男婴，也就是王充。

王充生来就与众不同。小孩子生性贪玩，经常打打闹闹，但王充

① 徐斌：《论衡之人——王充传》，杭州：浙江人民出版社，2005年版，第8页。

从不喜欢与同龄人一起追逐嬉戏。当别人家的孩子纷纷捉鸟、捕蝉、猜钱、林间嬉戏的时候，王充却宁愿待在家里，这让父亲王诵觉得很是奇怪。六岁时，他开始读书认字，接受启蒙教育，行为举止也异于常人，显得恭敬有礼，仁慈顺从，谦逊庄重，内心怀有远大的志向，父母从未责罚过他，邻里对他也是交口称赞。八岁时王充进入书馆学习，书馆里有一百多个小孩，他们常常因为犯下错误而受到老师的鞭打。再看王充，读书写字每天都有进步，从来没有犯过错误。经过一段时间的努力，他的经学和德行日益精进，之后便独自深入研究，阅读的文献也日益广泛，拿起笔来就能展现出让众人惊叹的才华。王充在《论衡·自纪篇》里自评，说自己虽才华横溢，却不喜欢随意创作；虽口才出众，却不喜欢与人辩论；如果不是志同道合的人，他可以整天不说话；他的观点最初可能与众人不同，但当人们仔细聆听之后，往往会认同他。

完成书馆的学业后，王充前往东汉的首都洛阳，进入当时最负盛名的学府——太学继续深造。在洛阳，王充拜班彪为师，班彪是东汉著名史学家，曾作《史记后传》数十篇，为其子班固著成《汉书》打下了基础。在班彪的悉心指导下，王充勤奋学习，学业突飞猛进。由于家境贫困，无力购买书籍，王充经常到洛阳的书市上阅读。据说他拥有惊人的记忆力，书籍只需阅读一遍便能记住。《后汉书·王充传》记载，王充与普通儒生鹦鹉学舌般地信守师说不同，他不拘守儒家经典之章句，而是博览群书，广泛涉猎，经子并重。凭借勤奋和天赋，加上都城和太学的资源，他大量阅读了诸子百家的著作，成为一位博学多识的"通人"。在太学读书期间，他还结识了著名学者桓谭。桓谭通音律、天文，习五经，也是一位通才。王莽摄政时，很多士大夫都阿谀逢迎，唯独桓谭沉默无言。到了东汉光武帝时，桓谭任议郎给事中，针对光武帝沉迷谶纬之学，桓谭上书极言谶纬的荒诞不经，宣扬形毁神灭的思想，这对王充的无神论产生了重大的影响，有学者甚至指出"王充的思想渊源是直接继承了桓谭"①。总之，青少年时期的这些学习经历，为王充日后在汉代思想史上独树一帜奠定了坚实的基础。

博览群书并不是王充的唯一追求，他还想走入仕途，经国济世。可惜他出身寒门，很难得到赏识，只能去做一些小官小吏。从二十六七岁开始，他先是在县里做掾功曹，后来又到会稽郡都尉府做掾功曹，掌选署功劳，是管理人事的属官，属于没有实权的职务。但王充尽忠职守，坚持原则——他经常赞扬他人的优点，很少提及他人的不足；偏爱推荐那些尚未步入仕途的学者，同时对已经担任官职者的错误给予宽容；对那些他认为不好的人，不会随意称赞他们；对于别人的失误，既不为其开脱，也不会进一步陷害；能够原谅他人的重大过错，也会对他人的细小过失表达惋惜；喜欢隐藏自己的才能，不好自我夸耀；尽力将德操作为做人的根本，而不愿仅凭才华去沽名钓誉；众人聚在一起时，不问到自己便不说话，长官接见时，不问到自己就不作声……这可算得上既谦虚又谨慎了，但因数次谏诤触怒长官，他屡遭罢职。罢官期间，王充闭门潜思，专心著述。后来先是刺史董勤召其为从事，不久王充就辞官回家；又有谢夷吾等人举荐，汉章帝下令征召王充，但因病未能成行。浮浮沉沉几十年，王充看惯了官场的黑暗与倾轧，也看透了人心的虚伪与狡诈，他能做的就是宠辱不惊："为上所知，拔擢越次，不慕高官；不为上所知，贬黜抑屈，不恚下位。"（《论衡·自纪篇》）他以舜和孔子为榜样，学习他们将爵位的高低放在一边，而专心于德行的养成，他还以玉石和明珠自况，认为只要品质高尚，是不用担心被埋没于众人之中的。

有人不解，便问他："先生才干出众，文采斐然，却无罪而遭陷害，

① 钟肇鹏：《桓谭评传》，南京：南京大学出版社，1993年版，第61页。

为什么不去申辩呢？过去有像羊胜①那样的人，鼓动唇舌便将邹阳②下了狱，好在邹阳上书申辩，结果就被释放了。如果自己真有完美的德行，那就不该被人攻击；既然能够替自己申诉，那就更不该被人冤枉。"王充想得很开，他没有那么悲观，一切都很淡然。他回答说："不纯净之物自然无需担忧被污染，地位低微则不易成为他人攻击的目标，土地狭小则不易遭受侵占，容器未满则不会遭受损耗。有才华的人经常受到各种诽谤和陷害，这似乎是不可避免的。只有那些渴望攀升的人才会急于自我辩解，只有那些害怕失去职位的人才会急于自我申辩。我既无升迁之志，也不怕失去官职，因此我选择保持沉默。羊胜之所以能说出恶言，是因为有某种力量在推动他；邹阳之所以能免于灾难，是因为有某种力量在拯救他。孔子谈论命运，孟子谈论天意，吉凶安危往往超出了人的能力范围。古人理解这些道理，所以将它们归因于天命和时机，从而心胸开阔，内心平和。他们不抱怨任何事，即使得到好运，也不认为是自己功劳；即使遭遇不幸，也不认为是自己造成的。因此，即使偶尔得到升迁，也不会过分自满；即使偶尔被降职，也不会过分沮丧。不因厌恶贫穷而追求财富，不因回避危险而寻求安全，不通过炫耀智慧来获取禄位，不通过虚假辞职来赢得名声，不因渴望升迁而自我宣扬，也不因害怕失去职位而怨恨他人。将安与危、生与死、吉与凶、成与败看成等同的，如此一来，即使面对十个羊胜，也不会受到影响。我将一切归因于天意，因此无需自我表白。"王充的这段回答体现了他在政治浮沉中的豁达心境，当然这种豁达背后又潜藏着无尽的悲欢。

① 羊胜：齐国人，吴楚七国乱后，梁孝王招延四方文士，羊胜与公孙诡、邹阳皆游于梁。孝王因袁盎等阻挠景帝立自己为嗣，便与羊胜、公孙诡合谋刺杀袁盎等人。后景帝欲治羊胜与公孙诡之罪，孝王被迫令其自杀。

② 邹阳：齐国人，为人聪明而有谋略，胸怀大志而不肯逢迎苟合。初从吴王刘濞，曾劝吴王勿起兵谋反，不被采纳。遂离吴至梁，成为梁孝王门客。梁孝王与羊胜、公孙诡合谋，求景帝立其为太子，邹阳反对，遂为羊胜等所谗下狱。狱中给孝王写书，申诉冤屈。后来孝王阴谋事败，羊胜等被杀，孝王向邹阳求助，在邹阳的游说下，孝王得免治罪。

二

问孔刺孟

在家闲居期间，王充仿效孔子，一边教授生徒，一边勤于著述。王充的著作有个很鲜明的特点，那就是问题意识强烈，他经常针对现实中存在的一些问题和弊病，努力去做拨乱反正的工作。例如，王充观察到，大多数人的天性是渴望上升而非下降，倾向于奉承那些有权有势的人，而忽视那些失势的人。对此，他是深有体会的，当他得到提拔时，身边围绕着众多追随者；但当他被免职而陷入困顿时，就连他原来的朋友也离他而去。为了记录俗人的忘恩负义，王充在闲暇时写成《讥俗节义》十二篇，他希望人们阅读此书后能有所觉悟。因为书中使用了很多通俗易懂的语言，有人就批评他的文章浅薄，王充不以为然，反驳道："如果把圣人的经典给不谙世事的孩子看，或者向山野之人讲述高雅的言辞，他们是无法理解的，自然不会接受……那些华丽深奥的辞藻只适用于大人君子，不适用于小人庸夫……普通大众通常只能理解通俗易懂的语言，如果强迫他们阅读深奥复杂的文章，就好比用珍贵的仙丹来治疗鼻塞咳嗽，或者穿戴着昂贵的貂裘去砍柴挖菜。"其实语言简易并不是作者口才不好，才智不高，真正的口才好是能用通俗的语言阐释深奥的道理，真正的才智高是能用简洁的话语辨明复杂的问题。

除了厌恶庸俗之人的习气而撰写《讥俗节义》一书之外，王充还对君主治理国家的方式感到忧虑，认为他们只关注于控制民众，而缺少合适的治理策略，尽管苦思冥想，却依然难以找到正确的方向。为此，王充创作了《政务》一书。王充还对当时流行的虚假庸俗的文章感到愤慨，这些作品往往不基于事实，于是他又撰写《论衡》加以反驳。他解释道，自圣贤离世后，他们的思想被不同派别所曲解，朝着不同的方向发展，即便是博学之士也难以辨别真伪。这些伪书俗文多为历代传承下来的，有的是书面记载，有的是口头传说，都是历经百年的旧事。随着时间的推移，人们越发认为这些陈旧的记载是正确的，并对其深信不疑，难以摆脱。王充撰写《论衡》，就是要对一切虚假浮夸的言论进行澄清和纠正，致力于剔除华而不实的文风，保留淳朴的本质，纠正当时的不良风气，恢复到伏羲时代那种朴素的风俗。

在儒学发展史上，孔子和孟子无疑是两位重量级的人物，而在《论衡》之中，王充对孔、孟皆有非难之辞。东汉时孔子已经被视为圣人甚至是神人，很多儒者崇拜古人，迷信先师，认为圣贤所言完全正确，只知膜拜学习，不去反驳质问。在王充看来，圣贤下笔造文时即便用意详审，但依然做不到尽得其实，更不要说在匆忙之中的言语，那更会在很大程度上出现差错。经过王充的一番考察，他得出"贤圣之言，上下多相违；其文，前后多相伐"（《论衡·问孔篇》）的结论，可是当时的学者却不知道这一点。于是，他就以儒学的创立者孔子为靶的，找出孔子学说中的缺陷和谬误，试图破除对孔子的盲目崇拜，并一再强调追问和质疑对于获得真知意义重大。例如，宰我白天睡觉，孔子说："朽木不可雕也，粪土之墙不可圬也。"（《论语·公冶长》）显然，这表现了孔子对宰我这一行为的厌恶。而在王充眼里，在白日里睡觉只是微不足道的小过失，而"朽木""粪土"之类则是彻底腐败、无法恢复的大罪过。用指责大罪过的言辞来指责小过失，怎能使人心服口服呢？王充分析说，如果宰我本性恶劣，如同朽木和粪土一般，那么他就不应该成为孔子的弟子，并跻身于四科之中；如果他本性善良，孔子对他的厌恶就显得太过分了。即便是一个愚笨之人犯了小错，如果法官判他死刑，他必定会感到冤枉和怨恨，又怎会心甘情愿地认罪自责呢？即使宰我愚笨，他的想法也会与那些犯了小错的人相同。如果宰我聪明，意识到孔子的责备，只需稍加暗示，他就会自我反省并改正。改正的关键在于宰我本人能否自我反省，而不在于责备的话语是轻是重。又如，孔子去见南子，子路很不高兴，生怕夫子做出悖礼之事，孔子赶忙辩解："予所否者，天厌之！天厌之！"（《论语·雍也》）王充质疑孔子的辩解，认为他所说的话很难让人信服。按照王充的理解，假如世上真有人因卑劣行径而遭天谴，天崩地裂将其压死，这样的事例方可用来发誓，子路或许会因此而信服，消除疑虑。然而至今，我们未曾听闻有人因天塌而亡，若说"天塌下来压死我"，子路又怎会轻易相信？现实中，我们见过雷击、洪水、火灾、房屋倒塌导致人命丧失的例子。如果孔子说"雷击死我""洪水淹死我""火灾烧死我""房屋倒塌压死我"，子路或许还会相信。可是，孔子却以从未发生过的灾难来发誓，子路又怎能因此而消除疑虑，相信孔子呢？再如，王充对孔子悲叹"凤鸟不至，河不出图"（《论语·子罕》）提出疑问，认为凤凰与河图并非天下太平时必然会出现的祥瑞，以祥瑞的出现来证明圣王的出现是错误的，他批评孔子不从根本上思考问题，不去考虑君主是否英明，只在意旁枝末节的奇异之物。王充对孔子言行的质疑和诘难有十几条，涉及孝、富贵、贫贱、生死、礼让、道德等问题，虽然不能说每一条都很妥帖，但都表现出他求真务实的精神和质疑传统的气魄。

　　《论衡》之中还有《刺孟》一篇，如果说王充对孔子的批评还有一些委婉回旋余地的话，那么他对孟子的诘难就激烈得多了。梁惠王问孟子拿什么来使他的国家得利，孟子说："仁义而已，何必曰利？"（《孟子·梁惠王上》）按照一般的理解，孟子的本意是从义利之辨出发，逐渐引出仁政的话题，但王充则区分"货财之利"和"安吉之利"，对孟子提出批评。在他看来，梁惠王询问"如何使我的国家得利"，我们不能断定梁惠王所指的不是追求国家安宁繁荣的"安吉之利"，而孟子却草率地以物质财富增益的"货财之利"来质疑他。王充举例说《周易》"利见大人""利涉大川""乾，元亨利贞"以及《尚书》"黎民亦尚有利哉"等所言之"利"都是"安吉之利"，能够实践仁义之道，便可以获得国家的安宁与吉祥。他认为孟子首先要问清楚梁惠王所问是何种之利，才能有针对性地做出回应。如果梁惠王确实是在询问"货财之利"，孟子也难以拿什么来证明他说的就是正确的；如果梁惠王在询问"安吉之利"，而孟子却以"货财之利"来回答，这不仅不符合君主的本意，也违背了基本的逻辑。孟子曾对弟子充虞说"五百年必有王者兴"，还说上天"如欲平治天下，当今之世，舍我其谁也？"（《孟子·公孙丑下》），王充对此提出尖锐的批评。在他看来，孟子"论不实考验，信浮淫之语"，议论皆无事实依据，轻信过分夸大之语，简直"与俗儒无殊"（《论衡·刺孟篇》）。他还从"天故生圣人"这一认识出发，分析了孟子之说的局限。按照孟子的说法，上天是有意识地降生圣人的，那五百年就是天降圣人的期限吗？如果是，天为何没有降生圣人？可见五百年不是天降圣人的期限，所以他才不会降生，而孟子却相信五百年期限这个说法，这说明孟子不知天。孟子在谈论"命"的问题时，区分了"正命"与"非正命"："莫非命也，顺受其正。是故知命者，不立乎岩墙之下。尽其道而死者，正命也；桎梏死者，非正命也。"（《孟子·尽心上》）王充提出了一个"触值之命"的概念，指的是"注定会遭到外来的、不可预测的凶祸（如战争、火灾、压、溺）而死亡的'命'"①。在他看来，孟子不理解"触值之命"的存在，顺着孟子的逻辑，如果那些遵循道德准则的人能够获得正当的命运，而那些行为不端的人则遭受不正当的命运，这就意味着命运是随着个人行为的善恶而变化的。依照此种思路，孔子没有成为帝王，颜渊早逝，子夏哭瞎了眼，伯牛患上麻风病，难道这些都是因为他们的行为不端吗？为何他们没有获得正当的命运呢？比干被剖心，伍子胥被烹煮，子路被砍成肉酱，这些都是极其残忍的刑罚，远非仅仅是戴上镣铐所能比拟。如果一定要以遭受刑罚而死亡来证明一个人没有得到正当的命运，那么比干和伍子胥的行为也就不好了。人们从天那里得到了性命，有的人注定要被压死，有的人注定要被淹死，有的人注定要被杀死，有的人注定要被烧死，即便这些人中有人非常谨慎地修养自己的德行，那又有什么实际意义呢？《刺孟》一共揭示了八条孟子言行之矛盾与过失，它与《问孔》一样，都是要破除世人对于圣贤的盲目崇信，提倡"实知""知实"的理性精神，在当时儒术独尊的时代背景之下，不啻为一股思想新风，但王充也因此屡遭后儒"诋毁圣贤"的攻击。

---

① 袁华忠、方家常：《论衡全译》（上），贵阳：贵州人民出版社，1993年版，第53页。

三

痛斥虚妄

《论衡·佚文篇》云："《诗三百》，一言以蔽之曰'思无邪'。《论衡》篇以十数，亦一言也，曰'疾虚妄'。""疾虚妄"就是痛斥那些虚伪不实的言论，"虚妄"除了包括上文提及的孔子、孟子所发出的一些奇谈怪论之外，还包括在汉代盛行的天人感应论调和谶纬迷信之说。王充前后花费三十年的精力从事着"疾虚妄"的工作，力图"铨轻重之言，立真伪之平"（《论衡·对作篇》）。

他痛斥虚妄的理论基础是气一元论的自然观。他认为"元气"是天地万物的物质基础，"天地合气，万物自生，犹夫妇合气，子自生矣"（《论衡·自然篇》）。人作为万物之中的智慧者，亦生于天地元气，但他强调异类不相感，明确提出了"物生自类本种"（《论衡·怪奇篇》）的观点，指出帝王、圣人根本不是奇怪之物的后代，这是对今文经学、谶纬神学将君权神化的直接回应，更是对天生圣人、君权神授之政治说教的抨击。王充认为，鬼神这类虚幻不实之物也是由气之运动变化所造成，《论死篇》说："鬼神，阴阳之名也。"《订鬼篇》说："鬼者，人所（见）得病之气也……其气象人形而见。""鬼者，老物精也。"如果与他的形神观结合起来，我们就会发现其气一元论的真正意义。王充认为精气必须依赖于形体，形体死亡，知觉即告停止：因此，形体一灭，便无所谓鬼神之气的存在了，世间根本没有什么死人的灵魂存在："人死血脉竭，竭而精气灭，灭而形体朽，朽而成灰土，何用为鬼？"（《论衡·论死篇》）既然鬼神都不存在，那么即便是圣人也不会有感通鬼神的能力了。《尚书·金縢》记载说，有一次周武王得病，周公曾请求上天和祖先希望允许自己代替武王去死。对此，王充评价说，周公和董仲舒一样罔顾所崇拜之物是否真实存在的事实，只是一味地表达精诚。但是，既然对象都不存在，这精诚又怎能达到既定的目的呢？由此，天人感应之说的虚妄不言自明。王充的气论一方面否认了感应的发生机制，最大幅度地保留了元气的唯物主义性质；另一方面，他又从形神关系的角度直接否认感应学说之神秘端的存在。这样，在天人感应链条上的两端都被他打断，世俗之鬼神迷信、禁忌和祸福报应之说也就不攻自破了。

他还批判天能感应人间善恶、生出灾变以示赏罚的虚妄言论。王充指出，世俗之人信仰至诚感天之说。例如，汉儒宣扬火星靠近心宿是一种灾变，预示着上天要惩罚宋景公，后来只是因为景公说了几句好话便感动上天，最终免除了灾变。王充对此提出了怀疑，在他看来，天是一种与人不同的物质实体，人不了解天之所为，同样，天也不能知晓人的行为。所以，赏善罚恶之说是说不通的。人只有七尺之形、微弱之气，即便能振动阴阳之气，但又怎么能从地上一直感动到天上去呢？王充指出火星靠近或离开心宿，是因为它遵循自己的运行规律，就像地震一样，只是一种正常的自然现象。因此，宋景公之事根本就不是什么上天保佑善人、因诚致福的体现，言外之意就是至诚动天之说是虚妄不实的。《论衡·感虚篇》更是集中火力对汉儒宣扬的人之精诚能够感动天地鬼神的荒诞言论展开批判。当时，儒生利用古代传说编造了许多宣扬天人感应的故事，如汤遭旱灾，自责祷雨之后上天就为他降雨，杞梁之妻哭而竟致城崩，等等。这些故事把曾被思孟学派鼓吹的诚能动天和董仲舒宣扬的天人相感的学说渲染得活灵活现，在当时流毒很深，影响极坏。王充在本篇中列举了十五个典型事例，逐一加以驳斥。他继承荀子的天人相分的思想，明确指出自然界有自己的运行规律，绝不会因为人的主观情感而改变。他认为天道自然无为，自然界是无目的、无意识的，是不受人的"至诚"影响的，一切灾异乱象绝不是上天的有意安排，更不是由于人们"精诚"而造成的对天的感动。无论君主的政治怎样，都不能影响"春生而秋杀"的自然规律；无论人如何至诚，终究不能使冬变热、夏变寒。他指出汉儒鼓吹的君主能"以赏罚感动皇天，天为寒温以应政治"（《论衡·变动篇》）的言论都是"伪书游言"，断然是不可信的。由此，他还特别批判了这些荒谬学说的实践形式——巫术、祭祀，把这些宗教性神秘仪式的欺骗性揭示了出来。以董仲舒为代表的汉儒对以歌舞祈雨的雩祭非常热衷，认为大旱之时君主只要举行雩祭以求得上天的宽恕，旱灾就会消除。在《论衡·明雩篇》中，王充针锋相对地指出水旱灾害是天气运行的自然表现，即便举行雩祭求雨的形式，最终也不会有任何补益；即便君主不祭祀、不祷告，天也会该下雨时下雨，该放晴时放晴。总之，人既不能以操行感动上天，上天也不会根据人的德行来谴责世人。所谓的天人感应不过是人们对灾变的主观反应而已，说到底只是触景生情而引发的怪诞体验。退一步讲，王充认为，即使儒生宣扬的这些事情都是真的，也只能是人们的行动和自然的变化偶然巧合而已，和人的精诚与否毫不相干。

为了宣扬仁政和"法先王"的政治主张，有些汉儒吹捧尧舜之德、文武之隆，并有意夸大其词。此外，他们还拼命赞扬董仲舒勤读《春秋》之精诚以至于"三年不窥园菜"，想以此来鼓励世人尊孔读经。王充根本不相信这种事，他认为，人的精力有限，需要一张一弛，董仲舒"安能用精三年不休"？（《论衡·儒增篇》）儒书还竭力鼓吹所谓弘演的"忠"，高子羔的"孝"和荆轲的"勇"，王充则对其一一进行驳斥，他明确指出，这些都是因为"好增巧美"的夸张说法，并不是事实。他还借用熊渠子、养由基、李广射寝石的故事说明人之"诚"的力量是没有儒生们所夸饰的那种实际效能的。他从客观实际出发，指出人的力量是非常有限的，拿射箭为例，根本不可能出现儒书中所言的箭射进去吞没了箭尾的羽毛的情形。

在王充看来，耳听、口问都无法用来确定事实的真相，就如同只根据妇女的哭泣声而不能确定其为何而哭的事实一样。他主张要进行实际的考察，有人曾向王充问难说，奸佞之人善于伪装，又如何能够发觉他们呢？王充借鉴《大戴礼记·文王官人》的方法，指出要判断一个人是否是真诚，就需要考察他们在乡居邻里的行迹，验证他们在朝堂之上的举止，观察他们供养父母的节操，清楚他们事奉君主的品德，如果内外不相称，名实不相符，就可能碰巧显现出来，奸邪虚假也就随之被发觉和揭露出来。

总之，王充致力于把人由神秘的鬼神世界拉回人类的生活，追求纯诚，弃绝虚妄。虽然，他的学说还有太多自相矛盾的地方，甚至不能完全摆脱神秘主义、唯心主义的消极影响。但是，他深刻批判两汉天人感应之说，热烈地呼唤求真务实、理性怀疑的思考，其理论意义不可估量，其批判精神值得发扬，难怪近代国学大师章炳麟如此称赞王充："正虚妄，审乡背。怀疑之论，分析百端；有所发摘，不避上圣。汉得一人焉，足以振耻。至于今亦鲜有能逮者也。"①

---

① 章炳麟：《学变》，见傅杰编：《章太炎学术史论集》，北京：中国社会科学出版社，1997年版，第270页。

儒家往事

韩愈

一

年少坎坷

韩愈生于唐代宗大历三年（768年），河南河阳（今河南孟州南）人，自谓郡望昌黎，世称韩昌黎。他出生在一个小官僚家庭，父亲韩仲卿曾任武昌、鄱阳县令，为官清廉，颇有政绩，诗人李白曾撰写《武昌宰韩君去思颂碑》，大力歌颂他在武昌县令任上的功绩。可惜，韩愈难承庭训，因为父亲在他三岁的时候就去世了。韩愈曾作《复志赋》，里面有云"昔余之既有知兮，诚坎坷而艰难"[1]，也许正是从父殁开始，他的人生就充满了坎坷。

父亲去世后，韩愈由他的堂兄韩会及堂嫂郑氏抚养。韩会官至起居舍人，职阶从六品上，主管记录皇帝言行、写《起居注》。大历十二年（777年），宰相元载被举报图谋不轨，遂遭唐代宗舅舅左金吾大将军吴凑逮捕，随后被赐死。韩会与元载是同党，因此受到牵连，被朝廷贬官至韶州（今广东曲江），韩愈也被迫跟随堂兄，来

---

[1] 韩愈：《复志赋》，钱仲联、马茂元校点：《韩愈全集》，上海：上海古籍出版社，1997年版，第118页。

到岭南。在南下的途中，他们跋山涉水，经历过惊涛骇浪，在洞庭湖水的浩瀚面前，刚刚十岁的韩愈内心里更多的是惊恐和不安。更不幸的还在后头，不久韩会卒于韶州，韩愈一行人等更加孤苦无依。堂嫂郑氏忍受着丧夫之痛，毅然决然地带着韩愈以及自己的儿女，一路向北，将丈夫葬于河阳祖茔。这路途上的艰辛又是难于言表，然而北归之后并不意味着尘埃落定，此时的北方受藩镇割据混战的影响，并非久居之地，郑氏只得带领家人往江左避难，来到宣州（今安徽宣城）。韩会在此处留有田产，这一家人暂时可以过上安定一些的日子了。

经历的坎坷并没有阻挡韩愈学习的热情。他七岁就开始在堂兄的指导下读书，每天可以诵记数千言，十三岁左右时就可以写成文章了。堂兄去世之后，他没有放松对自己的要求，依然勤学如故，不需别人督促，每日研读儒典，记诵的同时也在不断打磨写作诗文的技艺。经过了十几年的苦读，年近二十的韩愈踌躇满志，他辞别嫂侄，踏上了到京师求取功名的道路。但对于背景瘠薄的他来说，科举之路也并不好走，用他自己的话总结来说，就是"四举于礼部乃一得，三选于吏部卒无成"[1]。他参加礼部举办的进士科考试，结果连续三年都名落孙山，直到二十五岁时，他才得中进士。但依照当时的规定，考中礼部进士并不能马上授官，还需通过吏部的考选，才能真正踏上仕途。韩愈只得再次投入到激烈的竞争之中，连考三年吏部的博学宏词科，结果还是落第。

求仕心切的韩愈只好放下内心的那些孤傲，于贞元十一年（795年）正月至三月，接连三次上书当朝宰相赵憬、贾耽、卢迈等人。在第一封上书中，韩愈极言自己勤学苦读，潜心于儒家正统之学，是一个不

---

[1] 韩愈：《上宰相书》，《韩愈全集》，第171页。

可多得的人才，然时运不济，科考屡屡折戟，饥不得食，寒不得衣，被别人嘲笑，自己在夜里常常痛哭流涕。他把宰相追捧为伯乐，希望他们打破考试制度的弊端，能够发现并培育天下之人才，并且要将人才举荐给天子，给之以爵位任命，重用他们，尊重他们。但宰相们并不理会韩愈的求进之辞，于是在第二次上书中他就大声疾呼，言语之中甚至增加了几分哀求。等到第三次上书，则显得倔强益甚，他拿周公与诸位宰相对比，连续抛出十几个反问，督促宰相们仿效周公任用贤才，还对自己四十多天的等待、上书没有回应、登门遭到阻拦表达了愠怒和不满，一点不给宰相们颜面，足见其内心之急切。除了上书宰相之外，他还把自己的几篇文章投给了当时的一些达官显贵，期望得到他们的赏识，以改变自己生活困顿、寄人篱下的窘境。当然，他也不是单纯地贪图荣华，并非像有些人所批评的那样，韩愈醉心利禄、略不知耻。作为一个以儒学为志业的读书人来说，他也盼望着有经世济民、兼济天下的机会，为改变混乱的时局贡献自己的一份力量。

可惜的是，他跟很多儒者的命运类似——报国无门，空怀理想，得不到在上位者的重视。上书也好，赠文也罢，终归石沉大海，杳无音信，他再继续坚守下去似乎也没有什么意义了，于是便毅然离开长安，往东进发，到别处寻找机会。在东行的路途之中，他遇到了一件事情，给他的内心又带来很大冲击。他看到有人提着个笼子，笼中有两只小鸟，此人边走边大声呼喊："赶紧让开，赶紧让开，这手里的鸟可是某某大官派我们献给当朝天子的！"行人被这威风凛凛的姿态给吓住了，只能匆忙让路，莫敢正视。韩愈有感而发，写成了一篇《感二鸟赋》，略陈心迹。他见到此情此景，联想到个人遭际，不由得生出"自悲"的想法出来。他辛勤向学二十二年，以道自任，积极仕进，结果却还不能像两只鸟这般蒙恩，得到皇帝的宠爱，真是"余生命之湮厄，曾二鸟之不如"①。韩愈说二鸟蒙受宠爱，乃是鬼神之所戏，说出来真是有些无奈。但他没有自暴自弃，还是给自己留下了一丝希望，赋文的最后一句说"幸年岁之未暮，庶无羡于斯类"②，自己毕竟还算年轻，暂时的困难没有把他打倒，自我抚慰一下受挫的心灵，继续仰着头走好前方的路。

① 韩愈：《感二鸟赋》，《韩愈全集》，第117页。
② 韩愈：《感二鸟赋》，《韩愈全集》，第118页。

二

被贬阳山

　　还是在东归途中，韩愈遇到新拜的检校尚书左仆射、宣武节度使董晋前往汴州上任，于是便前去拜谒，得为观察推官，成为董晋的幕僚。他负责处理一些文书杂务，没有什么实权，但无论如何十年蹭蹬、求进无门的尴尬境地暂时得到了缓解。韩愈也想大干一场，好好施展一下自己的才华，可是职微权小，留给自己的空间还是小了一些，加之董氏于贞元十五年（799年）亡故，他只能另谋生计。后来去往徐州，投靠另一位节度使张建封，担任的是节度推官的职务，其实还是幕僚的工作，难免有些腻烦。在奉命作文之外，韩愈还时常以诗文讽谏，他曾写信建议张建封给自己更多的自由空间，也曾委婉表达对张氏喜爱击球的不满，结果并未有实质性的改善。不久韩愈辞去闲职，离开徐州，来到洛阳。两度成为节度使的幕僚，五年的光景又倏忽而逝，想想这些年稍显无聊的生活，那种悲天悯己的情怀油然而生。他说"两事皆害性，一生恒苦心"①，这毕竟不是自己真正想要的生活，离理

———————————

　　① 韩愈：《从仕》，《韩愈全集》，第10页。

想还有些距离，除了悲从心来、郁郁寡欢之外，自己能做的也许只能是继续安静地等待时机吧。

贞元十六年（800年）冬，韩愈再次来到长安，以正八品的资格接受吏部考核，等待调选的机会。等了一年多，其间与好友孟郊、侯喜等人多有往还，还时常游山玩水，苦中作乐。终于，在他35岁那年，得以调任国子监四门博士。国子监乃国家最高学府，四门博士则是教授儒家五经的教师，这份工作对于以儒为业的韩愈而言，无疑是如鱼得水。到了第二年，他又升迁至监察御史，掌分察百官，巡按郡县，纠视刑狱，肃整朝仪，品秩虽低但权限很广。与他同任此职的，还有柳宗元、刘禹锡等人。

正当前途开始向好的时候，韩愈却遭遇了一次重大的挫折，被贬为连州阳山（今属广东）令。至于贬官原因，连韩愈自己都不清楚，综合各方叙述，主要原因大概是他以监察御史的职权讲了太多抨击时弊的话语，因此冒犯了一些人的利益，最终遭到排挤。例如，贞元十九年（803年）京畿大旱，颗粒无收，而官吏对百姓的盘剥不减，导致饿殍遍地，京兆尹李实等官员报喜不报忧，使皇帝受蒙蔽，负有不可推卸的责任。韩愈气愤至极，在给德宗的上书中直陈百姓之苦，提出要对京师百姓加以优恤，并言辞激烈地批评官吏知情不报之罪。又如，当时宫里常派宦官到市场采购，以满足宫中所需，名曰购物，实则强行掠夺，韩愈对此也极为不满，建议皇帝废除宫市制度。这些想法本是一位正义之臣的拳拳忠言，奈何上下昏聩，积弊已久，非但不被接受，反而因言获罪，遭到贬谪。

"朝为青云士，暮作白首囚"①，人在宦海，身不由己，这是很多儒家知识分子的无奈。朝中命令一下，韩愈就匆匆与妻儿道别，赶往数

---

① 韩愈：《赴江陵途中寄赠王二十补阙李十一拾遗李二十六员外翰林三学士》，《韩愈全集》，第27页。

千里之外的阳山县赴任。这一路历时半年之久，他感受了商洛地区河川封冻的凄冷，途经湘水之滨凭吊屈原生发无限感慨，面对贞女峡的惊险而顿觉人类的渺小，也在拜访地方官员的过程之中亲历了人情的冷暖。

阳山地处偏远，用韩愈自己的话来讲就是"天下之穷处也"①。这里环境恶劣，山地颇多，且有猛兽，气候多变，疠疫多发，人烟稀少，加之语言不通，缺少副手，工作开展自然困难重重，这无疑会增加韩愈内心的苦痛。该怎么办？这是摆在这位大儒面前的一个难题。他毕竟是经历过十几年漫长等待的人，面对各种挫折，内心早已变得强大。古往今来，儒者太多困厄，沉沦是没有希望的，只能自强不息，勇敢面对。

他要在当地建立一套治理的秩序，其方法主要是把当地居民召集起来，订立契约，规定地租赋税缴纳的时间，令百姓遵守。他还发扬儒家重民的传统，出台了一些惠民措施，得到了百姓的信任和称道。据说，韩愈离任之后，很多当地的民众都将子女的姓氏改为韩姓，甚至后人还把阳山改为韩邑，把当地的湟川改称韩水等，足以见得韩愈在阳山确实颇多政绩。但这里毕竟是小地方，政务并不算繁忙，工作之余韩愈就把时间和精力用在读书、交游与吟诗作文上。他"出宰山水县，读书松桂林"②，远离喧嚣的偏僻之处无疑是读书思考的好地方，在利禄之心被暂时搁置的情形之下，思想就会迎来难得的勃发之机。他广结旧友新朋，一起游山玩水、相互鼓励，一起切磋学问、共同提高，一起溪边垂钓、打发时光，在苦闷的日子里，多少能减缓内心的焦急。对于文人墨客而言，语言和文字无疑是他们最擅长的工具。如果胸中丘壑实在无从排解，那就将其诉诸文字，任其自由发泄。他去

---

① 韩愈：《送区册序》，《韩愈全集》，第213页。
② 韩愈：《县斋读书》，《韩愈全集》，第18页。

阳山西北的同冠峡游玩，只见天气晴朗，物色丰饶，落英千尺，河水蜿蜒，瀑布激流，他说"无心思岭北，猿鸟莫相撩"①，言虽如此，但异乡的美景终究安抚不了游子的心怀，思乡之情随着猿鸟的鸣叫越发显豁。

好在这种孤苦伶仃的生活很快得到缓解。在阳山待了一年多之后，德宗崩，顺宗即位，按照惯例皇帝要大赦天下，韩愈得以离开阳山，北移至郴州待命。先是顺宗借助王伾、王叔文集团进行政治革新，即"永贞革新"，但很快顺宗因病逊位，宪宗得以登上皇帝宝座。宪宗排斥前朝的革新派，制造了"二王八司马事件"。从整体上来看，韩愈对"永贞革新"是持反对态度的。在郴州住了几个月之后，韩愈又收到了赴江陵就任法曹参军的诏令。在江陵又逗留了半年多，由于法曹参军并非什么大官，韩愈并没多大兴趣，总有一种怀才不遇的情绪弥漫。于是就给当时的兵部侍郎李巽写信，信中在哭穷的同时，极力称扬自己的道德文章，希望得到李巽的赏识和举荐，但并未取得明显的效果。直到元和元年（806年）六月，韩愈终于接到往京城任职的调令，再次成为国子监的博士。

---

① 韩愈：《次同冠峡》，《韩愈全集》，第17页。

三

平定淮西

再任国子监之后的韩愈，在官场上浮沉不定，担任过很多职务。元和十一年（816年），他被任命为中书舍人。按照唐朝官制，中书舍人有六人，正五品上，掌管侍从朝会，参议政务，协助宰相批复公文。开元之后，虽渐成闲职，但权力还算不小。获任此职之后，韩愈难掩喜悦心情，但高兴得似乎有些早，没过几个月，他就被降为太子右庶子，成为东宫太子的属官，更加清闲了。

他之所以被贬官，跟其在藩镇割据上的立场有关。元和九年（814年）闰八月，淮西节度使吴少阳卒，其子吴元济隐匿父亲亡故的消息，在没有得到朝廷同意的情况之下，擅自继承父亲的职位，掌管军务。他与朝廷相抗衡，四处掳掠，甚至一度进犯东都洛阳附近，横行霸道，成为朝廷的心头之患。宪宗调集十几道兵马讨伐吴元济，但兵出多门，不好协调，导致战果不佳。元和十年五月，宪宗派御史中丞裴度作宣慰使，慰劳诸军，裴度也趁此机会了解前方形势。返回京城之后，他向宪宗汇报，认为可以用兵，而诸如宰相李逢吉、韦贯之等人则持反对意见。宪宗更倾向于主战，韩愈也坚定地站在主战派一边。就削藩平叛一事，韩愈曾上《论淮西事宜状》给宪宗，条陈己见。他认为敌人势衰，正是平叛的好时机，朝廷一定要当机立断，不可迟疑，上下齐心，内外相应。他还提出了六项具体的主张，涉及兵源解决、战术选择、将士教育、作战决心、赏罚原则、瓦解敌人等层面。

后来又发生了主战派代表武元衡、裴度遇刺事件，前者身亡，后者幸免。本来朝廷发布悬赏公告缉拿凶手，可是凶手抓住之后却不提赏赐之事，韩愈很是不满，于是就上《论捕贼行赏表》，反复强调不能失信于民，一定要兑现赏金。除此之外，韩愈还写信鼓舞在前线作战的英勇将领，这一系列的动作表现了韩愈主战的坚定态度，但也招致了主和派的反感，他被排挤降职也是自然而然的事了。

好在宪宗最终下决心平定淮西，主战派还是占了上风。元和十二年七月，宪宗派已经升任宰相的裴度统领各路军马，出发讨逆。裴度按照自己的标准挑选合适的朝臣作为自己的副手，因为韩愈主战立场鲜明，于是就选择韩愈作行军司马，协理军务，这年韩愈正好五十岁。对于一个儒者而言，读书固然重要，治国平天下也是义不容辞的职责，多少人心心念念杀敌报国，但总得不到合适的机会。这样的机会摆在韩愈面前，兴奋之情可谓溢于言表，给皇帝上书中提到的一些想法终于可以付诸实施了。事实上，在整个军事行动中，韩愈也表现出了他在军事方面的才能。

征讨大军路过西岳华山时，韩愈和其他几位主帅拜谒了华山庙，他们在石壁题名，以表必胜之决心。此后，大军继续行进，最终驻扎在郾城，与吴元济的治所蔡州距离不远。在裴度之前担任征讨淮西统帅的是宣武节度使韩弘，此人是个精明的军阀，乐于在朝廷与吴元济之间左右逢源、寻求平衡，不会全力以赴，以保存自家实力，这其实也是此前的军事行动收效不佳的重要原因之一。在当时的情形之下，裴度要想取得军事行动的胜利，就必须联合韩弘的势力，韩愈所做的一大贡献正是主动要求到汴州去说服韩弘。韩愈曾在汴州做过幕僚，对当地的情形比较了解，这让他与韩弘的对话多了一分亲近。他将此前给皇帝上书中的想法又细致地讲了一遍，着重分析了当时的敌我形势，并详细介绍了此次军事行动的具体部署，表现出了必胜信念，最终打消了韩弘的顾虑，使其答应与裴度合作，共同应对吴元济。这让韩愈喜出望外，真可谓"两府元臣今转密，一方逋寇不难平"[1]。

之后韩愈回到郾城，与裴度商讨攻打蔡州，这时韩愈又作出了正确的判断。根据他的考察，吴元济的主力都在城外与官军对抗，驻守蔡州城的只有不足千人的老弱残兵。韩愈建议裴度调派三千人马，绕小道偷袭蔡州城，一定可以活捉吴元济。还没等裴度下命令遵照实行，前方就传来捷报，西路军的将领李愬已乘雪夜攻入蔡州，并且还把吴元济给活捉了。与此同时，其他各路大军也分进合击，取得一个个胜利，整个淮西最终全部平定。

淮西平定之后，还有成德军节度使王承宗没被解决。王承宗此前与吴元济相勾结，现在吴部被平定了，王承宗就是下一个被征讨的对象。韩愈要考虑如何乘胜追击，扫清余敌，忽然有天有个叫柏耆的人慕名而来，求见韩愈。来人本是布衣，出于对藩镇割据带来的国家混乱的厌恶，他主动向韩愈献出一计，韩愈听后啧啧称奇。他找到裴度，将柏耆的计策说给他："淮西已被平定，王承宗也已经吓破了胆，对付他我们不必劳师动众，只需找一个能言善辩之士，带着我写的一封招降书信，里面讲清楚如果能依顺朝廷就可免其罪过，否则就是吴元济一样的下场，他必定会降服。"裴度觉得此计可行，于是就听从韩愈的建议，派柏耆做说客，带着韩愈写给王承宗的信件，来见王承宗。很快，王承宗献地降服。元和十二年十二月，讨逆大军凯旋，朝廷也封

---

① 韩愈：《送张侍郎》，《韩愈全集》，第92页。

赏有功之人，韩愈也荣升刑部侍郎。后来宪宗命韩愈撰写碑文，以记叙整个平定淮西的过程，并评定功绩，此即《平淮西碑》。到此，可以说，韩愈到达了其人生最得意的时刻。可惜这一碑文也给他带来了不少麻烦，原来他在碑文中多言裴度之功绩，而先入蔡州、擒获吴元济的李愬愤愤不平，李的妻子乃唐安公主（宪宗姑姑）的女儿，属于皇室，她出入禁中，哭诉韩愈所写碑文内容不实。宪宗下令磨去碑文，改派翰林学士段文昌重写。这对于韩愈而言，相当于在志得意满时被泼了一盆凉水，无疑是一个不小的打击。

四

谏迎佛骨

　　佛教于两汉之际传到中国，刚开始只是在小范围内流传，魏晋南北朝的混乱时局给佛教提供了广泛传播的契机，到了唐代，各种佛教宗派不断成型，标志着佛教发展迎来了一个新的高峰。佛教传入中国之后，就开始了中国化的过程，在不断吸收中国传统学术滋养的同时，也逐渐成为中国传统文化的重要组成部分。

　　中晚唐几位君主都信奉佛教，这势必会引导民间社会也趋于佞佛。唐宪宗李纯算是晚唐比较有能力的皇帝，他以唐太宗、唐玄宗为学习的榜样，力图有所作为。他实行削藩政策，使唐帝国恢复了统一；大胆启用直言敢谏之臣，营造出比较宽松的政治氛围；在经济上采取休养生息的策略，改革盐制和漕运，稳固了王朝的经济基础。宪宗在位时唐朝迎来了难得的复兴态势，史称"元和中兴"。但李纯后来贪图享乐，喜好佛道，迷信长生不老之术，性格变得暴躁易怒，身边的人常常获罪被杀，搞得人人自危，最终在宫廷政变中被害死。

　　在宪宗佞佛的表现之中，有一件非常有名的"迎佛骨"事件。元和十四年（819年）丁亥，唐宪宗把凤翔扶风县法门寺的佛骨迎进京城，在宫中放了三天之后，才送回法门寺。王宫百姓们上行下效，纷纷奔走施舍，生怕赶不上。原来法门寺有一座佛塔，塔内藏有佛祖指骨舍利，此塔每三十年才开塔取出舍利让人瞻仰，据说开则风调雨顺，众生康泰。元和十四年正值开塔之年，信佛的宪宗自然非常重视此事，遂派专人将佛骨舍利迎至宫中。由此引发的礼佛风潮引起了时任刑部侍郎韩愈的不满，他基于儒家道统的立场，立即上疏，极力陈述佞佛的弊病，此疏即著名的《论佛骨表》。

《论佛骨表》的第一部分，韩愈从三皇五帝开始讲起，一直谈到商汤武丁、文王武王，列举各位帝王在位时间及生年，指出他们在位时都是天下太平的状态，而当时佛法尚未进入中国，其言外之意是说这些帝国的文治武功并非信仰佛教的结果。随后他笔锋一转，从佛教进入中国时的汉明帝开始列举，试图论证佛教传入之后给帝王带来的是在位时间的短促。他提到佞佛的梁武帝虽在位四十八年，但最终身死国灭。很多帝王事奉佛教以求得福，结果换来的却是灾祸。所以，韩愈得出"佛不足事"的结论。

第二部分，他把视角转到唐朝，先说唐高祖即位之初就曾议论除去僧尼寺院，但由于当时群臣的反对，最终此事搁浅，他常常为此深感遗憾。紧接着，他直面宪宗，在一番奉承之后，提到宪宗即位不久，曾一度下令限制佛教发展。韩愈本以为宪宗能够完成高祖未竟的心愿，但结果却相反，没想到当朝皇帝表现出更加佞佛的姿态。在他看来，皇帝下令迎接佛骨，亲自登楼观看，并把它抬进宫内，还下令让各个寺院供奉，种种行为并非被佛教迷惑使然，而是有意为之。那意欲何为呢？韩愈说："陛下这样做，只是因为连年丰收，人民安乐，于是顺从百姓的心意，为京城士庶增添一处奇异的景观，提供一个游戏的器具罢了。不然的话，怎么会有如此圣明的君主相信这样的事情呢？"这种说法属实有些想当然了，或者只是一种以退为进的方式，为的是给宪宗一个台阶下。但这并没有什么说服力，他需要将问题的严重性点明出来。于是，他继续讲道："陛下您英明智慧，但百姓却愚昧无知，容易被迷惑而难以通晓事理。他们会被您表面的敬佛行为所蒙蔽，以为您是真心实意地信佛，于是就争相效仿。但在这个过程中，会出现一些不好的现象——有些人为了显示虔诚，会焚烧自己的头顶和手指，有的还会几十上百人聚集在一起，施舍衣物和钱财，从早到晚，相互效仿，没有停歇，唯恐落在别人后面。老老少少，四处奔波，都一心向佛去了，把本职工作都抛却脑后了。对于这些现象，如果不立即加以禁止，一定会出现割断手臂、从身上割肉来供养佛骨的情况，这些事情伤风败俗，传扬出去的话会被他国笑话，这些并非小事呀！"

最后一部分，韩愈把矛头直指佛骨本身。他先是搬出了前人反佛的常见论调，指出佛祖本是外国人，从语言、服饰到价值观都与中国人存在很大的差异，不值得被奉为神明。然后，韩愈直斥佛骨乃是一堆污秽不祥的残余，不能让它进入宫廷禁地，群臣、御史早该阻止此事的发生。在上疏的最后，韩愈请求把佛骨交给主管官员，由他们将其"投诸水火，永绝根本，断天下之疑，绝后代之惑"①。

严格来说，这篇文章更多的还是意气用事，并没有从理论的高度对佛教进行强有力的批判。更何况，他的前提就是错的，宪宗佞佛并不是为了给京城百姓增添一处奇异的景观，提供一个游戏的器具，他是为了自己的长生不死，为了获得佛祖的庇佑而避祸得福。此外，韩愈一开头举了一些例子，试图得出信佛者短命的结论，想想都会让信奉佛教的宪宗龙颜大怒。事实上也是如此，宪宗看到这封上疏之后，本来要立即把韩愈问罪处死。好在有朝中大臣裴度、崔群等为他求情，恳请免其一死，宪宗虽不情愿，但仍有所顾忌，最终把韩愈贬为潮州刺史。

① 韩愈：《论佛骨表》，《韩愈全集》，第335页。

五

古文运动

苏轼曾高度评价韩愈在中国文学史乃至于整个中国思想文化史上的地位:"自东汉以来,道丧文弊,异端并起,历唐贞观、开元之盛,辅以房、杜、姚、宋而不能救。独韩文公起布衣,谈笑而麾之,天下靡然从公,复归于正,盖三百年于此矣。文起八代之衰,而道济天下之溺;忠犯人主之怒,而勇夺三军之帅。岂非参天地,关盛衰,浩然而独存者乎!"①其中"文起八代之衰,而道济天下之溺"更是对韩愈历史地位的经典概括。

韩愈认为自魏晋以来,写文章的人拘泥于格律对偶,司马迁、扬雄的气质风格,不再那样兴盛了。他着重批评的文学形式是骈文,骈文作为一种文体,起源于汉魏,形成于南北朝,从形式上来看,其最大的特点在于全篇以双句为主,讲究对偶、声律和藻饰。这种文体虽瑰玮奇丽、风格典雅,但其格式僵化、空洞无物、脱离现实的特征也

---

① 苏轼:《潮州韩文公庙碑》,顾之川校点:《苏轼文集》(下),长沙:岳麓书社,2000年版,第1273页。

常常遭人诟病。韩愈是"古文运动"的领军人物之一，所谓"古文"主要指的是先秦两汉的散文，其特点是以单句为主，不受格式束缚，质朴自由，有利于表达思想内容，反映现实生活，正好与骈文形成鲜明对照。批判骈文、提倡古文并非韩愈原创，唐初陈子昂就努力以风雅革去浮侈，但一时难以改变骈文的盛行。安史之乱发生后，唐朝走向衰落，一些文人出于挽救颓势的考虑，对文坛上的颓靡之风深怀不满。唐大历、贞元年间，为文者已经大多崇尚古文之学，效法扬雄、董仲舒的著作了，其中独孤及、梁肃最称渊奥，儒士们都推重此二人。韩愈也跟着他们游学，锐意钻研模仿。

有人讲韩愈领导古文运动、从事古文创作，最根本的目标在于以散体单行的古文取代骈文。其实，韩愈虽有"惟陈言之务去"①"不以琢雕为功"②的极高文学改革追求，但古文运动的发生不单单是要改换写作的文体，韩愈等人想借助于先秦两汉的散文形式（"外壳"）来传承儒家内圣外王之道（"内核"），这才是古文运动最根本的目的。韩愈说："学古道则欲兼通其辞；通其辞者，本志乎古道者也。"③"然愈之所志于古者，不惟其辞之好，好其道焉尔。"④"古道"就是儒家仁义之道，写文章的目的就是为了"明道"，使儒家之道发扬光大。他的一些文章要么直陈观点、严密论证，要么反映现实、揭露矛盾，但都是以儒家的价值观念为标准，展现的是仁者美俗美政的理想追求。

《原道》一文是韩愈哲学思想和价值理念的集中展现。在韩愈生活的年代，佛道兴旺发达，很多人不事生产却占有大量的田产，并享有不纳税、不服役的特权，他对这些现象深恶痛绝。文章的开篇便以

---

① 韩愈：《答李翊书》，《韩愈全集》，第177页。
② 韩愈：《答李秀才书》，《韩愈全集》，第179页。
③ 韩愈：《题欧阳生哀辞后》，《韩愈全集》，第225页。
④ 韩愈：《答李秀才书》，《韩愈全集》，第179页。

"仁义"直接言道德，亮出了自己的儒家立场。它还点出儒家与佛、道二家的区别，详细叙述了圣人、帝、王的重大功绩，分析了儒家视野下君、臣与民之间的互动关系。最后落脚到"先王之教"上，"先王之教"即儒家的仁义道德，对此文章从礼仪、音乐、刑法、政令等方面加以说明。韩愈还构造了一个儒家之道的授受体系，但由于异端的兴起，导致了道统的失传，为了排斥佛老、接续道统，他主张对佛、道要"人其人，火其书，庐其居"[①]，并以先王之道教育他们的信徒。此文善用排比，气势磅礴，结构谨严，是千古名篇。

韩愈常为人间鸣不平。在《送孟东野序》中，韩愈提出了"大凡物不得其平则鸣"的观点，这里"不平"的主体或者是作者本身，或者是文章所论述的人或物。《杂说》是脍炙人口的名篇，它以马喻人，把人才比喻为千里马，借"千里马常有，而伯乐不常有"为贤才难遇知己鸣不平。此章简短明快，富有层次，融说理与抒情于一体，读来令人酣畅淋漓。在《获麟解》中，韩愈又以麒麟自喻，麒麟与众不同，就好比人有卓越的才能；麒麟只有等圣人在位时才会出现，就如同人才需要伯乐才能被发掘一般。只可惜世无伯乐，贤才不为圣主所知，只能自怨自艾。《原毁》以"古之君子"与"今之君子"作鲜明对比，说"古之君子"严于律己、宽以待人，所以能够不懈怠且乐为善；而"今之君子"则正好相反，宽于律己，严以待人，结果就是难于为善且自己收获甚微。韩愈分析个中缘由，认为怠惰和嫉妒是关键，怠惰则不能修身，嫉妒则害怕别人修身。士大夫之间相互诋毁，形成一种恶劣的社会风气。韩愈批评这种风气，跟他自身受轻蔑、排挤的经历有关，同时也是他弘扬儒者风范、革新文学之风的必然需求。《进学解》采用对话体，亦庄亦谐，先借一位学生之口点明韩愈在才能、品格、文章、志向等

---

① 韩愈：《原道》，《韩愈全集》，第122页。

方面的高明之处的同时，也直白地将自己不被信任、无人相助、动辄得咎、冗碌无为等困境揭示了出来。这种德、福不一致的矛盾让学生对老师都产生了怀疑，而这种怀疑其实也是韩愈倾吐其不平的手段而已。最后他又作一辩解，以工匠、医师为喻，拿孟子、荀子自况，语带自嘲，且多为反语，其实都透露着他对自身处境的不满与激愤。《送穷文》形式上受到了辞赋、骈文的影响，语言生动，想象奇特，情节跌宕，可谓妙趣横生。该文通过虚构和"穷鬼"的问答，作者发泄了满腹的牢骚，体现了极强的社会批判意味。文章最后将主题归结到"君子固穷"上，作者以穷为傲，便送穷为留穷，体现了他安贫乐道、不合流俗的高尚品格。

作为大儒，韩愈的道德文章也彰显着儒家的重民情怀。他来到潮州后，听说当地的溪水中有鳄鱼为害，把附近百姓的牲口吃了个精光，便决定要想办法将鳄鱼赶走。他写了一篇《祭鳄鱼文》，命令下属把猪羊之类的祭品投入溪水，祝告鳄鱼七日之内迁到别处。与此同时，他还细数鳄鱼的罪行，表明自己将和当地百姓一道铲除鱼患，不达目的，誓不罢休。此篇的鳄鱼何尝不是那些祸国殃民的藩镇节度、贪官污吏、无耻文人的写照呢？《子产不毁乡校颂》借春秋时期郑国子产不毁乡校之事影射唐朝统治者对太学生的压制，子产广开言路，从乡校的舆论中检视政令是否得当，结果使郑国得到善治。文中还提及周朝兴盛年代请德高望重的年长者多提意见，而周厉王派人监视百姓，把背后说他坏话的人统统杀掉，最终百姓起来反抗，将他放逐。韩愈想表达的是治国者要向管仲学习，营造一个自由宽松的环境，使上下相通，最终国家才能治理好。

儒家往事

柳宗元

一

永贞革新

柳宗元，字子厚，祖籍为蒲州解县（今山西解州），出生在唐都长安。他出自一个官僚之家，曾祖、祖父都曾做过县令，父亲柳镇为人刚正，颇有才干，宦海浮沉几十年，担任过许多官职，但级别都不太高。母亲卢氏幼有家学，在柳镇长期在外任职期间，承担着向柳宗元传授文化知识的重任。在父母的熏陶之下，他十三四岁就写得了精彩的文章，为自己赢得了不小的名声。唐德宗贞元九年（793年），柳宗元考取了进士，与他同榜的还有刘禹锡，后来二人无论在文学上还是政治上，成为声气相通的挚友。

依照当时的制度，考取进士不意味着马上就能做官任职。中进士的第二年，柳宗元来到邠州（今陕西彬州）探望在邠宁节度使府中当差的叔父柳缜，这一待就是两年，在此期间他考察西北边防情势，了解边地百姓的生产生活，对如何经营边疆也有了一些真切的感受。到了贞元十二年（796年），朝廷才任命他为秘书省校书郎，这只是一个从九品的小官，负责校正国家收藏的典籍。后来他又考取博学宏词科，成为集贤殿书院正字，职责同校书郎类似，同样官职卑微，但可以借机博览群书，为日后的发展打下坚实的基础。再往后，他又先后担任过蓝田尉、监察御史里行等职，积累了更多的从政经验。

柳宗元是一个功名心很强烈的文人，这不仅仅是为了个人的飞黄腾达，而更多的是秉承儒家治国平天下的传统理念。不过，他要想施展才华，是需要一些机会和条件的。对于一个官职不高的年轻士人而言，寻找一些志同道合者形成同盟，一起闯出一条新路是个不错的选择。唐德宗李适在位时，宦官专权，奸臣为相，朝政腐败，积重难返。当时的太子是李诵，对弊政有所不满，素有改革之心。贞元二十一年（805年）春，唐德宗崩，李诵的机会来了。当然，单靠太子一个人进行改革是远远不够的，他身边聚集了一批有改革志向的才俊，其中又以王叔文为首。王叔文出身低下，因读书很多加之特别会下棋而被选入东宫，陪太子读书长达十八年。他很支持太子的改革想法，常常为其出谋划策，太子对他也是非常信任。柳宗元中进士之后没多久，就与王叔文有了来往，他的一些朋友如刘禹锡、吕温、韩泰等也与王叔文交好，一个小的政治同盟俨然已经形成。

李适死后，李诵本应是理所当然的继位者，但此时李诵得了中风，说话都很困难，更不要说亲理朝政了。王叔文的政敌们想借此发难，阴谋另立新君，王叔文则据理力争，终于确保李诵登上宝座，即为唐顺宗。顺宗不能亲自主持政事，王叔文集团有了很大的用武之地。韦执谊被任命为宰相，而王叔文、王伾成为翰林学士，负责起草诏命，可以出入内廷，权力很大。时年三十三岁的柳宗元则被提拔为正六品的礼部员外郎，刘禹锡也成为屯田员外郎，韩泰担任兵部郎中。在王叔文的带领下，这批意气风发的改革斗士推行了一系列的革新措施。柳宗元在其中扮演了重要的角色，因为凡是新政都由他和王叔文、刘禹锡等商议之后经王伾呈送给顺宗，顺宗批准后才能发布实施。柳宗元承担了大量的文字工作，起草了诏诰制命等重要的中央文件，是整个新政集团中的核心人物之一，所以才会与王叔文等人并称"二王、刘、柳"。

永贞革新的主要内容有：其一，打压宦官和藩镇，加强中央集权。任用名将范希朝为左右神策、京西诸城镇行营兵马节度使，又以韩泰为行军司马，目的是接管被宦官把持的京城禁卫军。但此举遭到宦官集团及部分大官僚的激烈反对，最终没能成功。当时浙西观察使李锜兼任盐铁转运使，掌控东南地区财源，他贪污盐铁税款，还蓄意谋反，王叔文一党下令解除了他的职务。此外，王叔文还严词拒绝剑南西川节度使韦皋的贿赂，力图抑制藩镇势力。其二，惩办贪官污吏，起用前朝旧臣。德宗宠信京兆尹李实，后者在长安滥杀无辜，鱼肉百姓，久居长安的柳宗元早已耳闻目睹其恶行。借着新政的机会，与众人一道将李实扳倒，把他贬为通州（今四川达州）刺史，京城百姓无不拍手称快。一些被诬陷迫害的前朝旧臣被重新起用，如前宰相陆贽、前谏议大夫阳城、前宰相郑余庆、前京兆尹韩皋等都被调往京城复命，以更好地推动改革的实施。其三，革除弊政。例如，宫中宦官采买物品时常常利用特权欺压百姓，有时甚至不付钱就抢走百姓财物，简直无法无天，于是新政就将这种"宫市"制度给废除了，宫廷采买不再用宦官，改派官员去办理。还有"五坊小儿"同样被禁止，之前那些在雕坊、鹘坊、鹞坊、鹰坊、狗坊中为皇室豢养鹰犬的宦官也依仗特权，到处索取财物，去饭馆吃饭拒不付钱，民间对他们也是深恶痛绝。其四，废除苛捐杂税。新政规定全国按照两税法交纳正税，不得擅自加税；下令免除民间历年所欠租赋和一切杂税；为应对因盐价暴涨导致的百姓吃不起盐的现象，下令降低三分之一盐价；禁止盐铁使对宫廷的月进钱以及地方官讨好皇帝的进奉。其五，整顿国家财政。主要措施是任用善于理财的杜佑为度支及诸道盐铁转运使，由王叔文兼任度支盐铁副使，以整理财政，掌控财权。

　　这些革新措施确实切中时弊，很大程度上减轻了百姓的负担，无疑是当时衰朽政治中的一股清风。不过它们显然会损害弄权阉官和跋扈藩镇的利益，因而遭到强力的反对。支持改革的顺宗李诵重病缠身，难成大器，加之改革派势单力薄，自身又存在急躁冒进、宗派习气等问题，改革最终走向失败也就不可避免。贞元二十一年八月，以俱文珍为首的宦官集团串通地方节度使，以顺宗久病为由，逼迫顺宗禅位太子李纯，是为唐宪宗，并改年号为永贞，所以发生在这年的改革被后人称为"永贞革新"。李纯反对改革，即位没多久就把王叔文贬为渝州司户参军，第二年就将其处死；王伾则被贬为开州司马，不久病死。很快，祸患也降临到了柳宗元等人头上，王叔文集团的八位主要成员皆被贬为远州司马，这就是著名的"二王八司马事件"，新政历经短短的一百四十多天就宣告失败，柳宗元政治生涯的高光时刻到此结束。

　　柳宗元先是被贬为邵州（今湖南邵阳）刺史，但在赴任途中，反对派觉得对柳宗元等人的处分太轻，于是柳氏被追贬为永州司马。永州即今湖南永州，处于湖南和广西的交界之处，在当时属于自然环境恶劣、少数民族聚居的偏远蛮荒之地。柳宗元拖家带口来到此处，本已困难重重，名义上虽有个"司马"的职务，但没有任何实权，俸禄也很低微，加之被贬谪的身份，常常受到歧视，这对他个人的打击无疑是灾难性的。他更没想到的是，永州贬谪生活一下子就是十年。

二

"永州八记"

　　柳宗元被发配到远离政治中心的蛮荒之地，离开熟悉的地方，与亲朋好友的联系也变得异常困难。再加上胸中那种压抑和愤激，他常常要受尽各种心灵的折磨，感受到的是暗无天日的苦痛，稍有不慎便容易走向郁郁而终的悲惨结局。在异域他乡，他能做的也愿意做的，就是暂时栖身山野，与林泽为伴，上高山，入深林，穿回溪，幽泉怪石，无远不到，在大自然中寻求安放身心的处所。

　　从柳宗元被贬为永州司马，到公元815年离开永州，在十年中他游历永州山水，结交当地士人，写下了以"永州八记"为代表的众多游记。在这些游记中，我们可以体会到一个孤寂的灵魂是如何挣扎着寻找出口、寻求寄托、排遣愤懑、苦中求乐的。柳宗元的游记体现了"一切景语皆情语"的创作原则，在对自然景物的描摹中，在记叙其游览自然山川的经历中，留给读者印象最深刻的不仅仅是奇特的景色，更是一位孤寂者的内心独白。

　　在《始得西山宴游记》中，作者记载了元和四年（809年）九月的一天，秋高气爽，郊外的西山轮廓异常清晰。之前没注意到的远山引起了他游览的兴致，于是与三五好友一起披荆斩棘，登到绝顶，从山顶俯瞰，众多美景尽收眼底。大自然的辽阔景色与人的内心世界产生了奇特的化学反应，柳宗元顿觉心胸大为开阔，好像心底间装进了整个天地一般。这也是一种"天人合一"的体验，只不过这种体验是审美的，是充满个性化的，是自得其乐的，是不足为外人道的。从此他游兴大发，不断地去探索被流放之地的隐秘角落，在与山林景物、泉水潭泽的亲密接触中寻找真正属于自己的世外桃源。在钴鉧潭，他感受到的是天之高、气之迥的高旷幽远之美，是水势峻急、流沫成轮的雄壮澎湃之美，是摆脱官家之事、择一山野栖居的洒脱闲适之美，这些美似乎足以让他"乐居夷而忘故土"，[1]但又何尝忘得了！在钴鉧潭西的小丘，奇石偃蹇，竹木嘉美，山高云浮，溪流鸟游，他与好友枕席而卧，"则清泠之状与目谋，瀯瀯之声与耳谋，悠然而虚者与神谋，渊然而静者与心谋"，[2]眼耳心神都与自然万物交融在一起，归根结底，这是天与人之间的共谋，是人处天地大美之间的自我陶醉，是物我两忘、天人合一的神秘体验。但他并没有完全沉浸于这种体验之中，理想与现实之间的落差使他无法彻底释怀。在流连美景之余，他不禁感叹如此美妙的小丘竟被弃之荒野，这不正像是他个人的遭际吗？其实，"永州八记"中或多或少都有如此慨叹。

此外，《愚溪诗序》更是柳宗元将天（自然）与人合而论之的代表。贬官永州期间，他曾从城内龙兴寺移居到城郊一条叫冉溪的小溪旁边，并将这条小溪重新命名为愚溪，周围其他景色也一并以"愚"命名，于是就有了愚溪、愚丘、愚泉、愚沟、愚池、愚堂、愚亭、愚岛这"八愚"。他还专门写了《八愚诗》，只不过这组诗歌早佚，但为诗所写的序文却保存了下来。在此文中，他先写溪之"愚"——愚溪水位低下，

---

① 柳宗元：《钴鉧潭记》，曹明纲标点：《柳宗元全集》卷二十九，第236页。

② 柳宗元：《钴鉧潭西小丘记》，《柳宗元全集》，第237页。

不可以用来灌溉；流速迅疾，水中又多坻石，大船无法驶入；幽邃浅狭，蛟龙不屑到此，故不能兴云雨。总之，此溪无以利世，就像身处困境中的作者那样。紧接着柳宗元写自我之"愚"——他提到宁武子和颜回，说他们一个是智而为愚，一个是睿而为愚，二者都不是真正的愚；而自己身逢有道之世，但违理悖事，报国无门，就像愚溪一样无用，简直是愚昧至极。就这样，作为自然景物的小溪就与个人连接在一起了，溪就是人的化身，人的遭际与感悟被寄托于溪水之上了。当然，作者的目的并不是以愚溪嘲讽愚人，而是从溪水和自我身上找到可贵之处，找到足以战胜一切的精神力量。柳宗元在文章的最后笔锋一转，先说溪水虽然莫利于世，但可以很好地照鉴万物，它清莹秀澈，声如金石，让人喜笑眷慕，乐而忘返。紧接着，他又从愚溪回到自己身上，说："余虽不合于俗，亦颇以文墨自慰，漱涤万物，牢笼百态，而无所避之。以愚辞歌愚溪，则茫然而不违，昏然而同归，超鸿蒙，混希夷，寂寥而莫我知也。"①这短短的几句话内涵非常丰富，有对命运的悲愤，有对才能的自信，有不为人知的寂寥，也有对重新被世人所知的企望。除此之外，那种"茫然而不违，皆然而同归，超鸿蒙，混希夷"的状态正是作者对天人合一境界的真切感受，物我两忘，合二为一，超凡脱俗，融入虚寂，自然界给予这位失意的儒家知识分子的是心灵的安顿，是伤痛的抚慰，是精神的涤荡，是内在的超越。

总之，"永州八记"是柳宗元流放生涯里的内心写照，透过这些文字，我们可以深切地体味出他对故土的依恋，对身处逆境的悲叹，对壮志难酬的苦痛，对报国无门的忧怨，对重获自由的渴盼，而这一切情感又是通过或优美或壮美的景色展现出来，从而形成鲜明的反差，给人以深刻的印象。

---

① 柳宗元：《愚溪诗序》，《柳宗元全集》，第201页。

三

天人新思

柳宗元和韩愈同为古文运动的倡导者，二者同声相应，互相推重，但在哲学思想上不尽相同，有时甚至还针锋相对。元和八年（813年）六月，韩愈任史馆修撰，他在给一位刘姓秀才的信中说作史者"不有人祸，则有天刑"。[①]韩愈列举孔子、齐太史氏兄弟、左丘明、司马迁、班固、范晔等人因秉笔直书而招致祸殃的事例，论证写史之人不得善终的观点，信中还搬出鬼神作挡箭牌，这些都表达了韩愈对于此一职务的消极态度。次年正月，柳宗元给韩愈写了一封长信，信中对韩愈多有批评。他认为孔子、司马迁、班固、范晔等人的不好遭遇并非修史造成，并直言居其位要谋其政、直其道，既然做了史官，就要秉笔直书，不畏艰难，即便面临死亡威胁也应毫不畏惧，否则不如赶快辞任。他还说："又凡鬼神事，渺茫荒惑无可准，明者所不道。退之之智，而犹惧于此。"[②]这显然是针对韩愈字里行间所流露出的神秘主义

① 韩愈：《答刘秀才论史书》，《韩愈全集》，第357页。
② 柳宗元：《与韩愈论史官书》，《柳宗元全集》，第253页。

天命论提出了批评。

柳宗元对韩愈所宣扬的天能赏功罚过的论调是持否定态度的,他曾作《天说》一文,直击韩愈的错误观点。《天说》首先叙述了韩愈的观点,在韩愈看来,天是有意志的,可以对人施行赏罚。韩愈将元气阴阳视为世界之基,人之善恶就体现在对待元气阴阳的态度上——有些人耕种田地,砍伐山林,打井汲水,掘墓葬人,建造房屋,疏浚河道,钻木取火,熔化金属等,类似的行动都在破坏元气阴阳的和谐秩序,使得天地万物失其自然,面目全非,对于这些祸害天地的人,天就会重重地惩罚他们;反之,如果谁能制止那些破坏元气阴阳的行为,便是对天地立下功劳,天自然会给以奖赏。柳宗元的驳辩并没有否定元气阴阳的存在和意义,而是否认它们具有能够感应、赏罚的意志性。他说天地、元气、阴阳如同瓜果、毒疮、草木一般平常,都是自然存在的物质,只是体积更为庞大而已,它们没有意志,是不能赏功罚祸的。柳宗元没有否认人类行为会对自然界产生功过是非,但功过是非的根源不在于对天的祈求和敬畏等功利性的考量,而是出于"功者自功,祸者自祸"[1]。在柳宗元看来,人类的福祸都是自我作为的结果,希望得到上天的赏罚是荒谬的,向天呼喊、抱怨,希望它对人类施以怜悯和仁爱,则更为荒谬。这种强调事在人为的积极进取精神,无疑是儒家刚健有为思想的展现。

在《贞符》一文中,柳宗元批判了董仲舒"三代受命之符"的天人感应思想,试图切断天与人之间的神秘关联。他通过大量的事例展开论证,指出符命之说乃是淫巫瞽史的胡说八道,具有很大的欺骗性。他叙述了隋没唐兴的历史演进,用一正一反的事例再次说明统治者的德性才是政治合法性的保证。他得出结论说:"惟人之仁,匪祥于天;

---

① 柳宗元:《天说》,《柳宗元全集》,第134页。

匪祥于天，兹惟贞符哉！未有丧仁而久者也，未有恃祥而寿者也。"①
对统治者而言，贞符并不可靠，只有施行仁政才能确保政权的长治久
安。他随后又列举了历代虽有祥瑞但仍不免走向败亡的事例，对其论
断进一步加以说明，最后落脚到唐代重德不重符的现实。可见，柳宗
元将其关注的重心转移到人的身上，转移到仁德之上，体现了重人不
重天的思想倾向。这些言论显然是讲给在位者听的，希望他们不要试
图以祥瑞来神化自我、愚弄百姓，而要以仁爱之心对待民众的需求。

在《非国语》中，柳宗元更是集中表明了他对天人感应思想的厌
恶态度。《非国语》为其谪居永州时所作，共六十七篇，篇幅短小精悍，
少则几十字，多则一两百字，其主要思想就是对《国语》中存在的神权
迷信及维护贵族特权等内容加以批判。例如，《国语》记载西周恭王到
泾水游玩时，密国国君康公陪同，其间有美女三人私自投奔康公。康
公母亲劝其将美女奉献给恭王，她的理由是自己儿子的品德和相貌等
都配不上这些美女，如果强行占有必然导致国家灭亡，但康公没有采
纳母亲的建议。结果，一年以后恭王消灭了密国。《国语》的作者（一
般认为是左丘明）记载此事是要证明康母的预言，但柳宗元认为这里
面丝毫没有什么可取之处。在他看来，康母并非贤惠之人，她应当教
育自己的儿子不要荒淫过度，而不是用命数之类的话语恐吓自己的儿
子，不应该怂恿儿子用美女去讨好恭王。《国语》记载，幽王二年（前
780年）西周三川皆震，大夫伯阳父认为西周行将灭亡。显然，这也是
一种天人感应论的表现。柳宗元则提出"山川者，特天地之物也"②的
观点，认为天地无边无际，阴阳则是流动在天地之间的元气，它们动
静自如，自聚自散，或吸或吹，纵横交错，化生万物，有着自己的一
套运行规律，与人的主观意志之间不存在神秘的联系。因此，地震只

① 柳宗元：《贞符》，《柳宗元全集》，第8页。
② 柳宗元：《非国语上·三川震》，《柳宗元全集》，第386页。

是一种自然现象而已，"天事"和"人事"之间完全是两码事。

　　当然有破就有立。在批判天人感应论调的同时，柳宗元还极力倡导"大中"之道，也就是儒家的仁义之道。《非国语》的写作本身就是为了阐发"大中"之道，在创作《非国语》之后，他曾写信给道州刺史吕温，信中首先就提及："近世之言理道者众矣，率由大中而出者咸无焉。"[1]在给其好友吴武陵的信中他也说："仆故为之标表，以告夫游乎中道者焉。"[2]在《非国语》中，他屡屡提倡儒家的"大中"之道。例如，《宰周公》一篇强调仅仅依赖强力而不求之于仁义，此非治国之道，还说大国参加会盟要看会盟是否合乎道义；在《荀息》篇里，柳宗元借着对晋大夫荀息的批判解释了什么是真正的"忠贞""信义"；《获晋侯》一篇阐发了通过立仁义、行至公来成就霸业的思想；在《赵宣子》篇里，他批判了赵宣子草菅人命的做法，倡导了爱护生命的"君子之道"；在《围鼓》中，他阐明了以德制利的思想；在《嗜芰》中，他强调礼是从属于仁义的，不能以礼害仁……总之，柳宗元试图批判以《国语》为代表的"好怪而妄言"来重树儒家大中至正之道，挺立人作为主体的能动性。为此，他甚至直言自己对可能招致的攻击和诟病毫不畏惧，这体现了一位儒家士大夫的救世情怀和担当精神。

---

① 柳宗元：《与吕道州温论〈非国语〉书》，《柳宗元全集》，第257页。
② 柳宗元：《答吴武陵论〈非国语〉书》，《柳宗元全集》，第258页。

四

再贬柳州

　　元和十年（815年）正月，已经在永州潜居整整十年的柳宗元接到了一个好消息，朝廷发布了要他及当年"八司马"其他成员回京的诏书，这与当时朝中韦贯之、裴度、崔群等大臣同情改革派有很大的关系。当年的"八司马"到此时已有两人离世了，程异此前已被调用，这次与柳宗元一起被召回京的是刘禹锡、韩泰、韩晔、陈谏四人。

　　对柳宗元而言，这自然如同拨云见日，就像无垠的黑暗之中突然出现了一道久违的曙光。他将之前漫长而焦急的等待抛却在脑后，归心似箭，一刻也不想耽搁，来不及告别永州的一山一水、一草一木，便已踏上北归的征程。这一路，他心情大悦，诗兴勃发。在到达汨罗江时，因风高浪急，行程一度受阻，他想到怀才不遇、悲愤投江的屈原，吟道：

　　　　　　南来不作楚臣悲，

　　　　　　重入修门自有期。

> 为报春风汨罗道，
> 莫将波浪枉明时。①

他觉得自己要比屈原要幸运，此前虽也困难重重，但并未像屈子那样悲不欲生。他坚信有朝一日终将被召回，回归京师，汨罗江上的些许风浪阻挡不住他重新报效圣明时代的热情。

从正月开始从永州出发，到二月便到达长安近郊的灞亭，柳宗元忆往抚今，留下了一首《诏追赴都二月至灞亭上》：

> 十一年前南渡客，
> 四千里外北归人。
> 诏书许逐阳和至，
> 驿路开花处处新。②

当时虽是冬日，但好事将近，以往他眼中的凄凉清冷的山水也随之一下子改换成温暖的色彩。一切都是新的开始，此刻的诗人在筹划，在展望，他踌躇满志，想把被耽搁的十年时光里的未竟事业尽快地完成。

此时的京城政局并不单纯，有人想重新重用柳宗元、刘禹锡等人，但也有很多反对派对他们嫉恨如常。柳宗元只能观望、等待，期待着朝廷新的使用。但孰料，好朋友刘禹锡的一首"歪诗"种下了希望破灭的苦果。二人接到诏书后，途中会合，一道回京。在等待任命的那段日子，这些奉调回京的司马们也没有闲着，他们回访故地，互相唱和。一日，众人来到长安城里著名的道观——玄都观，那时观里桃花盛开，蜂蝶飞舞，一片生机勃勃的景象。回想当年，他们也是花团锦簇，风

---

① 柳宗元:《汨罗遇风》,《柳宗元全集》, 第357页。
② 柳宗元:《诏追赴都二月至灞亭上》,《柳宗元全集》, 第358页。

光一时，感慨之余，有人提议吟诗助兴，心高气傲的刘禹锡不甘人后，立马赋得一首《戏赠看花诸君子》：

紫陌红尘拂面来，

无人不道看花回。

玄都观里桃千树，

尽是刘郎去后栽。①

从表面上来看，诗歌无非是说，繁华的京城大道上人来人往，弄得尘土拂面而来，问问路人，无人不说是刚刚看花回来；玄都观里的那些桃树，都是我刘禹锡贬官之后才栽种的。但问题就出在后两句，稍有心机者就会发现，刘禹锡诗句里是带着嘲讽的，他以树喻人，讥讽的就是那些永贞革新失败之后趁机飞黄腾达的新贵们。此诗虽是同僚旧友之间的"戏赠"，但还是不胫而走，传到了那些新贵们的耳中，他们自然不能忍受这些贬臣的戏弄，要趁刘禹锡、柳宗元们立足未稳之际杀他个措手不及。

政敌们就围绕此诗大做文章，在皇帝面前斥责刘禹锡、柳宗元等人不知悔过，建议朝廷不能再重用这些新政党人。皇帝本来也对他们心存芥蒂，一见有人弹劾，立马就顺水推舟。柳宗元二月抵达京城，没承想三月宪宗就下令"八司马"中的五位出任远州刺史。柳宗元被派到柳州（今广西柳州），刘禹锡本来是被派往播州（今贵州遵义），播州相较于柳州而言，在当时是更为荒凉偏僻的所在，念及刘禹锡身边还有八十多岁老母，柳宗元便向朝廷陈情，希望把自己换到播州去。后来，宪宗真的改了主意，将刘禹锡改派为连州

---

① 刘禹锡：《元和十一年自朗州承召至京戏赠看花诸君子》，瞿蜕园校点：《刘禹锡全集》，上海：上海古籍出版社，1999年版，第171页。

（今广东连州）刺史，柳、刘之间的友情可见一斑。二人一同南下，重新踏上征途，只不过此时的心情已由晴转阴，相互之间更多的是惺惺相惜了。到了湖南衡阳，需要各奔西东，柳宗元给刘禹锡写了一首赠别诗：

> 十年憔悴到秦京，谁料翻为岭外行。
> 伏波故道风烟在，翁仲遗墟草树平。
> 直以慵疏招物议，休将文字占时名。
> 今朝不用临河别，垂泪千行便濯缨。[①]

本来怀揣着希望一同抵京，谁能想到造化弄人，仅仅一个月便有翻天覆地之结局，一个"翻"字道尽了多少无奈和苦楚。这一路古人也曾走过，但风云变幻，物是人非，二人行至其中，唯有慨叹！怪就怪二人不愿向腐朽势力低头献殷勤，不愿以文章博取当世的美名，招致世人的毁谤实在是难以避免。事到如今，只能接受现实，可惜的是作为挚友的二人马上就又天各一方，那种不舍达到了极致。当年李陵送别苏武，写了首赠别诗，其中有云"临河濯长缨，念子怅悠悠"，而柳宗元则说："我们二人不用临河而别了，因为你我垂泪千行，这泪水早已把长缨沾湿了！"柳宗元于六月份到达柳州，来到一个陌生的地方，那种新鲜感尚不足以掩盖内心的苦痛和失落。他不满，他惆怅，他压抑，他更思念当年志同道合的诸友，如今他们都被安排在"百越文身地"[②]，彼此之间互通书信都成为奢望。

随着时间的流逝，他的心情渐渐恢复了平静。真正的大儒毕竟不同于普普通通的文人骚客，他们胸中装着仁义理想，装着家国天下，

---

① 柳宗元：《衡阳与梦得分路赠别》，《柳宗元全集》，第359—360页。
② 柳宗元：《登柳州城楼寄漳汀封连四州》，《柳宗元全集》，第361页。

即便身处困境，也不会轻易被打垮。与上次被贬不同的是，刺史不再像司马那样属于没有实权的闲职，而是一州之行政长官，需要面对烦琐的政务。当时的柳州自然环境恶劣不必多言，单是百姓的生存状态就令柳宗元颇费些脑筋。那里的风俗习惯不同于中原地区，百姓穷苦，盗贼肆虐，迷信横行，人畜的死亡率很高，柳宗元看在眼里，急在心头。

其实这时他已四十多岁，身体素质本就不好，又接连生了几场病，变得更加虚弱了。不过，儒者的使命感给他以支撑，拖着病躯，埋头苦干，四年之内便让柳州呈现出一个新的样貌。当时柳州蓄奴恶习很盛，奴婢终身为奴，下层百姓的人身自由毫无保障。柳宗元为此制定了一项法令，规定奴婢可以付钱赎身，与主人解除人身依附关系，这赎身的银钱可以拿自己的工钱相抵。据说这个政策还被韩愈等人仿效，不少奴婢因此而获得解放。儒者经世，美俗美政，少不了对文教的看重。特别是那些老少边穷地区，更有儒家文教的用武之地。柳宗元刚到任不久，就把当地的孔庙修茸一新，还兴办学堂，恢复府学，传承诗书礼乐，提升了当地百姓的道德品质和文化水平。

柳宗元还特别爱种树。他在柳州城西北种柑橘两百株，目的主要是带动当地百姓种植果树，增加收入。他主持修复柳州大云寺时，曾组织民众在附近栽种竹子三万株，竹林一起，建筑材料就多了。他还带领百姓在柳江岸边种了很多柳树，既改善了人居环境，也能起到保护河堤的效果。一位姓柳的刺史带领大家在柳江边种植柳树，说来也是挺巧合的一件事，柳宗元曾写一首《种柳戏题》以助雅兴：

柳州柳刺史，种柳柳江边。

谈笑为故事，推移成昔年。

> 垂荫当覆地，耸干会参天。
>
> 好作思人树，惭无惠化传。①

诗中有他建功立业的热切企盼，也有一种时不我待、怕被埋没的淡淡忧愁。此时的他，想得最多的也许就是要用自己的政绩重新打动当朝的掌权者们，为自己赢得口碑和美名，争取早日回归故里，再获重用。

可惜的是，他等不到回乡的那一天了。元和十四年（819年）十一月初八，重病缠身的柳宗元病逝于柳州，年仅四十七岁。刘禹锡、韩愈等人都写了祭文，表达了刻骨铭心的悲痛。他去世三年之后，柳州百姓便在罗池建庙祭奠他，还专门请韩愈写《柳州罗池庙碑记》。柳宗元最终归葬故里，柳州百姓就在罗池庙旁为其建衣冠冢。这种种举措，无不彰显着当地百姓对这位贬谪之人的拳拳之情，也从侧面反映了柳宗元作为一位儒者的人格魅力。

---

① 柳宗元：《种柳戏题》，《柳宗元全集》，第362页。

儒家往事

周敦颐

一

断案高手

　　周敦颐生于宋真宗天熙元年（1017年），道州营道（今湖南道县）人。他原名惇实，字茂叔，因避宋英宗之名改为敦颐。他出生于一个世代以儒为业的家庭，父亲周辅成曾因博学能文而被赐进士出身，先后做过湖北黄冈、广西桂岭等地的县令。在父亲的指引之下，周敦颐发奋读书，表现出了异于常人的风范。等到他十五岁的时候，父亲不幸离世，在周家陷入痛苦时，舅舅郑向伸出了援手。郑向中过进士，后来转任多职，从政经验非常丰富。他把周敦颐接到身边抚养，爱之如子，甚至将荫补为官的机会都留给了这个外甥，而不是自己的亲生儿子。在舅舅的悉心指导之下，周敦颐的学业又进一步，与此同时，对诸种政务的耳濡目染也为他日后从政打下了基础。可惜的是，在他二十岁的时候，舅舅在杭州知府任上去世，第二年，母亲也撒手人寰。亲人的相继离去给周敦颐带来了很大的打击，他对人生的无常有了痛彻心扉的领悟。在他为母亲守丧的那三年里，他迁居润州丹徒（今属江苏镇江）鹤林寺，此寺住着一位禅僧叫寿涯，周敦颐跟着他读书参禅，体味人生。

　　三年守孝期满后，吏部把周敦颐调到地方任职，庆历元年（1041年）他先是做了洪州分宁县（今江西修水）的主簿。主簿是个小官，一般主要负责文书簿籍，掌管印鉴等事。到任不久，他的政治才能就得到了很好的展现。原来分宁有一件案子拖了好久不能判决，至于具体案情，史书没有记载，只知道周敦颐仅审讯一次，就立即弄清楚了。没有费尽周折的侦查取证，无需反反复复地提人审问，一件悬而未决的疑案就被这位二十几岁的年轻主簿给审明了。县里的人听说这一消息，很多人都吃惊地说："老狱吏也比不上周主簿啊！"后来周敦颐曾被派往南昌做知县，当地百姓听到这个消息后，很多人拍手称快地说："我们这个地方快要太平了，周敦颐是审清了分宁县那件疑案的官员，我们的冤情有机会申诉了，他一定会秉公执法，让老百姓满意。"而那些富豪大族、狡黠的衙门小吏和恶少们却都惶恐不安，担心被抓去审问、判罪。

　　庆历四年（1044年），吏部派员来江西考察地方官员，认为周敦颐才能优异，尤其善断狱讼，朝廷任命他为南安军（今江西大余）司理参军，主管案件的复核工作。南安地处山区，在当时经济文化各方面比较落后，百姓生活贫苦，经常发生各种诉讼，这正给了周敦颐发挥其特长的机会。在任该职的第二年，他遇到了一个麻烦的案子。狱中有个囚犯，如果严格依照当时的法律条文的话，是不应该被处死的，但坏就坏在他得罪了转运使王逵，后者一心想置其于死地。王逵是个残酷凶悍的官吏，周围的人即使有意见，也不敢与他争辩。周敦颐查明案情后，决定秉公执法，为囚犯请命。于是他登门拜访王逵，与他谈起这件案子。周敦颐说："王大人，依现行的律法，这人罪不至死呀！"王逵听了周的话后，非常不悦，气狠狠地说道："你不用再说了，这个囚犯必须处死！"周敦颐见王逵如此飞扬跋扈，置王法于不顾，愤愤地说："维护法律公正是我的职责，如果把这个囚犯处以死刑，就是无视当朝的法律，我还能安心做官吗，倒不如辞官回家来得清静。用杀人的做法献媚于上级，我不做！"说完，便拂袖而去。周敦颐的一番话将王逵从一意孤行中惊醒，他终于意识到自己的过错，于是就赶紧下令免除了这位囚犯的死罪。

嘉祐元年（1056年），40岁的周敦颐被派往合州（今重庆合川区）担任判官，代行通判之责，通判作为中央派到地方州府的代表，名义上虽是地方主官的僚属，但有监察所在州、府官员之权力，凡民政、财政、户口、赋役、司法等事务文书，知州或知府须由通判连署方能生效。在这个任上他也是勤勤恳恳，但有小人向转运使赵抃进谗言，污蔑周敦颐好大喜功、沽名钓誉。赵抃并非无能之辈，他有"铁面御史"的美名，常常不畏权贵，以义行事，却相信了这些小人的说法，对周敦颐声色俱厉，毫不客气，还处处打压他，给他使绊子。周敦颐感受到了不小的压力，但在日常工作中依然公事公办，不卑不亢，一丝不苟。在这个职位上，他用专业和严谨为自己赢得了声望，以至于在政务上如不经过他的判断，属吏都不敢做任何决定。

周敦颐和赵抃的故事还没有结束，最终前者用自己的勤恳和专业打动了后者。嘉祐六年（1061年），周敦颐被派往虔州（今江西赣州）任通判，巧的是在虔州主政的还是赵抃。这一次赵抃没有轻易地听信谗言，而是有意观察这位老部下的为人处世，时间久了，他对周敦颐有了正确的认识。回想当年的鲁莽态度，赵抃自责不已，一次二人见面，他握着周敦颐的手说："周通判呀，我几乎与你失之交臂，到如今我才真正了解茂叔的为人，实在是惭愧呀！"

后来虔州发生了一场罕见的大火，这事虽与周敦颐关系不大，但作为地方主官，他必定要为此担责。朝廷先后把他调到湖南永州、邵州任职，时间都不长，本来又要把他派往郴州，但在赵抃和吕公著等人的推荐之下，周敦颐改任广南东路（即广东）转运判官，后又转提点本路刑狱。在广东，他不惮出入之辛劳，亦不惧瘴毒之侵害，即便是那些荒崖绝岛、人迹罕至之处，他都亲自前往，认真调查，谨慎研判，一切以洗冤泽物为己任。当时端州（今广东肇庆端州区）知州叫杜谘，他禁止百姓采石，自己却垄断采石之利，被当地百姓称为"杜万石"。此地的端溪石是做砚台的绝好材料，因此采石的利益丰厚，杜谘非但不好好利用这一特产造福百姓，反而与百姓争利。周敦颐对这种行为深恶痛绝，于是上报朝廷，揭露杜谘的不法行径，并请求以朝廷的名义发布禁令，规定在端州任职者，取砚石不得超过两枚。他的建议得到批准，并在当地执行，这就遏制住了那种歪风邪气。周敦颐在审案、断案方面的卓越才能赢得了岭南百姓的交口称赞，据说就连那些经他审判而获罪的人都没有遗憾。

二

博学力行

　　周敦颐被认为是理学之开端、道学之宗主，在中国儒学史上具有重要地位。作为"理学开山"，自然是博学多闻，思想深邃。他留下的著作不多，代表作是《太极图说》和《通书》。前者仅250余字，兼采《周易》、道家思想，对"太极图"进行说明，提出以"太极"为核心的宇宙创生论；后者共四十章，是对《太极图说》中心论点的进一步发挥，它吸收了佛教和道教思想，将《易传》与《中庸》融为一体，构建了以"诚"和"主静"为主要内容的哲学体系。这两部著作体现了周敦颐以儒为本、融贯诸家以及语言精练的治学特色，朱熹极力推崇周敦颐及其学问，到南宋时他被作为先儒从祀孔庙，明代升为先贤，位在汉唐诸儒之上。

　　其实，在周敦颐生活的那个年代，他就用自己的博学影响了很多人。庆历六年（1046年）冬，在王逵的举荐之下，周敦颐来到湖南郴州下属的郴县担任县令。在此任上，他又是兢兢业业，劝农桑，兴学校，政事精密，行事果断，赢得了当地官员和百姓的好评。当时担任郴州知州的叫李初平，他是武人出身，文化水平不高，但为人比较正直，不会以势压人。他看到周敦颐无论是学问还是从政都很有一套，于是对这位下属很是佩服，并因此给予了各种支持和照顾。在学问方面，他很想向周敦颐多多请教，以弥补自身的不足。有一天，趁着周敦颐汇报工作的机会，李初平很诚恳地对他言道："周县令德才兼备，学问非凡，本人实在是望尘莫及，但我也想多读书，以增加学识，不知你意下如何？"周敦颐听出了知州的言外之意，见他如此真诚地放下身段求教，周县令也以诚相待地答道："大人您年纪不小了，读书恐怕没那么容易了，但只要您肯花大量的时间，也未必不可。在下虽才疏学浅，但承蒙不弃，我可以把书讲给您听，让我们一同进步。"李初平听后甚是惊喜，周敦颐也履行了他的承诺，一旦政务不忙，他就抽空给知州讲学，如此坚持了一年。李初平本人在学问上有了很大的进步，但正当他想要百尺竿头更进一步之时，却因病去世了。周敦颐为此感到非常痛心，他是一个很重感情的人，见李初平殁后留下孤儿寡母，就主动挑起了照顾他们的担子。当时他也不宽裕，但李知州不耻下问，对他照顾有加，作为一个知恩图报、懂得感恩的人，周敦颐只能用这种方式回报自己曾经的上司。

周敦颐与二程的师生之谊也值得一提。二程的父亲叫程珦，庆历六年那年，他由虔州兴国县令调任南安通判，而此时周敦颐正担任南安司理参军，二人正巧成为同僚。程珦一见到周敦颐，就觉得对方的气质面貌异于常人，再与他攀谈一番之后，更是对他的学问道德赞叹有加。于是，他主动交好周敦颐，二人很快便成为亲密的朋友。但这还不够，程珦不想错过这位难得的良师益友，他让自己的两个儿子——程颢和程颐师事于周敦颐。当时二程兄弟才十四五岁，在父亲的影响之下一心向学，周敦颐见他二人器宇不凡，于是欣然接受了做兄弟俩老师的请求。二程受教于周敦颐，虽然他们自以为其理学中最要紧的"天理"二字是"自家体贴出来"的，但并未否认周敦颐的思想对他们产生了深刻的影响。程颐曾经说过，他的哥哥程颢听了周敦颐的讲学之后，思想发生了很大的变化，开始厌恶科场里的种种恶习，向往周先生所谈论的那个大道，并且自己也慨然生发出求道的志向。

周敦颐教授学生时不是刻板地教他们读书识字，而是循循善诱，特重启发式教育。在读书之余，周敦颐常让二程兄弟去寻找"孔颜乐处"，思考孔子和颜回为何在穷困之中还能保持乐观的心态？他们所乐之事到底为何？这就不是简单的知识传授了，而是更深层次的道德品性上的引导。孔颜之乐究竟所乐何处？二程兄弟到底从周敦颐那里获得了何种启发？其实这些问题不难回答，我们从周敦颐的著作中就可以一见端倪。孔子、颜回所乐的正是大道本身，正是对大道"择善而固执之"的那种自信与担当，而二程能从周敦颐那里获得的最大启发，就是在对大道的追寻过程之中去成就圣人境界。如何才能达到圣人的境界？周敦颐说："圣可学乎？曰：可。曰：有要乎？曰：有。请闻焉。曰：一为要。一者，无欲也。无欲，则静虚动直。静虚则明，明则通；动直则公，公则溥。明通公溥，庶矣乎！"[1]无论是"一"还是"无欲"，君子学习圣人都是为了最大限度地限制欲念的不良影响。这只是总的方向，具体实施起来则要经过惩忿窒欲、迁善改过等种种事上磨炼。不过，如果只是从消极的层面去实现"无欲"的话，那对人的心理可能会造成一种负担，人们在日常生活中蹑手蹑脚，也就不会获得内心的愉悦，反倒不如放纵情欲来得痛快。周敦颐意识到了此种情形发生的可能性，他借鉴了孟子"天爵"与"人爵"的划分，以颜回的德行为例，提出了他自己的小、大之论，目的就是从正面为人生境界树立一种标杆，以此来对抗将物质欲望上的贫富作为衡量人生价值高低的标准。他说："夫富贵，人所爱者也。颜子不爱不求，而乐乎贫

---

[1] 周敦颐：《周敦颐集》，梁绍辉、徐苏铭等校点，长沙：岳麓书社，2007年版，第75页。

者，独何心哉？天地间有至贵至爱可求，而异乎彼者，见其大而忘其小焉尔。"①这个"大"就是"无欲"，或者说是超越功利的人生境界，只有在这样的境界中人才能心常安泰，圆满富足，从而获得真正的快乐。这种"乐"其实就是与天道为一、天命之性完具己身的至诚境界所带给人的愉悦情感体验。

周敦颐不是只知埋首书斋、一味读死书的儒者，他还在几十年的从政生涯里，将书中所学施于实践，这也体现了儒家经世致用、知行合一的传统。例如在南安，他不仅教授二程，还兴办学校，让更多的学子有了受教育的机会，南安一时间讲学之风兴盛，对后世也产生了极为深远的影响。苏轼曾言"南安之学甲于江西"，这与周敦颐的办学努力是分不开的。在郴县，他在劝课农桑、发展经济的同时，还努力兴办学校、建造校舍，在士人之中提倡道学，改善了当地的士风民风。在合州，他联合当地士绅兴办州学，广招生员，还邀请天下文士前来讲学，当地读书风气日盛。在虔州，他与赵抃一起创办清溪书院，为当地学子讲授孔孟之道。在邵州，他将州学从低湿狭隘之地迁出重建，当地百姓非常喜悦，还深受感染，纷纷锐于进学，奋励修饬，生怕辜负了周敦颐的良苦用心……

总之，周敦颐博学多才，他每到一地为官，除了用心于政务之外，还提倡办学，亲自讲授，既是地方官吏，又是儒学先生，不愧是践行内圣外王的典范！

---

① 周敦颐：《周敦颐集》，第76—77页。

三

寄情山林

《二程遗书》记载了一个故事，说的是有一日程颢到周敦颐处请教，见到茂叔窗前杂草丛生。大程有些不解，问道："先生为何不将这繁密的杂草拔除，如此岂不清爽许多？"周敦颐笑了笑，说了一句颇有禅意的话："与自家意思一般。"什么是"自家意思"？其实就是万物生生之意，天地万物为一体，四时行焉，百物生焉，都处在生成变化的过程之中，人应当协助万物的生化，而不是破坏它，这其实正是儒家仁爱的理念。正是在这样理念的引领之下，身处宦海几十载的周敦颐不忘寄情山林，观物自得，在自然之中寻找心灵的寄托。

他曾写下千古名篇《爱莲说》，以莲花自喻，表现自己"出淤泥而不染"的高洁情操。水上、陆地上各种草本木本的花，争奇斗艳，尽情绽放，而在万花丛中，周敦颐对莲花情有独钟，因为莲花身上有着异于众花的高贵品质。莲花在淤泥之中生长却不同流合污，经过清水的冲洗却不显得妖艳；它的茎中间是贯通的，外表挺直不弯折；不生藤蔓，不长枝节；香气传播很远，愈加使人感到清雅；它笔直洁净地竖立在水中，人们可以远远地观赏它，但不可轻易地玩弄它。如果说菊花是花中的隐士、牡丹是花中的富贵者的话，那在周敦颐看来，莲花就是花中的君子。周敦颐在文中说："爱好牡丹的人实在是太多了，喜爱菊花的，在陶渊明之后就很少听闻了，而像我这样倾心于莲花的，又还有什么人呢？"那种高贵而又孤寂的情怀如同莲花的芬芳扑面而来，莲花其实已经成为周敦颐的化身。他不像陶渊明那样清高冷傲，而是积极入世、投身政治，用自己的才能和智慧造福一方；他也不像那些妍丽妖冶、富贵媚人的寡廉鲜耻之徒；他所追求的就是在俗世之中保持高尚的情操，在浊流之中挺立清高的身姿。他是这样写的，又是这样做的，几十年的从政经历让他看透了官场的黑暗，但他没有顺遂流俗、同流合污，而是正直为官，为民做主，淡泊名利，洁身自爱。

周敦颐在繁忙的政务之余，要么独自一人，要么与同僚、好友一道，投身山林，探幽揽胜，兴致一来，常常吟诗作文，以表心志。在合州任上，周敦颐与赤水县令费琦交好，二人曾同游龙多山，并作诗唱和。其中《书仙台观壁》云：

> 到官处处须寻胜，惟此合阳无胜寻。
> 赤水有山仙甚古，跻攀聊足到官心。[①]

首句便点出自己的喜好，那就是为官每到一处，便热衷于寻访当地的胜景古迹。唯有这合州无胜可寻，听说赤水县有仙山道观，便兴致勃勃地与费琦一起攀登而上，姑且抚慰这为官之心。周敦颐庆幸还有费县令这样的好友做伴：

---

① 周敦颐：《书仙台观壁》，《周敦颐集》，第130页。

> 寻山寻水侣尤难，爱利爱名心少闲。
>
> 此亦有君吾甚乐，不辞高远共跻攀。①

二人同行为伴，纵身山水之间，抛却那名利之心，让心灵安闲下来，何尝不是一种快乐！他们游览了山上的一个道观和三个佛寺，只见金碧辉煌的道观、古刹与峰峦叠嶂交融到一起，曲径通幽，竹影婆娑，周围环境清冷僻静，身处其中，那尘世的辛劳也暂时得以停息。只不过，周敦颐又是矛盾的，这么静谧的所在并不能让他抛却俗世的一切，"时清终未忍辞官"②，"时清"也许只是不得已的客套话罢了，而他确实还有经世之心，虽有意于佛道，亦颇具仙风道气，但终究是儒者胸襟。

对于一个思想上融儒释道于一体的学者而言，其人生态度总是处在入世与出世之间。但无论是入世还是出世，无论是儒家还是佛道，对山水的喜爱是相通的。换句话说，寄情山水从来不只是佛道的专利。儒者投身于治国平天下的事业之中，不可避免地就与名利相伴，有人沉沦其间、不可自拔，也有人看得清醒、尝试超脱。如何超脱？他们首先想到的其实就是山山水水。孔子说"仁者乐山，智者乐水"（《论语·雍也》），山和水已经不简单地是自然景物了，它们也成为儒者彰显人格风范的精彩舞台。嘉祐八年（1063年）五月，在与友人同游罗岩时，他写下这样一首诗：

> 闻有山岩即去寻，亦跻云外入松阴。
>
> 虽然未是洞中境，且异人间名利心。③

---

① 周敦颐：《喜同费长官游》，《周敦颐集》，第130页。
② 周敦颐：《游山上一道观三佛寺》，《周敦颐集》，第130页。
③ 周敦颐：《行县至雩都，邀余杭钱建侯拓、四明沈几圣希颜同游罗岩》，《周敦颐集》，第132页。

山岩、云外、松阴，那是自然的所在，虽算不上是洞中仙境，但也与人世间的名利场大相径庭。对周敦颐来说，投身官场是为了生计，也是实现人生理想的选择，要脱离它是很难的，但对那熙熙攘攘的利禄之心，他早就厌倦，那就从名流场抽身，暂时置身田野山林之间，用现在的话来说就是换一个环境。这不能算是逃避，而是一种放松身心、开阔胸怀、澡雪精神、感悟义理的方式。

但人生终有归处，周敦颐也不可能把官一直做下去，他也要为自己的将来谋划。一次他同人一起渡水登山，只见野鸟不惊，白云无语，一片幽静。周敦颐置身其间，凭栏远眺，陷入沉思，竟然入了迷，与他一起登山的友人在旁边笑他太过专注。笑声把他拉回到了现实之中，他定了定神，给出的解释是："旁人莫笑凭栏久，为恋林居作退谋。"[1]等待从官场退休之后，他真的就全身心听精舍泉声，赏高林云色去了。

嘉祐六年（1061年），在去虔州任通判的路上，他取道庐山，被这里的胜景所吸引，有些流连忘返。这里好似家乡的山水，想想离乡也有三十多年了，游子何时才能落叶归根？不由得他生出了卜居庐山的想法，于是便在庐山脚下构筑了一个书堂，书堂边有溪水流过，他将这个书堂以及此一溪水，皆以"濂溪"命名，以示对故乡的怀恋。他还与挚友潘兴嗣约定，以后在此处云游赋诗，以至终老。直到熙宁四年（1071年），他因病辞官，结束了三十多年的仕宦生涯，回首这个漫长的经历，他自信"俯仰不怍，用舍惟道"[2]，卸下沉重的政务担子，终于可以归隐庐山，实现自己"遁去山林，以全吾志"[3]的想法了。只可惜天不假年，熙宁六年（1073年）六月，周敦颐病逝于庐山，终年五十七岁。

---

① 周敦颐：《同石守游山》，《周敦颐集》，第132页。
② 吕陶：《送周茂叔殿丞序并诗》，《周敦颐集》，第144页。
③ 吕陶：《送周茂叔殿丞序并诗》，《周敦颐集》，第144页。

　　对于儒者而言，人虽是自然之中最灵秀的存在，但他不是个体性的，而是处在宇宙大化之中，与其他生命相谐相融。有限的人体混融于无限的宇宙之中，渺小与宏大之间的界限已被消解，人能体会到的是超脱喜怒哀乐的永恒的快乐，这就是天人合一的思想境界。天人合一既是一种理想追求，又何尝不是儒者们应对人生疲惫与苦闷的灵药，在山水花草之间，疲惫变得松弛，苦闷得以纾解，人变得愉悦自足，心灵得到净化，道德进而提升，这也许就是孔颜之乐的奥秘所在吧。

四

以诚为本

周敦颐为人行事极为真诚，甚至不惜牺牲个人利益，常因此感动众人。据潘兴嗣回忆，周敦颐曾在南昌得了一场急病，昏迷了很久，到了几乎要死的地步。潘兴嗣赶来慰问，本来要为其料理后事，在收拾周家物品时发现，衣服之类的日用品只有一小筐，钱财只有几十文，在旁的亲友们莫不被他的清廉所折服。周敦颐俸禄不高，这微薄的收入他会留下一部分养家糊口，剩下的要么分给宗族，要么用来接待宾客。有些人不理解他的做法，要么以为周敦颐纯粹是为了赢得个好名声，是做做样子给别人看的；要么就直言他太过笨拙，不会以权谋私。对于这些非议，起初他并未挂在心上，而是自得其乐，后来有些人还是喋喋不休，于是他写了一篇《拙赋》，直言自己以"巧"为耻，接着一连用了四个对比来突出"巧者"与"拙者"的不同，最后呼吁天下之人都应该追求拙诚，弃绝巧伪，因为："天下拙，刑政彻。上安下顺，风清弊绝。"①

---

① 周敦颐：《拙赋》，《周敦颐集》，第122页。

　　周敦颐拙诚的行事风格可以从他对儒家"诚"观念的看重来理解。黄宗羲说："周子之学，以诚为本。从寂然不动处握诚之本，故曰主静立极。本立而道生，千变万化皆从此出。"①这个论断抓住了周子思想的核心内容，特别是"以诚为本"的判断符合周子思想的实际。传统儒家"诚"学是在"天道——人道"的结构下创建起来的，周敦颐之"诚"论也没有脱离这个框架。但是，在"诚"之"天""人"两端，周敦颐都对传统架构有所发展。

　　周敦颐的"诚"学在入于释老之学的同时又能回到儒学的立场上来，它在丰富儒家所擅长的道德功夫论（人道）的同时也充实了儒学较为薄弱的宇宙本体论（天道）。正是在他的努力之下，儒学试图由天道而论证人道、为人道而确立天道的"天道性命相贯通"的思路才变得完整起来。《通书·诚上》的这段话体现了周敦颐"诚"学的大貌：

　　　　诚者，圣人之本。"大哉乾元，万物资始"，诚之源也。"乾道变化，各正性命"，诚斯立焉。纯粹，至善者也。故曰："一阴一阳之谓道，继之者善也，成之者性也。"元亨，诚之通；利贞，诚之复。大哉易也，性命之源乎！②

在周敦颐的思想世界里，《易传》《老子》中的一些理念与《中庸》的观点相互糅合，作为"诚者"的天道具备了一个以乾元（太极）为本源的具体内容。他说："二气五行，化生万物。五殊二实，二本则一。是万为一，一实万分。万一各正，小大有定。"③

---

① 黄宗羲原著，全祖望补修：《宋元学案》（一），北京：中华书局，1986年版，第523页。

② 周敦颐：《周敦颐集》，第64—65页。

③ 周敦颐：《周敦颐集》，第76页。

在他眼里，天道之"诚"指的是由乾元（太极）所发源的经历了元、亨、利、贞之不同阶段的阴阳和合生化万物的过程。从另一个角度来说，这意味着在太极阴阳和合创生的层面，万物具备了统一性，这也就是作为天道的"诚"的属性。天道就是一个诚体，万事万物包括人类也各有一个诚性，"诚"就成为天地万物的本质属性：自实体言，为诚体流行；自轨迹言，为终始过程；自成果言，为事事物物。

除了使用"乾元""太极"指涉宇宙本源之外，周敦颐在《太极图说》中还提到"无极"。"无极"是周敦颐用来表述本源、本体的概念，它是无形无相、寂然不动的存在（"无"），大千世界、宇宙万物都以它为最终本源（"极"）。其实"无极""太极"都是非有非无，既非有形之物，又非绝对空无，正是有它们作为依据，物质才能从无到有。从宇宙创生、万物本源的意义来说，"无极"的存在和作用是真实的，由它所创生的世界也是生生不息实存着的。在兼收并蓄的同时，周敦颐还试图凸显儒家的底色，他在《通书》中将"乾元""太极""诚"作为真实无妄的本体而不提"无极"，其原因似与"无极"的道家色彩浓厚有关。在谈论人生观、修养论的问题时，以儒家人文主义鲜明的"太极"和"诚"来作为至真的存在，进而肯定世界的实在性，肯定道德修养的现世性，显然更能彰显儒学的特色。

"诚"除了作为天道之外，还关乎人的本性。周敦颐说："诚，五常之本，百行之源也。静无而动有，至正而明达也。五常百行非诚，非也，邪暗塞也。"① 可见，"诚"是太极所赋予人的至善之性，既然"诚"是至善之性，那么努力达到"诚"的境界就自然成为人类存在的最高目标和终极价值。目标确立之后，如何才能使"诚"性具于己身？对此，周敦颐也给出了答案——主静、无欲。这种功夫论是与其

---

① 周敦颐：《周敦颐集》，第65页。

宇宙本体论密切关联的，"人极"与"太极"一体贯通，《太极图说》云："圣人定之以中正仁义而主静，立人极焉。"①太极之道一动一静，圣人则效法太极，动静周流，无所亏欠。而在动静之中，又以"静"为根本。

"主静"与道、佛之无为、无执之说还是存在明显差别的，它没有走向消极避世、清虚寂静的方向，而更重视生生不息之活动，体现了浓厚的儒家特色。只不过"动"也是有原则和标准的，如果人们能够以中正仁义对抗各类欲望，那么"动"自然就变成无欲之动，就能达到"复其不善之动"②"诚"（"无妄"）的状态，最终实现思虑活动的"静"。周敦颐说："君子乾乾不息于诚，然必惩忿窒欲、迁善改过而后至。"③如果人能做到"诚"，自然会无欲，进而在动静之中深谙吉凶悔吝、善恶损益之道，也就做到了"主静"。静非不动，而是不妄动，妄与不妄的标准就是是否符合儒家的中正仁义之道。

为了辅助心性之"诚"境界的实现，周敦颐还主张从外在层面去改革礼乐制度。儒家强调礼乐，看重的是其教化意义。在周敦颐看来，礼是优先于乐的，只有在建立了符合天道之"诚"的礼制之后才能谈"和"的问题，而具有"和"之功能的乐必须维护礼的秩序。如何维护呢？他说"淡则欲心平，和则躁心释"④，乐之"和"的价值导向就是使人不起欲念，放弃躁竞。周敦颐认为，古代圣王制定的音乐能够通达天地，协顺万物，而当今的统治者却反其道而为之，创制"妖淫愁怨"的新声，只能破坏伦理秩序，败坏社会风气，因此要复古礼，变今乐。此外，仅有礼乐还是不够的，还得利用更强的外部压力推动人们复归

---

① 周敦颐：《周敦颐集》，第7页。
② 周敦颐：《周敦颐集》，第81页。
③ 周敦颐：《周敦颐集》，第80页。
④ 周敦颐：《周敦颐集》，第74页。

"诚"性，这种压力就是"政"与"刑"，而政、刑又都是圣人效法上天的产物："天以春生万物，止之以秋。物之生也，既成矣，不止则过焉，故得秋以成。圣人之法天，以政养万民，肃之以刑。"①万物生杀繁衍是天之"诚"，圣人以政养刑肃、仁育义正对待万民，就是要将天之"诚"搬用到人类社会。但是，无论是礼乐还是政刑，都有可能出现异化的情况，它们可能会成为掌权者满足一己私利的工具，对此周敦颐是有深切体察的："呜呼！乐者古以平心，今以助欲；古以宣化，今以长怨。"②所以，"诚"的实现归根结底还是依赖内在的道德自觉和修养功夫，需要知几、慎动，需要主静、无欲。

总之，周敦颐的"诚"学遵循了儒学内部的既有思路，丰富了"诚者，天之道也"的具体内涵，同时，又为人道之"诚之""思诚"提供了他认为中正易行的步骤。一个"诚"字，贯穿圣学，接续道统，既起到拨乱反正的作用，又开创了宋代新儒学的新面貌。这一破一立，正是周敦颐"诚"学的价值所在。

---

① 周敦颐：《周敦颐集》，第82页。
② 周敦颐：《周敦颐集》，第75页。

儒家往事

张载

一

少喜谈兵

张载世居大梁（今河南开封），宋真宗天禧四年（1020年）出生在长安（今陕西西安）。他出身于官僚之家，祖父张复在真宗朝任职，为给事中、集贤院学士，赠司空，博闻强识，学贯古今。父亲张迪在宋仁宗时任殿中丞，从事与皇帝衣食住行、祭祀供奉等生活事务相关的工作，职级不高，后来被派到涪州（今重庆涪陵）任知州，赠尚书都官郎中。关于幼年时代张载的生活状态，留下的资料很少，估计就是在父母身边，接受庭训。据弟子吕大临《横渠先生行状》记载，他十岁时"就外傅"，即开始离家就学于师。张载从小就表现出志气不群的一面，父亲对他很是器重。

张载十一岁时跟随张迪远赴涪州，开始了异乡的生活。到了十五岁时，张载的人生出现了一个重大的转折，起因就是父亲的病故。这年（1034年）①张迪在任上因病去世，母亲陆氏带领着张载和小他十岁的弟弟张戬，准备护送着张父的灵柩归葬故里。对孤儿寡母来说，路

---

① 一说张迪卒于1033年。

途的艰险倒算其次，可悲的是张迪为官清廉，家财不足，导致母子俩无力完成归葬之事。他们中途滞留于郿县（今陕西眉县）横渠镇，无奈之下只得将张迪安葬于横渠镇大振谷口，并从此侨居横渠镇。

父亲的过早离世促使着张载尽快自立自强，对他来说，读书向学是改变命运的必由之路。他废寝忘食，无所不学，恨不得早日练成安身立命的本领。特别对于兵战军事方面的问题，张载表现出了浓厚的兴趣。十八岁时他结识了一个叫焦寅的人，此人的事迹已不可考，只知他是邠（在今陕西旬邑）人，喜好谈兵，张载很喜欢听他的言论，二人相互鼓动，甚至萌生了结伴夺取洮西之地的想法。那时的北宋积贫积弱，常有少数民族政权侵犯边关，张载侨居之地的周边就时常遭到西夏的威胁。在西夏太宗李德明之子李元昊称帝之前，他积极筹备脱宋计划，并攻取了宁夏、甘肃、陕西以及青海等的部分地区，到了宋仁宗宝元元年（1038年），元昊称帝，建号大夏，宋朝不承认其帝位，下诏削其官爵，停止互市，宋夏关系破裂。此后数年，元昊在西北发动数次大战，歼灭宋军数万人。可以想见，生活在战乱频仍地带的焦寅、张载们对于和平稳定是多么地向往，他们在阅读古圣先贤留下的著作时，对于那些论及戍守边关、养兵择帅、攻城略地等内容自然是非常留意。当然，只读书还是不够的，一旦保家卫国的热情被激发出来，投笔从戎、马革裹尸也将成为很多人的选择。

张载并没有走上战场，对年轻的他来说，一家人的生计需要认真考虑，读书求取功名比上阵杀敌更为紧迫。不过，二者似乎也不矛盾，他可以寻找机会，把读书所得用于治国安邦，让世人看到他的价值。没过多久，机会就来了。宋仁宗康定元年（1040年），西夏集结重兵，攻破金明寨（今陕西延安西北），俘虏了都监李士彬父子，随后南下，围攻延州（今陕西延安）。宋将刘平、石元孙自庆州（今甘肃庆阳）昼夜兼程前来增援，与黄德和、万俟政、郭遵等部会合，率精锐步骑万余人，进至三川口（今陕西延安西北），被西夏伏兵包围。激战中，黄德和见形势不利，率众先逃，结果全军溃乱，伤亡惨重。刘平、石元孙领残兵退至西南山，又被西夏军包抄夹击，结果全军覆没，刘、石二人被俘，郭遵战死。西夏军队乘胜包围延州城，连攻七日不克，遂撤军。三川口之战的败绩让大宋朝野震动，这年仁宗起用因直言敢谏而被贬谪的范仲淹，授以天章阁待制、知永兴军等职，并令其与韩琦一同任陕西经略安抚副使，辅佐安抚使夏竦。同年八月，范仲淹兼知延州。对于范仲淹的政绩和人品，张载早有耳闻，当他得知范仲淹来延州任职后，内心波澜又起，多年读书思考积累起来的治国安邦之策在脑海中不断地翻涌，他决定要抓住这样一个好机会，亲自到延州拜见这位政坛中的知名人物，希望能借此机会将所思所想付诸实践，在解决边患的同时实现自己的人生抱负。

张载以书信谒见范氏，这些书信一般认为就是收录在《张子全书》中的《边议》九条。此九条可谓是张载军事思想的集中体现，其要点包括：除了修筑城池保护民众之外，朝廷还要选吏行边，与边关、郊外的百姓同心协力，依据山林险要，坚壁清野，守卫家园，以免敌患；守城之时应招募善守之人，计算所需兵力，努力做到省兵以守，善守之兵人数即便不及强敌，但也可支持数月，静待援兵，且应援之师不为仓皇牵制；戍而费财非善戍之计，要因民而守，计民以守，不足然后益之以兵，还要鼓励民众操习兵战，军民共济，戍边抗敌，如此方能兵省费轻；讲实之说不可一日而缓，城池、甲盾、营阵、士卒、讲训、兵矢等皆务求实效；将帅的选择非常重要，要选择那些能担负守边护民之重任人作将帅，将帅在统兵打仗之外还应教民耕战，以使边关稳固，百姓安心，如此才能持久取胜；还要不断地从战争胜败之中吸取经验教训，完善作战方法，提高战斗力。当正在为边患殚精竭虑的范仲淹读到这些文字之后，久久不能平静，在他看来张载是一个不可多得的人才，只要稍微加以引导，日后一定能成为国家栋梁。于是，范仲淹派人叫来了这位初生牛犊不怕虎的年轻人，只见后者仪表堂堂，眼眸之中透露着一丝英气。范仲淹言道："你写给我的书信我读了几遍，很多想法与我的思考不谋而合，不过我有一言，不知当讲与否？"张载受宠若惊，自然希望得到眼前这位朝中名臣的指点，于是回应道："还请范大人不吝赐教。"范仲淹捋了捋须髯，意味深长地说道："儒者自有名教可乐，何事于兵！"这句话讲得很直白，就是希望张载放弃从军打仗的想法，努力成为儒者，以自己的学问和智慧报效国家。范仲淹并非轻视兵战之事，而是从宋代所奉行的重文轻武政策出发，认为只有张载成为儒者（文官），才能最大程度发挥他的聪明才智。张载听闻此言，内心颇有震动，不停地点头称是。只不过他以前泛滥群籍，学无定向，对于如何成为一名大儒，还是有些迷茫，于是赶紧向范仲淹请教进学之法。范仲淹略微沉思了一番，随即说道："你还是从《中庸》开始读起吧！"

这一劝告对张载来说，不啻一剂猛药。他遵从了范仲淹的悉心指导，从《中庸》作为起始，潜心研究儒家经典，努力求真悟道。从此，世间少了一位将士，但多了一位大儒。

二

虎皮讲《易》

宋仁宗嘉祐二年（1057年），经历二十载寒窗苦读、已在关中地区颇有名望的张载迎来了人生中的一次大的机遇，那就是艰苦跋涉之后来到京师，准备参加这年举行的殿试。殿试过程似无波折，但等待放榜的那段日子确实让人既满怀期待又惴惴不安。张载利用殿试前后的这段时间，结识了当时文坛、政界的许多知名人物，如欧阳修、苏轼、苏辙、二程兄弟、文彦博和司马光等人。

文彦博此时正在宰相位上，虽位极人臣，但待人接物极为谦逊，常常礼贤下士，知人善任。张载与文彦博早前已经相熟，二人曾在长安有过交集。皇祐三年（1051年），文彦博被弹劾罢相，出知许州，改忠武军节度使、知永兴军，其中永兴军路的治所在京兆府（今陕西西安）。当时张载还未登第，但已经成为陕西一带闻名遐迩的儒者，文彦博以故相判长安，听闻张载名行之美，爱才之心油然而生，于是就在至和元年（1054年）左右延聘张氏到长安学宫讲学。张载对讲学授徒之事一向很是热心，于是便欣然接受了文彦博的邀请。也正是在长安讲学期间，后来成为北宋名臣、二程四大弟子之一游酢之父的游师雄开始从师于张载。

文彦博听说张载来京师应考，想起了二人几年前在长安的愉快经历，于是再次向后者发出邀请，张载又一次爽快地应承了下来。在与范仲淹对话之后，张载回到横渠，读完了《中庸》等儒家典籍，但并未得到满足，于是又访诸释、老，累年究极二家之说，然而学问上所得甚微。曲折辗转之后，他又返回六经，归宗儒家。在儒典之中，他对《周易》用力甚勤，还专门注解此书，撰成《横渠易说》。《易说》在张载应考之时大概已经初步成书，他对易理的理解也几乎已经定型。这次京城讲授的主题正是易学，为显示对张载之学的推崇，组织者们备好虎皮座椅，张载也自信满满，在虎皮椅上侃侃而谈，颇具大家风范。台下的听众人数很多，热情高涨，每至精彩之处不禁击节赞叹。张载虎皮讲易在京城掀起了一股不小的声浪，吸引着越来越多读书人的目光，其中就包括来自河南的二程兄弟。

张载与二程兄弟关系非同一般，按辈分来讲的话，二程应该称呼张载为表叔。听闻表叔在京城讲易引起了不小的轰动，同在等待放榜并且对易学也有研究的二程就与表叔相约会面，一同谈论易学问题。一天晚上，二程准时来到张载的住处，简短寒暄之后，叔侄三人便开始围绕《周易》，各自申发自己的理解，三人的思想不时碰撞出火花。关于他们具体谈论了什么，现在已经很难知晓，但是从他们留下的易学论著之中，似乎可以找到一些蛛丝马迹。张载与二程在易学的问题上，有一些相似的立场，但也有不少差异，对于这个问题，我们可以通过比较张载《横渠易说》与程颐《周易程氏传》加以认识。从总体上来看，张载与二程特别是程颐都推崇《周易》和"四书"，都希望通过对儒家经典的重新阐释来发扬周孔之道，进而批判佛老之学对当时世道人心的侵蚀。并且，二者易学与刘牧、邵雍等象数学不同，基本上都属于义理学派，他们都反对以老庄、玄学之恍惚梦幻、有生于无的立场解释易理。但基于二人对于世界本体认识的差异，他们的易学也显现为气本论与理本论的显著区别。在张载看来，无形之气（"形而上者"）为万物（"形而下者"）之本，万物乃气的表现形式，气聚则产生有形之象，气散则万物消亡，归于无形之气，而非走入虚无，此即"知太虚即气，则无无"。①此论就《周易》阴阳有无之论加以阐发，以气之普遍性与永恒性批判佛道两家崇尚虚无的倾向。而程颐则以理为形而上，为根本，以气为形而下，从属于理，理推动阴阳二气产生万物，万物消亡气也随之消灭，只有理才是永恒的存在。

虽然张载与二程对易理的认识存在着很多分歧，但他们这次会面并没有争得面红耳赤，伤了和气，相反，张载还从二程的讲述之中开拓了易学研究的思路，可谓获益匪浅。张载胸怀宽广，并没有因为二程比自己年轻并且还是自己的表侄就自视甚高。与二程谈易的第二天，张载又来到了虎皮讲易之处，这次他没有继续自己的讲说，而是将虎皮撤下，就此辍讲。学生们很是疑惑，不知是何事触怒了老师。张载郑重地说道："各位同学，昨天我与二程兄弟见面论学，在言谈之中发现二程深明易道，很多方面都是我所不及的。所以，为了避免误人子弟，我决定不再继续讲易，诸位可以向他们请益。"

张载与二程在京师的会面应该不止一次。在某些重大问题上他们还有讲论的热情，于是又相约见面，共语道学之要。叔侄之间相互启发，求同存异，对宇宙人生、道德性命的体认愈发深刻。这几次会面之后，张载对儒学的信仰更加坚定，他自信地说道："吾道自足，何事旁求！"（《宋史·张载传》）后来，他放弃异端之学，成为一位愈发醇正的儒者。二程的弟子杨时就此认为，横渠之学源于二程，游酢甚至说与二程论学之后，张载尽弃其旧学，就连曾为张载门人的吕大临

---

① 张载：《正蒙·太和篇》，章锡琛点校：《张载集》，北京：中华书局，1978年版，第8页。

（后来从学于程颐）也有相同的看法。这些说法存在着故意抬高洛学的意味，与事实还是有很大出入的。对此，作为当事人之一的程颐就曾矢口否认，他对弟子们谈及此事："如果说表叔学说与二程兄弟有相同之处，那是可以的，但若说表叔从学于我们兄弟二人，那是没有的事情。"为此，他还专门批评了吕大临，并要求后者把所写《横渠先生行状》中提到的张载与二程论学后"尽弃其学而学焉"的表述删掉。不过，吕大临似乎不以为然，后来小程又读到《行状》，发现那些字句依然如故，于是非常愤怒，心想当年就嘱咐要删掉，但他却不听，这真是有些肆无忌惮了！事实上，张载与二程多有交流，思想上也互有影响。在京城谈易之后，他们还就"定性""虚空即气""穷理尽性以至于命"等问题展开论辩，双方基于各自立场，表达了不同的理解，至少从字面上来看，我们找不到一方"尽弃其学"而因袭另一方的证据。

三

敦本善俗

　　张载所开创的关学有一个显著的特点，那就是特别强调经世致用，他们研究学问，其目的不仅是传承儒家道统，"为天地立心""为往圣继绝学"，还要国家、百姓寻找安身立命之道，"为生民立命""为万世开太平"。为此，张载利用各种从政的机会，将其从经典中的所知所获落实于现实之中，以使国家面貌和社会风俗发生改变。

　　嘉祐二年，张载中了进士，先是被授予祁州（今河北安国）司法参军的职务，后来又迁丹州云岩（今陕西宜川）县令。吕大临《横渠先生行状》曾详细描述了张载在云岩县令任上的事迹，由此体现他在治国安民上的智慧和艺术。

　　按照吕大临的理解，张载的行政哲学是"以敦本善俗为先"。所谓"敦本"，即注重根本，古时多指注重农事，这里主要是指修身养德；所谓"善俗"，意思是说改变风俗，使之更加美善。如何敦本善俗？张载选择的是从建立一套养老事长的礼制出发。古人经常举办乡饮酒礼，这是中国古代规模最大最隆重的敬老大典。据《礼记·乡饮酒义》记载，孔子曾对此礼做过细致的考察与描述，并提出了一些基本的原则，如贵贱分明、少长有序、和乐安燕等，并将其视为正身安国之本。此礼的主要目的在于培养民众尊长养老的意识，树立孝悌的道德观念，最终成就教化，安定国家。张载的具体做法是，每当月吉①之日，他差人准备好酒食，把乡里之中那些年长者聚集到县衙，亲自给老人们敬酒，借以训诫子弟，让他们知道养老事长的道理，并趁机询问民间疾苦。老人们得到了应有的尊重，这对乡里的子弟起到了很好的教化作用，大家相互感召，互为勖勉，民风为之一变。除此之外，张载还常常发布各种劝谕道德的布告，为乡里建立一套细致的德行规范，但他怕文告发布出去之后不能尽达于民，于是就常常召唤乡长到衙署，言之谆谆，让他们一定要传达给乡里百姓。为表敦促，如果有老百姓因为办事来到县衙，或者张载在路上正巧碰到，他就会问百姓："某个时间我命令某个乡长告知你们某个事情，你们听说了没有？"若百姓给以肯定的回答还则罢了，一旦百姓答曰"未闻"，张载就会找到那个乡长，并追究他的责任。这套方法推行下来，取得了良好的效果，官府的教告一出，就连那些愚夫孺子莫不听闻知晓。

后来，张载辞官回到横渠镇，一边勤学著述、讲课授徒，一边研究古礼、率众施行。他借鉴古代婚丧嫁娶之礼节，并结合关中民俗，对与百姓衣食住行息息相关的各种礼仪都作了具体规定。例如，他主张要明谱系世族、立宗子法，让人都知其来处，这样才能"管摄天下人心，收宗族，厚风俗，使人不忘本"②；他认为当今宗法不正，则无缘得祭祀正，必须"参酌古今，顺人情而为之"；③他说祭用分至，乃取其阴阳往来，又取其气之中，又贵其时之均；他谈乐歌，认为今人

---

① 月吉：农历的每月初一，《周礼·族师》曰："各掌其族之戒令政事，月吉，则属民而读邦法。"郑玄注："月吉，每月朔日也。"
② 张载：《经学理窟·宗法》，《张载集》，第258页。
③ 张载：《经学理窟·祭祀》，《张载集》，第292页。

唱歌的声调不可以太高，也不可以太低，太高则入于噍杀[①]，太低则入于啴缓[②]，要用中和之气歌唱，用乐歌养人德性；他强调人不可以常居家中的正厅，因为这里犹如天子之受正朔的殿堂，是举行祭祀和举办冠婚之礼的神圣之处；他提议袷祭[③]应当男女异庙，男从东方，女从西方，而太祖居南面，新死男性附祭于男性祖先庙，新死女性则附祭于女性祖先庙；他说葬法有风水山岗的讲究，这全无义理，不足取；他还讲礼不是僵化的虚文，不必拘泥，"礼但去其不可者，其他取力能为之者"[④]……总之，张载注重礼仪教化的治学风格使"关中学者用礼渐成俗"[⑤]，关中民风也为之大变，百姓日益敦厚淳朴，政令也随之畅通起来。

民风的改善除了依靠适合的礼制加以引导之外，还需要让百姓过上安居乐业的生活，保障他们的基本生活条件。这其实就是儒家"富而后教"的思想，对此，张载也是心知肚明的。范仲淹教读《中庸》之后，张载虽潜心经典，但并没有放弃对边关治理的关注。宋英宗治平四年（1067年），张载签署渭州（今甘肃陇西东南）军事判官，时边防名将蔡挺知渭州兼泾原路经略安抚使，此前蔡氏曾设计迫退西夏帝谅祚数万精兵对宋大顺城（今甘肃庆阳北）的围攻，可谓功劳卓著。张载与蔡挺交好，蔡挺尊礼之，军府之政，无论大小，都会向张载咨询。张载也投桃报李，他夙夜从事，给蔡挺提供了很多帮助。其中，他特别关心边塞民众的疾苦，边民久受战争之扰，经常缺少食物，向官府借贷，国库又不足，如果再遇到霜旱等自然灾害，那生活会更加艰难。张载看在眼里，急在心头，他向上司提议，取军储数十万以救边民，

① 噍杀：指声音急促，不舒缓。
② 啴缓：此处指声音和缓，无生气。
③ 袷祭：古代天子诸侯宗庙祭礼之一。袷，合也，指集合远近祖先神主于太庙的大合祭。
④ 张载：《张子语录·语录上》，《张载集》，第315页。
⑤ 张载：《张子语录·后录上》，《张载集》，第337页。

还建议招募土人以替代戍兵，认为这在补足边兵之缺的同时还能减少民众的负担。在《边议》之后，张载还写了《与蔡帅边事画一》《泾原路经略司论边事状》《经略司画一》《贺蔡密学启》等文章，围绕解决宋朝边患危急、国力既殚等问题，提出了相应的解决方案。他希望有范仲淹、蔡挺之类的明公良将不断涌现，企盼他们将国家安危放在心上，怀着一颗自信之心，迎难而上，奋斗不息，"以攘患保民为己任"。①言语之中，表现的是一位儒家知识分子深厚的家国情怀和爱民之心。此外，他极力主张恢复井田制度，其目的在于抑制土地兼并，解决贫富不均、教养无法的问题，这也体现了张载经世安民的理想追求。

---

① 张载：《文集佚存》，《张载集》，第352—353页。

四

新政风波

　　在家乡苦读讲学以及在地方勤勉于职的经历为张载赢得了良好的
名声。宋神宗熙宁二年（1069年），御史中丞吕公著向神宗举荐张载：
"横渠先生学有本原，四方学者都师法于他，陛下可以将其召来，以
备问询。"神宗即位之后便寻求富国强兵之道，当时又值王安石变法之
际，正是朝廷用人之时，便接纳了吕公著的建议，召见了张载。

　　神宗见到张载之后，便直入主题，询问他关于治国理政的道理。
张载准备得也很充分，就把他平时的思考和主张和盘托出，其核心理
念就是渐复三代，托古改制。神宗听了之后，满心欢悦，说道："先
生应该到二府①之中同大臣们一起议事，朕将重用你。"张载听后，有
些受宠若惊，他知道此时的宋神宗已经启用王安石为参加政事，下一
步就要大刀阔斧进行一番改革，但对于新政的前景，张载还有很多不
明之处，所以面对皇帝的一片热情，他却表现出了些许的谨慎。他回

---

　　① 二府：中书门下与枢密院之合称。为加强中央集权，宋以掌管全国政务的中书门
下为东府，以掌管全国军政的枢密院为西府，二者分别直接对皇帝负责，共同行使行政领导
权，借以分散相权，加强皇权。

禀道："臣自外官赴召，对于朝廷新政还有很多不明了的地方，希望陛下允许我慢慢观察一阵子，等情况熟悉了，再献上臣之拙见。"神宗表现得也很大度，同意了张载的请求，还给了他一个崇文院校书的职务，意思是让他先处于馆阁，以备朝廷询问与差使，等过上两年之后，再按照其实绩，或转为馆职，或授予实职，或差遣外地。

既然是朝廷请来以备询问的人才，张载必然少不了与新政主持者王安石的会面。王安石此时也想拉拢一批人才，为新政出谋划策，一听说张载来朝，便主动召见了他。张载心怀忐忑，但又不好拒绝，只好去见王安石。王安石也是单刀直入，言道："新旧更迭之际，我怕自己不能胜任，求助于先生怎么样？"张载显然是预知了当朝执政的意图，他的回应似开似合，有点闪躲腾挪的意味："朝廷将有大的作为，天下之士人都愿意献出绵薄之力。如果变法能与人为善的话，那谁敢不尽力而为？但如果非要强迫别人行事的话，那士人也会有不合作的可能。"此话一出，无异于给王安石浇了一盆冷水，他沉默了良久，觉得两人谈话语多不合，心里的不悦也渐渐生发出来。

张载其实并不反对变革，相反，他的学问一向以经世致用为重要特色，他提出了一些改革主张，目的都是要改变国家贫弱的现状，改善百姓的生活条件。同样是变革，他对王安石大刀阔斧的顿改之策虽不能说是完全反对，但也是持有不同意见的。王安石变法的主要目的就是富国强兵，为此他提出了一揽子的改革措施。例如青苗法，规定农户在每年农历正月和五月青黄不接时，可至当地官府借贷现钱或粮谷，借以补助耕作，利息二分，目的是限制高利贷者对农民的过分盘剥，同时也使国家能够得到一笔利息收入；又如方田均税法，熙宁五年（1072年）八月颁布，规定从当年九月起，对全国土地进行丈量，以东西南北各一千步为一方，将田亩数、主人姓名等信息登记上册，并按照土质肥瘠情况分五等纳税，目的在于通过清丈土地、均平税负的方式打击豪强，减轻农民负担，增加政府税收；还有改革科举与学校制度，罢诗赋及明经等科，以经义策论取士，根据学习成绩将太学生分为外舍、内舍和上舍三等，对《诗》《书》《周礼》重新加以注释，颁布《三经新义》，并将其列为学校的主要教材以及科举考试的标准。此外，新法中还包括诸如募役法、农田水利法、均输法、市易法、置将法、保甲法、保马法、设军器监等丰富内容。在宋神宗的支持下，王安石变法推行了十七年之久，客观来讲，它在富国强兵等方面确实收到了一些效果。但是，变法触犯了部分官僚、豪绅、地主的利益，因而遭到了他们激烈的反对，加之变法派内部纷争不断，致使王安石两度辞去相位。更严重的是，广大下层百姓从变法中得到的好处甚微。1085年神宗去世，哲宗即位，掌握实权的皇太后高氏起用司马光为相，尽废新法，变法最终失败。

同样是要解决社会中存在的贫富不均问题，同样是从《周礼》中寻找依据，张载的思路相较于王安石来说，是略显保守的，他最重要的主张就是恢复井田制。在他看来，仁政必须从经界开始，"治天下不由井地，终无由得平"。[1]所谓井田制，乃是商周时期实行的一种土地制度，古人把耕地划成一定面积的方块状，四周有径、畛、涂、道等道路系统，田中有遂、沟、洫、浍等排灌渠道系统，它们纵横交错，形同井字，故名井田。孟子曾记述井田制的情况："方里而井，井九百亩，其中为公田，八家皆私百亩，同养公田。公事毕，然后敢治私事。"(《孟子·滕文公上》)在孟子看来，在井田制下人们"死徙无出乡，乡田同井，出入相友，守望相助，疾病相扶持，则百姓亲睦"(《孟子·滕文公上》)，故而是保证社会安宁、百姓和睦的理想田制。此外，《周礼》对井田制的追述更为详尽。后来，商鞅变法时"废井田、

---

① 张载：《经学理窟·周礼》，《张载集》，第248页。

开阡陌",井田制正式消灭。

在张载看来,井田制消失之后,政府不能制民之产,只是一味役使他们,并且还以政治上的特权维护统治者的私利,导致国家与百姓之间相互隔阂,不相为计。他警告统治者说:"如果百姓生活富足,那统治者怎么能不富足呢?反之,如果百姓过不上富足的生活,那统治者也休想过得富足!"在他的眼里,井田制能够使君民勠力,互惠互利,最终解决贫富不均的社会问题。但井田制在当时推行是存在困难的,最大的阻力在于,有些人会认为这是要亟夺富人之田产,损害世家大族的利益,必然会遭到他们的强烈反对。张载不以为然,他解释道:"此法一旦实行,会让很多人获得好处,只要在推行过程中掌握好方法、尺度,过不了几年,就可以在不刑罚一人的情况下获得成功。现在的问题是,朝廷还没有开始行动。"在新政掀起一番波澜的情形之下,张载的复古建议确实很难得到落实,为此,他愿意在局地展开试验,纵使不能马上行之于天下,犹可以先去验之一乡。他真的跟学生们一道,着手开展井田制实验了。他们买田一方,分为数井,分给无地少地的农民,公家可以征收什一税,在百姓温饱问题得以解决的前提下,还要着手兴学校、成礼俗、救灾恤患、敦本抑末等工作。显然,这是一种理想社会的建构规划,张载师徒们的目的就是推行先王之遗法,为当时社会提供一套可供借鉴的社会改革路线。可惜,他们虽有这个志向,但终究没有成功。

张载与王安石在改革主张上的不同调让他在崇文院校书一职上颇觉掣肘,他想辞去此职,但没有获得批准。不久,他被派到浙东明州(今浙江宁波)去处理苗振贪污一案。吕公著、程颢等人认为张载以道德进,不适合去做治狱的工作,但王安石不以为然,仍然派他赶赴浙东。第二年,案子办理完毕,张载回到京城。而正在此时,张载弟弟张戬与王安石的矛盾一发不可收拾,最终影响了张载的选择。

张戬，字天祺，少张载十岁，嘉祐年间进士，历知灵宝、流江、金堂诸县，熙宁初官至监察御史里行。《宋元学案》说他为人笃实宽厚，待人无贵贱亲疏，乐道人善，不及其恶，勇于知错改过。张载曾高度评价其弟："吾弟德性之美，有所不如。其不自假而勇于自屈，在孔门之列，宜与子夏相后先。"①兄弟二人互相切磋，语道而合，以道自任，劝民孝悌，化民成德。张戬在政治上极力反对王安石变法，曾撰写很多文章批判王安石新政之策，建议取缔熙宁变法时的主管机构条例司，罢免推行新法的常平使者，弹劾曾公亮、吕惠卿、陈升之等新党人物。这还不解张戬心头之恨，于是又诣中书争之，与王安石当面对质。张戬毫不客气，辞气甚厉，言语之中对当朝执政多有抵触。王安石并没有与之当面争执，而是手拿扇子，掩面而笑。如此轻率的态度刺痛了张戬的神经，他不满地呵斥道："参政嘲笑张戬，张戬也嘲笑参政所为之事！何止是我嘲笑你，天下之人谁不嘲笑你呢？"陈升之在一旁拱火："张察院不须如此。"这是批评张戬有些太过火了，张戬愤愤地回应道："就只有你没有过错呀？！"

不出意外，很快张戬被贬，出知公安县（今湖北公安）。念及手足之情，张载自然站到了弟弟这一边。他内心越发不安，深知朝廷是待不下去了，说不定不久自己就会受到株连，于是便辞官归乡，重新回到横渠故居，遂移疾不起。

---

① 黄宗羲原著，全祖望补修：《宋元学案》（一），第777页。

五

横渠四句

公元1938年3月底，现代新儒家代表人物之一、国学大师马一浮来到江西泰和，此前浙江大学为避战乱，在竺可桢校长的带领下迁至泰和上田村。马一浮接受竺校长之邀，在浙大驻地主持"国学讲座"，至1939年2月，他为浙大学生演讲11次，讲稿辑为《泰和会语》。在向学生讲完研究国学需要注意的原则方法之后，马一浮接着谈及"横渠四句教"。所谓"四句教"，就是张载留下的"为天地立心，为生民立命，为往圣继绝学，为万世开太平"四句颇具教化意义的至理名言。在马一浮看来，此四句能帮助学生们立下大志，竖起脊梁，激发精神，勉励他们堂堂地做一个人。这也是他讲国学的宗旨，希望学生们勿以为空言而忽视之。马一浮甚至还写信给丰子恺，请他找人为"四句教"谱曲，以使它能够为世人所熟知。同样作为现代新儒家代表的冯友兰也非常看重张载留下的这四句话，1942年在他写成的《新原人》一书的自序中，他提出这四句话应该是哲学家们的个人期许，特别是在国家民族处于贞元之会、绝续之交的关键时刻，更需要按照这四句话语的指引，通古达变，内圣外王，努力为国家致太平，使百姓安心立命。

后来，冯友兰将这几句话概括为"横渠四句"，并把它作为座右铭悬于庭中，以自励自省。时至今日，"横渠四句"已然成为时髦话语，被广为称引，可以算是国人表达远大志向与崇高胸怀的首选。这四句究竟有何魔力？要想回答这个问题，我们需要对它简单作一个诠释。

首先，为天地立心。天地阴阳创生万物，天地有心，天地之心就是生生不息、仁民爱物之心。正是在此心的主宰之下，世人皆为我的同胞，万物俱是我的同类。天地之心也是人之心，天地之心要从人心一念之善见之，人心之善端就是天地之正理。"为天地立心"表面上是为宇宙确立一个价值体系，但归根结底是要为人类确立一个体道之心，天地之大德曰生，人要以天地生物之仁为榜样，"学者之事，莫要于识仁求仁，好仁恶不仁"。[1]

其次，为生民立命。儒家讲成己成物，忧民之忧，与民同乐，要使天下无一物不得其所。人类都是天地之子，都一样禀受天地之气而生，在这一点上，所有人都是平等的。在人类这个大家庭里，皇帝是地位最高的"宗子"，大臣则为其家相。一切在这个世界上生存的人，相互间都亲如兄弟，都应互相善待；要尊敬年高者，慈爱孤弱者，特别是对那些体弱多病、鳏、寡、孤、独的人，要给予同情、爱护和帮助，使他们得以全其正命。能够如此，就是施"仁"，就是对乾坤父母应有的协助，反之，就是伤"仁"，就是对乾坤父母的不孝；伤害了仁，那就是"贼"，如此人就无法合乎天德，最终将会受到天地的惩罚。

再次，为往圣继绝学。圣人之道，不为尧存，不为桀亡，然人蔽于习气，虽终身读书，却只为知识见闻所囿，不知用其力于仁，不肯承担继承道统之责，自暴自弃，汩没本性，以致大道衰绝，不明不行。人要立志成为圣贤，自拔于流俗，也要发扬圣学之旨，精研义理，拯

---

① 马一浮：《泰和宜山会语》，杭州：浙江大学出版社，2020年版，第5页。

世人于晦盲否塞、物欲横流之中。横渠之学，单是《西铭》三百余字便"有功于圣门"，"有补于后学"；《易说》以气论易，以道说卦，倡穷神知化，求与天为一；《经学理窟》内容丰富，对儒家思想、义理、修养、制度、礼俗皆有论及，奥论微言，推崇圣学；更有《正蒙》一书，阐发"太虚即气"，强调"一物两体"，主张变化气质，批判佛道虚空，启蒙儿童之思，订正愚蒙之见，其言与先圣之学相合，二程将其与《孟子》比肩，认为它与孟子性善养气之论同功，此书宋时关中一带几乎家弦户诵，足见其影响力。王夫之曾说："张子之学，上承孔孟之志，下救来兹之失，如皎日丽天，无幽不烛，圣人复起，未有能易焉者也。"[①]此言至矣。

最后，为万世开太平。儒家讲格物致知、诚意正心、修身齐家，最终是要归结到治国平天下，以天下为己任。孔子生于乱世，他的理想就是在仁与礼的调适之下，让天下归于太平，重新回到一种良好的秩序之中。但理想与现实之间的落差太大，孔子的愿望没能实现。后世的孟子、荀子、董仲舒等大儒，思想上存在不少的差别，人生境遇也各不相同，但在追求天下太平这一点上却是一致的。张载亦是如此，他目睹了国家的衰乱，亲耳聆听了百姓的悲声，亲身经历了统治者的挣扎，又亲自探索了善治的路径。在其中，挫折和失败是主流。但和其他大儒们一样，他不甘心，不气馁，心中对国家和民族的前途仍装满了乐观和希望。他以道自任，体道传道，不知疲倦，虽有德无位，不像在位者那样马上就能对现实政治带来影响，但他相信自己坚守的道可以垂法于万世，等到真有能实行王道仁政的君主出现时，道将行于天下，天下也必将走进太平。如果要让他给这个太平加个期限的话，他会毫不犹豫地说"万世"！

---

① 王夫之：《张子正蒙注·序论》，北京：中华书局，1975年版，第3页。

可见，张载既是四句教的提出者，更是它的践行者。在他的思想世界里，宇宙与人生、君臣与百姓、道德与政治、学问与教化都是一体的，正是在这个整全的体系之中，人虽有限却可以达至无限。

熙宁十年（1077年），秦凤路（今甘肃天水）守帅吕大防再次举荐张载，希望朝廷重新召张载入京，宋神宗同意了。张载虽有前次狼狈出走的经历，但心中的那团活火却没有熄灭，他不停地告诉自己："也许我的抱负马上就能实现了！"他不顾疾病缠身，还是坚定地来到京城。神宗任命他为同知太常礼院，是礼部的副职。当时有人建议在婚丧嫁娶上实行古礼，但礼部的官员认为古今习俗不同，不可照搬古礼，只有张载一人认为可行，两派之间分歧明显，议而不决。怀揣着希望的张载再次被泼了一盆冷水，他知道此次治国平天下的时机又将错过了，加上此时正处病中，于是又一次地辞官归家。他原本设想回到家乡之后，继续与弟子们一起完成心中夙愿，不料天不假年，在回乡途中，他的病情加重，行至临潼竟溘然长逝，享年五十八岁。让人生出无限悲叹的是，张载与其父张迪一样，父子二人都因贫困无以入殓。门人听闻横渠先生仙逝的噩耗，共同筹款买下棺材，奉其丧还。

张载的一生是短暂的，是坎坷的，但又是丰富的，崇高的。他主气化之说，讲变易之学，斥佛道怪诞，上承儒学道统，下启理学诸派；他重仁政德治，存救国之心，怀安民之志，生则全力践行，死则垂范后代。他的学问和精神必将继续影响一代又一代中国人！

儒家往事

二程（程颢　程颐）

一

出山经世

"二程"指的是北宋哲学家程颢、程颐兄弟，他们二人在学术旨趣上相近，故经常合称。程颢（1032—1085），字伯淳，世称明道先生，程颐（1033—1107），字正叔，世称伊川先生。因为他们定居洛阳，所以其学说被称为"洛学"，"洛学"与周敦颐的"濂学"、张载的"关学"和朱熹的"闽学"一道并称宋代四大理学派别。他们二人出身于官宦之家，曾祖程希振官至尚书虞部员外郎，祖父程通曾赠开府仪同三司吏部尚书。其父程珦也以恩荫出仕，做过县尉、知县、观察支使、国子博士、大理寺丞等地方和中央官职，直至七十岁致仕，一共为官几十年，从政经验非常丰富。程珦在兴国县任职时结识了周敦颐，认为其气貌非凡，便与之相交为友，并力主二程兄弟从学于周敦颐。朱熹对程珦的这个决定大加称赞，认为正是有了父亲的慧眼独具，才造就了二程兄弟这两位旷世大儒。当熙宁新法还处在议论之中时，程珦持观望态度，并没有就此表态；等到新法渐次推出，一些地方官员争先恐后附和新政时，程珦则上书对新法提出异议，认为其带来诸多不便。朝廷派来的使者李元瑜仗势欺人，凌蔑州郡，攻击程珦妄议朝政，后者一气之下便称疾辞官，不复视事。

二程兄弟随父亲辗转各地，对官府里的政务耳濡目染，这为他们今后的从政生涯打下基础。此外，父亲的政治倾向也会影响二程在关键问题上的抉择。不过，兄弟二人在政治上的作为差别比较明显，程颢更多地延续了先辈的为政传统，从二十六岁便步入官场，宦海浮沉近三十年之久，而程颐则长期以处士身份从事讲学活动，在治政经验方面不如大程丰富。

程颢从政是从担任鄠县（今陕西户县）主簿开始的。鄠县一带风景秀丽，他早有耳闻，但苦于游赏不便，一直没能亲自去那里游玩。等到自己应举得官，他便自请到此地任职，以了却自己的一桩心愿。此时的程颢虽已置身官场，但骨子里还是不喜欢尘世的喧嚣和官场的黑暗，于是他宁愿仿效周敦颐到山野之中寻找方外之地，以求得从政事拘绊之中解脱出来。他曾将自己在鄠县游山玩水的感受写成《游鄠县山诗十二首》组诗，其中"吏身拘绊同疏属，俗眼尘昏甚瞽蒙""吏纷难久驻，回首羡渔樵""老仙笑我尘劳久，乞与云膏洗俗肠""久厌尘笼万虑昏，喜寻泉石暂清神"之类的表达屡屡出现，颇能反映他当时的心境。他内心是矛盾的，有人说"这实际上就是所谓'兼济'与'独善'的矛盾、'爱国'与'谋身'的矛盾，这种矛盾是中国封建时代任何一个正直的士大夫都会遇到的理想与现实的冲突"。[①]但对于一个真正的儒者而言，隐居山野、独善谋身往往是暂时的，是权宜之计，而走出山林进入现实政治，把自己身上承载的道统用于经世济民，是他们义不容辞的责任。程颢是这样想的，也是这样做的。他在诗中说：

---

① 徐洪兴：《旷世大儒——二程》，石家庄：河北人民出版社，2000年版，第29页。

襟裾三日绝尘埃，欲上篮舆首重徊。

不是吾儒本经济，等闲争肯出山来？[①]

"出山"的程颢用他在政治上的才华很好地完成了各种岗位上的工作，留下了许多很有意思的故事。

刚任鄠县主簿时，县令觉得他年轻没经验，对他不是很重视。一天，有一件棘手案子摆在县令面前。有个当地的百姓借其哥哥的宅子居住，在一次动土的过程中，发现宅基地里藏有不少铜钱。他哥哥的儿子听说了这一消息，便到官府申辩，说这些钱都是自己父亲埋藏的，要求把这些钱都交还给他。县令不知从何下手，便问自己的僚属："这也没有佐证啊，该如何决断呢？"程颢信心满满地回应说："大人别急，这很好辨别。"县令赶忙让程颢审查此案，程颢找到那位当事人，问他："你父亲藏钱有多少年了？"那人说有四十年了。程颢接着问："那你叔叔借宅居住有多少年了？"那人回应说有二十年了。问罢，程颢派人去查点挖出来的铜钱，发现都是那人父亲在此地居住前数十年所铸，所以不可能是他父亲所藏。在事实面前，想趁机得利的算盘没能打响，只好乖乖认栽了。一件麻烦的案子就这样轻松解决了，县令对这位刚来的主簿刮目相看，再也不敢轻视他了。

如果仔细研究二程的思想可以发现，他们身上都有比较明显的无神论思想，否认鬼神的存在，把鬼神视为阴阳的往来屈伸，将生死看作气之聚散。这种想法不仅停留在思想讨论层面，还被运用到治理实践之中。其实深究来看，这种无神论思想或多或少受到了其父程珦的影响。程珦任龚州（今广西平南）知州时，当时宜州（今广西宜山）有个叫区希范的少数民族首领因作乱被诛杀，民间忽然流传区希范的鬼

---

① 程颢：《下山偶成》，程颢、程颐：《二程集》，王孝鱼点校，北京：中华书局，1981年版，第476页。

魂降临，他要民众在南海为他建祠立祀，百姓心生畏惧，便迎来区希范的神位去建祠堂。他们途经龚州时，由于行事诡异，程珦便派人质问，带头的人有些不服，说道："不久前我们经过浔州（今广西桂平）时，浔州知州也觉得这是妖异之事，便命人将祭祀用具全部投入江中，结果它们却逆流而上，知州害怕了，只好向其行礼致敬。"程珦得知消息后，便命把祭祀用品再次扔进江中，结果那些器具都顺流漂走了。迎神的群众顿时傻眼了，荒诞之事自然平息。程颢在鄠县任职时，也有一件堪称"神迹"的事情发生。当地有一座寺庙，据传有一尊佛像的头部会发光，这个消息一经传出，便引来很多善男信女前来围观，他们甚至昼夜杂处，给当地的治安带来不小的压力，但当地官员对"神迹"心有忌惮，不敢轻举妄动。程颢觉得事有蹊跷，便到寺庙里质问里面的和尚。原来这个"佛光"是和尚们为了兴盛香火伪造出来的，面对质问，他们不想就此罢休，便对程颢谎称确有其事。程颢自然不信，便要求和尚在"佛光"再次显现时及时通知于他，如果正巧碰上他公事繁忙无法亲至，就直接把佛头送到官府。和尚们见主簿大人态度如此坚决，便不敢继续装神弄鬼，之后佛像就不再发光了，当地一个大的治安隐患也因此得以解除。鄠县任满之后，程颢又到上元（今江苏南京）任主簿。上元有座山叫茅山，山中有一水池，因为有状如蜥蜴的动物出没，所以被叫作"龙池"。宋真宗曾派人到此取走两条"龙"，据说其中的一条飞空而去，从此茅山之"龙"被人奉为神物。程颢听说了这个情况之后，就非常不信，亲自带人去下水抓"龙"，并且还当着众人的面把抓上来的"龙"杀了之后吃进肚子里。当地百姓惊掉了下巴，再也不被茅山之"龙"所迷惑了。

　　程颢在各地任职都贯彻了儒家以民为本的仁政理念，努力改善百姓的生活条件，提升他们的道德水平，增加政府的财政收入。例如，在晋城做县令时，他建立"伍保"制度，使百姓力役相助、患难相恤，并且采用各种办法扶危济困，确保百姓皆有所养；他为百姓设置各种道德科条，使他们能旌别善恶，有劝有耻，三年之间此邑几万户人家，没有强盗与因争斗而死之人；他重视文教事业，见晋城风俗朴陋，民不知学，便为每个乡都设立学校，选择乡里的秀异者，送到学校学习，他朝夕督导，循循善诱，越来越多的人一心向学；他努力限制豪强，平抑物价，纾解民力，减轻百姓的税赋负担；他还采取措施，加强防御措施，建立民间武装，保护一方安全。在京城任职时，他屡屡向宋神宗讲述至诚仁爱之道，希望皇帝存理灭欲。在扶沟任知县时，他设计捕捉河上匪盗数十人，消除当地一大祸乱；当地发生水旱之灾时，他向上级请贷赈济灾民，并带领民众兴修水利，试图防患于未然；他还不畏惧权贵，崇尚清廉……总之，程颢治理才能出众，是一位尽职尽责的好官。

二

布衣被诏

　　程颐的少年时代是与程颢一起度过的，兄弟二人随父亲流寓各地，接受父母的言传身教，一起读书研理，准备科考。程颐曾长时间以处士身份读书讲学，虽远离庙堂，但经世之心并不比大程要小。皇祐四年（1052年），二程的舅父侯无可应召随军出征岭南，去参与平定少数民族的叛乱。程颐为此写了一首诗，诗中批评当世学者醉心于华丽的辞藻，为了名利奔竞驱驰，与圣人之道相背离，导致"道大不为当世用"。①他称赞侯氏不从流俗，有宏才良谋，为了国家能不顾个人安危远征南陲，去荡涤凶寇。他对叛乱者表现出极度的藐视，也祝愿舅氏早日建功。此诗表面上看是赠予侯氏，其实又何尝不是自己内心要大展宏图、建功立业的真实写照。

　　嘉祐元年（1056年），程颐随程颢进京应试。在京城他们曾与张载谈论《易》学问题，后者自愧不如，二程兄弟的名声逐渐远播。在此期间，程颐曾游太学，当时主持太学的是著名教育家胡瑗。胡瑗与孙复、

---

① 程颐：《闻舅氏侯无可应辟南征诗》，《二程集》，第590页。

石介并称"宋初三先生",同为开启宋代理学思想之先河的重要人物。胡瑗曾在家乡开办私学,后被朝廷诏为苏州郡学、湖州州学教授,晚年调任国子监直讲,从学者甚众。胡瑗主张"明体达用"之学,倡导学校除教授《五经》之外,还要传授治兵、水利、算数等致用之学。他还因材施教,重视美育、体育,倡导实地考察,对后世影响很大。胡瑗要求学生以"颜子所好何学论"为题,写一篇文章,这个问题对于程颐来说一点儿都不陌生,因为二程跟随周敦颐学习时,就曾讨论过"孔颜乐处"这一话题。程颐很快就写成一文,中心思想是颜子所好之学乃是"学以至圣人之道也"。胡瑗读罢此文,觉得写得很有见地,不仅与程颐相约面谈,还给他一个太学里的职位,这也使程颐在学界的名声越来越大。

程颐并没有满足于此。虽然此时他还没能通过科考获得出仕的机会,但儒者胸怀天下的气魄推动他要大胆迈出一步,要将自己安邦治国的想法说与当朝天子听听。嘉祐二年,想要成就一番作为的程颐以布衣的身份,向宋仁宗上书,自陈所学,议天下之事。[①]程颐在所上之书中指出,自己所学乃天下大中之道,其实就是儒家一脉相承的道统;道不仅要充实于已身,还要施以及人,有所利用,他自比诸葛亮,说在生逢圣主但天下有危乱之虞的情况下,自己不能独善其身,要将所学所思启悟当今皇上;他毫不客气地指出当时国家面临的一系列危机,如民无储备、官廪复空、戎狄强盛、盗寇屡起、天下劳敝、谗臣当道等;他还力谏仁宗心中要早有警惕,努力施行王道,并指出王道之本

---

① 关于程颐上书仁宗的时间,《上仁宗皇帝书》题下注及朱熹《伊川先生年谱》等都认为是皇祐二年(1050年),但程颐文中有言"父珦又蒙延赏,今为国子博士",考程珦任国子博士的时间,在嘉祐元年(1056年)至八年(1063年)间,故"皇祐二年"恐系"嘉祐二年"之误。(参见徐远和:《洛学源流》,济南:齐鲁书社,1987年版,第58页。)另,朱熹在《年谱》中将程颐游太学的时间定在皇祐二年,而实际上胡瑗主政太学之始则在嘉祐元年,再结合程颢进京赶考、二程与张载论《易》等事,似可证朱熹等人的说法有误。

在于仁，君主有仁心更要行仁政，并从足食、安民、得贤、取士、任人、行孝等方面，全方位阐述为政之方；总之，他希望仁宗"以王道为心，以生民为念，黜世俗之论，期非常之功"。①

言不尽意，程颐当然希望能面见仁宗，直陈所学。虽然程颐在学界已经小有名气，但这样的上书皇帝见得太多了，仁宗根本没有理会小程的乞求。上书求进的道路走不通，程颐只能另寻他路。他可以像哥哥一样去参加科考，嘉祐四年（1059年），他参加了科考，初试合格了，但廷试落榜。也许是对科举制度太过失望，也许是对做官本来就没多大兴趣，反正从此程颐再也没参加过科考。他本来还有因前辈功绩、官职而保任后代为官的"任子恩"机会，但他以为学不足、不愿出仕为由，把恩荫的机会屡屡让给同族子弟。一直到宋神宗元丰八年（1085年），程颐都是以处士的身份活动。他帮父亲出谋划策，草拟文书，主管州学，程珦给英宗、神宗的一些折子都是出自程颐之手，程颐趁机把自己对于国家一些事务的看法转达给最高统治者，这是一种变相影响朝政的方式。他还曾给一些权贵代写奏章，例如替御史中丞彭思永写了一封给宋英宗的上书，谈论热闹一时的濮王典礼一事，从大义与情感的关系出发，认为英宗对其生父濮王赵允让称"亲"于大义"未安"，这显然是站到了以司马光为首的台谏派营垒之中；他代吕公著写了一封给宋神宗的上书，谈变法改革的问题，在其中表达了反对王安石变法的立场。程颐时常与其他学者讨论学术问题，例如与一位隐者讨论《易》之"未济"卦；与张载书信往来谈修养论问题；熙宁十年（1077年）张载罢归，途径洛阳，与二程兄弟会面，进行了一场深入而细致的对话，涉及道德修养、井田制、富国之术、朝廷用人、国家礼制、边关军事、君子小人等话题，由二程弟子苏季明记录为《洛阳

---

① 程颐：《上仁宗皇帝书》，《二程集》，第515页。

议论》，其中程颐发言最为积极；元丰三年（1080年）程颐还亲赴关中讲学，讲格物穷理、理气关系、释氏之学、圣人之道、天人感应、中庸之道、阴阳有对、治理之道等众多问题，全面申说了二程的理学思想。除此之外，在处士期间，程颐还与程颢开馆授徒，四方之士慕名而来，从游者越来越多，甚至还有一些关学弟子转投程门。

宋神宗死后，哲宗即位，以司马光为首的守旧党被重新启用。元丰八年（1085年），司马光、吕公著、韩绛等朝中要员纷纷上疏举荐程颐，称赞其学识和人品，说他是一位真正的儒者，是圣世的逸民，还强调对程颐的任用可以传递一个信号，那就是新皇惜才爱才，愿广招天下贤能而尽用之，这样一来那些由于种种原因而潜光隐德的人才，都将受到感召，争相为朝廷出力。很快，程颐先后被授予汝州团练推官、西京国子监教授、宣德郎、秘书省校书郎等职，但他都拒绝了，理由主要是自己未受皇帝召见之前先受恩命，"义理未安"。①程颐就是这样一位严谨的儒者，虽蒙受恩宠仍不忘礼义，或许，这还关乎一位已经五十多岁的著名学者的尊严。在言官的建议之下，程颐最终受到哲宗和高太后的召见，太后目睹当代大儒的风采，对他很是赞赏，并提出让其担任崇政殿说书，负责教年纪尚幼的小皇帝读书。在他眼里，经筵与宰相同等重要，"天下治乱系宰相，君德成就责经筵"。②但他没有被冲昏头脑，而是连上三道奏札，讲自己对这个职务的认识，并提出了希望君主尊儒重道、致敬尽礼等条件，在这些条件得到一定程度满足之后，才最终接受了这一职务。接下来，程颐夙兴夜寐，殚精竭虑，想方设法培养皇帝的德性，一切以"惟欲主上德如尧、舜，异日天下享尧、舜之治"③为目标。此时的程颐意气风发，得意自喜，议论

---

① 程颐：《辞免馆职状》，《二程集》，第536页。

② 程颐：《论经筵第三札子·贴黄》，《二程集》，第540页。

③ 程颐：《上太皇太后书》，《二程集》，第542页。

褒贬，毫无顾忌，不可避免地招致了一些大臣的反感和敌视。谏议大夫孔文仲弹劾他，结果崇政殿说书的职务没了，元祐二年（1087年）八月，他被逐出京师，回到洛阳，差管勾西京国子监。①

　　显然，皇帝不需要程颐在耳边不停地灌输仁义礼智了，这对于一位自尊心很强的儒者而言，无疑是个很大的打击。程颐奔走就职，但到任后连续三状乞归田里，朝廷不允，又连续两状请求致仕，又不许。直到元祐五年（1090年）程珦去世，因丁忧才得以辞官。程颐守孝结束后，除直秘阁，判西京国子监，他又接连上书请辞，朝廷还是不批准，不久又改授管勾西京嵩山崇福宫，他以腰病为由，坚辞不就。元祐八年（1093年），垂帘听政九年之久的太皇太后高氏卒，哲宗开始亲政，并改元绍圣，意思就是要继续神宗的改革事业。受此影响，保守派再次下台，程颐因此受到株连，成为"奸党"成员之一，被贬为西京国子监守。不久又削职，送至四川涪州编管，失去了自由。在此期间，他完成重要的代表作《周易程氏传》。元符三年（1100年）哲宗卒，徽宗即位，程颐得以赦免，回到洛阳，权判西京国子监。为表谢恩，他抱着病体接受了任命。但崇宁元年（1102年）又受排斥，位列元祐奸党"余党"之首，官职被罢免。为了保全自身，同时也为存留洛学一脉，程颐只好隐居龙门，遣散门徒，他对朝廷已经彻底失去信心，认为恢复三代之治没有任何希望了。崇宁五年，党禁稍解，他复任宣义郎，并就此结束了自己的仕进生涯。大观元年（1107年）九月，程颐的风痹②病已无力回天，最终于十七日病逝，享年七十五岁。临卒，才将成书已久的《周易程氏传》传授给弟子尹焞、张绎。由于当时政治环境险恶，大多数弟子害怕受到牵连，不敢前来参加老师的葬礼，只有尹

---

　　①　"管勾"原为办理之意，宋代始以管勾为官职，主要掌管官署内文书财帐，纠察官吏违纪事等。

　　②　风痹：中医指因风寒湿侵袭而引起的肢节疼痛或麻木。

焞、张绎等四人在侧。

　　以上就是程颐一生的大致轨迹，前五十多年作为处士的他主要在读书、讲学、授徒，后二十多年以布衣被诏，进入仕途，虽有短暂的帝师之荣光，但之后命运却被裹挟到政治争斗的漩涡之中，显得那样的被动和无奈。治政经验丰富的哥哥、父亲早早过世了，再也没有至亲之人为他传授官场生存智慧，程颐又是那样一种很讲原则的人，他与朝廷始终处于一种格格不入、摩擦不断的状态之中，这又平添了几许悲情。也许，他生来就不该属于政治吧，但作为一代儒宗，谁又能完全与政事隔绝呢？

三

性格迥异

　　程颢只长程颐一岁，兄弟二人一起接受父母的教诲，一起师事周敦颐，一起读书成长，后来还一道开宗立派，著书讲学，但他们性格迥异，气象不同。大程德性宽宏，比较随和，恰似光风霁月；而小程则严肃谨慎，不苟言笑，有如峭壁孤峰。在他们身上发生过很多有意思的故事，能够生动地体现二人在性格上的差异。

　　在身处同一场景时，兄弟二人待人接物的态度和行为很能说明二者性格迥异。据说一次二程共同参加一个宴会，席间有歌伎陪酒，伊川非常气愤，他坐立不安，于是拂衣而去，而明道却尽欢而罢。次日，伊川的怒气还未消解，他去书斋找明道理论。明道不由得大笑，说道："昨日座中虽有歌伎，但我心中却没有；今日书斋里没有了歌伎，但你心中却仍有她们。"这种颇具禅意的回答让伊川自谓不及。在二程随侍程珦知汉州（今四川广汉）期间，曾借住在一僧寺，一日明道进门之后往右走，随从者都跟着他往右拐了，伊川进门后往左拐，没有人跟着他。等众人都到寺院法堂会合，伊川自谓："这是我比不上家兄的地方啊。"明道和气平易，别人自然愿意亲近他，而伊川庄严持重，就很少有人与他接近了。韩维与二程兄弟交好，他曾将二程请到颍昌（今河南许昌），一日闲暇，便与二程游湖。也许是想把氛围搞得热闹一些，韩维让诸子随行，同游过程中有些后辈言语容貌表现得不够庄敬，不停地嘻哈打闹。大程并不在意，但小程无法忍受，他回头瞪了那些嬉闹者，并厉声呵斥道："你们这些小儿跟着长辈同行，竟敢如此笑语，韩氏孝谨之风衰败了呀！"他这么说一点都没顾及主人韩维的颜面，还把后者置于尴尬境地，韩维只好将这些捣乱的子弟赶跑。二程与司马光是朋友，但对司马光等元祐党人排斥新政并非完全赞成。二人经常同司马光讨论与政治改革相关的问题，结果伊川总是直言不讳，对司马光屡有批评、劝谏之语，搞得二人终日没有一句话相合。而大程则温润多了，说话也讲技巧，他与司马光就很能谈得来。

二人性格、气象上的差异还体现在与学生的交往之中。明道与弟子们讲论学问时，遇到师生出现不同看法的时候，常说"我们可以继续商量"；而伊川遇到此情形，便显得颇为自信，直接指出弟子所言"不对"。据朱熹《伊洛渊源录》记载，有一个叫朱光庭（字公掞）的人，非常仰慕程颢的学识人品，当时程颢在汝州（今河南汝州）任职，于是他就去往汝州向程颢问学。在程颢身边学习了一个月后，朱光庭心满意足地回家了，别人问他汝州求学的感受，他对身边的人说："我在春风之中坐了一个月。"他的意思是说，聆听程颢的教诲就如同沐浴在春风中一样舒适惬意，后来"如坐春风"就成了一个成语，用以比喻与品德高尚而有学识的人相处并受其熏陶。还有一个成语与程颐有关，就是"程门立雪"，讲的是程门高弟杨时和游酢尊师的故事。杨时考中进士之后不愿做官，而到河南颍昌求学于程颢，为程颢所器重。大程卒后，杨时又师事小程，他当时已经四十多岁，但对程颐执弟子礼甚勤。一日天降大雪，他与同门游酢一同去程府求教，正巧碰上程颐闭目休息，二人不便打扰，便在门口侍立等候。等到程颐醒来，二人才走进屋子，程颐对他们说："你们还在这里呀？今日天色已晚，就先回家休息吧，我们改日再谈。"杨、游二人俯首拜别，等他们出门之后才发现门外大雪已经下了一尺深了。"程门立雪"就成了形容读书人尊师重道、虔诚求教的典故。总之，兄弟二人一个温和可亲，一个气度威严，学生与他们相处，自然感受不同。

其实二程对他们各自的性格特点十分明了。有一次伯淳对正叔说："将来能传承师道者，定是兄弟你呀；但若论接引后学，随人才个性而成就之，为兄则不遑多让。"正叔在给伯淳写的行状中，也说哥哥"德性充完""接人温然""风格高迈"，①称赞其善于用一颗真诚之心开导奖掖后学，使人感悦而化服。可是明了虽明了，性格却本无对错之分，也不是说改变就能改变的。明道在世之时，多少还能对弟弟严肃有余、活泼不足的性格有所规劝，但等他去世之后，伊川只能在强调师道尊严的道路上越走越远了，甚至连皇帝也不能例外。

程颐对讲官一职非常看重，为此他精心准备，一丝不苟，这本无可厚非，但问题在于他将自己的高标准强加于皇帝身上，显得不近人情，这引起哲宗和一些朝臣的不满。他要求日夜有专职的讲官值班，以便随时开化教导小皇帝；要求把皇帝在宫里的一切作为随时向他报告，以便及时了解皇帝动态，有针对性地进行教育；为了体现师道，他还要求自己讲课时不能站着，一定要坐着。按照以往惯例，夏季炎热时期皇帝可以罢读，侍讲也可以休息，但程颐对此很有不满，两次给太皇太后上书，要求找一个凉快的处所上课，要把罢读的皇帝重新拉回讲堂之中。有一次课程刚结束，憋坏了的哲宗赶紧跑到室外，见到柳条在风中摇曳，忍不住攀折了一枝，拿到手上摇摆了起来。程颐见状赶忙把皇帝叫到跟前，语带苛责地说道："这是春天里刚生发出的

---

① 程颐：《明道先生行状》，《二程集》，第330页。

嫩条，不可以无缘无故地摧折它们。"小皇帝很不服气，在场的朝臣也觉得程颐有失君臣之礼。此时的皇帝还不过是一个八九岁的孩童，他整日面对的是不苟言笑、妄自尊大的程夫子，老师提出的很多要求对他来说未免太过苛刻。程颐的高标准、严要求非但不能取得好的效果，还会让皇帝出现厌学的倾向，甚至对程颐本人生出敌对的情绪。

不只小皇帝被严格要求，就连文武百官也要接受程夫子的"审视"。一日侍讲中，程颐发现哲宗患了疮疹之症，又好几天都没能上朝理政。程颐有些疑惑，当即就去找宰相问他是否知情，当得到"不知"的回答时，他有些气愤："本是二圣临朝，现在皇帝因疾病不能上朝，那太皇太后就不应当独自坐到朝堂之上了。况且，人主有疾，作为大臣的却不知情，这说得过去吗？"宰相自觉理亏，第二天就去奏请问疾，但内心颇为不悦。除了宰相之外，程颐还得罪过同为旧党的蜀学核心人物苏轼。旧党领袖司马光病逝后，朝廷命程颐主持丧礼。当天苏轼、苏辙兄弟二人正巧在明堂参加皇帝举办的一个庆典，他们听闻司马光的死讯后，准备马上去吊丧。途中遇到朱光庭，便问到丧礼之事，光庭却说："二位不要现在去哭司马温公，因为程先生认为庆典和吊唁不应该在同一天进行。"程颐的理由是《论语》有"子于是日哭而不歌"的说法，认为庆典才刚结束不该马上去哭丧。苏轼听到这样的理由后哭笑不得，觉得程颐食古不化，批评他遵守的不过是叔孙通之流创制的奇怪礼节罢了。从此，二人算是结下怨仇，苏轼动不动就会戏谑伊川。一次群臣去相国寺参加国忌祈祷，伊川命人提供素食餐饭，苏轼诘问道："正叔不好佛，为何要吃素呢？"程颐回应说："按照礼制规定，居丧期间是不能饮酒吃肉的。国忌也算是丧礼的一部分，所以只能吃素。"对此，苏轼根本不加理会，让人去准备肉食，并且高喊："愿意吃肉的站到我这边来！"结果，苏党的人就跟着苏轼吃肉，洛党的人则追随小程吃素去了。

我们常说性格决定命运，这种观点多少存在夸大主观因素对个人发展之影响的倾向，但也为我们研究一个人成长和命运提供了新的视角。依照现代心理学特别是人格心理学的理论，程颐的所思所行呈现出一种典型的强迫型人格特质："这类人过分认真，过分注意细节，责任心过强，为自己建立严格的标准，在思想上呆板、保守，在行动上拘谨、小心翼翼。"[①]如果说坚持儒家道义原则、遵守礼仪标准表现的是程颐对"经"的尊重的话，那么沉浸琐碎细节、过于小心拘谨则是他缺少"权"也就是灵活性的表现。在当时很多人的视野里，尊"经"而少"权"的程颐僵化而执拗，没有幽默感，缺乏对新环境的适应性，喜欢躲在习俗旧法的"舒适区"里自责且责人，总想控制他人，不合情理地要求别人必须按照自己的道德原则行事。结果，自己经常处于焦虑和不安之中，得不到松弛，也很难融入人际交往的大圈子，与他人总是处于紧张的关系之中。所以，程颐屡屡遭到排挤，被弹劾外放，甚至连他小心呵护、倾心相授的哲宗都不领情，说程颐妄自尊大，在经筵上多有不逊，最后将自己的老师放归田里还不解气，还要对他施行编管。这种颇显悲情的命运与程颐的性格有很大的关系，但又何尝不是险恶的政治环境、诡谲的世道人心造成的结果呢？

---

① 王伟主编：《人格心理学》（第3版），北京：人民卫生出版社，2018年版，第154页。

四

洛学宗师

　　二程以儒学道统的继承人自命，他们在孔孟思想的基础之上，吸收了佛、道思想的有益因素，建立了一套新儒学体系——洛学。洛学是北宋理学的典型形态，也是最大学派。二程弟子众多，当代学者李敬峰《二程门人》一书所载二程弟子就有八十余人，其中著名者有谢良佐、杨时、吕大临、游酢等。洛学以"理"或"天理"作为最高范畴，将"理"视为宇宙本体，认为天下只是一个理，封建社会尊卑、贵贱的秩序以及道德规范都是"常理""定理"；把人性分为"天理之性"与"气禀之性"，天理之性本善，人之所以会有善恶之分，原因在于所禀赋的气有差别，气有清浊，禀其清者为贤，禀其浊者为愚；提倡"主敬"和"格物穷理"的修养方法，最终要达到"去人欲，存天理"的目的。洛学上承濂溪之学，下开陆王心学、朱熹理学，是中国封建社会后期的官方哲学之一，对后世影响巨大。

　　洛学的创立与发展与二程的讲学、收徒活动是分不开的。程颢二十五岁进京应试，他收了第一位弟子刘立之。程颐游学太学期间与吕希哲结识，二者虽为同学，但作为后者父亲的朝中大臣吕公著见程颐博学多识，便让儿子拜师程颐，吕希哲就成为小程的第一个弟子。程颢在各地任职期间，非常重视对文教事业的推动。治平元年（1064年）程颢调任晋城县令，在晋城三年的任期里，大程广设乡校社学，儿童所读之书他都亲自句读，教师中如有教得不好的，就另选高明，他还建立书院，选择优秀子弟，聚而教之。经过他的努力，即便是那些穷乡曲巷，也时闻弦诵之声。在扶沟任知县时，大程也延续在晋城的事业，努力办校兴学，他把程颐请到扶沟，一起倡明道学，聚邑人子弟而教之。在此期间，二程还把游酢召来，让他职掌学事。谢良佐、吕大临亦来到扶沟，从学于二程。熙宁五年（1072年），程颐随已致仕的父亲回到洛阳，这年程颢也罢归回洛，已届不惑之年的兄弟二人正式开馆授徒，吸引一众学子前来求教。一直到程颢去世，这十几年里，大程虽担任过许多职务，但大部分时间都是以闲职留居洛阳，与小程一起讲学于家，化行乡党。据说，前来向兄弟二人从学者身份各异，不绝如缕，"在仕者皆慕化之，从之质疑解惑；闾里士大夫皆高仰之，乐从之游；学士皆宗师之，讲道劝义；行李之往来过洛者，苟知名有识，必造其门，虚而往，实而归，莫不心醉敛衽而诚服"，[1]实在是一派热闹的学术景观！这十几年，是二程携手努力、为洛学创立打下了坚实基础的关键时期。他们讲学的一个重要处所是嵩阳书院，书院因位于嵩山之阳而得名，又因程珦挂着管勾西京崇福宫的虚职，而崇福宫与嵩阳书院毗邻，故二程就有了在此讲学的便利。他们为书院设置各种规则，使书院讲学更加正规，此外还开门办学，广邀名儒贤士，起而论辩，坐而论道，推动了学术的发展。二程讲学的另外一个重要基地是伊皋书院（又名伊川书院）。元丰五年（1082年），程颐给以太尉复判河南府的北宋元老重臣文彦博写信，请求后者将洛阳城南

---

① 《河南程氏遗书·附录》，《二程集》，第332页。

龙门山上一个寺庙旧址提供给他，以供避暑著书之用。文彦博念及二程兄弟道尊海宇，名重天下，加上从游之徒众多，而龙门之所荒芜已久，即便经过修葺也很难容纳这么多学子，于是他主动提出将其在伊川县西南鸣皋镇的一处庄园让出来，此处要比前址宽敞得多。程颐在此创建书院，有大门一间，正房五间，东西厢房各三间，另有粮地十顷，师生的教学活动和生产生活都有保障。元丰八年，程颢病逝，享年五十四岁，这是洛学的重大损失，从此，支撑洛学的重担就落在了程颐肩上。从1085年到1107年的二十几年里，除了不到两年的崇政殿说书以及三年左右的涪州编管岁月，程颐基本上都往来于洛阳与鸣皋之间。此间程颐命运浮沉，屡遭磨难，但他依然讲学著述不辍，诲人不倦，尹焞、杨时、游酢、张绎、马伸等先后师事程颐，推动了洛学的传承与发展。

二程兄弟之所以重视教育工作，是因为在他们看来"生民之道，以教为本"。[①]从古代开始，自乡里以至于国家，都设有教育机构，从小学教育开始，天下之人莫不从教。教育可以帮助小人修身，君子修道，为朝廷造就一大批贤能之才，也使下层社会习俗粹美，礼义大行，国家虽有刑罚而不会使用。这就是古代儒者心目中的三代盛治，而此一切很大程度上是通过兴办教育而获得的。从现实情况来看，宋代建国百余年，问题很多，如"教化未大醇，人情未尽美，士人微谦退之节，乡间无廉耻之行，刑虽繁而奸不止，官虽冗而材不足"，究其原因，"此盖学校之不修，师儒之不尊，无以风劝养励之使然耳"。[②]对于当时的北宋王朝来说，只有大力兴办教育，才能复兴儒学，培育贤才，改善民风。二程主持的书院教育，以儒家之学为主要传授内容。他们引导学生研读儒家经典，特别是"四书""五经"，以前者为主，后者

---

① 程颐：《为家君请宇文中允典汉州学书》，《二程集》，第593页。
② 程颢：《请修学校尊师儒取士劄子》，《二程集》，第448页。

为辅，不仅要诵其言辞，解其训诂，还要深究经典文字背后所潜藏的圣人之意与圣人之道，否则读得再多也无济于事。圣人之道首在道德，二程注重培育学生的孝悌忠信之德，引导他们从洒扫应对的小事做起，周旋礼乐，辨别正邪，择善修身，存理灭欲，改变气质，求为圣人。对于那些表现好的学生，二程会给予物质奖励，并蠲其身役，表现不好的便斥之从役。他们还善于因材施教，根据学生年龄、性格、才能、智力的不同，采取有针对性的引导方法，安排合适的教学内容。

　　一个学派的形成和发展除了要有宗师级的人物之外，还离不开众多优秀的弟子。在二程众多弟子中，谢良佐、杨时、吕大临、游酢是影响较大的几位。谢良佐字显道，河南上蔡人，二程对其评价都很高，《宋元学案》称其为"洛学之魁"。他以知觉言仁，为学主敬，通过心常惺惺以体认天理，其思想对陆九渊心学和朱熹理学都有不同程度的影响。杨时字中立，因晚年隐居龟山而被称为"龟山先生"，谥号文靖，祖籍陕西华阴，生于福建南剑州。熙宁九年（1076年）进士及第后，与游酢一起到颍昌拜师程颢，学成南归时，程颢目送曰："吾道南矣！"杨时认为"天理"只能从内心体认，他用仁、义解释"理一分殊"，提倡主敬以养心，认为道德修养的要旨在于反身求诚，即去"私意"，存"公意"。杨时晚年以著书讲学为事，在福建地区传播洛学，其学一传罗从彦，再传李侗，三传朱熹。可见，杨时是理学从二程到朱熹发展过程中的重要人物。元人谢应芳诗云："卓彼文靖公，早立程门雪，载道归东南，统绪赖不绝。"[①]吕大临字与叔，京兆蓝田（今陕西蓝田）人。与其兄大忠、大钧皆为张载门人，张载卒后从学于二程。吕大临原本的关学思想浸润了洛学天理论、心性论的营养，但仍保留关学"躬行礼教""学贵有用"等特色。程颐曾评价他说："吕与叔守横渠

---

　　① 谢应芳：《龟山祠诗》，转引自陈汉才编著：《中国古代教育诗选注》，济南：山东教育出版社，1985年版，第179页。

学甚固，每横渠无说处皆相从，才有说了，便不肯回。"[1]在程门弟子中，朱熹最看重吕大临，他说自己如果能活到吕氏的年纪，也不见得能达到他的学术境界。游酢字定夫，世称鹰山先生，福建南平人，与杨时一道先拜师程颢，后师事程颐。程颐非常喜欢游酢，认为他温厚颖悟，并指出杨时在学问上不及游氏。游酢推重《周易》，又崇尚禅学，主张援佛入儒，朱熹对其禅学倾向有所批评，胡宏甚至因此将其称为程门罪人。

二程开创的洛学奠定了理学的基础，后来朱熹继承和发展了二程学说，使洛学与闽学相结合，形成程朱理学。程朱理学是中国封建社会后期的官方统治思想，其影响极为深远。

---

① 《河南程氏遗书》卷第十九《二程集》，第265页。

朱熹

儒家往事

一

坎坷少年

南宋高宗建炎四年（1130年）九月十五日午时，在南剑州尤溪（今属福建）城北郑氏寓舍中，一代大儒朱熹降生。他祖籍徽州婺源（今属江西），祖上以儒为业，也曾富甲一方，但到了祖父朱森时，家道已经败落。朱森对其长子朱松（即朱熹之父）寄予厚望，后者胸有大志，经过不懈努力，终于考中进士，后被派到福建政和做县尉，这才开启了朱氏侨居福建的生活。

朱熹出生时正值乱世，外有金兵南下，内有叛兵袭扰，朱松经常携带家眷躲避战火。他曾一度寓居好友郑安道馆舍之中，虽有寄人篱下的怅惘，但自己第三个儿子出生，毕竟是一件喜事。他给这个儿子起了个小名唤作沈郎，在洗儿①仪式上，亲友们纷纷献上祝福，朱松应景地写了二首洗儿诗，其中有"有子添丁助征戍，肯令辛苦更儒冠？""厌兵已识天公意，不忍回头更指梁"等句子，喜悦之中又多了

---

① 洗儿：旧时风俗，婴儿出生后三日或满月时，会集亲友，给新生儿洗身，这种仪式叫作"洗儿"。

几分忧虑。在战乱的年代到底如何自处，朱松要为自己考虑，更要为这个刚出生的婴孩着想。他自然不希望自己的孩子将来征戍边关，成为白白送死的兵丁，他所祈盼的是儿子能继承祖上的传统，以儒为业。不过，这一切都要建立在世道太平的基础之上，朱松认为，在兵荒马乱的年代，儒术终究只是屠龙之技而已。但事实上，越是昏乱的世道越是需要大儒承担起救国救民的重任。朱松没有想到，这个让自己喜忧参半的三子没有舍命疆场，而是成为千古鸿儒。

出生之后才三个多月，尚在襁褓之中的沈郎就随父开启了辗转多地、颠沛流离的生活。绍兴四年（1134年），朱松母程氏卒，父亲丁忧，沈郎跟着回到尤溪，此时的他已经五岁了，转眼间就到了入学的年纪。朱熹的第一位老师正是其父朱松，丁忧期间的闲暇时光成了课子教读的良好时机。此时，朱熹的两位兄长皆不幸夭折，朱松更是将全部精力都用在了三子身上。年幼的朱熹经常表现出异于常人的智慧，一日父子二人闲庭信步，只见晴空万里，惠风和畅，朱松兴致勃勃地指着辽阔的天空，对沈郎说道："儿啊，你头顶上的这一大片叫作天！"沈郎听后，随口问了一句："父亲，天之上是何物呢？"朱松一怔，顿时语塞，颇觉惊奇。古往今来，大思想家们都曾仰望浩瀚的天空，都曾思考这茫茫宇宙的边际究竟在何处，这些思考就像是一颗颗闪耀着智慧光芒的种子，等它们长成参天大树之时，人类的精神殿堂将变得更加璀璨辉煌。

沈郎的勤学好问让朱松看到了重振朱门儒风的希望，就像朱森寄望于朱松一样，朱松也把这个接力棒交到了朱熹手中。沈郎五岁入小学读书，那本应是一个天真烂漫、无忧无虑的快乐时光，但朱松没有放任儿子的理由，他时常告诫沈郎说："我们家道已衰落，祖上没留下丰厚的产业，有的只是几篑残书而已。你要勤奋读书，夙兴夜寐，不能怠慢，喝酒享乐的事情都要抛在脑后，朱家的兴盛全靠你了！"这样的话讲给五六岁的孩子确实有些言重了，但沈郎将其记在了心里，时刻以父亲的教诲自警，在学业上丝毫不敢放松对自己的要求。刻苦勤奋加上远见卓识，让尚处幼年的朱熹不断表现出惊人的学习能力。老师教授《孝经》，没想到沈郎一读便通，他竟然还在书上题了一行字："不若是，非人也。"在他幼小的心灵里，早就埋下了忠孝的种子。还有一次，沈郎跟小伙伴们去一片沙洲游玩，正当大家玩得正起兴时，他忽然想到了什么，于是就端坐一旁，从小伙伴的欢声笑语中孑然抽离，在沙洲上用树枝写写画画起来。伙伴们感到诧异，都围拢了过来，想一探究竟。谁都没想到，朱熹所画的竟是八卦符号，这让在场的人都直呼他为"神童"！

绍兴七年（1137年），朱松进京就职，他先是把妻儿送到建州浦城居住，后来又把他们接到都城临安。在这段日子里，沈郎在父亲所请老师的指导下，开始接受正规的儒学教育。老师教他读《孟子》，朱子对这部儒家经典表现出浓厚的兴趣，还暗下决心，立志要做"圣人"。朱松希望儿子能读书仕进，于是又安排了沈郎学习举业，不过相较于枯燥乏味的应试之学，沈郎更倾心于成己成物的圣贤学问。在京期间，朱熹还近距离接触了理学大师尹焞、胡寅等人，并被他们的学识和人格深深吸引。

在朱熹求学京城期间，朝中发生了一件大事，那就是第一次绍兴和议的签订。宋金战至绍兴七年时，金军大为削弱，故而采取诱降宋廷的策略。此时主战派张浚独揽朝政，他引荐秦桧为枢密院使，后张浚因淮西郦琼之乱而被迫辞相，赵鼎重新出任左相。宋高宗赵构在秦桧等人的误导下，不顾战局于宋有利的大局，仍派使臣向金求和。后在秦桧的主持之下，经过一番谈判，高宗接受了金朝提出的条件。韩世忠、岳飞、王庶、胡铨等人虽出面反对，但高宗一意孤行，最终还是于绍兴九年元旦，宣布同金订约成功，南宋向金称臣，每年贡银

25万两，绢25万匹。在朝中任职的朱松密切关注着整个事态的发展，当主战派胡铨因上书请斩秦桧等而被编管昭州后，朱松联合胡珵、张扩等六人联名上奏，激烈反对朝廷屈辱投降之策，但依旧不能扭转乾坤。朱松气愤至极，他对十岁的儿子朱熹言道："太祖受命，到今天已经有一百八十年了！"此种家国败亡之痛让朱松叹息不已，年幼的朱熹也深受感染，浓厚的家国情怀在他幼小的心灵里深深地扎下根来。

绍兴十年（1140年）三月，秦桧势力诬陷朱松有异心，将其外放上饶郡，结果朱松自请奉祠①，南下归闽，定居建瓯。朱松又可以全身心地教沈郎读书作文了，他给儿子讲刘秀中兴汉室之类的历史故事，讲《中庸》里的道德理想，讲《春秋》中的忠孝节义思想，目的就是把朱熹培养成在内圣和外王方面都卓尔不群的栋梁之士。

---

① 宋代五品以上不能任事或年老退休的官员，常被任命为宫观使、判官、都监、提举、提点、主管等职，他们只领官俸而无职事。因宫观使等职原主祭祀，故称奉祠。

二

转益多师

绍兴十三年（1143）年三月二十四日，对朱家来说是个昏暗的日子，这天朱松病故，此时朱熹才十四岁，他再也听不到父亲的教诲了。朱松在临终之前做了妥善的安排，他把朱家托付给了刘子羽，又请求好友籍溪胡宪、白水刘勉之和屏山刘子翚担负起教育沈郎的责任。刘子羽与其父刘韐曾在河北真定（今河北正定）抗击金兵，又协助名将张浚保卫川陕，多次与金兵作战，取得胜利，立下战功。后入朝任职，与朱松相识并成为至交。绍兴十二年，刘子羽被秦桧排挤，罢官离朝，奉祠蛰居故乡崇安五夫里。第二年他受朱松之托，将朱熹一家从建瓯环溪接到五夫里，并专门修葺了屏山之下的一处居所供朱家留住。生活有了基本的保障之后，朱熹又可以安心读书了。

胡宪、刘勉之和刘子翚被人称为"武夷三先生"，他们作为朱熹在理学上的启蒙导师而名扬后世。胡宪（1085—1162），曾从学于著名学者谯定、胡安国等。胡安国师事谢良佐，将《论语》视为入道之要，受其影响，胡宪也用心于《论语》，认为学者功夫在"克己复礼"。胡宪著有《论语会义》一书，并将其传授给朱熹，这成为朱熹早年《论

语》学的重要渊源。朱熹受学于胡宪为最久，受其影响自然比较大。刘
勉之（1091—1149），自幼勤奋好学，年少时以乡举入太学，倾心于
二程之学，时蔡京专权，伊洛之学遭禁，刘勉之设法求得其书，在夜
深人静、舍友熟睡的时候潜抄默诵。谯定至京师，勉之得知其师从程
颐，遂从学谯定。他愈发厌弃科举之业，归家结茅耕读，无求于世。
绍兴十六年（1146年），刘勉之将长女刘清四许配给朱熹，师生之外又
多了一层翁婿关系。从学术思想来看，朱熹受刘勉之影响最大的乃是
《易》学，而勉之《易》学又源于谯定，谯氏《易》学杂糅佛老，重象
而不重数，这是朱熹诠释周敦颐《太极图说》的一大思想资源。刘子翚
（1101—1147）乃刘子羽之弟，曾以父荫授承务郎，后通判兴化军，秩
满因功诏留任，以疾辞归武夷山，隐居十七年，讲学不倦。其学推崇
《周易》，他曾对朱熹言道："我在《易》学上已经找到了入道之门户，
那就是'不远复'三字。""不远复"出自《周易·复卦》："初九，不
远复，无祇悔，元吉。"其意思是说迷途不远就知回返，象征君子知过
而速改，能够复归本性之初。他还注重"日新"之学，希望学者通过纯
实践履不断迁善改过，日新其德。他将这种思想灌注到对朱熹的教育
之中，其曾对朱熹言道："子德不日新，则时予之耻。"[1] 此外，刘子翚
喜好禅学，与僧人交往密切，认为佛理与圣人之言相通。

　　"武夷三先生"虽学问各有所长，但都接续二程之学，并且三者都
喜好研佛谈禅。受其影响，朱熹早年在研究理学之余，亦出入释老，
不能自拔。他曾在道谦禅师指导下学习佛学，道谦师从临济宗杨岐派
高僧宗杲，宗杲提倡"看话禅"，即围绕高僧大德之"公案"的某些语
句作为"话头"（即题目）进行参究。朱熹第一次见道谦是在刘子翚的
住处，此时朱熹十五六岁，出于好奇，他与道谦有了一番对话，但道

---

　　① 戴铣：《朱子实纪年谱》，见朱杰人等主编：《朱子全书》第27册，上海：上海古籍
出版社，合肥：安徽教育出版社，2002年版，第20页。

谦只是应和，对朱熹的想法未置可否。道谦对刘子翚说："某也理会得个昭昭灵灵的禅。"①正是这个"昭昭灵灵的禅"令朱熹魂牵梦绕，他追逐道谦学习看话禅，直指本心，自求顿悟。道谦编写了一本《大慧语录》，朱熹爱不释卷，绍兴十八年（1148年）赴临安参加礼部考试时也随身携带，颇具戏剧性的是，他正是借用道谦"昭昭灵灵"的禅学来应试，结果还考中了。朱熹在得意之余，对禅学的兴致更加浓厚了。朱熹还曾直接寄书道谦之师宗杲，请教禅学问题，后者亦有回信。有几次他不辞辛劳出闽远游，四处寻找高僧问禅。除了学禅之外，他还向庐山道士虚谷子刘烈学习还丹之术。二十岁左右的朱熹试图在儒释道之间寻求思想的养分，他如饥似渴地吸收诸家之学，为日后的学术创造打下了坚实的基础。

对于一位儒学巨擘而言，出入佛老毕竟不是归宿，归宗儒家才应该是正途。在朱熹弃佛归儒的过程中，李侗无疑是一个非常关键的人物。李侗（1093—1163），世称延平先生，南剑州剑浦（今福建南平）人。少年时师从杨时弟子罗从彦，乃二程三传弟子，终身未仕，以求道为己任。他将"太极"或"理"视为最高哲学范畴，主张要默坐澄心以体认天理，静中看喜怒哀乐未发前之气象，而求所谓"中"者。他认为学者不能只满足于记诵文字，要身体力行，实见是理。他还提倡"理一分殊"之说，认为它是儒家独有的理论主张，是儒同佛、道之间的差别所在。他强调天理与人欲的对立，认为只有灭绝人欲才能保存天理。绍兴二十三年（1153年），朱熹在前往同安赴任途经剑浦时，第一次拜见了这李侗。李侗乃朱松同门，朱熹与他本就相识，但并未有学问上的往来。此次会见，朱熹以后辈的身份向李侗讲述了自己以往的所思所学，特别是在佛禅上的体悟。听完这位年轻人侃侃而谈之后，

---

① 黎靖德编：《朱子语类》第七册，北京：中华书局，1986年版，第2620页。

李侗丝毫没有客气，他直言道："你悬空理会得很多，但对眼前之事理会不得。其实道理并无幽深玄妙之处，只需要在日用之间着实做些工夫，如此就可以体认天理了。"李侗还用其"理一分殊"的理论进一步申说，他指出朱熹只是凭空理会了一个道理，并没有在实际分殊上去体认。朱熹似乎还有些不服气，再三质问，李侗不善言说，没有唇枪舌剑般地回应朱熹的疑问，只是一再建议他要多看看圣贤言语。此次会面并没有让朱熹心服口服，但对他的思想还是产生了巨大的震动，他真的就花更多的精力和时间去研读圣人之书，日复一日，觉得圣贤言语愈发有味道。

此后四五年时间，由于事务繁忙，朱熹与李侗断了音信，直到绍兴二十七年（1157年）同安候代期间，他才开始通过书信的方式向延平先生请教问学。后来他多次往见李侗于延平、建安、潭溪等地，直至隆兴元年（1163年）李侗病卒。其实二人见面不多，前后相从不过数月，更多的时候是通过书信来讨论学问，二人书信往来被记录在朱熹编集的《延平答问》之中，该书还附录了朱熹对李侗的评论及后者的祭文行状等。从这本《答问》中，我们可以对李侗"理一分殊"和"主静存养"的思想有更全面的了解。正是在延平先生思想的影响之下，朱熹对圣贤言语有了更深刻的体悟，他逐渐发现先生之言诚不我欺，等到再回头看释氏之说时，就觉得破绽百出了。由此，朱熹完成逃禅归儒的过程。

三

白鹿洞规

　　朱熹不仅是一个孜孜向学、苦苦求索的儒生，更是一位传承道统、诲人不倦的儒师。他不喜做官，朝廷却屡屡委以官职，他只好找出各种理由推辞。对他来说，回归山野、读书授徒、讲学著述才是理想的生存状态，而书院则是实现这种理想的最佳所在。

　　书院始建于唐代，本为朝廷藏书校经之处，后来逐渐成为儒者讲学授课之所。古人建设书院，常常选在山野之间，因其清幽寂静，特别适合士子们读书问学。宋代之后，由于官府的奖励，书院教育大兴，或私人或官方创办了很多书院，耆儒硕老与年轻学子们聚会其间，他们围绕着儒家经典，知识传授与问答辩难相互交织，促进了学术思想与教育事业的发展。朱熹作为一代儒学大师，在书院建设和运作等方面做了很多具有探索性的工作，对于南宋书院教育的兴盛起到了至关重要的作用。

　　淳熙六年（1179年），他受命知南康军（今江西庐山市），在努力去除苛政、打击豪强、转化民风的同时，还差人着手修葺早已废坏毁弃、仅存瓦砾榛荆的白鹿洞书院。为此，他还多次上书朝廷，希望得到足够的支持。在奏议之中，朱熹一再强调庐山一带佛寺、道观香火兴盛，佛老之居以百十计，并且一旦废坏，就会有人组织修葺，而作为化民成俗之本的儒生旧馆只有白鹿洞书院一处，且废弃已久。他指出如果白鹿洞书院不复兴起的话，佛老之学的谈空说幻必将珍弃彝伦，使儒家道统走向衰落，这令人感到哀痛和忧虑，而太宗皇帝对于培养和教育人才的热忱和意图，也将得不到充分的体现和传承。朱熹的奏文并没有获得积极的回应，甚至还遭到朝野上下的嘲讽和反对。尽管如此，他仍迎难而上，决定自己动手，利用地方力量开展白鹿洞书院的修复工作。

淳熙七年（1180年）春，书院在短短半年时间内完成了初步的修复工作。朱熹带领当地官员以及书院的师生，一同举行了庄重的祭祀活动，举办了开院典礼。典礼完成之后，他还亲自登台，讲授了《中庸》首章。在南康任职期间，为了白鹿洞书院的建立和发展，朱熹可谓是殚精竭虑，在他的主持之下，白鹿洞书院增建了十几间屋宇，建造礼圣殿（大成殿），扩展了学生宿舍。他还多方筹措一些资金，为学院购置学田。书院是一个开展教育活动的场地，本身也有藏书的功能，所以书籍对于书院发展来说十分重要。为此，朱熹发布征集图书的公告，通过各种渠道为书院搜集图书。

在朱熹修复并主持白鹿洞书院的过程中，他还做了一件非常重要的事情，那就是亲自拟定《白鹿洞书院学规》（也称《白鹿洞书院揭示》《白鹿洞书院教条》等），此学规既是白鹿洞书院的教学规约与宗旨，也成为后来书院学规的范本。《学规》的主要内容如下：

父子有亲，君臣有义，夫妇有别，长幼有序，朋友有信。

右五教之目。尧舜使契为司徒，敬敷五教，即此是也。学者学此而已，而其所以学之之序，亦有五焉，其列如左：

博学之，审问之，谨思之，明辨之，笃行之。

右为学之序。学、问、思、辨四者，所以穷理也。若夫笃行之事，则自修身以至于处事接物，亦各有要，其列如左：

言忠信，行笃敬，惩忿窒欲，迁善改过。

右修身之要。

正其义不谋其利，明其道不计其功。

右处事之要。

己所不欲，勿施于人。行有不得，反求诸己。

右接物之要。①

《学规》先是强调为学之目，即学习的主要内容和目标，核心就是儒家所倡导的"五伦"，这显示出儒学讲明义理、重视修身的特色。修身只是一个起始和前提，儒家追求推己及人，要将伦理道德规范由个人领域推扩至整个社会、国家乃至于天下的范围，试图构造一个有着道德秩序的世界。朱熹之所以将五教列在《学规》之首，一个重要的考虑是要改变当时教育过程中存在的"徒欲其务记览、为词章，以钓声名取利禄而已也"②的不良风气。接下来是为学之顺序问题，朱子认为，圣贤教导人的方法都保存在经典之中，有志之士应该依照《中庸》里提到的学习的一般步骤和方法，广博学习，仔细发问，缜密思考，仔细辨明，坚定实践。学、问、思、辨四者，最终是为了穷理，至于笃行，则涉及修身、处事、接物等方面，每一方面都有紧要之处。修身之要，在于讲话忠诚信实，行为笃实严肃，克制愤怒，抑制欲念，改正过失，追求向善。处事之要，在于处理好道义与功利之间的关系，朱熹继承

---

① 郭齐、尹波点校：《朱熹集》（七），成都：四川教育出版社，1996年版，第3893—3894页。

② 郭齐、尹波点校：《朱熹集》（七），第3894页。

孔孟重义轻利的思想，要求学子们遵行正义而不谋取私利，要明确道理而不计较功劳。接物之要，在于自己不愿意的，不要强加给别人，做一件事情一旦不能取得预期效果，那就在自己身上寻找原因。

很显然，《学规》是朱熹将儒家核心道德规范加以糅合的结果，它文字简明，便于记诵。在这些具体约条之后，朱熹还附上了一段文字，解释了他之所以订立书院学规的原因。他反问，如果学生们真正理解了这些道理，并严格要求自己，那么这些规矩和防范措施，难道还需要别人来设立，然后才去遵循吗？他指出，近世对学习都有各种规定，但对学者的德行规范已经很少了，即便是有也不一定符合古人的意图。所以，朱熹特别选取圣贤教导人们学习的主要原则，列出来并悬挂在书院门楣上。他劝导书院学生对于这些规范要相互讨论，认真遵守，以使自己在思考和行动中更加谨慎和敬畏。最后，他还向学生提出警告，如果有人不遵守《学规》，就会受到惩罚。

在《学规》的指引之下，朱熹或亲自主讲，或延请名流，他们不再沿用传统经学教育的旧模式，而是将道德义理置于训诂考证之上，致力于培养具有较高道德水准的学子。在朱熹的带领之下，白鹿洞书院名声大振，吸引了不少前来求学的各方士人。朱熹很重视他亲自制定的《学规》，在其担任潭州知州的时候，将《学规》复揭之于岳麓书院。宋理宗于淳祐元年（1241年）驾临太学，他亲书《学规》，赐予太学诸生。《学规》对中国封建社会晚期的教育产生了重要影响，很多书院都将《学规》奉为圭臬。它甚至还远播海外，在朝鲜、日本等地广为传诵，影响深远。

四

忧国忧民

    真正的儒者绝不仅仅是在书斋里苦思冥想、潜心著述，他们将自己的学问落实在治国理政的实践之中，努力实现知行合一。朱熹一生做官的时间并不长，很多时候面对朝廷的任命，他以各种理由推脱，希望得到一个闲职以方便读书讲学，但当推辞不被批准时，他也会全身心地投入到政务之中。

    朱熹是颇具政治智慧的，为了解决一些棘手的政事问题，他总能想出恰当的办法。乾道三年（1167年）七月，崇安大雨成灾，饿殍遍地，朝廷虽下拨赈灾米粮，但被市井游民及邻县民众抢夺。次年夏天，崇安等地又发生了灾情。此时，朱熹正住在五夫，崇安知县请朱熹出面解决五夫缺粮的问题。朱熹恳求官府开仓赈济，又号召富家大户献出平价之米，但也只能解燃眉之急。朱熹考虑的问题是，如何长久地应对不测的灾情。他给出的解决方法是建立社仓——将借来的官府之谷米设为谷本，由民间与官府共同管理，鼓励富豪自愿拿出谷米作谷本，灾荒之年和青黄不接之时，百姓可以向社仓借米，实行借谷还本，并计算利息，如遇歉收利息减半，大荒之年利息则免。按照这种设想，朱熹先是在五夫主持修建了社仓，并取得了不错的效果，后来很多地方纷纷加以仿效，朝廷对此也大力推广，并颁布《社仓法》，用以规范社仓工作。淳熙七年（1180年）夏，南康遭遇大旱，方圆几十里而无一穗可收，朱熹在上奏朝廷请求减轻赋税、积极赈灾的同时，还制定一系列法令，有效地预防和打击了贪官和奸商的不法行为，使当地百姓顺利度过了荒年。绍熙元年（1190年），朱熹到漳州任知州，当地横敛扰民，积弊已久，经过缜密思考，他决定围绕经界、盐法和经总制进行改革，但因阻力重重，最终并没有取得成功。他转而在整吏治、明教化和敦风俗上着力，希望力所能及地给当地带来一些改变。

对于那些作威作福、压榨百姓的贪官污吏，朱熹毫不畏惧，坚决打击。南康任上，有一权贵子弟骑马踏死一个普通人家的孩童，就因为他朝中有靠山，百姓敢怒不敢言，官府也拿他没办法。朱熹听说这个事件之后，非常愤怒，他派人将这个纨绔子弟抓住，并命人对其施以杖刑。他的做法遭到了很多人的批评，包括他的政敌、好友甚至弟子，都说他用刑太过，有苛政之嫌，但朱熹不为所动。

朱熹推行的很多政策都没有取得好的效果，一个很重要的原因在于朝廷并没有给他太多的支持。所以，一有机会他就或直上封事①，或进京面奏，给皇帝提意见，试图从根源上解决问题。绍兴三十二年（1162年）六月，宋高宗赵构让位于赵昚，后者即位后便下诏求天下直谏，朱熹在李侗的指导和鼓励下，应召上了六千字的长篇封事（《壬午封事》）。这篇封事体现了朱熹早年的政治思想，其主要内容包括三个方面：其一，劝谏孝宗治国不可依靠佛老，帝王之学集中于《大学》一书之中，皇帝要带头正心诚意、格物致知；其二，站在坚定的主战立场，认为求和动摇人心，荧惑视听，养寇骄敌，号召君主罢黜和议，

---

① 封事：指密封的章奏，亦称封章。古代臣子向皇帝书奏机密之事，为防泄露，常封土盖章或以袋封缄，称为"封事"。

闭关绝约，修政事，攘夷狄，收复失地；其三，认为民之休戚最终系于朝廷这个"本原之地"，百姓困苦不堪归根结底源于朝政的腐败，故提出"惟以正朝廷为先务"，知人善用，远离奸佞，进退取舍惟公论是稽。在封事的最后，朱熹从正反两方面晓以利害，呼吁孝宗围绕以上三个方面深加察纳，果断力行，革新政治，以仁厚之德，建中兴之业。

当然，这些建议并没有被采纳，不过官职卑微的他还是受到了一定的重视。到了次年，也就是隆兴元年（1163年）正月，赵昚为重振国威，匆忙发动北伐，由张浚率领六万精兵，向金人发起进攻。在国家用人之际，有人举荐朱熹入都，但出于对朝政的不满，朱熹上了辞免状。北伐最初势如破竹，但由于军中发生内讧，最终导致符离兵败，朝中议和呼声又占了上风。八月，在福建安抚使汪应辰的举荐之下，朝廷又召朱熹到临安奏事。朱熹面对时变，对朝政之腐朽有不吐不痛快之感，最终决意入都。十月中旬朱熹到达临安，十一月六日赵昚召见了朱熹，朱熹将干犯龙颜的顾虑抛一边，毫不犹豫地面奏三札：第一札再讲《大学》之"圣学"，第二札强调反对求和，第三札批评赵昚宠信奸佞。在朝廷主和舆论占据压倒性优势的情况之下，朱熹的札子显得格格不入，赵昚对朱熹的逆耳忠言再次未予采纳。更可气的是，他下旨除朱熹武学博士，待次四年，打发他回老家了。可是即便归居山林，朱熹也没有放弃，他依然利用各种机会宣扬自己的主战思想。

淳熙七年三月，朱熹五十一岁，赵昚又下诏广开言路，允许士庶批评皇帝和朝政的过失，还要求地方官吏反映百姓利病，并宣称建议可行者有赏，不对者无罪。此时在南康已碰壁良多的朱熹早已愠怒满腹，他瞧准这次机会，在四月二十一日上了一道封事。因这年是庚子年，故奏章名为《庚子应诏封事》。对朱熹来说，生死祸福可以不计，雷霆之威又有何惧，他关心的是体恤百姓疾苦。他说恤民之实在于省赋，省赋之实在于治军，而治军省赋又取决于君主能否正其心术以立纲纪。他委婉批评孝宗只与少数小人亲近，沉溺于私利，导致社会状况不佳，他希望皇帝能亲近贤臣，疏远小人。此次封事不同以往，其言辞恳切，其情绪热烈，其批评也愈发尖刻，甚至已经到了肆无忌惮的地步。对于高高在上的皇帝而言，如果没有十足宽广的胸怀，是很难忍受这种尖锐批评的。赵昚一气之下要罢免朱熹的官职，好在有朝中重臣周必大和赵汝愚说情，朱熹暂时保住了职务。次年，各地水旱灾害频发，特别是这年夏浙东一些地区暴发罕见水灾，秋又遭严重旱灾。九月，朱熹在右相王淮的推荐之下，改除提举两浙东路常平茶盐公事，被派去浙东赈灾。十一月底，奏对于延和殿，一共七札，核心内容还是批评君心不正，揪着赵昚独断专决、宠任邪佞的过错不放，还将浙东灾荒与君主过失联系起来，用天人感应的论调不停地警示、敲打赵昚。朱熹希望赵昚能"宽其斧锧，留神财幸""广求贤才，以修圣政""权其轻重，特赐借拨""慰安民心，感召和气"，他还建议皇帝推行社仓制度，蠲减税钱，减轻受灾地方百姓的负担，帮助他们尽快渡过难关。面对朱熹的奏请，赵昚做了积极的表态，后来朝廷也给了一些支持，如出南库钱①三十万缗给朱熹，还下诏在诸路州郡颁行朱子社仓法。虽然朝廷做了种种努力，但当时南宋朝廷苟安腐败，漠视民瘼，加之朱熹在地方巡历期间，经常发现一些官员和豪绅偷盗侵吞救济米、不伏赈粜、不修荒政、检放不实等情况出现，这大大影响了朱熹赈灾的效果。

淳熙十五年（1188年）三月，朱子再次受召到延和殿奏事，事前有人提醒他皇帝不愿意听"正心诚意"之类的话，然而他坚定地回应："我毕生之所学就这四个字，我怎能不讲呢？如果不说，便犯下欺君之罪！"这年十一月，又上万言封事，即著名的《戊申封事》，他进一步

---

① 南库：南宋孝宗（赵昚）朝左藏南库省称，系皇帝内库。

阐述政治的根本在于君主心志的正直，君主心志的正直与否，虽然表面难以直接观察，但其在政治和社会生活中的影响却是显而易见的。他从辅翼太子、选任大臣、振举纲维、变化风俗、爱养民力、修明君政六个方面详细阐述了如何使君心归于正直，字里行间还饱含对孝宗佞佛轻儒、宠任弄臣以及对朝中大臣徇私枉法、碌碌无为的激烈批判。束景南先生指出，"朱熹的戊申封事，不仅是一次全方位的政治批判，而且也是一次全方位的文化反思；既是他对自己生平思想的一个提纲挈领式的总结，也是他用黯淡的色调对孝宗一朝作的全面历史总结"。①封事送到孝宗面前时已是深夜，他从梦中醒来，点亮灯烛，一口气读完了这封上书。面对如此恳切的奏章，孝宗内心波澜四起，许久不能平静。第二天，孝宗下令除朱熹主管西太一宫，兼崇政殿说书，也算是对这位"诤友"的优待吧。但他能做的也就仅此而已了，因为他已准备把帝位传给太子赵惇，不再过问政事，自己抽身而去了。

总之，朱熹通过不断奏事、上书等方式尝试改变国家面临的各种困境，他勇于直言，不畏强权，洞察时弊，提出有针对性的改革措施，显示了其政治智慧和远见，体现了儒家思想中"仁政"和"正心诚意"的理念，也表现出了一位儒家学者的忠诚、正直、担当和勇气。但在这一系列的奏事和上书中，也存在着因过于理想化而难以在现实中得到实施，以及言辞太过严厉、激烈而引起皇帝反感和不满等问题，再加上朱熹时常会卷入到一些政治斗争中，不停地受到政敌的排挤和打压，所以他的政治主张更多地还是停留在纸面之上。他只能眼见大宋王朝继续"民贫兵怨，中外空虚，纲纪陵夷，风俗败坏"②，这是朱熹个人的不幸，当然更是时代的悲哀。

---

① 束景南：《朱熹："性"的救赎之路》，上海：复旦大学出版社，2021年版，第250页。

② 郭齐、尹波点校：《朱熹集》（三），第1134页。

五

经筵讲读

儒生纵有治世救民之热情，但不遇明主，再多努力也只能大打折扣。朱熹跟几任皇帝打交道，殚精竭虑，一片赤诚，结果却都是一次又一次的失望。说到跟几位皇帝的接触，这里要特别提到宋宁宗赵扩，因为与孝宗、光宗恨不得把爱较真的朱熹打发得越远越好不同，赵扩曾把朱子留在身边，给他安排经筵侍讲的任务，使朱子一度成为帝王之师。

宋宁宗的继位是颇具戏剧性的。还是得从宋孝宗谈起，内忧外患此起彼伏使他厌倦了做皇帝，最终在淳熙十六年（1189年）禅位，他的第三个儿子赵惇登基为帝，改元绍熙，也就是宋光宗。起初，光宗也想做些改变，推行过诸如开辟言路、削减谏官、重行经界、整顿货币等措施，结果要么事与愿违，要么遭到反对，总之并没有取得实质的成效。光宗不但政事搞得一塌糊涂，后宫之中也是乌烟瘴气，皇后李氏嫉妒成性，竟然在绍熙二年（1191年）腊月利用光宗外出的机会虐杀了他的宠妃黄氏，第二天的郊祀大典上，光宗又忽遭狂风大火。这两天发生的事情给他带来了极大的刺激，诱发了他的精神疾病，其性格愈发乖戾，特别是在李后的挑拨之下，他与太上皇孝宗的关系日益紧张，导致了持续数年、令文武百官甚是揪心的"过宫风波"。绍熙五年（1194年）六月，孝宗病死，光宗竟然深居不出，不准备为其父主办丧礼，朝野群情激愤，最终赵汝愚、韩侂胄等大臣联合太皇太后吴氏密谋拥立新君。当年七月，光宗被迫禅位，次子赵扩硬是被强拉上位，黄袍加身，是为宁宗。

新帝上位，少不了要采取一些笼络人心、装点门面的举措，将当世大儒收归己用便是其中重要的步骤之一。在赵汝愚等人的举荐之下，这年八月朱熹被任命为焕章阁待制兼侍讲，其实就是皇帝的顾问和老师。此时的朱熹在潭州，淳熙年间的起起伏伏让他有很多顾虑，所以任命下来时他是推辞的态度，上了一道辞免状，但朝廷不允。他只好离湘赴任，十月初来到都城临安。朱熹对眼前的这位新皇帝了解不多，但多少还是有些寄望的。在面君奏事过程中，他连上五札，内容主要是让赵扩正心诚意，劝皇帝读经穷理，还谈了很多潭州政务的善后事宜。宁宗见识了这位儒宗的风采，朱子也对这位新帝有了更多的认识。

朱子在朝为官的前景也许从一开始就是暗淡的。他上任伊始，本来意气风发，一连上了几道议状，涉及孝宗葬在何处、要不要以僖祖为始祖等当时朝廷中棘手的问题。结果，他的想法和建议都没有被采纳，这对他来说也许早已司空见惯，但心中还是郁结了不少失望的情绪。他并没有放弃，因为他还有经筵这个舞台，让他有机会直面皇帝，申说自己的主张。

十月十四日，是朱子第一次受召进讲的日子。至于要先对皇帝讲什么，他进行了一番深思熟虑，最后决定还是要讲他极为看重的《大学》之道。这次讲授是在比较轻松的氛围中进行的，宁宗表现得谦虚好学，朱子一时兴起，暂时忘记了皇帝的威严，甚至用一种大人教育孩童的口吻反复申说修身为政的道理。他的讲论围绕着《大学》之"八目"展开，强调"修身为本"，大学之道最后要落脚到人的修养之上，他希望天子要把修身时刻铭记于心。宁宗问道："既然修身如此根本，请问先生我该从何处着手去修身呢？"看到新皇对这个问题展露出如此大的兴趣，朱子内心很是欣慰，只见他颔首微笑，不急不慢地言道："臣以为，您作为天子，每说出去一句话，就必须进行反思：这些话对修身是否有所妨害？小到一颦一笑、观念思虑，大到发号施令、黜陟赏罚，每一项都要进行反思。反思之后，如果对修身没有妨害，那就推行它；反之如果有害，那就得及时停止。无论是白天还是晚上，您还得反问自己：'我对我的双亲有没有照顾不周的情况？'其实不止这些，不管是出入起居，还是造次食息，都要进行反思。"显然，朱熹要用儒家的道德律令去匡正君心，使他不滥用权力、为所欲为。面对朱子的严词厉色，赵扩表现出虚心接纳的姿态，甚至表示朱子所讲深得朕心。朱熹的内心又燃起了希望的火种，他想在最短的时间里将自己的想法和盘托出，好让皇帝尽快采纳。于是，他直接向宁宗表示，可以一改讲筵每逢单日早晚进讲、大寒大暑之月罢讲的惯例，只要不是朔望、旬休和过宫之日，他都可以天天早晚进行讲授，这竟然得到了赵扩的首肯。

首讲之后，朱熹又讲了七次。在闰十月一日那次晚讲中，朱熹主讲正心诚意，要皇帝不间断地开展存养省察之功，不要被声色货利所驱使，要以义制事，以礼制心，还劝赵扩从谏如流，改过自新，对别人不求全责备，对自己则时刻检视。赵扩不断地给以正面的回应，他表示一定谨遵朱子的教诲。朱熹很是感动，对进讲一事更加重视。他把当晚所讲认真整理编次，于闰十月二日进呈皇上。四日晚讲时，朱子问赵扩对于他所讲《大学》要义的看法，后者言道："先生讲得实在好，这没有疑问。"听此言后，朱熹热血沸腾，把早前封事入对时的不快经历抛在了脑后，他主动提及要把讲义内容提炼成册子，因为讲义卷轴较大，难于披览。到了十日入对时，宁宗竟然主动问及此事，并让朱熹尽早提交。朱子不敢怠慢，很快就把句读好了的册子进呈上去，到十三日再次入对时，他询问皇帝看过之后的感受，赵扩说："朕以为紧要之处只在求放心耳。"朱熹听了如此回答之后非常感动，就好像遇到了知音一般，他说："圣上所言极是，老师宿儒们整日穷究义理也不曾见得此意，而陛下随口说出的这几句，便直达圣学要领。希望您将所言推之以见于实行，那尧舜再世有望呀！"这次见面之后，朱熹又趁热打铁，赶紧又上了一道《乞进德札子》，内容就是督促宁宗采取各种措施，务必将"求放心"落在实处。

表面上来看，赵扩对朱子是恩宠有加的，给他了各种封号和赏赐，还夸出海口要虚己接纳朱子的各种建议。但实际上，这些都是皇权的装饰品罢了，顶多就是做做样子，暂时忍气吞声，博得一个英明人主的美誉。在赵扩眼里，朱熹讲得再多，都不过是"多不可用"的废话而已。一旦朱子认真起来，甘愿冒着触犯龙颜的风险畅所欲言时，宁宗的真实面貌就显现了。朱子利用侍讲、入对、留身、上奏等各种机会，一再劝导赵扩以身作则，修身进德，后者答应得头头是道，但就是没见落在实处。朱熹有些坐不住了，屡屡奏请皇帝要落实所应之事。闰十月十九日晚讲，朱子发挥《大学》格致正诚之说，将矛头直指赵扩，批评他崇尚空言、不务实行、表里不一，这可是很尖刻的评价了。听惯了奉承话的皇帝再也包不住心中积压的怒火，等朱熹一离开，他的内批①就接踵而至了，其言："朕考虑到先生年岁已高，此时又正值严寒冬季，恐怕您难以长时间站立授课。朕已为您安排了宫观之职，希望您能知悉。"这是丝毫不留情面的逐客令，贵为帝师的朱子转眼之间就被扫地出门，理由是何等的荒谬！本来赵汝愚据理力争，请求赵扩留下朱子，但韩侂胄从中作梗，派人将内批直接送给朱子，朱子向来刚正不阿，见此内批的当天，便毫不犹豫地辞谢离朝了。

---

① 内批：从宫内传出的皇帝圣旨。

六

庆元党禁

朱子在朝仅四十多天便黯然离开，这一方面是由于宁宗的虚伪矫饰，另一方面也与当时的朝廷党争有很大的关系，当时的党争主要集中于赵汝愚党与韩侂胄党之间。

宁宗得到皇位是赵汝愚和韩侂胄合作的结果。绍熙五年（1194年），宋光宗不能正常行使皇权，政局陷于混乱。时任知枢密院事（掌管全国军政）的赵汝愚与外戚韩侂胄联合，并联络太皇太后吴氏与嘉王赵扩，最终说服光宗"内禅"，赵扩得以继承皇位。此前身为左宰相的留正曾在议立太子的问题上与赵汝愚发生分歧，留正担心将来出现纰漏，自己吃罪不起，竟假托有病，坐轿逃出京城，而赵汝愚则以定策功拜右丞相。作为吴氏外甥、宁宗韩皇后之叔祖的韩侂胄本欲借此良机得到节度使之职，但赵汝愚认为外戚不可言功，最终韩侂胄只被授以宜州观察使，他大失所望，自然就对赵汝愚怀恨在心。朱熹任职经筵期间，赵汝愚与韩侂胄两大政治集团的争斗日趋白热化。朱熹站到了赵汝愚营垒之中，其实在留正为相、赵汝愚任知枢密院事的时候，朱熹就力劝二人重视道学人士，二人也听从了他的建议，大力拔擢了一批道学，使道学党人在朝廷渐成气候。朱子作为道学领袖，不可避免地陷入了政治权力争斗的漩涡之中。更何况，他对韩侂胄等人肆意弄权非常厌恶，这就更加激化反道学人士对他的敌对情绪。

在朱子尚未赴京任职之前，他曾写信给赵汝愚，警告赵对韩要厚赏其劳，但要把韩安置在关外，以防止韩以外戚身份干预朝政。赵汝愚对此有不同看法，他以为韩侂胄之流对官职并不感兴趣，很容易加以制约，但实际上并非如此。韩侂胄为了打击报复赵汝愚，与他的亲信密谋，想出了一个阴狠狡诈的办法，那就是利用其执掌朝会、传达皇命等职权的便利，假借宁宗的"内批""御笔"①，把一批亲信安插进台谏部门，控制朝廷的监察谏议之权，最终达到控制言路、排除异己、打击政敌的目的。赵汝愚一党基本上都被逐出台谏，导致道学朝臣们被韩党肆意弹劾，搞得人心惶惶，毫无招架之力。朱熹对这种情况十分忧心，他入都之后，一直在思考如何应对，他能想到的办法就是在皇帝面前直谏。绍熙五年十月二十三日，他利用经筵留身②的机会，向赵扩面陈四事：一是要求皇帝停止修葺东宫、大兴土木，要与军民同甘共苦；二是要求赵扩对太上皇赵惇以礼相待，到寿康宫见赵惇时要流涕伏地，以示自己的罪责之意；三是批判赵扩乾纲独断，不与大臣谋议，导致左右亲信窃取权柄，干预朝政；四是提出防止皇帝独断、近习预权的方法，主要就是召集大臣依照程序公议某事，反复讨论较量，最后择其善者，由皇帝称制临决。朱熹的仗义执言换来的不是赵扩的幡然醒悟，相反，赵扩对道学领袖的厌恶情绪迅速滋长，他利用朱子以抬高自己的做法势必不会维持太久了。更危险的是，朱子对韩侂胄等人的尖锐批判带来韩党的疯狂反击，朱子在朝中任职的前景愈发黯淡了。

---

① 御笔：指帝王亲笔所书或所画，借指圣旨。

② 留身：依照宋朝的制度，臣僚上殿奏对，如果事涉机密而不欲他人知晓，就乞请在百官退朝后单独留下面奏，谓之留身。

再后来就是上文所提及的朱子黯然离朝。一些道学士子纷纷上书，为朱熹仗义执言，希望宁宗能够回心转意，留下这位道学首魁。在他们看来，朱子作为当世"儒宗"，他的进退起伏乃是天下士大夫观察朝廷政策的晴雨表，然而他在朝为官仅四十余日就被轻易罢免，弄得举朝失色，让士人们垂头丧气，其影响是非常消极的。很多人还直接批评宁宗以内批逐之，罢免朱子只是出于个人喜恶，没有经过中书系统的反复推敲论议，在程序上是极不合理的。结果这些援救举措都无济于事，朱子最终回到考亭，抱着"死亦不出"的决心和"吾道穷矣"的孤愤，退守山林，重新开始了读书著述、讲学授徒的生活。

但著述讲学并不意味着他可以避开政治漩涡，过上悠然自在的生活。他的地位太重要了，哪怕已经远离朝廷，在反道学力量看来他依然可以左右朝政，只有将他彻底打倒，才能高枕无忧。朱子被驱逐后，赵汝愚就成为韩侂胄头号的打击目标。庆元元年（1195年），韩侂胄利用台谏，指出赵为宋朝宗室却身居相位，有违祖宗之制，并污蔑赵欲行周公故事，培植私党，居功自恣。结果赵汝愚被贬至永州，赵党势力被清除出朝，道学被斥为"伪学"，朝廷成为反道学势力的天下，韩侂胄彻底掌握朝政大权。而道学力量则成为刀俎下的鱼肉，任凭敌人宰割。得知消息的朱熹极为愤怒，他本已写出几万言的封事，但在学生亲友的苦劝之下，最终焚烧了奏稿。庆元二年正月，赵汝愚死在了流放途中。道学所倚仗的头号政治人物虽然退场，但赵氏政治集团的精神资源尚未涤除，而这种精神的最重要的载体无疑就是朱熹。最终，韩侂胄一党将朱子学说定为"伪学"，将朱子语录、著作之类以及其他理学家的著述尽行除毁，鼓励告发道学"伪徒"，在科举考试中不准考生以理学话语进行论证，甚至要求他们必须在考前声明所学不是"伪学"。

一些反道学党徒自然不会放过朱熹。有些人不断捕风捉影地搜集朱子的"黑料"，不惜捏造事实，从公事处置到个人私德，全方位肆意污蔑，更有甚者还上书乞斩朱熹。结果，朱熹落职罢祠，朝廷还下诏各级官员不得由"伪学"之士担任。这还不算完，一场大清洗紧随其后。庆元三年（1197年）十二月，在韩侂胄的主导下，朝廷颁布"伪学逆党"籍，进入"伪逆"党籍者有赵汝愚、朱熹、留正、周必大、蔡元定、叶适、陈傅良、杨简等59人，他们将永不被任用。值得一提的是，被称为"闽学干城"的蔡元定还被编管道州，最终死于谪所，朱熹为其三撰诔文，高度赞赏这位弟子的人品和学识，其哀痛之情可见一斑。

庆元党禁是南宋孝宗、光宗时期长期存在的道学与反道学力量反复博弈斗争的结果，朱熹处在这个斗争漩涡的中心，他的人生轨迹随着权力争斗的此消彼长而起伏不定。这注定了很难有一种长久稳定的境遇让他去实现自己全部的理想与抱负，这是朱子的遗憾。不过要指出的是，党禁手段之残酷使得韩侂胄本人都有些动摇，有人劝他要放开党禁，以免日后遭到报复，他采纳了这个建议。嘉泰二年（1202年）二月，南宋放松伪学伪党之禁，赵汝愚、朱熹等已逝者追复官职，很多在世的道学之士也官复原职。再后来，韩侂胄发动的开禧北伐以失败告终，他本人被新的政治势力除掉，接替他的史弥远为搜罗人心，于嘉定三年（1210年）全面解除了党禁，并追赠朱熹谥号"文"。十几年的光景，一切又回到从前，朱子若泉下有知，他的感想又会如何呢？

七

巨星陨落

作为"伪学之魁"的朱熹，虽未落得个被赶尽杀绝的下场，但也面临落职罢祠的处境。他回到考亭，又同学生一道，埋首于一生挚爱的学术事业。当理学、道学、四书学成为禁区，他就徜徉于朴学、文学、五经学等之间，在生命最后几年时光里，他不惮辛劳地完成了诸多著述，实现了生平学问的最后总结。

党禁期间，他与学生方士繇合作编撰完成了《韩文考异》，考核韩愈文集十多个版本之同异，并根据文势义理及他书之可验者进行决断取舍，补正了前人的不少谬说。表面上看这是一部朴学考证之作，实际上它又寄托了朱子个人愤懑而又压抑的心思。韩愈的道统论在儒学发展史上是浓墨重彩的一笔，但在朱熹看来，韩愈还算不上一代儒宗。朱子对昌黎的批评主要体现在"道"的问题上，依他看来，韩氏所言之"道"见用不见体，"道"更多的像是一种文饰之辞，并无实际之功。朱子最看不惯的是韩愈并没有将"道"落实于自身格物致知、存养省察、修身养性之中，不能反求诸身以尽圣贤之蕴，出现了知行不一的情况。这导致的结果是韩愈不能超拔于流俗以自任，特别是当他被贬谪放逐、陷入逆境之时，无法以义理自胜，而是沉溺于异端之学，为事物所侵乱，根本谈不上息邪距波。从这个意义上而言，朱子认为韩愈虽积极倡言道说，希冀以道济时，但实际上他并未识道。朱熹如此批判韩子，显然是有他的寄托的，他希望党禁之中的道学士子们不要被暂时的困难所吓倒，要以道自任，挺立自己的精神支柱，不要像韩愈那样知行不一，动摇自己的立场。

在此期间他还注解了《楚辞》，其用意更是明显，他想拿屈原的事迹自比，抒发怀才不遇的情思，并以屈子的精神作感召，来应对这现实的困境。在对屈原的诠释上，朱子一反旧说，着重打造了前者"忠君"的人设。在他看来，屈原虽遭放逐，但他并不怨恨君主，在言辞激越背后潜藏的却是一颗忠君爱国之诚心，屈原之过在于过于忠诚，但这种忠诚终究不是世间偷生幸死者所能及的。朱子如此论说，其现实意义是要回击那些反道学力量对道学党人大逆不道、叛君不忠的诋毁。朱子一生屡犯龙颜，不为当权者所喜，背后无不体现着其忠君爱国的出发点。他对君主的忠不是愚忠，而"是一种敢于直谏、正道直行的正君之忠"①。

苦闷和不甘之余，朱熹能做的也许只是用他那"综罗百代"的视野和胸怀继续在学术园地里辛勤耕耘。除了探讨韩文和《楚辞》，在生命的最后几年里，他还研究了《周易参同契》和《阴符经》，融理学、内丹学、象数学、医学、生理学、天文学、数学等为一炉，试图打通儒、道，探究宇宙深层次的奥秘。当然，对道教内丹之学再次展现浓厚的兴趣，多少也与他的处境有关——遭受弃用，经受打压，心情压抑，年迈体衰，生命也许在不久的将来就要结束。在这种困境之中，或许只有道教的内丹、神仙之说才能给他带来一丝希望。早年出入佛

---

① 束景南：《朱熹："性"的救赎之路》，第437页。

老，后来在名师指导之下归宗儒家，到了晚年却招致此种灾祸，我们不能再用一位醇儒的标准来苛责朱子，因为他毕竟也是一个活生生的人，也终究要面临生死抉择这个根本问题。更何况，寄望于丹道并非真的想遗世独立，他只是要通过某些方法延续他内圣外王的事业罢了。其实中国文化之所以能够绵延至今，靠的正是融会贯通的博大胸怀，特别是将儒释道整合为一体，成为一种多元素的综合体。这在中国文化人身上的体现便是，无论身处顺境还是逆境，他们总会有取之不尽、用之不竭的精神资源可以借用，尽量让自己的身心处于一种平衡和稳固之中。朱熹这样的大儒是这样，那些没有留下名字的千千万万读书人又何尝不是如此，这是他们面临大时代的无奈而又最好的选择。

夜以继日、孜孜不倦的学术工作是以身体的消耗为代价的。随着年龄的增长，各种疾病便不请自来，特别是足疾给他带来了极大的痛苦。此前朱熹就曾以足疾为由辞掉朝廷的任命，到了庆历六年（1200年），此病加重，足弱气痁，步履维艰，甚至已经累及脏腑。更糟糕的是，他吃了一位叫张修之的医士开的方剂，开始起到一些效果，后来便秘泄泻交替而至，最终竟到了无药可治的地步。这是健康之人无法感受的痛苦，但就是在这种苦痛之中，朱子依然手不释卷、笔耕不辍，在生命的最后一个星期，他依然在奋力地跟时间赛跑——

三月初二，他审阅蔡沈《书集传》，详细提出了几十条意见，其间也谈论了一些时事。

三月初三，白天在楼下改《书集传》两章，又贴修《稽古录》，夜里又说《书》数十条。

三月初四，白日朱子在楼下，与学生们商量在门前洲上建一座小亭，是夜又谈到了关于《太极图》的一些问题。

三月初五，邑宰张揆来见，带来了一些礼物，朱子拒绝接受，还说："知县若宽一分，百姓得一分之惠。"晚上讲说《西铭》，还给学生谈及为学之要，可谓一生学问经验的总结。其言："为学之要，惟事事审求其是，决去其非，积累日久，心与理一。"

三月初六，在楼下改《大学·诚意章》，令学生詹淳誊写之后又改动数字，还修《楚辞》一段。午后大泄，进入宅室，从此就没再下楼至书院。

三月初七，病症加剧。

三月初八，沧州精舍诸生前来问病，朱子起坐，告诫学生要"做些艰苦工夫，须牢固著脚力"，还作书信几封给黄榦等人，实则安排后事。夜半，让蔡沈翻检《巢氏病源》，想是要寻找救命良方，但已回天乏术。①

朱子写给黄榦的书信是最后的传道遗嘱。信中谈及病情被庸医所误，心有不甘，但也只能坦然接受这一切。他希望黄榦能教诲朱氏子孙，使他们能够走在正确的道路上。他还放心不下《礼书》的整理等问题，又做了一番嘱托。

三月初九五更时分，朱熹令弟子蔡沈来到卧室之内，他坐在床上，蔡沈在一旁侍立。俄而，只见朱子用手挽住蔡沈的衣袖，费力地拉了几下，要让弟子坐下，他想说话，但实在是说不出来了。蔡沈明白老师大限将至，但他仍派人唤来医士诸葛德裕，朱子知道医术已是徒劳，他让弟子们将他移寝中堂，等待最后时刻的到来。天刚亮时，心情悲痛的精舍诸生复来问疾，学生叶味道直言不讳："先生万一有不测，丧礼用《书仪》如何？"朱子摇了摇头。范元裕则问："用《仪礼》如何？"朱子再次摇了摇头。蔡沈接着说："《仪礼》和《书仪》二者参用

---

① 详见蔡沈：《朱文公梦奠记》，载朱杰人等主编：《朱子全书》第27册，第656—659页。

呢?"朱子终于点了点头,他想补充些什么,由于不能言语,只得示意左右拿来纸笔,虽执笔一如平时,但实在没有力气运笔。他努力了片刻,最终还是放下手中的毛笔,气息奄奄地躺下了。学生们怕打扰老师,退出了卧室,只留蔡沈坐在他的头旁,范元裕坐在他的脚边。朱子上下打量了一番,瞳中依然炯炯有神,徐徐开合之间,气息逐渐轻微。到了正午初刻,一颗跳动了七十余年的心脏永远停止了它的律动,一个探究了几十年宇宙人生至理的头脑也结束了它的思虑。

一切归于平静,而一切又不平静。朱子魂归道山之时,党禁还在继续,但终究遮不住朱子用毕生心血凝结而成的理学明珠的耀眼光芒。历史将会证明,"历数唐尧千载下,如公仅有两三人"①。一位伟大儒者的生命虽已结束,他的思想却如同一个星辰,将永远照耀在中华文化这片沃土之上。

---

① 辛弃疾:《寿朱晦翁》,王步高、刘林辑校汇评:《辛弃疾全集》,珠海:珠海出版社,2002年版,第218页。

儒家往事

陆九渊

一

神童少年

陆九渊是抚州金溪人，字子静，号存斋，因曾结茅讲学于象山（今江西贵溪西南），世称象山先生。他出生于一个没落的官僚地主家庭，其八世祖陆希声曾做过唐昭宗时宰相，陆希声之孙陆德迁为避战乱，于五代末迁居金溪青田，在此地买田置地，富甲一方，成为金溪陆氏的始祖。到陆九渊之父陆贺时，金溪陆族已经是第五代，但没有了祖上的荣光，家道已经颓败，仅余十亩左右的田地和一家药铺、一间塾馆。即便如此，陆家仍然保持着"累世义居"的传统，他们聚族而居，以一人最年长者为大家长，一家之事全听命于他，家长之下会差选陆氏子弟分管田畴、租税、出纳、庖爨、宾客等家事；陆家有一套严密的家族规范体系，每天早上，家长会率领众子弟先拜谒祖祠，然后击鼓诵其家规，使族人听之；子弟一旦有过，家长会在公共场合责而训之，如果不改，便会给以挞伐，直至言之官府，逐出陆门。这是中国传统宗法社会的缩影，陆家等级有序，各司其职，义不分财，诗礼传家，因此受到了朝廷的表彰。陆九渊就生活在这样一种家庭氛围之中，这对于其道德品性的塑造以及治理之才的养成无疑是有着很大影响的。

在陆九渊出生时，五十多岁的陆贺已经有了五个儿子，其长子陆九思的儿子亦出生不久。按理说添丁加口是一件大喜事，但对于家道中落的陆家而言，却着实又加重了负担。邻人前来道喜，陆贺却不无尴尬地言道："家无阿堵物，门有宁馨儿。""阿堵物"就是钱财的代称，"宁馨儿"指的则是孩子。相较于钱财短缺来说，一个更切近的困难是陆贺夫人饶氏原本体弱，加上高龄产子的缘故，根本就没有奶水乳养九渊。陆贺夫妇本想将最小的儿子交由别人抚养，但心中又非常不舍。正当他们为此发愁时，陆九思做通了夫人的工作，令其代为哺乳，喂养自己新出生的弟弟，反而将自己的孩子交由奶妈哺育。这体现的是一种深厚的家族亲情之爱，在这种很不富裕但十分有爱的环境之中，小小的陆九渊茁壮地生长了起来。

与许多大儒一样，他小时候就体现出非凡的一面，被乡里人直呼"神童"。三四岁本是孩提天真无邪、懵懵懂懂的年纪，而此时的陆九渊却显得非常老成。他不爱贪玩，非常安静，稳重如成人，好奇心极强，凡事喜欢刨根问底。有一天，陆九渊站在书房的窗边，呆呆地望着天空，若有所思。父亲见状，很是不解，便"咳咳"两声，打断了此时的安静。九渊见父亲进来，突然问他一个问题："父亲大人，请问天地的边际在哪里？"父亲很是疑惑，不由得反问他："我儿何出此问？"陆九渊回答道："我整日仰观俯察，见不到天地的边际，真想弄出个究竟。"陆贺虽然也算是饱读诗书，但对于这样的问题，实在招架不住，只见他脸带愠怒之色，支支吾吾地说道："这，这，我也不知道这个问题的答案，你也不要在那瞎想了。"父亲走出书房之后，陆九渊继续沉浸在对这个问题的思考之中，以至于废寝忘食。那时，他常在宴坐终日中度过，十足的一个小"宅男"，足迹甚至都未尝到过厨房。偶尔在门口伫立，见者都会驻足称叹，觉得这小孩子的端庄雍容异于常儿。

从五岁开始，陆九渊开始入学读书，他喜欢读书，更爱惜书本，手里的书从头到尾读了几遍，却从没有卷褶的情况。在勤学苦读之中，陆九渊善于思考的特点愈发显现。八岁那年，他读到《论语·学而》篇，其中有孔子弟子有若的三段话，分别论及孝悌与仁的关系、礼与和的关系以及品德与礼义的关系等。陆九渊头脑里生出了一些疑惑，总觉得这些话不太符合圣人本意。于是便向先生请教，但得到的回答并没有让他满意。后来他读到《孟子》，看到里面讲曾子不肯师事有子，读到曾子所言"江汉以濯之，秋阳以暴之"等语，一方面感叹曾子见得圣人高明洁白如此，另一方面又欣慰于自己对有子的判断得到了印证。还是在丱角之时，一日陆九渊听到有人诵读程颐的文章，便毫不客气地打断了对方，直言道："程颐的话与孔孟之言太多抵牾。"然后一番解释云云，列举小程与孔孟不合之处，小小年纪便对洛学宗师提出了质疑，让对方甚为惊诧。四哥陆九韶对六弟这种好学深思、敢于质疑的特点深有感触，他说："子静弟高明，自幼已不同，遇事逐物皆有省发。尝闻鼓声振动窗棂，亦豁然有觉。其进学每如此。"①

陆九渊的读书能力是惊人的，能够印证他是一名"神童"的例子还有很多。九岁的时候，他就能写得一手好文章，文字通顺，意思畅达，许多年长于他的学子都不及他。十岁时，子静在郡庠侍读，表现出文雅雍容的气质，师生们都非常惊异。有位老儒曾对吴渐（字茂荣）说："您有一位爱女，想要觅得一佳婿的话，没有比这个叫陆九渊的更合适的了。"后来，吴渐果真将女儿吴爱卿许配给了陆九渊，翁婿二人还一起参加乡试，并同科高中，这成为当地一段佳话。陆九渊少年时代的读书成长是与他的哥哥们密不可分的，特别是与他年岁最近的五兄陆九龄，兄弟二人经常在一起勤学苦读，切磋学问。十三岁那年，陆九渊与陆九龄一同在当地有名古刹疏山寺读书，手头只有一部《论语》，他将孔子的

---

① 陆九渊：《陆九渊集》，钟哲点校，北京：中华书局，1980年版，第482页。

话与弟子们的话区分开来，分头加以研究，力图探究圣人真意。一日，陆九龄在读《论语》，他把六弟叫到前来，语带试探地问他："吾弟你看'有子'一章如何？"对于这个问题，陆九渊早已深思熟虑，形成了自己的一套认识，他回应曰："这是有子所说的话，并非夫子之言。"九龄听后很是惊讶，赶忙驳斥道："小子不能乱讲呀！孔门除了曾子，就要数有子了，对有子你不可轻视啊！"九渊有些不服，就跟哥哥辩论起来："夫子说的话简易明了，而有子之言显得支离破碎。"说罢便将有子之言逐一加以分析，说得头头是道，九龄也不由得点头称是。还有一次，九龄于窗下读《程氏易传》，读到"艮其背"四句，反复诵读不已，心中有许多疑惑不解的地方。正巧九渊从旁边经过，九龄便谦虚地向弟弟请教："你怎么理解程正叔的这段话？"九渊思考了片刻，说道："说得终究还不是直接明白。依我来看，'艮其背，不获其身'是讲无我，'行其庭，不见其人'，是说无物。"九龄听后，豁然开朗，心中疑惑顿时消解了大半，大喜过望之余不禁称赞弟弟的悟性极高。

前文提及陆九渊三四岁时便有天地究极之疑问，父亲回答不上来，这个疑问一直萦绕在他的脑海里。差不多十年之后，也就是他十三岁左右在疏山寺读书的时候，结识了一位叫许忻的人，此人曾被宋高宗召见，被视为不可多得的人才，但由于得罪权臣蔡京而遭打压，晚年流寓临川，以闭户读书为乐，他将家中所藏万卷图书捐给疏山寺。这些书涉及诸子百家，还有很多佛学的典籍，它们成为陆氏兄弟宝贵的精神食粮，二人发愤忘食，徜徉在知识的海洋之中不能自拔。其中有一本书名叫《尸子》，相传为商鞅宾客尸佼所著，全书以儒家仁义忠信为主体，兼采道家、名家之说。当陆九渊读到该书中"宇宙"一词以及"四方上下曰宇，往古来今曰宙"的解释时，突然省悟，自己多年的苦思终于得到了解答。他兴奋地对哥哥说道："原来宇宙是无穷的呀！人与天地万物，皆在无穷之中也。"他还提笔写下这样几句话：

宇宙内事乃己分内事，己分内事乃宇宙内事。

宇宙便是吾心，吾心即是宇宙。东海有圣人出焉，此心同也，此理同也。西海有圣人出焉，此心同也，此理同也。南海北海有圣人出焉，此心同也，此理同也。千百世之上至千百世之下，有圣人出焉，此心此理，亦莫不同也。[①]

后来，陆九渊阐发心学理论时，常常拈出"宇宙"二字，显示出其学说的博大气象。

总体来看，陆九渊在读书方面非常看重内心的感悟，不求记诵万千经典，但求能够心有所得。十五岁那年初夏，他曾写了一首诗，其中几句正好显示了他的这种追求："讲习岂无乐，钻磨未有涯。书非贵口诵，学必到心斋。"[②]可见，从十几岁开始，他思想中的心学种子便已生根发芽了。

---

① 陆九渊：《陆九渊集》，第483页。
② 陆九渊：《陆九渊集》，第484页。

二

鹅湖之会

在中国思想文化史上，鹅湖之会是一场堪称典范的学术讨论会，它首开书院会讲之先河，而这次辩论会的主角便是陆九渊和朱熹二人。

南宋淳熙二年（1175年）初夏，朱熹与吕祖谦合作完成理学巨著《近思录》。吕祖谦字伯恭，世称东莱先生，与朱熹、张栻为友，三人有"东南三贤"之美名。吕祖谦治学不宗一师，既继承二程将"理"视为宇宙万物之根本的学说，又受思孟学派、陆九渊等的影响，强调"心即道"，此外又主张"明理躬行"，学以致用，反对空谈性命。朱熹曾批判吕氏为学太杂，但又欣赏他的博闻多识。二人曾相与读周敦颐、二程、张载等人的著作，叹其广大宏博，没有边际，担心初学者不知所入，于是就一起掇取其中大要梗概，编成《近思录》一书。此书涵括理学基本内容，又切于日用，因而成为理学入门著作。这段共读撷英的时光很是愉快，以至于吕祖谦结束福建之行准备返回浙江时，朱熹仍依依不舍，一路相送。五月底，二人抵达信州（今江西上饶）铅山。

此时，吕祖谦心里有一个盘算，那就是让朱熹与陆九渊见一次面，一起讨论学术问题，看看有没有会归于一的可能。这时的陆九渊在学界已经有了不小的名声，开始确立起一套以"本心"为根基的理论体系，它与程朱理学有着显著的差别。并且，在他1172年中了进士之后，便开始收徒讲学，很多士人都慕名前来向其请教。据说，在陆九渊客居临安时，远近学者接踵而至，他朝夕应酬答问，竟然有四十日都不得休息。陆九渊不紧不慢，从容地接待前来问学者，只见他神采映照，不曾露出昏急之色。

其实，吕、陆二人此前就已相识。乾道七年（1171年）秋，陆九渊参加乡试，这是他第三次参加乡试。此次考试他以《易经》为主试内容，结果考试合格，得以在次年春参加礼部省试，而此次省试的考官之一正巧就是吕祖谦。吕祖谦批阅陆九渊借《易》阐发心学、仁学思想的考卷，不禁击节赞叹；又读到其《天地之性人为贵论》，被文字背后的人文色彩所感染，愈加叹赏；还有陆九渊写的策论，吕祖谦也认为文意俱高。不料，这次省试尚未完结，吕祖谦就因父亲病危而离职，但临行之前他嘱托另外两位考官尤袤和赵汝愚："这些考卷之中要论最超绝而有学问者，那必定是江西陆子静的文章，这个人才一定不可错失。"尤、赵二人亦嘉其文，最终陆九渊中选。淳熙元年（1174年）五月，陆九渊从临安专程来三衢（今浙江衢州）造访吕祖谦，二人相聚五六日，时间虽短暂，但吕氏对陆九渊的学问和人品又是赞叹有加，称他淳笃敬直，"流辈中少见其比"，"朋游间未易多得"。[①]

既然朱熹和陆九渊在学界都有很大的影响，二人又都是自己的好友，吕祖谦就想从中牵线搭桥，提供一个让朱陆二人正面交锋的机会。朱熹欣然应允，吕祖谦便连忙书信邀约陆九渊和陆九龄兄弟二人，一同到信州鹅湖寺会面。鹅湖寺始建于唐大历年间，因在鹅湖山下而得

① 陆九渊：《陆九渊集》，第490页。

名，这里环境清幽，是一个探讨学问的好地方。这年（1175年）六月三日，陆氏兄弟由金溪（今江西金溪）如约来到鹅湖寺，此外还有一些江浙地区的学友也先后前来赴会，一场彪炳千古的学术论辩即将开始了。

宾主相见，没有过多寒暄，稍作准备之后，辩论就正式启幕了。陆九龄（字子寿）首先发难，作诗一首：

> 孩提知爱长知钦，古圣相传只是心。
> 大抵有基方筑室，未闻无址忽成岑。
> 留情传注翻蓁塞，著意精微转陆沉。
> 珍重朋友相切琢，须知至乐在于今。①

诗句之中有对此一聚会意义的强调，也表达了参加这次盛会的喜悦，但更重要的是直接点明兄弟二人的理论立场。陆九龄认为心是一切事物的根基，犹如筑室之基，成岑之址，自古以来圣人相传的道统只是一心。朱熹刚听到前几句，便忍不住发表议论，他笑了笑，语气之中带了些许针锋相对的意味："看来子寿早已上了子静的船了。"意思是说，陆九龄受到了陆九渊思想的影响，走到心学的立场上去了。其实，陆九龄年少之时，独尊二程学说，后来杂阅百家，遍及阴阳、星历、五行、卜筮之学，并与陆九渊相为师友，思想上的变化确实是存在的。

一场气氛紧张的辩论就在这一首"定场诗"的吟咏中开始了。随后，陆九渊也不甘示弱，他略作沉思，口中念道：

> 墟墓兴衰宗庙钦，斯人千古不磨心。
> 涓流滴到沧溟水，拳石崇成泰华岑。

---

① 陆九渊：《陆九渊集》，第427页。

　　　　　　易简工夫终久大，支离事业竟沉浮。

　　　　　　欲知自下升高处，真伪先须辩只今。①

　　前四句是对其兄思想的一个补充说明，继续强调心的根基性地位，不过气象似乎更为阔大。而后四句则锋芒毕露，直指朱熹。朱熹之说以理为本，强调格物致知，教人泛观博览而后归之于约；而陆氏兄弟基于心本论的立场，希望先发明人之本心，而后使之博览。朱熹认为陆氏的教人之法太过简约，规模窄狭，而陆九渊则讥朱子太过支离，没有根基。后人常以"道问学"和"尊德性"来概括他们在学术思想上的分歧。朱子听到"支离""沉浮""高下""真伪"这些字眼，心中颇有不悦。他提出："照你们兄弟所言，大家都向内寻找本心去了，却束书不观，那圣人之道缘何传承？你们真是自信太过呀！"陆九渊冷冷一笑，反问道："敢问先生，在尧舜之前有什么书可读呢？"朱熹很想驳倒对方，但陆氏兄弟不为所动，继续坚持自己的观点。这次论辩持续了几天，双方各持己见，难分高下，加上陆氏兄弟听闻湖南茶寇将侵入抚州境内，他们要火速赶回金溪，这次论辩最终以不欢而散而告结束。总之，鹅湖之辩并未能如吕祖谦所愿，实现和会朱陆的目的，反倒是公开了双方的思想分歧。

　　三年后，朱熹从福建崇安前往南康军任职，途中路过鹅湖寺，陆子寿专程从抚州与之会面。朱熹仍未忘怀鹅湖之会上的激烈交锋，他也和诗一首，以表达对于朱陆之辩的思考：

　　　　　　德业流风夙所钦，别离三载更关心。

　　　　　　偶携藜杖出寒谷，又枉篮舆度远岑。

---

　　① 陆九渊：《陆九渊集》，第427—428页。

旧学商量加邃密，新知培养转深沉。

只愁说到无言处，不信人间有古今。①

这首诗的内涵是很丰富的，既表达了对陆氏兄弟道德品行的钦佩之情，也蕴含好友多年未见的关怀之感，还体现了不辞劳苦前来相见的喜悦之意。但情感背后，朱熹看重的还是思想和学术，其言"旧学"与"新学"、"古"与"今"，分明是回应陆九渊的高下、真伪之论，他对心学还是不无微词的。不过，这并没有伤害彼此的和气，朱熹和陆九渊通过会面和书信的方式，继续开展了几次论辩，这些学术活动展现了他们身上的君子之风和儒者气象。

---

① 陆九渊：《陆九渊集》，第490页。

三

心学之教

因曾在江西贵溪象山讲学，陆九渊又号象山居士，当时学者称之为"象山先生"。其实象山讲学只是他讲学生涯的一隅，在其短暂的一生之中，他曾在临安、富阳、金溪、贵溪、南康、荆门等地传道授业，很多学子都受其教诲。在他讲学过程之中，留下了一段段佳话，从中我们可以窥见其作为心学大师的风采。

前文提及，乾道八年陆九渊中了进士，由于早已名声在外，加上吕祖谦等人的推荐，诸贤前来从游，于是他就在临安讲学了一段时间。在此期间，担任富阳（今杭州富阳区）主簿的四明（今浙江宁波）人杨简来京城处理政事，杨简字敬仲，后因筑室德润湖（慈湖），世称慈湖先生。他也慕名前来，向陆九渊求教，第一次亲炙之。但由于杨简政务繁忙，他与陆氏匆匆相见，并没有深入交流。杨简意犹未尽，盛情邀请陆九渊择机去往富阳，到时再好好请教。陆九渊对这位只比他小两岁的地方主簿印象不错，便欣然接受了邀请。次年三月，陆九渊路过富阳，与杨简相见。杨简终于可以向陆九渊好好讨教一番，他直奔主题，问道："什么是本心？"此一发问直指陆学的根本，同样也是当时很多求教者的不解之处。陆九渊略一沉思，说道："恻隐，仁之端也；羞恶，义之端也；辞让，礼之端也；是非，智之端也。此即是本心。"①显然，陆九渊是在以孟子的"四端"之说解释"本心"的含义。杨简听后，有些不解："先生所言，我儿时就已晓得，到底什么是本心呢？请先生再详细示教。"主宾之间相与问答，经过几个来回，陆九渊始终不易其说，杨简还是不能明了。二人僵持期间，正巧杨简接到奏报，抽身去处理一件诉讼，案件起因是两人因买卖扇子起了纷争，由于案情并不复杂，很快就分清了是非曲直，予以了结。此事过后，杨简仍没放弃，继续向陆九渊请教"本心"的问题。扇讼一案陆九渊耳闻目睹，这次他就以此事展开论说："我听说你刚处理了一场关于扇子的争讼，说明你是者知其所是，非者知其所非，这就是敬仲你的本心啊。"此一回答使杨简顿然一悟，他意识到此心澄然清明，并无始末，无所不通。但他似乎还是有些犹疑，仍然提问道："先生就只是这些吗？"陆九渊有些不悦，厉声答曰："更何有也？"从此，杨简便对陆九渊执弟子之礼。作为陆九渊的重要传人之一，杨简将陆氏心学进一步往前推进，呈现出了唯我论的特色。

陆九渊中进士后回到青田，在家候职。在此期间，仍有远近学人前来求教，不绝如缕。陆氏兄弟几人经过一番商议，最终决定在老宅开辟一个讲学之地，因旁边有一棵大槐树，所以取名为槐堂，陆九渊还将自己的书斋命名为"存斋"。槐堂虽然简陋，但教舍、客厅、客房、厨房一应俱全，吸引着越来越多的学子前来从学。陆九渊的教学特色鲜明，他抛却当时通行之学规，不以语言文字为意，而是直指心源，立乎其大，教人养心、存心、求放心，收拾精神，匡正念虑，辨明义利，使学生善心自兴，容礼自庄，互相感化，去堂堂正正做个人。

① 陆九渊：《陆九渊集》，第487页。

陆九渊与学生之间的谈话亲切自然，不时还透露出些许禅机，在不经意间便令从学者顿悟，颇有禅师解疑之趣味。有一个叫刘尧夫的学子，十七岁便来槐堂求学。一天，他问陆九渊："先生敢问什么是'大'？"陆九渊反问他："你如今多大年纪？"尧夫说："十七岁。"陆九渊话锋一转，问弟子："你为什么整日静坐至天明？"刘尧夫有些不解地回答："先生不是常教我们静坐吗？"陆九渊反问："我教你静坐，没教你不睡觉呀！"尧夫年纪虽小，但志向很大："我想与天地比大！"陆九渊听后，笑着说："天地自大，而你的行为是违背天意的。"尧夫不明白老师的深意，请陆九渊解释，陆九渊说："你能见到屈原、荀子吗？"这句话如当头棒喝，让刘尧夫恍然大悟。还有一次，学生李伯敏对陆九渊说自己能够顽强地抑制不当的思想和行为，只是不能持久，他想获得解决这一问题的方法。陆九渊抓住要害，直言道："你只是外在顽强抑制，而不去思考错误的念头是从何而来，这说明你的修养还不到家。"李伯敏觉得老师讲得很有道理，便喃喃言道："先生的意思是重内轻外，重本轻末，不知是否如此？"陆九渊见学生的领悟还不够深刻，便不厌其烦地解释说："如果内心知晓何为对错，就不必强力抑制。就像此刻，我在和你谈话，如果忽然来了一位美女从你眼前走过，你必定没有悦色之心吧？"李伯敏听老师这样一说，茅塞顿开，赶忙向老师作揖，以表达对这位明师的感激之情。

淳熙八年（1181年），陆九渊来到南康，访问正在此地任知军的朱熹。陆、朱二人泛舟落星湖，在欢乐之余，朱熹不禁发出了这样的感叹："自有宇宙以来，已有此溪山，还有此佳客否？"[①]此前朱熹主持重修了白鹿洞书院，他觉得机会难得，便向陆九渊发出邀请，请他到书院讲学。陆九渊接受了邀请，等到约定的时间一到，他便登上了

---

① 陆九渊：《陆九渊集》，第492页。

讲台。只见台下坐着朱熹及一众师友，大家都盯着陆九渊，目光中有几多期许，都等着感受当世大儒陆夫子的气象。只见陆九渊不紧不慢，先是说了几句客套话，表达了自谦之意，然后指明此次会讲的缘由，说罢便直入主题，围绕《论语》"君子喻于义，小人喻于利"一章，申发其对义利问题的思考。这是他在之前的讲学中经常与学生谈及的问题，所以信手拈来，轻车熟路。陆九渊认为，此章以义利判别君子小人，关键在于辨志，即辨别一个人的心志所向，是志于道义，还是志于利欲。他还结合科举取士制度谈论义利问题，指出场屋的得失不能作为评判君子小人的标准，那些沉溺于科考而不能自拔的士子，虽也在读圣贤之书，但其志向不是圣人之道，而是官位利禄，又怎能指望他们悉心于国计民生、不辜负肩上所任呢？反之，如果士子们志于道义，终日勤勉，那所学所习所思所作便与圣人之道不相违背，他们通过科考而出仕，必定能承担其职责，勤于其政事，心系国家，不忘乎百姓，而不是为一己之私计。只有这样的人，才是真正的君子。最后，陆九渊满怀深情地言道："朱先生于废墟之中重修了书院，其意甚笃。在座诸位必然也是心向道义之人，我愿与诸君共勉，不辜负这崇高的志向。"话音刚落，朱熹便起身致意，在表达称赞与感谢之后，又对听讲者说道："我在这里讲课，都未曾如此讲过，实在羞愧难当。我朱熹应当与诸生共同遵守陆先生的教诲！"据说，陆九渊讲论之时，现场气氛非常热烈，大家的情绪都被带动起来，甚至有人都痛哭流涕。朱熹也深受触动，当时正值早春，天气微冷，但汗水沾湿了朱熹的衣襟，他只得不停挥扇降温。讲会之后，朱熹请陆九渊把所讲内容写成文章，这就是著名的《白鹿洞书院论语讲义》，朱子命人将此讲义刻于石板，立于白鹿洞书院。

淳熙十三年（1186年）底，陆九渊罢归，返乡沿途讲学不断，听者众多，其中有不少是平民百姓。回乡后，金溪县令为其特设讲席于学宫，人满为患，只好将讲学地点移至寺庙宫观，乡村父老来听讲者络绎不绝，足见陆九渊的学术影响和人格魅力之大。第二年，金溪门人彭世昌等邀请陆九渊登应天山讲学，是年冬陆九渊登临此山，非常开心，后来便在山上建精舍居住讲学，并将此山易名为象山，自号象山居士。象山景色壮丽，良田清池，高山流瀑，茂林怪石，琼瑶冰雪，可谓应有尽有，是一个读书闲居的绝佳之处。在象山的五年时光里，陆九渊一边登高望远，读书冥想，抚琴作诗，一边与众多学子相从讲习，舞雩咏归，千载同乐。据学生冯元质的记述，陆九渊在象山讲课时，听众少则也有几十上百人，他先是教诲学生要收敛精神，涵养德性，虚心听讲，只见整个讲堂齐肃无哗，大家都俯首恭听。陆九渊时常引用经典里的话语，但不是单纯讲经，而重在启发人之本心。他声音洪亮清脆，思路逻辑清晰，演讲技巧丰富，听者无不感动兴起。有些刚来听他讲课的人，总想质疑争辩，还有一些自视甚高者，总觉得要比陆九渊理解得高明，但完整听了陆九渊的讲授之后，这些人大多都深为折服，再也不敢大放厥词了。在师生交流之中，有些弟子言不自达，陆九渊则代为之说，讲出来的正是那些弟子内心真实的意思。陆九渊还会认真聆听学生表达自己的想法，一旦有片言半辞可取，便及时给以奖励，让学生深受鼓舞。

弟子袁燮曾为陆九渊的文集作序，其中有言："天有北辰而众星拱焉，地有泰岳而众山宗焉，人有师表而后学归焉，象山先生其学者之北辰泰岳与？"[1]陆九渊是一位真正的儒家宗师，他人格清正，内心明澈，学识渊博，喜好讲学，还具备高超的授课技巧和艺术，正是靠着这些因素赢得桃李满天下。学生们被他的人格风范和睿智之思所感染，皆感激奋砺，学有所获，心学的种子便靠这种师承传授广播天下，并逐渐生根发芽、结成硕果。

---

[1] 陆九渊：《陆九渊集》，第536页。

四

知荆门军

陆九渊倡导心学，也深受佛禅影响，但没有流于空谈心性，不理世事。相反，他主张在实上下功夫："宇宙间自有实理，所贵乎学者，为能明此理耳。此理苟明，则自有实行，有实事。"[1]"千虚不博一实，吾平生学问无他，只是一实。"[2]而从事政治则是儒者们将"实理"转化为"实事"的主要途径。

自从中进士之后，陆九渊便步入仕途。初调隆兴府靖安县（今江西宜春）主簿，但须等待六年上任，未等赴任又授建宁府崇安县（今福建武夷山市），因丁忧期未满还是没能到任；后除国子监国子正，欣然赴任，在国学讲《春秋》；又除敕令所删定官，负责修改删定帝王所发布的命令、法令，并定期向皇帝进献治国之策；后转宣义郎，拟升将作监丞，但因为在轮对时所上五札，言辞甚为激烈，对宋孝宗以及朝中大臣多有批评，枢密使王淮见到札子后非常愤怒，指使给事中王

---

[1] 陆九渊：《陆九渊集》，第182页。
[2] 陆九渊：《陆九渊集》，第399页。

信上疏，驳回了对陆九渊的任命，将其贬出京师，命其主管浙江台州崇道观。陆九渊以上所任各职，无论是地方官还是京官，级别都不高，但他都尽忠职守，努力宣传并践行自己的治政理念。

陆九渊的治政理念其实就是儒家传统民本和仁政思想的延续，不过基于心学立场，他更看重本心在政治活动中的重要地位。本心就是道心，就是理，就是仁、义、礼、智、信，为政者能够正心、发明本心，其政治实践就能以仁义为重，就能符合道德标准，也就成就了仁政。如果统治者本心迷失或被遮蔽，就需要有能够格君之心的人加以引导劝告，使君心重回道心的状态。不仅统治者自己要发明本心，他们还要"正人心"，也就是帮助百姓挺立本心，使他们也能遵守道德规范。而这一切最终都归结到一点，那就是安民养民，泽被天下。陆九渊的为政理念和治理才能在他任职荆门期间，得到了充分体现。

淳熙十六年（1189年）五月，新即位不久的光宗突然诏令陆九渊知荆门军（今湖北当阳），这让已经准备久居象山、潜心讲学的陆九渊措手不及，但在朝廷用人之际，他愿献其绵力，毅然接受了任命。本来候任的时间有三年半，但绍熙二年（1191年）六月，光宗又下诏命陆九渊提前交接。陆九渊将象山精舍讲学事宜嘱托与高足傅季鲁之后，于七月四日火速赴任。他本想一人前往，但有人提醒他荆门是军事要地，一定要小心为妙，最后他带着妻子女儿连同两个儿子、一个侄子一同前往。这段路程并不轻松，因为出发前陆九渊就感染风寒，卧床月余，性命几乎危殆；长期便血的老毛病时常发作，也让他非常痛苦；在这样极差的身体状态之下，还要经受近两个月的跋山涉水、舟车劳顿之苦，实在是艰辛异常。最终，他们一行人于九月初三到达荆门。本应该给自己安排一个喘息的机会，可陆九渊却不顾病痛和劳累，径直交接，升堂履职，展现了一代大儒忠于职守的可贵品质。

表面上看，荆门政务不烦，很多事情都可以随手解决，士民相敬，官吏勤恳，狱案不多，好似一个太平官府。但经陆九渊一番细致深入的调查之后，实际情况要严峻得多——府库所藏困于连年接送，实际上已经相当贫乏，军资库尤甚；簿书需要整顿，庐舍需要修葺，道路需要治理，田地需要开辟，城郭需要建立，武备需要修整，税制需要改革……要料理的事情实在太多，陆九渊朝夕潜究密稽，殚精竭虑，一点儿闲暇的时间都没有，其中的苦是外人不能切身体会的。

虽然困难重重，但陆九渊还是迎难而上，在荆门任职仅仅一年零三个月的时间里，他为改变困局做了很多尝试和努力。大致来说，他的功绩主要有以下四个方面：

首先，修筑城墙。荆门深处湖北内地，与襄阳、郢州等极边州郡接壤，属于次边之地，乃兵家必争之所，战略地位非常重要。但荆门素无城墙，仅有四山环合，很容易被外敌突破，直接威胁到临近边州的安全。此前几任郡守都想修城，但苦于耗费巨大而不敢轻举妄动。陆九渊审度决计，在其到任三个月之后，便亲自劝督，开启了筑城工程。他精打细算，积极争取上级拨款，并召集数千义勇，发动民夫官吏，给他们优厚的报酬，最后上下齐心，军民协力，仅用一个月左右的时间，便告完工。高效率的同时陆九渊还做到了低成本，原本预算是二十万缗[①]钱，结果却只花费了五千缗。后来又对工程加以完善，增修了城楼、角台、小门、哨楼、冲天渠、荷叶渠、护险墙等设施，总共才费缗钱三万。新修城墙固若金汤，再加上陆九渊下令操练义勇、加强巡防，当地百姓乃至周围州郡的安全有了充分的保障。百姓们纷纷交口称赞，对这位陆知军佩服至极。

其次，改革税制。两宋积贫积弱，国家困顿，地方上更是库无积粟，府无藏钱，荆门亦概莫能外。陆九渊采取积极的应对之策，以整

----

① 缗，量词，古代通常以一千文为一缗。

顿财税秩序为重心，减轻民众负担，打击胥吏腐败。此前，外地商人来荆门做生意至少要经过三道关卡，每道都会被强制收税：一道是过路费，在商贩的来往通道，会有官吏把守，他们巧立名目，强制征税；一道是税卡，商贩无论大小，都要根据货物的品类、数量，照章纳税；一道是检查的关卡，商人运送货物时如被发现没有清单或货单不符，便会受到没收货品或追缴罚款的惩罚。面对如此重重盘剥，很多商人都不愿来荆门经商，这让当地市场日益萧条，进而加重了地方的财税危机。陆九渊果断下令废除"三门引"，撤销了各地关卡。有人担心关卡一撤，税收更没有保障，陆九渊解释说："这个要区别对待，对不法商贩当然要打击，但对那些守法商人则要宽厚以待。"他还命人张贴告示，通知商贩到指定地方自觉完税，遵守者还会减免一些正税之外的援例（附加收费）。通告一出，很多客商又愿意来荆门做生意了，其中有一位大商人，听闻新令后不再绕道他地经商，准备回转荆门，但被巡逻官兵误以为是奸商，被抓到官府之中。陆九渊盘问之后，得知实情，便把他给放了。这位商人对陆九渊感激涕零，说道："大人废除三门引，减少援例，去除了我们商人的大害，我们不能不感念您的恩德。"此后，越来越多的商人来到荆门，带动了当地经济的繁荣，也使军府的税收成倍增加。在税收方面，陆九渊还整顿了铜钱纳税之弊政。按南宋政府规定，像荆门这样的边地，百姓不能使用铜钱，只能用铁钱，原因是怕铜钱流失到敌占区。但荆门民户在完纳税役时又必须使用铜钱，这就需要先将铁钱换成铜钱，而在兑换时，官府却要加收三分利息，老百姓对此盘剥苦不堪言。陆九渊对这个状况很是不满，最后他响应百姓的请求，在向上司反复申辩之后，下令蠲免这项额外的加收。

再次，整顿军纪。荆门作为战略要地，其军队建设的好坏直接影响到边防的完备与否。陆九渊刚到任时，这里的军队纪律涣散，缺少斗志，并常有逃兵出现。为此，他采取软硬兼施、赏罚分明的对策。一方面，他关心士兵生活，增加他们的收入，使他们无饥寒之忧；对于检举或捕获逃兵者给予奖赏，对于那些自首归来的逃兵则从轻发落。另一方面，他又亲自主抓军事训练，制定完善的操练计划，对士兵的训练严格要求，整习每日不辍；对于那些拒不悔罪的逃兵，则给以重罚；他还在荆门组织大型阅兵活动，对那些表现出众的将士进行嘉奖。经过陆九渊的一番改造，荆门军队精神面貌焕然一新，当地军备更为完善，边防也更加稳固。

最后，敦风化俗。在荆门期间，陆九渊贯彻"先正人心"的理念，在当地百姓中间大力传播其心学思想，努力实现敦行礼教、改变风俗的目的。为此，他修缮郡学，大兴文教，并常常与郡学师生一起讲学弘道。他还改变上元节设醮祭神、为民祈福的传统，于绍熙三年（1192年）正月十三日，邀集一些官员、士人、吏卒、百姓，以讲义取代斋醮，为众人讲《洪范》"敛福赐民"一章，意在发明人心之善，勉励人们自求多福，参会的五六百人莫不有感于中，有些人甚至为之落泪。陆九渊直指人心的"易简工夫"取得了积极的教化效果，荆门民风丕变，大家以道义相感召，纷纷响应军衙召唤，"人无贵贱皆向善，气质不美者亦革面"，[①]社会变得更加和谐安定，就连民间的诉讼和小偷小摸也越来越少了。陆九渊在给侄子陆麟之的信中曾提到，荆门当地吏卒虽较多贫困，但大家精神面貌健康向上，有"穷快活"之说。

然而这"快活"的时光实在是太短暂了。在荆门主政才不过一年有余，陆九渊的人生便戛然而止，最终消失于他一生穷索的宇宙大化之中。绍熙三年十一月，气候异常，是个暖冬，陆九渊气血瘀阻，趋于衰竭。他想到了自己的五兄陆九龄，后者已经去世十二年了，但陆

---

① 陆九渊:《陆九渊集》，第512页。

九渊一直难以忘怀，特别是哥哥胸有大志但难以施展更让他痛苦万分。感慨之余，他对家人说："吾将死矣。"家人们听后极为悲恸，劝解道："先生为何说出这样不吉利的话？您说这话让家人们怎么办啊？"陆九渊轻轻地说出三个字："亦自然。"言语之中并没有惊恐和悲戚，因为在他看来生死皆是自然，只不过是以不同形式存在于宇宙当中罢了。他还接见前来探望的僚属，告诉他们"某将告终"，但也不忘交代政务。进入腊月，陆九渊血疾大作，自知命不久矣，便命人洒扫焚香，向天祷雪，很快雪花轻轻飘落。见大雪已降，便沐浴更衣，而后幅巾端坐。家人为之进药，但他摆摆手，自是便不再言语。十四日正午，陆九渊溘然长逝，享年五十四岁。郡属为之棺殓，哭泣甚哀，吏民哭奠，充塞衢道。

儒家往事

王阳明

一

第一等事

《左传·襄公二十四年》有云："大（太）上有立德，其次有立功，其次有立言，虽久不废，此之谓不朽。"意思是说，"立德"（具备高尚的道德品质）、"立功"（成就赫赫政绩与功业）与"立言"（提出有补世道的言论）三者皆可让人永垂青史，万古不朽。能做到其中之一已经很不容易了，而能三者兼有成为"千古完人"，必定难上加难。而在很多人的心目中，王阳明就是这样一位"完人"。

王阳明，浙江余姚人，明代心学家、教育家、军事家。原名云，后更名守仁，字伯安，因曾在故乡阳明洞中筑室读书、养病，又曾创办阳明书院，故人称阳明先生。他出生在一个官宦家庭，祖上乃是山东琅琊王氏，两晋时期因避战乱而迁往江南，其中一支在南宋末年迁到余姚秘图山，王阳明就是秘图王氏的后裔。王阳明的六世祖叫王纲，本是一位隐士，后被刘伯温引荐，以文学征召进京，拜为兵部郎中。王纲被派往潮州平定民乱，但在归途中遇到海寇被害，其子王彦达费尽艰辛将其归葬，自己则终身不仕，隐居于秘图山下。王彦达之子王与准继承父志，也闭门隐居，潜心《易》学。与准之子王杰，虽受父命入为邑庠弟子员，但屡屡将仕进机会让与别人。王杰之子叫王伦，也就是王阳明的祖父，他也一生未仕，苦读父亲留下的一箧书籍，在家设塾授徒为生。王伦生性爱竹，人称"竹轩先生"，住处四周皆有绿竹环绕，他将竹子视为直谅多闻的挚友，以它们的正直虚心、高风亮节自许。王伦容貌瑰伟，细目美髯，蔼然可掬，与人交际表现出和乐之气，但对门人弟子则严肃而有规矩。

王阳明的父亲叫王华，他是王伦的第二个儿子，字德辉，号实庵，因曾读书于龙泉山而被人称为"龙山先生"。一个很有意思的现象是，在王华与王阳明父子二人的经历中，都存在不少的神话成分。例如，王华的出生和成长就充满神奇色彩。据说，王华出生时，祖母孟氏梦见她的婆婆抱着一个绯衣玉带的童子交给她，并对她说："你平时对我很孝顺，你的媳妇对你也会很孝顺。我与你的祖先向上帝乞求，让新出生的孙子保佑你们世世荣华无替。"等孟氏梦醒，发现儿媳已生二子，于是就受梦之启发，给孙子取名王荣、王华。王华堪称"神童"，刚会说话，祖父王杰就口授诗歌，没想到王华竟过耳成诵，年龄再大些还练就了过目不忘的本领。这种"降生神话"并不稀奇，翻开中国各种历史著作，无论是正史、野史，还是民间传说，关于帝王将相、圣贤名士出生经历的各种记载，常常会伴有千奇百怪的神异故事。这其实不是巧合，而是古人有意为之，是为了凸显某些人地位的特殊性或权力的合法性，抑或强调一些人天赋异禀，其成名乃是命中注定。具体到王阳明父子的神异传说，束景南先生曾指出，上帝赐神童之梦"恐出于王伦所造，反映了秘图王氏家族期盼荣华复兴的潜在家族心理"，并且"这种潜在家族心理后来又在王华身上一再得到表现，又造出神化自己出生与阳明出生的故事"。[①]这种解释是比较合理的。

---

① 束景南：《阳明大传："心"的救赎之路》（上卷），上海：复旦大学出版社，2020年版，第31页。

　　成化七年（1471年），王华娶郑氏为妻，郑氏不久就怀孕了。据说胎儿在母腹中孕育了十四个月的时候，还没有出生的迹象，这可愁坏了整个王氏家族，不过此一情形最终也是被一个梦打破了。成化八年九月三十日，王华的母亲岑氏在梦中惊醒，她梦见有一个穿着绯红色衣服、系着玉带的天仙，踏着五彩祥云，飘然而下，在仙乐的萦绕之中，只见天仙怀抱着一个婴儿，送到了岑氏手中。正当岑氏刚把这个奇怪的梦讲给王伦听，就听到产房传来了婴儿的啼哭声，很快侍女就前来报信，说是郑夫人已经产下一名男婴。岑氏也把天仙送子的怪梦说给了王华，王华在诧异之余，也顺其自然地给这个新出生的婴儿取了王云这个名字，意在强调他是从云中而来的，而王云就是后来的王阳明。王家的喜讯很快就传遍乡里，乡亲们纷纷前来道贺，对王云的降生啧啧称奇，还忍不住打量那座郑氏在其中生产的小楼，越看越觉得非比寻常。不久，王家人就采纳了乡亲们的提议，把那座小楼改称"瑞云楼"，进一步烘托了阳明降生的神话。

　　"神童"不同于常人的地方不仅仅体现在出生这一点上。小王云长到五岁时，竟然还没有开口说话，家人不停地引导，还到处寻医问药，但仍不济于事。直到有一天，不知从何处来了一位云游高僧，从王家经过，他听到奶娘呼唤"王云"这个名字，便走到王云的身边，摸着他的头顶说："多好的一个孩子呀，可惜道破了！"竹轩翁王伦听说了这件事，他有些纳闷，思索着高僧所言"道破"究竟有何深意。王伦想来想去，终于悟出了一些道理，他一方面怀疑是夫人岑氏所做的那个奇怪的梦不当外泄，道破了天机便遭到封口之劫；另一方面，他觉得高僧也许是说天才生不逢时，感叹天下道德沦丧，伦理破坏。于是，他把孙子名字中的"云"字换掉，并重新取了"守仁"一名。"守仁"的灵感来自《论语·卫灵公》，其中有"知及之，仁不能守之，虽得之，必失之；知及之，仁能守之，不庄以莅之，则民不敬"之语。他希望自己的孙子能守护好儒家仁义之道，从而更好地安身立命。没想到的是，王伦刚把名字改掉，孙儿便开口讲话了，一发不可收拾。这不算什么，小阳明还有惊人之举。八岁那年，爷爷授以《曲礼》，阳明过目成诵。后来，爷爷所读之书，阳明每每皆能口诵。王伦不解，问道："孙儿怎么就能背诵这些文字呀？"阳明回答说："以前孙儿虽不能言语，但每次听爷爷读书时，都默记于心了。"从此，王伦更加疼爱这个孙儿了。

　　成化十七年（1481年）春，对王家来说是大喜之年，因为经常在外任子弟师的王华在这一年的殿试中一举夺魁，高中状元。王华得以在朝中任翰林院修撰以及日讲官，官职虽然不高，但经常与皇帝接触，地位比较重要。次年，王华准备迎接其父王伦来京师颐养天年，竹轩翁欣然应允，并把孙儿守仁一起带上。祖孙二人途经镇江，夜宿金山寺，王伦与同在寺中的游客开怀畅饮。在座诸位雅兴大发，有人提议就以金山为题，各自写一首诗赋。王伦也想作诗一首，但苦思冥想之后并未完成。孰料坐在一旁的王阳明按捺不住，他向人索要纸笔，准备将心中早已拟好的诗句书写下来。竹轩翁很高兴孙儿能为自己解围，但内心仍有些忐忑，于是问道："孺子也能吟诗作赋？"王阳明点点头，当即写下一首七言绝句：

金山一点大如拳，
打破维扬水底天。
醉倚妙高台上月，
玉箫吹彻洞龙眠。①

---

　　① 王阳明撰，吴光等编校：《王阳明全集》卷三十三《年谱一》，上海：上海古籍出版社，2011年版，第1346页。

此诗虽显稚嫩，但很有气势，再加上出自十岁孩子之手，使得坐客皆觉惊异，大家对小守仁生出了几分敬意。少顷，众人又游览了客房附近的蔽月山房，有人忍不住还想试探一下这个小孩子的才能，便提出让他以蔽月山房为题再赋诗一首。王伦打趣道：“小孩子信口胡言，哪懂得作诗呀，各位就别难为他了。”王阳明毫不怯场，当即应声吟曰：

> 山近月远觉月小，
> 便道此山大于月。
> 若人有眼大如天，
> 还见山小月更阔。①

又是一如既往的气象阔大，不落凡俗，语句之中还带有几分哲理，众人纷纷称赞小守仁的才华，说他将来一定会以文章名扬天下。王阳明却不以为然，喃喃说道：“文章小事，何足成名？”这八个字掷地有声，有如空谷足音，让众人更为惊叹。

来到京师之后，王华为儿子安排了更好的读书条件，他自然希望守仁能够像自己一样，通过科举这一门径出人头地。但刚开始，守仁并不肯专心诵读，经常偷偷从私塾中跑出来，与一群孩子嬉戏。他喜欢制作大大小小的旗帜，让其他小孩举着旗子，持立四面，自己则扮作大将军，居中调度，左旋右转，就像战场上的阵仗一样。一次，守仁主持的这个游戏被王华看到，后者非常生气，厉声训斥道：“我们家世代以读书显，你搞这些是要干什么？”守仁有些不服气，他反驳道：“读书有什么用呢？”王华答曰：“读书可以当大官，你看父亲中了状元，都是读书得来的。”守仁咄咄逼人：“父亲中了状元，子孙世代还

---

① 王阳明撰，吴光等编校：《王阳明全集》卷三十三《年谱一》，第1346页。

是状元吗？"王华说："只有我一个人是状元，你要想也中状元，还是要勤奋读书。"守仁笑了笑，说："只有一代，虽然是状元，也并不稀罕。"王华听罢，更加愤怒了，把守仁责罚了一番。

王阳明从少年时就与众不同，他没有把读书求取功名当作自己的人生目标。对他而言，还有更高远的理想，那是超乎功利的。一次，他问自己塾师一个问题："先生，何为第一等事？"老师一怔，觉得这个发问有些奇怪，略一沉思之后便答道："第一等事就是读书登第，显亲扬名。"阳明不停地摇头，说道："登第恐怕不是第一等事。"塾师不解，追问道："小子有何高见？"阳明郑重地说："只有读书学做圣贤才称得上第一等事。"塾师哑口无言。师生答问的消息不胫而走，传到了王华耳中，他笑着对阳明说："孺子之志，何其奢也！"

现在的人经常开玩笑说："理想总归要有的，万一实现了呢？"王阳明从小便确立了自己的理想，并且还是"奢侈"的理想。也许正是这"奢侈"的愿望，才成就了那样一位"三不朽"的大人物吧！

二

经略之志

　　修齐治平是儒家的追求，从少年时代就立志成为圣贤的王阳明，在修齐治平上也早早就有过人之处。在祖父和父亲的言传身教之下，王阳明读书明理，修身养性，日新其德。注重修身养德之人的气象往往是非凡的，其光芒也难以遮挡。有一天，王阳明去街市上游玩，他看到有一个人在卖黄雀，小孩子爱玩的天性让他忍不住驻足观望，看着活泼灵动的雀儿入了神。他很想要一只黄雀，但囊中羞涩，卖雀的小贩又不愿低价卖给这个孩子。两个人就吵将起来，很多路人都来看热闹。这时来了一个给人看相的先生，他看到了那个稚嫩的脸庞，非常讶异。相士阻断了二人的争吵，说道："此子他日大贵，当建非常功名！"说罢便自己出钱买了一只黄雀，送给了王阳明。相士用手抚摸着阳明的脸庞，眼中充满慈爱，他对阳明说道："孩子，你要记住我下面的几句话：须拂领，其时入圣境；须至上丹台，其时结圣胎；须至下丹田，其时圣果圆。"围观的众人非常不解，他们不知道这位相士到底在说什么，而王阳明则有所领悟，他明白这位先生是在勉励自己，希望自己在不断地成长中逐渐成为圣贤，建功立业，最终到达德业圆满的境界。阳明感谢相士的吉言，相士见孺子可教，便又嘱咐道："孩子你应当读书自爱，我所说的话将来一定都会得到应验。"王阳明被相士的几句话深深感染，从此一改桀骜不驯的性格，整日潜心诵读，敬德修业，学问获得了很大的长进。

少年时代的王阳明不只是在读书修身方面小有成就，在齐家、治国平天下方面也有着自己的一些想法，并慢慢积累着经验。先说齐家，明代冯梦龙所著《皇明大儒王阳明先生出身靖乱录》记载了一个故事，很能说明他使家庭和睦整肃的智慧。成化二十年（1484年），郑夫人过世，十三岁的王阳明失去了亲爱的母亲。他非常伤心，在居丧期间，常常以泪洗面，极为哀痛。而对王华来说，日子还要照常进行下去，正室撒手人寰之后，他对侧室宠爱有加。阳明毕竟不是己出，侧室对他比较刻薄，少年也深刻感受到了人情的冷暖。一日他去街市上游玩，看见有人在卖一只猫头鹰，便花钱买了下来。把玩之余，阳明心生一计，准备给庶母一点颜色瞧瞧。他拿出一些钱，给了一个当地的女巫，并面授机宜。回到家后，阳明把猫头鹰藏到了庶母被中，庶母掀开被子，猫头鹰飞了出来，吓了她一大跳，费了好大周折才把这只发着怪声、不知何故出现在深宅大院、又被人视为不祥之物的鸮鸟赶出去。在众人百思不得其解之时，王阳明佯装不知，他建议找一个巫师来问询一下。庶母差人找到了那位女巫，后者一进王家宅院，便说家里有怪气，等她见到庶母之后，更是说她气色不佳，当有大灾大难降临。庶母诉说了猫头鹰一事，女巫装模作样地在王家搞了一通焚香祭祀、问诸家神的礼仪，并表演了降神的巫术，谬托郑夫人附体，威胁庶母不要再虐待王阳明，否则就要取其性命。还没从鸮鸟事件中缓过神的庶母对女巫搞出来的这一套信以为真，赶忙跪拜，伏罪悔过，嘴里还不停喊着"今后再也不敢了"。从此，庶母就对阳明以礼相待了。这个故事听起来有些离奇，很有可能也是后人编造的，但发生在一向机智有主意的王阳明身上，又显得不是那么突兀。我们不妨当个谈资，不必过分纠结它的真实性。

再看治国平天下，少年时代的王阳明意气风发，文武兼修，关心国事，慨然有经略四方之志。十四岁时，他就学习骑马射箭，阅读历代兵书，研究各种兵法。他曾对人说："儒者的一大缺点在于不知兵法。孔子还懂得有文事必有武备，但后世那些章句之儒，平时只知道追求功名富贵，以词章粉饰太平，但一旦遇到突发事变，就束手无策了。这是通权达变之大儒所不齿的。"十五岁的时候，他曾策马扬鞭，去居庸三关游览。居庸三关即下、中、上三关，关关相距十五里，它们与八达岭构成四重关城，建筑雄伟，设防严谨。明人修建这些关口，目的主要是拱卫京师，防御北方游牧民族的侵扰。然而就在三十多年前（1449年），曾发生过轰动一时的土木之变。瓦剌①贵族也先率军分四路攻打大明，大同参将吴浩战死，塞外城堡接连陷没。宦官王振挟持明英宗率五十万大军仓促亲征，行至大同时接到前线战败的报告，惊慌撤退，后屡次改变行军路线，毫无章法。等大军至土木堡（今河北怀来东），被瓦剌军追击，明军被困数日，最终大败，死伤过半，英宗被俘，王振死于乱军之中。后来瓦剌衰落西迁，又有鞑靼②崛起，对明朝边境又构成了严重威胁。当时甚至发生过两个蒙古兵轻而易举地驱赶数百汉人渡过结冰的黄河，而几千明军却无人敢救的荒唐之事。从父辈那里的讲述中，王阳明感受着这一次次国殇，年轻的心灵被一次次刺痛着。此刻的阳明奔腾驰骋在边关之中，耳边是呼啸的北风，眼前是战乱的痕迹，内心又是无限的感慨。身处此种环境，那种浓烈的家国情怀不断地升腾起来，那种在国家面临危难之际挺身而出的豪气也在不住地爆发。在边塞的一个月里，少年阳明详细考察了各少数民

---

① 瓦剌：明代汉文史籍对西部蒙古诸部的通称。
② 鞑靼：古时汉人对北方各游牧民族的统称，明代特指东蒙古人。

族部落的情况，也全面了解了国家的武备防御之策。在这期间，他还经历了与胡儿的直接追逐对峙。一日阳明在草原上骑行，远远望见有个胡人装扮的朝他而来，他毫不畏惧，没有退缩，而是策马扬鞭向胡人奔去。那胡儿没有见过如此勇猛的汉人，吓得赶紧掉头逃走，只听得马蹄声和呼叫声响彻天际，听起来是那样的畅快淋漓。试想如果当时每个人都像阳明那样豪气干云、勇敢无畏，那大明王朝何至于如此狼狈不堪？

在从居庸关返回京城的路上，王阳明做了一个梦，梦见他去拜谒了伏波将军马援的庙。马援是东汉扶风茂陵（今陕西兴平东北）人，他十二而孤，少有大志，曾亡命北地，以种田放牧为生，很快积累了财富，后来又散尽家财，分给亲友故旧。王莽末年，马援为新城大尹（汉中太守），王莽死后，马援避地凉州，投靠了割据陇西的隗嚣。刘秀称帝后，马援又转而支持刘秀，帮助刘秀扫平隗嚣。建武十一年（35年），马援任陇西太守，率军击破羌人，平定陇右。六年后，拜伏波将军，镇压交阯女悍匪征侧、征贰姊妹谋反，结果大破强敌，以功封新息侯。五十八时马援尚以戎事自许，出征匈奴、乌桓，曾豪言"男儿当死于边野，以马革裹尸还葬耳，何能卧床上在儿女子手中邪？"（《后汉书·马援传》）建武二十四年（48年），已经六十二岁高龄的他率军征讨武陵蛮，最终病死军中，实现了其"马革裹尸"的誓言。马援这样的边防名将正是少年阳明崇拜的偶像，能够梦见拜谒偶像的庙堂，阳明自然激动欣喜，为此他赋诗一首：

卷甲归来马伏波，早年兵法鬓毛皤。

云埋铜柱雷轰折，六字题诗尚不磨。[1]

---

① 王阳明撰，吴光等编校：《王阳明全集》卷二十《梦中绝句》，第877页。

诗中"云埋铜柱""六字题诗"指的是马援在平定二征叛乱之后，在汉与交趾分界处埋下三根铜柱，每根柱子上都刻有"铜柱折，交趾灭"六字，意在警告交趾切勿再轻举妄动。一千多年后，铜柱已遭雷击而倒塌，但六字题诗尚未磨灭。此诗表面上是在赞颂马援的丰功伟绩，实际上也在昭示王阳明立志以伏波将军为楷模，驰骋疆场，建立功业。

十五六岁的王阳明报效国家的心情有些迫不及待了。当时京畿之地发生了石英、王勇的叛乱，陕西有石和尚、刘千斤等人屡屡攻破城池、劫掠府库，而官府却拿他们没办法。王阳明认为自己大显身手的时机到了，他曾对父亲说道："西汉有个博士弟子叫终军，汉武帝曾派遣他出使南越，终军说'愿受长缨，必羁南越王而致之阙下'，于是前往见南越王，终使南越王举国内属，称臣改俗。我想向朝廷上书，表明我愿意仿效终军之所为，希望朝廷许我壮卒万人，我一定能削平草寇，以靖海内。"此股豪气在王华眼里简直是狂妄至极，他生怕儿子的不知天高地厚会招致杀身之祸，赶忙严厉训斥阳明，让他尽早打消那个念头。阳明乃不敢言，只好更加专心于学问去了。但是报国之心、经略之志已在内心生根发芽，只等遇到合适的时机便能长成参天大树。

在一些事件的刺激和长辈的督促之下，王阳明逐渐沉潜于读书，性格也变得更加成熟稳重。对于一个出生于耕读之家、父亲又中过状元的少年而言，读书参加科考自然是很难逃避的人生选择。不过，阳明的举业之路坎坷不平，颇多周折。成化二十三年（1487年）冬，十六岁的王阳明结束了塾馆学业，受父命归居余姚，一来可以侍奉年事已高的祖父母，二来也是为了准备参加科考。弘治元年（1488年），他完成了人生中的一件大事，那就是于洪都（今江西南昌）与诸氏完婚，次年又回到余姚。在携妻归乡的途中，阳明在广信（今江西上饶）拜访了理学家娄谅。娄氏之学重在"居敬"，以收放心为居敬之门，以何思何虑、勿忘勿助为居敬要旨，心学色彩明显，故胡居仁曾讥其学近陆九渊。阳明与娄谅的交谈颇为相契，从娄谅身上，阳明坚定了"圣人必可学而至"的信念。《明儒学案》认为阳明的姚江之学发端于娄谅，还是深中肯綮的。弘治三年，王伦去世，阳明失去了一位人生、学业和思想上的重要领路人。守丧期间，他将精力用在了准备应考上，废寝忘食地研读朱子《四书集注》以及明永乐时期编著的《四书大全》《五经大全》以及《性理大全》等科考教材。两年后他参加浙江乡试，中乡举第六名。之后他又去京城参加会试，但接连两次均落榜，同样参加科考的亲友往往都以不第为耻，而阳明却说："世以不得第为耻，吾以不得第动心为耻。"①亲人们无不佩服他的涵养。心态虽然旷达，但阳明内心还是不免产生彷徨和苦闷，因为落榜就意味着在五六年的时间里他没有很好的机会去实现自己的理想。直到弘治十二年（1499年），他第三次参加会试，终于顺利通过。本来王阳明是第一名，但因科考弊案受到牵连，被列为第二。虽不如父亲的状元头衔显赫，但也算得上光耀门楣了。

---

① 王阳明撰，吴光等编校：《王阳明全集》卷三十三《年谱一》，第1349页。

三

出入佛老

从十六岁归居余姚开始，在接下来近二十年的时间里，王阳明一边认真研读儒家经典，另一边又出入佛老，思想上呈现出驳杂不一的特色。他与道士、和尚交往甚密，在这个过程中发生了许多有意思的故事，我们先说发生在新婚之夜的一件趣事。王阳明的岳父叫诸养和，与王华是同乡挚友，时任江西布政司参议。阳明与诸家女儿的婚礼是在布政司官署举行的，当大家都在各自张罗，为这对新人的婚礼忙里忙外的时候，忽然发现新郎官不见了踪影。这可急坏了在场的亲朋好友。岳父赶紧差人四处寻找，竟然没发现踪影，直到第二天一早，大家才知道他竟然跑到附近的铁柱宫去了。原来婚礼当天阳明一时无事，觉得无聊，便自己走出家门，不知不觉来到了一座道观。此观当地人称铁柱宫，又名妙济万寿宫，原本是纪念东晋著名道士许逊而建。传说许逊为治理彭蠡湖（今鄱阳湖）连年水灾，曾斩杀兴风作浪的蛟龙，并在被认为是蛟龙出入口的一口深井处铸铁为柱，用以镇压孽龙。后世在铁柱周边建立宫观，因此得名铁柱宫。阳明见宫观肃穆幽深，不由得踏门而入，慢慢踱步参观起来。行至大殿一侧，遇到一位道人，只见他眉清目秀，满头白发，盘膝静坐，好一派仙风道骨。阳明被这位道长的气象所感染，忍不住上前施礼，问道："道长是哪里人呀？"道长看了看眼前的这位少年，不紧不慢地回应说："贫道是巴蜀之人，因访道友而至此地。"阳明又问其年岁，道人答曰"九十六岁"。再问其姓名，道人说："我自幼出外云游，不知道姓名为何。人们见我时时静坐，就唤我'无为道者'。"阳明见这位道者精神健旺，声如洪钟，推测他是一位得道高人，于是就非常谦逊地询问其养生之术。道者说："贫道养生的秘诀，无外乎一个'静'字。老子清净，庄子逍遥，惟清净而后能逍遥也。"说罢便现场教阳明道引之法，阳明恍然有悟，于是就与道者闭目对坐，两人好似一对槁木，不知不觉中天色已晚，阳明把婚礼大事都忘却了。次日天明，岳父所差之衙役来到铁柱宫，才发现阳明在那里打坐。等阳明回家之后，他有些无地自容，也对新娘以及岳父心怀愧疚。

得中进士之后，王阳明先是被派到工部观政，后又承担了督造明朝著名将领、威宁伯王越之墓的工作。弘治十四年（1501年）八月，他又奉命去往直隶、淮安等府审理囚犯，对一些冤假错案多有平反。这项工作完成之后，他借机登上九华山览胜。九华山位于安徽青阳西南二十公里处，山有九十九峰，以天台、莲华、天柱、十王等九峰最为雄伟。王阳明来此跋山涉水，探奇寻幽，可谓心旷神怡，痛快非常。为此，写下了很多诗篇，记载九华山之游的见闻感受。九华山是中国佛教四大名山之一，据说是地藏菩萨显灵说法的道场，佛寺众多，香火很旺，有"佛国仙城"之誉。既然来到佛教圣地，那就少不了寻访寺庙。他来到无相寺、化城寺等寺院，每到一处就会在寺中留宿，与其中的高僧大德一起参禅论道。此外，九华山上也有不少云游道人，他们亦道亦佛，王阳明非常期待与他们交谈。因为，在他二十七岁那年，曾偶闻道士谈养生，遂有遗世入山之意。到此时已经过去三四年了，但这个想法一直潜藏在他的心里，一有机会便想着真正实现出来。

王阳明听说在九华山有一位得道高人，他姓蔡，生性不羁，蓬头垢面，人称"蔡蓬头"。也许是此前经常受到一些奇人异士的点拨使然，王阳明对蔡蓬头这位世外高人抱有很大的兴趣，认为他可能具备超凡的道术或智慧，于是就想办法找到这个怪人。费尽一些周折之后，他如愿来到蔡蓬头的住处，只见后者踞坐堂中，衣服敝陋，若颠若狂。王阳明以恭敬的礼仪向他致敬，然后直入主题，问了一个最感兴趣的问题："请问神仙之道可以学吗？"然而，蔡蓬头摇了摇头，说："尚未尚未。"王阳明以为自己礼数还未周全，于是屏去左右，将蔡蓬头引到后堂，再拜后又问了同样的问题。蔡蓬头又摇了摇头，还是重复"尚未尚未"。王阳明没有气馁，软磨硬泡，力恳不已。无奈之下，蔡蓬头说出这样一句话："你对我拜揖尽礼，难能可贵，但我看你一团官相，还说什么神仙之道呢？"阳明听出了这位老道话里的深意，求仙求道毕竟需要超脱俗世，而他还有太多在人世间建功立业的追求，神仙之道并非真正适合他。蔡蓬头的话如当头棒喝，促使了王阳明逐渐放弃对佛道的过度追求，转而深入探索和实践儒家之学。

在九华山，王阳明还听闻有位不知姓名的老道，坐卧松毛，不餐火食，住在山巅之上。王阳明手扳树木，攀登崖壁，历尽艰险之后见到了这位高人。这是老道正踡足熟睡，阳明坐到他的身旁，以手抚摸其足。过了许久，老道醒来，见到这位后生，疑惑地问道："这里是多么危险的所在，你是怎么来到此地的？"王阳明回道："后学渴望与长者论道，所以不辞辛劳！"老道见这位年轻人诚挚求教，便打开话匣子，他谈佛老之要，还论及儒学，对一些儒家人物多有点评。他说周濂溪、程明道是儒者中的两个好秀才，还说朱熹是个讲师，只是未到最上一乘。王阳明喜欢听老道的这些讲述，盘桓许久不愿离去。等到第二天再去拜访时，老道已经徙居别处了。

　　弘治十五年，王阳明到京城复命。此时京中诸多名士掀起了一波崇尚古文的潮流，他们还建立了诗社，本来王阳明也加入其中，与众人相互唱和。但渐渐地他对辞章之学有了不满，觉得诗文之事无论是对道德修养来说，还是对建功立业而言，都没有什么好处，都是浪费自己的生命和精神，于是就从这股潮流中退出了。诗社众人觉得可惜，而阳明则态度坚决，他以过劳成疾需要静养、祖母年迈需要赡养为由，再次返回余姚，离开了这个是非之地。回乡之后，为了更好地保养身体，也为了能够安静思考学术与人生问题，他在余姚郊外找到一个石洞，在此居住下来。这里风景优美，环境僻静，人迹罕至，晴天的时候阳光洒到洞中，明亮清朗，于是王阳明就给它起了个名字叫"阳明洞"。也正是在此之后，王守仁才真正有了"阳明"这一名号。在这个"世外桃源"里，王阳明苦心修炼道引之术。道引是古代道家养生之法，《庄子·刻意》有云："吹呴呼吸，吐故纳新，熊经鸟申，为寿而已矣。此道引之士、养形之人、彭祖寿考者之所好也。"具体来说，就是通过静坐习定、调息吐纳、舒展身体等方式使身体变得柔和，以实现强身健体、延年益寿的目的，并在这个过程中臻至物我两忘、天人合一的境界。这种道引之术是王阳明从各位求教过的道长们那里学来的，如今算是有了好好修炼的时空条件。弟子黄绾、钱德洪、邹守益等人都说，经过一段时间的修炼后，王阳明竟然能先知、预知。据说一次打坐时，阳明对身边的仆役说会有四位相公来访，并让其提前等候迎接。结果，果然来了四位阳明的朋友。四人得知此事，皆觉惊异，问其缘故，阳明说："只是心清。"此后，阳明能预知的消息不胫而走，很多人都前来询问吉凶之事，阳明很多都能言中。但久而久之，他又厌倦了，意识到这些都是簸弄精神的小把戏而已，根本算不上真正的觉悟。这种思想上的变化反映了他内心的矛盾状态："'绝情'与'念亲'的矛盾，'待时'与'出仕'的矛盾，'出世'与'入世'的矛盾，始终缠绕在他心头，尘世现实的矛盾也不容他宴坐在洞中进行静入窈冥的修炼。他归居林下，本也有待时而出的打算。"①特别是到了夜深人静之时，念及家中还有年迈的祖母和在官场奔波的父亲，斟酌亲朋好友们不断劝说自己出山入仕的召唤，感叹自己学而未成、秀而不实的状况，聆听那时光不断流逝的滴答声，那些矛盾会更加的激烈，内心的焦躁和不安会更加的明显。

对他而言，如何安置对于至亲的思念是一个最为切要的问题。阳明渐渐悟到，对亲人的感念生自孩提时代，用佛教的话来讲，这就是人的"种性"，如果硬是要无视甚至泯灭它的话，那就如同要灭绝种性，这种绝对算不上是正学。悟到此一道理之后，弘治十六年二月，他就从阳明洞中走出来，转而移疾钱塘西湖，投入东南佛国——杭州习禅养疴去了。用湛若水的话来讲，阳明正经历着从"溺于神仙之习"到"溺于佛氏之习"的转化。从余姚到杭州的一路上，他到访了诸多寺院，曾在山阴本觉寺叩开老衲掩闭的门扉，曾在牛头山牛峰寺的禅房中听落雨猿吟，曾在钱塘净慈寺与友人饮酒赏月、醉卧寺中，曾在华严千佛阁捧读佛典，曾在云居山圣水寺立志断却俗世纷扰，曾在凤凰山胜果寺与唐僧处默隔空唱和，也曾在灵隐寺决意摒弃虚名、移家钱塘……仅从到访寺院的数量来看，绝对算得上"溺于佛氏"的地步。但从思想上来看，这种沉溺不是全然归宗佛学，成为佛教的信徒，而是吸收佛禅的资源，去印证自己的判断，去缓解内心世界的矛盾。一次在一座寺庙中，他曾见到一位坐关三年、不语不视的僧人，在普通人眼里这位僧人的举动可算得上非常了不起，但王阳明却毫不客气地呵斥他说："你这和尚终日口巴巴说什么！终日眼睁睁看什么！"听到训斥之后，僧人猛然顿悟，竟然开口说话了。他求阳明指示心机要领，

---

① 束景南：《阳明大传："心"的救赎之路》（上卷），第185页。

阳明问他："你家里是否还有老母亲在？"僧答曰："有母在。"阳明又问他："你是否起念想到母亲？"僧回答："不能不起。"然后，阳明结合自己当时的思考，讲了这样一段话："这种对于亲人的思念是人的种性，如果此种念头可以割断的话，那人之种性也就寂灭了。吾儒与佛道二氏毫厘之差别，只在此而已。"在他看来，佛教所言的种性（佛性）与念亲之心不悖不断，修习佛禅不必非得与世俗隔绝。僧人听后，泪流满面，当面叩谢了阳明。等到第二天，没想到他直接就还俗返乡了。阳明对此僧的开导又何尝不是对自己的劝慰，此前的归隐之志终究挡不住人世间的种种召唤，佛道仙界终究不是他的归属之地，立德立功立言离不了现实这个大舞台。在钱塘养病七八个月之后，王阳明再次回到故乡。

四

己丑之悟

在王阳明心学思想发展过程中，己丑之悟可以说是一个非常关键的环节，这是他证悟圣人之道而转向心学的重要标志。而若要理解己丑之悟的意义，还需要从他早年的经历讲起。

前面谈及少年时代的阳明便有经略四方之志，成化二十二年，[①]十五岁的他甚至想学终军，要带兵御敌，不过被父亲给劝退了，他只好继续读书学做圣人。当时程朱理学是官方正统，为了更好地了解朱熹的思想，他遍寻找程朱著作，潜心研读。一日，他读到"众物必有表里精粗，一草一木，皆涵至理"一句，引发了深刻的思考。这句话讲的是"理一分殊"的道理，在程朱理学看来，主宰天地万物的理只是一个理，但每个具体的事物包括一草一木、一禽一兽等又都各有一个理，这些理都是同一个理在不同事物上的投射。人类有认识天理的需要，而认识天理的途径就是格物致知、即物穷理，通过探究一个个

---

① 关于阳明格竹的时间，有说是在他十五六岁时，有说是在其十八岁时，还有说是在他二十一岁时，还有学者综合诸说，认为阳明格竹不止一次。本书倾向于第一种观点。

具体事物的规律性去达到体认天理的目标。这是一个不断积累的过程，对个体事物之理探究得越多，离对整个天理的体认就越近。朱熹主张对于事物，无论大小，要一件一件格过，不能遗漏："一书不读，则阙了一书道理；一事不穷，则阙了一事道理；一物不格，则阙了一物道理。须著逐一件与他理会过。"[①] 既然格物如此重要，那就从眼前的事物着手开启。王阳明当时所住的官署里种了很多竹子，这也许与祖父痴迷于竹有关，他每天都会见到这些竹子，但从来没想过从它们身上找到天理的信息。于是他赶紧来到竹子旁边，凑近去看，还不时用手摩挲弯折，煞有介事地探究起来。第一天毫无所获，第二天仍然徒劳，如此反反复复，直到第七天的时候，天理非但没能找到，反倒是把自己累病倒了。病中阳明进行了反思，他对宋儒格致之学产生了疑问，并对能否成为圣贤产生了怀疑，觉得自己做圣贤无分，求圣人大道无得，失望之余就将主要精力放到辞章之学与科举之业去了。到了弘治五年（1492年），阳明参加乡试中举，他看到了通过科举进入仕途的希望，就又重新关注宋儒格物之学。这次他吸取了之前的教训，遵循朱熹"居敬持志""循序致精"之方法，希望能够渐渍洽浃，结果格来格去，依然是"物理"与"吾心"判而为二，最终导致内心沉郁，旧病复发。再加上科考之路并没有想象的那样顺利，这些都让阳明对自己、对程朱格物之学再次产生质疑，转而去醉心佛老之学去了。

如前文所述，阳明后来经历了一个由佛老而归宗儒学、从出世而转向入世的思想转变，这与他在仕途上的升迁变化是相互交织的。从钱塘返回家乡的第二年，也就是弘治十七年（1504年），阳明赴山东主考乡试，顺道游览了曲阜、泰山等地，他拜谒了孔庙和周公庙，近距离感受了儒家文化的光辉气象，又亲自登上泰山，在东岳之巅感受着

---

① 黎靖德编：《朱子语类》第一册，第295页。

"一览众山小"的巍峨雄壮。在这种氛围中，他很自然地将孔子比作泰山北斗，在由衷地赞美之余，也生发出向儒家靠拢的意愿。在很多学者看来，王阳明的曲阜、泰山之旅在其思想转化中意义重大，是他由佛老之学向孔孟儒学复归的重要一步。

王阳明回到京师后，改除兵部武选清吏司主事，在从政之余参加了户部主事李梦阳等人组织的诗文集会。李梦阳作为文会盟主，他倡言复古，主张文必秦汉，诗必盛唐，反对虚浮的"台阁体"，其诗文多有抚时感事、批判弊政之作，与何景明、徐祯卿、王九思、王廷相等被称为"前七子"。除了诗文酬唱之外，诗会同仁不可避免地在政治倾向上相互影响，共同进退。孝宗皇帝表面上宅心仁厚，弘治之世也被认为是太平盛世，但盛名之下其实难副，当时的明朝外有鞑靼侵扰，内有外戚宦官弄权，可谓危机重重。弘治十八年（1505年），孝宗下诏求言，李梦阳上书论及弘治之政，尖锐地提出"二病""三害""六渐"等弊病，此外书中还弹劾依仗张皇后权势而骄横跋扈的寿宁侯张鹤龄。在投递奏章之前，王阳明曾亲为之占，得出可行的结论，李梦阳才下决心上书。结果，李梦阳被下狱，后经众人劝谏，孝宗才免其一死。这件事对王阳明也是一个不小的刺激，因为是他间接促成了李梦阳的上书，一方面他深切感受到朝政的腐败，另一方面他也越发觉得一切混乱的根源在于人心，这些问题的根本解决途径在于救治人心。若要治心，靠佛道和辞章是不行的，真正可以依靠的只有儒家的大道，他反思了自己三十多年沉迷佛老的心路历程，认为"大道即吾心，万古未尝改"①，人生的不朽不在于服食仙丹，而在于求仁求道，他意识到自己错了三十年，于今终于开始悔悟。也是在这一年，陈白沙弟子张诩将自己编集的《白沙先生全集》送与王阳明。白沙先生就是陈献章，

---

① 王阳明撰，吴光等编校：《王阳明全集》卷十九《赠阳伯》，第745页。

因其为广东新会白沙里人故称。与王阳明相似,陈献章早年也崇奉朱熹,曾闭门读书,穷尽天下古今典籍,以求至理,但发现此心此理未有凑泊吻合之处,于是就直彻心源,转向心学。白沙以陆学为宗,提倡静坐澄心,认为宇宙只是一"理",而"理"则具于"一心",因此人之为学在于"求诸吾心",不要被耳目闻见所扰乱,他反对观书博识的治学方法,力倡读书贵在自得。在明初朱学盛行的年代,陈白沙倡导心学,独树一帜,对王阳明心学的形成起了极大的促进作用。王阳明认真研读白沙著作,从中感受到了儒家圣贤之学的流衍脉络,被白沙心学"默坐澄心,体认天理"的思想内容所深深吸引,这再次促进了阳明对于儒家圣贤之学的靠拢。这年,阳明还与翰林院庶吉士、白沙高足湛若水相识定交,后来二人共倡圣学,扩大了心学的影响。弘治十八年是己丑年,这一年中王阳明的觉悟被称为"己丑之悟",它发生在龙场之悟之前,但在阳明思想变化的过程中也十分重要。

五

龙场悟道

　　弘治十八年五月，发生了一件大事，那就是年仅三十六岁的孝宗皇帝驾崩，太子朱厚照即位，即明武宗。即位之初，朱厚照宠任阉人刘瑾、谷大用、马永成等八人，这八人被称为"八虎"。他们从小就围绕在小皇帝身边，与他嬉戏打闹，即位之后，在"八虎"的引导下，小皇帝玩性不改，甚至还命太监在宫中搭建商铺、妓院，供其狎乐，整个后宫被搞得乌烟瘴气，而军政大事则被放在一边。以阁老刘健为首的一批正义大臣联名上书，反对宦官参政，请求严惩"八虎"。而刘瑾老谋深算，在武宗面前上演了一出"苦肉计"，痛哭流涕地狡辩了一番，结果武宗听其谗言，斥逐了刘健等人，杀害了忠直内臣王岳，还任命刘瑾为司礼太监，使他大权独揽，把持朝纲。

　　北京宦官弄权、忠臣被逐的消息传到留都南京①之后，以给事中戴铣为首的群臣连章奏请刘健等留任，且弹劾"八虎"之一高凤。武宗竟派刘瑾处理此事，刘瑾一怒之下命令锦衣卫前往南京，将戴铣等人押

---

　　① 明成祖迁都北京后，以南京为留都，实行南北两京制。

回北京，打入大牢，并廷杖革职。面对此一危难，北京的大臣再次挺身而出，设法营救。时任兵部主事的王阳明不顾个人安危，给武宗上了一份《乞宥言官去权奸以章圣德疏》。这封上书并没有直接点名刘瑾，主要目的是劝谏皇帝收回成命，使戴铣等仍供旧职，以"扩大公无我之仁，明改过不吝之勇"[①]。在奏疏的最后，他把君主比喻为"元首"，把臣子比喻为"耳目手足"，认为君主若要耳目不被壅塞，手足不得痿痹，就必将生起恻隐之心，心有所不忍定会爱惜耳目手足，而不是轻易毁伤。王阳明的奏疏言辞恳切，有理有据，显得温和而有力量。但当时的言路被阉党所控制，刘瑾看到了这封奏折，非常震怒，于是下阳明于诏狱，并廷杖四十，他还派人亲自监刑，行刑者更加卖力，阳明几乎要丢了性命。当时正值寒冬，牢狱生活虽然不长，但十分凄冷，阳明时常夜不能寐，他恐惧、悲戚、思乡、后悔、无助，各种情感交织在一起，内心忍受着巨大的煎熬。不久，一纸贬谪命令下达，他被贬至贵州龙场驿去做驿丞。

整个正德二年（1507年），王阳明几乎都是在回乡的路上。为了摆脱朝廷的迫害，他曾诡托投江，大难不死，又曾夜宿一古寺旁边的野庙，遭群虎环伺，却毫发无伤。在这间古寺大殿后面，他偶遇在南昌铁柱宫所见之老道，二十年后再见面，二人甚至欢喜。王阳明将自己的处境告知老道，并表达了准备隐姓埋名、以避世乱的想法，他希望道长为他指明一个可以容身的去处。没想到老道却说："你不是还有亲人在世吗？万一有人揭发你没有死，刘瑾必然大怒，将你父亲抓起来，诬告你们北走胡，南走越，到时你们又何以自证清白呢？恐怕最终落得个进退两无据的境地。"王阳明听了这一番好言相劝后，最终下定决心，勇敢面对，毅然赴谪。到了这年底，兜兜转转一番，他终于回到

余姚。辞别家人之后，便正式踏上贬谪之路，他带领仆役，从浙江进入福建、江西，又经湖南，最终在正德三年三月赶到龙场驿。

龙场驿位于今贵州修文县境内，是"龙场九驿"之一。明初，彝族女政治家奢香组织人力，修了五六百里山路，建立了九个驿站，因为第一站在贵阳西北万山丛中的龙场，因此总称为"龙场九驿"。这些驿道的修建是中国古代邮驿发展史上的一件大事，它沟通了中原和西南地区的联系，堪称民族团结史上的一段佳话。但此时的龙场驿已经凋零破落，马匹没了，驿卒逃了，房子也坍塌了；环顾四周，万山高耸，飞鸟不通，荆棘丛生，蛇虺成堆，瘴疠弥漫；还有语言不通、习俗大异的问题，当地少数民族尊事蛊神，经常有从中土来的人被杀害，美其名曰"祀神""祈福"。对于任何中原人士来说，当时这种自然环境和人文环境实在是太恶劣、太艰难了。来龙场没多久，王阳明就目睹了同样来贵州任职的一行三人先后死在驿所附近的山道上。悲伤之余，他与众人掩埋了这三个可怜的人，并写下了《瘗旅文》，这篇文章还被收入到《古文观止》中。

恶劣的环境没有把王阳明吓倒。其实仔细琢磨一下，前文所谈到以及下文将要提及的那些儒学大家，当他们面对人生的困厄时，不都是抬头挺胸、乐观面对吗？也许是贵人自有天助吧，当地夷人见到气度不凡的王阳明，不敢造次，而是小心敬事，甚至还有人给他提供食物。在这种还算融洽的氛围中，阳明开始了对居住环境的改造。到任伊始，他结草庵而居，条件虽然艰苦，但也自得其乐。后来他找到一个叫东洞的溶穴，有如在家乡的阳明洞，觉得是一个很好的静修处所，将其改名为"阳明小洞天"。此外，在小洞天不远处，他又找到另一处宽敞的石洞，能容上百人，取名"玩易窝"，意在研究易理，参悟修炼。不过溶洞阴湿，长久居住毕竟对身体有害，他就与当地百姓一起就地取材，按照中原房屋的样式，在洞穴下方的平坦之处建造了屋宇，这样终于有了安定的居住之所。当地诸夷念其辛苦，还为之伐木构室，宽大其制，改善了湫隘卑湿的居住环境。阳明又在房子周边种植桧竹、卉药，让它变得更清雅宜居。在陋室中，他设寅宾堂、何陋轩、君子亭等，统名曰龙岗书院。

容身的处所已经有了，基本的生活有了保障，王阳明终于可以静下心来读书求理、参透人生。在远离政治中心和自己家乡的边陲之地，他常常于夜深人静之时，回想自己三十多年的人生经历，喜忧参半；回顾自己思想的演进变化，或晦或明；展望自己今后的前景方向，吉凶未卜。还有远离家园的思亲之情、忧国忧民的家国情怀，也无时无刻不冲击着他那颗虽受创伤但仍然滚烫的心灵。越是在晦暗不明的情形之下，就越需要一个灵光独耀的主宰之心。心静了，心定了，心明了，才能经受外在的磨难，解决思想的困惑，保持向上的热情，迎接光明的未来。

正德三年的一个午夜，王阳明忽然从睡梦中惊醒。他梦见自己去拜谒孟子，孟子下阶迎之，王阳明向孟老夫子鞠躬致敬，并当面请教了一些困扰自己许久的问题。孟子给王阳明讲了关于"良知"的思想："人之所不学而能者，其良能也；所不虑而知者，其良知也。孩提之童，无不知爱其亲者；及其长也，无不知敬其兄也。亲亲，仁也；敬长，义也。无他，达之天下也。"（《孟子·尽心上》）这样的论述阳明此前早已读过很多遍，但经孟夫子亲自讲授一番之后，竟然有茅塞顿开之感。谆谆教诲，言犹在耳，让王阳明觉得非常真切，梦中不觉呼叫起来。仆从听到叫声，也被惊醒了，问其何故惊叫，王阳明便兴奋地把梦里的情节讲了一遍。从此，阳明开始豁然大悟。他到底悟到了什么呢？关键还是"良知"二字。在他看来，本体和功夫都系于"良知"——圣人之道，吾性自足，圣贤左右逢源，只在于能取用"良知"；所谓"格物致知"，不是像阳明之前那样努力地去格竹子以求天理，而是去格良知、致良知；《中庸》所谓"不思而得""不勉而中"的"诚者"，所"得"、所"中"也只是良知而已。如果学者舍弃自然之良知，而纷逐于闻见之知，纵然想有所得，并且真的去做了，最终结果"亦如取水于支流，终未达于江海，不过一事一物之知，而非原原本本之知"。①特别是在不断变易的自然和社会之中，人要将眼光聚焦于纷繁复杂的事物之上的话，很容易就误入歧途，有所窒碍，人也就不能从心所欲不逾矩，不能成为自我的主宰。王阳明将这些感悟拿去理解五经的论述，发现无不吻合，沛然若决江河。后来他写成《五经臆说》，就是试图用心学立场重新诠释儒家经典。

从此，王阳明摆脱了程朱理学思想的束缚，继承孟子、陆象山的思路，将成为圣贤的功夫从外在的格物穷理转向内在的良知领悟，把人的主体性拉高到一个新的高度。关于龙场之悟的意义，有学者指出："'龙场悟道'既是他在思想上真正与朱熹分道扬镳的开端，亦是他本人心学体系之建构的开端，为'阳明学'的真正诞生准备了必要前提。"②事实上，在贵州期间，王阳明心学的主要思想已经开始形成并不断完善。正德四年，贵州提学副使席书聘请王阳明到贵阳文明书院讲学，前者本欲请教朱陆之异同，而后者不语朱陆之学，而是谈自己的大悟，讲"知行合一"的理论。"知行合一"是龙场彻悟后的理论结晶，王阳明提出这种思想依然是要走出一条与朱子之学不同的道路，因为朱子于心外去求理，主张知先行后，倾向重知轻行，是将知和行分为两截。而依照王阳明的理解，所谓"知"就是人心固有的至善良知，其内容就是仁义礼智；所谓"行"，就是按"良知"指引所产生的

　　① 冯梦龙、邹守益：《王阳明图传》，张昭炜编注，上海：上海古籍出版社，2021年版，第58页。

　　② 董平：《王阳明的生活世界：通往圣人之路》（修订本），北京：商务印书馆，2018年版，第53页。

道德行为；"知"与"行"都与心相关，在来源、实质和过程上都是同一的，不必分出个先后轻重。这套理论在当时朱学盛行的情形下无疑是惊天之语，以至于席书听了之后怀疑而去，王阳明不断解释给他听，如此往复四次，他才最终接受。

六

翦除宁藩

正德四年（1509年）十二月，被放逐了整整三年的王阳明接到了调令，离开了那个对他而言虽显蛮荒但又光明万丈的地方，这年他三十八岁。在之后的十年里，他又辗转多地，曾在庐陵（今江西吉安）任知县，蠲免赋税，预防火灾；在刑部、吏部、太仆寺、鸿胪寺等部门任职，公务之余经常与弟子切磋学问，讲学论道，使阳明学的规模和影响不断扩大。正德十一年（1516年），升任都察院左佥都御史，巡抚南（安）、赣（州）、汀（州）、漳（州）等地，他一面"平山中贼"，编练地方武装，多次发动对当地匪寇的征剿，立下赫赫战功，改善了地方治安，赢得了百姓的拥护和爱戴；一面"平心中贼"，建立社学，制定乡约，教化乡民，移风易俗，还推行"十家牌法"，建立保甲制度，从思想和制度上确保治地的长治久安。

王阳明在南赣等地积极主事，尽情彰显着其治世之才能。但若论真正体现其智慧和能力的，还得算是平定宁王之乱。正德十四年（1519年）六月，宁王朱宸濠在南昌发动叛乱。这个成就王阳明功业的朱宸濠，本是明太祖朱元璋第十七子宁王朱权之后。朱权原本被封在大宁（今内蒙古自治区宁城县），实力雄厚，他曾助燕王朱棣起兵夺取皇位，但燕王并未兑现平分天下的承诺，而是将朱权徙封南昌，并削除了他的护卫。对于这口恶气，朱权的嫡曾孙朱宸濠一直记在心上。弘治十年（1497年），宸濠嗣宁王位，他极力谋求壮大自身势力，最终目标是要夺取最高权力。为此，他与武宗身边的权倖相勾结，并不断献媚，讨武宗欢心，武宗重新为他安排了护卫。宸濠见武宗无子，东宫未立，甚至准备将自己的儿子过继入嗣。在其封地里，宁王强夺百姓田宅子女，收买盗贼，劫掠客商，恣肆放纵，无恶不作。正德十四年，御史萧淮上疏弹劾宁王，武宗遂派人传达圣旨，收其护卫，令其归还所夺田产。朱宸濠见谋反事迹败露，便发动了蓄谋已久的叛乱。这年六月十四日，他以庆祝生日为由，假意设宴招待江西地方官员，乘机将他们包围起来。宸濠声称他接到太后密旨，令其起兵入朝，意在胁迫当地官员帮其举事。都御史孙燧、副使许逵不从，被枭首示众，众人畏惧，巡按御史王金、参政王纶等人带头稽首，称宸濠为万岁。宁王以李士实、刘养正为左右丞相，以王纶为兵部尚书，拥兵十万，在南昌举兵起事。

朱宸濠发动叛乱时，王阳明正乘坐官船北上，奉命去福建平定当地的军乱。六月十五日，官船开到丰城，他得知了宁王起兵的消息。王阳明立即改变行程，折返南下，欲回吉安，一来是避免宁王沿赣江北上追杀自己，二来也可以从长计议，商量平叛之策。其实在宁王预谋期间，他就试图拉拢手里握有兵权且军事才能突出的王阳明。王阳明有位弟子叫冀元亨，朱宸濠听说他是王阳明的门人，就想通过他结交王阳明。朱宸濠与冀氏见面时，表达出了拉拢之意，但后者佯为不知，大谈格物致知之学，希望开导宁王，阻止其忤逆之心。朱宸濠听了这些劝导之言，非但没有动心，反而嘲讽冀元亨痴愚至极，并立马与其绝交。冀元亨将此事告与阳明，阳明叹了口气，说："你闯祸了呀！你继续留在这里的话，宁王必定会构陷于我。"于是就派人将冀氏护送回家。

既然成不了同党，那就战场上见真章了。王阳明在丰城得到宁王叛乱的消息后，急忙回转吉安。他同吉安知府伍文定一道研究敌我双方态势，商讨应对策略。他们一方面积极备战，调配物资，发布檄文，号召各地起兵勤王，借机招募义军；另一方面又采取缓兵之计，连续拟就几封假文书，让朱宸濠误以为朝廷早已提防他的谋反，并将调集重兵围攻南昌。朱宸濠被假象所迷惑，半个月里不敢轻举妄动，没有马上攻打留都南京。六月底，朱宸濠见朝廷军队未至，才主动攻出来，很顺利地从南昌出鄱阳湖入长江，不到一月时间就攻下九江、南康。官军面对强敌，不思英勇战斗，反而四处逃遁。宁王准备趁势追击，命其子宜春王朱拱樤留守南昌，自己则率众十万、战船千艘直扑安庆，意图在夺取安庆后占领南京，并在那里称帝。面对气势正盛的叛军，有人主张应该直接调兵救援安庆，而王阳明则力主攻打南昌，因为叛军主力在安庆遭遇顽强抗击，一时难以夺城，而此时敌人在南昌兵力空虚，官军可以趁机直捣贼巢，让敌人乱了阵脚。若宁王班师回援南昌，官军则可以逸待劳，胜券在握。七月中旬，王阳明率各州乡兵八万（自称三十万），直攻南昌，他亲自督战，命令军士奋勇杀敌，结果很快拿下南昌，并俘获了朱拱樤。在南昌期间，有将士做出了杀掠百姓的行为，王阳明遂整顿军纪，斩杀了违反军令的十几人，稳定了人心。

朱宸濠闻南昌已破，便下令从安庆撤出，回师救援南昌。为打好接下来与敌人主力交锋的一场场硬仗，王阳明迅速调兵遣将，令伍文定率一部正面迎战，都指挥佘恩继后，赣州知府邢薄绕到敌后攻击，袁州知府徐琏、临江知府戴德孺则在左右翼设伏迎敌，五路大军相互配合，只等敌兵来到。七月廿四日，双方战于南昌以东黄家渡一带，官军并未恋战，而是佯装败逃，引诱敌人进入伏击圈。很快宁王就腹背受敌，被切割为几部分，战斗失利，伤亡惨重。朱宸濠急忙调派驻扎在九江、南康的精锐出击，王阳明命官军奋勇死战，最终打败了敌人。宁王败退樵舍地区，他下令将战船联结在一起，组成方阵，并悬赏重金，准备再战一场。面对敌人的嚣张气焰，王阳明决定以火攻来破敌人的船阵。七月廿六日晨，他率军发动突袭，将一些小舟装满柴薪，乘着风势点燃柴火，直接冲向敌人战船方阵。敌人乱作一团，喊声震天，宁王闻声大惊，问其缘由，有下属手持一块木板前来回禀。木板正面写着"免死牌"三字，背面则写着劝降的话语，大意是："宸濠叛逆，罪不容诛，胁从人等，如果能弃暗投明，可手持这一木板来降，朝廷就会既往不咎。"显然，这是王阳明的攻心、离间之计。很快火势越来越大，官军也将叛军团团围困，宁王见败局已定，就仓促乘舟逃遁，但最终还是被擒获。除此之外，附和叛乱的伪左右丞相等以下数百人也遭生擒，还有三万左右敌军溺水而亡。最终在王阳明的周密部署之下，历时四十多天，官军歼灭叛军，平息了宁王之乱。

可笑的是，武宗得到宁王之乱的消息后，竟准备御驾亲征，并真的于八月二十日率大军离京，可第二天就收到了王阳明的报捷文书。可气的是，一些小人在武宗面前鼓噪，污蔑王阳明与宁王勾结，暗通叛军。不久，武宗驾崩，世宗即位，王阳明拜南京兵部尚书，封新建伯，但空有其名，朝廷并没有兑现一千石的岁禄。后来因为很多跟他一起战斗的官员、将士并没有得到赏赐，王阳明就上了一道《辞封爵普恩赏以彰国典疏》，要求朝廷收回"新建伯"的封号，这无疑体现了他的高风亮节。

七

此心光明

　　平定宁王之乱后，在很长一段时间里，王阳明将主要精力放在讲学著述上面。正德十五年（1520年），他在巡抚赣州期间大兴社学，还在南昌收徒王艮；正德十六年，集门人于白鹿洞书院讲学，还修定《大学古本序》，刻石于白鹿洞；嘉靖元年（1522年），父王华卒，阳明更是专一讲学，四方学子纷纷前来求教；嘉靖三年，绍兴知府南大吉拜于门下，大吉辟稽山书院，阳明于此阐述"致良知"之学，来自各地的学子三百多人齐聚一堂，共悟心学，同年大吉续刻《传习录》于绍兴；嘉靖四年，他趁回乡祭扫祖茔之机，定期讲学余姚龙泉寺之中天阁，同年门人立阳明书院于绍兴城西郭门内；嘉靖五年，以讲学书院、答书解疑为主要工作，此年首揭"王门四句教"。

　　如果依照上面这种情况，王阳明很可能就在讲学中度过自己的余生。可是，朝廷还需要他在事功方面贡献才能和智慧。嘉靖六年（1527年），广西田州（今广西田阳）岑猛作乱，提督都御史姚镆征之，擒获岑猛父子。不久，姚镆手下卢苏、王受聚众复乱，攻陷了思恩（今广西环江毛南族自治县）。姚镆调集四省兵力征讨，但没有攻克。当时朝中阁老张璁、桂萼等人共同举荐王阳明，嘉靖皇帝便重新起用他，命其总督两广及江西湖广军务。平息叛乱对王阳明来说实在是轻车熟路，只是他已经把心思主要用在学问上面。此前父亲王华、发妻诸氏相继离世，继室张氏则于去年刚为其生下一个儿子，再加上积劳成疾染上肺病，他也想享受天伦之乐，好好休养一下身体，于是接到朝廷任命后请辞不就。结果，他的辞任没有得到批准，他只得安排好书院和家庭的相关事宜，等一切妥当之后，便踏上平定思田的征程。

　　九月初八夜，弟子钱德洪与王畿前来求教。这天白天，二人因对王阳明"无善无恶心之体，有善有恶意之动，知善知恶是良知，为善去恶是格物"的"四句教"有不同理解而产生了分歧。王畿认为"四句教"说得不够彻底，不是至理之言，还有不少漏洞，在他看来"若说心体是无善无恶，意亦是无善无恶的意，知亦是无善无恶的知，物是无善无恶的物矣。若说意有善恶，毕竟心体还有善恶在"。[①]王畿此种观点被概括为"四无"论。钱德洪则认为，"四句教"是定本，不可移易，他理解心体是"天命之性"，原本是无善无恶的，但人有习心，导致意念上存在善恶，而"格、致、诚、正、修，此正是复那性体功夫。若原无善恶，功夫亦不消说矣"。[②]此一观点则被称为"四有"。二者谁也说服不了谁，于是便相约面见老师求个明断。王阳明与二人一同走到住处附近的天泉桥上，首先表达了对弟子们围绕他的学说展开争辩的赞赏，然后指出王、钱二人的理解正好相资为用，引导他们将本体和功夫合而观之，并告诫他们不能因为立场不同而互相诋毁对方。这就是被后世称为"天泉证道"的学术事件，对王阳明来说，他对弟子的开导其实是在确立心学宗旨，希望弟子们以"四句教"自修、接人，最终直跻圣位。

---

① 王阳明撰，吴光等编校：《王阳明全集》卷三《传习录下》，第133页。
② 王阳明撰，吴光等编校：《王阳明全集》卷三《传习录下》，第133页。

　　天亮之后，王阳明便启程赴两广，十一月二十日至梧州，十二月二十六日抵南宁。他没有直接攻打卢苏、王受，而是下令尽撤防守之兵，并使人招抚卢、王二人，喻以祸福利害。二人见守兵尽撤，感受到王阳明的诚意，最终自缚以谢罪。王阳明对二人施以惩戒之后释放了他们，并抚定其众，一共七万多人的叛军竟然被阳明不动声色地平定了。此后又有八寨、断藤峡等地据险作乱，王阳明运筹帷幄，密授方略，卢苏、王受亦主动请缨，三月之间，便斩首三千余级，扫荡敌巢而还。在广西期间，王阳明曾来到横州郁江乌蛮滩北岸的伏波庙拜谒，他望着伏波将军马援的塑像，不禁感叹道："我十五岁时在梦中曾谒见马伏波，今日所见，宛如梦中。人生的去就与进退，难道都是偶然的吗？"

　　完成广西平乱任务后的王阳明肺病更加严重了，每天咳嗽不止，吃饭都成了问题，他自觉大限将至。嘉靖七年（1528年）十一月，他上书乞休，希望能回到家乡，落叶归根。朝廷的回应迟迟不到，他等不及了，于是决定不等诏书，立马带着随从往浙江赶。十一月二十五日，他们越过梅岭，到达南安，又登船准备改走水路。南安府推官、门人周积来见，此时的王阳明还能坐起，但咳喘不已，病情已经非常危急了，他依然不忘以进学勉励弟子。他多么希望"轻舟已过万重山"，赶紧回到那个熟悉的地方，跟那里的一山一水、一草一木做最后的告别。十一月二十八日晚，小船临时停靠，王阳明问来到何地，侍者答曰"青龙铺"（今江西大余东北的青龙镇）。此时阳明已经奄奄一息，他明白回到故乡已经成为一种奢望。第二天，他命人把周积召至船中，周积等了许久，老师才睁开眼睛。王阳明缓缓言道："我将去矣。"强忍悲伤的周积再也支持不住，泪水夺眶而出，哀伤之余，他赶忙问先生："请问您还有什么遗言？"王阳明听了，笑了笑，说："此心光明，亦复何言？"说出这八个字的时候气息虽极微弱，但又是那么铿锵有力！没多久，一代大儒瞑目而逝，享年五十七岁。众弟子赶来为其设奠入棺，尔后继续乘舟，准备完成老师最后的心愿。小舟所过地方，门生故吏连路设祭哭拜，士民闻讯也纷纷赶来，哭声震天，如丧考妣。次年二月，阳明终于魂归故里。王阳明的一生虽嫌短暂，但其成就了不朽的功勋。他立德立功又立言，无愧为名副其实的全才大儒！

儒家往事

王夫之

一

少负隽才

　　王夫之字而农，号姜斋，湖南衡阳人，因晚年隐居湘西蒸左石船山（今湖南衡阳曲兰镇），故学者称船山先生。明万历四十七年（1619年）九月初一，王夫之出生于衡州府城南回雁峰王衙坪这个地方。王家祖上曾跟随朱元璋起兵抗元，也曾助朱棣靖难，因军功而获封赏，世袭武职。从王夫之高祖、曾祖开始，王家开始重视文教，家境渐趋殷实，但到了王夫之祖父王惟敬、父亲王朝聘时，家道已经没落。王夫之出生时，王朝聘已经五十岁了，此前朝聘汲汲以求仕进几十年，但在科考道路上一再碰壁，七次乡试均名落孙山。王夫之三岁时，五十三岁的王朝聘再次参加乡试，本已获得主考官的赏识，但因为所写对策中有触犯副考官名讳的字眼，最终被置于副榜。不过，朝聘还是获得了到北京国子监就读的资格，从此开启了断断续续的十年京师求学之路。崇祯四年（1631年），朝聘因才学出众获得任官的机会，但他拒绝向吏部官员行贿以获得官职，最终当面撕毁委任状牒，回到家乡，以处士终老。王夫之还有两位哥哥，大哥王介之，字石崖，善经学，长夫之十二岁；二哥王参之，字碣斋，比夫之大十岁。此外，王夫之的叔叔王廷聘亦是才学丰赡的秀才，工诗，善书法，有文名。

少年王夫之受家庭文化氛围的熏陶，四岁就与长兄一起入家塾读书。年幼的王夫之狂放无度，整天想的都是嬉戏玩乐，不能专心读书。父亲经常在京城游学，无法时刻监督他的言行举止，幸好有大哥陪在身边，对他耳提面命，将其引向正轨。叔父见夫之非常顽皮，也常常把他召唤到身边，教他远利蹈义，抑制傲气，学会谦虚，夫之每每深受感动，至于泣下。在父兄辈的全力引导下，王夫之渐渐将精力用在读书求学上。七岁时，他在大哥的指导下就读完"十三经"，九岁时就和大哥一起赴武昌应乡试，十岁时从父亲受经义，学制义①，正式开启科考之路。王朝聘自京师辞归之后，从此家居课子，不复远游。父亲对兄弟三人的教育宽严相济，做得好的就温颜奖掖，做得不好则施以谴诃，促其改正。因为生性活泼，王夫之有时说话口无遮拦，说了不少错话，父亲听到后不急着加以诘责，而是板起脸来，不跟他言语，夫之主动搭讪，父亲也不予理会。如此旬余，王夫之内心真正意识到自己的错误，于是就知耻后勇，流涕求改，如此一番之后，他再也不会犯同样的过错了。

十四岁时，王夫之考中秀才，湖广提学佥事王志坚推荐他入衡阳州学。从十五岁起连续三次（1633年、1636年、1639年）去武昌应乡试，均落第，但他并没有放弃。此间他曾于崇祯十一年（1638年）游学岳麓书院，结识了一个叫邝鹏升的学子，此人组织建立了一个叫"行社"的社团，意在将文章与实践结合在一起，谋求治国利民之道。这与王夫之知行并进、反对空谈的想法不谋而合，于是他就参与了行社的一些活动，聚首论文，相得甚欢。同年他还结识了熊渭公、李云田等人，与他们一起组织文酒之会，但不仅仅是为了喝酒吟诗而已，而

---

① 制义：明清科举考试所规定的文体，以其依经立义而得名。又称"八股文""时文""时艺""制艺"等。

是希望通过集会增长见识，关心时局，"切磋道艺，更以德养节操相砥砺"。① 到了次年十月，他还与好友郭凤跕、管嗣裘、文之勇等人共同创建"匡社"，以匡扶社稷、救国救民为宗旨。可见，年轻时候的王夫之已经形成了较强的参与政治的意识，他关心国家的前途和命运，希望为国家的改革和发展贡献一份力量。

崇祯十三年（1640年）二月，王介之应诏北上，入国子监，王夫之为兄长送行，并写下《送伯兄赴北雍》这首五言古诗，其中有云：

> 北过河济郊，白骨纷战垒。
> 连岁飞阜螽，及春生螟子。
> 盈廷腾谣诼，剜肉补疮痏。
> 痛哭倘上闻，犹足愧诺唯。②

诗句之中谈到了自己在山东济南等地所见百姓深陷战乱、死者枕藉的惨象，提到了广大农村地区连年遭受自然灾害，批判了统治集团纵情享乐、盘剥人民的罪恶，他希望兄长能够将这些情况哭诉于朝，使其上达天听，从而让整个国家和社会有所改观。当然，这不过是一个美好的愿望而已，王介之进京后的建言非但没有引起朝廷的重视，反而被斥为危言耸听。

此时的大明王朝已经处于严重的内忧外患之中，甚至可以称得上是无可救药了。当时陕西、河南等地发生大旱、饥荒，饿殍满地，豪绅地主却为求暴利大量屯粮，统治集团不去救济百姓，反而加紧勒索，许多农民倾家荡产，最终导致民怨沸腾，灾民纷纷起义暴动。陕西米脂人李自成自称"闯王"，率众转战豫、鄂、川、陕、甘等省，1640年

---

① 萧萐父、许苏民：《王夫之评传》（上），南京：南京大学出版社，2011年版，第48页。
② 王夫之：《船山遗书》第十四册，北京：中国书店，2016年版，第294页。

夏进入河南，提出"均田免赋"等口号，赢得百姓积极响应。李自成的部队发展到百万之众，在与明军的交战中连战皆捷，成为明末农民起义的主力军。自号"八大王"的陕西延安人张献忠，实力也不容小觑，他带领起义军东征南进，转战豫、陕、鄂、皖等地，扫荡长江以北广大地区，崇祯十三年又进兵四川，于川东开县击破明军。还有在东北虎视眈眈的大清政权，正在为攻入关内、灭亡明朝做着准备。

崇祯十五年（1642年），王夫之第四次去往武昌参加乡试。应考期间，王夫之曾到黄鹤楼参加熊渭公等组织的"须盟大会"，参加此次盛会者有一百多人，大家拈韵赋诗，好不热闹。熊渭公先是作了一首四言诗，算是一个启幕，王夫之也当场赋诗一首《黄鹤楼须盟大集用熊渭公韵》：

> 古人以往，不自我先。
> 中原多故，含意莫宣。
> 酒气撩云，江光际天。
> 阳鸟南征，连翼翩翩。
> 天人有策，谁进席前。[①]

此诗一出，众人交口称赞，赞赏王夫之对家国所流露出的忧虑之念。国家亟须"天人三策"般的治理方略，缺的是像董仲舒那样搅动风云的贤能之才，可是在政治腐败、民心动摇的年代，雄才伟略也很难真正起到力挽狂澜的效用了。不过，儒家知识分子奔走呼号的背后，内心实际上都会留存着一丝乐观的情绪，他们不放弃，在努力，去呐喊，那是国家民族最后的希望。

---

① 王夫之：《船山遗书》第十四册，第295页。

　　王夫之的科考之路终于迎来转机，这次他以《春秋》第一名的成绩中了第五名举人，哥哥王介之也考中，同榜中举的还有同乡夏汝弼、郭凤跰、管嗣裘等人。看到两个儿子都中了举，王朝聘非常欣喜，赶忙督促他们北上参加会试，如果兄弟二人都成为进士，也算了却了自己的一桩心愿。

二

舁往易父

在《清史稿》为王夫之所作的传里，一开始讲述的就是他"舁^①往易父"的故事，这事还得从兄弟二人北上赶考讲起。崇祯十五年十一月，王朝聘命二人同乘公车北上。临行之前，发生了一个小插曲，有个叫金九陛的湖南道参议找到他们，为的是给衡阳当地的一个富人求情。这个富人劣迹斑斑，犯下重罪，按律本该斩首，富人请托金九陛从中周旋。金氏就找到这两位在当地很有名气的青年才俊，希望他们为富人求情，以免其死罪。为此，富人愿出千金酬谢，并为兄弟二人打点好北上的行装。这么多的金钱对于家境一般的王氏兄弟来说，确实是一个不小的诱惑。王介之问夫之："你看怎么样？"夫之答曰："这当然不可。"介之喜形于色，说道："正合我意。"最终，二人断然拒绝了金九陛的贿赂。

王夫之兄弟准备取道江西北上，途中经过南昌。此时，农民起义风起云涌，局势已经相当紧张了。李自成攻克洛阳后声势大振，民众纷纷响应，竟一下子增加近百万人。崇祯十四年，李自成又攻打开封，

---

① 舁（yú）：抬。

明督师丁启睿调兵十八万，准备在朱仙镇与李自成决战。明军精锐左良玉部临阵溃逃，起义军乘胜追击，结果明军惨败，数万明军投降，明朝在东线的军事力量基本上被摧毁。与此同时，张献忠的起义军也攻占舒城、六安，破庐江，在巢湖驻扎，演习水师，明将黄得功、刘良佐率众阻击，结果大败，江南大震。考虑到形势危急，朝廷无暇他顾，于是在崇祯十六年正月下令，将本应在春季举行的礼部会试延期至八月。兄弟二人得知消息后，决定先返回家乡。

形势继续朝着对明王朝不利的方向演进。这年三月，张献忠攻陷黄州，五月陷武昌，八月陷岳州、长沙，到了十月时，王夫之家乡衡州也溃陷。张献忠为了壮大自己的实力，每攻占一个地方，就会招兵买马，壮大力量，并收罗当地俊才，为自己控制地方服务，如有不顺从者，就会实施迫害。王氏兄弟的德行和才能在当地早就闻名，自然就成为张献忠拉拢的对象。出于对朝廷的忠诚，他们不愿意与起义军合作，二人在舅父谭玉卿的指引下，来到南岳莲花峰下的草舍中藏匿，以暂时躲避起义军的抓捕。起义军遍寻二人不得，情急之下竟然将年迈的王朝聘抓到，将其勒至郡城，并好言相劝，意图以其为人质，诱使夫子、介之乖乖就范。当时的王朝聘已经七十多岁，他不为所动，张目直视，不肯应答。起义军大怒，准备把这位老人羁押起来。王朝聘大义凛然，沐浴更衣、与亲人告别之后，准备自缢而亡。

王氏兄弟得到家奴的报信，知道父亲已经被起义军拘捕，在国恨家仇的危急时刻，他们义愤填膺，想方设法去营救朝聘公。生性刚正的王介之准备挺身而出，先将父亲交换出来，然后再沉入湘江，慷慨赴死。王夫之了解哥哥耿介严厉的风格，更担心一旦兄长出山救父，换来的很有可能是父子二人皆被敌人戕害的后果。所以，他觉得此事切不可轻举妄动，还需要从长计议。一番深思熟虑之后，王夫之决定剑走偏锋，准备上演一出苦肉计。为了把这出戏份做得更足，王夫之竟然刳面刺腕，伪装身受重伤的模样，还故意在伤口上敷以毒药，使其迅速溃烂，最后命人将其抬至敌人营中。对于此计能否成功，王夫之其实也没有多大把握，他能做的就是先把兄长安顿好，然后冒着生命危险搏上一把。王介之也担心弟弟的安危，他做好了最坏的打算，将一根绳子藏到衣服里，一旦夫之计策失败，自己也取绳自尽。好在事情进展得比较顺利，一切尽在计划之中。面对起义军的盘问，王夫之谎称自己重病在身，不能接受起义军的任用，还说自己的哥哥王介之已经死亡。此时敌营中有位叫奚鼎铉的文人，是王夫之的文字故交，他从中周旋，为王夫之求情，结果起义军不再勉强，将父子俩释放了。很快，王夫之再次隐遁了起来。在其所藏匿的莲花峰下黑沙潭畔，王夫之曾仿照《楚辞》以及宋元之际诗人郑所南《心史》之体例，作《九砺》九章并序。在序言及仅存的一首中，我们依然能够感受到他当时对农民起义军四处征战带来家国动荡的愤激，以及愿意挺身而出以匡天下的豪壮——

父母生汝身，苍天覆汝上。

土枭甘母肉，欲啼心已丧。

利剑不在手，高旻从汝谤。

一闻心已寒，屡听魂空漾。

诉天求长彗，一扫云霾障。

回问汝何心，面目还相向。

不见汝妻孥，昨夜归贼帐。

昏醉白日中，哀汝随萍浪。

陆地而行舟，寒浧夸其荡。

雌剑不韬光，摩挲气益壮。①

---

① 王夫之：《船山遗书》第十四册，第299页。

出于纲常伦理的固有思维以及自己家庭的惨痛遭遇，王夫之对农民起义军表现出极大的仇视心理。可是，历史不是以人的主观意识为转移的，正是农民起义军给王夫之所维护的那个大明王朝敲响了丧钟。崇祯十六年（1643年），李自成在襄阳初建农民政权，称新顺王，设官分职，继而入潼关，占西安。次年元月，以西安为西京，定国号大顺，自称大顺王，他造历书，封功臣，开科取士。同年三月与刘宗敏等率领的起义军合攻北京，三月十九日攻克北京，推翻了明王朝，崇祯皇帝登上紫禁城后面的万岁山（今名景山）的寿皇亭，自缢而亡。身在南岳的王夫之感受着时代的沧桑巨变，当他得知崇祯帝自杀的消息后，好几天都茶饭不思，写下了《悲愤诗》一百韵，尽情抒发着亡国之痛。

他视为寇雠的农民政权结局也很悲惨。李自成在胜利中逐渐丧失警惕，崇祯十七年四月，宁远总兵吴三桂引清兵入关，大顺农民军二十万与吴三桂、清兵战于山海关失利，李自成撤回北京。四月底，李自成在北京即帝位后随即撤出北京，退守山西、陕西。顺治二年（1645年），潼关被清兵攻破，李自成离开西安，退至湖广，后遭地主武装伏击而死。余部在李过、高一功等人率领下，转入洞庭湖沿岸，继续坚持抗清斗争。

三

衡山举义

随着形势的风云变化，王夫之的头号敌人也从农民起义军渐渐转向清朝统治者。明神宗万历十一年（1583年），努尔哈赤统一建州①各部，不久又相继兼并海西及野人女真部。明万历四十四年（1616年），努尔哈赤在赫图阿拉（今辽宁新宾）即汗位，建立后金政权，是为清太祖。他将过去的部落军事组织改建为正规的"八旗"军制，形成一种军事、行政、生产三合一的政治组织。八旗制度有利于女真各部的统一，也保证了军队的战斗力，推动了满族的形成。努尔哈赤死后，其子皇太极（即清太宗）继立，明崇祯九年（1636年）皇太极改国号为清，改女真族为满洲。顺治元年（1644年），顺治帝（即清世祖）入关，建都北京，逐渐统一全国。

明朝灭亡后，其残余力量在南方建立了几个政权，通称南明。南明政权主要包括：（1）福王弘光政权。福王是崇祯皇帝的从兄朱由崧，

---

① 明代我国东北地区的女真族分为许多部落，属奴儿干都司管辖，分建州、海西、野人女真三部，设都指挥使司、卫、所等行政机构，统治女真人民。满族即源于建州女真。

1644年5月在凤阳总督马士英的拥戴下，称帝南京，建元弘光。次年5月，清兵攻打南京，弘光帝逃至芜湖后被俘。（2）鲁王监国。1645年闰6月，在浙江余姚、会稽等地抗清义军及明故吏缙绅的扶持下，鲁王朱以海监国于绍兴。次年6月，清兵进攻绍兴，鲁王浮海南逃，该政权存在不到一年即告结束。（3）唐王隆武政权。在鲁王就监国位的同时，张肯堂、黄道周、郑芝龙等也拥立唐王朱聿键称监国于福州，后唐王称帝，建元隆武。1646年秋，福州失守，唐王出奔汀州，被清军俘杀。（4）桂王永历政权。1646年11月，丁魁楚、瞿式耜、何腾蛟等拥戴桂王朱由榔在广东肇庆称帝，改元永历。此政权依靠农民军与抗清势力的支持，政局得以稳定。永历十年（1656年），永历帝迁至云南，后清军陷昆明，永历帝逃到缅甸。永历十五年，缅人执永历帝以献，被吴三桂所杀，永历政权灭亡。

一面是清军一路南下，大举进攻，节节胜利，并且在征战过程中擅行屠杀，从身体上、精神上奴役各族人民；一面是南明各政权虽负隅顽抗，但内部又鹬蚌相争，使清朝得渔翁之利，结果大势已去，无力回天。这两相一对照，对于匿身南岳茅屋、心怀家国之恨的王夫之来说，无疑是巨大的刺激。在弘光、隆武两个政权覆亡后，他都续写了《悲愤诗》一百韵，借以吐露内心的悲愤。王夫之密切关注着时局的演进，也在积极筹划为挽回大明王朝的荣光做些力所能及的事情。顺治三年（1646年），他了解到李自成余部几十万人在高一功、李过、刘体仁、郝摇旗等人的带领下，在两湖地区抗击清军，并主动向在湘鄂一带驻扎的南明湖广总督何腾蛟、河南巡抚堵胤锡部靠拢，表达出联明抗清的意愿。何、堵二人虽表面接受农民起义军的好意，但依然心存猜忌，他们将义军分散驻扎，并派人暗中监视，以防哗变，这很大程度上影响了义军的积极性，也就变相地削弱了抗清力量的战斗力。再加上何、堵二人之间钩心斗角，此外为筹集近百万军队的粮饷，何腾蛟征收所谓"义饷"，税额是原税的五倍多，并要预征两年之税，结果当地百姓苦不堪言。以上种种，对于抗清斗争而言，无疑都是巨大的阻碍。

对于这些情况，王夫之看在眼里，急在心上。一番盘算之后，他决定走出藏身的深山草庵，只身来到湘阴城。他想去见自己武昌中举时一位叫作章旷的考官，此人时任湖北巡抚，正好监司军务到湘阴。更为重要的是，他与何腾蛟关系密切，南明弘光帝即位后，何任其为监军，次年又与其商计联合刘体仁、郝摇旗起义军共御清军。王夫之想劝说章旷继续保持与农民军通力合作，并希望通过他居间调解何腾蛟与堵胤锡的紧张关系，以防军队发生溃变。章旷对王夫之的才学本来就很赏识，这次见面又为这位举人的拳拳报国之心所感染，但对于何、堵二人的矛盾，他又不便插手过问。结果，章旷以"何、堵二位大人本来就没有什么嫌隙，你无需过虑"的说辞，搪塞了王夫之。王夫之带着满腔热忱来见朝廷大员，结果只能不无遗憾地默默退出。后来，清军进犯湖南，明军丧失斗志，很快败绩，何、堵二人分别退守永州、郴州。屋漏偏逢连夜雨，不久夫人陶氏病死，享年仅二十五岁，这又为王夫之平添了许多伤悲。

处于失意与悲伤之中的王夫之暂时把精力用在了读书治学上。顺治三年，他相继编成《春秋家说》《莲峰志》，并且开始着力研究《周易》。但是他没有办法把自己与外在的世界完全隔离开来，无法做到一心只读圣贤书，他无时无刻不在观望着情势的改变。这年，唐王被执，隆武政权覆灭，而桂王立于肇庆，永历政权建立；次年，因清军进攻两广，永历帝四处逃亡，相继逃至桂林、全州、武冈等地。顺治四年四月，王夫之听闻永历帝来到武冈，便准备与好友夏汝弼一同觐见，结果因大雨一连下了一个月，道路被阻，困在了车架山，未能如愿。不久清军攻下衡州，为避敌人搜索，他与夏汝弼隐于湘乡白石峰，借读书而遣日。日子本已艰难，孰料家里又传来坏消息，先是二哥因病去世，接着父亲也病倒了。王夫之与王介之相继赶回家中，朝聘公因担心兄弟二人安危，心有不悦，为保险起见，命人抬着病重的自己，赶紧与两个儿子躲到南岳峰顶。不幸的是，父亲还是在这年十一月病逝，终年七十八岁。王夫子一面与侄子王敉在莲花峰顶为父亲守制，一面潜心研究《周易》，当然，他依然关心着时局的变换。

时间到了顺治五年（1648年），战场上的形势瞬息万变，永历帝依然不停地亡命奔走。明将金声桓、王得仁、李成栋等降清，结果并没有得到清廷重用，他们都非常不满，很快就重新效命南明政权。看到金、李等人叛清，何腾蛟认为这是一个反击的好机会，于是督率诸军攻入湖南，取全州，克永州，收宝庆，复衡州、常德，半年的时间里几乎收复了湖南的全部失地。这一个又一个的胜利消息传到王夫之的耳朵里，被压抑的情绪得到了某种程度的释放，特别是当他得知南明军队由永州往衡州进攻时，更是异常兴奋。他觉得自己的用武之地到了，他要为国家和民族成就一番大的功业了。一番思量之后，王夫之与好友管嗣裘、夏汝弼、性翰和尚等人合作，一起在衡山招募义军，准备与官军相互配合，投入抗击清军的洪流之中。关于这次起义的具体情况，已经很难详考，清末大臣王之春所著《船山公年谱》中仅用"战败军溃"四字概括此次举义的情形。当代学者张怀承先生曾根据已有材料，大致勾勒出此次起义的概况：

> 义军由管嗣裘率领，并与耒阳周师文义军取得了联系，准备从茶陵、醴陵、平江等地向武汉进攻。夏汝弼因母病及丁丧不在军中。但计划尚未实施，便被清朝统治者发觉，湘潭人尹长民率兵围袭，义军奋起反抗，战斗中义军群众及参与起义的僧侣多人

负伤，终因力量悬殊失败，义军被打散。清朝鹰犬进行疯狂镇压，屠杀了数十名起义成员及其家属，义军首领管嗣裘全家除管氏本人及一弟妇携幼子逃匿外，全被屠杀。起义失败后，夏汝弼收留了义军战士及其家属（包括王夫之一子）四五十人，并为他们疗伤，才避免了更大的伤亡。此役后，王夫之与管嗣裘则辗转奔赴肇庆南明朝廷，以投身于更加艰难的抗清斗争。①

这次衡山起义虽然失败了，但它反映了广大人民对清朝统治的不满和反抗，也表现出作为儒者的王夫之身上所具备的强烈民族自尊心和忠君爱国情怀。王夫之以实际行动去捍卫国家尊严和民族利益，其忠肝义胆值得后人纪念。

① 张怀承：《王夫之评传——民族自立自强之魂》，南宁：广西教育出版社，1997年版，第19—20页。

四

伶俜孤影

王夫之曾写过一首《清平乐·咏萤》：

夕风乍定，冉冉穿芳径。

曲沼欲寻鸳侣并，却是伶俜孤影。

来回柳岸苔阴，不知露冷更深。

几点残星未落，一弯斜月初沉。[①]

在这首词中，他以萤火虫自喻，表现了不与世俗同流合污、追求高洁品格的人生追求。词中"夕风""残星"之类的表达，无疑是在影射明亡之后的现实情形，那在"夕风乍定"中穿过"芳径"、意欲寻找鸳鸯伴侣但最终发现自己终究不过是孤单一人的萤火虫，其实就是明亡之后苦苦挣扎的王夫之本人呀！残星未落，是说希望还在，斜月初沉，可谓光明犹存，虽是伶俜孤影，但大儒船山终究没有放弃。因为对儒

---

① 王夫之：《船山遗书》第十四册，第389页。

者来说，最基本的操守便是达则兼济天下，穷则独善其身，为国家民族奉献了光和热，或许能够扭转乾坤，即便身处困厄、壮志难酬，也不能自暴自弃、随波逐流。很多时候对儒者而言行动或许比结果还重要，知其不可而为之是一种姿态，是一种责任，更是一种自我实现的重要途径。明白了这些，我们才能理解为何像王夫之这样的大儒，当他们面临各种逆境和不顺的时候，依然会选择积极进取、不懈奋斗。

在政治上，王夫之始终孤勇而坚韧。王夫之本来是对永历政权抱有很大希望的，他觉得自己在那里可以施展远大抱负，与朝廷一起卧薪尝胆，徐图复国大计。可是，永历政权的文武百官们大都苟且偷安，这让王夫之渐渐看清了现实。堵胤锡曾推荐他做翰林院庶吉士，他以父丧守制为由，婉言谢绝了这个好意。顺治六年，他离开肇庆，前往桂林，去投奔积极抗清的瞿式耜，并受到后者的礼遇。但此时清军在湖南、江西等地强力反扑，何腾蛟等人好不容易收复的地盘再次落入清人手里。再看永历政权的官僚们，他们竟不为所动，而是依然醉生梦死，贪图享乐。王夫之忧愤至极，一气之下便于这年夏天带着侄子王敉由桂返湘。后来在母亲的督促下，王夫之又折返肇庆、桂林，不久又卷入朝廷的政治纷争，为声援金堡、严起恒等忠臣良将，不惜得罪贪赃枉法的"吴党"，结果受奸臣谗害，被逐出朝廷。张献忠死后，大西军由孙可望、李定国等人统领，曾与永历帝联合抗清。李定国于顺治九年（1652年）从川东攻湖南，屡战屡胜，他在收复衡州后派人邀请王夫之出山，后者渴望参与到抗清斗争中，但此时大西军的魁首孙可望专权横行，王夫之觉得孙很不可靠，只好辞谢了李定国的邀请。康熙元年（1662年），永历帝被吴三桂绞杀于昆明，王夫之闻听消息大哭一场，他心中那个代表国家和民族的君主没了，还要不要继续战斗？他用行动给出了"是"的回答。康熙十二年（1673年），吴三桂为反对康熙皇帝的撤藩令，首先起兵反叛，耿精忠、尚可喜紧随其后，这就是"三藩之乱"。王夫之以为反清复明的好机会来临了，于是就与章旷之子章有谟、永历旧将蒙正发、张永明以及学生唐端笏等人反复商议，共谋起义大业。后来，他认清了现实，预料吴三桂不能成事，最终打消了起义的念头。对于一位生活在改朝换代的特殊时期，自己又势单力薄的读书人而言，能在一生中屡屡筹划兴复故国故土、抗击异族残暴统治，已经算得上难能可贵了。王夫之注定是不会成功的，但他不舍初心，百折不挠，英勇奋战，这就是儒者朴素爱国心和家国情的体现。

在生活里，王夫之愈发孤苦而无依。一方面"白头还作他乡客"，在其后半生，为了逃避清朝统治者的追捕，他几乎就是在流亡之中度过的，时常居无定所，生活条件非常艰难。顺治十一年（1654年）八月，三十六岁的王夫之与妻子郑氏来到湘西零陵北洞钓竹源、云台山等处，冬又徙居常宁西南乡小祇园侧西庄源，并改名换姓，假扮成瑶人。顺治十四年夏四月，他回到衡阳莲花峰下续梦庵，此庵是他在崇祯十七年（1644年）时所建，用于隐居避祸和读书著述。顺治十七年春，王夫之迁居湘西金兰乡高节里，卜筑于茱萸塘，用茅草竹篾等材料建造了简陋的小室，名为"败叶庐"。康熙八年（1669年），为了避免身体过多经受风寒之苦，他又在茱萸塘上构建新草庵，开南窗，名为"观生居"。康熙十四年，时年五十七的王夫之在离观生居二里许的石船山下筑湘西草堂。此后一直到他去世的十六七年的时光里，他基本上就在湘西草堂生活，潜心学问，很少出门。另一方面，随着时间的流逝，曾经与他一起生活战斗过的亲朋好友逐渐逝去，少了他们的陪伴，王夫之内心必然增加了不少愁绪。顺治十一年（1654年），当得知与自己一起生活七年、一同经受苦难的侄儿王敉被清兵杀害的消息时，王夫之极为伤痛，不免涕泪横流。顺治十八年，与他一起生活了十年的郑孺人因病而死，为悼亡妻，王夫之曾写下"他日还凄绝，余魂半渺茫"①的诗句。康熙十年（1671年），方以智死于被放逐的途中，虽然王、方二人面对时代巨变的人生选择有所不同，但他们惺惺相惜，成为挚友，"春浮梦里迷归鹤，败叶云中哭杜鹃"②，王夫之悲恸好友的离世，又忍不住感叹自己的影只形单。康熙二十五年（1686年），长兄王介之亡故，享年八十，六十八岁的王夫之扶病赴长乐乡奔丧，从此兄弟二人天人永隔。不久，另外一个侄子王敞又病死，王夫之拖着病体再次来到长乐治办丧事……亲友的离去让王夫之感到极度的悲伤和痛苦，缺少了他们在艰难困苦中的支持和陪伴，更让他有了风雨飘零之感。

在操守上，王夫之显得孤高而挺拔。康熙十七年（1678年），吴三桂匆忙在湖南衡州称帝，国号周，置百官，封诸将。其党羽找到王夫之，以《劝进表》相属，希望利用王夫之的声望，为吴三桂称帝制造舆论。虽然此时吴氏打出复兴明朝的大旗，王夫之本人也有与他人相约起义的打算，但他不看好吴三桂的能力，更不欣赏吴三桂的作为。面对来人，他以婉辞拒之："我本是亡国遗臣，鼎革以来，四处逃亡，如今只欠一死，你们难道还要任用我这样一个不祥之人吗？"把吴三桂的党羽打发走之后，王夫之很快便逃入深山，并写了《袯襫赋》以明志。赋中有云"意不属兮情不生，予踌躇兮倚空山而萧清"③，直言自己与吴三桂在志趣和思想上两不相恰，用遁入山林的方式表达自己坚决不合作的态度。随着清朝在全国统治的建立以及康熙励精图治使国家逐渐走向正轨，王夫之也意识到反清复明已经没有希望，但他没有像很多人那样要么献媚求荣，要么委曲求全，而是始终义不事清，坚守自己的气节和信仰。对清朝统治者来说，王夫之虽然参加过反清斗争，但他学问渊深，人品高洁，为了招揽人才，也为了笼络人心，清廷曾

---

① 王夫之：《船山遗书》第十四册，第111页。
② 王夫之：《船山遗书》第十四册，第151页。
③ 王夫之：《船山遗书》第十四册，第43页。

多次向王夫之伸出橄榄枝，欲以官职和赏赐为诱饵，使其归顺大清。王夫之曾为湘西草堂自题楹联"清风有意难留我，明月无心自照人"，大意是说清风（暗指清朝）拂面是要有意挽留于我但难以留住我心，明月（暗指明朝）虽然无心于我但其光明仍旧照亮着我的人生之路，这里所表达的就是不与清廷合作的立场和态度。康熙二十八年（1689年），清初名臣、时任偏沅巡抚（湖南巡抚的前身）的郑端得知王夫之的事迹，特别是他拒绝给吴三桂写《劝进表》的义举，让郑端顿生敬仰之意。郑端派当时的衡州知府崔鸣鷟带着粟帛请见夫之，目的就是请这位大儒出山，为清廷服务。王夫之坚持明朝遗民的身份，以身染重病为由，接受了清朝送来的粟米，而把布帛返了回去。这样的处理既不会触怒来使者，又为自己争取到了生存空间，成全了自己的气节。知府见王夫之心意已决，加上他确实也病态龙钟，便据实上报，最终清朝统治者就不再勉强了。王夫之拒绝与吴三桂和清朝合作，选择栖身林莽，闭门不出，体现了其贫贱不移、威武不屈的高尚气节以及矢志不渝、百折不回的坚定信仰，他无愧为一代豪杰！

在学术上，王夫之追求孤灯而显明。在复明无望的情形之下，他要开辟另一条战线："他决心跳出现实政争的漩涡，转到一个更深广、更复杂的文化思想学术领域，去批判、总结、扬弃，别开生面，推故致新。"[①]在黑暗孤苦的隐居生活中，王夫之选择用笔墨点亮夜空。当观生居筑成之后，他写下一副堂联："六经责我开生面，七尺从天乞活埋。""六经"是他治学的依据，"开生面"乃其治学的宗旨，他力图在继承传统学术思想基础上不断进行修正和创新。其子王敔在为王夫之所写的《大行府君行述》中曾提到船山先生从事学术研究的旨趣和状态：

---

① 萧萐父、许苏民：《王夫之评传》，第65页。

　　至于守正道以屏邪说，则参伍于濂、洛、关、闽，以辟象山、阳明之谬，斥钱、王、罗、李之妄，作《思问录内外篇》，明人道以为实学，欲尽废古今虚妙之说而返之实。自入山以来，启瓮牖，秉孤灯，读十三经、廿一史及朱、张遗书，玩索研究，虽饥寒交迫、生死当前而不变。迄于暮年，体羸多病，腕不胜砚，指不胜笔，犹时置楮墨于卧榻之旁，力疾而纂注。①

这里强调了王夫之出入经史，苦心钻研，对传统学术特别是宋明理学进行全方位的改造，批判了佛道的异端邪说和道学的空谈误国，既总结了明王朝失败的教训，又探索了传统文化的革新之路，建立了一个以求真务实为核心特色的博大精深的思想体系。王夫之主要哲学著作有《张子正蒙注》《思问录》《周易外传》《周易内传》《诗广传》《尚书引义》《读四书大全说》《四书训义》《读通鉴论》《宋论》《老子衍》《庄子通》《黄书》《噩梦》《俟解》等，内容可谓无所不包，存世的有七十余种、四百余卷，梁启超引用谭嗣同的话说"五百年来学者，真通夫人之故者，船山一人而已"②，其言非虚。他继承了张载以气为本的哲学思想，认为宇宙是由"气"组成的物质实体，还用"诚""实有"等概念说明物质世界的客观实在性；他发展了张载"一物两体"的思想，认为世界上一切事物都处于对立统一之中，并将事物的运动变化归结于此种对立统一关系；他提出理气不离，"尽天地之间无不是气，即无不是理也"③，理是气运动的规律性，气是理所依赖的物质基础，气外无虚托孤立之理，借以反驳程朱的"理先气后""道在器外"之说；他还

---

① 王夫之：《船山遗书》第十五册，第245页。

② 梁启超：《清代学术概论》，北京：东方出版社，1996年版，第19页。

③ 王夫之：《船山遗书》第八册，《读四书大全说》卷十，第114页。

提出理势统一的历史观,"时异而势异,势异而理亦异"①,反对历史退化论;在认识论上强调知行有别,认为行是知的基础,知行相资以互用,"行可兼知,而知不可兼行"②,既反对王阳明的"知行合一"论,又批判程朱的"知先行后"说……这些振聋发聩的新思想,如黑暗中的一盏孤灯,闪耀着朴素唯物论和辩证法的智慧光芒。

在王夫之人生的最后几年,残灯孤笔,依旧峥嵘,但阴凉潮湿的山居环境以及经年累月苦心研究在耗费着他的生命力。病患常常袭来,王夫之却继续奋战,笔耕不辍,他的很多重要著作都是在衰老多病的状态中完成的。康熙三十年(1691年),王夫之病得更重了,昼夜咳喘不止,他自知大限将至,但吟诵不绝。他早已为自己妥善安排了后事——

自题铭旌曰:"亡国孤臣船山王氏之柩。"

自题遗像曰:"把镜相看认不来,问人云此是姜斋。龟于朽后随人卜,梦未圆时莫浪猜。谁笔仗,此形骸,闲愁输汝两眉开。铅华未落君还在,我自从天乞活埋。"

自志其墓曰:"明遗臣行人王夫之字而农葬于此,其左则襄阳郑氏之所祔也。"

铭曰:"抱刘越石之孤终而命无从致,希张横渠之正学而力不能企。幸全归于兹丘,固衔恤以永世。"③

这年冬末,王夫之于炉间成律诗二首,其一曰:"荒郊三径绝,亡

---

① 王夫之:《船山遗书》第十一册,《宋论》卷十五,第199页。
② 王夫之:《船山遗书》第二册,《尚书引义》卷三,第371页。
③ 王夫之:《船山遗书》第十五册,第247页。

国一臣孤。霜雪留双鬓，飘零忆五湖。差是酬清夜，人间一字无。"①
这是他的绝笔。

　　康熙三十一年正月初二，亡国孤臣、一代大儒溘然长逝，享寿
七十有四，从此人间再无王船山。

---

① 王夫之：《船山遗书》第十五册，第247页。

儒家往事

康有为

一

圣人有为

　　清咸丰八年（1858年）二月初五，在广东南海县西樵山北麓的银塘乡敦仁里，一声尖厉的啼哭打破了长夜的寂静，这个初生的婴孩便是日后成长为近代著名思想家、政治家的康有为。广东地处中国南端，早在秦朝的时候就成为中央王朝的行政区划，由于与文化核心区域相隔遥远，常常呈现出独特的文化气质。佛教禅宗六祖慧能、岭南学派创立者陈白沙、太平天国领秀洪秀全、民主革命先行者孙中山等，都是出生在岭南的著名人物，他们都以不同寻常的思想和行动影响着中国文化和历史的进程。康有为也同他们一样，以其"逆乎常纬"的性格和思想书写了近代中国文化的一个传奇。

　　康家以诗书传家，康有为从小就生活在浓厚的文化氛围中。他的高祖康文耀在嘉庆九年（1804年）通过乡试，后来回到家乡授徒讲学，颇有声望。曾祖式鹏，乃康文耀的幼子，也曾讲学于乡里，堪称醇儒。祖父赞修，曾在道光年间中过举人，专以程朱之学提倡后进。在康有为出生时，康赞修位至钦州学正，是一个普通的八品教育官员，掌执行学规，考校训导。康有为的父亲叫康达初，是康赞修的长子，他是岭南大儒朱次琦的学生，青年时期即投笔从戎，参加过清廷镇压太平天国的战斗，后来因喘病英年早逝，年仅三十八岁。

因为父亲早逝，所以康有为孩提时代的教育就主要落在了祖父康赞修的肩上。康有为从七八岁开始就在祖父身边诵读经典，学习诗文，接受着严格的传统教育。康有为十岁的时候，祖父赴连州担任训导，因为年纪尚幼，他无法跟随祖父赴任，只能在启蒙老师简凤仪那里继续学习四书五经。十一岁那年，父亲去世，康有为就跟着祖父来到连州官舍。康有为曾回忆那时的生活，说祖父日夜以"儒先高义、文学条理"[①]教育他，并且还教他读《纲鉴易知录》《明史》《东华录》《明史》《三国志》等史书。这些著作对于十几岁的孩子来说还是有些难懂的，但康有为的勤奋让他有了异于常人的收获。白天他竟日苦读，到了傍晚时分，室内变得昏暗，他就拿着书卷来到屋檐之下，倚柱就光，继续研读；即便到了深夜，如果每天的任务没有完成，他还是"务尽卷帙"，祖父强迫他上床睡觉，他便将灯光挑小，伴着如豆的昏灯，继续发奋苦读。正是基于这种勤奋，年少的康有为在学业上有了长足的进步，跟着祖父学习六个月之后，所作诗文皆能成篇。在连州的第二年，适逢一年一度的龙舟竞渡，十二岁的康有为当场赋诗"二十韵"，惊得州吏连呼"神童"！

康有为不仅广泛阅读古代经典，他还对现实政治颇有兴趣。他在连州阅读了大量《邸报》，这是当时京城向全国通报朝政文书和政治动态的新闻摘抄。祖父还喜欢带着康有为游览连州名胜古迹，不论是两虎之贤哲、寺观之祖师，还是儒门之大贤、才名之文士，祖父皆随时指告，现场教学。1870年，康赞修调任广州，康有为又随之到省城寻师访友，四处游历。祖孙俩徜徉于古今时光交织之中，这一方面使得

---

① 康有为撰，楼宇烈整理：《康南海自编年谱》（外二种），北京：中华书局，1992年版，第4页。

康有为的知识和视野大增，另一方面也造就了他喜爱游览的癖好。此外，康有为的希贤希圣之心也在这个过程中得到培养。年少的康有为开口闭口不离"圣人"二字，又因为他名"有为"，所以乡亲们便给他起了个"圣人为"的绰号。当然，他一生也以成为圣人作为自己的远大志向。1877年，康赞修死于水灾，时年七十一岁。慈祥而又博学的祖父离开自己，这对于弱冠之年的康有为来说无疑是重大的打击。直到几十年后，康有为仍然深深地思念着对他耳提面命、谆谆教诲的祖父。

康有为虽学问日增，但他对八股文非常厌恶，这曾引起祖父的责备。他只好不情愿地学习八股制艺，但并没有多大的进步。在他看来，八股文不仅文理不通，并且还禁锢人的思想，是危害甚大的东西。他对于八股的态度惹怒了对他寄予厚望的长辈们，诸位叔伯在宗祠里厉声责问康有为，并且还出了一道关于"君子九思"的题目让他当场作文。康有为虽然痛恨八股文体，但基于多年的读书和思索，他还是一挥而就地写出了文采斐然的文章。康赞修读过这篇文章之后，愤怒的心情似乎稍有缓和，他并没有大发雷霆，只是教育康有为要想考取功名、成就一番大事，还是要写好八股文。康有为胸怀壮志，对于祖父的教导还是能够听进去的，慢慢地他在写作八股文的态度上积极了不少。某年年末，乡里的社学举行作文比赛，康有为一连写了六篇文章参赛，结果在一百多篇参赛文章中，前三名都出自康有为之手，剩下的三篇也都在十五名之内。在以后的比赛中，他又多次拔得头筹，大家都称赞康有为的才华，对他参加科考以及振兴门楣充满了期待。

康有为的科考生涯是很不顺利的，从十四岁起，他就屡屡应童子试而不第。到了1876年，康有为在广州参加乡试，同样没有考中，这对他的打击很大，从小立下的大志以及在乡里堆积起来的自信心被敲得粉碎。他一生六次参加乡试，有五次名落孙山，等到光绪十九年（1893年）拿到举人的头衔时，已经整整三十六岁了。他曾悲愤自己学业无成，并为此进行了一些反思：自己读书虽多，但见闻驳杂而无师承，光凭学而妄行、东掊西扯是不行的，要想早日取得功名，就必须寻访名师，找到一个好的向导。于是，在祖父的引见之下，康有为拜在了朱九江先生门下。朱九江，本名朱次琦，广东南海九江乡人，世称"九江先生"。他是道光丁午科进士，曾任山西襄陵县知县，但因看不惯官场腐败而辞官回归乡里。他开办了礼山草堂，讲学授徒，执教三十多年，是岭南的一位大儒。九江先生在学问上特别推崇朱子之学，认为朱熹乃是百世之师，是使孔子之道大著天下的伟人。在他看来读书就是要格物致知、磨砺气质，而不能像陆王心学那样空谈心性。他同样对清代以来的考据学极为厌恶，认为考据太过专注于细枝末节，对国计民生毫无用处。因此，他特别推重经世致用之学风，研究中国历代政治沿革及得失，认为儒家经学应当服务于现实社会和政治。他的这些思想集中地体现在"四行五学"上面：所谓"四行"，乃修身之法，指为人处世要敦行孝悌、崇尚名节、变化气质、检摄威仪，这些都是儒家传统道德的核心内容；所谓"五学"，乃读书之法，分经学、史学、掌故之学、性理之学、辞章之学五种。朱先生以身作则，一举一动都以先贤的法度要求自己和学生，这对康有为产生了重大的影响。康有为曾回忆说："于时捧手受教，乃如旅人之得宿，盲者之睹明，乃洗心绝欲，一意归依，以圣贤为必可期，以群书为三十岁前必可尽读，以一身为必能有立，以天下为必可为。"①语气中虽带有一些狂傲，但康有为找到努力方向、确立人生目标后的豪迈之情也溢于言表。为此，他凤兴夜寐，全面研究了先秦诸子的哲学，博览了古代的诗文典籍。

在礼山草堂攻读的三年期间，康有为常常特立独行，要么是闭门苦思，要么是静坐养心。有时他忽觉天地万物与我为一体，自以为变

---

① 康有为撰，楼宇烈整理：《康南海自编年谱》（外二种），第7页。

成了圣人而欣然发笑，有时却又因感受到人世间的疾苦而潸然泪下。这种歌哭无常的状态在同学看来有些难以理解，他们甚至认为康有为患了癫狂的心疾。虽然朱先生经世致用的学风对康有为的影响甚为深远，但毕竟二人在学问志趣上存在差别，与朱先生重视程朱理学不同，康有为更加喜欢陆王心学，认为他们的学说有利于人的精神获得自由和解放。在礼山草堂的学习并没有使康有为找到安身立命之处，到了1878年冬天，他就辞别先生回家了。不过，这并没有磨灭他对于朱先生的感恩和敬仰之情。

康有为回到了家乡西樵山，在欣赏风景之余面壁参禅，读书求道。在这期间，他又认识了正在游历的翰林院编修张鼎华。张氏在与康有为的交流中发现了这位年轻学子的才能，并为之极力宣传，康有为感动于这种盛情，便写文章向张氏请教，二人成了莫逆之交。从张鼎华那里，康有为获得了关于中国和世界局势的新知识，眼界为之大开。康有为朦胧地看到了冲出世俗的新路，他走出西樵山，返回银塘乡，在专意修身养性的同时，决心舍弃考据帖括之学，以经营天下为志。他取来《周礼》《王制》《文献通考》《经世文编》《天下郡国利病书》《读史方舆纪要》等书，边读边思，还做了大量笔记，希望从中找到救世济民的方案。此外，他还读了《西国近事汇编》《环游游记新录》等西学著作，希望可以取西方之长以补中国之短，让自己的国家走上富强的道路。可以说，此时维新变法的思想已经在他头脑中萌发了。

二

治安一策

1876年到1882年间，康有为参加了几次乡试，都以落榜而告终。1888年，又到了乡试的年份，好友张鼎华盛情相邀，希望康有为来京城游玩，顺便再去赴考。他欣然同意，在堂兄康有霖的资助下，他从六月初六出发，从广州到上海，经上海到天津，辗转到达京师之时已是七月初八。可惜的是，此时张鼎华已经病入膏肓，虽然康有为对他悉心照料，但不久还是驾鹤西去。一位良师益友就这样离开了自己，康有为十分悲痛。

转眼间秋天到了，顺天府乡试也鸣锣开考了。考试一结束，康有为如释重负，借着这难得的轻松时光，他游遍了京城郊区，拜谒了十三陵，登上了万里长城，还游览了居庸关、碧云寺等地。眼前的大好河山激发着他对于国家和民族前途命运的思考，鸦片战争以来的几十年，中国国势渐弱，如果任由他国宰割，恐怕这河山都含泪泣血！只有朝堂上下知耻后勇，及时变革，国家才会有兴盛的希望。反之，如果还是浑浑噩噩，得过且过，那么这一片片青山绿水终将要被列强的铁蹄踏遍。"怎么办？我能做些什么呢？"这些问题在康有为的脑海中翻滚着、激荡着，他的策略是要从朝廷中位高权重的大员入手，他要将自己多年思考的成果陈述给这些重臣们。

还在考试期间的时候，他就写信给工部尚书、军机大臣潘祖荫。潘氏是康有为叔祖康国器的故交，借着这层关系，事情也许会容易下手一些。在信中，康有为讲述自己虽博学多才、胸怀大志，但无人赏识，无处施展才华，以至于心情郁闷。他极力称赞潘祖荫"雄略柱天""好士若渴"，希望通过潘公的引荐，为国家贡献一份力量。也许是被康有为的才气所吸引，也许是碍于情面，潘祖荫接见了康有为，还给了这位后生一笔川资。二人见面之后，因为想说的话没有说尽，康有为又写了一封详细阐述自己想法的书信给潘祖荫，信中指出各国列强对中国都深怀企图，国家内外形势危如累卵，而朝野上下耽于逸乐，对于危机置若罔闻。他甚至对皇帝也有批评，认为面临几千年未有之灾祸，皇帝也应该反省自责。康有为又把潘祖荫捧为可以革故鼎新的不二人选，建议他采取流泪攻势、以辞官相要挟等方式说动皇帝即刻变法，破除陈规，大力提拔人才。潘氏看出这位年轻人救弊济世的急切之情以及稍显幼稚的政治策略，于是就善意规劝康有为要熟读律例，安心参加科考才是，言外之意很显然，他对康有为的建议不以为然。康有为也不甘示弱，他认为身处乱世，当官者就应该有所作为，要通过斟酌古今来振废滞、造皇极、晖万象，至于律例云云乃承平之事，不是现今之急务。潘祖荫此后未再与康有为来往，由于政见不同，二人的接触就这样不了了之了。

虽然没有得到潘祖荫的支持，但康有为并没有放弃，他又开始向其他大臣上书。徐桐是汉军正蓝旗人，道光三十年进士，曾任太常寺卿、礼部尚书、吏部尚书、体仁阁大学士等职，是当时的理学名臣。康有为曾经三次上门求谒，但均没有得到接见，后来徐桐专门派人问康有为到底意欲何为，康有为于是修书一封。信中的内容与康氏建议潘祖荫谏诤改革大致相同，只不过他建议徐桐上书的对象变成了慈禧太后。在这封信里，康有为把慈禧称颂了一番，说她聪明圣德，愿意聆听群臣的谏言。他请求徐桐面见太后，阐述国家祸乱的缘由，直陈改革变法的紧迫，如果慈禧不为所动的话，那就痛哭流涕，以情动人，实在不行就以辞官相规劝，慈禧肯定会因感动而纳谏。不过，徐桐属于较为保守的一派，当他看到康有为这咄咄逼人的话语之时，顿时勃然大怒，第二天就把这封书信扔了出去，并大骂康氏为"狂生"。

康有为依然没有气馁，这年十月，他又给曾纪泽写了一封书信。曾纪泽字劼刚，号梦瞻，清代著名外交家，与郭嵩焘并称"郭曾"，乃晚清重臣曾国藩之次子。他曾出任驻英、法大臣，在出使期间，深入了解各国历史、国情，研究国际公法，考察西欧诸国工商业及社会状况。曾纪泽出身名门，又颇有政绩，在康有为眼里也是响当当的人物。只是这样一个难得的人才，在出使他国时能鞠躬尽瘁，据理力争，为贫弱的清朝挽回些颜面，但回国之后却备受排挤，甚至还遭人毁谤，有志难伸。曾纪泽与康有为还算志同道合，两人也来往频繁，甚至当时盛传两人要结拜为异姓兄弟。只可惜曾纪泽对这套落后、低效的官僚体制实在没有信心，更遑论指望它变法革新了。

也是在这年十月，康有为还写信给翁同龢。与上文提到的朝中重臣相比，翁氏是一位更接近权力中心的政治人物。翁同龢字叔平，号松禅，江苏常熟人，中国近代史上著名政治家、书法艺术家。他也是出身名门，乃体仁阁大学士翁心存第三子，咸丰六年（1856年）状元，历任户部、工部尚书、军机大臣兼总理各国事务衙门大臣。他更为人们所称道的是，曾先后担任清同治、光绪两代帝师。特别是他与光绪帝之间的师生关系，从教授光绪启蒙识字到百日维新之前被撤职回乡，时间长达二十多年。仅凭这层关系，翁同龢就能在晚清内政外交中发挥重要影响。戊戌变法前后，翁同龢与孙家鼐、文廷式等官僚士绅形成了与后党相抗衡的帝党集团，大力举荐康梁等维新人才，亲自草拟《明定国是诏》，进一步加强了在政坛中的地位。只是在康有为开始写信给翁氏的这个时候，康还没有什么名气，翁同龢最终拒绝与之相见。

从表面上来看，朝中的一些大臣们对康有为的建议并没有多大兴趣，康氏的奔走呼号也没有取得实质的效果。但是，他的做法本身在京师的政治圈子里掀起了一阵惊涛骇浪，很多人开始同情这样一个敢于直言、勇于革新的秀才，甚至有一些开明之士如翰林院编修黄绍箕、刑部尚书沈曾植、御史屠仁守等欣赏他的勇气和眼光，主动跟他结交。当然，康有为的活跃也激起了保守派官员的不满和愤怒，这带来的后果便是，康有为乡试成绩虽好，却也未能中举。据说，按照康有为的试卷，考官们本来判为第三名，但大学士徐桐认为康有为"不可中"。于是，康有为再次落榜。

这次落榜让康有为再次见识了清朝统治的腐朽和官场的黑暗，这也使他变法革新的想法更加强烈。那时正巧发生了一件"大事"，清王朝祖陵附近发生山崩，范围高达千余丈。在传统天人感应思想的话语之中，这可是天地有意降下灾祸，用来惩罚治理不善的统治者。康有为本以为清廷能痛定思痛，进而革新图治，但结果却是没什么动静。他再也没有耐心等下去了，于是就向慈禧太后和光绪皇帝上书，写下了《为国势危蹙祖陵奇变请下诏罪己及时图变折》，后来，人们把这份上书称作《上清帝第一书》。在这篇奏折中，康有为先是罗列了国家所面临的种种危机，外有强敌入侵，各国列强企图瓜分中国领土，中国行将分崩离析；国内则是黄河泛滥，江淮久旱，京师大风，地震山倾，各种灾害接踵而至。接着，他批评在位者贪赃枉法，歌舞升平，丝毫不为这一系列危乱所动，更不要说采取积极进取之举措以图改变乱局。康有为警告统治者，如果再不果断行动，人民群众的反抗风暴即将来临，到那时教会民党作乱于内，金田之役也将复起。他希望慈禧太后、光绪皇帝痛定思痛，改弦更张，听从他的建议，经过几年的努力或可扭转不利的局面。康有为提出了三项具体建议，即"变成法、通下情、慎左右"。所谓"变成法"，是指摒弃祖宗之法不可改变的旧观念，根据时代形势的变化，参酌古今中外的法制，任用精通变法的维新人士，大力革故鼎新。所谓"通下情"，就是希望朝廷能放下一点架子，使上下相通，民间舆论可上达天听，朝廷也能够了解民间的事实真相，只有这样才能使得臣下人人能够尽其言，天下人人得以献其才。至于"慎左右"，康有为认为皇帝的身边除了一些宦官宫妾之外，就是些许谄谀之人。他希望统治者要辨明忠佞，一方面要去谗慝，革除那些专事逢迎、欺下瞒上的佞臣的职务，另一方面更要亲近忠良，选择直言敢谏、通知古今的忠臣随侍左右，并给以相应的职位，只有这样国家才有希望。

康有为本是一介布衣，按照当时的规定只有少数王公宗室、四品以上的京官以及封疆大吏才有直接上书的资格。他只能通过结交的名士来代为上书，为此他找到肃亲王的七世孙盛昱。盛昱当时任国子监祭酒，他把康有为的上书交到翁同龢手中，翁当时主管国子监。翁同龢认为康有为言语太过激烈，甚至有些挑衅，不会收到什么好的结果，于是就不愿代奏。康有为没有气馁，又通过盛昱请都察院左都御史祁世长代为上书。他写信给祁世长，一方面重申国家所处的危机，另一方面又希望祁御史这样的士大夫能够登高一呼，承担起维系国家的重任。祁世长为康有为的赤诚忠义所感动，表示愿意到都察院为他代递，康有为非常兴奋，但是他也很清醒。康有为知道，此封书信一旦能够向上传达，他有可能下狱坐牢或者是被流放边关，他甚至做好了被处死的准备。可惜的是，祁世长最终还是因为害怕而退却，并没有将这份奏折递到都察院。后来康有为又四处奔走努力，结果都是徒劳无功，《上清帝第一书》就这样夭折了。

　　这份奏折虽然没有传到慈禧太后和光绪皇帝手中，但是康有为的行动和主张在京师引起了强烈反响。很多人都在议论康有为，《上清帝第一书》也不胫而走，在民间广为传抄。翁同龢虽然没有帮他上书，但并没有与他为敌，从翁氏后人公开的史料中我们可以得知，翁同龢常常翻看此奏折的摘抄本。康有为引起的反响难免会使他遭到守旧者的非议和敌对，因此，好友沈曾植、黄绍箕等建议他不要再过问国事，不妨以金石之学来陶冶性情，康有为也深感人微言轻，于是就选择暂时远离政治。

　　康有为第一次向最高统治者上书的努力虽然失败了，但在这个过程中，他身上所表现出的那种儒家知识分子深沉的忧患意识与高度的现实责任感值得后人学习和发扬。

三

粤桂讲学

第一次上书失败后，康有为住进了南海会馆"七树堂"，在这里他潜心研究中国书法艺术，以读碑帖度日，写就了著名的《广艺舟双楫》，它是晚清最重要的书法著作之一。该书看似讨论与政治无关的书法艺术问题，但其中也蕴含着康有为维新变革的思想。例如，他在第一章就明确指出"变者，天也"，指出书法与治法有类似之处："书法与治法，势变略同。周以前为一体势，汉为一体势，魏、晋至今为一体势，皆千数百年一变；后之必有变也，可以前事验之也。"①他提倡书法艺术的变革，反对当时把唐碑视为金科玉律、不敢逸出唐楷规范的单调学书模式。由此可见，康有为是将其变法的思想融进对书法艺术的讨论之中，这其实也是一种在政治上郁郁不得志的无奈之举。当然，这期间他也没有完全放弃在政治上要有所作为，例如他有几次是通过代好友屠仁守写稿的方式来表达自己的政治见解，在这些文章中他甚至对西太后、醇亲王等有所批评。结果，屠仁守因此落得革职查

---

① 康有为：《广艺舟双楫》，北京：北京图书馆出版社，2004年版，第29页。

办、永不任用的下场，康有为虽没有因受到牵连，但他越发感到绝望，内心非常悲凉。此时，他想到过出国，或去美国讲学传道，或去巴西经营种植园，甚至还想把一部分中国人迁徙到巴西，建设成一个新的中国。但在残酷的现实面前，这些都只能成为一种空想，最终他告别了京城的凄风冷雨，于1890年春天回到家乡广东。

康有为不仅是一位政治家、思想家，还是一位教育家。他精力旺盛，声情并茂，擅长宣传鼓动，对自己的思想主张颇有自信，这为他赢得了不少的信众。其维新变法活动与教育活动密切相关，正是通过著书立说、教授学生，他的维新思想才能真正成为变革现实的力量。从1891年起到1897年，康有为讲学于广州长兴里，自任总教授，订立学规，著有《长兴学记》。在此期间，他又于1894年和1897年两次前往广西桂林讲学，留下了《桂学答问》。除此之外，《新学伪经考》《孔子改制考》《春秋董氏学》《日本变政记》等变法理论著作都是他在粤桂讲学期间完成的，因此这段讲学的时光在康有为的一生当中处于非常重要的位置。

儒家有重视教育的传统，甚至可以说儒学本身就是一种教育之学。在康有为看来，中国积贫积弱的原因在于人才的缺乏，而人才的缺乏又根源于教育的落后，只有振兴教育才能真正开发民智，培养人才，强盛国家。在康有为变法举措当中，仿效西方对教育进行改革是其中的一个重要内容。

1890年春，康有为举家迁往广州。这年三月，有一个叫作陈千秋的年轻人慕名而来，康有为跟他讲述了一些变法主张，陈千秋听了之后深深为之折服，放弃了已就读两年的学海堂，成为康有为的第一个受业弟子。陈千秋有一个好友叫梁启超，经过陈的介绍，梁启超去跟康有为见面。根据梁自己的回忆，二人见面之时，康有为对旧学摧陷而廓清之，在梁看来简直如大海潮音摄人心魄，又如狮子吼一般发人深省，于是梁启超就对康有为执弟子之礼。陈、梁二人皆拜入康有为门下，这给这位只是监生的读书人带来了巨大的广告效应。没多久，在康有为身边就聚集了二十多名学生。1891年，康有为租赁长兴里的邱氏书屋，正式开办学堂，学舍初名长兴学舍，后改为万木草堂，"万木"含有培植万木、为国家培养栋梁之材的意思，韩文举、曹泰、麦孟华等人也纷纷在此投入康氏之门。康有为是今文经学家，他的教学内容与他的思想观念相互贯通。通过发挥儒家经典的微言大义，结合西方进化论的思想，他提出了一些别开生面的新主张，吸引了大量学生前来求教。据统计，各省学子闻风相从，前后多达3000人，可谓是桃李满天下，这也为后来的维新运动奠定了基础。

康有为遵循"中体西用"的方针，推行全面发展的教育思想，注重培养学生各方面的能力。据梁启超的记载，万木草堂的课程设置在整体上仍然表现了儒家教育的特点，以德育为先，智育次之，德育居十分之七，智育居十分之三。

在德育方面，康有为以圣人自许，也要求学生立下志向，要有气节，敦行孝悌，强调互助。学习不是一件容易的事情，需要下定决心刻苦攻读，需要摒弃外界名利的干扰。康有为指出，学者多如牛毛，但有所成就者凤毛麟角，其中的原因就在于很多人无法去掉求取高官厚禄的动机，在名利的诱惑之下，求学之路往往不能善始善终。因此，在学习之前立下刻苦攻读的志向是非常重要的。有了志向之后还要有气节，他非常看重东汉党人与晚明东林党人，因为他们能置生死安危于不顾，以家国天下为己任，体现了儒家知识分子从道不从君、不降志辱身的浩然正气。这在当时内忧外患的政治环境之下是非常急需的，因为要维新就需要改变官场的不良风气，作为将来变法中坚的康门弟子们自然要率先垂范。每次讲到国事杌陧、民生憔悴、外侮凭陵之时，康先生总会慷慨唏嘘，有时甚至痛哭流涕，学生们感同身受，家国责任感顿时在胸中激荡，丝毫不敢懈怠。他还要求学生慎独，慎独是儒家道德修养的功夫，虽然不同的儒者对慎独的理解有所差异，但从本质上来讲，它主要强调道德修养的自觉性，特别是在隐秘之处更需要这种自觉。此外，康有为也强调"主静""养心""变化气质"和"检摄威仪"等修养方式，这些可以看作是"慎独"的具体表现或者实现方式。在处理人际关系的问题上，康有为提出"敦行孝悌""崇尚任恤""广宣教惠""同体饥溺"四个原则。"敦行孝悌"侧重于家庭宗法伦理，"崇尚任恤""广宣教惠""同体饥溺"都是互助精神的体现，强调要帮助朋友、乡党以及其他一些需要帮助的人们。

在智育方面，康有为主张对学生要进行义理、经世、考据、辞章以及六艺等方面知识的传授。这些内容不局限于中国的固有之学，还广泛涉猎西方科学、哲学、政治学、社会学等学科。他视野开阔，博闻强记，每次上课就高坐堂上，不设书本，但旁征博引，原始要终，会通中西，滔滔不绝，常常能持续两三个小时。课程的内容并没有因为时间太长而变得乏味，反而总能引人入胜，发人深省，令人赞叹。为了督促学生专心于学问，他还创造了颇为新颖的考核方式。万木草堂基本没有考试，康有为常常通过与学生交谈以及让学生们呈交功课簿的方式来考查大家的能力和水平。他每月都会召见学生一次，让他们呈上课程学习的笔记并与之深入交谈，通过学生笔记中所提问题、所记心得以及谈话中的应对之词，对他们进行一对一的指导。这种方式不仅有助于师生之间的思想交流和碰撞，而且也使学生形成一种强烈的紧迫感，从而在学习上变得更加努力自觉。此外，对于传统的"六艺"（礼、乐、射、御、书、数），康有为强调要与时俱进，学与时异，有些落后的内容就要被淘汰。例如，射、御对今人来讲已经没有什么用处了，需要加以改变，改变的方式就是用"图"与"枪"来代替，"图"是涉及数学的图谱之学，"枪"即练习枪法，主要涉及军事技术，这些都是迎合时代要求的新学新技。

维新变法中的骨干人才很多都是在万木草堂中培养出来的，这些学生要么协助康有为完成变法的理论著作，要么参与维新刊物的编撰，要么积极参与公车上书、创办学会等活动。例如，康氏写完《新学伪经考》之后便安排学生完成校雠的工作，这本身就是向弟子们传授思想的过程。在写《孔子改制考》时，康有为则发凡起例，然后指定一二十个同学，把上自秦汉、下至宋代学者有关孔子改制的言论检录出来，记下卷数篇目，然后安排学生分工协作，共同撰述。这种方式既可以培养学生做学问的基本功，又可以激发他们对学术研究的兴趣，当然也能更及时地将变法的理论基础公之于众。正是在康有为和学生们的共同努力之下，维新变法才能在当时的中国形成一股强大的风潮。戊戌政变发动之时，慈禧太后马上下令查封万木草堂，学堂里300多箱书籍被付之一炬，这也从一个侧面反映了万木草堂师生们在当时政治领域中产生了重大影响。

在百日维新之前，康有为曾两度到桂林讲学，这跟他所受到的政治迫害有关。1894年7月，给事中余联沅弹劾康有为，说他的理论惑世诬民，非圣无法，康氏如同少正卯再世，天地难容。余氏污蔑康有为之所以自号"长素"，是要长于素王，凌驾于孔子之上，简直是犯上作乱。余联沅建议朝廷焚毁《新学伪经考》一书，并且禁止广东的士子跟随康有为学习。这一弹劾使康有为处境非常危险，为此梁启超还专门到北京四处请托，他曾通过沈曾植向广东官员求情，还通过张謇做翁同龢的疏通工作。经过多方努力，事态最终得以平息，但是朝廷仍然命令康有为将《新学伪经考》的书版自行焚毁。经历这次风波的康有为受到了广东当地卫道士们的攻讦与毁谤，迫于无奈，康有为远走桂林，暂避风头。他之所以要去桂林，还跟一个叫龙泽厚的人有关。当时龙泽厚卸任四川知县要回桂林，途中路过广州，他之前就仰慕康有为的大名，于是就到万木草堂拜康有为为师。龙泽厚向康有为介绍桂林山水的秀美和风俗的质朴，力邀他到桂林一游，并且讲学授业，推动广西的维新运动。康有为被龙泽厚的盛情所深深打动，于是就在1894年末到达桂林，开始讲学。两年多后，也就是1897年春天，已得中进士的康有为因为强学会被禁而滞留南方，在广州待了半年多之后，他又来到桂林，继续为维新运动开拓新领地。这一次，他创建了广仁学堂。康有为曾经写了一首题为《示桂中学者》的诗歌，其中有云"誓将手植万树桂，巍巍玉立苍梧边"，表达了发掘广西人才、培育时代栋梁的愿望。在桂林讲学期间，康有为沿袭了万木草堂时期的教育理念，从经世致用的角度阐发学术，同时也借学术来推行其变法理念。这在当时风气相对闭塞的广西引起了巨大反响，很多接触了康有为思想的当地知识分子都感到惊心动魄，以至互相告语，士气民风也渐次发生改变。广西维新人才由此脱颖而出，成为变法维新中的重要力量。

梁启超在《南海康先生传》中曾经评价他的老师说："谓之政治家，不如谓之教育家；谓之实行者，不如谓之理想者。"[1]虽然康有为在政治上并没有取得"经营天下"的最终成功，但他为当时的中国培育了许多优秀的新式人才，在一定程度上促进了中国思想与政治的进步，这也许是康有为最大的成就吧。

---

[1] 梁启超：《康有为传》，北京：团结出版社，2004年版，第80页。

四

海外保皇

自戊戌政变逃往海外，直到1913年，康有为一直过着颠沛流离的流亡生涯。他先后游历了30多个国家和地区，行程据说有60万里。康有为逃亡海外的旅程，可以讲是荣耀与危机并存的经历。因为是维新变法的领袖、中国政坛的风云人物，所以每到一处，都会受到热情的接待，康有为也趁机到各处考察访问，发表演讲，忙得不亦乐乎。

1899年4月7日，他乘日本横滨乘"和泉丸"号抵达加拿大维多利亚，先是很多华商前去拜谒宴请，然后英属哥伦比亚省的财政部长卡特·考顿陪同康有为参观省议院。康有为详细询问了该省财政、收入、税收、建筑、地政、工程等相关细节问题，他表示，如果他能够重新参与政治，将会采用类似的管理结构方式。接下来他访问了教育署，在这里督察威尔逊接待了他。他还访问了停在埃斯奎莫尔特港口的军舰，并礼节性地拜访了第六任省督托马斯·罗伯·麦克因。4月13日，康有为来到加拿大温哥华市，当天他和市长、日本领事以及当地一些知名华商通话，傍晚他又参加了在一个有名的中餐馆举行的欢迎仪式，然后到市政府礼堂为当地的华人做了有关维新变法的演说，之后还和少数友人共进晚餐。接下来的半个多月他又做了几场演讲和采访，康有为希望海外的华人团结一致，通过各种方式帮助他和光绪皇帝，以继续开展改革维新。他还考察当地华工的生活状况，参观了医院、电厂、监狱、锯木场等地点，希望中国能从中有所借鉴。5月份他又来到渥太华，先是加拿大总理威尔弗里德·劳雷尔爵士会见了康有为，然后加拿大总督为欢迎康有为在府邸举办了最隆重的国宴舞会，有将近700宾客出席，大家身着华丽礼服，康有为一行则穿着传统中式服装赴宴。为了表达对贵客的欢迎，大家分列两侧，留下一条朝向中心的通道，康有为昂首阔步走入大厅，这恐怕是一些清朝大员都享受不了的待遇。在渥太华，他还参观了当地的电车发电厂，对发电机等机器的各种细节和原理非常感兴趣，希望有一天能够在广州建立一座电厂，促进中国铁路电车的发展。

由于美国《排华法案》和政府的阻挠，康有为一直不能访问美国。经过多年的努力尝试，他最终获得美国驻温哥华领事颁发的证书，于1905年2月自美加边境进入美国。在美期间，康有为还是到各处进行访问、演讲，宣传自己的主张。1905年5月24日，他来到芝加哥访问，当地保皇会派马车迎接，马车行经之处观者如堵，人山人海，有鼓掌者，有脱帽者，纷纷向这位中国维新之奇才致敬。当地英文报纸也争相报道这种盛况，极力称赞康有为是出类拔萃之人，不愧为英雄豪杰。当晚康有为发表演说，听讲者爆满，演讲慷慨激昂，听者莫不感动。当时正值美国禁限华工变本加厉之时，在康有为看来，美国的排华政策对中国人来讲是奇耻大辱，是有损国家尊严、玷辱国人之人格的行动，他感到非常心痛。美国力主续签《排华法案》，并试图迫使懦弱的清政府签字。康有为发电给各地保皇会分会，令其同时发起反对续约的行动，梁启超等人还在上海等地策划抵制美货运动。为了彻底解决这个问题，康有为于1905年6月两次约见美国时任总统罗斯福。两人会面之后，罗斯福都召见了国务卿海约翰，商讨《排华法案》的相关问题，指示要以最广泛和最真诚的礼节对待包括华人在内的各国客商、教师、学生和旅客。最终，新的《排华法案》未被签署，康有为在这个过程中是起到一定作用的。

与荣耀相伴随而至的是危险，清廷中的顽固派视康梁等人为眼中钉肉中刺，屡次策划暗杀事宜。1899年9月，康有为的母亲在香港患病，他准备由加拿大假道日本去往香港。此时日本政府受清朝政府之托，对康有为将有不利。若非前内务大臣品川弥二郎以死力争于其舅、时任日本首相山县有朋，康氏恐怕将要蒙难。康有为到达香港后，又遇清廷命令李鸿章督粤缉捕戊戌党人。一天夜里，刺客来到康有为的住处，正当他离康氏只有尺许的千钧一发之际，康有为大呼一声"闭门"，印度警察闻声而至，刺客才仓皇逃走。不过他们并没有善罢甘休，又在与康有为住处毗邻的住房挖地道，准备往地道里投放炸药，虽然最终没有得逞，但香港显然已非久留之地。此时新加坡华侨邱菽园惠赠千金，并邀请康有为前往南洋避难。邱氏家境殷实，为人慷慨，曾参加公车上书，接受维新变法思想，结识康有为和梁启超等维新志士。变法失败后，又接济康有为、唐才常等人的政治活动，后来又加入同盟会。康有为于这年12月底离开香港，到达新加坡后，受到了邱菽园的殷勤款待。

除了顽固派的威胁之外，康有为有时候还要提防革命党人。1904年底，经过种种努力之后，康有为终于可以赴美访问。在入美之前，他做了很多准备工作，其中之一就是防范革命党人的暗杀。此时孙中山正在美国活动，但行踪诡秘，保皇会未能及时打探到他的行踪。康有为对此甚为忧虑，以至于写信嘱咐身边的人秘密购买防护甲，以做防身之用。

在流亡海外期间，康有为做了一件非常重要的事情，就是成立保皇会。1899年夏，康有为由加拿大乘船前往英国，企图向英国求援，希望能解救光绪帝以图复辟，但最终没有成功。康有为只好返回加拿大，着手实施组织华侨团体的计划。经与李福基、叶恩等当地华侨领袖会议磋商，1899年7月20日保皇会在温哥华正式成立，加拿大西部也成为全世界保皇运动的发源地。保皇会"专以救皇上，以变法救中国、救黄种为主"，并希望排除慈禧太后、荣禄、刚毅等顽固势力。经过康梁的积极奔走活动，其组织遍及日本、南洋、美洲、澳洲、香港、澳门等地，国内的上海、宁波等处也有保皇会名目的团体出现。其中，设于《知新报》馆的澳门保皇会，于1900年春被指定为各处保皇会的总机关，统领勤王起兵事宜。其后保皇会继续发展，势力最盛之时多达170余埠，拥有会众数十万人。

1900年义和团起义爆发，八国联军攻占北京。康有为认为这是保皇救国的好时机，他号召援救京师，散发告全国民众书，宣布载漪、荣禄、奕劻、刚毅等人的罪状，派门人徐勤到海外募款，李福基也召集保皇会会众募捐。这时国内的唐才常招抚长江两湖流域的豪杰，又召集青红各帮会众，组织了一支十数万人规模的力量，号称"自立军"，唐自任督办。

自立军企图用武力驱除义和团，"讨贼勤王，以清君侧"，推翻慈禧太后政权，拥戴光绪帝复辟。唐才常是湖南浏阳人，维新派著名领袖之一。他曾在湖南时务学堂任教，与梁启超齐名，并与谭嗣同为同乡挚友，时称"浏阳二杰"。戊戌政变后，他去日本、南洋等地集资，与梁启超、麦孟华、徐勤等人日夜谋划，希望为谭嗣同复仇。康有为同唐才常联系，定于1900年8月9日在湖北、安徽、江西、湖南等地同时起兵，但康有为并未按期汇款接济自立军，使得起义不得不延期。身为前军统领的秦力山虽未得通知（一说不听命令），却按期独自在大通起事，战斗三天，以失败告终，整个起义计划也提前泄露。唐才常于8月20日晚被捕，次日被杀。加之保皇会及其首领康有为拒绝和资产阶级革命派合作，自立军起义最终失败。其间死伤无数，康有为大为悲恸，以后不复再言兵事。1902年春，南北美洲一些华商给康有为写信，指出国内义和团已经平定，而西太后、荣禄等人仍然掌握大权，导致民不聊生，保皇会这样的公义组织反而被视为逆党，遭到政府的强力镇压。情势既然如此，华商们建议康有为不如以铁血行之，效仿美国华盛顿发动革命，这样或许可以保国安民。康有为则认为，革命必将带来流血之惨，一旦不成功，全国必将陷入割据混战的局面，必将重蹈印度的覆辙，因此他否决了华商们的建议。

随着革命派势力的兴起，保皇会的斗争矛头逐渐由以慈禧太后为首的顽固派转向了以孙中山为首的革命派，由保光绪帝转为保清朝统治。1906年，清政府实行预备立宪，这对康有为来说无疑是一剂强心剂。他发出文告，指出中国只能君主立宪，不能走共和革命的道路，否则将会带来内讧纷争，并且加重外国侵略瓜分之危局。在此背景之下，他认为保皇会的使命已经完成，遂于1907年2月将保皇会改为"国民宪政会"，后又正式定名为"帝国宪政会"，对外则称"中华帝国宪政会"。该会以尊帝室为旨，企图维护清朝统治，成为继续抵制革命、鼓吹宪政的政治团体。

康有为没有找到中国落后的关键原因，也没有找到救亡图存的正确道路。但是，他在流亡海外期间时刻以救国保种为念，要么到处演讲宣传自己的政治主张，要么募集资金支持国内的改良活动，要么实地考察先进国家的治理经验以图将来有所资鉴，要么著书立论以完善自己的思想学说，可谓劳心苦志，舍身以殉。他曾写过一本《欧洲十一国游记》，把自己比喻为一个厨师，请同胞们分享他在海外的见闻感受；他还把自己比作一个画工，希望同胞透过他的视野来了解当时世界的最新情况。这一切无不体现了一个儒家知识分子的家国情怀和道德境界。

儒家往事

谭嗣同

一

谆谆母教

谭嗣同祖籍福建清流，明朝末年，六世祖谭逢琪由长沙县迁居到浏阳，从此世代定居浏阳。谭嗣同的祖父叫谭学琴，因其兄在县城为吏，他常去看望，帮助其料理公务，时间一久也成了一名胥役。后来谭家家道衰落，到谭嗣同的父亲谭继洵时，已成为破落的地主家庭了。咸丰九年（1859年），谭继洵考取了进士，做了官，成为有权有势的大清官僚，谭家又重新兴盛起来。到同治四年（1865年）二月，谭嗣同出生于北京宣武城南孅眠胡同之时，谭继洵早已成了户部郎中，谭嗣同因而成为衣食无忧的官家子弟。

不过，因为有母亲徐五缘的言传身教，谭嗣同没有走上了一条官宦子弟们经常选择的恣意放纵的道路。谭嗣同曾回忆说，自他记事起，就看到母亲身上穿着一件丝麻的旧衣服，即便麻线从破缝中露出，她也舍不得丢弃。曾经有一位和谭家住得邻近的塾师杨先生，晚上睡觉的时候经常会被谭家轧轧的纺车声吵醒，他就问谭嗣同是哪个用人如此勤劳，竟然彻夜纺作。谭嗣同告诉杨先生那是自己的母亲，先生大惊，语重心长地对谭嗣同说："你父亲做官十余年，位至四品；你母亲勤劳俭朴，严谨持家，不敢怠慢；你呢，整日嬉戏打闹，惰于学问，你的心怎能够安适呀？"谭嗣同回忆到这件事情时说："是以嗣同兄弟所遇即益华腆，终不敢弛于慆淫非辟，赖先夫人之身教夙焉。"①可见，仪态威严、勤俭持家的徐五缘在谭嗣同的人格及品行形成中的重要作用，可以说谭嗣同在以后的人生经历中所体现出来的那种倔强、坚强、豪放与勤勉很大程度上是受母亲影响的。

谭嗣同七岁那年，大哥嗣贻满二十岁，要回浏阳结婚，母亲也要随行。小嗣同把母亲送至卢沟桥，看到母亲渐渐远去的身影，伤心地哭出声来。母亲走后，谭嗣同便要单独面对谭家妻妾不和所造成的局面，父亲的小妾卢氏也趁机把她对徐夫人的不满和嫉妒转嫁到小嗣同身上。这使敏感的他在精神上受到很大刺激，整日沉默寡言，思母心切，竟忧郁成病。直到第二年，母亲才从浏阳回到北京，看见他这种样子，猜测一定是那卢氏待他不好，反复问他，他又坚决不承认。徐夫人见小嗣同有这样倔强的性格，却非常欣慰，她曾对人说："此子性格倔强，能够自立，我死后也没有什么顾虑牵挂了。"也许正是这种内心的痛苦在谭嗣同的心里重重地烙下了一个印记，使他日后对封建社会的家庭生活有所反思与批判，进而走上了一条与传统的纲常相决绝的道路。

光绪二年（1876年）春天的时候，北京地区流行着一种可怕的瘟疫——白喉。疫情很快传播，无法控制，不断有人因此而丧命。当时已经嫁给广西灌阳进士、翰林院编修唐景莶的谭嗣同二姐嗣淑不幸染上了这种瘟疫，唐家害怕感染，竟然不敢照看嗣淑。徐夫人闻讯后，立刻带着谭嗣同的大哥嗣贻由通州紧急赶往北京照料，不幸的是，母亲与子女相继病卒。五天的时间之内，三位至亲之人相继离世，这对

---

① 谭嗣同：《谭嗣同集》，长沙：岳麓书社，2012年版，第59页。

于才十二岁的少年谭嗣同来说，无疑是灭顶之灾。其实，他本人同样未能幸免，但或许是命运眷顾，昏死过去三天之后，竟然又奇迹般地苏醒过来。据说，由于害怕传染，谭继洵带领全家逃往通州，只留下卢氏照看嗣同，可是卢氏对他不管不问。多亏老师欧阳中鹄亲自照料心爱的学生，为之熬汤问药，助其慢慢恢复。这场突如其来的家庭变故，特别是母亲徐夫人之死，在谭嗣同的心里留下了难以愈合的永恒创伤，可以说家庭的温暖随着母亲的离去所剩无几了。

二

任侠风范

母亲死后，谭嗣同的童年开始变成一种梦魇。卢氏肆无忌惮地对他进行打骂，在生活上加以种种虐待。嗣同虽然年小，但性格甚为刚烈，自然不会被卢氏的淫威所吓倒，他学会了反抗。卢氏见不能压服倔强的嗣同，便在谭继洵面前尽说他的坏话，致使他"不得父欢"，俨然成了一个孤苦无依的弃儿了。后来他曾愤然回忆说，从小到大，他遭遇了家庭的种种不幸，涵泳其苦，是一般人所不能忍受的；几次大难不死，于是就更加轻视生命，把它当作"块然躯壳"，不足为惜，甚至怀有墨子"摩顶放踵"之志。后来的谭嗣同坚定地朝自己所憧憬的道路前进，勇敢地采取实际行动，以表明自己对封建伦常的反叛。这里可以讲两个小故事，一个是父亲督促他学习时文制艺，他竟在课本上写下"岂有此理"四字，并且专门阅读那些被封建士大夫们视为"异端"的杂书；二是他结交了专以锄强扶弱为事的"义侠"王五，跟着他学习剑术，走上了一条文武兼备的"任侠"之路。

喜欢武侠的人都知道，现代著名武侠作家平江不肖生写过一部《近代侠义英雄传》，这本书里有两个主要的武林人物，一个是大刀王五，一个就是妇孺皆知的霍元甲。王五本名王正谊，字子斌，祖籍河北沧州，回族。因他拜在武术名家"双刀李凤岗"门下，排行第五，人送外号"小五子"；又因他刀法纯熟，德义高尚，故人们又尊称他为"大刀王五"。王五一生行侠仗义，忧国忧民，位列民间流传的晚清十大高手谱中，与燕子李三、霍元甲、黄飞鸿等著名武师齐名。说起王五，他与谭嗣同还有一段不解的因缘。

还是在光绪二年的时候，爱动的嗣同和他的二哥嗣襄经常跑出去游逛，结交各种各样的人物。在这一年，他们认识了大刀王五和通臂猿胡七，这两个人后来都成为谭嗣同的至交。这个胡七，原名叫胡致廷，也是河北人，自幼技艺超群，为人仗义，精通臂拳，因此有"通臂猿"之美誉。在胡七与王五之间，谭嗣同和王五的交往更多些，因为最初谭嗣同准备跟胡七学习双刀，但胡七认为还是单刀好学，并且单刀的用处比双刀多，还便于携带，就把谭嗣同介绍给了擅长单刀的王五。不过由于谭嗣同年龄不大，气力也不足，所以武功学得也不是那样纯熟，但至少给他打下了武术的底子。其实，结识王五对谭嗣同来说更大的意义在于任侠精神的言传与身教，王五经常会给谭嗣同讲述绿林好汉的侠义故事，游侠们见义勇为、除暴安良的壮举和非凡气概给了谭嗣同莫大的鼓舞。这对于谭嗣同英武、慷慨、倔强的性格和对旧社会桀骜不驯、敢于反抗的精神的形成，无疑起到了巨大的作用。在谭嗣同后来的众多行动中，我们会很明显地发现他那种被称为"天下奇男子"的侠者风范。

光绪四年（1878年）夏天，十四岁的谭嗣同跟随父亲到甘肃赴任，沿途遇到了饥荒，外加暑热瘟疫，旅程甚为艰险。他们一行人等走了将近三个月，随同的幕僚有两人丧命，下人则有十多人丧生。谭继洵也染上了重病，几乎不治，幸亏有一位叫作刘云田的幕客舍命买到了药物，对他进行了及时的救治，否则他早就一命呜呼了。这次艰辛的旅程磨炼了谭嗣同的意志，同时也让他亲眼看到了灾区民众的悲惨生活，加深了他对那些只知搜刮鱼肉百姓之贪官污吏的痛恨与仇视。

十八岁那年（1882年）春天，谭嗣同从浏阳返回兰州。冬间，回到湖南应试，结果名落孙山。次年春，他又由浏阳到兰州，谭继洵要他居住在官署读书，督促他学习时文制艺。在兰州，谭嗣同和曾经救过父亲一命的义士刘云田最为亲密。他的二哥嗣襄、表兄徐蓉侠和侄儿传简（堂兄嗣棻之子），也都和刘云田要好。西北地区地域辽阔，大漠孤烟，民风犷悍，自古就是英雄健儿们纵马扬鞭、追风逐月的所在，单单感受历代边塞诗歌里那些诸如烽火、狼烟、骏马、宝剑、孤城、羌笛、大雁、雄鹰等意象，就能激荡起我们无限的豪情。谭嗣同和他的伙伴们自然不会错过纵横驰骋的机会，他们时常骑马奔驰，出巡打猎，尽情欢乐。有时谭嗣同来到安定（今甘肃定西）防军驻地，那里的军官看见上级的贵公子来了，便设宴热情招待。而谭嗣同却不屑一顾，竟和刘云田并辔往山谷奔去。路途中经常会遇到呼呼的西北风挟着沙石，迎面扑来，骆驼的咿嘎声、天空的雁鸣和豺狼的嗥叫混合在一起，谱就了令人毛骨悚然的交响曲。有时，谭嗣同和百多个勇士去打猎，鹰飞矢发，追逐猛兽；有时还会遇上许多凹目凸鼻、奇装异服的少数民族，两拨人共同投入野猎场所，大呼疾驰，争先恐后。到了夜晚，他们就在沙漠里撑起帐篷，肩并肩踞坐着，舀黄羊的鲜血拌着雪吃下去。兴之所至，他们还不忘弹琵琶助兴，高声歌唱，甚至"群相饮博，欢呼达旦"。有一次，正值隆冬朔雪，他骑马飞驰，七天七夜行走了一千六百多里，途经杳无人迹的山谷时，又饥又渴，于是就凿开冰块，用以充饥。等到达目的地后，只见他早已伤痕累累，同辈之人见此莫不目光震骇、心惊胆战，而他却若无其事，毫无感觉。这些传奇的事迹充分表现了谭嗣同坚毅勇敢的性格以及任性放诞的气魄。

浩瀚的西北大漠为谭嗣同侠义精神的释放提供了一个广阔的地理

空间，他可以尽情地把以前通过各种渠道了解到的侠义之事模仿、再造出来，并且任由它滋蔓、生长、出新。我们有理由相信，他在内心深处也渴望着能够在超越地域和年代的时空中，锄强扶弱，快意恩仇，伸张人间正义，尽显任侠风范。

三

惊世奇书

　　1896年秋，父亲替谭嗣同谋得一个江苏候补知府的官职，八月上旬他来到南京。官场上的陋习让谭嗣同深感无聊而苦闷，于是他又像在北京那样，四处寻访当地名士，希望能够相互切磋学问。经历一番辗转，他结识了流寓南京的著名佛学家杨文会。杨文会不仅精通唯识宗教义，还曾随曾纪泽等两次到欧洲，对英法等国的政治制度和科学技术很是熟悉。由于他既精通佛学，又懂得自然科学知识，同时也赞成维新，所以谭嗣同对他很钦佩。在杨文会的指导下，谭嗣同阅读了许多佛教的经典。其实，谭嗣同此前就常藉佛经来排遣心中的孤寂，此次跟随杨文会学佛，他更加注重对佛教思想的研究，他觉得佛教思想与孟子的性善论无异，和庄子宏大而辟、深闳而肆的道论也有相同之处。在谭嗣同眼里，佛学是最提倡勇敢精神的，佛教里的大无畏精神与他本人勇猛精进的性格正好契合。谭嗣同后期之所以会走近佛学，并非仅仅源于内心的孤寂苦闷，更多地是出于积极入世的需要。他利用佛学的范畴和教义（特别是佛教唯识宗里注重心识的部分），鼓舞广大民众的心灵，希望通过大家的"心力"来达到救世的目的。

　　谭嗣同对官场的腐败黑暗十分失望与厌恶，在结交名士之余，他还利用这段候补时间，将他近年来所学到的中、西各种学问，对自然、社会与人生的思索，对封建制度的不满，以及维新的对策汇集起来，写成一部名叫《仁学》的著作，这是他在金陵期间的最大创获。当时他闭门读书养心，钻研儒家学说与佛教思想的精奥，会通群哲之心法，探究演绎康有为的学说，希望拯救全世界之众生。在写作过程中，他曾和梁启超进行商榷。梁启超在《三十自述》里说，身在金陵的谭嗣同间月至上海相过从，《仁学》每成一篇，便拿来与梁进行商榷。在商榷过程中，梁启超所宣扬的康有为变法革新学说被谭嗣同吸收到著作里，但康氏不反清和坚持君主立宪的思想，则为谭嗣同坚决拒绝。

　　《仁学》是中国近代思想史上一部惊世骇俗的奇书。全书除自序外，共有五十篇，数万余言。在这本书中，谭嗣同把儒家的仁、墨家的兼爱、耶稣教和佛教的教义结合起来，再混以从傅兰雅等人那里学来的以太说，构成了他庞杂的仁学体系。《仁学》上卷，先是宣扬仁以通为第一义，破人我界，破名教，宣扬平等；其次讲仁的不生不灭，破生死界，破对待，破亲疏分别，提倡兼爱，宣扬博爱；其三是宣扬维新，强调革新，宣扬用资产阶级的观点改造僵化的封建统治；第四部分把矛头指向封建伦常，呼吁破除封建等级制度，宣扬资产阶级民主。《仁学》下卷先是批封建专制主义，反对民族压迫；其次批三纲的罪恶，宣扬科学民主，号召人们冲决君主、伦常、利禄、俗学、天命等封建网罗；然后提出以心力挽就劫世，体现了佛教对其思想的重大影响；最后指向人人自由的大同世界，表达了他对理想世界的向往。

　　不过，《仁学》一书的出版经历了很大的波折。在出版之前，它其实已经在改良派中流传，并产生了一些影响。戊戌政变后，谭嗣同将《仁学》手稿托付决定逃往日本的梁启超。梁到日本后，发行《清议报》，该报共刊载《仁学》13次，历时将近3年，此版本被称为《清议报》本。在刊登的过程中，《仁学》曾两度被停载。汤志钧先生在《仁学版本探源》一文中认为，第一次停载与麦华孟接替梁启超主持《清议报》，奉康有为之意，防止刊登不利于保皇立宪的言论有关；至于第二次，他认为与康、梁策划"勤王"有关。在《清议报》开始刊载《仁学》29天后，上海的《亚东时报》自1899年1月31日第5号起，至1900年2月28日第19号，连载完《仁学》，共刊登14次，历时1年零2个月。因未停载，比《清议报》提前1年10个月刊完，此版本被称为《亚东时报》本。汤志钧认为二本不是同源，而是各有所本，《清议报》本源出梁启超的副本，《亚东时报》本则源自唐才常的稿本或抄本。《仁学》的单行本直到1901年10月10日才由国民报社出版发行。

这本书对那个时代的士人产生了很大的影响，梁启超读后称它是思想界的"旋风"。《仁学》对20世纪初的资产阶级民主革命产生了重大的影响，谭嗣同反对封建专制，宣传维新变法，不仅代表了当时进步的历史潮流，也在一定程度上展现了处于萌芽阶段的反清革命思想。他同情太平天国革命，痛斥湘军以剿匪为名，乘机淫掳焚掠，这与其他对太平天国革命进行诽谤与污蔑、对湘军则是歌功颂德的作品迥然不同。《仁学》为革命派肯定太平天国树立了先例，后来推崇太平天国、痛骂湘军，几乎成为革命党人的口头禅。谭嗣同其他的反清言论也都受到革命党人的推崇，成为他们思想上的先导。被称作"革命军中马前卒"的革命家邹容把《仁学》称为维新运动的《圣经》，其《革命军》便吸收了不少《仁学》中的材料。革命党人冯自由将谭嗣同称为革命同志，赞扬《仁学》在提倡排满和改造社会方面的巨大作用。当时影响颇大的革命宣传品《黄帝魂》，是辑录清末报刊中鼓吹革命的有关文章而成，其《君祸》便选录自《仁学》中的反清言论。因刺杀清政府出洋五大臣而牺牲的革命党人吴樾，著有《暗杀时代》，就是从《仁学》中吸取了任侠精神。可见，《仁学》中的反清思想已成为资产阶级革命党人手中呐喊助威的旗帜。至于后来沦为保皇党而反对革命的康有为，不惜篡改《仁学》中的反清言论，甚至令《清议报》将《仁学》毁版，这从侧面说明了《仁学》对资产阶级民主革命的推动作用。

四

政变前夜

1898年春夏之交,维新变法的呼声震动京城,早就想有所作为、不甘心做亡国主的光绪皇帝的变法决心也日益坚定。当年6月11日,光绪下"明定国是诏",宣布变法。变法需要人才,特别是需要像谭嗣同这样把变法真正当作是一种事业的忠义之士。这之前,谭嗣同等人就在湖南巡抚陈宝箴、提学使江标、按察使黄遵宪等人的提倡与支持下,在湖南兴办了一些新式企业、报馆与学校,成了变法的名人。6月30日谭嗣同受到徐致靖推荐,被光绪帝召见。他兴奋过度,启程时居然忘记带公文和衣物。到湖北后,谭嗣同突然生病,卧床不起,耽误了进京的行程。光绪帝来电催行,他只好带病启程,最终于8月21日到达北京。他下榻在浏阳会馆,与康有为的南海会馆相距不远,他们常在一起讨论变法,彼此交换意见。

9月5日光绪帝在勤政殿召见谭嗣同等人,授予谭嗣同、杨锐、林旭、刘光第四人四品卿衔,任军机章京,参与新政,当时号称"军机四卿"。光绪帝鼓励他们协助推行新政,不需有任何顾虑,甚至还给了他们阅览奏折和起草上谕的权力。但是,变法触犯了以慈禧太后为首的守旧派的切身利益，招致他们激烈的反对。西太后迅速起用了手握兵权的荣禄，授荣禄为文渊阁大学士，直隶总督兼北洋大臣，统帅董福祥的甘军、聂士成的武毅军和袁世凯的新建军，随时应对可能出现的变局。此外，她还监视光绪帝，夺取其任免大臣的权力，并和荣禄等人密谋预定十月在天津举行阅兵，届时发动政变，废掉光绪，取消新政。

形势急转直下，光绪皇帝得知慈禧等人的阴谋后，惶惶不可终日，接连下两道密诏，要康有为、谭嗣同等人急筹对策。这些既无军队，也无群众做后盾，只有书生意气的维新派们一时手足无措，惊恐万分，情急之下竟然在一起抱头痛哭。最后，谭嗣同提议请袁世凯包围颐和园，迫使西太后让权，在危急时刻力保光绪帝的安全。于是，谭嗣同便冒着风险于9月18日夜亲自去袁世凯所居住的法华寺见他。

一见面，谭嗣同开门见山地问："依将军看，当今圣上是怎样的人？"袁世凯说："皇上是旷代圣主"。谭嗣同又问："天津阅兵的阴谋想必将军有所耳闻？"袁说："是的，略有耳闻。"于是谭嗣同拿出了光绪皇帝的密诏给袁世凯看，并不无恳切地说："现在可以救皇上的，只有你袁大人一人，你若想救皇上，那再好不过；如果你不准备救皇上的话，那就干脆立刻去颐和园告发我，让太后砍掉我的头！那样的话，你就有享不尽的荣华富贵！"袁世凯听了，假惺惺地装出一副很生气的样子，严肃地说："足下把我袁某当成是什么人啊！皇上不光是你一个人的皇上，而是我们共同的主子，我和足下都受到皇上莫大的恩德，要救皇上也是我袁某人义不容辞的责任！足下如果有什么打算，我愿洗耳恭听！"于是谭嗣同就把救光绪的计划详详细细地跟袁世凯说了一遍。袁见谭嗣同衣襟凸起，推知谭必带利刃，如果自己有不称其心意之处的话，恐怕就有性命之虞，于是他先应承下来，然后借口要马上回军营去准备枪支弹药，还要把重要岗位的将官都换成自己人，意在把谭嗣同尽快打发走。谭嗣同觉得一切如愿，便轻信了袁世凯的话，反复叮咛之后便离开了法华寺。

谭嗣同没有认清袁世凯的真实面目。袁本是李鸿章提拔的洋务派官僚，虽曾参加过康有为办的强学会，但只不过是追赶潮流而已，并没什么强烈的变法要求。他表面上假装拥护皇帝，拥护变法，实际上并不敢反对慈禧太后为首的顽固派，本质上与他们是一丘之貉。因此，9月20日袁世凯向荣禄告密就不足为奇了。21日凌晨，西太后发动政变，将光绪帝囚禁于瀛台。谭嗣同一面让王五侦察瀛台的情况，准备营救光绪帝，另一方面又焦急等待着好友唐才常带领哥老会的一帮人进京援助。但是，瀛台戒备森严，根本就没有可乘之机，而唐才常也没有联系上哥老会，谭嗣同的营救计划成了泡影。

最终，持续了百余日的戊戌变法宣告失败。这里再讲一件小事：9月24日，谭嗣同在浏阳会馆被清政府逮捕之前，为了不使自己父亲受牵连，便模仿父亲的口气给自己写了一封信。信里说谭嗣同"不忠不孝"，要和他脱离父子关系等等，所以清政府没有将谭父捕治，只是革除其湖北巡抚职务，勒令回籍，交地方官监管。虽然谭继洵平日对维新变法事业不予支持，父子间政见也不合，但也不至于写如此绝情之书信的地步，谭嗣同此举让我们感受到了他对父亲的那份深厚的情意。毕竟，少时就失去母亲的谭嗣同在很长一段时间里都是和父亲相依为命，父亲的意志也多多少少影响了他在很多事情上的选择。虽然，谭嗣同喊出了"冲决网罗"的口号，他也激烈地批判过"父为子纲"，但是真正落实到现实的亲情之中，相信再刚烈的人也会软下心来，尽自己那一份与生俱来的人伦之责。

五

喋血长空

1898年9月28日黄昏，古老的北京城笼罩在一片萧索肃杀的气氛之中。六辆囚车载着六位志士驶向宣武门外的菜市口刑场。刑场外早就聚集了上万名群众，大家在小声地议论唏嘘。

就在七天前的21日，这个行将就木的腐朽清王朝里发生了一件大事，慈禧太后发动政变，迫使年轻的光绪皇帝发布"吁请太后听政"的诏书，自己得以再次出来"训政"。她还命令太监收缴了光绪皇帝的玉玺，拿走了推行新政的文件，并将光绪皇帝囚禁在中南海的瀛台。瀛台是中南海中的一个很小的岛，周围被水包围，只有一座桥与外界相通。光绪就在那里与世隔绝，凄苦寂寞，一直到他的生命结束。

政变发生后，慈禧太后又派出3000军士搜捕维新党人。此时维新党人中，康有为早就离开了北京，梁启超逃入日本使馆。为了保存维新力量，以图再举，大刀王五苦劝谭嗣同暂作躲避，并愿意做他的保镖，护送其出京。但是，谭嗣同坚决不同意。这时，谭嗣同已做好了流血牺牲的准备。9月24日，梁启超见到谭嗣同，给他讲"留得青山在，不怕没柴烧"的道理，劝他和自己一起逃往日本。谭嗣同不同意，梁启超再三劝说，谭嗣同还是不应允。其实这之前，日本使馆也曾派人来到谭的寓所，提出可以设法保护，让谭安全出京。谭嗣同对来人说："大丈夫不做事则已，做事则磊磊落落，死又何以足惜？各国的变法，无不是经过流血牺牲而成功的，而在中国从没听说过有为变法维新而流血的，这大概就是我们失败的原因吧。如果是这样，我谭嗣同愿意作为变法维新而流血牺牲的第一人！"就在24日当天，谭嗣同在浏阳会馆的"莽苍苍斋"被清兵逮捕。

谭嗣同被囚禁于刑部监狱，王五得知情况后买通了狱卒，以使谭少受些皮肉之苦。狱中的谭嗣同镇定从容，坚贞不渝。当时有个叫刘一鸣的老狱卒，负责看守谭嗣同等六人，他见谭在狱中意气自若，终日绕行室中，拾取地上煤屑，就粉墙作书。刘一鸣问他在做什么，谭嗣同笑着说："我正在作诗。"谭嗣同拖着沉重的镣铐，望着阴森森的高墙，在浊臭昏暗的牢狱之中深沉地思索，思考自己短暂但称得上悲壮的一生，反思他和维新同仁们的作为。兴之所至，便在灰暗的狱壁上写下一首首充满豪情的诗句。可惜当时这个老狱卒没有文化，不能把这些诗记录下来。但不知何人总算抄下一首，诗云：

望门投止思张俭，忍死须臾待杜根。
我自横刀向天笑，去留肝胆两昆仑。

诗中的张俭是东汉人，因为弹劾宦官侯览，被迫逃亡，人们看中他的品德，都愿接纳他；杜根则是东汉安帝时郎中，因上书要求临朝听政的邓太后还政于皇帝，触怒太后，太后下令要处死他，好在有人慕其贤德，设法搭救，使其幸免于难。谭嗣同用这两个典故的目的可想而知，他看重的正是张俭和杜根不畏权贵、历尽苦难，受到世人尊敬爱戴的高洁品质。诗中谭以张俭喻康梁，以杜根自喻，"去留肝胆两昆仑"是说不论是死或是活，他和康梁等人的行为都是光明磊落的，就像昆仑山一样巍峨高大。

谭嗣同等维新志士被囚禁后，慈禧太后下谕要军机大臣会同刑部严行审讯，但兵部掌印给事中高燮曾和福建道监察御史黄桂鋆等顽固派上奏，主张应该早日处决谭嗣同等人。他们害怕逃亡的康梁等维新人士向洋人求助，为了避免节外生枝，便怂恿慈禧太后速行处治，以绝后患。于是，谭嗣同和杨深秀、杨锐、林旭、刘光第、康广仁等六人，未经审讯，就被下令杀害。

让我们再回到刑场之上。在行刑前，"六君子"面不改色，横眉冷对。林旭请求说几句话，被监斩官刚毅拒绝，谭嗣同却不顾阻挠，望着聚集的人群，激昂地讲道："我为了救国，愿意洒下自己的鲜血；我虽然牺牲，但将有千百同志者站起来继续斗争，去反抗不合理的统治。"接着，他又高声念道："有心杀贼，无力回天，死得其所，快哉快哉！"临刑之时，神色不变，从容就戮，时年三十四岁。

谭嗣同死后，老管家刘凤池（一说大刀王五）为他收尸。第二年，他的骨骸被运回原籍湖南浏阳，葬于城外石山下，后人在他墓前华表上刻了一副对联，以表扬英灵，联云：

亘古不磨，片石苍茫立天地。
一峦挺秀，群山奔趋若波涛。

谭嗣同与其他五位志士为了自己的理想，为了国家的强盛，献出了宝贵的生命。与其他五位相比，谭嗣同身上所显示出的那一种舍身报国的英雄气概尤为明显与强烈。康有为在给唐才常写的墓志铭中，曾顺便赞扬谭嗣同："挟高士之才，负万夫之勇，学奥博而文雄奇，思深远而仁质厚，以天下为己任，以救中国为事，气猛志锐。"①这就是谭嗣同，一个气薄苍天、豪气干云的真汉子，当他面对死亡之时，却发出了惊世骇俗的大笑，只见那大刀一闪，血光如炬，直冲九霄，在中国的历史长空中留下了一道永恒的彩虹。

谭嗣同作为一位颇具政治魅力和学术魅力的历史人物在戊戌变法中发挥着巨大的作用，他的改革方案和进取精神，他的思辨能力和学术见解，他的杀身成仁、舍生取义的高尚人格和儒者风范，具有某种永恒的意义。请看：他的牺牲，使他的挚友唐才常等毅然走上了武装反清的道路；他的牺牲，使学生林圭决心要继承先生遗志，联络会党，密谋起义，使学生毕永年剪断发辫，发誓不再向清称臣效忠；他的牺牲，使陈天华、杨毓麟、黄兴、蔡锷、邹容等革命志士懂得了要挽救中国，只有推翻清王朝的道理；他的牺牲，使青年毛泽东受到触动，以至于把谭嗣同与陈独秀并列，称二人魄力雄大，非当时俗学所可比拟；他的牺牲，甚至使他在狱中的绝笔诗被许多日本报纸争相刊载，有人甚至将其谱为歌曲，广为传诵。

总之，谭嗣同以他的鲜血和生命唤醒了国人，哺育了一代代革命志士。他以个体生命消溶化解于大生命为归宿，以小我奉献于大我为目的，这种舍生取义的儒者风范和铁血丹心的任侠精神激励了数代知识分子。我们有理由相信，他的思想、精神和功绩将会永远留在人间！

---

① 康有为：《唐烈士才常墓志铭》，见湖南省哲学社会科学研究所编：《唐才常集·附录》，北京：中华书局，1980年版，第266页。

儒家往事

马一浮

一

严立风骨

马一浮原籍浙江绍兴，他于1883年4月出生在四川成都，乳名锡铭，幼名福田，后改名为浮，字一浮，号湛翁，晚号蠲叟，或蠲戏老人。他生长在一个良好的家庭教育环境之中，父亲马延培曾经做过四川仁寿县知县，精于义理之学，母亲何定珠出身世族，长于文学。马一浮从小在塾师和父母的指导下读书学习，尤其是母亲的教育对他影响很大。他小的时候，一次拿着钱玩耍，母亲见状，大声呵斥道："儿啊，你年龄尚幼，宜勿弄此，他日成人，须严立风骨，勿龌龊事此。"足见何氏对于儿子要求的严格。母亲还亲自教他读书，小马一浮九岁就能读《楚辞》《文选》。十一岁那年，母亲病重，自知将不久于人世。为了考考心爱的儿子，看看他将来是否有出息，有一天，她就有意指着庭前的菊花，要他作五律一首，并限用麻字韵。没多久，他便将一首工整的五言律诗吟诵出来：

我爱陶元亮，东篱采菊花。
枝枝傲霜雪，瓣瓣生云霞。

本是仙人种，移来高士家。

晨餐秋更洁，不必羡胡麻。①

母亲听完儿子的吟诵，欣慰地点点头，对马一浮说："此诗虽然还有些稚气，里面有一些不食人间烟火的语句，但我儿将来应是一个能文之人。"不久母亲撒手人寰，马一浮在学习上失去了母亲的教导，一段时间主要靠自学。马家有不少藏书，他早晚攻读，父亲感到非常欣慰。但是，马父觉得如果没有名师的指导，是会耽误孩子学业的，于是他就请了当地一位很有名望的举人郑目莲先生到家里教读。但奇怪的是，没过多久，这位举人便提出要辞职，父亲感到非常诧异，他很生气，以为是儿子不服教管，惹了先生生气。经过再三盘问才知道，原来孩子在才智方面已经超过老师，老师自感不能胜任，又不愿耽误人家子弟学习，所以请辞。马父没有办法，只好自己教读，但在教育儿子的过程中，他发现自己的能力也比较有限，最终只能让其自学。从此，马一浮充分发挥自己的聪明才智，夜以继日广阅群书，学问大进。十五岁那年马一浮去绍兴城参加县试，同场应试者还有鲁迅、周作人兄弟，结果马一浮名列榜首。乡贤汤寿潜，是清末民初著名的实业家和政治活动家，晚清立宪派的领袖人物之一，他调来马一浮的文章阅读，赞叹不已。汤氏爱才心切，便以长女许配为妻。大概由于岳父汤寿潜的接济，婚后的马一浮搬到了绍兴城居住。1899年秋季，他以秀才身份进入府学，继续他的学业。

正当一切步入正轨的时候，不幸却接踵而至。先前马一浮的三姐和母亲已经先后辞世，他没有兄弟，只有三位姐姐，三姐慧芳在他六岁时就已夭逝，大姐与他年龄相差十岁，二姐明珪则与他年纪相仿，

---

① 何俊：《马一浮论学书信选读》，成都：四川人民出版社，2020年版，第344页。

所以平时就和二姐最为亲近。姐弟二人经常一起读书、写诗、讨论各种问题，二姐喜读庄子、列子书以及印度哲学，对政治改革、女性解放颇有兴趣，与官宦人家的闺门小姐很不一样。她对《列女传》所宣扬的烈女多有不满，尤其不喜欢孟光，认为女子不必卑屈若此。一日父亲与弟弟外出，有盗贼正巧入室，拿了一把刀吓唬她，她厉声呵斥道："给我刀，我自杀，不劳烦大驾！"盗贼竟然惊惧而退。明珪颇具侠女风范，她对父母乃是大孝之至。母亲病重之时，她跪地引帛自勒，乞以身代；父亲患病之时，她日夜侍侧，寒熏暑扇，据说甚至割臂肉作为药引供父亲服用。这样一位不同寻常的二姐于1900年突然病逝，这对马一浮的打击是非常大的，他作《哭二姐八律》，追溯姐姐生平行事，好不伤怀。二姐病逝之时，父亲所患中风、偏瘫之症日笃，由于大姐已经出嫁，侍奉之责只能由马一浮一人承担。1901年3月，父亲也离开人世，享年五十七岁。

至亲之人相继离世，然而马一浮的悲痛还没有结束，他的妻子汤仪也于不久之后病故。1901年10月下旬，马一浮办完父亲丧事之后，将家中的一切交给妻子，准备外出游学，这对于一位年轻的女性来讲是非常不易的事情。1902年3月，到了父亲逝世一周年的纪念日，马一浮回乡祭祀，此时妻子已经病重，气弱如风中之丝，讷讷不能语。可惜马一浮放不下已在上海开创的事业，不能留在家中照顾，只好送其归宁，两人含泪而别。汤仪理解丈夫志向远大，不能太多顾念家庭，与她相守。她也从不以家中之事、心中之忧打扰丈夫，认为丈夫在外已经有足够多的忧心事，不能再徒增其忧。是年7月，马一浮接到妻子病危的电报，由于当时交通不便，当他到家时妻子已经陈尸在堂。从1899年9月结合，二人在一起不足三年，时间虽短，但感情甚笃，夫人去世时马一浮才二十岁，到马八十四岁去世，终其一生未曾续娶。

虽然自己的女儿嫁给马一浮不到三年便不幸病故，但汤寿潜对马一浮仍然关爱有加。1903年在岳父的支持下，已经在上海学了几年外文的马一浮来到美国北部的圣路易斯，担任清政府驻美国使馆留学生监督公署秘书。在美一年期间，马一浮没有进入学校读书，而是在文牍工作之余买书、译书、读书，广泛吸收西学思想。在美国读到英文版《资本论》，他非常兴奋，又设法购得德文版《资本论》，后来他把英文版送给了好友谢无量，而把德文版带回国内，据说这是流入中国的第一部《资本论》。

马一浮回国之后一度闭门读书，但是他没有忘记汤寿潜对他的帮助。当他看到汤氏已经年老力衰而公务仍然十分繁忙的时候，就常常来到岳父的身边，从旁协助，做一些文字工作，不少以汤寿潜的名义所写的文字其实是出自马一浮之手的。

二

隐士生活

由于遭遇丧亲之痛，加之工作不顺，孤苦伶仃，马一浮在美国的生活仅维持了一年左右。在此期间，他常常写信给留学日本的好友谢无量、马君武等人，并在信中表达了转去日本留学的愿望。1904年5月，他于归国途中转道日本自费留学，与在美国一样，他在日本也没有正式注册什么学校，但是在日本的这段经历对其一生产生了重要的影响。日本是中国近代政治力量的大本营，以康有为、梁启超为首的君主立宪派以及孙中山领导的革命派的流亡组织机关都曾设在这里。马一浮更倾向于革命派的政治主张，虽然他没有参加革命组织，也没有参与具体的革命活动，但他比较拥护孙中山民主革命的思想，还一直积极地为革命派的机关报《民报》撰稿。除此之外，他在日本还跟从一位叫乌龙谦三的日本人学习日文和德文，并且继续研读西方著作。

马一浮在国外留学总共将近两年的时间，他对西方学术下了一番功夫，并且自身的悟性较高，这使得他对西学有了相当程度的了解。但是与其他长期留学西方的中国学者相比较而言，他对新学的研究更多的是泛观博览，缺乏系统性，并不是很通透，这就使得他在弘扬儒学时对西学并不能以很平等的眼光对待之。

1905年从日本回国后，马一浮曾与谢无量在镇海焦山海西庵寄住一年，之后回到杭州，先在宝极观巷住了一段时间，通过香积寺主持肇安法师介绍，寄居西湖广化寺，三年后又移居杭州永福寺。从1905年一直到1938年，在这三十多年的时间里，他只在民国初年的时候应蔡元培的邀请，出来做过几周的民国教育部的秘书长，剩下的时间基本上处于隐居的状态。有人说马一浮是一个隐士，这一点也不假，隐居期间他基本上是闭门不出，潜心读书，与学术界有所往来，但书信交往较多，即便有见面者，也多是只有来访，没有往还。平日里与他交往较多的是几个学生或私淑弟子，还有诸如弘一法师、梁漱溟、熊十力等学界名人。马一浮为何埋首书斋，过着隐居生活？其中的原因很多，很重要的一点在于他内心的悲观情绪。这种悲观情绪源于家庭的种种不幸，马一浮年轻的时候过多地体验了凄凉和孤独，加之他对于时政的失望，这使他性格趋于内向，更倾向于一种宁静的生活。

隐居期间，马一浮发扬少时良好的学习习惯，埋头苦读，精力充沛，常常看书写作以至于终夜不寐。有时为了琢磨一句诗文，他会在书房里来回踱步，久而久之，地板被踩出一个浅坑。二十五岁那年，由于用脑过度，太费心机，他偶然发现两鬓苍然，他还为此作了一首小诗。在宝极观巷独居期间，马一浮开始研究佛经，他遇到一个矛盾——佛经浩如烟海，非常难读，他自己又要料理生活，买菜烧饭，所以时常感到时间不够用。为此，他采用一种点香计时的办法来控制自己，希望既不耽误读书，而又不忘做饭。但他又觉得这不是一个两全其美的好办法，于是他又想出另外一个办法出来，那就是早上的时候先到街上买好几块水豆腐，配些佐料，到晚上他一边读书，一边用小火焖炖豆腐。如此一来，他就解决了因晚上读书太晚而第二天买不到菜的后顾之忧。但时间久了，他还是感觉这些琐事浪费了许多时间和精力，于是又寄居广化寺的一间禅房，搭伙在寺院，足足住了三年。广化寺离文澜阁很近，文澜阁藏有《四库全书》，这对于嗜好读书的马一浮来讲，简直是如鱼得水。他不顾冬天的寒风刺骨，夏天的蚊虫成群，青灯孤伴，手不释卷，几乎读完了文澜阁的《四库全书》，并写了不少的读书札记。在此基础上他创作了几篇关于图书目录的文章，以指导学生们读书的门径，例如《诸子会归总目并序例》一文中所列举的书目，从周秦到宋代诸子凡114家，共627卷，如果不是对各类典籍非常熟悉，这恐怕是很难完成的工作。他还准备完成一部《儒林典要》，辑录诸儒发明性道之书，考其师承，别其流派，以补《宋元学案》《明儒学案》等著作之不足，可惜未能完成，但也足见他的自信和魄力。

1912年，马一浮暂时告别多年隐居生活，应当时民国教育总长蔡元培之邀请，出任教育部秘书长。但任职不到三周，他便以"我不会做官，不如回西湖"为由辞职。辞职的原因一来是痛感当时社会政治的黑暗，不愿与当政者同流合污；二来他自知能力尚不足以破邪显正，起弊兴衰；三来也与当时"教育部"关于"废经"的改革方案有关。虽然他曾留学美、日，但是经过几年的隐居苦读，他的思想越来越倾向于传统，特别是将儒家的学说作为其安身立命之本，并把儒学看作是可以转移社会风气的思想资源，是立国之本，应该大力弘扬和复兴。因此，对于"教育部"的"废经"计划，他自然是极力反对。辞官以后，他曾去新加坡一游，亲眼看到当地侨民不废经学，以儒学为国教的情况，与国内情形两相对照，自然是感慨万千。回国后，他又重新回到书斋，开始了人生当中又一个漫长的隐居和读书生涯。在这期间，蔡元培、陈百齐曾先后邀请他出任北大文科院长，竺可桢也曾数次邀请他到浙大任教，但他都一一谢绝。

马一浮埋头专研国学，同时精心研究佛教，他广交高僧大德，通读儒释典籍，提出了"儒佛互摄说"，并试图以儒家六艺之学统摄一切学术。由于他学识渊博，思想深邃，很多人将其视为国学大师、佛学大师。当时一些知名人士纷纷拜访求教，留下了一段段学林佳话。著名的弘一法师早在1902年的时候就与马一浮相识于上海，但是此后一段时间二人交往并不多。1912年他到浙江省立第一师范任教后，才与马时相过从，并带学生登门拜访。在弘一法师1918年正式出家之前，马一浮曾经借给他许多佛家著作阅读，弘一法师曾对自己的学生丰子恺说，学佛是受到了马一浮的指引。弘一对马一浮非常佩服、尊重，据丰子恺的回忆，有一天弘一对他说："马先生是生而知之的。假定有一个人，生出来就读书，而且每天读两本，读了就会背诵，读到马先生的年纪，所读的还不及马先生之多。"弘一法师出家之后经常闭关修道，很少与外人联系，但与马氏却交往不断。外界给弘一法师的书信常常由马转手，弘一有了新的著述也常寄给马，马经常为其新著作序或题跋。弘一法师圆寂之后，马一浮也多次悼念题咏，其言语之真切令人感动。

马一浮与熊十力定交于1929年至1930年间。当时熊十力也住在广化寺，他早就仰慕马一浮的大名，于是便请当时的浙江图书馆馆长单不庵介绍，希望结识马一浮。单不庵深知马不轻易见客，于是便把这个情况告诉熊十力，熊只好先将自己所著《新唯识论》寄给马。马一浮读到《新唯识论》，深为赞许。于是马不打招呼，径直前往广化寺拜访熊十力。两位先生相见甚欢，他们谈论常变之理，熊主变，马则主变中见常，二人学术宗旨未尽相合，但从此往来甚密。后来熊十力修订《新唯识论》，便吸收了马一浮的许多意见，马在该书序文当中，对熊的哲学思想也做了极高的评价。熊对这篇序文也非常满意，认为能够贴切地概括著作的思想主旨，世间恐怕再无第二人能作这篇序文，即便是对佛学颇有研究的梁漱溟，也未必能够胜任这个工作，可见二人相知之深。但是，由于个性上的不同，两人在生活当中也出现过一些矛盾，最大的一次发生在1939年马一浮创办复性书院初期（详见下文）。

　　马一浮与梁漱溟也多有交往，只是二人结识的时间较难确认。据梁漱溟自己的回忆，他与马第一次见面是在1921年，当时他还在北大哲学系任教。梁漱溟到杭州首次拜访马一浮，马还送给梁两部木刻古籍。梁漱溟对马一浮非常敬重，自称后学，据马的学生乌以风回忆，1932年梁漱溟拜见马一浮，梁刚一入门便长揖下拜，足见尊重之情。1933年暑假，熊十力、梁漱溟分别率领弟子去往杭州，与马一浮相聚，被后人称为儒家"三圣"的三位大师在杭州灵隐寺前凉亭边合影留念，这张照片弥足珍贵。三位大师学术经历各不相同，思想体系也各有特点，但他们都力图融会西方、印度和中国文化，力图为中国文化的新命探索出一条可行的道路。马一浮含蓄温存，熊十力情感外露，梁漱溟强毅不屈，三人的君子之交一直延续到新中国成立之后，至今仍为后人所称道。

三

复性书院

　　1937年7月7日，卢沟桥事变爆发，日军大举侵华，淞沪会战失利之后，杭州也一片混乱。在私淑弟子姜心白的帮助下，马一浮携万卷书南迁，先是退至桐庐县城。为此他还写了一首《将避兵桐庐，留别杭州诸友》的诗，并油印分寄诸友，丰子恺看到这首诗之后很受触动，便率领全家经杭州奔桐庐，投奔马一浮。丰子恺是李叔同的学生，对马一浮也是十分仰慕，一生都对马一浮执弟子礼。两人在桐庐住的地方很近，丰子恺几乎每隔一两天就去拜访马一浮。当时正值隆冬，却常常风和日丽，丰子恺一到，马便会拉着他和门人王星贤等去晒太阳，马先生捧着水烟筒，边抽边和大家谈天。丰子恺很享受这样一段经历，他本来是一个吸烟成瘾的人，但和马一浮一起负暄之时，他却很少吸，用他的话说那是因为他的心被马一浮的谈话引入高远之境，吸烟这种低级欲望自然不会起来了。在国家蒙受大难之际，马先生不忧不惧，不改其乐，仍然阐发民族文化之义理。在那个动乱年代，只要中华儿女的内心尚存一丝希望，这个国家便会留存一线生机，就像冬日严寒过后就会迎来春日暖阳一样。

　　避难中的马一浮逐渐改变了一味做隐士的想法，1938年3月，他终于接受浙江大学校长竺可桢的电请，赶赴江西泰和，担任浙江大学国学讲座教授。这年4月他到达泰和，受到了浙江大学师生的热烈欢迎。马一浮在浙大欢迎会的讲话当中指出，他希望通过自己的讲授，使学生对于吾国固有之学术能有一个明了的认识，然后可以发扬之，并借以完善自己的人格，担当起对国家和社会的大任。他在浙大讲学期间，以张载"为天地立心，为生民立命，为往圣继绝学，为万世开太平"之四句教为宗旨，宣讲儒学义理，鼓动青年学子的爱国热情，振奋凝聚民族精神。这在民族危亡的时代是非常有意义的，真正彰显了儒学的意义和价值，也体现了马一浮作为一位儒学大师的风范和境界。除了阐发张载的"四句教"，他还讲述自己"六艺该摄一切学术"的理论，指出儒家六艺之学最为精纯，六艺之教固是中国至高特殊之文化，但西方哲人所说的真善美亦皆包含于六艺之中，因此六艺应当作为中外一切学术的源头和旨归。马一浮指出，这并不是狭隘地保存国粹，也不是单独地发挥自己民族精神，而是要把一种先进的文化普及于全人类，借以革新全人类习气上的流失，使人类恢复本然之善，全其性德之真。这无疑是在阐发儒学的性理之学，希望通过复兴儒学来成己成物。后来浙大由江西迁往广西宜山，马一浮在宜山继续讲"理气"和"知能"等问题。他在泰和和宜山的讲学内容，皆由其弟子记录，然后结集刊印，称之为"会语"，即著名的《泰和会语》《宜山会语》，这两部著作基本上架构起了他的哲学体系。"会语"是明儒集会讲论的统称，可见马一浮是将这种古代书院的教育模式与浙大的国学讲座相比拟，这也为他后来专注于复性书院埋下了伏笔。马氏在浙大讲学时间比较短暂，前后只有一个学年，但影响广大，就连竺可桢也经常去听马先生的讲座，很多浙大教师也加入听课的队伍，其讲学内容对于深处动荡之中的师生精神状态的激励更是意义深远。

　　马一浮虽然担任了浙江大学国学讲座教授，但是这与他的理想还有一段距离。他早年对学校教育颇有成见，认为教师为生计而教，学生为出路而学，学校等于商号，计时授课，铃响辄止。要不是抗战时期迫于生计，马一浮估计也不会轻易选择去大学担任教职。虽然在浙大教课的经历使他对现代教育的看法有了一些改变，但他向往的还是儒家书院的教学模式——有一位明道之儒，有人为之置学田，立精舍，师生自由讲论，志在淑其身以善天下，学以至于圣贤，而非单纯为了学些技能，追求物质享受。于是，他萌生寻找一处有山有水的好地方、创办一所古典式的书院进行讲学的想法。他的想法得到了一些友人和学生的支持，也获得了政府的支持。有了政府的支持，也有了办学的基金，马一浮又提出《书院之名称旨趣及简要办法》，对一些具体的问题做了详细的说明。例如，他讲书院的名字叫"复性书院"，"复性"乃恢复人之本性之义，儒家讲人性本善，但是因为溺于所习而失之，所以要通过书院教育来使人恢复本来之善性。为了实现这个目的，就需要以六艺为教育的主要内容，而六艺之学又应该以义理为主；六艺之学不分立诸科，但可分通治、别治两门，通治主要在明群经大义，别治则可专立一经。对于书院的性质，马一浮郑重指出，书院之设为专明吾国学术本原，使学者得以自由研究，养成通儒，以深造自得为旨归，并且应该超然立于主流学制系统之外，不受任何限制。书院应该成为纯粹研究学术的团体，不要涉及任何政治意味，书院的师生也不应该参加任何政治运动。为保持这种独立性，他认为书院在经济上须完全属于社会性，资金来源由个人自愿捐输，不应由政府支给。从这些设想当中，我们可以看到马一浮的办学计划有很大理想性的成分。

　　1939年1月末，马一浮离开广西，前往四川，开始筹办复性书院。复性书院设在四川省乐山县乌尤山侧的乌尤寺内，在乌尤山脚一条名叫"麻濠"的山溪旁还建有建造一些房屋，作为马一浮及其随从的住所，马一浮称之为"濠上草堂"。他本来是想等资金充足之后再另辟新址，然而一直到复性书院结束，这一计划也未能实现。

复性书院无论是办学体制还是教学内容上都是非常传统的书院模式，但又不是完全的守旧。除了设置儒学的学习内容之外，马一浮又欲融入佛学、道学相关内容，这就是一种新的尝试。不过，马一浮坚持按照自己的意愿来办书院，不仅让当局不悦，使得书院的资金问题一直没有得到很好地解决，也让一些热情参与书院创办的友人有所不快。书院草创时期，政府愿意补助经费，但是马一浮担心公款补助势必带来政府干涉，熊十力劝马一浮不要太过坚持，政府的态度已经难能可贵。马接受了熊的意见，着手筹建书院并建成开讲。后来，两人又在一些具体问题上产生了新的矛盾。例如，在书院规模、学科设置及师资问题上，马主张书院的授课内容主要是国学，学科只有理学、玄学、易学、禅学四门，如果有学科一时找不到合适的老师，可以暂付阙如，而诸如外国语文、现代科学等学科则不在书院教授范围之内。熊则认为除了中国固有文化之外，书院还应开设西洋哲学、外国文学等课程，为此他还批评马一浮的想法有些"狭隘"。又如，在书院的地位及学生学位、出路问题上，熊十力认为书院相当于大学的研究院，学生肄业之后应给予文凭，确定学位，并解决出路问题。而马一浮的初衷是建立一所异于当时通行教育体制的系统，书院的宗旨是"谋道"而不为"谋食"，目的是培养一些读书的种子，而不是培养学生获取功名利禄的能力。马一浮将其主张写进了书院的简章并遵照执行，熊十力认为这是对自己意见的不尊重，加之熊在开讲前夕不慎被日军飞机炸伤，马忙于安排书院事务而对熊照顾不周，熊十力非常生气，只上堂讲了一次就拂袖而去，走之后还写信给马一浮，言语之中颇多指责。马一浮急忙回信，自承疏忽之罪，二人友谊也并未因此受到太大损伤，事过以后，熊有事照常征求马的意见。

马一浮在复性书院讲学前后共一年零八个月，至1941年5月停止。他先后讲了群经大义，包括《论语大义》《孝经大义》《诗教绪论》等内容。除了马氏之外，在书院执教过的还有熊十力、谢无量、欧阳渐等人，国学大师钱穆也曾在书院讲授过儒家思想与中国传统政治。马一浮之所以罢讲，是因为国民党"教育部"要书院填报讲学人员履历及所用教材备核，他十分愤慨，并给"教育部"写信，指责当局违背之前以宾礼相待之诺言，决意辞去讲席，停止讲学，并遣散书院诸生。此后，复性书院并没有完全倒闭，而是转为以刻书为主，马希望通过以这种方式保存一点文化血脉。1946年5月，马最终离开了居住六年多的乌尤山，回到杭州，书院也随之一并迁来。到了1948年秋，复性书院正式宣告结束，此时离书院开始筹建正好过了十年。其实，在抗战时期，真正能来复性书院学习国学、献身儒学的青年少之又少，加上马一浮对学生的要求非常苛刻，因此十年之间全部的学生也不过数十人而已，其中在未来中国思想界和学术界产生重大影响的寥寥无几。不过，马一浮对书院的成绩却是颇为满意，他指出古时大师教授学生，并不会以成才人数之多寡来衡量成功与否。

总之，复性书院可以说是马一浮毕生事业的寄托，虽然整个办学的过程异常艰难，但他发扬儒家知其不可为而为之的精神，表现出前所未有的热情和执着。单纯从结果上来讲，书院未能实现培养一批"通儒"的目标，但是它对弘扬儒学确实产生过相当大的影响。更值得后人铭记的是，马一浮作为一代儒学大师，以天下为己任，踽踽独行，筚路蓝缕，不折不挠，留下大笔的精神财富，对维护和弘扬中华传统文化做出了重要贡献。

儒家往事

熊十力

一

桀骜少年

　　提到熊十力，世人对他的第一印象就是狂。他的这种狂放性格可以说是天生的，但也跟他少时的成长经历有关。1885年，熊十力出生于湖北黄冈张家湾一个贫苦农民家庭，他原名继智、升恒，字子真。他的祖父熊敏容是一个木匠，父亲熊其相是一个乡下读书人，曾经做过塾师，生有六男三女，熊十力是他的第三个儿子。由于家境贫寒，幼小的熊十力不得不担起家庭的责任，从八九岁开始，他就为邻家放牛，以补贴家用。那时熊父已经患有重病，但见十力眼神特异，勤问好学，便决定拖着病躯教子读书。少时的熊十力聪颖过人，父亲教他《三字经》，他竟然一天内就能背诵。父亲于是就继续教他四书，他还不满足，想再多学一些，但父亲并没有应允，因为他希望儿子能够慢慢领会经书中的内涵。除了教授儒家经典之外，父亲还给熊十力讲了许多历史故事，这些故事中好多都涉及夷夏之辨的问题，这给熊十力带来了很大的触动。父亲讲到北方少数民族攻打中原带来生灵涂炭的时候，十力常常痛心疾首；父亲还提到史学家魏收曾视代表华夏文明的南朝为"岛夷"，熊十力更是怒不可遏。有一次他看戏，发现舞台上汉人所穿着的衣服非常漂亮，他很疑惑地问父辈们为何现在大家都不穿这种衣服了，大人们告诉他，清朝入关以后统治汉人，不允许再像以前那样穿着了。熊十力又接着问是汉人多还是满人多，当他得知汉人更多时，就越发地不解了：为何多数人要受少数人的统治呢？对于这样的疑问，大人们竟无言以对。由此可以推知，反清革命的种子或许早已在熊十力心中生根发芽了。

没过多久，父亲的病愈加严重，竟至不起，临终之前还是放不下好学深思的儿子。他抚摸着熊十力的头，语带悲伤地对他说："儿啊，我这一走，你的学业就要废弃了，你看你又体弱多病，恐怕也难以干得了农活，不如学点裁缝之类的技术，也好养活自己呀！"熊十力抽泣着，他听出了父亲言语中的悲伤，便宽慰父亲道："父亲，请您放心，我会继承您的遗愿，无论如何都不会放弃学习。"父亲听了，点了点头，流下了欣慰的泪水。父亲去世没几年，母亲也撒手人寰，家庭的担子落在了长兄熊仲甫身上。

熊十力也继续给人放牛，田野的生活使他可以跟大自然亲密接触，这也触发了他对于天地万物的思索。在《心学·船山学自记》一文中，他回忆说十三岁那年的深秋季节，自己登高远望，只见天地一片萧索，一股悲情从内心油然而生，十力顿觉万物皆幻。这给他带来了一些震动，让他重新思考人生道路，越来越倾向于一种"放浪形骸、妄骋淫佚"的道路，但这并没有帮他寻找到生命的真正意义，反而给他带来了无尽的烦恼。在真与幻纠缠不清的关联之中，自己的身心不得安稳，这也许就是他少时性格狂简放荡的重要原因。

十五岁那年的某一天，父亲的朋友、同样也是做私塾先生的何圣木来到熊家，他对仲甫说："令弟子真是一位读书的好材料，千万不要埋没了这个人才！"原来熊十力经常趴在何先生教馆窗外旁听，有些问题连他的学生都答不出来，但熊十力却对答如流，这给何先生留下了极好的印象。为了解决熊家的后顾之忧，何圣木表示可以免去熊十力的学费。仲甫本来也领教过弟弟的聪慧，于是便答应将他送到何先生的教馆里去。何先生学宗程朱，思想比较开明，主张变法革新，但并不赞同激烈的社会革命。他曾经建议熊十力要继承父亲的遗志，好好地将儒学研究一番。那时候的熊十力处在叛逆和彷徨时期，很难静下心来潜心研究经书，由于顽皮好动，还经常受到何先生的责骂。有一次教馆放假，熊十力偷偷溜进附近的一座庙宇，这座庙宇香火很旺，里面供奉了很多菩萨。他才不在乎这些，见无人烧香，只有一个老和尚在那儿闭目参禅，菩萨塑像前面的供桌上摆满了各式各样的供品。母亲一生吃斋念佛，虔诚奉献供品，但最终却没有得到菩萨的保佑，想到这儿熊十力不由气从中来，顺手抄起扫帚上的一根竹条，朝着菩萨塑像打了过去，边打还边在那里大骂："你们都是些骗人的东西，根本没法保佑给你们烧香磕头的人，我今天就是要抽你们鞭子，看你们还神不神气！"那位参禅的老僧听到动静，赶忙凑了过来，只见一位少年正在那里对菩萨大不敬，他惊恐万分，嘴里连连念道："阿弥陀佛！阿弥陀佛！罪过！罪过！小子还不赶紧住手！"熊十力并没有被吓住，反而越打越兴奋，还说即便是真的菩萨过来他也不怕，见一个打一个，一定好好出出这口恶气。打完骂完，把竹条一扔，熊十力便扬长而去，那老僧气得半天说不出话来。没多久，熊子真鞭打菩萨的事情便传遍了四邻八舍。正巧教馆的资助人是一个虔诚的佛教徒，他听说此事之后，便向那位老僧求证，老僧自然要好好控诉一番。资助人便找来何先生，要求将熊十力开除，不能再让他胡作非为，否则不知还会闹出什么大的乱子。何先生听了之后又气又恨，他狠狠批评了熊十力，年轻气盛的熊十力气不过，便离开了教馆。从此，他又开始了游学乡间的生活。

乡间生活的自由自在更加激发了熊十力骨子中的那种洒脱和狂放。

他常引用陆九渊的一句诗，来表明自己的志趣："举头天外望，无我这般人。"为了表现出这种与众不同的气质，他常常做出一些不受礼仪束缚的举动。夏天的时候，他常常脱光衣服，躲在乡野寺庙之中睡大觉，有时候出来游荡，见到别人走了过来，也不顾自己裸着身子，照样大摇大摆，若无其事。这种所作所为颇有"竹林七贤"之一刘伶的风采，刘伶乃魏晋名士，嗜酒如命，也是一个特立独行、不拘礼数的放诞之人。《世说新语》记载他一天裸身会客，客人很是不解，不停嘲笑他，刘伶却说自己是把天地当了房子，把房屋当了裤子，你们这些客人为什么非得到我裤子里来？除了刘伶之外，熊十力还有一个学习的榜样，那就是鲁国大夫子桑伯子。《论语·雍也》篇里记载过仲弓和孔子关于子桑伯子的对话，子桑伯子这个人行事狂放倨傲，经常裸体到处游荡，孔子对他的狂简表示了一定程度的好评。熊十力曾经问他父亲为何一个人要裸体而行，父亲告诉他是因为子桑伯子、刘伶之类的人物对社会现实有所不满，他们要通过诸如裸体之类的极端方式来表达自己不愿与俗世同流合污的态度。从此，在熊十力心目中裸体就成为一种表达不满、彰显自我的特殊方式，青少年时代的他经常裸身跳入水中，或者赤条条地沐浴和风，抑或懒洋洋地躺在太阳之下，与阳光来个最亲密无间的接触。当然也有人批评他不成体统，每到这时，他又讲出了那句"举头天外望，无我这般人"，别人听了，只好讪讪而去，只留下熊十力在那里哈哈大笑。俗话说，别人笑我太疯癫，我笑别人看不穿，也许我们不能以平常人的眼光来审视像熊十力这样的特立独行之人，他的放荡不羁是建立在对于人生的深刻思考之上的，自有他的一套思维逻辑。

置身田野间，狂放归狂放，但熊十力里并没有放弃读书学习。他喜欢读陈亮的书，对其事功之学非常仰慕。他还沉醉于陈献章（白沙）的学说，对其《禽兽说》感悟颇深。在白沙先生看来，人具七尺之躯，除了此心此理之外，便无什么可贵的地方，至于饥则择食、渴则思饮、会穿衣、行淫欲、求富贵、贪权势之类则与禽兽没有什么区别。熊十力后来回忆说，当他读到这篇文章之后，他感到无限的兴奋，"恍如身跃虚空，神游八极，其惊喜若狂，无可言拟"。[①]他为何如此兴奋呢？因为他顿悟人之血气之躯并非真我，血气只是一团渺小之物，而此心此理才是真我，真我该遍一切万物，没有定在而又无所不在。人不能拘执于渺小之物，否则与禽兽无异，人应该超脱血气之束缚，寻找到那一个自大无匹的真我，才能炯然独灵，乃至贫贱不移、富贵不淫，最终得到浩然之大自在。这样一种人生的境界，其实就是古人所讲的与天合德，也是现代儒家所讲的"内在超越"，这种"超越"不是像宗教家们所认为的要依赖一个"神"脱离于人与万物而作为主宰，而是修德之人在世俗之中就能找到大本大源，实现人生真正的价值。

---

① 熊十力：《十力语要初续》，长沙：岳麓书社，2013年版，第247页。

二

革命小卒

　　前面讲到，熊十力幼小的心灵中早已埋下了革命的种子。随着时代的风云激荡，各个阶层的中国人开始了对国家前途和命运的探索，求变求新成了社会的共识。这个时候，他又结识了何自新、王汉二人，他们志趣相投，情同兄弟。在何、王二人的影响下，熊十力阅读了王夫之、顾炎武等启蒙思想家们的著作，了解了他们的生平事迹，对王夫之不畏权势、矢志不渝的高尚气节，对顾炎武读万卷书、行万里路的治学精神，他都怀有一股崇敬之情。他还将范仲淹"先天下之忧而忧，后天下之乐而乐"的志向作为自己的追求，希望能像王夫之、顾炎武、范仲淹一样，为国家和社会做出一番贡献。

　　19世纪末，维新变法思潮兴起，康有为、梁启超等人的变革思想传到了湖北。通过王汉，熊十力结识了另外一位姓何的教书先生，他叫何焜阁，乃王汉的姐夫。这位何先生乃是从北京回来的维新分子，在他家里熊十力读到了大量介绍西学的著作，特别是《格物启蒙》，熊更是爱不释手。这样的阅读经历使熊十力眼界大开，他从中深刻感受到了西方的进步以及中国的落后，思想也慢慢走出了乡野的局限，对国家和社会的大问题有了更多的关照。他越发觉得之前奉为经典的经书诸子实在没有什么作用，根本就没有使国家变得强大，在欧美列强以及近邻日本的强势侵略之下，中国最终败下阵来。每想到此，熊十力总忍不住将手边的古书扔在地上，踏上两脚，大骂几声。慢慢地，他萌生了出去闯荡的想法，希望能走出张家湾，去外面看一看更大的世界，为自己寻找新的出路，同样也为国家和民族探索一条正确的道路。

熊十力想出去闯荡的想法传到了何自新和王汉那里，二人非常赞同，于是一拍即合，三人踏上了外出考察、共谋大事的征途。在这几位年轻人的心目中，清王朝是阻碍中国发展的最大障碍，如果清廷不灭，那么民权就无法伸张，国家也就无法富强。因此，三人此次外出游行，很大的一个目的就是要谋划推翻清廷。

三人先是来到武汉，抵达后顾不上去欣赏新奇的事物，就到处寻找志同道合之人。当然，他们把事情看得有些过于简单了，三个从农村来的年轻人置身繁华的都市，人生地又不熟，寻找同志的任务一时半会儿还很难达成。这时，身上的盘缠也花得差不多了，他们迫切需要先解决生存问题。三人分头去找工作，刚开始熊十力到处碰壁，这对于一个桀骜不驯惯了的年轻人来说是一种打击，好在他不久之后找到一个豆腐坊，掌柜的答应他可以留下来做帮工。熊十力很珍惜这份工作，所以表现得也很勤快，掌柜的也没有亏待他。

不过何自新没有那么走运，他在武汉没有找到工作，便辗转去了湖南、四川等地，没多久他又返回武汉，找到了一份在文华书院教书的工作。在书院里，何自新结识了湖北人刘静庵，刘建议年轻人应该加入新军，然后再徐图革命大计。何认同这个建议，并跟熊十力、王汉重新取得联系。何把刘的建议讲给熊十力听，熊表示赞同，不久便投入湖北新军第31标凯字营当兵。在军营里，熊十力表现得也是非常积极，他刻苦操练，流血流汗不流泪。而何自新、王汉则居于旅社，来往于学堂与军营之间，结交军队人士，宣传革命思想。很快，他们结识了宋教仁、吕大森、胡瑛、黄兴等革命者。1904年夏，吕大森、刘静庵、何自新等人密谋创办科学讲习所，这是最早在武汉出现的革命团体之一，它借研究科学之名义从事革命排满活动，其中一个重要工作就是要在军队里鼓动革命。熊十力是科学补习所的第一批成员，由于身处军队，所以就承担着革命宣传和联络的任务。他为人豪爽，也比较聪明，在宣传思想方面想出了不少点子。在他的努力下，就连一些本是文盲的士兵也接受了不少新思想，讲习所的领导们都夸熊十力有本事，为革命立下了不小的功劳。不过，好景不长，补习所很快就被查封了。

1905年正月，熊十力的好友王汉密谋行刺户部侍郎铁良，但没有成功，王汉被迫投井自杀。这个事件给武昌的革命者们带来了极大的触动，刘静庵、何自新等又开始重新组织革命活动。这年冬天，熊十力考入湖北新军特别小学堂，这为他频繁接触各军营士兵、宣传革命思想提供了方便。在这期间，熊十力还做了一件比较轰动的事，那就是揭发新军将领张彪。张彪是湖广总督张之洞的爱将，他曾经被清政府送去日本学习陆军，回国后被任命为湖北新军第八镇统制。张在军中作威作福，经常变着法子让下属送礼，还克扣士兵们的军饷。士兵们非常不满，但慑于他的淫威，只能忍气吞声。胆子比较大的熊十力气不过，便暗地里搜集张彪为非作歹的证据。等证据比较充足之后，熊十力提笔写了一份揭发材料，后面还附了一首讽刺张彪的诗，揭发材料和这首诗都刊登在《大江报》上，此事一公开，便在军中引起强烈反响。有人甚至劝熊十力赶紧逃走，否则等张统制怪罪下来，肯定没有好果子吃。熊十力并没有退却，继续往返于军营与学堂之间，如若无事。正当大家都为熊十力捏一把汗的时候，上头却一直没有动静，熊也因此躲过一劫。至于其中的原因，据说与湖广总督张之洞的思想比较开明有关，张总督看到熊十力揭发张彪的材料后，并没有生气，反而是莞尔一笑，还劝张彪不必较真，无非就是年轻人的胡闹而已。

1906年，熊十力又参加了新成立的革命组织日知会，而这个日知会后来实际成为同盟会的湖北分会。熊十力非常活跃，他组织了日知会的外围组织——黄冈军学界讲习社，社员主要是军人和学生。他们于每周日集会演讲，由熊十力主讲，内容主要是宣传民族民权思想，此外他们还散发革命书籍。讲习社的活动使军人与学生之间联络更加紧密，对革命思想的传播做了重大的贡献。不过没多久，熊十力密谋发动起义但消息泄露，他被清兵通缉，存在了四个多月的讲习社也被查封。1907年1月，日知会也遭到破坏，何自新与熊十力离开湖北前往江西，在德安、建昌一带活动。此前熊十力的兄弟子侄因在老家生存不下去，正好听说德安等地有很多荒田，于是长兄仲甫就带着家族老小迁到了德安县垦荒。这样，熊十力就算回到了德安家中。

大约是在1901年到1906年这几年，熊十力积极投身反清革命活动，虽然没能取得成功，但这种为国家民族之前途而不怕牺牲、积极奔走的精神，值得后人称道。其实从整个革命进程来看，正是有了科学补习所、日知会、黄冈军学界讲习社等早期革命组织的建立和活动，才给后来文学社、共进会发动武昌起义开辟了道路。所以，郭齐勇教授说这段投身革命的时期是"熊先生一生光辉的第一页"。[①]

1908年，熊十力返回故乡黄冈，改名为周定中，辗转各地以教书为业。在此期间，他又大量阅读了二程、朱熹、王夫之等人的著作，特别是认真研读了程氏、船山和汉儒的易学思想，对中国哲学中的阴阳、乾坤、动静之观念有了更深刻的体悟。此外，他还读了康有为等

---

① 郭齐勇：《天地间一个读书人——熊十力传》，上海：上海文艺出版社，1994年版，第11页。

人的著作，对西方的哲学也了解了一些。1910年，好友何自新病故，当年的兄弟三人组就只留下他一人，每想到这里，他的心中就生出几丝悲凉。后来在他的努力之下，何自新的名字入列武昌烈士祀，而由于种种原因，王汉的入列则拖而未决。

熊十力的革命生涯还没有结束。1911年，辛亥革命爆发，熊的家乡黄冈也很快光复，由于他也参与其中，后被任命为湖北都督府参谋。这年腊月，为了庆祝家乡光复，被称为"黄冈四杰"的吴崑、刘子通、李四光和熊十力在武昌雄楚楼小聚。四人兴致大发，纷纷挥毫泼墨，熊十力写下了"天上天下，唯我独尊"八个字，以佛祖之法力无边自喻，这是他一贯性格的彰显。1913年，二次革命爆发，熊又参与了讨袁事业，因失败离开武昌，再次前往德安。1914年，他与傅既光完婚。1913到1916年间，他又把精力主要放在了钻研古学经子、佛学以及西学上面，在此期间写作了一系列的文章，他的志向慢慢转移到了学术研究上面。到了1917年，虽然积极参与民军，支持抗击北洋军阀的斗争，还去广州参加了护法运动，但在广东的半年时间里，熊十力愈发感到政治的黑暗和社会道德的沦丧，愈发觉得革命这条道路已经走不通了。政治理想与黑暗现实之间的巨大反差深深地刺痛了他的内心，他不停地思索今后的道路，逐渐明白了真正的拨乱反正之道是要找回已经丧失了的民族固有精神。《十力语要》中记录了他这一段心路历程："……所感万端，深觉吾党人绝无在身心上作工夫者，如何拨乱反正？吾亦内省三十余年来皆在悠悠忽忽中过活，实未发真心，未有真志，私欲潜伏，多不堪问。赖天之诱，忽尔发觉，无限惭惶。又自察非事功之材，不足领人，又何可妄随人转？于是始决志学术一途，时年已三十五矣。此为余一生之大转变，直是再生时期。"①在他看来，

---

① 熊十力：《十力语要·卷三》，长沙：岳麓书社，2011年版，第299页。

国家的祸乱在于群众的昏昧无知，所以下一步他要专心于学术，潜心研究中外之学问，重建民族精神，帮助国人重新树立正确的认知。

1918年，他的第一本文集《熊子真心书》问世，书中收录了他1916年以来的札记25篇。在书稿完成之后，他曾经寄赠给蔡元培，蔡读后亲自为之作序。之前二人就有交往，蔡元培在北大创办进德会，熊十力非常支持他的事业，还寄赠书籍以示赞助。在蔡元培看来，熊的著作贯通百家，融会儒佛，有利于国民养成至大至刚之气，可以作为进德之阶梯。《熊子真心书》可以说是熊十力政治活动的一个总结，同时也是其正式进入学界的一个肇始。从此，中国少了一个革命者，但又多了一个为民族文化事业殚精竭虑的学术大师。

三

洒脱真性

弃政从学之后，1920年到1922年间，熊十力先是在南京师从佛学大师欧阳竟无，对唯识学和因明学有了更深入的理解。1922年，他受聘北京大学特约讲师，主要讲授唯识学。在这个过程当中，他对旧有所学产生了一些疑问，特别是开始对佛学的"非人生"倾向和轮回学说进行批判，并逐渐向儒家的价值体系靠拢，进而形成自己"新唯识论"的思想。1924年左右，"熊十力"名字才真正开始使用，"十力"本是用来描述释迦牟尼智慧超群、神通广大、法力无边的概念，熊以之作为自己的字号，足见其对自我价值的自信。1932年10月，《新唯识论》文言文本刊行，标志着其哲学思维的成熟。1944年春，该书又出齐了语体文本，他的哲学体系更加博大精深。抗日战争时期，从北京到武汉，从武汉到四川、重庆，熊十力颠沛流离，居无定所，生活困苦，但即便如此他也不废讲学，传道授业，勤奋著述，精进不已，百折不回，致力于延续中华民族的文化慧命。他曾经说过，有志于研究学术者应该有一种"孤往"精神，即要忍得住淡泊和寂寞，甘于贫贱和清苦，不能汲汲追求功名富贵。1945年，抗日战争取得胜利，这一年《读经示要》横空出世，该书探讨儒家六经，申发儒学常道，发掘其中所蕴含的自由、民主和科学思想。他还打通了汉学与宋学、朱子学与阳明学，并试图在民族精神的基础上融贯中西。单从这些方面来讲，他就无愧为现代新儒家的奠基人物。抗战胜利后到新中国建立前，熊十力来往于重庆、武汉、北平、杭州、广州等地，继续从事学术研究和讲学活动，《十力语要》《十力语要初续》等著作相继印行，之前印装不美观的《读经示要》也得以在上海中正书局重新排版问世。

以上就是熊十力弃政从文之后一直到新中国建立之前的简要学行经历。在这20多年的时间里，熊十力身上发生了太多太多的故事，其中他与朋友、学生乃至论敌的交往常常被人提及。因为熊真率坦诚，性格直爽，所以在为人处事、人际交往中经常会有一些奇特的举动，这在别人看来确实有些脾气古怪。《新唯识论》的稿子完成之后，熊十力郑重写下"黄冈熊十力造"，不要小看这个"造"字，在佛教里只有菩萨才能用"造"，据说熊十力也曾自称"熊菩萨"。他的自信不是源于狂妄，而是的确有学识、有创造，马一浮就曾在给《新唯识论》写的序言中将熊十力与王弼、龙树等并提，金岳霖说熊十力是中国研究佛学最精深的学者，国外学术界也常常把他视为中国当代哲学的杰出人物，这可都是相当高的评价了。但也不能否认，越是自信的人就越容易坚持己见，熊十力更是如此，在跟学界同仁以及学生的交往中，往往会因意见的不同而引发一些争执，他常常不甘示弱，表现出了"惹不起"的气魄。

在写作《新唯识论》的时候，他经常与同在北大哲学系任教的林宰平讨论。每次见面，林总会提出各种刁钻的问题，熊也不甘示弱，一一加以回应，有时候讲得激动，还大声呼叫，屋外的人都能听得清。熊十力视林宰平为知己、净友，林也不客气，对熊身上的豪放粗野之气也多有批评。熊十力不以为意，虚心接受林的建议，成就了一段学人之间友谊的佳话。但对于其他人的批评，熊十力就未必服气了。《新唯识论》出版之后，曾经引发了现代佛学史上的一桩公案。由于熊十力对旧唯识学提出挑战，这招来了一些佛教派别对他的严厉批评，其中就包括他的老师欧阳竟无一派。欧阳竟无曾经追随著名居士佛学家杨仁山学佛，专攻法相唯识学，他创办南京内学院，培养了大批佛学研究人才。内学院组织刘定全（衡如）撰写《破新唯识论》，欧阳竟无亲自作序，予以刊布。刘对熊著的批评是很激烈的，他甚至还讥讽熊十力对唯识学几乎是全无所知，所以产生了各种各样的误解，因而他的很多论断都是站不住脚的。欧阳竟无也毫不客气，骂熊十力恃才傲物，灭弃圣言，背离圣道，罪过尤甚。熊十力读到《破新唯识论》以及老师的批判之后，非常激动，战斗的欲望顿时被点燃起来，于是暂时将课程放在一边，集中精力赶写批驳文章。1933年2月，他的《破〈破新唯识论〉》出版，对自己的论断做了全面的辩护，用中国哲学特别是儒家哲学中的观念重新诠释佛学，将唯识学儒学化，用儒学的积极入世、体用合一、生机勃发来对抗佛学的消极遁世、分离体用、空寂静灭。除了内学院一系之外，吕澂、周叔迦、太虚法师、释巨赞等也加入了批判熊十力的队伍，熊都一一做了回应。师生、同道之间因为意见的不同而相互交恶，但熊十力对师友们的尊敬却一如既往。后来欧阳竟无大师病危，熊十力想最后见老师一面，但内学院的同仁担心老师看到背离师门的学生难免会激动，便拒绝了熊十力的请求，对此熊倍觉遗憾。

打笔仗是文人的常事，但真正要动起手来，恐怕又有失风度。熊十力顾不上这些，有时拳头是可以解决问题的，至少它可以发泄心中的愤怒。陈铭枢是熊十力在南京立学院的同学，后来官至民国广东省政府主席。"一二·八"事变之前，日本已经动作频频，国家的境况不妙。当时熊十力在杭州休养，陈前来探望自己的同学，换作是别人自然会好生迎接，但陈与熊一见面，后者便打了陈几拳，骂他不在上海备战，还有心思来杭州游山玩水。熊十力喜欢跟其他的学者聚在一起，共同讨论学术问题，有时会发生不小的争执，争执难以化解的时候，熊十力的手就要出场了。有一次他跟梁漱溟讨论问题，双方争得面红耳赤，最终谁也没有说服谁，正当梁准备转身离开的时候，熊趁其不备，从背后打了他三拳，并大骂梁是"笨蛋"。好在梁漱溟知晓他的脾性，也并未计较，只是拍了拍衣服，尴尬地离开了。著名文学家废名（冯文炳）跟熊十力是湖北老乡，他在北大国文系教书期间，经常去找熊十力讨论哲学问题。在很多问题上，二人观点迥异，所以每次讨论常常是各不相让，谁也不愿意认赌服输。有一次二人又争吵起来，声音大得外面的人也听得见，奇怪的是，不一会屋里竟然没有了声音。有人推门进去，竟然发现熊十力和废名扭打在一起，场面非常热闹。双方被人拉开，但嘴里还是不依不饶，最后不欢而散。文人的交往有时就是那么有趣，没过几天，二人再次聚谈学问，前几天的扭打就好像没有发生过一样，大家和好如初，继续谈笑风生。

熊十力做事比较洒脱，在教书上也是如此。他对学生也以真性情相待，其中既有如坐春风般的温暖，也不乏当面呵斥的狮吼。学生如有什么问题，他不会敷衍，总是热情地加以解答，当然假如学生犯了错误，他也会严厉地批评。他经常告诫学生，做学问需要立大志，要做第一流的学者，不能甘居人后。对于师生聚在教室里这种教学形式，熊不是很接受，更倾向于书院式的教学方法，喜欢在自己的家里给学生上课，所以有人称它为"不上课的名教授"。到了冬天的时候，学生们来熊府听课就不是一件舒服的事了，因为老师家不生炉火，需要穿着厚厚的冬装才行，不过好在这位老师肚子里有学问，吃点苦也不算什么。熊先生讲起课来兴致很高，经常滔滔不绝，本来两个小时左右的课程，他一讲就是三四个小时，并且中间还不休息。有时候讲得太动情忘我了，不由手舞足蹈起来，时不时地还用手在某个学生头上或肩上重重一拍，然后哈哈大笑，简直是振聋发聩。学生知道他的这个爱好，有人还提前做好准备，找一个远离老师的位置坐下，说不定就能避免老师的这一巴掌。躲不过的只好自认倒霉，就当是老师对自己照顾有加了。哈哈大笑、手舞足蹈是熊十力的一个重要标志，梁漱溟就说这体现了熊十力敞亮、畅快的一面。每到闲暇的时候，他还喜欢跟学生、朋友一起到野外山林走走，寄情于山水之间，享受难得的清闲。只见在阳光与微风笼罩之下的熊十力，红光满面，银髯飘飘，颇具仙风道骨。学生们常被他的这种气象所感染，牟宗三就曾称其为"真人"。

　　除了哈哈大笑，熊十力骂起人来也毫不含糊，特别是对那些跟他关系比较亲密的弟子，他更是经常训斥。有一天，刚过晌午，他到一个学生家做客。学生的妻子也毕恭毕敬地在一边伺候，这时熊发现窗子用苇席遮挡着，他很不高兴，还语带训斥地对女主人说："你也真是糊涂呀，阳光对人身体有很大的益处，为什么要遮挡它呢？"女主人听了突然一怔，不好意思地笑了笑，赶忙说："先生，是我糊涂，我马上就把它撤掉。"一次，有个学生去拜访熊十力，老师请他在家里用餐，他们吃的是汤圆。这个学生一口气吃了九个，碗里还剩下一个，他撑得要命，但他怕老师生气，于是又勉强吃了半个，那剩下的半个实在是难以下咽。熊十力见状猛拍了一下饭桌，劈头便是一顿大骂："你连这点东西都吃不下，还谈什么做学问，图事功？"在老师的痛喝之下，这个学生吓得汗流浃背，那剩下的半个汤圆很顺畅地便下肚了。一次，学生李渊庭看到熊十力在一篇文章中引用了王夫之的一句话，他感觉可能与原意不符，于是鼓起勇气向老师指出。熊十力听了之后很生气，还骂李是"王八蛋"，李很是无奈，见老师气不能消，便灰溜溜地回到家里。孰料熊十力竟然追了过来，跑到李的家里继续痛骂，李据理力争，反而挨了老师一拳，这一场景还把李的三个孩子吓哭了。李受了很大的委屈，但对方毕竟是自己的老师，他也不敢追究什么。谁知第二天一大早，熊便风尘仆仆地来到李家，面带微笑又颇有几丝歉意，原来他回去查证了一番，发现果真是学生对了，于是便登门道歉。临走之前，熊十力还不忘安慰李的三个孩子，然后哈哈大笑走了。

发生在熊十力身上的趣事还有很多，他异于常人的做法其实不难理解，这主要跟他少时就逐渐养成的独特性格有很大关系。我们不必过度关注他的大笑、扭打、痛骂这种外在的形式，而应该把重心放在他对师友、学生所体现出来的真性情上。

8

431

熊十力

四

衰年心事

从新中国成立到他去世，这20年的时间对熊十力来讲可谓是喜忧参半，喜的是自己告别了颠沛流离、居无定所的生活，忧的是他也不可避免地被时代的政治风潮所裹挟。像他那一代的知识分子，活跃于中国社会剧烈变革的时代，国家和社会的每一次变动，都会给他们的人生带来巨大的影响。同样，由于这些知识分子在社会上有一定的影响力，他们也往往会成为政治上层所争取的对象。有些人因此而平步青云，顺风顺水，也有些人会因处理不当而使自己陷入困境。

前面讲过，熊十力是一个性格特别刚强的人。这种人有他自己的为人处世的原则和评判事物的价值标准，一旦这种原则和标准跟政治产生冲突之后，就会给自己带来很大的麻烦。熊十力曾经也试图在政治上有所作为，他年少时家国情怀浓烈，以天下为己任，加入新军，参与了反清革命运动。这些努力最后以失败而告终，他对旧中国政治的黑暗有了更深刻的认识，这也使他对参与政治活动和结交政治人物产生了某种厌弃的情绪。

但是，不参与、不结交并不意味着他不关心政治。政治这个东西，你不找它，它有可能过来找你。在新中国成立前的动荡年代，熊十力过得非常艰苦，但他每天都在考虑国家、民族、文化的存亡问题，他能做的就是在讲台上、在著作中去唤醒中华儿女的民族精神，去提升国人救亡图存的热情和意志。当然，他也可以骂，可以痛斥上层的黑暗。蒋介石上台之后，国家的形势一天天恶化下去，熊十力非常愤怒，他痛骂蒋介石窃夺革命果实，抨击蒋由于卖国投降而使日本侵华的气焰愈发嚣张。据说，有段时间熊十力一看到报纸上有蒋介石字样，就把它撕下来泄愤。1936年10月，蒋介石要过五十大寿，准备请社会知名人士来参加寿宴。熊十力也应邀参与，他在宴会上毫无顾忌，大吃大喝之余还佯装疯言醉语。寿宴的高潮部分是众人纷纷吟诗作对，为蒋介石高唱赞歌。熊十力也作了一首"倒宝塔"式的怪诗，对蒋极尽讽刺挖苦之能事，搞得蒋哭笑不得。蒋介石对熊十力还算客气，他多少了解熊的脾性，也就没有放弃对熊的拉拢。他曾经多次派人给熊十力送钱，数目还不算少，但熊十力根本不为所动。1946年春，熊返回湖北老家，借住汉口朋友家中。正巧蒋介石途经武汉，得知熊在汉口，便派人前去邀请会晤。熊对来人大发脾气，还把蒋介石骂了一通，说老蒋算什么东西，还要我去看他！熊十力之所以要这么做，是因为在流离辗转中，他的所见所闻告诉他国民党已经丧失了人心，已经没有能力带领这个国家走出困境了。

1948年秋，熊十力来到广州，住在学生黄艮庸的祖屋观海楼。本来熊十力准备在这里终老，但无论是当地的气候、语言，还是物价、治安状况，都让熊感到非常的不适。此时，他常常大发脾气，靠骂尽天下名士以排遣心中的郁闷。随着解放战争的局势日益明朗，熊十力也面临一个当时很多知识分子都要做出决断的问题——是留在大陆，还是流亡海外？他犹疑不定，内心也为此感到非常烦闷。1949年10月

25日，董必武、郭沫若联名发电报给熊十力，力邀其北上共商国是，熊收到电报之后，终于下定决心留在大陆。不过，他在给董必武、郭沫若的回函当中提出一些要求，说自己不愿意做官，想回北大教书，但不上课堂讲课，仍在家中授徒，还要求天冷南行，天暖北归。等这些要求都得到满足之后，他就一路北上，途中受到了高规格的迎送。1950年初，他来到北京，政府安排好了他的饮食起居，他也得以再次回北大任教，过起了相对安稳的生活。

1954年10月，熊十力跟随儿子定居上海，先是住在儿子家中，后来时任上海市市长陈毅帮他觅得一处楼房，供其独自居住。陈毅与熊十力之间也成就了一段友谊佳话，陈钦佩熊的学问、人品，经常去看望熊十力，照顾他的饮食起居，跟他讨论儒学和佛学的问题。在一次上海教育界的会议上，陈毅就讲熊十力先生是国宝级的学者，大家应该多向他请教学问，而不应害怕被扣上"唯心论"的帽子。正是在陈毅等人的帮助下，熊十力才得以继续开展学术研究工作，取得了新的研究成果，其中《原儒》就是一部影响深远的巨著。该书遵循由内圣而外王的思路，阐发儒学的时代价值，成为现代新儒家的重要理论资源之一。

除了进行学术研究之外，熊十力还被邀请加入政协，积极参政议政。熊十力曾经在《存斋随笔》中慨叹自己暮年的孤独，虽然有陈毅等人的帮助，但效果寥寥，几乎没有青年学子向他请益，也鲜有客人前来拜访。一次，老友韦卓民到上海看望他，甫一见面，熊竟然号啕大哭起来。他曾经自作一联，联曰："衰年心事如雪窖，姜斋千载是同参。"他能做的，也许就是与自己所崇拜的偶像——王船山等大学问家进行隔空对话了吧！

熊十力去世于1968年5月，享年八十四岁。郭齐勇教授在总结评价熊十力一生时，说道："熊先生的哲学智慧、圣贤气象和崇高的人格精神是浑然一体的。他就是伟大的中华民族精神生命的象征！他的一生，是为赤县神州不绝如缕的文化慧命而奉献奋斗的一生。他的生命的学问并没有完结。"①其言得矣！

---

① 郭齐勇：《熊十力哲学研究》，北京：人民出版社，2011年版，第21页。

儒家往事

梁漱溟

一

向上之心

清光绪十九年（1893年）重阳节，梁漱溟生于北京安福胡同的梁家庭院内。他原名焕鼎，字寿铭，又字漱溟，后以字行。梁漱溟的祖先是元朝宗室后裔，元朝末年顺帝携皇亲贵族逃往北方，梁漱溟祖先这一系没有走，而是留在了河南汝阳，后改汉姓为梁。清朝乾嘉年间，第十九代梁垕由河南迁往广西桂林，所以后来梁漱溟便将广西桂林作为自己的祖籍。梁垕的儿子即梁漱溟的曾祖梁宝书中进士后全家留在北京，未再回桂林。

梁漱溟受其父亲梁济的影响非常大。梁济字巨川，乃光绪十一年举人，曾在京城贵族家里做过塾师，后官拜内阁中书等职。梁济秉性笃实，思想比较开明，关心国运苍生，但在国家衰亡、官场腐败的现实面前又颇多无奈和愤懑。辛亥革命之后，梁济本以为国家能够逐步好转起来，但现实使他再次感到失望和痛苦。1917年"府院之争"爆发，之后又有张勋复辟的闹剧，梁济认为这是拿国家大事当儿戏，他义愤填膺，心中已经酝酿许久的自尽以警世的想法又翻腾起来。梁济自杀前与梁漱溟的最后一次对话，令梁漱溟终生难忘。当时，梁济的生日快到了，全家都在为这件事情忙活。梁济告诉家人，他要去挚友彭翼仲先生家借住几天，到生日那天会回来。临出门时，梁济看到一条国际新闻，他喃喃自语道："这个世界还会好吗？"梁漱溟看父亲的情绪不对，便语带安慰地言道："我相信世界是一天天往好里去的。"梁济长叹一声："能好就好啊！"1918年农历十月初十，在自己生日的前三天，梁济自沉于北京净业湖，留下《敬告世人书》，其中有云："国性不存，我生何用！国性存否，虽非我一人之责，然我既见到国性不存，国将不国，必自我一人先殉之，而后唤起国人共知国性为立国之必要。"①梁济的自杀在社会上引起强烈反响，《新青年》杂志还曾为此专门展开讨论，有人赞赏梁济的殉道精神，有人则批判其殉清不足取。对梁漱溟来说，父亲突然以这种方式离开是一个巨大的打击，虽然他未必赞同父亲所坚信不疑并为之献出生命的那个"道"，但是他敬佩父亲眼见固有文化行将消灭而以死来唤醒世人之关注的决绝精神，这也许就是他后来从事中国传统文化研究的重要原因之一。

梁漱溟幼时体弱多病，还有些呆笨执拗，六岁还不会穿裤子，连裤腰带也得让妹妹给系。由于身体不好，梁漱溟显得不如别人家的孩子活泼好动，正因如此，他养成了爱好思考、少年老成的性子，同学们还给他起了一个外号叫"小老哥"。梁济并没有厌弃这个略显呆笨的儿子，他总是循循善诱，言传身教，培养他自醒自悟、独立思考的能力。九岁左右的时候，有一天梁漱溟拿着一串铜钱在院子里玩耍，过了好大一会儿，他忽然发现铜钱不见了，于是就到处寻找，但没有找见，还因此与家人闹得不可开交。第二天，梁济打扫庭院的时候发现树枝上挂着一串铜钱，想必是儿子落在这里的，于是便把这串铜钱放在原处，他没有声张，还写了一张字条交给小梁漱溟。纸条大意是：

---

① 李渊庭、阎秉华：《民盟历史人物：梁漱溟》，北京：群言出版社，2009年版，第36页。

"一个小孩在树下玩耍，偶将一串钱挂于树枝却忘了，自己没有仔细寻找，便跟家人吵将起来。第二天父亲打扫庭院，见钱悬于树上，便告诉小儿，小儿始自知其糊涂。"梁漱溟见过纸条，赶紧跑去一看，发现昨天丢失的钱果然挂在树上，梁漱溟感到非常惭愧。相较于那种直接严厉批评的教育方式来说，梁济这种启发诱导的方式所取得的效果更好，这给了梁漱溟以自我觉悟的机会，也有助于培养他自学、自进、自强的能力。

梁漱溟五六岁时就开始读书，家里请了一位姓孟的先生，教他读《三字经》《百家姓》，除此之外，父亲还让他读《地球韵言》，以了解世界历史地理知识，培养孩子开阔的眼光。七岁的时候，梁漱溟被父亲送入北京中西小学堂读书，这是一所洋学堂，不仅教中文，而且还教授英文。但是他只在该校读了一年多，八国联军侵入北京之后，学校被迫停办。九岁那年（1901年），他转入南横街公立小学堂，十岁又改入启蒙学堂，在这里读了两年书。后来一年多，在家里由一位姓刘的先生教读，小学的最后一年则又进入了江苏旅京同乡会所办的江苏小学堂。值得一提的是启蒙学堂，它采用商务印书馆编印的教科书，也教授英文，并且还招收女生，这在当时是件了不起的事情。该校的创办人是梁漱溟长兄梁焕鼐的岳父彭翼仲，彭出身名门望族，但他放弃世代相沿的仕宦之路，出资办学校、办报纸，试图开启民智，培养人才，改变社会腐败、政府无能的现状。在启蒙学堂里，梁漱溟读到了《启蒙画报》，这对他自学成名的经历来说非常重要。《启蒙画报》登载的内容包罗万象，既有中外历史故事，还有天文、地理、博物、理化等方面的知识，并且报纸全部用白话文，还配有图画，非常适合少年儿童阅读，很容易激发他们学习的兴趣。后来为适应成人口味，该报又增出四版《京话日报》，主要刊登国内外新闻以及一些评论、杂谈等。梁漱溟非常爱读《启蒙画报》和《京话日报》，他每天都读，一天不空，一张不漏。他曾回忆说，自己的自学最得力于杂志报纸，因为他从杂志报纸当中获得了大量知识，懂得了许多道理，并在阅读当中思考了许多问题，启发了自己的智力。此外，他还从中获知许多重要的著作，然后会想办法去把这些著作找来阅读，这为他后来从事学术研究奠定了坚实的基础。

彭翼仲办报的事业并不是一帆风顺的，因为编辑、印刷、销售所需要的费用都由他自己承担，没过多久彭家就负债累累，为此梁济也把自己的家财拿出来，帮助彭公办学办报。正当《京话日报》开办困难之际，它报道了当时发生的几个热点事件，引起了社会强烈反响，使其销路不断扩大，甚至连皇太后、皇帝也争相阅览。彭氏见状，又在《京话日报》的基础上增印《中华报》，以文言文撰稿，多发表一些政论文章，读者对象是社会上层人士。但在1904年，袁世凯处死维新派人士吴道明、范履祥，《中华报》主笔杭辛斋在该报撰文揭露并抨击袁世凯，这引起了袁世凯、徐世昌等人的忌惮。不久《中华报》被查封，彭翼仲被加以"妄论朝政，附和匪党"的罪名，判处十年徒刑，发配新疆，杭辛斋也被押送原籍，交由地方永久管制。

这一系列的变动给梁漱溟的心灵造成了巨大的冲击，他曾回忆说："从父亲和彭公他们的人格感召，使我幼稚的心灵隐然萌露对社会、对国家的责任感，而鄙视那般世俗谋衣食、求利禄的'自了汉'生活；另一方面是从那维新前进的空气中，自具一种超迈世俗的见识主张；使我意识到世俗之人虽不必是坏人，但缺乏眼光见识，那就是不行的，因此，一个人必须力争上游。所谓'一片向上心'，大抵在当时便是如此。"[1]梁漱溟将这种"一片向上心"视为自学的根本，从他个人的性格以及后来在政治、学术上的表现来看，他身上确实有一种不随顺世俗

---

[1] 梁漱溟：《我的自学小史》，见全国政协文史委员会编：《学林碎影：当代著名学者自述》，北京：中国文史出版社，2000年版，第207—208页。

而力争上游的正大、刚强之气。可以说，这种气度是他在年少时的家庭生活与自学经历当中养成的。

1906年夏，梁漱溟考入顺天中学堂，在此度过了五年半的中学生活。这一阶段他没有放松学习，并且更加重视自学，成绩经常名列前茅。在时代和师友的影响之下，梁漱溟也开始深入思考他终身试图解决的两大问题——人生问题和中国社会问题，为此他接触了各种主义，也较早地投身到社会政治运动之中。他依然热衷于阅读各种报刊，像《北京日报》《顺天日报》《帝国日报》《申报》《新民丛报》等都是他每天必不可少的读物，通过阅读报刊，他可以更多地了解了世界形势及国家大事。在课堂上，他不喜欢国文，也很少看中国旧书，而把精力主要放在英文、算学两门。不过，梁漱溟的国文、作文成绩还不错，他总是喜欢作翻案文章，不肯落入俗套。一位姓王的国文先生对此很是厌烦，经常鞭挞梁的翻案文章，而另一位姓范的国文先生却比较赏识，还在梁的作文上批写过"语不惊人死不休"等赞语。

在班级里，他与廖福申、王毓芬、姚万里关系要好，四人常常组成小组一起自学，他们自学的进度总是超越老师所教。廖福申年岁稍长，少年老成，学习刻苦认真，能力也比较强，在自学小组中经常扮演领导者的角色。后来经清华送出留美，学习铁路工程，梁漱溟对他非常钦佩。除了合作学习之外，梁漱溟也没有放松自己在课外的独立自学和思索。前文已经提到，在中学阶段，他开始对人生和社会的问题追求不已。对人生问题的追求使他出入于西洋哲学、印度哲学和中国哲学，而对社会问题的追问则使其投身于中国社会改造运动。在人生问题上，此时他的价值标准更多的是功利主义的，他评判一切事物主要是看对于社会有没有好处及好处的大小。假如对于社会、对于个人都没有好处，那就是一件要不得的事了，反之，若于群于己都有极大的利好，便是天下第一等之事。这一思想显然受到了父亲的启发，梁济服膺孔孟，强调务实，非常反感一些读书人专务虚文。在社会问题上，梁漱溟此时的思想显得较为激进，他认为在政治改造运动中可以使用种种手段，甚至可以用暗杀的办法。但是，他又反对排满、革命，更倾向于走和平改良的道路，认为这样收效快，对国家的破坏性也小。这种思想自然与当时的形势发展很不合拍，随着清王朝的愈发腐坏没落，许多主张立宪改良的人都纷纷转向革命。

梁漱溟的特殊经历和独立性格使他过早地关心人生、社会等大问题，并自觉担负起救国救世的重担，这是其"一片向上心"的具体展现。但他自己也承认，当时对那些大问题他未曾深刻领会，甚至很是浅陋，也谈不上形成了某种主义或思想，只是试图以一种自负的胸襟气概建功立业，重视了事功而轻视了学问和理性，对哲学这样一种见效慢的学问持一种排斥的态度，将人格的修养也仅仅视为一种方法手段，而不认为是立世之根本。后来他的思想发生重大的转变，这一转变与他在顺天中学堂的两位挚友郭人麟、甄元熙密不可分。郭人麟天资绝高，思想超脱，对老、庄、易学、佛典皆有心得，而最喜欢谭嗣同的《仁学》。在思想境界上，梁自觉不如郭，甚至觉得其精神足以笼罩自己。梁对郭崇拜至极，甚至尊之为"郭师"，一到课余时间就去向他讨教，甚至把他跟郭的谈话整理成厚厚一册，题曰"郭师语录"。据梁漱溟说，自从与郭人麟结交之后，他一向狭隘的功利见解为之打破，对哲学也开始尊重起来，郭在社会问题上倾向革命派，这也直接促使梁转向革命派。另一位挚友甄元熙是孙中山的忠实信徒，起初他与梁在政治观点上分歧较大。一天，甄悄悄给梁一本书，让他读完后再讨论研究。这本书叫《立宪派与革命派之论战》，是在日本东京出版的，书中收集了以梁启超为首的立宪派发表在《新民丛报》上的文章，也收集了以胡汉民、汪精卫为代表的革命派发表在《民报》上的文章。两派观点针锋相对，各不相让，梁漱溟认真读完了全书，虽然没有一下子就接受革命派的思想，但在甄的循循善诱以及当时发生的"预备立宪"骗局等事实的刺激之下，梁漱溟逐渐认识到君主立宪在中国行不通，革命是唯一的出路。他在甄元熙的介绍之下加入京津同盟会（同盟会在北京、天津、保定的支部），并曾任该支部创办的《民国报》的编辑及外勤记者。此外，为了表达自己转向革命的立场，他还不顾家庭和舆论的反对，毅然剪了辫子。

在《民国报》，梁漱溟做了一年多的新闻记者，在此期间，他读书少而活动多，书本上的知识长进虽然不多，但是随着与社会接触更加频繁，他逐渐看清理想与现实之间的差距。他对所谓"革命""政治""伟大人物"等等皆有"不过如此"之感，而对那些在学校不曾遇到的下流行径、鄙俗心理以及尖刻、狠毒、凶暴之事更感到厌倦和憎恶，加之社会上太多贫富差异、恃强凌弱的现象让他愤愤不平，这就使他内心发生新的变化，以前那种一片向上的坚强意志开始动摇。他开始萌生出家的想法，1911年冬及1912年冬甚至两度要自杀，以求从苦闷和愤恨中解脱出来，后来念及家父尚在，不忍决然而去。1913年春，他在护送二妹到西安任教途中，开始戒荤吃素，从此终身食素，以"淡泊明志，宁静致远"为其座右铭。

二

讲学北大

　　梁漱溟曾经说过他是一个佛教徒，这跟他青年时倾心佛学有很大的关系；他又说自己是一个儒家，因为他又是一个践行者，是一个将自己的文化理想付诸实践的"知行合一"式的儒者。

　　由于特殊的人生经历，梁漱溟过早地体味到了人世的沧桑，他的思想变得消沉，于是开始闭门研究佛学。他学佛也是以自学为主，由于无人指教，所以花费了很大的功夫。在学习佛学的过程中，他逐渐明白了一个道理，那就是人世间所有的问题都源于人类本身，而不是外部世界，但是人们却总喜欢向外去追求解决问题的出路，这是大错特错的。他对当时的黑暗社会表达了强烈的不满，甚至还因此萌生了自杀的念头，虽然最终没有付诸行动，但皈依佛门的念头日趋强烈。

　　在他看来，佛教不仅要主"出世间法"，还要"救众生"，也就是一方面要遵守佛教的戒律，追求自我的解脱，另一方面又不能完全脱离世界，还要去普救众生，只有做到了这两点才是真正的佛教徒。这种思想显然是将小乘佛教与大乘佛教思想进行了融合，进而找到属于自己的安身立命之道。1916年，梁漱溟当时二十四岁，他写了一篇题为《究元决疑论》的文章，发表在《东方杂志》上。"究元"有探究真理的意思，"决疑"则是指解决人生之疑惑，这篇文章的主旨就是为世人解决疑惑苦恼。在梁漱溟看来，人们越是追求名利和享受，就越陷入苦海之中而不能自拔，只有信奉佛法，破除迷执，才能自信圆满，无所不足。他还认为，古今中外的一些学者在如何对待宇宙及人生问题上都存在诸多不足，只有佛家之言才是拨云雾而见青天。这篇文章发表之后，引起了比较大的反响，同年12月，商务印书馆还为之出版了单行本。

1916年12月底，蔡元培受命担任北京大学新任校长。在当时的教育总长范源濂的引介之下，梁漱溟带着这篇《究元决疑论》去拜访蔡元培。蔡说他在上海的时候就已经读到过这篇文章，印象也非常深刻，蔡元培还说他此次主持北大工作，重点要办好文科，而文科中又以哲学为重点。过了不久，蔡元培又约梁漱溟和新任北大文科长陈独秀到他的办公室谈话，商讨聘请梁漱溟到北大担任印度哲学课程。考虑到自己没上过大学，也没有留过洋，对印度哲学的认知也多是源于自学体悟，刚开始梁漱溟还显得有些谦虚，他对蔡元培说："据我所知，无论西欧或日本，讲印度哲学并不包括佛学，一般都是讲六派哲学。而我自己对六派哲学素不留意，仅仅是对佛学有兴趣而已。要我教印度哲学，怕不能胜任。"[①]蔡元培则宽慰梁漱溟，说他没有发现其他人比梁漱溟更精通印度哲学。梁漱溟心里还是有些打鼓，蔡元培于是搬出古人相互切磋学问以求进步的传统，说既然我们都爱好哲学，那么北大就提供一个平台，大家聚在一起，相互切磋，共同学习。蔡元培的一席话打消了梁漱溟的顾虑，也使梁深受感动，最终他应允了这项差事。只是由于当时梁漱溟正在司法部任职，事务比较繁忙，一时半会

---

① 汪东林：《我对于生活如此认真——梁漱溟问答录》，北京：当代中国出版社，2013年版，第30页。

无法脱身，于是便请一位叫许丹的朋友暂时代课。后来许氏因病辞职，蔡元培催促梁到校任职，梁于1917年10月正式来到北大，开始为哲学系大三学生讲授印度哲学概论。从此，他开启了前后七年的北大教书生涯。

初入北大，梁漱溟就抱定一个宗旨，那就是誓为孔子、释迦打抱不平，他说这句话是有特定历史背景的。当时北京大学已经成为新文化运动的中心，陈独秀、胡适等人宣扬民主与科学，批判旧道德，提倡白话文，成为当时的一股风潮。梁漱溟要为儒学、佛学摇旗呐喊，显然是把自己放在了新文化运动的对立面去了，但他也不是守旧的顽固派，他是想跟新文化运动的发起者们展开一番理性的探讨。梁第一天到北大任职，就到校长室见蔡元培，劈头就问蔡对孔子是什么态度。蔡猛然一怔，便对梁漱溟说道："我虽然主张新文化，但并不等于反对孔子，儒家的学说是一门重要的学问，是必须认真研讨的。至于儒学对古往今来政治、思想、文化的影响，每个人可以有不同的观点，大家都可以一起争论。"听了蔡元培的这一席话，梁漱溟就更下定了好好研究儒学与佛学的决心。

在北大的头一年，他主要讲述印度哲学课程，第二年《印度哲学概论》一书便由商务印书馆出版，在当时也产生了不小的影响。但他讲的内容毕竟与时代的潮流不相符合，所以选他课的学生也越来越少。这时新文化运动的健将们又提出"打倒孔家店"的口号，对传统文化发起了一次大的冲击，梁漱溟经过慎重的思考，准备将精力集中于研究儒家学说上。在他眼里，新文化对以儒学为主的传统文化的冲击已经上升到了东西文化对垒、激战的层面，东方文化已经面临生死存亡的绝境。因此，他要思考应付之方，希望能为东方文化寻找一条生存之道。1918年10月4日，梁在《北京大学日刊》上刊出一则启事，这则启事的主要内容是征求有志于研究东方哲学的同道，大家一起组织学会，发起讨论，为此他愿意从每月的薪水当中捐出20元，用作会务费用。结果应者寥寥，并且少数的响应者也只是想从梁这里获得一些关于佛法的智慧，这与他的初衷不相契合。于是他又发了一则启事，表示他关注的重点在孔子，并且声明自己并非反对欧化，因为欧化实则是世界化，世界化是不可逆转的趋势，他只是想强调东方文化也有西方文化所不具备、并可以为世界提供借鉴的内容。

在对儒家思想进行深入研究的过程当中，梁漱溟改变了过去轻视孔学的态度，认为在入世思想方面没有一个思想家能够比孔子更圆满。虽然此时他还没有决定出佛入儒，但思想上的这种改变也为他后来在人生态度上的转变埋下了一个伏笔。1918年底，梁济在北京积水潭投湖自尽，梁漱溟忍着悲痛，在上课之余，着手编辑父亲的遗著。在这个过程中，梁漱溟对父亲有了新的认识，也对自己的过往有了认真的反思。他认为自己之前对于佛学的钦慕是有问题的，特别是对于中华传统礼义教化思想的疏忽使他没法跟父亲在思想上进行对接。他在读父亲的著作的过程中，总能咂摸出抑郁孤怀、不得同心的内容，这也促使了他向儒学的转向。相较于讲印度哲学来说，梁漱溟讲儒家思想更具吸引力，来听讲的人总在二百人左右，其中有一半左右都是来旁听的，由于原来安排的教室较小，后来就改在了学校的大礼堂上课。

1919年夏天，梁漱溟开始写作《东西文化及其哲学》，用他自己的话说，这本书是逼出来的。"五四运动"后，北京大学内部关于新文化的争论日益激烈，经过一年多的研究，在1920年秋开始的印度哲学课上，他开始讲东西文化问题，由陈政记录。同年，北大校长蔡元培曾经和几位教授出访欧美，在学校的欢送会上，很多致辞的人都说，希望出访者能够将中国的文化介绍到欧美，并把欧美的文化带回中国。梁漱溟听了，便问大家一个问题，即到底应该将中国文化中的什么内容带到西方去？当时在会上没有人回答，会后胡适等人还跟梁开玩笑，说："梁先生的问题问得很好，只可惜天气太热，大家都不愿意用脑思想。"对于这样的回答，梁漱溟自然不甚满意，他没有放弃对上述问题的思考。1921年暑假，应山东省教育厅之邀，他在济南讲授东西文化及哲学，连续讲了四十天，由罗常培负责记录。后来他将陈、罗二人的记录合并整理，又补写了最后一章，最终书稿以《东西文化及其哲学》为名，于1921年由商务印书馆出版。

在《东西文化及其哲学》一书中，梁漱溟尝试着对东西文化问题进行思考。他认为所谓东西文化问题，并不是要讨论两者的异同优劣，而是要讨论在西方文化一统天下的背景下，已经走到绝境的东方文化该不该废绝？如果不能废绝的话，那东方文化能不能复兴？能不能像西方文化一样在整个世界也有一席之地？梁漱溟的回答是肯定的，他对东方文化特别是中国文化的前景持一种比较乐观的态度。在该书中他批判了当时社会上流行的三种文化倾向，即盲目倡导西方文化的新潮派，反对西方文化的国故派，以及希望东西文化调和的折中派，然后他分析了东西文化的特点，并将西方、中国及印度三种文化路向进行对比。他批评西方人由于过分追求物质而带来精神的冲突，也主张排斥印度文化看破红尘、脱离俗世的态度，认为只有中国文化特别是孔家哲学才最为精明透辟，世界未来文化就是中国文化的复兴。他批评当时文化虚无主义的倾向，认为不应该只是提倡西学和佛学，还应该大力倡导和弘扬儒学，他对自己在重新发掘儒学价值方面的作用是颇有自信的："孔子之真若非我出头倡导，可有哪个出头？"[1]

《东西文化及其哲学》出版之后，曾经引起非常大的轰动，作为新文化运动战将之一的蒋百里曾盛赞这是一本震古烁今之著作；哲学家贺麟也曾指出，梁漱溟以儒家之代表勇敢发声，在当时新潮思想流行

---

[1] 梁漱溟：《东西文化及其哲学》，北京：商务印书馆，2010年版，第220—221页。

的年代非常难得，其观点也颇有见地，对于重建国人对于传统文化的自信心和自尊心具有非常积极的意义。到1929年，该书已经印刷八版，足见其影响力。但是，新文化的领军人物胡适对该书不以为然，认为里面的判断太过主观。1923年，梁漱溟在北大的一次演讲中针对胡适的批评进行反驳，梁批评胡没有认真读他的书，却又急着妄下评断，在该书后续再版中，梁漱溟继续回应了新派的诘难。但是，他们之间的争论更多的是学术研究上的，共同的心愿是为国家、民族和社会的前途进行思考。

三

乡村建设

　　在北大工作一段时间之后，梁漱溟在教育问题上有了新的认识。他写过一篇题为《办学意见述略》的文章，全面阐述了自己的教育主张。他厌倦了大学内部官僚性的阶层关系，也对大学只是单纯地传授知识技能而不能很好地解决学生的人生疑惑产生了不满。他想尝试自己办学，一方面希望与志同道合的人共同从事教育事业，另一方面也希望与青年人为友，特别是要指导他们的人生道路，帮助他们解决人生中面临的一些疑惑。为了能够建立"一伙人彼此亲近扶持着走路的团体"[1]，1924年暑假，梁漱溟辞掉北大教席，结束了七年北大生涯。

　　梁漱溟的教育主张引起了强烈的反响，山东教育界的一些人士请他去山东办学。1921年秋，他来到曹州，本来打算在曹州六中（初级中学）的基础上创办高中，为将来曲阜大学的预科做准备。但由于地方军阀内部纷争等原因，梁的办学计划很快搁浅。有一次梁漱溟在六中校园里一个土坛上为师生演讲，讲到军阀混战带来生灵涂炭，他悲愤

---

　　[1]　汪东林：《我对于生活如此认真：梁漱溟问答录》，第41页。

至极，泪水止不住地往下流，此时全场肃穆，一点儿声音也没有。在梁漱溟离开曹州之前，他又给学生们做了一次演讲，在这次演讲当中，他劝学生要立大志、做大事，而不要想着做大官，军阀们虽然耀武扬威，但都是过眼云烟，只有想着为人民造福，才能够长久立世。

从曹州回到北京后，梁漱溟一边闭门读书，一边整理父亲遗稿。此时有十多位山东学生因为钦佩梁的道德学问，便也追随来京。这是难得的相会，师生们在什刹海租了一处房子，同住共读。每天清早起来，大家就聚在一起读书，由梁漱溟即兴讲授心得，师生们互相砥砺，反省自我，锻炼心智，激发朝气，这就是梁漱溟颇为得意的"朝会""朝话"制度。在后来他主持的乡村教育事业中，梁坚持了这种制度，并有所改进。

1927年5月，梁漱溟应李济深等人之约来到广东，李邀请梁当广东省政府委员，但后者认为不合时宜，选择坚辞不就。李没有放弃，年底又请梁出山，梁再赴广州，与李彻夜长谈。梁漱溟希望李济深能够为中国在政治上、经济上开出一条路来，这条路在梁看来就是一条"乡治"之路，李也同意梁在广东试办"乡治"。在梁漱溟所从事的实践活动中，"乡治""村治""乡建"等都是其教育思想的延续和发展，它们的核心内容就是要将讲学、做学问和搞社会运动结合起来，是课堂教学与社会实践的统一，这也是中国传统知行合一思想的体现。1928年，梁漱溟在广州做了"乡治十讲"的长篇讲话，他当时的想法是要从地方自治入手，仿效英国式的宪政。要实现地方自治，就必须从政治、经济、文化等方面把地方社会打造成一个自治体，而自治体的打造又应当从乡村开始入手。只有乡村安定、富强、文明了，中国政治才会安定，中国社会才能进步。二十世纪二三十年代，中国兴起了一股乡村建设运动的风潮，与其他乡村建设运动的发起者一样，梁漱溟也希望从乡村自治入手，改造旧中国，建立新中国。在他看来，农村的贫穷落后不是由于"三座大山"的压迫，而是由于农民没有或缺少秩序观念、法制礼俗、治道思想，若要解决上述问题，就必须从创办"乡农学校"、厉行"乡治"着手。梁漱溟怀着一股热情，想在广东开辟一番乡治运动的事业，但由于国民党政府表现得颇为勉强，性格孤傲的梁便选择放弃，带着一帮人去别的地方考察学习去了。

1929年春，他先后考察了陶行知所办的南京晓庄师范，然后到江苏昆山徐公桥考察中华职业教育社黄炎培等人所办的乡村改进事业，又到了河北定县考察晏阳初主持的翟城村自治事业，还到山西太原参观阎锡山在一些地方推行的村政。在考察学习的过程当中，他获得了很多有益的经验，也发现了一些问题，这就为他后来自己主办乡村自治事业提供了借鉴。

参观考察之后，梁漱溟回到北京。此时，在山西做阎锡山幕僚的朋友王鸿一来信，阎锡山想为中国求一个出路，愿意尽力推行村治建国运动，希望梁漱溟能够前来，一起共商大业。1929年秋天，梁赶赴太原，与阎锡山会面。阎向梁请教如何治理山西以及在乱局中何以自保等问题，梁漱溟建议阎锡山努力发展经济，普及教育，建设民主政治。梁还向阎表达了对于国家政治制度的建议，他主张地方分权而治，大权集中于中央。从后来的实际作为来看，阎对梁的建议并非言听计从，而是有所保留，特别是后来他联合冯玉祥与蒋介石对抗，重新挑起内战，在梁漱溟看来，这与阎锡山向他所表达的避战求和思想相违背。梁漱溟很是失望和愤恨，他在山西看不到希望，最终辞去顾问之名，并谢绝阎锡山每月送给他的重金。

同年秋天，梁漱溟通过王鸿一认识了梁仲华，后者当时正在奉河南省政府之命筹建河南村治学院，他得知梁漱溟也有意于此，于是就盛情相邀。梁漱溟选择来到河南，应邀担任河南村治学院教务主任，并为这个学院拟定了办学旨趣、宗旨和具体做法等。年底学院开始招生，到了 1930 年 1 月正式开学。梁漱溟主要负责教授"乡村自治组织"等课程，还主持编辑《村治月刊》。这年夏天，他到燕京大学、北京大学等高校演讲，有很多学生问他中国问题解决的主动力在什么地方，梁漱溟回答说："中国问题之解决，从发动直至最后完成，全在于其社会中的知识分子与乡村平民打成一片，结合在一起所构成之伟大力量。"①由此可见，他希望知识分子能够行动起来，用自己的学识和思想改造中国基层乡村社会，从根本上变革旧的秩序，进而推动整个社会的革新。遗憾的是，由于蒋、冯、阎中原大战爆发，蒋介石取胜，原先控制河南的冯玉祥向西北撤退，河南村治学院遭到封禁，只办了一年就草草收场，梁漱溟的一些设想也就难以变成现实。

但是他并没有放弃，乡村建设实验也没有完全失去机会。时任山东省省长韩复榘得知河南村治学院的一些情况之后，提出在河南从事乡建的同仁们可以来到山东，继续他们未竟的事业。1931 年初，梁漱溟带了一帮同仁来到山东邹平，开始筹建山东乡村建设研究院。6 月，山东乡村建设研究院在邹平成立，起初，研究院规模不大，只有一个研究部，一个训练部，一个邹平实验县，一个农场。研究部招收大中专学生，学生在学习乡村建设相关理论之后，再进行专题性的研究工作。训练部旨在培养乡村服务人员，使他们能够胜任乡村的实际工作。梁漱溟担任研究部主任，由他主讲"乡村建设理论"。1933 年，院长梁耀祖辞职，改由梁漱溟接任。后来研究院取得了不错效果，其规模也进一步扩大，增加了菏泽、济宁等地的一些县区为实验区，一直到"七七事变"爆发，研究院才最终停办。据统计，经过研究院各部及其下属机构培养、训练的学生人数总计达 3000 多人，研究院开展了历时七年之久的乡村建设实验，帮助实验区组织生产合作社，改进耕作技

---

① 汪东林：《我对于生活如此认真：梁漱溟问答录》，第 44 页。

术，创立各种乡学和村校，加强卫生防疫工作，推动乡村风俗的革新，在各方面都取得了一定的成效。

值得一提的是，梁漱溟比较看重精神教育和道德建设，他希望研究院的师生们去除追名逐利的思想，能够发下深心大愿，为国家民族做出自己的贡献。为此，他延续了之前的"朝话"制度，并率先垂范，希望能够带动学生们精神修养的提升。他作息规律，生活俭朴，能够吃苦，待人真诚，虚心好学，还特别喜欢跟学生打成一片，一心扑在教育事业上。遇到学生向他请教问题，他总能循循善诱，不厌其烦，别人写信给他，他也几乎都是亲自回复。讲课的时候，他总怀着一颗热忱之心，时刻透露出忧国忧民的情感，深深地打动着听讲者的内心。因为过于忙碌，他经常失眠，但早上起来照样走上讲台，有时因为头疼，他一边按着头，一边讲课，学生有些不忍，便劝他多加休息，但梁依然坚持，直到病倒才会停止。这种坚持背后必然有一种宏志大愿在支撑，这其实就是"知其不可为而为之""先天下之忧而忧，后天下之乐而乐"的儒者风范。在梁漱溟的感染之下，研究院师生们虽身处艰苦，但大家其乐融融，奋发向上，彰显出顽强的生命力和创造精神，这又何尝不是儒家所推崇的境界！

正是通过在山东乡村建设研究院等机构的工作，梁漱溟发扬孔子学说的志向，以及他的教育思想、乡村建设思想得到了很大程度的践行。但从根本上来讲，这种尝试只是试图通过自下而上的方式来对旧体制进行修补与改良，加之当时日军铁蹄占领山东大部，他的努力终究没能从根本上解决中国的问题。不过，无论是在广东、山西，还是在河南、山东，梁漱溟都在努力为乡村建设事业积极奔走，这种为国家民族之命运殚精竭虑、积极探索的"内圣外王""知行合一"之作为，堪称一代大儒，着实令人叹服。

四

延安之行

梁漱溟与毛泽东之间有很多次重要的交往，特别是1953年9月毛泽东曾十分严厉地批评梁漱溟，这对梁漱溟的后半生产生了重要的影响。其实除了这次交往之外，二人早在1918年就已经相遇，1938年、1946年梁两赴延安与毛泽东长谈，1950年初梁漱溟成为中南海的座上客，毛泽东也曾多次与他长谈。

梁漱溟的本家兄长梁焕奎，有一位知交叫作杨怀中，他对哲学素有研究，并且在北京大学任教。因为这层关系，梁漱溟经常向杨讨教哲学问题，二人成了忘年之交。后来梁漱溟到北京大学任教，与杨怀中成了同事，他们的交往更加密切。1918年初，梁漱溟经常在晚上到杨家请教，常常有一个高个子的湖南青年为他开门，二人相视点头，并没有互报姓名。杨怀中告诉梁漱溟，这个年轻人是湖南第一师范的学生，非常有才华，经杨向蔡元培校长推荐，得以在北京大学图书馆谋到一份月薪仅8块大洋的小差事，白天在北大上班兼学习，晚上就在杨家住宿。这位年轻人就是后来成为杨家女婿的毛泽东，1938年梁漱溟只身前往延安，与毛泽东会面的时候，毛泽东还提及二人的这段交情，梁漱溟回想起了这段陈年往事，连说"有这事，有这事"。

卢沟桥事变爆发后，国共两党停止内战，一致抗日。为此，国民党政府邀集了社会各界代表到南京，并在"最高国务会议"内成立了一个咨询性质的机构"参议会"（后改为"国民参政会"）。梁漱溟也是"参议会"中的一员，但是在对战局的切实观察中他发现，一些国民党人无心抗日，丢盔弃甲，导致国土大面积沦丧，他对此非常失望。而此时中共提出一系列抗日主张，号召全民族共同抗战，梁漱溟虽不信奉共产主义学说，但他对共产党的所作所为比较感兴趣，百闻不如一见，于是就决定去延安考察一下共产党的实际情况。他的想法得到了蒋介石的同意，中共方面也表示欢迎，于是便踏上北上的路程。

1938年1月，梁漱溟到达延安，接待他的是中共中央书记处书记张闻天，张介绍说毛泽东的习惯是白天休息、夜间办公，于是二人的谈话也就被安排在夜间。头一天夜间的谈话从下午六时至次日凌晨，地点在延安城内的一间瓦房里，简短寒暄之后，梁漱溟开门见山地提出抗日战争的前途问题。他对目前的战况比较失望，对中国的前途也颇为担忧，希望就这个问题向毛泽东讨教。毛泽东耐心听完了梁漱溟的讲述，他斩钉截铁地说："梁先生，中国的前途大可不必悲观，应该非常乐观！中华民族是不会亡的，最终中国必胜，日本必败，只能是这个结局，别的可能没有！"听了毛的讲述之后，梁漱溟颇有些意外，毛见梁有些不解，便又为梁详尽分析了国内、国外各种势力的现实情况以及他对战争发展演变的看法，这些其实就是著名的《论持久战》一文中的主要观点。毛泽东讲得头头是道，梁漱溟也倍感振奋，甚为佩服。眼看时间已到后半夜，毛考虑梁旅途劳累，便要结束第一次的谈话，梁漱溟拿出《乡村建设理论》一书送给毛泽东，并约定明天的谈话从他的这本书开始。

第二天的谈话也是从下午六点开始，但持续了整个通宵。这是谈话的内容是，一旦中国抗战胜利，应该如何建设一个新的中国？对于这个问题，二人分歧比较大。毛泽东从梁漱溟的那本书引起话头，认为梁的著作对中国历史的分析有独到的见解，但是他不认同书中走改良主义道路的主张。毛认为改良主义解决不了中国的问题，中国社会需要彻底的革命，如何进行彻底的革命呢？这就涉及中国共产党所坚持的阶级斗争的方式和方法，毛泽东十分详尽地分析了中国社会的特点，特别是阶级矛盾和阶级斗争的问题，并强调阶级斗争对于中国社会发展的重要性。出于一贯的立场，梁漱溟并不认同这种观点，他争辩说中国的社会与外国社会不同，外国社会特别是中古社会阶级对立鲜明，但中国自中古社会起贫富贵贱的差别并不鲜明和强烈，这导致阶级分化和对立也不突出。梁漱溟搬出其"伦理本位""职业分途"的主张，所谓"伦理本位"是针对西方"个人本位"而言的，讲的是中国人注重的是义务而不是权利，每个人都要认识到自己的义务，并且要本着自己的义务去尽自己对家庭和社会的责任；所谓"职业分途"其实就是社会分工，大家各司其职，各尽本分，整个社会就会稳定发展。毛泽东耐心听完梁漱溟的辩驳，他指出梁的分析有一定道理，但是也应该看到中国社会有着与西方社会相同的一面，这也是整个人类社会的共同性、一般性，这相同的一面指的还是阶级对立、矛盾和斗争。梁漱溟还是不以为然，他认为毛泽东太注重现代社会共同性、一般性的一面，而忽略了中国社会特殊性的一面，这其实也就是两人最大的分歧所在。二人各抒己见，相持不下，谁也没有说服谁。不过，二人都展现出了君子风范，毛泽东一边把梁漱溟送出门来，一边说道："梁先生是有心之人，我们今天的争论可不必先作结论，姑且存留，听下回分解吧。"

　　除了与毛泽东进行两夜长谈之外，梁漱溟还到延安一些地方参观考察，他发现虽然延安的物质条件很差，但人们精神面貌昂扬向上，这与国统区的情况形成鲜明反差。在将近半个世纪之后的1986年，梁漱溟曾经回顾这段经历，他说毛泽东作为政治家的风貌和气度使他终生难忘，两人虽然各不相让，但是这种争论却如老友交谈，让人心情舒畅。

1945年8月，日本宣布无条件投降，之后毛泽东参加重庆谈判，国共双方签订停战协定，政协会议也随之召开，并且达成五项协议。梁漱溟作为中国民主同盟的创建者之一，以民盟秘书长的身份，为实现抗战之后中国国内的和平而奔走呼号。在当时，民主党派对政协所达成的五项协议非常欢迎，一些人对中国将要实行两党制或多党制颇为乐观。梁漱溟在年轻的时候也热衷于西方的政治制度，只是到了后来，基于对中国历史和现实的深入研究，他逐渐发现西方的政治制度未必符合中国的国情。他想把这些想法与中共领导人进行交流，于是决定再赴延安，顺便看看八年来延安的变化。

1946年初，梁漱溟在八路军驻重庆办事处的安排下，搭乘飞机先到北京，然后又从北京赶赴延安。到达延安之后，他提出希望能与中共的领导人进行交流，阐述自己对于中国时局的意见。第二天，梁漱溟被请到一间会议室，他同毛泽东、张闻天、朱德、彭德怀、任弼时等中共领导人一一握手寒暄，随后便切入主题。梁简单介绍了当时国内的政局，指出政协会议召开后，重庆方面似乎都在说中国要实行欧美式的宪政。梁漱溟表达出了他的一些疑问，他认为中国的现实状况与西方国家很不相同，主要是经济建设落后，生产水平低下，工业与西方国家相差甚远，农业也是数千年前的老样子，没有大的变革和发展，而这些因素造成中国老百姓生活贫穷，文化落后。中国当前最迫切的事情是进行经济建设，发展现代工业，并实现农业的现代化。梁漱溟认为，要进行经济建设中国必须有一个强有力而专心致志搞建设的政府，这个政府要确立一个统一的建设方针，一口气搞上几十年甚至上百年的经济建设。如果是两党轮流执政的话，两党之间就会相互攻击，各搞各的，中国的政局则势必不稳，统一的建设方针就无从谈起。中国从二十世纪初以来，先是不间断的军阀割据，你争我夺，只有破坏，没有建设。南京国民政府虽然名义上统一了中国，但实际上也在忙于打仗，内战没有打完，便来了日本人，在战火当中又过了八年，同样什么建设也没有搞好。梁漱溟本来对国民党执政后能认真而长期地进行经济建设寄予了厚望，但是他发现相当多的官员损公肥私，将国家民族的利益丢在一边，腐败的现象一天比一天严重，政府部门对经济建设也没有长期的规划和方针，即便是有也大多是一纸空文。所以，他对国民党执政近二十年的成果非常失望。梁漱溟继续慷慨陈词，他指出如今日本投降了，全国上下各党各派都呼吁和平、反对内战，所以才有停战协定和政协协议的签订。可是有些人高唱着在中国实行欧美式的宪政，要轮流执政，你上我下，这既不符合中国历史文化传统，也不符合中国的国情和现状。如果中国真的要走这样一条道路，那将不利于中国迅速进行长时间的经济建设，中国也摆脱不了贫穷落后的状况，最终无法以独立富强之面貌立于世界民族之林。说到此，梁漱溟似乎有些焦急，言语中有些激动："我有自己的理想，如上所述，但面对现实却又不知如何去实现。因此理想又如同梦想。我今天讲的这些话，在重庆变得无人听，无人感兴趣，我也不想说，不便说。再往深一层说，我所说的面对现实，就是指我无力改变中国的现状。我赤手空拳，有力量的人不合意即不听，我别无他法。我今天专门到延安来，在这样的场合，讲这篇话，把自己的希望、理想（或者称梦想）说出来，向各位求教。如果不便深谈亦无妨。我只是把自己心里想说的话向各位通报一下，算是留个题目，彼此去做吧……" ①

① 汪东林：《1949年后的梁漱溟》，北京：当代中国出版社，2007年版，第43—44页。

　　毛泽东等中共领导人很耐心地听完梁漱溟的长篇大论，毛并没有多说什么，但他内心却思考着梁漱溟提出的问题。事实上，距离这次谈话仅仅三年多，蒋介石领导的国民党政权便垮了台，而以毛泽东为首的中国共产党人建立了新中国，中国开始了认认真真搞经济建设的新时期，梁漱溟梦寐以求的梦想终于慢慢变成现实。

儒家往事

钱穆

一

沉潜少年

钱穆是中国现代学术史上的国学大师，一代通儒。与这种卓越的学术成就相比，他的出身和经历却显得较为普通了。他并非科班出身，没有机会读大学，甚至连中学都没有毕业，他也没有出国留洋的经历。但在这样的境况之下，他刻苦读书，勤奋治学，取得了旁人很难企及的成就。

钱穆1895年7月30日出生于江苏无锡一个叫七房桥的村子里。据说，他一生下来就连哭三天，父亲只好抱着他在屋里来回走动，一边走一边安慰，嘴里还喃喃地说："此儿当是命贵，误生吾家耳。"语中虽有些戏谑的成分，但这也似乎表明了，钱穆在用一种特别的方式宣告自己的诞生。钱穆这个名字是他的长兄钱挚后来给他取的，父亲钱承沛起初给他起名叫恩鑅，字宾四，这个字源于《尚书·舜典》"宾于四门，四门穆穆"一句。钱承沛十六岁的时候就以第一名高中秀才，只是由于体弱多病没能更进一步，最终只能放弃走读书求仕这条路，在乡里设馆授徒。钱穆幼承庭训，在父亲的督促之下开始发蒙读书，父亲也对他爱护有加，寄予厚望。钱穆非常聪明，悟性很高，少时学习古文，朗读三遍就能成诵。他小时候非常喜欢读小说，九岁的时候有个大人曾拿《三国演义》考他，他竟然对每个章回非常熟悉，还调皮地扮演书中的人物，可贵的是他的表演能够切合这些人物的个性和身份。有一次老师布置了一个任务，让学生们熟读并记诵《大学章句叙》。父亲见钱穆在那里摇头晃脑，很是投入，便想趁机考考自己的儿子。他挑出"及孟子没"这一句，问钱穆"没"是什么意思，钱穆略微思索了一番，便给出了正确的答案。父亲颇有些惊讶，本以为自己儿子尚幼，还很难搞清楚这个字的含义，他便好奇地问儿子是如何知道的。钱穆笑嘻嘻地说："父亲，这很简单呀，你看这个字旁边不是有三点水吗，我是据此而猜测的。"父亲听了之后非常高兴，还当着老师的面夸赞自己的儿子。

读了三年私塾之后，十岁的钱穆进入无锡荡口镇私立果育小学读书，从此开始了四年的小学生活。这所小学是一个新式学堂，钱穆除了在其中学到了一些新知识之外，还接触了一些新潮的思想。他的体育老师叫钱伯圭，乃校长华鸿模的外甥，是个革命党人，钱穆很喜欢这位老师。有一次，钱老师给钱穆讲《三国演义》开篇提到的"天下合久必分，分久必合"和"一治一乱"，他认为这是中国走上错路的原因，并建议钱穆不要再读这样的书。此外，师生还谈及中国与西方在分合、治乱方面的差别，以及这种差别产生的原因。这些话在钱穆的心目中留下了深刻的印象，给他带来巨大的震撼，东西文化孰得孰失、孰优孰劣这一问题从此一直萦绕在他的脑海中，而每每思考这个问题，伯圭师的耳提面命便会跳将出来。钱伯圭还时常向钱穆传播民族革命的思想，这对于钱穆来说，是其后来致力于民族文化之复兴工作的一次重要的启蒙。

除了钱伯圭之外，华倩朔、华紫翔、顾子重、华山等老师对钱穆的影响也很大。这些老师都是新旧兼通的开明人士，钱穆在小学的时候能够遇到他们确实是一大幸运。当然他自己也勤奋好学，深得这些老师的赞扬。有一次，钱穆写了一篇文章，得到了国文老师顾子重的称赏。该文以"呜呼"二字开头，有个同学觉得不以为然，就拿这个说事，他问顾老师为何对钱穆这么赞赏有加。老师说："欧阳修《新五代史》中的序论不都是以呜呼二字开头吗？"于是学生们就纷纷讽刺钱穆，说"你小子也想学欧阳修呀"，钱穆心里不是滋味儿，他暗下决心，一定要努力成为欧阳修那样的大人物。顾老师也给钱穆打气，他对那些嘲笑钱穆的学生们说："你们不要胡闹，钱恩镕同学他日有进，当能学韩愈！"有了老师的鼓励，钱穆更是发奋读书，不敢懈怠。他后来回忆说，自己知道有学问之事，正是从顾老师的这一番话开始的。顾老师还教他读书之门径，有次他拿《水浒传》中的一些故事来考钱穆，钱穆能够一一作答，他以为老师会夸赞自己，没想到老师却批评他读《水浒》只看大字，不读小字，所知有限，等于没读。老师口中的"小字"其实是指金圣叹所作的批语，钱穆回家之后认真读了几遍金批，发现老师所言不虚，也深刻认识到了读书不是一件容易的事情。

在钱穆十二岁时，不幸的事情发生了，父亲因病撒手人寰。钱家儿女们只能在母亲蔡氏的操持下勉强度日，但即便如此，母亲也继承夫志，努力让自己的孩子能够继续学业。

1907年，钱氏兄弟结束了小学学习生涯，进入刚开办的常州府中学堂读书。哥哥钱挚为了缓解家中困境，便选择读师范班，毕业之后没有继续升学，而是回老家七房桥办学教书，钱穆则入了中学班。钱穆在这所学堂里又遇到了一些好老师，其中就有后来成为著名学者的吕思勉。吕思勉是江苏常州人，治学的范围主要在历史、地理，他功力深厚，据说一生中曾将二十四史通读三遍。在常州府中学堂任教时，吕思勉还非常年轻，常常不修边幅，但讲起课来却颇为老道。据说吕先生上课从不看讲稿，只见他在讲台上来回踱步，滔滔不绝，在传播史地知识的同时还多有创见，学生们都特别喜欢上他的课，对其也是非常推崇。有一次地理课上，吕老师出了四道测试题，钱穆对其中的第三题"分析吉林省长白山地势军情"比较熟悉，于是就先做这一道题。钱穆思如泉涌，洋洋洒洒，围绕这个题目做了很多阐发，但他忘了考试的时间，也忘了这张试卷一共有四道题，每道题的分值是二十五分。想着自己只做了一道题，考试肯定要不及格了，钱穆还有些担心，但当吕老师看到钱穆的答卷之后，觉得这个学生答得特别好，便破例给了他七十五分，还在试卷背后加了一些鼓励性的评语。吕思勉的宅心仁厚让钱穆非常感动，这激励着他要严谨治学，还要真诚地对待教学工作。后来师生之间多有联系，钱穆曾将成名作《国史大纲》的校样拿给吕先生审定，吕也给予高度的评价。1941年夏，钱穆在回乡省亲期间，吕思勉曾邀请他回母校演讲，当时钱穆已经名扬天下，但他仍然以学生自居，对吕先生毕恭毕敬。此后，钱穆在繁忙的工作之余，还常常抽空去看望自己的老师，一直到1949年。

钱穆在常州中学堂的学业并没有顺利完成。1910年冬，四年级的钱穆面临年末考试，此时学校发生了学潮，钱穆被推选为五位学生代表之一，去跟校方交涉。事情闹得不可开交，最终以学生代表的退学为结局。学校监督（即校长）屠元博爱生心切，没有责怪钱穆他们，在屠师的帮助下，钱穆于1911年春转入私立钟英中学五年级就读。不过入学未及一年，辛亥革命爆发，钱的学生生活便告结束。由于家境不好，加上升学无望，1912年春，钱穆便开始了十年的乡村教师生涯生活，这同时也是他长达七十五年执教生涯的开端。

钱穆辗转多校，认真从事小学教育工作，他没有因此变得消沉，没有放弃博览群书，反而立志要通过自学的方式有所成就。他曾读《孟子》，七日而毕；他读父亲留下的《史记》，爱不释手；他读毛大可《四书改错》，发现朱熹错误也是颇多；他读"唐宋八大家"文集，体味载道之文；他读章学诚《文史通义》、夏曾佑《中国历史教科书》这些大学入学参考书，想着自己有一天也能继续深造……古人刚日诵经，柔日读史，钱穆仿效之，每日定时读经史子集以及杂书之类，未敢一日废学，其治学精神令人感动。这十年虽然没有名师指点，但由于他聪慧过人，又勤读深思，意志坚定，这为他将来的学术事业打下了坚实的基础，最终在一路摸索之中找到了适合自己的治学门径。

二

爱国教育

　　结束了十年小学教育生涯之后，从1922年到1930年间，钱穆又先后到厦门集美中学、无锡第三师范学校、苏州省立中学等中学执教。在此期间，他一边授课，一边勤勉读书，学术工作也开始取得一些成就，陆续写成《论语要略》《孟子要略》《公孙龙子解》《国学概论》等书，还发表了一些学术论文。特别是他在教授《论语》《孟子》等先秦诸子的过程中，发现了许多需要进一步考证年代的问题。为了弥补前人考证诸子年世的缺失，钱穆在研究《竹书纪年》的基础之上，厘清了《史记》等书中的许多伪误，对先秦诸子的生平事迹、学术渊源、思想流变等重要内容一一加以考证，陆续积累了一系列的讲义。在他转入苏州省立中学教书期间，他把这些讲义加以整理，最终成为一部书稿，这也就是钱穆早期代表作之一——《先秦诸子系年》的前身。1929年，他曾经拿书稿中的一些不解之处向胡适请教，胡适竟无言以对。这事虽然在面子上有些挂不住，但胡适对钱穆的严谨治学精神颇为赞赏，还留下自己的联系方式，希望以后双方能够相互切磋。1930年，蒙文通读到该书初稿，认为钱氏的著作可与顾炎武相匹敌，实乃乾嘉以来之少有。后来，钱穆利用燕京大学丰富的馆藏，对书稿逐字逐句地加以修正，最终于1935年12月出版发行。该著持论有据，颇多新见，为学界研究先秦学术提供了翔实的资料。

1930年，《刘向歆父子年谱》在顾颉刚主编的《燕京学报》上发表，这是一部研究汉代经学流变的不朽名篇，该文批驳了康有为《新学伪经考》一书中的谬误，加之其经史互证之治学方法颇具新意，钱穆得以名声大噪。顾颉刚惊叹这位中学教师的学术才华，认为他已经不再适合在中学教书。1930年秋，在顾颉刚的推荐下，钱穆应聘燕京大学，开始了大学教书生涯。此后，一直到1949年，他又先后执教于北京大学、西南联大、武汉大学、华西大学、齐鲁大学、四川大学等高校，还曾经在清华大学、北平师范大学等校兼课。在近二十年的时间里，钱穆在教书育人、著书立说的同时，也将自己的民族意识与家国情怀融入其中。他为中华文化的困境殚精竭虑，也为民族精神的重塑苦苦思索，最终成就其一代大家的光辉风范。

由于之前有十几年的中小学教学经验，钱穆在大学的课堂上并不显得拘谨，反而能够激发学生的兴致，颇得学生好评。每次上课的时候，只见讲台上的钱穆穿着中式大褂，从容自在，步履安详，操着带有无锡方言的官话，声调柔和，讲起熟悉的内容来总是神采奕奕。他还亦庄亦谐，学生听他的课总是觉得兴味盎然。

1931年夏，他开始到北京大学任教。在北大期间，他主要教授中国上古史、秦汉史、中国通史以及中国近三百年学术史等课程。他的课属于学校最叫座的之一，经常听者云集，座无虚席。他一登台便能够把听众带入特定的历史情境当中，大家跟着他的思路穿行于古今之间，加之炽热的情感和客观的评议，一堂课下来总能让人有所收获。例如，他讲中国上古史，不是从远古讲起，而是由一个问题引出，先讲战国之情形，再讲春秋之形势，最后经过层层剖析，得出自己对于那个问题的结论，这样颇能引发听者的深入思考。他讲秦汉史，不以流俗之观念评价人物和事件，而是以客观事实为依据，提出自己的创见，例如，在他口中王莽不仅仅是"外戚之祸"的发起者，还是一位不畏艰难险阻、锐意改革进取的政治家。

1931年"九一八"事变后，民族危机加剧，高校师生义愤填膺，纷纷走上街头向政府施压，要求政府立即行动，抵抗日本侵略，挽救民族危亡。国民政府迫于形势，决定加强高校学生的爱国主义教育，手段之一就是在各大高校开设中国通史课程。北京大学校方的想法是，应该选一些研究断代史卓有成就的专家，让他们各选一段，分别讲授。但钱穆不认同这种方式，因为这实在是不"通"，不同教师的授课内容很难有一个完美的衔接，这也很难把握中国历史发展的脉络。此时，又有人提议这门课由钱穆和陈寅恪两人担任，但钱穆仍不认同这种安排，他顶着压力，要求由他一人承担这门课程任务。经过北大校方的慎重研究，1933年秋，钱穆得偿所愿，开始讲授中国通史课程。为了能够讲好这门课，头一年钱穆花费了大量的时间和精力去备课。当时他寄住在好友汤用彤家，汤家附近有一个太庙，庙的旁边有一片古柏林，那里环境清幽，少有人打扰，非常适合读书、思索、备课。除了遭遇风雨之外，一年之内，钱穆几乎全在太庙古柏树荫下，提纲挈领、分门别类地准备好了讲稿。在讲述的过程当中，他又随时会做出一些改动，力求完备。此课一经开讲，便又引起轰动，即便是经常被安排在下午一点至三点，学生们也都忘却了疲倦，专心致志地听钱先生讲中国历史发展之大略。有些外校的同学慕名而来，使得教室经常人满为患，校方不得不将这门课改在北大礼堂来上。据钱穆自己的回忆，有一位姓张的学生光听此课就听了六年，从高中听到大学，从北大听到西南联大。还有学生回忆，钱穆在西南联大讲授中国通史时，为了满足校内外听众上这门课的需求，课程经常被安排到晚间，每次讲课都是爆满，座位满了就席地而坐，没地坐了便倚墙而立，甚至窗户边都挤满了人。教室里挤得水泄不通，钱穆甚至只能被学生扶着踩踏课桌，才能登上讲台。有次他乘坐的火车晚点二十分钟，听众们忍着闷热，静静地等待钱老师的到来，竟没有一人提前离开。此种盛况，在当时来说，恐怕也不多见。

钱穆这门课之所以备受欢迎，自然跟其本人学识渊博、精心准备、口才出众、讲课艺术精妙有关，同时也跟他在这门课堂中灌注了对本民族的深厚情感密切相连。上文已经提及，中国通史这门课开设的目的就是激发学生的爱国主义情怀，钱穆在备课、讲课的过程当中始终坚持了这一条原则。何兆武先生曾经回忆说，钱先生的课总是充满了感情，常常使听众为之动容，进而激发大家的民族主义的热情。"七七事变"后，北平沦陷，北大、清华、南开三校辗转迁到昆明，成立著名的西南联大。在联大期间，钱穆继续讲授中国通史，背井离乡的现实激发了师生们对于日本帝国主义的仇恨，但也不可避免地使一部分人变得消沉，有些人甚至认为中国已经没有了希望。钱穆通过讲述中国三千年来历史动荡发展的进程，给听众们灌输了一种思想，那就是我们这个国家是可敬可爱的，虽然中国历史上有很多分裂和黑暗，但统一和光明才是主流，正因如此，中华文明才能绵延数千年；如今我们面临国恨家仇，但中国是不会灭亡的，只要我们能够团结起来，是绝对有希望、有前途的。置身钱穆的课堂，总会感觉有一种深厚的民族情怀萦绕其中，这对于提升听众的爱国主义精神和民族自信心确实起到了不小的作用。

三

游历四方

儒者读万卷书，也会行万里路。钱穆对学生爱国主义情感的激发不仅仅局限在课堂当中，他性喜自然，常常在课余时间游历祖国各地，欣赏名山大川，体验风土人情，并将所见所闻融入教学之中，让学生在感受自然人文之美的同时，也能深刻领悟到身为一名中国人的骄傲与自豪。他以身体力行的方式，让学生们明白爱国主义不仅仅是口号，更是日常生活中的实践与体验。据他自己的回忆，在北平教书期间，他曾远游四次。

第一次是在1933年春，他与北大历史系四年级学生沿着津浦路，游历泰安、济南、曲阜等地，一路考察风土人情，对祖国的面貌有了真切的了解。到了孔林时，钱穆嘱咐学生一定要行三鞠躬之礼，学生们虽然遵从了老师的命令，但由之前的兴高采烈到现在的安静肃穆，他们还有些不适应，甚至疑团满腹。钱穆告诫诸生："大家看孔林里碑碣林立，但它们基本上都是在金元以后立下的，北宋以前的则很少。当时中国人受异族统治，于是不得不更加尊崇孔子，目的就是想让外族人知道中国有这样一个伟大的人物，这样就可能会使异族统治者对中国人不敢轻视。今天大家都在那里争相传说孔子自古以来就被专制皇帝所尊崇，是为专制统治服务的，但大家可以读读这些碑文，难道当时许多中国人害怕外族人不容易推行专制，于是就教他们尊孔吗？"钱穆的言外之意是不能把孔子与专制统治画等号，历史上对孔子的推崇更多的是文化意义上的，是要唤起中华民族的文化自信，凝聚国人的民族精神。学生们听了钱穆的诘问，都沉默无言，他们都在反思老师话里的深意。钱穆接着对学生们说："同学们，我们一行人到各处游历，多么像在阅读历史呀，并且还是在阅读一部活的历史。太史公年轻的时候就遍游中国的名山大川，大家这次游历回去之后，请再翻开《史记》，你一定会有不一样的体会！"

第二次游历是与清华师生同行，这次是沿着平绥路，到了大同、绥远以及包头等地。他们欣赏云冈石刻，凭吊汉明妃冢，品味黄河鲤鱼。钱穆回到北平之后，曾经对北大、清华的学生说："同学们，中国天大地大，大家毕业后不用担心自己的前途，像绥远这样偏僻的地方，那里民情敦厚，只要大家愿意去，就有大大的炕床供你安卧。大家可以想象一下，你跨骑骏马，驰骋在阴山大草原之上，是何等痛快的一件事情啊！即便你想家了，念旧了，也可以趁着寒暑假回到北平，何必在这一个城市里争抢饭食？大家去往塞外，可以给国家民族做出更大的贡献！"这些话里无疑饱含着钱氏对于国家、民族深刻的情感，也承载着他对于学生们的殷切期望。听了这番话的一些学生，后来真有去绥远任教的，足见钱先生的感召力。

第三次远游约在1936年夏，钱穆一人独行，他从平汉路经汉口，转长江到九江，游览了庐山，还顺道回到无锡乡间小住。返回北平后，他曾建议学校，以后教授休假，可以安排他们去考察本国的山川古迹名胜，这会促使他们为国家民族的前途做出新的贡献。第四次是在1937年春，同游者也是清华师生，较之前人数更多，他们自平汉路转陇海路，游览了开封、洛阳、西安等地。

为了能够让自己的思想主张能够为更多的人所了解，钱穆在大学任教期间还积极著书立说，《国学概论》（1931年）、《先秦诸子系年》（1935年）、《中国近三百年学术史》（1937年）《国史大纲》（1940年）、《刘向歆父子年谱》（1941年）、《文化与教育》（1942年）、《中国政治与中国文化》（1946年）、《中国文化史导论》（1947年）等一系列著作相继出版，其中《国史大纲》是他在中国通史课程的笔记和讲稿的基础上完成的一部巨著。该书是由陈梦家促成的，陈曾经在燕京大学听过钱穆讲述的中国上古史，在西南联大期间他与钱穆是同事。陈建议钱穆撰写《中国通史》教科书，以适应当时青年人的迫切需要。钱穆心有所动，于是便借居离昆明不远的岩泉寺，他一人居住在这里，每周一至周三闭门写作，周四至周六乘火车到昆明上课，不畏颠簸劳苦，全力撰成此书。1939年1月，书稿完成，钱穆又做了体例和文字上的调整，他曾经将该书"引论"中的一部分发表，引发了各界的广泛讨论。钱穆的这篇"引论"集中体现了其研究中国通史的价值关怀，他试图以国家、民族为中心，力图发掘中国特有的历史文化资源和民族精神力量。为了让读者更好地理解他的思想，钱穆还在"引论"之前写下了一个读者须知——"凡读本书请先具下列诸信念"：

一、当信任何一国之国民，尤其是自称知识在水平线以上之国民，对其本国已往历史，应该略有所知。

二、所谓对其本国已往历史略有所知者，尤必附随一种对其本国已往历史之温情与敬意。

三、所谓对其本国已往历史有一种温情与敬意者，至少不会对其本国已往历史抱一种偏激的虚无主义，亦至少不会感到现在我们是站在已往历史最高之顶点，而将我们当身种种罪恶与弱点，一切诿卸于古人。

四、当信每一国家必待其国民备具上列诸条件者比数渐多，其国家乃再有向前发展之希望。①

钱穆希望中国人能够了解本国的历史，对本国历史怀有一种温情与敬意，不能偏激地否认过去，而是应该从中获得启迪与智慧，为中华民族的接续发展贡献力量。有人称赞该书乃"为中国文化招魂"之大作，单从这个读者须知中就可见一斑。《国史大纲》最终于1940年6月出版，它被列为国民政府教育部大学用书，在当时风行全国。该书在全民族抗战的特殊时期，起到了很好地唤醒国魂、鼓舞人心、推动抗战的作用。

① 钱穆：《国史大纲》（上），北京：商务印书馆，2010年版，第1页。

四

新亚书院

　　1947年暑假，钱穆在民族资本家荣德生的邀请之下，来到由荣氏兄弟在无锡创办的江南大学任教。荣宗敬、荣德生与钱穆乃无锡同乡，他们之间相互敬重有加，结下了深厚的友谊。江南大学临近太湖，风景优美，钱穆在工作之余经常雇上一叶扁舟，与学生们徜徉于湖光山色之中，在欣赏风景之余，一起读书，谈论学问。他著有一本《湖上闲思录》，正是在这段悠闲的时光里写成的。这种怡然自得的生活非常适合当时患有胃病的钱穆，他也想在此常待下去，只是当时国共两党内战形势急剧变化，这又让他倍感焦虑。

　　1949年4月，钱穆结束了他在江南大学一年多的工作，与同事唐君毅一起应广州私立华侨大学之聘，在告别家中妻小之后，由上海来到广州。之后华侨大学迁回香港，钱穆也来到香港。后来虽也往还于广州、香港之间，但由于政治理念上的不同，钱穆再也没有在大陆从事教研工作，也再未回到自己的家乡无锡。

　　到达香港之后，钱穆与他的好友张其昀相会。张告诉他，自己正和谢幼伟、崔书琴、吴文晖等人准备筹办亚洲文商学院，希望钱穆也能加入其中。钱穆来到香港，原因比较复杂，他本来想着选择一个相对安定的地方，逃避政治上的纷争，得到一个安稳的工作，然后静下心来好好读几年书，再写出几本传世的著作，这样对自己的后半生也算有个交代。他未曾想过要重新开拓一番大的事业，但在朋友的热情邀约之下，还是决定共襄盛举，只是力辞院长一职，不过由于此事已成定案，最终只能勉强充任。后来张其昀奉蒋介石之命前往台北任职，谢幼伟也到印尼某报馆担任总主笔，创办学校的工作变得更加困难。在众人的努力之下，1949年双十节这一天，亚洲文商学院还是正式开学了。

学校的条件比较艰苦，办学资金短缺，刚开始也没有固定校址，只是收到了几间教室和几个房间，作为教学办公之用，由于只在夜间上课，所以学校暂时定名为"亚洲文商夜校"。在夜校的开学典礼中，钱穆提到要继承中国传统的教育制度，特别是注重私人讲学、培养通才的书院制度。他希望学生在这所学校里能够了解中国传统文化，也要了解西方先进文化。学校虽然定位为职业学校，但钱穆告诫学生们，不要斤斤计较于学分和文凭，要树立远大的抱负。中国自古就有公立学校与私家讲学的传统，特别是经学有了今古文之分之后，私家讲学尤为社会所重视。到了宋代，书院勃兴，私家讲学的地位愈加重要，甚至超过了公立学校。钱穆曾经讲过："若论中国，则家塾党庠自汉代已遍国皆是，所教皆以修身为本，知修身即知重名不重利，重公不重私，此可称为乃是一种人文教育……果论中国之文化传统，心理积习，实皆自私塾奠其基。此层乃不可不深切注意者。"[1]这也能够反映他当时参与创办学校的考虑，学校的简单朴素与他的宏伟蓝图形成鲜明的对比。

---

[1] 钱穆：《八十忆双亲·师友杂忆》，长沙：岳麓书社，1986年版，第233页。

　　学校条件虽然艰苦，但在钱穆等人的勠力同心之下，办得也算有声有色，学生人数一下子增加到六七十人。不久，钱穆得到了企业家王岳峰的支持，由后者出资，又为学校租赁了新的教室和校舍。1950年3月，钱穆作出了重大的改革，他将原属职业学院的夜校改为大学，更名为"新亚书院"（New Asia College），名字之所以叫"新亚"，钱穆是希望英国人对亚洲殖民地采取开放的姿态，并使在香港的中国人有更多的自由，有一个光明的未来。书院设置文史、哲学教育、商学、经济、新闻社会和农学等六个系所，学校上课的时间也由晚上改为白天。新亚书院的创办意义深远，它是当时香港唯一一所中文大学，也是唯一不谋私利的大学，在被英国占领的香港这片土地上，成为发扬中国文化的重要基地。书院的创办可以说是"众人拾柴火焰高"，虽然有实业家的支持，但学生大部分都是免费生，这给书院带来不小的负担。创办者们纷纷捐资，任课的老师们也几乎没有薪水可领，大家都在一种崇高精神的感染之下默默地奉献。钱穆还通过自己的私人关系，邀请到了诸如罗香林、刘百闵、张维翰、吴俊生等知名教授和社会名人任职或兼职，使得该校师资力量非常雄厚，甚至要强于香港大学中文系。

　　新亚书院成立后，钱穆曾经撰写了一个《招生简章》，其中就提到书院的办学旨趣，即要办"人文主义教育"，具体来说就是上溯宋明书院讲学精神，借鉴西方大学导师制度，以人文主义为宗旨，培养能够沟通中西文化、对国家社会和人类前途做出切实贡献的人才，这与钱穆在夜校时期的想法是一致的。从总体上看，新亚书院以儒家教育为主体，院中还挂着孔子的画像，学院的校训被定为"诚明"，也是取自儒家经典《中庸》，钱穆还特别注重以儒家刚健有为、希贤希圣的精神来教育学生。由钱穆作词的新亚书院校歌中，有这样的一些话：

广大出胸襟，悠久见生成，

珍重珍重，这是我新亚精神

……

东海西海南海北海有圣人，

珍重珍重，这是我新亚精神

……

乱离中，流浪里，

饿我体肤劳我精，

艰险我奋进，困乏我多情[①]

歌词中的儒家精神因子显而易见，可以说新亚精神就是儒家精神，就是中国文化精神。正是在这些精神的感染下，钱穆和书院的师生们才能够在艰难困苦的条件下创造出了影响深远的文化事业。

新亚书院初创之后，也遭到了一些人的敌对。香港左翼报纸骂钱穆是"封建余孽""帝国主义走狗"，这让一生致力于复兴中华文化、提振民族精神的他实在是不能容忍。其实不光与左翼之间有矛盾，钱穆也曾与同样致力于复兴儒家文化的现代新儒家代表人物们产生过嫌隙。1957年2月，唐君毅在美国讲学期间，与在美国居住的张君劢会谈，二人有感于中国文化的式微以及西方对中国文化的偏见，于是准备联名发表一篇宣言。二人又联系到了牟宗三、徐复观，牟、徐表示赞同。在宣言起草期间，徐复观曾经给钱穆写信，希望他也能够提出意见，并联合署名。钱穆在给徐的回信当中，明确指出这件事情本身并没有多大的意义，研究贵在沉潜缜密，无须通过发表宣言来危言耸

---

① 王涵主编：《中国历代书院学记》，北京：首都师范大学出版社，2010年版，第284页。

听，并且指出这容易造成门户壁垒。张、唐、牟、徐四人并没有听从钱的建议，毅然于1958年2月28日，在徐复观主持的《民主评论》上，发表了著名的《为中国文化敬告世界人士宣言》，这被视为现代新儒家的纲领性文件。由于学术主张与价值立场的不同，钱穆与第二代新儒家们渐行渐远。

1953年，新亚书院得到了美国雅礼协会董事会的赞助，每年能够获得二十五万美元的资助。钱穆坚持传播中国文化的立场，虽然允许协会派人驻校，但不同意把新亚变成一所教会学校，美国方面表示赞同。协会的驻校代表郎家恒曾建议在孔子像旁边挂上耶稣像，这遭到了钱穆的严词拒绝。后来，新亚书院又得到了美国福特基金会和哈佛燕京学社的资助，办学条件获得了较大的改善，师生们的苦撑苦熬终于等到了光明的一天。1963年，新亚书院与崇基学院、联合书院三校合并为大学，即香港中文大学。钱穆坚持该校应以发扬中国文化为宗旨，以中文为授课语言，但这与校长李卓敏的办学理念发生分歧。1965年，钱穆正式卸任院长一职，他在香港的办学事业也宣告结束。后来，钱穆去往马来亚大学任教，不久又应蒋介石之邀，离港去台，定居台北。

在钱穆与新儒家关系的问题上，余英时认为钱氏不是新儒家而是史学家，他还为此撰写了一篇题为《钱穆与新儒家》的数万字长文。我们不必卷入这个争论，只需清楚，钱穆先生在中国文化特别是儒家文化的研究与发扬方面做出了杰出的贡献。1986年6月9日下午，钱穆在台湾居所素书楼为中国文化大学博士班学生讲中国思想史，这是他七十五年教读生涯的最后一堂课，他殷殷寄语学生："你是中国人，不要忘了中国，不要一笔抹杀自己的文化，做人要从历史里探求本源，在大时代的变化里肩负维护历史文化的责任。"1989年秋，钱穆带病回港，参加新亚书院四十周年校庆，他在与学生座谈时曾经说："救世界必中国，救中国必儒家，倡儒学有望于新亚诸子！"[1]钱穆先生一生带着对民族文化的温情敬意，承担起"为往圣继绝学，为万世开太平"的历史重任，踽踽前行，矢志不渝，堪称一代大儒！

---

[1]　罗义俊：《钱宾四先生传略》，见中国人民政治协商会议江苏省无锡县委员会编：《钱穆纪念文集》，上海：上海人民出版社，1992年版，第304页。

儒家往事

冯友兰

一

耕读传家

　　冯氏原籍山西高平，清朝康熙年间南下到河南省唐河县祁仪镇做小生意，从此冯家就开始在河南南阳发展。祁仪冯氏的第四代叫冯殿吉，是道光年间的武秀才，冯家有习武强身的传统，家中刀枪剑戟各种武器非常齐全。冯殿吉的曾孙冯友兰也因此有了收藏旧兵器的嗜好，冯友兰曾经收藏过几百件旧兵器，并且还办过兵器展览。冯殿吉习武好游，乐善好施，以致家道衰落。他的独子叫冯玉文，在祁仪镇开了一家名为"复盛馆"的店铺，酿酒卖布，还经营客栈生意，结果财运亨通，发家致富。他有三个儿子，长子云异，次子台异，三子汉异。三子名中皆有一"异"字，乃是希望儿子个个是奇才，长大后都能大放异彩。在他的严格管教之下，三个儿子都中了秀才。其中，次子也就是冯友兰的父亲还中了进士。冯玉文在冯氏中兴之路上起到了非常重要的作用，从此，冯家正式跻身书香门第之列。

　　冯台异中进士之后以知县任用，但并没有得到实际的职位，只是被分配到湖北候缺。后来他得到一个固定的差事，在张之洞主办的方言学堂里做会计庶务委员，他叫妻子吴清芝带着三个孩子也来到武昌居住。到1907年春夏之交，四十一岁的冯台异补缺赴任崇阳县知县，一家人又浩浩荡荡开赴崇阳。

冯台异非常重视对子女的教育，他曾经对妻子吴氏说，希望子孙代代要出一个秀才，只有这样书香门第才能延续下去。他对子女的教育特别看重中文的基础，在他看来，没有一个好的中文底子，学什么都不行。在这种教育思想的指导下，夫人吴清芝较多地承担起教育子女的重任。冯友兰曾经说母亲是他一生中最敬佩的人，也是给他影响最大的人。吴氏教育子女从来不怕麻烦，当时没有钟表，吴氏用立竿见影的办法确定时间。她在院子里立下一木杆，然后根据太阳的影子位置的变化来确定冯友兰他们何时读书，何时休息，何时写字。她还非常重视对孩子们恒心的培养，要求子女无论何时何地都要抓紧读书，冯氏兄妹勤奋好学的习惯就是这样养成的。冯友兰一家从武昌迁往崇阳时，衙门里的房子还没有腾出来，于是就暂居别处。孩子们一下车，不等行李搬完，就进屋大声诵读诗书。冯台异的一位幕僚不由赞叹，从未见好学有如太太、少爷者。不过，冯友兰的父母并非顽固守旧之人，他们非常看重对子女进行新知识的教育，冯台异甚至还亲自编写了关于地理、历史的讲义，供子女们开阔眼界。

冯友兰天资聪颖，悟性很高，一旦读起书来就能立即进入状态，不受周围环境的干扰，他身上那种儒雅超凡的气质就是从小在读书思考当中练就出来的。在崇阳期间，除了完成老师布置的任务，一有空闲，冯友兰便会到父亲的签押房里读书。那里有各种各样新旧书刊，俨然成了他的乐园。在签押房读书的日子里，冯友兰不仅获得了很多经史子集以及西学知识，他还对中国传统的礼仪、制度有了深刻的体认，对行政的程序与规则有了直接的了解，这也许就是他后来在教育行政层面能做出一番成绩出来的重要原因。

可惜的是，1908年夏天，冯台异在崇阳任知县刚满一年就猝然病逝。吴氏带着子女回到家乡，继续高举耕读大旗，完成丈夫遗愿。她与冯云昇、冯汉昇商议，希望继续聘请教师来教冯友兰兄妹读书。冯友兰的大伯、三叔体谅吴清芝的良苦用心，对她的想法非常支持。吴氏则继续了丈夫"打好中文底子"的教育方针，加强对冯友兰、冯景兰、冯淑兰（沅君）的文学教育，使他们在文学方面都有很深的造诣。冯友兰既是一位大哲学家，又颇善诗文，冯淑兰后来也成长为著名的文学研究专家。在这种家风传承之下，冯友兰的子女要么成为著名的作家，要么古典文学的修养颇为深厚。

为了让子女接受更先进的教育，吴氏还支持、鼓励子女们到县城、省城、京沪等大城市甚至是海外去深造，以适应时代发展之形势，不断开阔自己的视野。冯友兰先是进入唐河县立高小，结业之后又去往省城开封，报考中州公学。1911年春天，冯友兰入读中州公学，这年暑期，他与自己的表妹吴淑贞缔结百年之好。后来辛亥革命爆发，他在中州公学的学习难以为继，于是转往武昌中华学校。但在该校学习了没多久，他又回到开封，参加上海中国公学的考试。1912年冬天，冯友兰以河南省官费生的资格，如愿以偿地进入了中国公学学习。从这段看似波澜起伏的求学经历中，我们一方面可以看到冯友兰在学习层面上的出众能力，另一方面也可以感受到青年时代的他具备一种强烈的趋新观念和奋发意识，而这些又无不是在那种相对开放的家庭教育环境当中养成的。

在吴氏晚年时，子女早已成家立业，功成名就，她不想再跟着他们南来北往，于是决定重返乡里。那时她还有一个心愿未了，那就是建立冯氏宗祠。冯家自从康熙年间迁到祁仪定居，到冯台昇这一辈已经是第六代，但作为一个诗书传家的望族却没有祠堂，这成了吴氏的一块心病。等到她告老还乡闲下来了，终于可以一心一意操办此事。她以80多岁的高龄，亲自挑选工人，准备建材，监督工程，端茶送饭，可惜年龄不饶人，终因积劳成疾，一病不起。她去世的时候，冯友兰等不在她的身边，由于此时日本侵华导致道路阻塞，一个月之后两个儿子才赶来奔丧。吴氏死后颇有哀荣，据说李宗仁也派代表前来悼念，并送挽幛。冯友兰在守孝期间，回想起母亲生前的诸多美德以及对自己的谆谆教诲，饱蘸热泪地写下了《祭母文》和《先妣吴太夫人行状》二文。大文学家朱自清读过之后还专门为此赋诗一首，大为赞叹。

在上海中国公学学习期间，冯友兰对西学用力尤多，特别是对逻辑学产生了极大的兴趣。1915年完成中学学业后，他报考了北京大学，先是报考了法科，然后又由法科转到了文科，本来是要学习西洋哲学的，但由于师资等原因，只好进入中国哲学门学习。

在北京大学，为冯友兰的讲过中国哲学课程的教员主要有马叙伦、陈介石、陈汉章等。这几位教授都是饱学之士，在传统文化领域的造诣都非常高，对待学生的态度也都比较真诚。更重要的是，正是这些先生把冯友兰引进中国哲学的广阔天地。只是在那个新旧之学激烈碰撞、人们知识更新迭代的年代，这些更倾向于传统的知识分子已经很难满足冯友兰在知识结构和学术创见上的更高需求。此时，新文化运动正如火如荼地开展起来，1917年初，随着蔡元培聘请陈独秀为北大文科学长，新文化运动的中心就由上海转移到北京，北京大学成为新文化的一个核心阵地。这年9月，胡适应蔡元培之邀到北京大学任教，主讲中国哲学史等课程。由于受过西学的训练，胡适往往会运用西方的学术立场和学术方法来梳理中国哲学发展的脉络，并对中国哲学史中的重要人物、重大事件做出新颖的评断，所以他的中国哲学史课程在北京大学反响强烈。虽然冯友兰没有选胡适的中国哲学史课程，但是胡适的治学方法对冯友兰产生过重要的影响，他觉得这种方法当年曾使人觉得"精神为之一爽"。1917年11月，冯友兰选定三项研究科目——欧美最近哲学之趋势、中国名学钩沉和逻辑学史，其中前两项的导师都是胡适。1918年的3月，冯友兰还与陈忠凡、黄建忠等人发起组织北京大学哲学会，以商榷东西方哲学、开启新知为宗旨。从这些事例中可以发现，冯友兰有融合中西、渴求新知的学术志向。只是在北京大学的求学生涯于1918年6月底结束，冯友兰没能更加深入地接触西方文化，开展以西衡中的学术研究。这些工作的推进，要等到他留洋海外之后，才得以真正开展。

二

负笈海外

　　1919年6月，冯友兰参加官费留美考试，并取得成功。他曾经写过一首白话诗，向《心声》杂志同仁告别，从这首诗当中，我们可以感受他当时的心态。诗曰：

　　　　我便要泛舟太平洋，

　　　　适彼岸，共和邦；

　　　　也是想贩些食物，

　　　　就这饥荒。

　　　　我们既认清这条路，

　　　　便行去，不可懈怠，无须思量。

　　　　我们既把他养活这么大，

　　　　纵千辛万苦，也莫使中途夭殇。

　　　　我殷勤留语：

　　　　我们的努力，他的安康。①

---

① 冯友兰:《三松堂全集》第十四卷，郑州:河南人民出版社，2000年版，第501—502页。

在胡适的建议下，冯友兰选择去往哥伦比亚大学学习哲学。单就人文传统来说，哥大不如哈佛大学，但是当时在哥伦比亚集中了美国现代哲学中的一些重要代表。初到美国，一切对冯友兰来讲都是新的。中国和美国是两个不同的世界，这两种不同文明之间的差异，给冯友兰带来了很大的触动。他写过一篇题为《中国的官气与美国的商气》的文章，试图对中美社会文化之间的差异作出概括。在他看来，中国人更看重道德价值，漠视商业活动，而美国社会则充满商业气息，人们为了金钱利益，常常极有心计。在当时，研究中西方文明之间的差异是一股热烈的学术潮流，很多学者认为西方长于物质文明，东方长于精神文明，西方的物质文明将要破产，东方的精神文明优于西方的物质文明。冯友兰的看法却与此有异，在他看来，与美国发达的物质文明相伴随的是同样发达的精神文明，他没有表现出对西方物质文明的轻视，也没有一味地高扬东方文化。他主张文理并重，认为一个社会需要物质文明和精神文明齐头并进。这就是他为当时的中国社会所开出的药方之一。

要想推进中国精神文明建设，就必须虚心地向外国哲学家们学习。为此，作为留学生的冯友兰非常勤奋，用他自己的话来说，他要努力地从国外多贩得一些"食物"，救治中国文化之"饥荒"。一方面，他努力学习英文、德文等外国语言；另一方面，他选修了哲学史、美学、欧洲思想史等一系列与哲学相关的课程，精读了杜威、霍尔特、蒙太格、柏格森等人的著作，系统地了解西方哲学和西方文化。冯友兰在留美期间的日记很多都是在记载学习的情况，例如学了多久的英文，读了什么书，上了某门课程，听谁做了演讲，写了什么样的文章，思考哪一类的问题等等，这种严格的自律意识是他从小在父母的教导之下养成的。

哥伦比亚大学的教授中有实用主义者，也有新实在主义者。据冯友兰自己的叙述，他的哲学思想也就是在这两派中间倒过来倒过去的。不过，到哥伦比亚大学的最初一年左右，他喜欢的是柏格森的哲学。柏格森是法国哲学家，生命哲学代表之一，曾获1928年诺贝尔文学奖。冯友兰在哥伦比亚大学学习期间，正值柏格森在法兰西学院任教，柏氏的理论在当时的学术界引起了巨大的反响。他的哲学宗旨是建立一种以直觉为基础的新的形而上学，以摆脱近代科学所采用的抽象的、分析的、理智的方法，并借助于直觉把握生命这一真正的实在。他认为世界的基础是生命冲动，生命是持续不断的运动变化，是一个不可分割的生命流，生物的进化是以精神性的生命冲动为动力的持续不断的创造过程。柏格森的理论并没有排斥理性和科学，而是试图超越科学与哲学、理性与直觉的对立，把以直觉的方法建构起来的哲学作为科学认识的前提和基础。这种思路之所以为冯友兰所折服，一个很重要的原因在于它为冯氏一直在思考的问题提供了一种思路，这个问题是——"自从中国与西方接触以来，中国节节失败，其原因究竟在哪里？西方为什么富强？中国为什么贫弱？西方同中国比较起来究竟在哪些根本之点上比较优越？"[①]冯友兰当时初步思考的结果是，西方的优点在于有了近代自然科学，这是西方富强的根源，中国贫弱的原因是中国没有自然科学。可是问题又来了，中国为什么没有近代自然科学呢？冯友兰曾写过一篇介绍柏格森《心力》一书的文章，其中他介绍了1913年柏格森以会长资格在伦敦心灵研究会上的演说辞。这个演说辞的大意是，西方的学问是从"物质"着手的，研究"物质"使西方人养成了精密的习惯，而如果有一个地方的人从"心灵"下手研究学问，那他们一定不知道什么是精密、确定。这种观点使他很自然地联系到了中西之间在物质和精神层面的差异问题，不久他就写了《为什

---

① 冯友兰：《三松堂自序》，北京：生活·读书·新知三联书店，1989年版，第204页。

么中国没有科学》这篇文章。文中指出，中国之所以没有近代科学，并不是由于中国人不能，而是由于中国人不为。中国的哲学家向来认为人应该求幸福于内心，不应该向外界寻求幸福。近代科学的作用不外乎两种，一种是求认识自然界的知识，另一种是求统治自然界的权力。如果像中国人这样，只是求幸福于内心，只是希望知道他们自己，只是希望征服他们自己，也就用不着控制自然界的权力，也就用不着认识自然界的确切的知识，自然科学也就发展不起来。总之，柏格森的思想使留学美国的冯友兰找到了一条重新诠释和解读自己民族文化传统的思路，也拓宽了他在中西文化比较领域内的思考和探索。

留美期间，冯友兰还曾与印度著名诗人泰戈尔进行过一场关于东西文明比较的对话。1913年泰戈尔以《吉檀迦利》成为第一位获得诺贝尔文学奖的亚洲人，获奖后他频繁地被邀请到欧美各国巡回演讲，到处宣传东方的精神文明。英国女王也适时地授予泰戈尔爵士称号，可谓荣耀备至。泰戈尔的荣耀不仅使印度人感到欢欣鼓舞，实际上整个亚洲都为之振奋。从"五四"新文化运动开始，泰戈尔的思想被译介到中国，特别是从20世纪20年代开始，与欧洲"泰戈尔热"相呼应，泰戈尔的行踪广受国人关注，他的作品也越来越多地出现在中国的报纸杂志上。其实早在1920年，冯友兰就已经在美国与泰戈尔进行了一场对话，他还将这次对话整理成一篇题为《与印度泰谷尔谈话》的文章，发表在《新潮》第三卷第一期上。

冯友兰与泰戈尔的谈话是围绕着东西文明之比较而展开的。泰戈尔先是表达了对中国的兴趣，指出终究是要到中国去一次，其实几年之后他真就开始了中国之行，在当时也引起了一阵轰动。冯友兰直奔主题，他说中国的古代文明固然有值得称道的地方，但已经不能适应时代发展的潮流。当时，中国正在进行新文化运动，一些知识分子希望把中国的旧东西，包括哲学、文学、美术以及一切社会组织，都重新加以改造，以适应新的世界。也许看到冯友兰谈话比较坦诚，泰戈尔也不再遮遮掩掩，他直陈像中国、印度的哲学，虽然不无小异，但相同的地方很多，我们东方诸国如一盘散沙，不互相研究，不互相团结，所以东方文明一天天地衰败下去了。一见泰戈尔不再是恭维之语，冯友兰直接抛出了一个他心中经常思考的问题——东西洋文明的差异是等级的差异，还是种类的差异？泰戈尔的回答是种类的差异，言外之意就是东西洋文明之间没有高低贵贱的区别，只是在一些方面各有特色。具体来说，西方的人生目的是"活动"（Activity），活动的目的是追求"量"，特别是物质财富上的增进，但是他们没有一定的目标，所有活动渐渐失去均衡；而东方的人生目的是"实现"（Realization），人人都知道真理之所是，只不过真理被种种事物所遮蔽，东方人要做的就是去其弊而实现那个真理，这也就是明确的人生目标。但是泰戈尔也指出，东方人往往失于太静（Passive），缺少的是西方人的"活动"，东西方文明之间应该相互借鉴，动静结合，两不偏废。

冯友兰针锋相对地指出："东西文明之间将来固然可以相互调和，但现在是一种两相冲突的状态，我们东方特别是中国应该怎样改变才能适应时代之发展？"泰戈尔语重心长地说："现在西方对我们是取攻势（Aggressive），我们也该取攻势。我只有一句话劝中国，那就是'快学科学！'东方所缺而急需的，就是科学。现在中国派许多留学生到西洋，应该好好地学科学。"泰戈尔还不无鼓励地讲到，中国历来出过许多发明家，他相信中国一定能在科学上做出一番成就，整个东方民族也绝不会灭亡，我们不必害怕。泰戈尔落脚到科学的问题上，这对冯友兰是有所触动的。他在文章当中指出，无论什么科学（自然科学或社会科学），只能根据事实，不能变更事实。特别是对于中国的历史与传统，我们应该用科学的方法去研究它，从客观的角度发现事实，而不是空谈理论，不顾事实。只有这样中国才能进步，才能跟上时代发展的潮流。

　　在哥大求学三年，冯友兰完成了自己的博士论文《人生理想之比较研究》。该书初名《天人损益论》，乃是用英文撰写，1924年由上海商务印书馆出版。1926年，商务印书馆约冯友兰将它译成中文，改名为《人生哲学》出版。这是在中国出版的第一部比较哲学史，是对冯友兰在哥大学习情况的一次检阅，对他后来的思想发展也有着重要的影响。

三

清华时光

　　1923年暑假，冯友兰通过了博士论文答辩，与获得硕士学位的弟弟冯景兰一起回到祖国。二人双双被河南省立中州大学聘为教授，冯友兰还被任命为哲学系主任和文科主任。1925年暑假之后他离开开封，到达广州，任广东大学教授。没过多久，他又北上执教燕京大学。燕京大学是一所教会大学，宗教氛围浓厚，冯友兰在此颇感不安，认为不是安身立命之地。到了1928年，好友罗家伦到清华大学担任校长，他邀请冯友兰加入清华大学。到了清华之后，冯友兰便觉得浑身爽快，如鱼得水。他在清华一直工作了二十四年，直到1952年院系调整他被调到北大任教。这期间，他还经历了西南联大的艰苦岁月。

　　任职清华期间，冯友兰除了担任哲学系主任、文学院院长等职务，由于行政能力较为突出，他常常入选清华大学的领导团队，有时还会主持校务，这给了他实现自己教育理想的机会。罗家伦任命冯友兰为哲学系教授兼学校秘书长，月薪相当可观，高达四百元。照冯氏自己的话来讲，此时的清华正处在由留美预备学校转变为清华大学的过程中，在这个过程中，他是做过贡献的。清华大学的前身是清华学堂，始建于1911年，因水木清华而得名。它起初是清政府设立的留美预备学校，建校的资金来源于1908年美国退还的部分庚子赔款。1912年，清华学堂更名为清华学校，1916年清华学校正式提出改办完全大学，1925年又设立大学部，同年设立国学研究院，开始向完全的大学过渡。1928年，清华大学已经从留美预备学校改制成正规的大学了，但由于处在新旧交替的时期，学校在管理体制、架构设置、薪资结构等问题上存在很多问题。这些问题都需要以罗家伦为首的领导班子去解决，特别是在向清华基金会申请动用基金四十万元的问题上，学校领导阶层确实费了一些周折。1929年，清华的教授会通过一项决议，支持校长申请基金用作扩建校舍、添置设备，并且推举冯友兰为代表，携带相关文件到南京当面向基金会陈述。但是，基金会中的殖民主义者和外交部的官员们不顾教授们的意愿，竟然推诿议案甚多，将冯友兰及其带来的申请拒之门外。后来经过一番据理力争，冯友兰才有了表达意愿的机会，但以十五分钟为限。冯友兰颇为无奈，此次争取也没有达到预定的目的。他回到北京，向教授会汇报事情的经过，到会的人员都很愤慨，于是当即通过决议，向南京政府提出四项要求，包括撤销清华董事会和基金会、将清华划归教育部管辖、正式成立清华大学、批准动用基金四十万元等内容。罗家伦带着这些要求亲自前往南京交涉，很快他就带来了好消息——所有要求，一切照办。这样一来，清华大学就正式成立了，各个院系也建立起来，冯友兰成为哲学系教授。

1929年开学之后，冯友兰辞去了秘书长一职，专任哲学系教授，主要讲授中国哲学史、认识论、伦理学三门课程，后又兼任哲学系主任。他当时的想法是先把重心放在学术方面，在获得较高学术成就的基础上再参与学校管理更为妥当。不过他也没有完全脱离学校行政事务，1930年5月，罗家伦辞去清华大学职务，6月底教授会推举冯友兰为代理文学院院长，7月初的校务会议又决定由他代行校长职权，代替正在休假的叶企孙批阅例行公事。这件事牵涉到了学校行政权力方面的争斗，曾引起了一阵风波。事情发生在 7 月 29 日夜，有些人在清华大学里偷偷贴了一些匿名标语，说冯友兰想当清华校长，说冯友兰任校务会议主席时重用河南人，说"河南党"要霸占清华。冯友兰非常委屈，还为此专门写了一个文告，澄清相关事实，表明坦荡胸怀，回击了那些没有道理的诬告。自从罗家伦离开清华以后，清华大学在此中间又换了几任校长，但由于种种原因，他们的上任就像走马灯似的。在一年多的时期里，实际上还是以冯友兰为代表的清华校务会议在主导着清华，这种局面一直到 1931 年 12 月梅贻琦就任清华大学校长后才结束。

到 1933 年暑假的时候，冯友兰在清华大学任教已经整整五年了。按照当时清华大学的规定，只要连续在校任教五年，教师即可由学校资助出国休假、游学一年。1933 年暑假后，冯友兰享受了在清华大学的第一次出国休假。从 1928 年到 1933 年的这五年，可以看作他在清华工作的第一个时期。在这期间，他不仅出色地完成了一些行政工作，还出版了两卷本《中国哲学史》，该书是现代中国哲学史学科史上第一部完整的中国哲学史著作。在 1923 年至 1926 年，冯友兰主要想向中国介绍西方哲学。任教于燕京大学期间，冯友兰就开始承担中国哲学史的教学工作，为了更好地完成教学工作，他边研究边讲述，研究一章就讲一章，但讲的进度比研究的进度要快得多。怎么解决这个问题呢？他的解决方式是，在上课的时候对于已经研究过的，就照着自己研究的结果讲，讲得比较细，所用的时间也比较多。到了清华大学之后，他仍然讲授中国哲学史课程，也依然采取上述逐步延伸的办法进行下去。1929 年他完成了《中国哲学史》的上半部，书稿被一个在上海办"神州国光社"的朋友拿去，于 1931 年出版，此即《中国哲学史》上册。下半部于 1933 年脱稿，1934 年商务印书馆将上下两册一并出版。

提到冯友兰的这部《中国哲学史》，我们常常会将其与胡适早在

1919年就出版的《中国哲学史大纲》相比较。在冯友兰看来，胡适的《中国哲学史大纲》是具有划时代意义的著作，蔡元培在为该书作的序中称赞它具有"证明的方法""扼要的手段""平等的眼光""系统的研究"四大特长。该书出版之后曾经引起轰动，不到两个月就再版了。所以，冯友兰在写作新的《中国哲学史》的时候是面临一些压力的。不过，客观来讲，冯著的水平是超过胡著的。在冯友兰看来，中国哲学史的发展和中国通史的发展是相适应的。中国的历史可以分为两个社会大转变时代，一个是春秋战国时代，一个是清朝末年中外交通的时代，这两个大转变的时代又把中国通史分为三个阶段。中国哲学史的发展与这三个阶段相对应，也表现出了阶段性的特征，其中前两个时代被冯友兰称之为"子学时代"和"经学时代"，而第三个时代还没有大的哲学体系出现，处在"来日方长""方兴未艾"的时期，因此他要讲的是前两个段落。"子学时代"百家争鸣，不承认有所谓的一尊，在中国哲学史中是一个思想自由、学术高涨的时代。到了"经学时代"，儒家典籍成为"经"，思想定为"一尊"，人们即使有新的见解，也只可以依傍古人的才能思想、用注疏的形式发表出来，因而冯友兰认为"经学"的特点是僵化、停滞。

在谈到百家争鸣时，其中涉及一个中国哲学史的起始人物问题，对此，胡适与冯友兰的观点是不同的。胡适的《中国哲学史大纲》首先从老子讲起，而冯书首先写的是孔丘。孔丘和老聃究竟哪个在先，在当时是个很大的争论。胡著出版之后，梁启超提出了不同意见，他做了一番考据的工作，证明老聃出现在孔丘之后。在这一点上，冯与梁是一致的，他认为孔子是当时第一个私人讲学的人，第一个私人立说的人，第一个创立学派的人，所以是中国哲学史中第一个出现的人。冯友兰的观点引起了胡适的不快，据说，胡曾在北大课堂上不无赌气地说："我反对老聃在孔子之后的说法，因为这种说法的证据不足。如果证据足了，我为什么反对？反正老子也不是我的老子。"

胡适是新文化运动的领导人物之一，在对待传统的问题上属于"疑古"的一派，与"疑古"相伴随的往往是"辨伪"。胡著本来以辨伪自鸣得意，它常常进行哲学史资料的审查，指出哪些书或哪些篇章是伪作。冯友兰认为，辨伪对于那些误认为史料为真的人来说是有必要的，但对于本来就不以它们为真的人而言则是无的放矢。对此，冯友兰则采取"释古"的态度，他强调史料真伪所涉及的只是其出现的时间先后问题，但并不能断定它本身的价值，如果我们把那些所谓的伪作放在它真正出现的时代，那它就会变成很好的材料。也就是说，在研究中国哲学史的过程中，面对史料真伪的问题，不能像胡适那样疑古太甚，而是应该实事求是，灵活处理。除此之外，胡著还有一个不太客观的地方，这也就是陈寅恪在给冯著所写的审查报告中委婉批评的"大抵即谈其今日自身之哲学"，即常常脱离中国哲学发展的实际，用自己的成见去阉割中国哲学史的材料。这样写出来的文字在条理性、系统性上可能没有多大问题，但很有可能已经离古人学说之真相很远了。在陈寅恪看来，冯著的一个优点正在于少牵强附会，具有了解之同情，因此是值得称道的。著名哲学家金岳霖也肯定了冯友兰的这个优点，说他以中国哲学史为在中国的哲学史，没有以一种哲学的成见来写中国哲学史。

冯友兰认为，他与胡适还有一个基本的不同点，是"汉学"与"宋学"的不同。胡适是"汉学"派，他的书既有汉学的长处又有汉学的短处。长处是对于文字的考证、训诂比较详细，短处是对于义理的了解、体会比较肤浅。"宋学"正好相反，它不注重文字的考证、训诂，而注重文字所表示的义理的了解、体会。所以，胡适《中国哲学史大纲》对于资料的真伪、文字的考证，占了很大的篇幅，而对于哲学家们的哲学思想，则讲得不够透、不够细，这也是胡适不能写出符合哲学史本来面目的哲学史的重要原因之一。而胡适的这种不足正是冯友兰所擅长的，当然，并不是说能够了解文字背后的义理就一定能够成为研究中国哲学史的专家，冯友兰也认识到，哲学的真理离不开对自然、社会、人生的直接观察和体会。从这个意义来说，无论"汉学"或"宋学"，都不是研究哲学的最好方法。

冯著《中国哲学史》自1934年初版之后，每隔一两年就再版一次，直到如今，还不断有新的版本问世。在国外，这本书也被翻译成英、法、意、西、日、韩等国文字，成为世界很多大学学习中国哲学的通用教材和参考书目。正如该书的英译者荷裔美国人卜德所讲的那样，冯友兰在帮助西方世界更好地了解中国哲学和文化方面起了很大的作用。卜德的英译本是他跟冯友兰通力合作的成果，遗憾的是，该书在出版了二十年之后，冯友兰才看到。还有一事值得一提，在翻译《中国哲学史》的过程中，卜德曾经向洛氏基金申请了一笔款项，用来捐助宾夕法尼亚大学聘请冯友兰为客座教授。1946年9月冯友兰来宾大工作，在担任一年的客座教授期间，冯友兰用英文写了一部中国哲学史的讲稿。他把这部稿子也留给卜德，请他进行文字上的修饰，并审核校样，该书在1948年在纽约出版，题名为《中国哲学小史》。1985年的时候，涂又光又将该书翻译成中文，定名为《中国哲学简史》，这也是介绍中国哲学的经典著作之一。

休假结束回到祖国之后，冯友兰继续他在清华大学的工作。不久，"七七事变"爆发，清华、北大、南开三校迁至长沙，组建长沙临时大学。1938年，长沙临时大学迁往昆明，改名西南联合大学，冯友兰代理文学院院长。1946年5月，西南联大解体，三校恢复建制，清华大学回到北京，冯友兰继任清华大学文学院院长，后曾任清华大学校务委员会主任委员。1952年，政务院决定对全国高校院系进行调整，清华大学哲学系合并到北京大学哲学系，冯又被聘为北大哲学系教授。从此，他结束了清华工作生涯，开启了人生的又一段篇章。

四
贞元六书

　　提到冯友兰，我们不得不提到"贞元六书"。"贞元六书"又名"贞元之际所著书"，是冯友兰于抗战时期所著《新理学》《新事论》《新世训》《新原人》《新原道》《新知言》六书的合称。据他自己的表述，所谓"贞元"乃取《周易》"乾卦"的卦辞"元亨利贞"，有些释经者将此句解释为春夏秋冬四季变换，故"贞元之际"就是冬、春之际的意思。冯友兰借"贞元之际"喻指抗战时期中华民族虽进入黑暗时代，但此时也正是民族复兴与觉醒的前夜。民族的兴亡与历史的变化给了他很多启示和激发，这六部书是对中华民族传统精神生活进行的反思。"贞元六书"标志着冯友兰开始由研究哲学史转向哲学创作，他已经从"照着讲"过渡到"接着讲"，开始创造自己的哲学体系，以建立新统。

　　讲到"贞元六书"，就要涉及冯友兰在抗战时期的经历。1937年7月7日卢沟桥事变爆发，日本帝国主义开始大规模地侵略中国。驻扎在北平的国民党军队很快撤离，把这座古城拱手让给日本。冯友兰同其他清华校务会议成员决定要保护学校，他还在图书馆对工作人员说："中国一定会回来，要是等中国回来，这些书都散失了，那就不好，只要我们在清华一天，我们就要保护一天。"①此时的他还保留着坚持下来的希望。有一天夜里，他跟吴有训在学校里走动，一轮皓月当空，四周一点声音都没有，吴有训说："可怕，可怕，静得怕人！"这惧人的寂静似乎让继续留在北平坚守的希望逐渐破灭了。后来日本军队正式侵入北京，日本人到处接管，冯友兰他们觉得在政权已经失去了以后，保管是没有意义的了，于是就决定南迁。

其实他们早已做了准备，提前在湖南长沙岳麓山下建了校舍，于是他们先是动身前往长沙。在路过郑州的时候，冯友兰邀请吴有训到饭馆吃一顿黄河鲤鱼，正巧碰见了戏剧家熊佛西，最终三人一块去吃鱼。席间，喜欢养狗的熊佛西讲起了狗的故事，他说北平有许多人走了，把狗扔下，而那些没有家了的狗还仍然忠实地守在门口，不肯离去。冯友兰闻之，不无感慨地说："这就是所谓的丧家之狗啊！我们都是丧家之狗啦！"语气中颇显无奈和愤慨。

国破家亡的悲剧却造就了中国教育史上的一段佳话。冯友兰到达长沙之后，得知南京教育部命令南迁的清华、北大、南开三所大学合并成立"长沙临时大学"，以原来三校的校长为常务委员，主持校务。临时大学最困难的问题是校舍，清华在岳麓山的校舍只建成了很小一部分，还不能用，只好把理、法、工三个学院设在长沙市内，把文学院设在长沙以南一百多里地的南岳市。冯友兰、朱自清、闻一多、叶公超等文学院的教师以及学生抵达南岳后，把当地一所空置的教会学校租赁过来作为文学院的校舍。校舍就在南岳衡山的脚下，背后靠着衡山，门前有一条小河，风景很是清幽。教师们住在同一座楼上，楼在一个小山坡上，每次到饭厅吃饭，要上下爬二三十级台阶。这里的条件虽然艰苦一些，但多少能给这些颠沛流离的师生们一些慰藉。冯

---

① 冯友兰:《三松堂自序》，第97页。

友兰回忆说，虽然他在衡山只待了短短的几个月，但在精神上却深受激励。那时中华民族正处于灾难时期，就像晋人南渡、宋人南渡一样，不过这并没有让大家变得消沉。这么多哲学家、文学家们住在一栋楼里，投止名山，荟萃斯文，学术热情非常高涨，纷纷用手里的笔墨记录着时代的脉搏和自我的呐喊。在这里，汤用彤写完《中国佛教史》的第一部分，金岳霖写完了《论道》，冯友兰则完成了《新理学》。

南岳的这一段生活可谓是既严肃又活泼，师生们经常打成一片，其乐融融，有个北大同学说在南岳一个月所学的比在北平一个学期还多。冯友兰甚至认为，这个时期中国的大学教育有了最高的表现。有一次，冯友兰与诸师友登山，来到了一个叫"二贤祠"的地方，据说这里是朱熹和张栻聚会探讨学问的所在。祠里正房叫"嘉会堂"，堂中立了一块横匾，上写"一会千秋"，冯友兰曾经作了几首诗，其中两首是：

> 洛阳文物已成灰，汴水纷华又草莱。
> 非只怀公伤往迹，亲知南渡事堪哀。[1]

> 二贤祠内拜朱张，一会千秋嘉会堂。
> 公所可游南岳耳，江山半壁太凄凉。[2]

在一次会议上，朱自清亲自朗诵了这两首诗，全体师生都感到凄怆，这也许比任何一种说教更能激起大家的家国情怀。除了这些略显严肃的事情之外，教授们还时常借诗词打趣，留下了一段段生动有趣的故事。

可惜好景不长，南京失守以后，日军进逼武汉，长沙也受到威胁。三校的师生只好再往西南迁移，转进到昆明。师生兵分几路，冯友兰

---

[1]　冯友兰：《三松堂全集》第十四卷，第508页。
[2]　冯友兰：《三松堂全集》第十四卷，第509页。

与一部分人坐汽车经过广西到越南，再转往昆明。途中他左上臂不慎骨折，在越南河内的一家医院住院医治。关于这次骨折，金岳霖曾经给冯友兰的女儿宗璞不无玩笑地说，当时司机通知大家不要把手放在窗外，因为要过城门了。其他人都很快照办，只有冯先生听了这话却在考虑为什么不能放在窗外，放在窗外和不放在窗外的区别是什么，其普遍意义和特殊意义是什么，还没考虑完，已经骨折了。这虽然是个玩笑，但揭示了一个哲学家生命的最大意义——思想。思想是哲学家的生活常态，即便是躺在病床上，没有也不能做什么事情的时候，他更只能去思考了。回想起北京失陷以后的经历，冯友兰感慨万千，写了许多首诗，这些诗表达了他对国家沦亡的担忧，对血肉同胞的同情，对流亡师生的挂念。在医院里休养了一个多月之后，冯友兰的胡子长了出来，出院的时候也没有剃掉，就留着胡子去往昆明了。

1938年4月上旬，冯友兰抵达昆明，他得知长沙临时大学已经改为西南联合大学，其组织结构与长沙临时大学相似。原来的文学院院长胡适已经出任国民党政府"驻美大使"，于是冯友兰就接任联合大学的文学院院长。在昆明，学校也遇到校舍不足的问题，文学院就被分设在蒙自的旧海关衙门里面。授课之余，冯友兰又开始修改自己的《新理学》书稿。在蒙自住了不久，昆明的校舍问题解决了，文学院就从蒙自回到昆明。

在昆明让人头疼的一个问题是空袭。刚开始时大家都往防空洞里钻，后来防空洞也不安全了，就往城外乡村里去疏散。昆明东郊区有个龙泉镇，西郊区有个地方叫大普吉，那里都是疏散人数比较多的地方，因此也就成了当时的两个文化中心。因为通货膨胀，物价飞涨，师生们的生活是很艰苦的。许多学生到昆明勤工俭学以便贴补家用，教师们则多是通过兼职兼薪来多赚取生活费用。当然文人的特长便是作文，很多人就是卖文，有的向报刊投稿，有的则给当地富人作些哀祭寿飨之文，抗战末期联大一部分教授甚至还组织了一个卖文卖字的协会。冯家先是住在龙泉镇，后来搬到一个旧庙里，旁边有一个小学。为了接济生活，冯夫人一度在院里支起一个油锅，做起了炸麻花的生意，一到下课的时间学生们都来买麻花吃。

与在南岳的日子一样，西南联大的八年不可谓不艰苦，但却是冯友兰一生中最辉煌的时期之一。在这几年之间，伴随着"贞元六书"的创作完成，他的事业如日中天，影响遍及海外。"贞元六书"的思想体系，其实大致可以称为"新理学"体系。"新理学"体系的核心观念，简单地说有两个，一是"两个世界"，二是"四个境界"。《新理学》主要谈"两个世界"，《新原人》主要谈"四个境界"。所谓"两个世界"，是指"真际"世界和"实际"世界。所谓"真际"，是指抽象的共相或一般概念，相当于思维，或者可以说是由"理"所组成的"本体界"；所谓"实际"，其哲学的含义与"存在"相同，指的是由事物组成的现象界。因此，真际与实际的关系问题其实就是思维与存在的观念问题。"新理学"继承了程朱理学的思想，它也把整个宇宙一分为二，用"真际"指涉形而上的理世界，用"实际"指涉形而下的器世界，真际比实际更为根本，因为必须先有理，然后才能有具体的事物。当然，冯友兰并不是完全照搬程朱理学的思路，他要"接着讲"，为此他继承了柏拉图的哲学和新实在论的观点，并试图把这些中西哲学的因子结合起来，创立一种新的儒家思想体系。冯友兰在《新理学》中讨论"真际"与"实际"问题，他所要解决的其实是一个真正的哲学问题——"共相"和"殊相"，一般和特殊的关系问题。

"四境界"说是冯友兰新理学的另外一个重要组成部分。冯友兰通过"四种境界"阐发了新理学的人生哲学，而这种人生哲学实际上是整个新理学体系的归宿。冯友兰指出，一些专业哲学家常常在一些细枝末节上钻牛角尖，而对于可以使人安身立命的大道理反而不讲了，而解决这些大问题本来是哲学的责任。《新原人》一开始就提出了"人生的意义是什么？"这一个问题，通过层层分析，它指出人生于自然界中，又是社会的一员，自然和社会是人生活的两个一大一小的环境。人们对于这些环境以及其中的事物有不尽相同的了解，所以这些环境及其中的事物对于他们就有不同的意义。因此，所谓的人生也有不同的意义，各人有各人的人生，不能笼统地问"人生有没有意义？有什么意义？"这样的问题。所谓"境界"是指由人在生活中所遇见的各种事物的意义而构成的精神世界，因为人生各不相同，意义也不一致，因此各人的精神境界也是千差万别。但大致来说，可以分为四种——自然境界、功利境界、道德境界和天地境界，这种排序是按照人对于宇宙和人生的觉解程度的深浅由低级向高级排列的。在自然境界中人没有把自己同自然区别开来，一味地顺应自然，按照本能为人处世，浑浑噩噩度日；在功利境界中的人争名求利，以满足自己的需要、求得人生的快乐为目的，奉行功利主义或快乐主义的人生哲学；在道德境界中的人，对于人之性已有觉解，不谋私利，自觉为社会做出自己的贡献，这种人可以称为"贤人"；"天地境界"是人生中的最高境界，是人最高的安身立命之地，处于此种境界中的人不仅能尽人伦人职，而且能尽天伦天职，即能知天、事天、乐天，以至于同天，这种人就如同古人所讲的"圣人"。从小处来说，冯友兰"四种境界"能够激励个人自我意识的不断觉醒，从而在人生境界层面不断提升；从大处而言，这种理论渗透着中国传统人生哲学的真谛，在当时民族危亡之际，曾在增强民族自尊心、自信心和凝聚力等方面产生了积极的作用。西南联大有一个学生叫吴讷孙，上二年级的时候有一段时间感到生命失去意义，于是就准备自杀。但就在实施自杀之前，他忽然想起了老师冯友兰在课堂上讲过的人生境界和人生意义的问题。经过冯友兰的耐心劝导，吴讷孙最终打消了轻生的念头，转而发愤读书，后来成了著名的美术史专家。

"贞元六书"中的《新事论》内容丰富，主要谈论社会与文化问题，涉及多方面的社会现象，并试图用"新理学"之"理"来分析、解决当时的社会问题。《新世训》一书又名"生活方法新论"，是"贞元六书"中最贴近人伦日用的一部著作，重在引导青年塑造道德人格，从日常行事入手实现人生的成功。《新原道》以"极高明而道中庸"作为标准，对中国历代主要的哲学家和流派进行评判，把整个中国哲学看成一个发展的系统来考察，在出世入世之间找寻中国哲学的独特精神内涵。《新知言》则通过对新理学哲学方法体系的论述，揭示了它在中国现代哲学中的地位，从而为中国哲学的发展廓清道路。

总之，在那个烽火连天的动乱年代，冯友兰并没有被颠沛流离的困苦所打倒，也没有两耳不闻窗外事、一心只读圣贤书，而是借由抽象哲学理论的建构来重塑民族的精神和文化，为民族自信、自立、自强寻找形上学的依据。这何尝不是"为天地立心，为生民立命，为往圣继绝学，为万世开太平"的大儒风范！

儒家往事

徐复观

一

大地之子

1903年1月31日，徐复观出生在湖北浠水一个叫凤形湾的偏僻小山村里。他经常说自己是大地的儿子，是从农村地平线下面长出来的。他自始至终都不能忘怀乡土对他的养育，无论走到什么地方，他都对故乡充满依恋，他的生命已经跟故乡连在一起。乡土既是他生命之根，也是其学术思想最深刻的根源。

乡土给他带来的生活是贫穷的。凤形湾地处湖北东部，是个贫穷的小山村，村里的人基本上都过着吃不饱穿不暖的生活。徐家本是地主，但后来逐渐没落，到徐复观父亲这一辈已经相当贫寒了。徐复观的父亲叫徐执中，他兄弟两人，由于家贫，徐执中能够读书，而他的弟弟只能在家种田。徐执中读书非常刻苦，但由于种种原因，并没有考取过功名。他做过乡间塾师，但收入非常有限，只好在教书之余，再做些体力活。徐复观的母亲是位典型的农家妇女，她吃苦耐劳，养猪、纺线的活都要去干，借以补充家用。起初，徐复观叔叔一家也跟他们生活在一起，叔叔主要从事乡间劳作，他没有儿女，所以经常会生出一些怨气，感觉自己任劳任怨，养活的却是别人家的孩子。为此，叔叔总是打骂徐复观的母亲，一帮小孩子们吓得在一边哭。频繁的争吵导致徐执中兄弟二人最终分家，由于失去了一个主要的劳动力，徐复观家的生活更加贫困了。即便全家人一起出动，却连获得温饱都很困难。但困难没有将徐家吓倒，大家还是勤勤恳恳，有时还苦中作乐。有一次，徐复观的姐姐见家里实在没有什么东西吃了，她又不愿意向别人乞讨，特别是不愿意向自己的叔叔乞贷。这个要强的女孩子拿着镰刀，跑到大麦田里，割了一捆快要成熟的大麦抱回家，她把堂屋的一张厚木桌子放倒，然后把麦子往桌面上碰击，麦粒就被脱掉了，这麦粒就成了他们的食物。姐姐一边在那里脱粒，一边还跟家人们说笑，生活的贫苦在欢声笑语面前，也变得没那么可怕了。徐复观生活在这样的环境中，深刻感受着中国农村和农民的贫穷，但也从农民身上看到了一种勤劳乐观的美德。他认为这种美德是中国文化的具体体现，他还说：“吸收农村这些美德而伸长到政治上的，一定是贤良的士大夫，一定是政治清明的时代。抹煞农村这种美德，骑在农民头上，吸农民的脂血而还骂农民没出息的，一定是最无良心的智识分子，一定是最没落的朝代。”[①]

贫穷的生活使徐复观过早地承担起了家庭的责任。他从少年时代起就开始砍柴、放牛，一个人悠游于天地之间，那是自由的，快乐的。后来他走出大山，走向外面纷纭的世界，但一直没有忘记家乡的山水，常常挂怀生养他的故土，他的生命已然跟那破落的湾子连在一起。

贫穷并没有阻止他的求学之路。尽管父亲是一个贫困的读书人，但他并没有因为自己的穷困潦倒而拒绝子女的求学机会。徐复观在父亲的指导之下发蒙读书，父亲采取“新旧并进”的方针，既给儿子读新式的教科书，也指导他读“四书五经”、《古文观止》《纲鉴易知录》等古书，

---

① 徐复观：《无惭尺布裹头归·生平》，北京：九州出版社，2014年版，第10页。

这种做法为徐复观后来的学术之路奠定了基础。父亲希望儿子好好读书，将来不能再像自己一样碌碌无为，而是要求取功名。为此，父亲反对儿子读一些与考试无关的诗赋、小说，而这些却又是徐复观的一大爱好。有一次，徐复观从家里的书柜中找到一部《聊斋志异》，这部中国古代奇幻小说引发了他的极大兴趣，一拿起来便爱不释手。不料，正当他读得津津有味的时候，父亲出现了，他看到儿子不学无术，非常气愤，把《聊斋志异》抢了过来，将其扯烂并且烧掉。徐复观委屈至极，但他又拿自己的父亲没有办法，只能将这种怒火发泄到科举制度上面。

十二岁的时候，徐复观来到浠水县高等小学读书。来到县城之后，他进入了一个新的天地，不再时刻受到父亲的监管与干涉，他可以根据自己的兴趣自由自在地读书。小学毕业之后，他又考入湖北省第一师范学校，主要学习国文、历史、地理、修身等课程。在这里，他遇到了许多优秀的老师，这些老师对他产生了较大的影响。教作文的是一位叫李希哲的先生，其学问立足于先秦诸子，有很高的造诣，他出的作文题目往往比较深刻，能够启发学生们的思考。当时学校规定，学生要每两个星期写作一篇文章，周六下午老师出题，下周一学生交卷。徐复观对别的功课兴趣不大，但他对作文课非常重视，并且认为自己写作能力超强。但奇怪的是，老师每次下发批改后的作文时，徐复观总是排在倒数第二、三名发放，这意味着在老师看来他写的文章很差劲。徐复观很是不解，觉得李先生并没有看懂自己的文章，但他拿来别人的文章来看，又感觉确实不如人家写得好。他不知道问题到底出在什么地方，有时还为此默默流泪。

这个问题一直萦绕在他的心怀。有一天，出现了一个机缘，他看到一位同学的桌子上摆了一部《荀子》，他随手一翻，忽然发现教科书上学到的那句"青于蓝而胜于蓝"原来出自这本书。这一下子激发了他的兴趣，便将同学的这本《荀子》借走，一口气把它看完，觉得非常有意思。以这次阅读的经历为契机，他发现了先秦诸子的丰富世界，于是便夜以继日地看诸子书。其中，《庄子》比较难懂，他就从图书馆里借出五六种注本，相互参看，取得了不错的效果。攻读先秦诸子书的经历使徐复观的眼界更加宽广，也提升了他的鉴别能力，以前认为好的书此时便觉得一文不值，以前不太感兴趣的书忽然又觉得很有意思。读书成了他最大的爱好，就连之前喜爱的作文也退居其次。第三学年的某一次作文课上，之前并不欣赏徐复观文章的李先生忽然一改常态，把徐的文章放在第一个发放，此后徐的文章经常是排在第一第二。除了李先生之外，校长和其他老师也开始在背后夸徐复观文章写得好，徐当然很高兴。但在兴奋之余，他渐渐明白作文之道，那就是文章的好坏不仅仅是靠技巧上的开阖跌宕，而更关键的是内容。内容来源于哪里呢？来源于思想。思想又从何处获得呢？要靠经典的孕育启发。悟出了这一点之后，徐复观更加努力地阅读经典，他说自己对于古书的常识，正是在五年师范学生时代获得的。

离开故土，在外求学，实属不易。不过每到寒暑假的时候，徐复观就可以回到自己的家乡，虽然要继续感受农村的穷苦，砍柴、放牛、捡棉花、摘豆角成为他的必备功课，但与家人在一起，与故乡的山水在一起，他内心是快乐的，是富足的。不过，短暂的快乐难以掩饰长久的困厄，从湖北一师毕业后，他又遇到了求职的困难。本来上师范学校可以找一个教师的职位，不过那个时候别说是在武汉，即便是在县立小学找一个小学教员职位，也是难于上青天的事情。面对这种困境，徐复观联合几个一同返乡的同学，向县里主管教育的劝学所所长请愿，最终获得了教职，可是他们的薪水要比正常的少一半。徐复观被分配到了县里的第五模范小学，从此开始了他的执教生涯。教小学生跟教中学、大学不同，他什么都要教，音乐、图画、国文等都成了他教授的内容。他还给小学生讲过《左传》，自己感觉很得意，但这内容对小学生来讲很有难度，只有少数人能够接受，徐复观讲的时候基本上是大眼瞪小眼，弄得场面比较尴尬。比教学更尴尬的是他的收入，每月五六块大洋的薪资连维持个人生活都很困难，有时还不得不靠借债度日，这对于经济困难又要承担家庭责任的徐复观来讲，实在是难以为继。

好在此时湖北省立国学馆开始招收学生，国学馆旨在培养国学专门人才，它会给优秀学生提供奖学金，还规定凡是考试得第一名者，奖励三十银圆。徐复观报名参加了入学考试，在三千多个考生当中得了第一名。他应考的题目是"述而不作"，正好考前一天他在旧书铺里看到了一本文集，他从这本文集当中获得了一些启发，于是就把这些启发写在了试卷上。阅卷人是国学大师黄侃，他对徐复观的答卷非常满意，后来还为此在一些场合表扬过他。徐复观在国学馆学的是文科，由于有之前读古书的基础，加之他又刻苦努力，所以常常名列前茅，还考过几次第一。在自习室的楼下，每到晚上的时候，同学们经常会看到徐复观借着灯光高声朗诵，旁若无人。不过在国学馆的三年里，他过得并不是很如意，因为此时已经失掉了读书的新鲜感，很难在学问上有更大的进步。他没有名师指导，一时没有找到做学问的门径，缺少一个明确的方向和立足点，再加上经济上的困难仍然存在，他也很难安心向学。在国学馆教《周易》的刘凤章先生了解到徐复观的困境，他找到徐复观，对他说："我知道你很穷，但请你也不要太过灰心。你文章写得很好，等有一天才华显露出来，一定会名动公卿，还怕没有饭吃吗？"刘先生还介绍他去汉川县一家私立小学教书，每月能有四十串钱的收入。听了刘先生的话，徐复观非常感动，最终，他选择来到离武汉不远的汉川县兼职小学教员。

穷困的生活没有将徐复观打倒，反而造就了他坚韧的性格。他没有怨天尤人，鄙夷乡土，而是在后来的学术研究中渗透着对于故土、对于国土的深沉热爱。

二

"丘八"生涯

　　在现代新儒家中，徐复观的经历是比较特殊的，他文武兼备，既留下了大量的学术研究成果，也曾经有过参军从政的经历。这种特殊的经历既使其长期置身于时代的激流之中，也造就了他更加深沉的家国情怀和忧患意识。与明代大儒王阳明类似，徐复观是知行合一式的儒者，属于勇者型的大儒。

　　1926年，北伐军攻占武昌，湖北省立国学馆被迫关闭，徐复观的求学生涯也告一段落。在时任北伐军旅长兼同乡的陶子钦的任命下，徐复观成为一名营部文书，开启了他的军政生涯。在时代浪潮的激荡下，他开始接触"三民主义"，对孙中山的革命理想非常崇敬，并且开始译介进步书籍，不久之后又投身轰轰烈烈的国民大革命。然而在1927年的春夏之际，国民革命突然发生转折，国民党以南京和武汉为中心分化为左右两大阵营。徐复观与一些救国心切的国民党左派成立了联合会议组织，与右派展开斗争。不久之后，国民党右派武装攻占武汉，共产党与国民党左派遭到血腥镇压，徐复观被当作共产党遭到逮捕。在押解刑场的路上，徐复观的一个亲戚发现了他，并辗转找到时任武汉警备司令陶子钦，在后者的全力营救之下，徐复观幸免于难。逃过一劫的他对现实政治充满失望，遂又重新拿起教鞭，教小学生去了。

1928年，在陶子钦的帮助下，徐复观获得留学日本的机会。初到日本，徐复观对经济学比较感兴趣，但是当时如果选择学习经济学的话，便得不到学费资助，最终他不得不转学到日本陆军士官学校步兵科。留日期间，徐复观对马克思主义进行了深入研究，并组织"群不读书会"，与其他留日学生热烈讨论马克思主义，将能找到的日本马克思主义学者河上肇的著作读了一通，这对徐复观后来的思想变化起到了重要影响。

1931年"九一八"事变发生后，徐复观的爱国热情又一次被点燃。他与留学生一起走上日本街头，抗议日本帝国主义的侵略行径，随即遭到日本当局镇压。徐复观被捕入狱，监禁三天后即被勒令退学、驱逐回国，他的三年留学生涯画上了悲壮的句号。然而，怀抱救国热情的徐复观及同学们被中国的现实当头浇了冷水，他曾在文集中回忆道："'九一八'事变发生后，反抗、入狱、退学，怀抱着满腔救国的热望，和同学们从日本回到上海，这时才真正和社会接触。一个多月的呼号奔走，所得的结果是冷酷、黯淡。于是同学们各奔前程，再不谈什么救国大志。"[1] 空有一腔报国热情，却无英雄用武之地。徐复观很快身无分文，生活陷入困境。1932年6月左右，在朋友的介绍下，他来到广西的国民党军队，先是被分派到警卫团第一营任上尉营副，正式开始过起"丘八生活"（"丘八"即"兵"字的分解）。这种军旅生涯竟然持续了十五年之久，直到抗日战争结束。初任军官，营长命徐复观指挥士兵进行军事训练，他就将在日本学到的练兵方式搬到军营中来。

---

[1] 徐复观：《无惭尺布裹头归·生平》，第65页。

由于中日士兵训练口令有所差异，导致训练效果不佳。营长对他的态度变差，但徐复观决心干出一番名堂来，以一雪前耻。他在正常出操训练之外，还努力翻译日本陆军士官学校的战事讲授秘籍。功夫不负有心人，一个多月后，在代替营长讲评作战演习时，徐复观讲得头头是道，获得一致好评，众人对其刮目相看，军营遂邀其讲授先进的军事知识。

1933年，因不满桂系割据混乱的局面，逐渐站稳脚跟的徐复观毅然离开广西，来到南京。偶然之中，他听闻时任国民政府"内政部长"的黄绍竑正奉命暗中作勘定新疆、稳定边防的准备，于是投效黄绍竑，成为后者的幕僚。1934年5月，在黄绍竑的委派下，徐复观与罗中天、孙以人从绥远的归绥城（今呼和浩特）出发，经百灵庙绕到居延海二里子河，侦查沿途交通状况及供水情形，以做好行军作战的准备。返回归绥复命后，徐复观才被告知进军新疆的计划因胡宗南的反对而取消。尽管如此，徐复观仍写就十余万字的侦查报告，详细记录交通、水源情形，并拟定行军路线等若干作战建议，将其寄给黄绍竑。此次侦查工作是徐复观担负的第一次军事任务，虽然最终未能实现，但给黄绍竑留下了深刻的印象。

1935年，黄绍竑调任国民党浙江省主席并奉命兼任沪杭甬指挥官，秘密筹备抵御日军侵袭的军事防卫工作。徐复观也随同前往，负责在杭州的主席办公室制定各种演习计划和作战计划。起初，黄绍竑及其幕僚并不认为徐复观在军事作战方面有很高的才能，因而各种准备计划也没有分配给他起草。但随着时间推移，徐复观的真才实学日益彰显，他分析问题逻辑缜密、条理清晰，并能快速形成文字。黄绍竑等人也改变了之前对徐复观的评价，一些重要的计划及向中央机构呈送的文件都交由徐来撰写。

1937年全民族抗战爆发后，徐复观随黄绍竑前往石家庄参加军事会议。当时北方军事形势很坏，徐复观曾赋诗两首送给黄，其中一首为："登车慷慨上幽燕，不信金瓯自此残。宫阙九重留帝宅，长城千里剩雄关。覆巢尚有求完卵，击楫宁无共济船。未许新亭空洒泪，如公一柱已擎天。"①诗句表现出他抗御强敌、保卫祖国的决心。返回南京后不久，黄绍竑被调任为第二战区副司令长官，阎锡山是司令长官。与其他四名幕僚一起，徐复观随黄绍竑开赴太原。但是黄的用人方式非常奇特，他非但不把作战任务、目标及有关战局清楚告诉每一位幕僚，而且也没有组织和分工。这导致的后果是，幕僚常常无法预先对战事做出研究和准备，所能做的仅仅是随时处于待命状态，听凭黄的临时指示。尽管如此，初上战场的徐复观依然在实战中表现出冷静、果敢的军事才干。

在太原逗留几日后，黄绍竑带军队开赴娘子关，徐复观一行人则到娘子关车站待命，住在车站附近构筑好的山洞里。由于战事吃紧，黄绍竑去太原请求支援。当时作为指挥所的山洞并无通信设备，与前线联络只能靠车站的电话，徐复观此时就守在车站。一日晚上六七点钟时，前方赵寿山部的求救电话打来。徐复观接起电话，得知对方意图之后，他比较纠结，如果直言黄副司令官不在，前线部队可能会立马垮下来或者撤退，如此一来娘子关定然失守。为了保住娘子关，徐复观只好自称是黄副司令，赵寿山没有怀疑，便将敌我之情况相告，徐复观也将友军的位置报告给他，并再三要求赵寿山部一定要守住阵地。实际上，徐复观并不知晓有无友军以及友军的具体位置，只是想通过说些激励、宽解的话为赵部壮胆而已。赵寿山及其部队抵抗相当顽强，经过两晚一天的激战，终于守住乏驴岭的正面。但是，第三天拂晓，敌人从娘子关右侧谷地偷袭，千钧一发之际，孙连仲率领援军

---

① 徐复观：《无惭尺布裹头归·生平》，第125页。

及时赶到，徐复观请其阻击绕到车站后方的敌人，孙的部队迅速堵住山口，并以一部绕到敌后，打死不少日军。日军的偷袭失败，娘子关的局面暂时得以稳定。

此次"僭越指挥"所取得的胜利，并未能从根本上扭转战局。在日军的继续进攻之下，一些参与作战的国民党军队为了保存自己的实力，竟然千方百计隐瞒部队动向，用消极怠工的方式抵制黄绍竑的统一调遣。在这样的情形下，娘子关的抗战最终宣告失败，晋西北战线崩溃，太原失守。面对丧失斗志、纷纷逃窜的士兵，徐复观试图加以阻止，号召大家重新集结、投入战斗，然而全无效果。看到流离失所的人群和溃散的军队，徐复观对亡国之痛有了刻骨铭心的认识，他一针见血地指出："在娘子关一役中，我深切体验到，并不是敌人太强，而是我们太弱。我们的弱，不仅表现在武器上，尤其表现在各级指挥官的无能。无能的原因是平时不认真地求知，不认真地对部队下功夫。再追进去，内战太久，赏罚一以派系为依归，使军人的品格及爱国心受到莫大损伤，更是根本原因所在"。[1]

1943年，徐复观在"中央训练团"兵役班当教官，对现实政治和国民党的失望，使其萌生退意。他想返回鄂东种田，但苦于没有路费。此时，蒋介石的爱将康兆民给他提供了一个机会。康兆民是国民党著名特工，中华复兴社以及三民主义青年团的创始人之一，他与徐复观很早就认识。一次徐复观到康家吃饭，康问徐是否愿意去延安当联络参谋，徐复观随口便问："如果去的话，一次可以发放多少旅费？"当得到"半年"的回复之后，徐略微迟疑，想到在旅费中可以省下一笔钱作为回乡的川资，他就爽快地答应了。于是，他接受了委派，去往延安出任半年的联络参谋。在延安期间，徐复观得到毛泽东的重视，二

---

① 徐复观：《无惭尺布裹头归·生平》，第135页。

人多次围绕读书与世界形势等问题深入畅谈。六个月的延安生活也使徐复观对中国共产党有了更为深入的了解。彼时他已经预感到，中国共产党的全面胜利是国民党所无法抵挡的。1943年底，徐复观由延安返回重庆，康兆民、何应钦、蒋介石等国民党高层先后约见他。蒋介石还希望徐复观能写个报告出来，徐本来并不热心，因为回乡的想法还没打消。后来，他觉得蒋介石颇有诚意，最终还是写了一份延安观察报告。报告通过深入分析延安的军政形势，提出建立自耕农为基础的民主政治、解决土地问题等建议，希望借以改造国民党。虽然他的报告得到蒋介石的赏识，但其中很多建议并未被采纳。不过，徐复观还是得到了升迁，成为蒋介石侍从室机要秘书，并擢升少将。

数年的高层军政生活并没有改变他之前的判断，徐复观对国民党一再失望。1946年，国民政府迁回南京，徐复观做的第一件事就是递交辞呈，不久他的军旅生涯就宣告结束了。此后，徐复观由政界进入学界，以读书、教书和著书开启了新的人生征途，并最终成为现代新儒家的重要代表人物之一。1947年，他与商务印书馆合作，创办了一份纯学术月刊《学原》。但是，该杂志在出版三卷后，于1949年停刊。从大陆来到香港后，徐复观又获得蒋介石四万五千元的经费支持，并于1949年5月创办《民主评论》，该刊成为二十世纪五六十年代港台新儒家的主要舆论阵地。

三

"起死回生"

在徐复观的个人成长历程中，结识熊十力绝对算得上是一件大事。熊十力和徐复观同是鄂东人，熊十力来自人才辈出的黄冈，与徐复观家乡浠水团陂镇相距不过二十里路。虽然是老乡，但在徐复观40岁以前，二人并未见过面。1943年，对国民党陆军少将徐复观而言，是他生命中非常关键的一年。这一年，他不仅成为蒋介石的高级幕僚进而仕途顺达，还结识儒学大师熊十力并得到后者的指点，学问上也日渐精进。

1943年，徐复观在友人陶子钦处看到熊十力所著《新唯识论》语体文本的上册，他原本并未十分重视，只是随便翻阅。但是，该书精妙的构思、严正的用词、详审的辩证、雄健的文笔以及清晰的条理深深地吸引了徐复观。他为熊十力独创的新儒家哲学体系"新唯识论"所折服，敬佩之情油然而生，遂萌发求师之意。熊十力此时正流寓四川，辗转讲学于马一浮主持的复性书院和梁漱溟主持的勉仁书院。徐复观打听到这些情况之后，便给熊十力写了一封书信，在表达仰慕之情的同时也表示了拜师之意。没过几天，他就收到熊十力的回信。只见熊十力的来信粗纸浓墨，于重要处用红黑两色作出圈点。熊在开篇便讲了一番为人之学的道理，接着讲到后生晚辈对于前辈应谦虚有礼，并趁机批评徐复观字迹潦草，诚意不足，规劝徐应在以后与人交往中多加注意。这封直陈短处、不留情面的回信对徐复观的触动，甚至超过了《新唯识论》。他立刻去信道歉，并恳切坦承自己不会写楷书。经过几次通信，熊十力最终约徐复观来勉仁书院会面。

徐复观相当重视此次会面，他身着陆军少将制服前往，然而二人初次见面谈得并不愉快。徐复观请教熊十力应该读些什么书，熊十力向他郑重推荐王夫之的《读通鉴论》。徐听了这个建议后，表现得有些不以为然，他说："熊先生，此书我早已读过，请问还有其他书要推荐吗？"熊十力闻听此言，面露不悦之色，直言道："你呀，并没有读懂这本书，应当再读几遍。"见熊十力态度比较强硬，徐复观并没有争辩，而是回到家里又把《读通鉴论》看了一遍。过了一段时间，徐复观再次拜见熊十力。熊十力让他谈谈读书后的心得体会，徐复观直言不讳，提出了自己对王夫之的诸多批评。未曾想，熊十力闻言大怒，骂道："你这个东西，怎么会读得进书！任何书的内容，都是有好的地方，也有坏的地方。你为什么不先看出它好的地方，却专门去挑坏的？！这样读书，就是读了一百部、一千部，你又能有什么收获呢？读书是要先看出它的好处，再批评它的坏处，这就像吃东西一样，经过消化而摄取营养。就比如《读通鉴论》，某一段该是多么有意义，某一段理解是如何深刻，你记得吗？你懂得吗？你这样读书，真是太没有出息啦！"这一番酣畅淋漓的痛骂，让自以为聪明、自负自傲的陆军少将徐复观张口结舌，面红耳赤。但他毕竟是有修养的人，并未因此恼羞成怒，而是诚恳反省自己的问题。由此，他也开始明白何为真正读书做学问，熊十力这一骂被徐称为"起死回生的一骂"。

在熊十力的指点之下，徐复观虚心求教，潜心修学，终于摸索到了治学的门路。熊十力教导徐复观在做学问时要先围绕某个问题，对其进行抽丝剥茧、由表及里的分析，这样才能把握问题的本质，进而得出最后的结论，徐复观从这种研究方法中受益匪浅。在熊十力不断地锤炼之下，徐复观逐渐褪去浮躁之气，学问也更加精进，与之前自己漫无目的、浅尝辄止的读书相比，效果实属云壤之别。师生二人关系日渐融洽，熊十力对徐复观寄予厚望，他将徐的原名"佛观"改为"复观"，取"复其见天地之心乎"之意，而后被徐终生沿用。

尽管从年龄论他们属于两代人，但师生二人有着相似的人生经历和求学历程。熊十力和徐复观的父亲皆为乡间塾师，同时也是他们的启蒙老师，二人都深受传统文化特别是儒家思想的影响，靠着自强不息地勤学苦读，一步步从半耕半读的鄂东农村生活中走出来。在新知识和新思想的影响下，他们都曾投身现实政治，参加革命活动，但这并未割断自己与传统文化的天然联系。当他们在现实政治中受挫、失败后，又都转向对于中国文化的研究，最终成为现代新儒家的代表人物。熊十力对中国文化一向都持尊重和弘扬的态度，当时有一些人把传承中国文化作为个人博取功名利禄的工具，而他宁可奉献个人生命的全部，也要为中国文化的存续贡献力量。徐复观曾在《悼念熊十力先生》一文中说："熊先生则是牺牲个人现实上的一切，以阐发中国文化的光辉，担当中国文化所应当尽的责任。他每一起心动念，都是为了中国文化。"[1]在徐复观的眼里，熊十力已经将生命与中国文化融为一体，是中国文化活生生的化身。熊十力"亡国族者常先自亡其文化"的谆谆教诲也使徐复观深深领悟到民族文化的重要性，对于一个民族来说，现实政治是暂时的，在现实政治之外，文化是更重要、更长久的内容。一个民族若离开自己文化的精神支撑，断然无法存续。熊十

---

[1] 徐复观：《无惭尺布裹头归·交往集》，北京：九州出版社，2014年版，第97页。

力的言传身教使徐复观逐渐从政治转向学术，从而开启了他人生的另一段征程。

1945年春天，徐复观在嘉陵江畔金刚碑再次拜见熊十力。会面结束之后，熊十力送他走了很远，熊先生边走边谈，竟不时落泪。他谈了自己幼时家贫，父亲笃学力行，还教他读书习字，但谋生能力差，在熊十力八九岁时就过世了。之后，为了能够生活下去，他和哥哥背着秤在乡下卖鱼。往后，有幸在当地颇有学问的何先生那里学习，因其年龄最小成绩最好，经常受到富家子弟欺侮，仅学习六个月之后，便无奈休学回家。后来熊十力投身行伍，参加革命，其间数次遇险，不得不逃回家乡。及至辛亥革命，又复出并任湖北都督府参谋。而立之年，他拿到一笔遣散费，这才开始认真研读经书诸子。回忆起这一段人生经历，熊十力不禁潸然泪下。徐复观闻听先生经历的种种，百感交集，也忍不住掉下泪来。同年冬天，熊先生到重庆候船东下，住在徐复观家，徐的小女儿均琴当时刚满三岁。先生问小女孩："你是否喜欢我住在你家？"均琴脱口而答："不喜欢。"先生追问原因，她竟答道："你把我家的好东西都吃掉了。"正所谓童言无忌，这番回答逗得熊十力哈哈大笑，他一边抱着均琴，一边还用胡须扎她，并断言"这个小女孩将来一定会有出息"。从春日黄昏熊十力在徐复观面前忆起少年时的艰难生活，到冬日他与徐的小女儿玩笑逗乐尽享天伦，师生二人的情感也在无形之中变得愈发浓厚。

然而，在时代浪潮冲击之下，熊十力与徐复观无法再保持纯粹的师生关系。抗日战争胜利之后，内战随之而来，政见对立的师生二人冲突频现。1949年，熊十力在广州期间将研究韩非子的讲稿修改成《韩非子评论》，未曾料到，徐复观竟然指责老师利用韩非子的思想迎合共产党。这种莫须有的责难令熊十力非常恼怒，他斥责徐复观脑后生了反骨，也不再将其当作自己的学生看待。尽管如此，在国共最后一次和谈之后，时局混沌不明，熊十力依然给即将逃往台湾的徐复观寄了一封加急长信。熊十力语重心长地劝徐复观留在大陆，他认为国民党丧失斗志、不思进取，而美国援助并不可靠，并分条列举台湾终将不保的理由，奉劝徐复观回头是岸。然而，终因政治分歧太大，师生二人分道扬镳，徐复观跟随国民党仓皇撤退到台湾，而熊十力则在中共高层的盛邀下北上首都，自此二人天各一方。不过，徐复观的内心依然对恩师牵挂有加，书桌上永远摆着老师的照片，每当徐复观伏案读书写作，老师当年的教诲依然萦绕耳畔。1979年3月，熊十力追悼大会在上海召开，熊十力之子特邀徐复观返沪参加，徐复观亦想借此机会瞻拜恩师，以弥补三十年离别的遗憾。然而彼时台海局势依然紧张，徐复观终未能如愿成行，这让他愧憾终生。

儒家往事

唐君毅

一

哲学种子

唐君毅1909年1月17日生于四川宜宾金沙江边，但童年的大部分时间是在成都度过的。其祖上以制糖为业，后来转业为农，是当地的富户，到祖父一代便开始读书。其父唐迪风，乃清末秀才，辛亥革命后曾受聘为《国民公报》主笔，后曾到南京内学院跟随欧阳竟无大师学佛，但他更倾向于儒家，在四川教中学、大学时所讲述的也主要是儒学。唐迪风曾著有《孟子大义》一书，借阐述孟子之学以正人伦政教。其母陈大任，出身名门，能诗善文，有孟母遗风，留有《思复堂遗诗》五卷。

唐君毅就是成长于这个文化氛围浓厚的家庭里，他对于中国传统文化特别是儒学的喜爱是与父母的学行与人格密不可分的。只是到了父亲那一代，家里已经很穷了，常常无米下炊，妻子儿女经常饿肚子。但只要家境稍微宽裕，唐迪风就会拿钱买书，在他看来饭可以偶尔不吃，但书是要时时读的。1931年，唐迪风因病去世，享年四十五岁，由于家里没钱，拖了三四个月之久才出殡。

唐君毅自幼聪明伶俐，颇得大人喜爱。他两岁开始识字，四岁就能做加减乘除，十岁左右就开始读《论语》《孟子》《诗经》《易经》《说文》等古代典籍。幼时他喜弄文墨，读书识字非常认真，一旦遇到不认识的字，便会向父母请教，直到搞清这个字的读音和意思为止。小时候的唐君毅憨态可掬，受母亲宅心仁厚之影响，他以为这个世界上没有人会说谎，所以经常轻信别人的话。一次，邻家小孩故意捉弄他，言道："你呀还不够聪明，应该继续努力，我告诉你一个让你变聪明的好办法，那就是喝墨汁。"唐君毅听了，也没有怀疑，便认认真真地研起墨来，然后真的把墨汁喝掉了。邻家的孩子哈哈大笑，还称他为傻瓜，唐君毅气得不行，但他不会那些骂人的污言秽语，只是愤愤地喊道"骂你！骂你！"

父亲在教他读书的同时，也常常给他讲故事。他自己回忆说，父亲曾经给他讲过一部小说，说是有一天太阳将会离人类远去，地球也很快就要毁灭，只留下一个人和一条狗。面对这种情形，人类究竟该如何处理？那时的唐君毅可能还给不出确切的答案，但是这样的故事给他的心灵带来了不小的触动。听了这个故事后，当他看到雨水浸润过的地方经太阳暴晒而开裂的景象时，就担心地球行将毁灭，并思考自己该如何应对。这种思考是哲学性的，他的内心世界里从小就孕育着一种对于宇宙万物的深切关怀。

这种哲学的心灵随着年龄的增长而得到伸展。唐君毅十岁的时候进入成都师范附小读书，学校的课程有修身、国文、算术等。国文教材前两篇课文选自《庄子》里的《逍遥游》和《养生主》，里面的内容对小学生来讲有些过于深奥了，但老师还是要学生们去背诵抄写。"北冥有鱼""庖丁解牛"之类的话从此就印刻在唐君毅的脑海中，他后来说自己学哲学，可能就源于此。此外，宜宾、成都这些地方的风土人情也给他的成长带来了深远的影响。无论是金沙江的江声山色，还是极富诗意的渔船歌声，无论是诸葛武侯祠、杜甫草堂里的安静肃穆，还是青羊宫八卦亭前老子像的巍然挺立，这些自然的、人文的景观都给年少的唐君毅带来人文风教的熏陶，使他对自己的家乡有着最诚挚的热爱。等他渐渐长大、走出家乡之后，这种对家乡的热爱流衍为对国家民族的深情，这种深情厚爱又进而推动他去讨论中国与世界的文化问题。

1921年秋，十二岁的唐君毅跟随父亲来到重庆，就读于重庆联中。他年龄虽小，但成绩最好，平常的爱好就是读诸子百家书，偶尔也写诗、下棋。此时五四新文化运动正盛，他也接触了一些新的思想，但由于性格原因，他不喜欢随波逐流，所以对这些新思想产生了怀疑和反感。这种反感进而影响了对整个人生的态度，他对欲望、幸福和个人的自由权利都不感兴趣，有些类似于我们今天所说的"佛系青年"，幻想着要超凡绝俗。有同学就批评他毫无青年气息，甚至骂他为"神经病""疯儿"。唐君毅此时的表现其实是时代与个人矛盾所产生的叛逆情绪使然，在很多哲学家身上都会出现类似的情况。

中学时代的唐君毅继续着他对哲学问题的思考。有一次天降大雨，江水高涨，岸边的石头被淹没了。这本是一件再稀松平常不过的自然现象，但唐君毅见此情此景，便不由得思考："这些石头到底是看不见了，还是不再存在了？"在一般人看来，这个问题显得有些故作深沉，但在哲学家的视野里，它涉及存在论、认识论等一系列重大问题。他还不断地思考人性问题，这也是哲学中一个永久的话题，他读了《孟子》《荀子》，对二位儒家先哲在人性论上的分别有了一定的认识。经过一番思索推敲，他认为人性应该是有善有恶，并把他的观点写成五千字左右的文章，拿给父亲去看。父亲坚持性善论，对儿子的观点不以为然，父子俩还因此争得面红耳赤。唐君毅的这篇文章虽然显得有些稚嫩，但对于十几岁的中学生来说，能够思索这么深刻的问题并清楚地表达自己的想法，已经实属不易了。到了十五六岁的时候，唐君毅就已经以孔子为榜样，立志学习圣贤，为中华文化的传扬而努力。他曾经在十五岁时作了一首题为《生日》的诗歌，其中有云："……孔子虽生知，我今良知又何缺？圣贤可学在人为，管他天赋优还劣。""……郁郁中华，文化多光芒。非我其谁来，一揭此宝藏。"①这种志向影响了他一生，可以说，唐君毅整个学术人生基本上就是围绕着这个志向展开的。

性格内向、爱思索的孩子常常多愁善感。薄雾里的飞萤，秋夜里的寂静，夕照下的余晖，归去来的大雁，身边的许多事物都能引发他们的哀伤之情。比哀伤更哀伤的是，自己也不知道自己在哀伤什么，一切都显得那么虚幻，而一切又让人如此流连。这种思想上的困境如果得不到有效的疏解，那它就可能永远成为一种烦恼，让人不得解脱。这时便需要一种对人生的彻悟与慧解，需要用智慧来化解烦扰。哲学就是爱智慧，就是对智慧的追寻。唐君毅从小就开始了哲学的思考，但哲学思考给他带来的人生困惑需要他用更哲学的方式来解决。中学毕业之后，唐君毅先是进入中俄大学，该校当时被认为是中国共产党在北京的一个重要机关，在这所学校学习的东西跟唐君毅的想法有些不合，于是他很快又考入北京大学哲学系。从此，哲学成为他一生为之努力的事业。唐君毅的老师有熊十力、汤用彤、张东荪、金岳霖等先生，他也听过胡适、梁漱溟等人的演讲。对于胡适鼓吹西化的主张他很不赞同，甚至认为"全然非是"，对于梁漱溟的观点他也有很多不同意见，但敬佩梁先生对于学问和人生的真诚。

北京大学作为新旧思想激烈碰撞的学术园地，是非常能够激发哲学思索的，此时唐君毅思考的主要是心灵生命和物质的问题。他感悟到人的个体生命虽然有限，但却可以与宇宙万物连为一体，从这个角

---

① 何仁富、汪丽华：《唐君毅全集》第三十四卷《年谱》，北京：九州出版社，2016年版，第31页。

度来说，人又可以达到无限。在来北京上学之前，父亲送他上船，并投宿于船上。次日清晨，父子二人话别，一股悲伤的情绪油然而生。但在独自哀伤之际，唐君毅又忽然想到，古往今来这种父子、兄弟、夫妇之间的悲哀又不知有多少，自己一人之悲其实可以化为无限的共同之悲，换句话说，唐君毅的悲伤虽然是从自己心中生发出来的，但又何尝不是从宇宙天地之中降生于己的。他还提及一次看电影的经历，一天他在广场上观看有关孙中山在广州革命活动的纪录片，影片中革命志士的英勇行动赢得了观众们的崇敬，唐君毅也忍不住泪目。他忽然抬头仰望，只见夜凉如水，满天繁星，他哲学的头脑又起了波澜：在天地面前，人是多么的渺小，即便是地球也不过是宇宙当中的一粒微尘罢了。为什么连一粒微尘都不如的革命志士能够成就抛头颅洒热血的仁义事业呢？在他看来，人的物质生命虽然渺小、有限，但精神生命可以超脱身体之羁缚，甚至可以驰骋于无限的宇宙之中，像儒家所说的那样参赞天地之化育，成就一番伟业。简单来说就是，人虽有限但可以无限。后来，他在很多著作中都在阐述这种思想，宇宙中的各种生命都不仅仅是为存在而存在，乃是为了超越自己而存在，人更是如此，人的心灵要在现实的生活当中逐渐向上，追求更高的价值，最终实现人德与天德的统一。这是唐君毅的人文主义理想，同时也是儒家传统观念在现代的新形态。

他把这些体验讲给了周围的同学听，很多同学因为参加了共青团，接受了马克思主义，所以他们批判唐君毅的想法，说他是唯心主义，太右了。唐君毅为此感到烦恼，加上此时患有胃病和脑病，身心颇受煎熬，本来想找未婚妻刘志觉倾诉，但刘也讥讽他在唯心论中打转转，他的痛苦又增加了几分。在北京游学一年多之后，1927年初，唐君毅转读东南大学（后改为中央大学）哲学系。来到南京之后，他对哲学的兴趣有增无减，在方东美、汤用彤等老师的课堂上，常常只有他跟为数不多的几个同学在听讲。不过，他的心情也没有多少好转，甚至还走了极端。二十岁的时候，理想与现实之间的巨大鸿沟让他备受煎熬，加之身体多处皆有病患，唐君毅多次想要自戕。他曾经写过这样一首诗："死中滋味耐君尝，旧恨新仇两渺茫。此去不知何处好，彩云为被岭为床。"[①]诗中告别人世的意味非常明显。他给父母写信，说明自己身心困顿的情况，也表达了不愿久居人世的想法。母亲收到他的信后彻夜难眠，赶忙向友人借得路费，由成都赶往南京。途中千辛万苦，历经数十日才到达南京，唐君毅为此深感懊悔，加之身体也逐渐好转，自杀的想法也逐渐淡化了。

唐君毅的学生生涯很不顺利，1929年暑假后，他返回成都休学一年，休学期间曾应蒙文通之邀在四川大学讲授西洋哲学史。1930年他又返回南京复学，直到1932年毕业。1931年5月，父亲感染时疫病逝，这给唐君毅的人生带来了极大的影响。他感到自己身上责任的重大，要养活好自己的母亲和弟弟妹妹，就需要以更加积极的态度来对待人生前路，他放下了自己的傲慢心，对宇宙人生也有了更多的信念，并逐渐归宗儒家哲学，找到了一条安顿自己的生命、实现自身价值的道路。

---

① 何仁富、汪丽华：《唐君毅全集》第三十四卷《年谱》，第54页。

二

伉俪情深

　　唐君毅是个典型的哲学家，他的一生都在进行着哲学的思考与研究工作。从大学毕业之后，他先后任教于中央大学、华西大学、江南大学、华侨大学、新亚书院、香港中文大学、"台湾大学"等高校，还曾在一些中学教书。他的教学与研究工作主要围绕着东西方哲学展开，归宗于中国圣贤义理之学，一生致力于建立道德理想主义的人文世界，留下了数量相当可观的著作，其中《道德自我之建立》（1944年）、《人生之体验》（1944年）、《人文精神之重建》（1955年）、《文化意识与道德理性》（1958年）、《生命存在与心灵境界》（1977年）等都产生了重大的影响。

　　在普通人看来，哲学家往往孤傲独立，不食人间烟火，很难跟人相处。但那些经过中国传统文化特别是儒家文化浸润的知识分子们，他们身上却常常体现出一种敦厚温和、忠恕仁德、气度恢宏之气象，这其实也是他们孜孜以求的人文精神的具体彰显。唐君毅也是如此，他既是人文理想的建构者，也是人文精神的践行者。

　　人文精神首先要把人当作人来对待，人是有感情的动物，哲学是充满理性的，理性与情感之间并非不相容的关系。唐君毅是感情丰富的哲学家，这种感情既有思考宇宙人生的多愁善感，也有与爱人情投意合、缠绵悱恻的爱情，还有与师生友朋的敦厚情谊。

他与谢廷光女士的爱情常常被人称道。唐君毅在十几岁的时候，依照父母之命与刘志觉定下了婚约，但由于二人意见时常相悖，最终于1928年解除了婚约。这件事使他对真正的爱情更加向往，他曾说崇高的爱情是他的一个理想，这个理想直到他结识谢廷光之后，才慢慢变成现实。谢廷光的哥哥叫谢绍安，与唐君毅是中央大学的同窗好友。谢廷光是四川眉山人，与唐君毅认识时刚从四川省立女子中学毕业，即将前往西北师范学院教育心理系读书。二人相恋五年，修成正果，最终于1943年结为连理。谢女士颇有学养，对唐君毅的事业也是非常支持，是一位贤妻良母的典范。由于唐君毅辗转多地教书，二人在婚前婚后常以书信往来，后来谢女士将这些书信加以整理后成书印行。

从这些饱含深情的书信当中，我们可以追索唐谢二人爱情发展之过程，并从中体味到美好的爱情所应该有的样子。刚认识的时候，二人了解不是很多，唐君毅对谢廷光也没有信心，谢也一度对爱情信念动摇，这导致二人有一段时间距离越来越远。但唐君毅没有放弃，他仍然给谢廷光写信，谈婚姻之理想与人生问题，二人也各自进行了一些反思，彼此之间的了解逐渐深入。谢廷光读到唐君毅给他写的信，信里赤诚的情感常常让她泪流满面。唐君毅甚至在信中表示，如果谢女士已经意属他人，那他就会祝她幸福，并且愿意与她所爱的那个人通信，谈婚姻之道，希望那位男士能够对谢女士更好。在真诚沟通之后，二人之间的隔阂渐渐消弭，内心的距离越来越近，最终复归于好。和好后他们见面，彼此相视无言，痛哭一场，泪水里有忏悔，但更多的是欢乐。与一位哲学家相爱不是那么容易的事情，谢女士需要理解唐君毅内心的孤寂与痛苦，当苦闷与悲情到达一定程度的时候，唐君毅的内心世界又会起一些波澜与动荡。这种波澜与动荡需要一个知心的人为之平复，谢女士承担了这样的角色，她希望唐君毅能够把自己的情感尽情发泄，不管给她带来多大的痛苦，她都愿意承受。谢女士也理解和支持唐君毅所从事的文化事业，她曾经说过："我对你的爱中增添了无限的敬意，觉得你实在值得我佩服，我佩服你有崇高的理想，佩服你有无私的感情，和你对民族文化的使命感。"[1]为此，她也感到一种责任，这种责任不是要像唐君毅那样从事高深的学术研究，而是通过培养自己、提升自己、奉献自己，来照顾、协助所爱的人，给他以精神与情感的慰藉。

二人婚后相依为命，相互体谅，谢女士说她自己的整个生命都被爱情包裹着。在那个动荡的年代，她不觉得苦，即便吃菜根淡饭也是香甜的。他们生活窘迫的时候就会缺衣少食，夫妻俩想了一个办法，那就是搜集空瓶空罐，然后送到废品收购站去卖钱。有一次他们兴致勃勃地来到收购站，本来可以卖一角钱一个，但店家只愿意出五分钱一个，夫妻二人很生气，决定不卖了，于是就拿着一大袋瓶瓶罐罐掉头就走。谁知半路上袋子掉了，瓶罐散落一地，众人见状哈哈大笑，夫妻俩也不在乎，竟然也跟着大笑起来。用现代人的话来讲，这简直就是神仙眷属，如果二人之间没有爱情加持的话，恐怕到不了这种人生境界。唐君毅先生去世之后，谢廷光女士亲自组织《唐君毅全集》编辑出版工作，1991年，煌煌三十册的全集终于出版，这项宏大的文化事业也是二人爱情的最好见证。

---

[1] 唐君毅：《致廷光书——唐君毅先生与其妻谢廷光的通信集》，长春：吉林出版集团有限责任公司，2015年版，第204页。

三

真诚心灵

除了爱情之外，对待师友的真情也是唐君毅人格风范的显露。虽然在思想上可能相左，但他对自己的师长总能做到礼敬有加。唐君毅在北大读书期间，梁漱溟对他多有照顾。有一段时间，梁先生在学校发表演讲，他以办文化事业需要经费的理由，向听众收取每次一元的入场费。在一些激进的学生看来，梁漱溟是守旧分子，青年们不应该去听他的保守思想。唐君毅去听了两次以后，慑于激进学生的威胁，以后就不去听了。梁先生以为唐君毅是没有钱，所以才不去听，于是派人送给唐君毅五元大洋。这件事让唐君毅感到非常愧疚，同时他也被梁漱溟关爱后辈的仁义敦厚所感染，他一直记着这件事，直到去世的前一天还向夫人提及梁先生对自己的关爱。唐君毅曾经向欧阳竟无、熊十力问学，两位大师都曾希望唐君毅成为自己的入室弟子，但由于价值立场和学术观点上的不同，唐君毅都予以婉拒。师生之间一度有些不睦，但唐君毅不以为意，照样对两位先生崇敬有加，还时常向他们问学请教。1949年移居香港之后，每当逢年过节，只要有机会，他就去给钱穆、李璜、吴俊升等先生拜年。当得知新亚书院要把图书馆的名字定为"钱穆图书馆"，唐君毅认为不用钱先生之号而直用其名，这有失恭敬。方东美曾经是唐君毅在中央大学时的业师，后来方先生来到台湾，唐君毅每次来台都要执弟子之礼，恭敬地拜访方先生。在逝世的前一年，唐君毅赴台治疗，当他得知方东美先生也因病住进同一家医院，便不顾病痛前去问候，并且还送上了一些治疗癌症的药物。

对待朋友、同辈，唐君毅也能以诚相待，这赢得了朋友们的信任。周辅成和唐君毅是四川老乡，二人虽不是同学，但由于都致力于研究哲学，于是相互通信，成为朋友。抗日战争时期，两人一度都在成都工作，生活也都较为清贫。有一天，周辅成忽然接到一家出版社的稿约，请他写一本介绍哲学知识的书，还允诺较高的稿费。后来周先生才得知，出版社本来要找唐君毅来写，是唐把这个机会让给了他，周辅成非常感动，称赞唐君毅的生命人格在相当长的一段时间内无人能及。唐君毅与牟宗三是莫逆之交，牟曾说"生我者父母，教我者熊师，知我者君毅兄也"，可见唐君毅在他心目中的地位。唐君毅在中央大学任哲学系主任时，曾力荐好友牟宗三、许思园来校任教，但由于种种人事缘故，最终牟、许二人被学校辞退。为了表示对朋友的支持，唐君毅也向中大请辞，后来三人共同应聘无锡江南大学。

唐君毅对学生同样关爱有加。在新亚书院任教期间，每逢农历除夕，他都要请孤身在外的学生到自己家中吃年夜饭。师生合煮一锅面条，围而食之，虽然简陋，但也自得其乐。大年初一那天，学生纷纷给老师下跪拜年，唐君毅也欣然接受。他常常会收到学生或青年读者的来信，每到这个时候，他总会认真阅读，并且一一回复。书院的学生请他帮忙，他总是无微不至地加以照顾，学生毕业之后，他还会尽力地协助他们寻找工作，安顿生活。1963年，香港政府将新亚书院等三所私立学院合并为香港中文大学，在合并之前，唐君毅左右为难，他担忧新亚原来的人文教育理想不能延续，但为了学生能够在经费充足的前提下更好地完成学业，为了他们能够获得官方认可的文凭，并找到一份不错的工作，他最终还是同意新亚书院并入香港中文大学。

　　由于担任了书院的行政职务，唐君毅总是非常忙碌，但他不愿耽误学生的课程。每到上课，他总会神采奕奕，侃侃而谈，有时讲得入神，竟然忘记时间。有一次经人提醒，才想起要下课了，他一看表，竟然已经多讲了五十五分钟。据学生回忆，有一年夏天炎热酷暑，他讲得汗流满面，由于太过专注，竟然将擦黑板的毛巾当作手帕。冬天的时候，气温虽然不高，但唐君毅讲起课来热情满满，常常弄得汗流浃背，他只好把衣服一件件脱下来，等到衬衣的领带解下来的时候，一节课基本上也要结束了。

四

文化宣言

　　美国汉学家列文森在《儒教中国及其现代命运》一书中，对中国近现代以来的儒教命运作了一个生动的比喻，他认为儒教最终成为历史，因为历史已超越了儒教，伴随着君主制的结束，儒家传统失去了赖以栖身之地，也已经失去了真正的价值，只能成为"博物馆"里的陈列品，供人观赏，勾起人的思古之幽情。儒家被"博物馆化"（museumization）的悲剧命运的结局将是被以西方为代表的、以工具理性为主的价值所取代。这种论调显然带有"西方中心主义"倾向，然而他提出的相关问题却是值得我们深思的。

　　熟悉中国近代史的人都知道，儒学在近代确实是走向衰落了。但是，仍有一批批对儒家思想怀有深深眷恋的知识分子，他们不甘于儒学的衰落，为了儒学的复兴而奔走呼号。在"五四"和新文化运动前后，学术思想界非常活跃，不仅出现了否定传统的激进派，还有固守传统的保皇、保教和国粹派，以及各种形式的中西折衷、调和、会通派，各派之间展开了一场持续数十年的关于东西文化、特别是中西文化关系问题的文化论战。现代新儒家就是在这个时期应运而生的。第一个挺身而出为儒家说话的人是梁漱溟先生，他公开维护和提倡儒学思想，尤其是孔子的人生哲学和道德伦理思想，在当时产生极大震撼，因此他被世人称为"第一个现代意义上的儒者"。和梁漱溟、张君劢同时代、同辈分而又属于新儒家阵营的还有马一浮和熊十力等人。到了抗日战争时期，冯友兰、贺麟和钱穆等人亦加入保卫中国文化的阵营，学术界一般也把他们分属于第一代的新儒家阵营。至此，一股以重建儒家思想为职志的保守主义思潮成型了，成为当时三个最有影响力的思潮之一。新中国建立后，新儒家中很多人流落到香港、台湾及海外。

20世纪50年代以后，在生活在大陆的现代新儒家第一代中，只有熊十力先后写作并出版了《原儒》《体用论》《明心篇》《乾坤衍》等著作，在思想上与他早年的著作基本一脉相承。但是，这些著作在当时几乎起不到什么影响。现代新儒家在港台地区则得到了新的发展，并且达到了鼎盛阶段。这个阶段的主要代表人物有唐君毅、牟宗三、徐复观、方东美等人。其中唐君毅、牟宗三二人，早年都是熊十力的学生，在二十世纪五六十年代，作为推进现代新儒学运动的得力人物，在港台被称为"大儒"。

1949年秋，从大陆去香港的钱穆、唐君毅、张丕介等人商量，决定创办一所亚洲文商专科夜校，以解决某些大陆赴港青年学生的就学问题。学校租赁一所中学的两间教室上课，招收五十余名学生。次年春，夜校改为日校，并易名为新亚书院。新亚书院与国际上的交往日多，成为向欧美介绍和传播中国文化的一个窗口，同时也成为港台新儒家的一个重要的活动阵地。20世纪60年代末和70年代初，牟宗三和徐复观都先后到新亚书院任教，张君劢也曾先后三次到新亚书院讲学，港台新儒家的中坚人物一时会集于新亚。除了新亚书院成为港台新儒家重要阵地之外，与港台新儒家的形成相关的另外一个重大事件是一篇宣言的问世，这个宣言就是1958年初发表的《为中国文化敬告世界人士宣言》。

1957年，唐君毅应邀到美国访问，此时张君劢在美国居住。唐君毅在与张君劢谈及欧美学人对中国文化的研究方式及观点多有不当，于是二人决定联名发表一份文件，以纠正西方学者对中国文化产生的偏见。后来，张君劢致函在台湾的牟宗三、徐复观征求意见，二人反馈了意见，然后由唐君毅根据大家的意见，起草出宣言的文本，并寄给张、牟过目，二人很快就签下了自己的名字。1958年元旦，这份文件以唐君毅、牟宗三、张君劢、徐复观四人的名义联名发表，其正式名称是《为中国文化敬告世界人士宣言——我们对中国学术研究及中国文化与世界文化前途之共同认识》。

在这个《宣言》发表的背后，还有很多不太被人关注的故事。前文提到了列文森的"博物馆"之喻，其实早在1957年3月15日为《新儒家思想史》撰写的《前言》中，张君劢就批评了这样的论调。他认为中国文化是一个生命体，而不是一个博物馆。1957年4月17日，徐复观在致唐君毅的信中也批评西方的汉学家胡说八道，对中国文化一无所知。1957年5月17日，唐君毅正式开始草拟《宣言》，三天后初稿完成，共三万四千字，足见唐先生才思之敏捷，行文之迅速。据唐在日记里说，他一天经常能写八千字、一万字，甚至是一万三千字、两万字。1957年8月21日，徐复观给唐君毅写了一封信，建议文稿的增删修改由唐做最后之裁量，可见徐对唐的信任。在这封信中，徐还明告唐，钱穆先生对这个《宣言》大为反对，不愿参与此事。徐复观、方东美等人曾经建议将此《宣言》改为若干条分别发表，或只用英文发表。唐君毅就此向张君劢征求意见，张认为此问题太大，无法改为简洁之文，他建议仍维持原形式而不必改变。关于《宣言》英译事宜，张君劢本打算由他本人和友人施友忠共同为之，然而他最后并未做任何翻译。据1957年11月3日张君劢写给唐君毅以及1957年11月25日唐致徐、牟二先生的信函可知，原因是张君劢"为生活所苦""以生活忙"，这也是无奈之举。对此，牟宗三表示了对于张君劢的些许不满。唐君毅也明言不赞成张君劢先以中文发表、以后再谋翻译的建议。在《宣言》的英译问题上，出现了一些麻烦，可见《宣言》之事实属不易。1957年12月16日，唐君毅写信给徐、牟二人，赞成《宣言》在《民主评论》发表之时，可兼在《再生》杂志发表，并建议把原来的题目《中国文化宣言》改为《为中国文化敬告世界人士宣言》。此外，他还就联署者四人排序问题提出了自己的意见，主张把牟宗三列在最前，理由是以免他人政治上之联想。

1957年12月18日，《宣言》最后定稿，1958年1月1日，发表于《民主评论》与《再生》杂志。从1957年2、3月间唐君毅、张君劢首谈要发表一个宣言算起，到《宣言》最终发表，已历时近一年。1958年5月，R. P. Kramers节译了《宣言》的部分内容，题为 *A Mannifesto for a Reappraisal of Sinology and Reconstruction of Chinese Culture*，刊登在基督教中国宗教文化研究社出版的《基督教与中国宗教季刊》(*Quarterly notes on Christianity and Chinese Religion*) 1958年5月二卷二期第1—21页上。值得注意的是，这篇译文中的署名把张君劢放在最先，不知何故。《宣言》发表后，胡适非常注意，但未表示赞成或反对，徐复观猜测胡适以反对之意为多。1960年10月《宣言》的全译本发表在中国文化学院中国文化研究所出版之 *Chinese Culture—A quarterly review* 之第三卷第一期上。

对"五四"新文化运动中批判传统文化的立场，该《宣言》持基本否定的态度，并试图从"五四"以来被摧毁的"孔家店"的废墟中，找回中国民族心灵的寄托处、安顿处，并使世界重新认识与了解中国文化的精髓。它系统阐述了对中国文化的过去、现在与未来，以及中西文化关系等问题的基本立场，提出复返儒家心性学之"本"，开民主政治和科学技术之"新"，以发展当代儒学的思想纲领，以及当代新儒学"重建"中国文化精神的任务和基本构想。

《宣言》一经发表，便引来了各派别的广泛注意，两三年内便有三个不同的英译本和一个日译本刊出，可以说唐君毅等人的努力得到了积极的回应。唐君毅等人在中国文化全面退却、儒学即将"死去"的危难时刻，在中华民族之树花果飘零、随风吹散之时，奋起为中国文化辩解，为儒学抗争，表现了无畏的勇气和坚定的信念。该《宣言》是港台及海外新儒家的思想大纲，在现代新儒学思想史上占有重大地位，成为深刻影响了现代新儒学历史进程的重要文献。

进入20世纪80年代以来，现代新儒家的第二代人物逐渐退出历史舞台，代之而起的是港台和海外的一批思想活跃的中青年学者，他们成为现代新儒家第三代人物，如成中英、杜维明、刘述先等即是其中的佼佼者。他们大多都是唐君毅、牟宗三等人的学生，受过良好的现代西方文化教育，具有更宽广的国际视野，对西方现代哲学与现代社会政治有深入的了解，有能力与西方当代的思想流派进行对话。可以说，他们是在《宣言》的直接影响下成长起来的。但是，他们对《宣言》的一些观点有着不同看法，这也促成了现代新儒学思潮的不断分化，使得现代新儒学朝着新的方向开展并呈现出复杂的格局。

在中国大陆，儒学发展虽然经历了一些曲折，但并没有像第二代新儒家所说的那样"门庭冷清、花果飘零"。20世纪80年代以来，当年批孔的激情转变成如今弘扬中华优秀传统文化的自觉，当年属于被批判对象的唐、牟、徐等人的思想，如今在大陆越来越具有吸引力。大陆学界对现代新儒家的研究越来越细致深入，对儒学现代转化的探讨也取得了丰硕的成果，可以说，"花果飘零"的新儒家如今已魂归故乡。唐君毅等诸位先生倘若能够见到此种情形，估计也会感到欣慰吧。

儒家往事

牟宗三

一

混沌成长

　　牟宗三是一位很有性格的学者，有人说他"太骄傲、太敏感、太自尊"，[①]他则称之为是一种为人处世的"泛滥与浪漫"。对于一个人的性格形成而言，也许有若干遗传的基因在起作用，但更重要的应该是他所处的成长环境使然。在自己的回忆录中，牟宗三用一种揭露心灵隐微的笔调描摹其"落寞而不落寞"的"混沌"性格的养成，这种性格是在他早年的乡村生活中蕴蓄的。

　　牟宗三生长在地处胶东半岛的栖霞县的一个小村庄，村子的名字叫牟家疃。村后有一座牟氏的祖茔，白杨萧萧，松柏常青，丰碑华表，寒鸦长鸣。在这样一种阴森幽静的氛围里，年幼的牟宗三置身其中，并没有丝毫的恐惧，反而觉得清爽舒适，那气氛好像与自己的生命有自然的契合。这种契合对于年幼的他而言确实难以名状，但给他带来了通于天人的恬静与愉悦，仿佛沐浴在圣洁的春光里。与一般的儿童整日追逐嬉戏不同，儿时的牟宗三感情细腻，当他看到那宽阔的干河，

---

　　① 李山：《牟宗三传》(增订版)，北京：中央民族大学出版社，2006年版，第15页。

看到下大雨时山洪暴发，看到杨柳依依、绿桑成行，看到阳光普照、万里无云，乃至于骡马店里一派纷至沓来的繁忙景象，一种嘉祥、喜气、轻松、和乐的情绪就会油然而生。这是一个心灵率真的儿童对天地生生之大美的感应，这种感应常常是没法与同龄人言谈的，所以不免让他有点落寞。但落寞并没有带来伤悲和恐惧，因为当一个人真正把自己摆进宇宙大化之中时，万物就会变得如此亲切起来，这也就是儒家常讲的一体之仁吧。孩提时代的牟宗三置身于生机勃勃的自然生命中，对他而言，那是生命最畅亮最开放的时节，没有任何拘束，没有任何礼法，只是一个混沌的畅亮，而他只是混沌畅亮中一个混沌的男孩而已。这种混沌介于与人世的亲与不亲、疏与不疏之间，其实就是建立在生命本真上的自由，或者说是一种独自运思、独立自足的内在兴趣，也就是他后来讲的"落寞而不落寞"的少年情怀。那时的牟宗三也许想不到这样的层面，但这种内心世界的情感经验却是成就一代大哲的基质。

　　一般说来，当一个少年沉浸在自我精神世界时，他的性格更容易变得内向而敏感。显然，年少的牟宗三便是这样内倾的性格。他适应环境的能力很差，并没有表现出大人们常常夸赞的聪明伶俐。他擅长的是一个人在那里苦苦思索，譬如他曾经做了一个秋千架，不需别人指导，只是自己在那里全神贯注地观察、模仿、造作。当秋千荡起来的时候，内心也跟着飞扬起来，既喜悦，又洒脱。这种经历其实对他以后的学术研究有一定的影响，我们现在读牟氏的著作，往往会有这样一种感觉，那就是他的书里有很多独自创造而不太好懂的东西。这似乎与他年少时的独自造作一脉相承，笔下的著作如同那一架秋千，制作秋千时的有条不紊就像写作时的终始条理，荡秋千的喜悦也就等同于著作完成时的兴奋。虽然，这两者一个是物质的形构，一个是精神的形构，但蕴含在形构过程中的全神贯注则是一样的。这样的性格造就的是充满个性的自我，不盲从，求自在，有傲骨，难融入。

到了读书的年纪，牟宗三先是读了二三年私塾，后又改入新制小学。他喜欢读书，但不喜欢教书先生的酸气，因为受到种种条条框框的制约，这些人的生命力显得不够酣畅淋漓，还不如朴实稳健的农夫和神采飞扬的赶马者让人舒服。进入县城读中学之后，种种不适更加明显。他觉得无论是各门功课，还是作文、说话、看小说，都是一套机括，都会使他失却生命的本真，变得非常不自在，一切都得费力地往机括里套，这个过程中常常伴随着本真与机括相斗争所带来的痛苦。那时的中学生要学作古文，对此，牟宗三总是摸不着诀窍。先生出题作文，他常是憋了许久也写不出一个字来，总感觉郁闷得很。有一次，老师出了一个游记之类的题目。牟宗三也没有多少游历的经历，但儿时的种种经验和感受似乎可以派上用场，于是便用文字展现自己在混沌中的思考。但是，先生却并不买账，他站在"文"的立场上审视这位有些另类的学生，自然无法理解牟宗三文字背后的世界，结果便批了"隐晦"两个字。在这篇命题作文中，牟宗三还写了一句"倩疏林挂住斜晖"，他觉得这句子美极了，这其实是《西厢记》"倩疏林，你与我挂住斜晖"一句的误写。先生批的是"不通"，但牟宗三不以为然，觉得很通而且很美，很有自信。因为他懂了那个句子，心中也有那个意境，代表了自我本真的生命。他承认，自己所写的东西是隐晦的，一般人看不懂，有时还会被他人指责为"不通""无意义"，甚至还会招来怨恨。牟宗三往往会对这些批评不屑一顾，甚至还在回忆录中奉劝天下人也应当虚心一点，我们不知道的东西多得很，不要以先生自居，只以自己为尺度。其实他何尝不是在以自己为尺度，从他的言语中我们多少会觉得有些自命不凡。但自命不凡的气质并没有什么好与不好之分，比起那些乡愿式的好好先生，自负而又倔强的牟宗三表现出了难得的真实。

到了大学，这种被动的适应仍然存在，他没有都市儿童由自然熏习而来的常识，所有的都需要费力地去学。除此之外，由于受到当时国民党人极端、激烈、冒险犯难之"忘我"精神的影响，牟宗三思想上难免受到一些鼓胀，内心充满了改天换地、成为圣贤的豪迈。不过，这种看起来是内在的志气锤炼，其实虚伪得很，"忘我"最终变成道德意识的失却。在泛滥浪漫的生活情调之中，在东倒西歪一切不在乎的气氛之下，生命在向下坠落，变得封闭窒闷，最后是一个全体的物化，离圣贤境界越来越远。在大学预科一年级的时候，牟宗三沾染了这种浪漫的精神，粗野放荡，文字荒谬，不避肮脏。这种情况被他父亲发觉了，大为震怒，斥责他何以如此。牟宗三当时极为羞愧，答以外面风气如何如何。牟父则严厉地说："择其善者而从之，不善者而改之。为何这样不分好歹呢？外面那些风气又算得了什么呢？"言外之意就是牟宗三自身出了问题，不懂得慎独自省。牟宗三听了父亲的话后，当时便肃然惊醒，痛悔异常，他从漆黑一团的混沌中超拔出来，之前的浪漫、光彩、风姿、波澜壮阔顿时收煞、降伏、止息。

父亲带给处在混沌世界中的牟宗三难得的光明。牟父年少时便承担起家庭的重担，把整个大家庭治理得井井有条。他最厌浮华乖巧，告诫子弟要扑下身弯下腰，手脚都要落实，不要轻飘飘，更不要像个浪荡者。在牟宗三看来，父亲是典型的中国文化陶养者，是有坚定的义理信念的人。中国文化中的那些义理教训，在他身上是生了根的，由他在治家谋生的事业中生了根，在与乡村、农业、自然地理、风俗习惯的和谐相融中生了根。那些义理教训内化于他的生命里，所以他的信念贞常、坚定，而不摇动。那些没有坚定的义理信念、只是浮薄的投机取巧、践踏断丧民族生命的知识分子，都应该到农村里看看什么是生根的生命，什么是在其自己的生命，什么是真理的见证者。然后仔细印证一番，对照一番，从头想想，重新做一个有本有根的人，使自己成为一个有本有根的政治家、思想家与事业家。只有这样，中国才算走一条正路。这些想法既是牟宗三对中国知识分子的期许，又是经过父亲痛斥之后，对自己身上所沾染的粗野放荡的浪漫精神的深刻反思。泛滥浪漫被父亲的人格魅力征服之后，牟宗三便收摄精神，认真读书。

二

师恩难忘

牟宗三有着他特有的傲骨，但在一个人面前，这种傲气却敛藏不见了，这个人便是他一生奉为偶像的熊十力先生。熊十力学识和人格对牟宗三的影响是深远的，而牟宗三也自始至终对熊十力保持着崇敬与感激。

在牟宗三读大学三年级的时候（1932年），一个冬天的晚上，他去邓高镜先生家，邓先生送给他一本书看。这本书正是熊十力的代表作——《新唯识论》。牟对该书的署款"黄冈熊十力造"感到既奇特又震动，因为一般作者是不会这么署名的。当晚，他就把这本书读完了，虽然有一些读不懂的地方，但书中的清新俊逸之气给当时恃才傲物的牟宗三带来了很大触动。第二天晚上，他把书送还给了邓先生，并询问作者的情况。巧合的是，邓先生说第二天下午他会和熊十力等人在中央公园喝茶，并约牟宗三一同赴会。

到了第二天下午，牟准时来到约定的地点，这时林宰平、汤用彤、李证刚等先生已经在座。不一会，一位胡须飘飘、面带笑容，头戴瓜皮帽，好像一位走方郎中，在瑟瑟寒风中走过来了，这便是那位黄冈熊先生。诸位先生们在那里闲谈，牟宗三资历尚浅，似乎也插不上什么话，只好在旁边吃瓜子。忽然间，熊十力猛拍了一下桌子，很严肃地叫了起来："当今之世，讲晚周诸子，只有我熊某能讲，其余都是胡扯。"在座的其他人并不觉得诧异，因为他们知道这是熊的一贯风格罢了，并没有什么稀奇。但在牟宗三眼里，熊先生实在是不同凡响，他的清奇风采让牟宗三耳目一新。熊十力不经意的一吼带给了牟宗三很多的思考，就如同佛教中所讲的狮子吼那般，威服了牟氏心中的众兽，令他舍邪归正。

首先，这一吼是棒喝，使牟认清了自我。当时的大学生常常自命不凡，一般名流教授也对学生曲意逢迎，恭维他们，不愿戳穿青年人懵懂昏沉的实质。熊十力是一个具有真性情、真生命的学者，他在生命与学问上所达到的境界令牟宗三佩服至极，并因此反观自我。熊十力的形象就如同昏暗之中的一道光亮，照射出牟宗三自己的现实所在，使他明白自己所停留的层次。

其次，这一吼是指引，使牟找到了方向。这一吼过后，牟宗三怀揣着对熊的敬佩，常常去拜访这位异于常人的教授。一次，熊告诫牟不要以为自己懂得了，实则差得远。换作别人，牟肯定是非常不服气，但熊的批评却让他体悟到了学问是要向深度发展的，他找到了一个超越而永待向上企及的前途。这个前途不是材料、经验、外在、知识层面的无限学问，而是更高价值层级的德性义理学问。

最后，这一吼还是机缘，引发了牟之"客观的悲情"。在牟氏看来，一般人做学问只是停在平面的、广度的涉猎追逐层面，他们的生命永远是干枯的、僵化的，外在化于材料中而吊在半空里，藏在他们那教授的躯壳中自命清高，是与现实存在相脱离的。他从熊十力那里感受到的德性义理的学问则与此不同，它既是难得的"向上一机"，同时又落在"存在的"现实上。知识分子不能仅仅离开现实而空谈抽象，还要以悲悯之情正视"架构的思辨"以外的客观存在，唯有如此才能契悟生命的学问。存在的领域，一是个人的，一是民族的，无论个人还是民族，都有其生命，中国的学问是以生命为首出的。在牟宗三看来，熊十力的思想饱含着强烈的原始生命，因此他是能够承接华夏民族之慧命的。并且，他说"当今之世，未有如熊师者也"。其实，牟氏著作中对于家国天下、民族文化的关注也正是受到熊十力的感召，正是"客观的悲情"的具体展现。在他的价值世界中，凡是违反国家民族之文化生命，以及夷夏、人禽、义利之辨的，必断然反对之。后来他创办《历史与文化月刊》，正是以儒家三辨昭示世人，从根源处疏导中华民族的命脉，以期唤醒士心，昭苏国魂。

总之，结识熊十力是牟宗三人生中的大事变，他说："由熊先生的霹雳一声，直复活了中国的学脉。"①这既是对熊十力学术影响的高度概括，又是对牟氏自身治学旨趣的期许。

熊十力和牟宗三之间的师生情谊可谓是现代学林的典范。熊十力非常欣赏牟的才情，看到毕业之后的学生四处漂泊，他曾经写信给汤用彤，说牟宗三出自北大，北大自有哲学系以来，只有他一人算是可造之才。他希望汤能够出面协助，使牟留在母校任教，不让其漂流失所。熊评价牟的话虽有溢美的成分，但对学生的爱惜之情溢于言表。之后，熊十力又力荐牟去马一浮主办的复性书院讲课，其间横生一些人事方面的扰攘，最终难以成行。后来，由于战乱等原因，熊十力寄寓璧山来凤驿，牟宗三便由重庆往拜。到达时已是薄暮时分，只见熊的夫人在外屋补缀衣裳，而熊则在卧榻呻吟，在如豆的灯光之下，其状难免有几丝凄凉。师生相见，无须多言，想想最近的漂泊与无奈，

---

① 牟宗三：《五十自述》，见牟宗三：《牟宗三先生全集·32》，台北：联经出版事业股份有限公司，2003年版，第78页。

便不免相对而泣。那个时代的破裂造就了一批知识分子个体生命的悲剧,这泪水正是学者们置身乱世中的无奈与悲情的涌现。

1948年秋,牟宗三应国立浙江大学之约,任教于哲学系,此时熊十力亦受浙大哲学系主任谢幼伟之邀住校讲学。当时内战正酣,次年解放军便渡过长江,浙大因此停课。熊、谢、牟等人辗转到了广州,牟曾专门拜谒熊十力于市郊观海楼,几月之后便只身渡海去往台湾。从此,师生两地相隔,再难见面,但牟宗三对熊先生的惦念和崇敬之情并无减少。

1968年5月23日,熊十力逝世。这年7月14日,香港新亚书院与东方人文学会联合举行"熊十力先生追悼会",牟宗三怀着悲痛的心情,向参会者介绍了熊十力为人与为学的风范。也正是在这年的3月份,初来乍到的牟宗三曾应邀为新亚师生作了一次题为"为人与为学"的演说,这个题目正是源自他早年跟随熊十力求学时,熊先生时常挂在嘴边的一句话:"为人不易,为学实难。"在这个演讲中,牟宗三表达了对于老师深情的怀念。孰料造化弄人,牟宗三演说没多久,这位"熊圣人"便离开了人世。

1979年7月1日,牟宗三在台湾"立法院"为熊十力召开的追念会上发表了一个讲话。在讲话中,牟宗三又回忆了与熊先生的交往,指出熊十力秉承"天行健,君子以自强不息"的精诚之心,永远都充满了创造性。牟宗三说自己虽然没有堕落,也很努力、很用功,但每当见到熊先生的时候,总会感觉自己的生命颓废,在往下退堕。就像皮球浸在水里一样,外力打它一下,它就会蹦上来。如果没有遇到熊先生,牟宗三说他就像这球一样便永远平平浮在水上,不会蹦起来。到了1985年,台湾师范大学与《鹅湖月刊》联合主办了熊十力百年诞辰纪念会。在这个纪念会上,牟宗三作了题为"熊十力先生的智慧方向"的演讲,他说我们不能拿一个普通的学人或教授来看熊先生,因为熊先生的生命里带有"原始气""野人气",他的智慧、才气正是从其"原始气""野人气"中直接生发出来的,不是文明人、文化人或一般学者教授沾沾自喜卖弄浮夸者所能理解的。其实,牟宗三的身上又何尝没有这种原始的野气,这也许就是他与熊十力最为相投的地方吧。

三

怪杰老师

　　牟宗三一生大部分时间是在讲坛上度过的，特别是在寓居台湾、香港之时，要么是在学校的三尺讲台上教书育人，要么是与师友弟子们通过书院、讲座、聚会等方式切磋论学。在教学相长、自由论辩的过程中，牟宗三逐渐成长为一代儒学大家。

　　牟宗三是一位优秀的讲者，他在课堂上以及讲座中总能声情并茂地将高深的理论传送到听众的耳中，动人心魄，给人启发。学生陈修武曾经评价牟氏的讲学风格，说他的构思和语言都是"戛然独造，拔乎流俗"①，即便是再陈腐枯燥的题目，经过牟宗三精心的架构之后，讲出来就会生机勃勃，意趣盎然。这其实是一种传承，不仅仅是对文化内容的继承，也同样是对古人教学形式的延续。儒家有很悠久的讲学传统，孔子本人就是一位擅长循循善诱、因材施教而又机智灵活的好老师。即便儒学的内容再优秀，但如果没有好的讲授、好的论辩，它的影响力也会大打折扣。牟宗三等人通过课堂教学或者组织"人文

---

　　① 林瑞生：《牟宗三评传》，济南：齐鲁书社，2009年版，第77页。

研习会""人文友会"等形式，辨章学术，提撕精神，指点文化出路，重开价值之门，担负起对于国家天下、历史文化的一份责任。当然，能不能讲、会不会讲是一回事，愿不愿意讲则是另一回事了。如果一位老师只想着皓首穷经、闷头创作，不愿意花些时间在传道、授业、解惑上，那他就不那么称职了。牟宗三显然不是这样，他常说自己的课是用生命来教的，因为这是生命的学问。生命的学问虽然离不开资料文字、概念判断，但语言文字背后还渗透着讲者自身精神生命实体的反省与智慧。牟宗三演讲之所以那样吸引人，原因就在于他以传承儒家慧命为己任，并根据此精神生命实体，将其意蕴用周洽曲当的方式彰显出来。当然，如果再考虑到他性格上的特立独行，颇具人格魅力，很有一派大儒的气象，那么听者就更容易受到触动了。

牟宗三在去台湾之前，曾经在中央大学教授西洋近代哲学史和理则学，那时他的课就已经很叫座了。在西洋近代哲学史课堂上，除了本班学生还来了不少其他院系的选修生和旁听生，一些研究生也常来听讲，就连中大的著名教授、美学家宗白华也听了几次课。大家都感觉牟宗三的学问好，课程的内容别致，讲课的技巧也好，总是能讲到根子上，又给人以启发。例如，他讲西洋近代哲学，不像常人那样从笛卡尔、培根讲起，而是从耶稣讲起，从中世纪经院哲学讲起。这样讲能帮助听者搞清楚近代哲学的来龙去脉，不至于让大家一头雾水，理不清头绪。

1950年，牟宗三应台湾师范学院的邀约，主讲理则学、哲学概论、先秦诸子、中国哲学史等课程。在学校授课之余，他还主持"人文友会"，一些同好聚在一起，讲谈学问。没过多久，因为个性高狂，教学优秀，牟宗三就成了学校的名人。据学生回忆，当时高年级的学生向低年级的学生介绍系里教授时，总会提到"怪杰，牟宗三老师"。他讲课时常常不带讲义，有时也会带上几本厚厚的书，配上他不算魁梧的身材、随便的衣着和满脸的皱纹，从外表上来看活脱脱的一个老学究、乡巴佬。但改良型的山东话一旦讲起来，整个人便精神抖擞，侃侃而谈。学生们随着他的话锋和思路，徜徉在至玄至妙的内容之中，不禁暗自赞叹，大呼过瘾，一旦笔记下来，自然成为文章。但是，当他们在课下试图反省、把握这些内容之时，常常又是一头雾水，只能赶紧跑到图书馆里下一番苦功夫。

牟宗三有时对学生非常严厉，动不动就会当头棒喝。他发现师范院校的学生有个毛病，总想着为人师表，所以会显得沉闷拘谨，缺少活力。牟宗三呵斥他们说，当年北大出了很多人才，而师大就差远了，年轻人就应该有狂狷之气，而不是动不动就要做"言必信，行必果"的"硁硁然小人"。有位学生课间向他提问，言语之中对陆王之学多有质疑。牟宗三很是生气，叫他好好再念十年书，当他得知这位学生是教师出身时，语气又变得和蔼许多。还有一次，师大国文系的学生要演戏，缺少一些服装、道具，于是就想着找老师们去借一借。有人找潘重规先生借一双皮鞋，潘夫人热心地找出五六双擦得锃亮的皮鞋供学生挑选，还有人准备找牟宗三老师借一支打火机，想着问题应该不大，毕竟只是一个小小的玩意儿而已。没想到，牟宗三竟然大发雷霆，呵斥学生为何不务正业地去演戏，而不是好好去念书。学生领教了牟先生的暴脾气，便吓得落荒而逃了。

牟宗三后来到了香港，受聘于香港大学，也在新亚书院兼课。他曾经开过《孟子》研读课，有学生回忆说，虽然外表看起来像个乡下老头，但他讲孟子时是很有慑人的风采的。只见这位先生目光炯炯，全神投入，挥洒自如，声调抑扬有致，就像一位指挥着百万大军的儒将，整个世界都在他主宰支配之下。我们知道，《孟子》这本书编排略显零散，一般人不能轻易地作贯通性的理解。但在牟宗三的条分缕析之下，孟子的思想脉络清楚地显现出来，就像是原本的一摊泥经过匠人揉捏之后变成了活灵活现的泥雕。康德哲学虽然难懂，但牟宗三讲康德时，宛如康德自己现身说法，大哲学家的思辨智慧通过略显诙谐的山东口音讲述出来，简直是鞭辟入里，透彻玲珑。除了讲述课程内容之外，牟宗三偶尔也会旁及时人世事，以儒家之义理原则作出合理的评判。他还非常善于掌握时间，每一节课要讲的主题都能按时讲完，不会显得局促或者松散。对于沉浸在哲学王国中的师生们来说，三小时的课，一刹那就过去了。课后，牟宗三往往会找人下棋，直到晚饭为止。

牟宗三由台到港，不但讲课的风采依旧，就连骂人也是一仍其旧，他不但骂学生，有时还会骂同辈的人。唐君毅和学生在香港组织了"人文学会"，采用定期集会的方式，每次都有一位成员报告自己的读书心得。牟宗三来港后，也参加这个聚会。一次，有人报告读《大学》的心得体会，因为报告人曾经在大陆做过国民党军官，所以在演讲中引用了一些孙中山、蒋介石的言论，显得有些不伦不类。等轮到牟宗三发言时，他毫不客气地将报告人痛斥了一顿，说做学问要专心，要抛开一切，不能留恋过去的包袱，也不能把学问与政治混杂在一起，否则就是对学问的不尊重。牟宗三声色俱厉的批判着实让一些人大开眼界，心生凛然，但也有一种说不出的痛快，毕竟牟宗三说出了很多人想说但不敢说或不好意思说的话。当然，被牟宗三痛骂的人如果没有足够强大之内心的话，恐怕自信心多少会受到一些伤害。所以，牟宗三身边有些人不愿接近他，很重要的原因就是害怕成为被骂的对象。

喜欢骂人不等于对身边的人一味排拒。特别是对学生，牟宗三还是喜欢与他们打成一片的，他们谈论的基本上都是学问和人生之类的大问题。在他眼里，学生才是儒学复兴的希望，要谈儒学就要跟青年学生讲才行，因为他们单纯，有理想，也有旺盛的生命力，对儒学的感悟最真切。为了弘扬中国文化，光大中国哲学，牟宗三及其弟子们创办了《鹅湖月刊》。每次鹅湖同仁邀请牟宗三聚餐，他从不推迟，总是与每一位青年学生握手致意，只要是参与《鹅湖》的一分子，他总是有一份特殊的亲切感。要是发现谁没有来，他就会关切地询问一番。学生们发表在该刊的文章他都会仔细看过，有时还会特别点出哪篇文章写得好，谁谁有进步，这样的关怀给学生们以莫大的鼓励。他还常常教诲学生要永远正视时代的尖端问题，对这些问题要有敏锐的观察和感受，并且还要勇于发言，做出回应。为此，他希望青年人要尽量争取出国留学的机会，只有这样才能紧跟时代脉搏，获得时代问题的发言权。

四

汉子之气

　　牟宗三一生以传承儒家之道为使命，他的生命、他的学问里渗透着儒家的精神。与一般人所理解的儒家圣人君子中道而行的形象不同，牟宗三身上多了几分阳刚之气、豪杰之气、狂狷之气，体现在为人处世、待人接物上常常会给人一种不易接触的感觉，有时甚至会招致一些误解。但从另外一个角度来说，这也正体现了他的真性情，他的率真。

　　以牟宗三为代表的现代新儒家，面对陷于困顿无力的文化传统，他们承担起了复兴传统之生机、开启迈向未来之道路的重任。在牟宗三的眼里，文化传统已经趋于式微，那么发掘其内在的生命力便是当务之急。他重视儒家思想中的刚健创生之义理，希望借此提振民族文化之精神。当年在重庆北碚的熊先生家里时，有位老先生曾对他说，学习儒学就得打坐参一参。牟宗三断然拒绝，说打坐不关儒家义理，在他看来居静打坐之类的功夫都太阴柔了。牟宗三曾对自己的学生说，他是以阳刚之道来讲儒家学问的。在《哲学智慧的开发》这篇影响了很多人的文章中，牟宗三也提到要想成就哲学家的气质，首先要具备的就是"一点汉子气"。

这种阳刚的汉子气渗透在牟宗三的骨子里，使他的身上多了几分贫贱不能移、威武不能屈的大丈夫豪情。这种豪杰之气跟他少时的经历和思考有关，跟他在混沌之中的性格养成相连。他喜欢读《水浒传》这部描写英雄豪杰的小说，对其中的人物有着莫大的同情。他曾经在一篇题为《水浒世界》的短文中说，他爱《水浒》里的英雄，爱他们身上那种"汉子气的妩媚"。英雄们的"汉子气"体现在对受苦受难之人的悲悯和同情，对不平之事的仗义相助，义之所在，生死以之，顶天立地。这种"当下即是"的气度极其洒脱，好汉做事好汉当，哪管得那么多的人世羁绊。牟宗三说"汉子"一词很美，有气势，又妩媚，这种"妩媚"其实就是"洒脱一切而游戏三昧"的生命气象。牟宗三欣赏这种豪杰之气，因为它与圣贤之气象有相似之处，或者说培育这种豪气是成为圣贤的一个前提。所以，当我们以此审视牟氏在待人接物上的举动时，就不难理解他为何那样性格鲜明了。

与梁漱溟的交往便是一例。时间回到1936年，那时的牟宗三为了谋求职位而辗转南北，颇为艰辛。熊十力不忍见学生颠沛流离，便主动联系在山东邹平从事乡村建设的梁漱溟，希望他能够每月出资三十块钱供牟宗三继续读书。梁漱溟说钱是可以拿的，但有三个条件，第一是要牟读人生哲学，不能光看逻辑。牟宗三认为这简直就是笑话，你梁先生怎么可以干涉我读书呢？你看我表面是在念逻辑，难道其中就纯粹是逻辑，没有什么人生哲学吗？第二是要到邹平走一趟，看一看，观察一下他的事业。牟宗三真就去了邹平，梁漱溟问牟宗三参观后的感受，牟直言"只此不够"，本来是一句实话实说，但梁勃然作色，责怪牟只是看到了表面，不足以知其底蕴，一点儿都不谦虚。牟宗三不肯退让，说："如事业不足为凭，则即无从判断。"第三个条件是不能存有利用的心理，牟宗三心想，我利用你什么呢？我只利用你那三十块钱罢了。这三个条件都让牟宗三感到不爽，于是便一怒而去，三十块钱也不要了。在他眼里，梁漱溟与时人赋予他的"圣贤"名号不符，因为他缺少圣贤所起码具备的豪杰之气。当然，牟宗三是豪气满满的，此处不留爷，自有留爷处，岂能为五斗米而摧眉折腰！

这种阳刚之气有时体现为一种率真。牟宗三说追求哲学的真理需要忘记现实的名利，因为处处想着照顾自己和他人都会让人分神。牟宗三强调的其实就是一种出乎本性的率真，而不是婆婆妈妈，一点儿不"汉子"。人率真到一定程度就难免与俗世不合，表现出不为陈规俗套所束缚的洒脱与飘逸。人活在世上，虽不能脱离一定的条条框框，但又不能完全被礼仪、规约所羁绊，否则生命的灵光和活力就变得不再充沛。一日，家里来了几位山东老乡，拎了水果之类的礼品，出于礼节，牟宗三以笑脸相迎。客人们扯着不着边际的闲篇儿，牟宗三实在是提不起兴致，换作别人，也许还会硬着头皮应付下去。但在牟宗三的思维里，不喜欢就是不喜欢，没必要因为顾于情面委屈了自己，于是任由客人们在那聊着，他竟然跑到书房呼呼睡大觉去了。还有一次，据说蒋介石看了牟宗三在报纸上发表的几篇文章，觉得很对他的胃口，于是就派张其昀联系作者，希望能够见上一面。张其昀转托谢幼伟捎话给牟宗三，牟只说了一句："不想被总统召见。"好一个不想被召见，换作是别人说不定早已因马上就要上"天子船"而兴奋不已，如若没有点儿大丈夫气度，恐怕还真到不了牟氏的境界。除了蒋介石，其他的一些权贵要人也常常邀约这位学界大师喝喝茶，吃吃饭，聊聊天。一次，有一位要人驱车来接牟宗三赴宴，正巧这时有一位叫范良光的学生在跟牟讨论易学问题。牟把这位要人请到屋子一角坐下，然后继续跟学生讨论学术问题。范良光感觉把贵客晾在一旁似乎有些不妥，加之天色已晚，于是就给老师提醒赴宴的事情，没想到牟宗三还没等他把话说完，便怒气冲冲地对他说："你不必管旁的事！我们这是学问，吃饭算什么！"听了这句话，一屋子的人都感到错愕、尴尬，后来牟宗三结束了与学生的探讨，与贵客拉拉手，只说了声"饿了"，便坐上了小车消失在夜色中了。

还有一次，那是1980年的暑假，牟宗三从香港回到台湾讲学，一位权倾一时的政府大员请他晚宴，席上还有其他一些学界名流在列。宴会中间，主人赞扬了牟的学术成就，说他有功于国家民族，然后谈及军队的重要性，并邀请他到军队演讲。牟宗三直截了当地摇摇头，说"不去了"。主人仍不肯罢休，说不要只注意大学生，大学生有时会很浮夸，军队反而更实在，更重要。在座的其他人也帮着起哄，劝牟宗三成人之美，牟宗三泰然自若，只是淡淡地说："天气太热，不能去了。"在牟宗三眼里，权贵和普通人没有两样，我们跟任何人打交道都要坚持自己的初衷，不能因为外在的势位而惶恐、激动或者高傲。这就是一种难得的率真，也正是这种率真让他在学生心目中的形象超越了瘦小的躯体，变得高大起来。

儒家是很讲究仁与礼的，不过我们很难保证任何人、在任何情形之下都能做到以仁爱为先，以礼义为重。儒家所设想的理想状态是中庸、中道而行，但孔子自己也很清楚，真正能做到中庸之道的人并不多，所以他看到了"狂者""狷者"身上的可取之处："狂者进取，狷者有所不为也。"（《论语·子路》）也许狂狷对普通人来说是走向中庸之道的可行之路，事实上也是如此，很多时候一个人只有做到了有所为、有所不为，他才能树立起一种独立的人格，造就出一个高贵的生命。牟宗三可以说是"狂狷"的代表——为了显现真正的德性生命，为了重新肯定民族文化，他要积极进取，每天早上五点左右便坐到书桌面前，读书写作，勤奋笔耕，以坚韧的心智消化中西、融通古今，留下了几十本著作，至今还为学界所看重、讨论；也同样是为了成就真正儒者式的生命形态，他勇于有所不为，不婆婆妈妈，不依于流俗，不屈从于权贵，不文过饰非，将自己从俗世中超拔出来，在希贤希圣的道路上踏实前行。

后　记

从接下《儒家往事》的写作任务，到完成书稿、进入编辑出版环节，已经过去整整五年了。五载时光，寒来暑往，其中甘苦，刻骨铭心。

儒家文化是中华传统文化的主体，研究和传播儒家文化是实现中国文化自信自强的重要任务之一。现有介绍儒家文化的著作往往通过对儒学文献的深入解读、对儒家思想的哲学分析，来揭示儒家文化的内涵和特质。这些成果具有较高的学术价值和理论深度，对于当代读者深入理解中华优秀传统文化起到了重要的作用。但是，儒学并非高高在上、遥不可及的学问，而是与人们的日常生活息息相关的思想体系。如何更好地彰显儒学的这一特色？笔者认为，可以采用较为通俗的方式将儒家文化带入大众的视野，而讲故事就是一种很好的形式。

本书以人物为中心，选择儒家从先秦到近现代发展进程中的重要人物，以他们生动感人的故事为主要叙述对象，意在凸显儒学大家的人格风范、思想特质与学术成就。作者尝试使该书呈现如下特色：首先，故事性强，引人入胜。《儒家往事》中每个故事都具有较强的叙事性和情节性，能够激发读者的兴致，让读者在轻松愉快的阅读过程中了解儒家人物及其思想。其次，语言生动，通俗易懂。《儒家往事》采用通俗易懂的语言进行叙述，避免了过于晦涩难懂的术语和表达，使得读者能够轻松理解儒家思想的内涵和精髓。同时，作者还注重语言的生动性和形象性，通过塑造鲜活的形象、描绘生动的场景，让读者仿佛置身于故事之中，从而切身地感受儒家文化的魅力。最后，思想深刻，启迪智慧。尽管《儒家往事》以故事为载体，但并不会忽略儒家思想本身的深刻性。本书不仅要展示儒家文化的魅力和价值，还要引导读者在阅读中思考人生、道德、社会等重大问题，启发和指导自己的生活和工作，最终达到让儒家思想焕发新的生机的目的。

当然，笔者深知自己能力和视野非常有限，对于这样一个庞大的学术"工程"时常感觉力不从心。但笔下的历代大儒，他们以传承儒家仁义精神为己任，以赓续民族文化为目标，以重建社会秩序为追求，以改造人心人性为旨归；当面对各种困厄和坎坷时，他们依然保持昂扬的姿态，发扬进取的精神，阔步前行，义无反顾。在与历代大儒的"对话"中，笔者最大的收获就是不断追随效法先贤，努力塑造刚健有为的精神品质，培育深厚博大的家国情怀。我没有理由放弃，只能时刻以"知其不可而为之"的精神激励自己，为传承中华优秀传统文化奉献一份微薄的力量。

本书涉及人物众多，需要阅读的材料也是纷繁复杂，笔者在写作的过程中参考了大量古籍资料和前辈学者的研究著作，限于篇幅，不再一一致谢。在写作的过程中，常常会遇到人物、年代和事件等的考证、甄别等问题，笔者都尽最大可能保证其真实性与准确性，但挂一漏万之处在所难免，还请各位方家不吝指正。

本书为曾振宇教授主编"曾子文化丛书"之一种。曾教授作为全国著名儒学专家，同时也是我的导师，对《儒家往事》的写作倾注了大量的心血，如果没有曾老师的指导，此书是很难完成的。本人请曾老师赐序，他欣然应允，这为拙著增色良多，对此我要表示最诚挚的谢意！感谢曾智明"曾子学术基金"、山东大学儒学高等研究院以及曾子研究院的大力支持！对于本人而言，正是这些支持为我解决了后顾之忧，使我能够专心从事研究和创作。

感谢我的父母、妻子和幼子，正是有了他们的无私支持和鼓励，我才能以一种相对平和的心态去完成书稿的创作。